1940년대 전반기 재만조선인 시 연구

1940年代 前半期 在滿朝鮮人 詩 研究

이 저서는 2016년 대한민국 교육부와 한국연구재단의 지원을 받아 수행된 연구임.
(NRF-2016S1A6A4A01018063, 원제목; 일제말 재만 조선인시의 형성과 정체)

재만조선인 시 저작집 1

1940년대 전반기 재만조선인 시 연구

오양호

1940年代
前半期
在滿朝鮮人
詩 研究

역락

　　내가 「암흑기문학 재 고찰」이라는 논문을 전국 국어국문학학술대회에서 발표한 것이 1980년 6월인데 그 과제를 지금까지 놓지 못하고 있다가 이제야 마무리한다. 1981년에 학위를 받고 교수로 나서서 연구를 해야 하는 주문생산에 매달리면서 나는 학위논문의 한 장인 이농형 농민소설에서 만주 조선인문학 속의 농민소설과 만나 재만조선인 문학과 운명적 관계를 맺었다. 거기서 1940년대 재만조선인 문학의 심중한 무엇을 발견했고, 그걸 파고 들어가면 이른바 공백기, 혹은 친일문학기로 기술되는 1940년대 전반기 문학에 대한 다른 해석이 가능할 것이란 막연한 가설이 섰다. 그렇게 일제말기 재만조선인 문학 연구에 뛰어들어 지금까지 3권의 단독 연구서와 1권의 공저를 출판하였다.

　　『1940년대 전반기 재만조선인 시 연구』는 현직 교수로서 과제가 너무 벅차 미뤄 왔는데 정년퇴임을 하고 모든 시간이 내 시간이 된 뒤 널리 발품을 팔아 새롭고 중요한 자료를 더 많이 발굴하여 한국연구재단(NRF)의 저술지원으로 완성하는 계획생산품이다. 이미 출판한 재만조선인 문학에 대한 연구서 3권이 관계논문을 묶은 것과 차이가 있다. 기간 저서들은 전작 연구서에 비하면 유기적 밀도가 떨어진다. 그런데 근 40년간 내 앞에 버티고 있던 1940년대 전반기 재만조선인 시의 전인 미답의 과제가 마침내 정복되는 감격을 누린다.

1932년 3월 홀연히 나타난 滿洲國이라는 나라는 그 國歌에서 '세상이 열 번 바뀌어도 우리의 자유는 변치 않으리라·縱加十倍也得自由'라고 노래했다. 그러나 1945년 8월 15일 일본이 무조건 항복한 단 3일 뒤, 그 거대한 나라는 13년 만에 역사의 뒷길로 사라졌다. 사정이 그렇지만 그 나라에는 한일합방 이후부터 이주하기 시작한 약 2백만 명의 우리 민족이 살고 있었고, 그 가운데는 문사도 많다. 창강 김택영, 예관 신정, 단재 신채호를 비롯하여 기백 명의 문인이 활동했다.

내가 재만조선인 문학연구에 착수하던 시간, 우리 문학이 만주국에 존재하였으며 그것이 모국 문학의 한 줄기라는 사실은 상상도 못했다. 만주국은 일본의 괴뢰였고, 중국은 적국이니 그 땅에 설사 우리 문학이 존재한다 하더라도 그것은 보나 마나 우리 문학과 무관할 것이라는 판단 때문이었다. 그러나 다른 한편에서는 만주국은 5족이 세운 나라이기에 일본인이 된 국내의 문학과는 다를 수도 있다는 추측이 나를 자극했다. 그 추측은 곧 1940년대 전반기 재만조선인 문학에 대한 사실평가나 가치평가가 달라질 수도 있다는 확신으로 발전했다. 그래서 나는 그 문학을 방치할 수 없다는 판단에 이르렀다.

1980년대 초기에는 만주국에서 살다가 돌아온 사람들이 많았다. 그러나 그 나라는 국시와 어긋나는 공산국이고, 악명 높은 일본 관동군의 꼭두각시였기에 모두 입을 닫고 있었다. 무섭고 부끄러웠기 때문이다. 사정이 그랬지만 나는 그런 사람들 틈새를 비집고 들어가 그 문학의 행방을 찾아 나섰다. 문학은 인간의 삶을 다양하게 반영하고 응축하는 예술이고, 기백만의 동포가 살았다면 그들의 삶이 반영된 문학이 반드시 존재할 터인데 그 문학의 실체를 고찰하지 않는 것은 연구자의 직무유기가 되기에 나만이라도 용을 써 봐야하지 않겠는가라는 가당찮은 사명감 때문이었다.

다른 한편에서는 독립군의 근거지가 만주이고, 또 만주는 원망에 찬 유맹들과 아나키스트들이 모여들던 곳이니 그 땅의 조선인 문학이 야속하게 우리를 배반하지 않을 것이란 기대감이 나를 충동질했다.

　정치는 인간사의 모든 것을 좌우한다. 우리의 역사도 왕조의 정치사를 중심으로 서술하고, 문화사나 다른 역사는 부록처럼 곁들인 역사이다. 일제 강점기는 국가가 없으니 우리의 정치사는 아예 존재할 수 없었다. 특히 만주국의 조선인 내력은 식민지를 피해갔다가 식민지민으로 산 역사라 논의 자체가 수치스럽다. 그러나 최상위의 문화영역으로 인식되는 문학과 독립투쟁의 역사를 함께 아우른다면 그때 우리의 만주문학이 민족으로부터 완전히 돌아선 것이 아니라 어딘가에 자랑스러운 특성을 추출할 수 있을 것이란 확신이 섰다. 그 뿐만 아니라 문학에 대한 최후 평가, 곧 문학사가 대립과 공존, 투쟁과 화합의 관계를 정당하게 파악해야한다는 원리가 희망으로 바뀌었다. 이 저술은 이런 가설에 대한 도전적 논증이다.

　재만조선인 문학연구의 출발이 되는 「암흑기문학 재 고찰」은 1980년 봄, 대학에 계엄군이 순찰을 하고, 기약 없이 휴강을 할 때 『재만조선시인집』이 어느 날 한 대학 지하 서고에서 기적처럼 내 앞에 나타난 결과물이다. 바람결에 들은 듯한 이 합동시집을 불온서적으로 폐기처분할 책 더미 속에서 집어 들고 "康德 九年 10月 10日. 間島省 延吉 藝文堂"이라는 간기를 읽었을 때 전신에 소름이 돋았다. '康德'이라는 만주국의 연호 때문이고, '間島省'이라는 지명 때문이고, 또 신군부의 계엄령 때문이었다. 그런 긴장 속에 그 시집을 텍스트로 삼아 그해 6월 '한국어문학회'가 주최한 전국 국어국문학 발표대회에서 1940년대 전반기를 '이민문학기'로 접근하면 우리 문학사가 단절되지 않는다는 논리를 조심스럽게 폈다.

　그 뒤 나는 널리 더 많은 자료를 발굴하고 관점을 다듬으며 여러 편의 논문을 썼고, 그 논문을 순차적으로 묶어 『한국문학과 간도』(1984), 『일

제 강점기 만주조선인 문학연구』(1996), 『만주이민문학연구』(2007)를 출판
했다. 이런 저술이 가능했던 것은 『만주시인집』(1942), 『재만조선시인집』
(1942), 재만조선인작품집 『싹트는 대지』(1941), 안수길창작집 『북원』(1944),
안수길의 해방 직전의 장편 「북향보」(『만선일보』 1944.12.1.~1945.7.4.), 수필집
『만주조선문예선』(1941), 『만선일보』에 발표된 많은 작품이 만주국 치하의
문학이지만 예상과는 다르게 5족 속의 선계문학으로서 평가할 수 있는 특
성을 추출할 수 있었기 때문이다.

　　위의 자료는 실향문학·Diaspora이 대세다. 특히 시 갈래가 그러하다.
감상적 서정시, 초현실주의로 시적 진실을 포장한 일단의 시, 고국을 그
리워하는 무명 시인들의 작품이 재만조선인 시단을 형성한다. 이 작품들
은 빼앗긴 언어가 된 모국어로 시적 진실을 형상화하기에 의미가 특별하
다. 그러나 상당수의 작품은 만주국 하에서 5족이 협화해야 한다는 대의명
분으로 민족정서를 기만한다. 하지만 본국과는 달리 우리 몫, 5족의 하나
로써 조선인의 몫이 분명히 존재한다. 조선인의 몫이 없으면 5족의 개념이
무너지기 때문이다.

　　이 저술의 자료의 시대적 하한선은 1940년이다. 왜 1940년인가. 1940
년에 『조선일보』, 『동아일보』가 폐간되고, 창씨제도, 황국신민화운동이 시
행된 것도 1940년인 까닭이다. 조선문단을 대표하는 문예지 『문장』과 『인
문평론』이 폐간되고 그 대신 『국민문학』이 창간된 것 역시 그런 시간이다.
다른 잡지는 조선문학과 일본문학을 구별하지 않았고, 그런 잡지는 살아
남기 위해 한글을 일본어 다음의 언어로 내치기 시작했다.

　　만주는 이런 국내 사정과는 다르다. 1940년대 초기의 만주에는 아직
조선은 살아 있었다. 만주국을 관리하는 관동군은 재만조선인에 대한 지
위나 문화적 환경을 국내처럼 압살시키는 정책을 펴지 않았다. 5족이 화합
하여 왕도낙토를 실현하려는 정책 때문이다. 만주국의 28개 일간신문 가

운데 유일한 조선어 신문인 『만선일보』는 관동군이 '半島人을 지도하기 위해 세운' 언론기관이지만 조, 석간 8면을 국한문 혼용으로 편집했고, 학예면은 재만조선인의 학예기사와 문학작품으로만 채워졌다. 이것은 한반도가 일본 땅이 되어 조선이 일본의 한 지방문학으로 전락하던 상황과 전혀 다르다.

기존 연구의 성과와 한계를 스스로 점검해 본다.

『韓國文學과 間島』는 내가 재만조선인 문학연구를 시작하면서 낸 최초의 책이다. 나는 박사학위 논문을 농민소설로 잡고 그 가운데 이농민작품군移農民作品群을 고찰하면서 그런 소설에 등장하는 인물 가운데 상당수가 이런 저런 사정으로 만주로 떠나는 것이 특이했다. 등장인물이 북만으로 간다면 거기 우리 민족이 산다는 말이고, 우리 동포가 산다면 '눈물진 두만강에 밤새가 울면 떠나간 옛 임이 보고 싶구려.' 같은 흘러간 유행가가 한 독립투사의 탈출과 관련된다는 말이 사실이고, 그렇다면 그런 성격의 문학도 있을 것이라는 생각이 들었다. 그리고 그게 하나의 저장강박증이 되어 수시로 나를 압박해 왔다. 하지만 그 문제는 철의 장막이 내려진 다른 세상에 존재하기에 터놓고 말하고 다닐 수도 자료를 수득할 수도 없었다.

당시는 서슬이 퍼런 신군부 시대였다. 나는 초등학교 2학년 때 6·25가 터져 피란을 다니며 온갖 고초를 겪었기에 공산당이 원수였고, 중등교육은 북진통일시대에 받았으며, 반공을 국시로 삼는 시대에는 대학을 다녔다. 그래서인지 공산주의의 나라 땅이 된 만주는 내게 생리적으로 두려운 존재였다. 학문의 자유가 있다하더라도 자유롭지는 않았다. 납·월북작가의 작품을 연구하는 것은 물론, 작품집을 소지하는 것 자체만으로도 반공법에 저촉되었다. 그런데 『재만조선시인집』은 열혈 사회주의 국가에서 생산되었고, 그 시집의 시인 가운데는 해방 뒤 북쪽으로 간 시인이 많고, 중국공민으로 남은 시인도 있었다. 따라서 『재만조선시인집』이 중심 텍스트인인 『한국문학과 간도』는 결과적으로 당시의 그런 문화 환경과 정치의 성격을 크게 의식하지 않을 수 없었다.

『일제 강점기 만주조선인 문학연구』는 『시현실』 동인과 정체불명의 시인 이수형의 초현실주의 시를 만난 것이 집필의 동기다. 가령 "一萬系列의 齒科術時代는 밤의 海洋에서 섬의 하-모니카를 분다. 一萬系列의 化粧術時代는 空港의 層階에서 쭐근 추-립푸의 저녁을 심포니한다." 이와 같은 시는 李箱만 쓴 줄 알았는데 재만조선문인 가운데 이런 시를 쓴 시인이 있다는 게 신기했다. 李箱의 시와 같으면서 달랐고, 생뚱맞게 이상의 <오감도> 보다 한 수 위라는 생각까지 들었다.

『만주이민문학 연구』는 Ⅱ부가 시에 대한 고찰이다. 백석의 만주시편을 중심으로 삼아 1940년대 초기 재만조선인시의 특성을 규명하려 했다. 백석의 <북방에서>로 대표되는 북방정서를 "북방파"라 하고, 그런 시가 민족이 당면한 현실을 직접 토설하지는 않지만 처연한 북방정서를 통하여 민족이산을 문제 삼는 것을 식민지 우리 시문학을 대표하는 비극미의 한 정점으로 해석했다. 이 일단의 작품에는 북방을 헤매고 다니는 시적 화자가 등장하여 그 시대 그곳의 삶이 얼마나 절박한가를 표상한다. 이런 시의식을 『시현실』 동인들의 초현실주의 기법의 시에서도 찾아내어 일제말기 재만조선인 문학을 민족문학의 한 지속적 현상으로 평가를 시도했다.

이 저술에서는 초현실주의 기법의 시에 대한 연구에 특히 주력한다. 재만조선인시 가운데는 1940년대의 여느 시와 다른 기법으로 창작된 작품이 많다. 이수형, 함형수, 김조규, 신동철, 황민의 시로 대표되는 초현실주의 시가 그렇다. 이 일군의 시인들은 1940년대 초기 김기림의 현실주의시를 최종 숙주로 삼아 태어났는데 그들은 세계를 향해 합리적인 말이 불가능하자 초현실주의로 나아가 가상의 세계를 설정하여 하고 싶은 말을 그들의 어법대로 했다. 절연의 이미지를 폭력적으로 결합시키고, 문맥을 고의로 비틀고, 혹은 노예언어로 형상화시켜 시적 진실을 구현했다. 비판적 시의식 때문이다.

　　만주는 어떤 땅인가. 유치환이 농장 관리인이 되어 권속을 먹여 살린 공간이며, 이수형, 함형수, 김조규 등은 시의 속뜻을 숨기며 해방직전까지 작품 활동을 했던 아득한 북녘, 남의 땅이다. 그런가 하면 서정주가 일자리를 찾아가 일본인 용역이 되어 호피조끼를 사 입고 일인 소장에게 유세를 부리던 곳이고, 「기미독립선언문」을 기초한 최남선이 건국대학 교수로 살았고, 「삼대」의 염상섭은 관동군이 주인인 『만선일보』 편집국장으로 일했으며, 당대에 이미 조선혼을 소환하는 일등 시인으로 평가받는 백석은 만주국 국무원 서기로 살았다.

　　만주는 모순의 공간이고, 혼종의 공간이다. 하지만 시인들은 그 공간에서 엄혹한 삶을 내밀한 시로 형상화시키면서 자신과 민족을 지키려 하였다. 이런 점에서 만주는 우리에게 원망의 공간이자 정령의 영토, 소도蘇塗이기도 하다.

　　지금도 저 아득한 흥안령 아래 우리 민족이 갈대처럼 모여 살고 있다. 그들의 삶의 한 자락이 설사 혐오스러운 데가 있었다 하더라도 우리는 그들이 남긴 문학을 거두는 것이 의무이다. 치욕의 시간, 자랑스럽지 못한 내력이 있기에 모른 체 하기에는 남은 자취가 너무나 뚜렷하고, 그 가운데는 모국문학을 빛낸 보석 같은 유산이 있다. 유산이 다 값진 것이 아니다. 그러나 선택된 유산으로서의 문학예술은 보석이다. 이 저술은 그 선택된 유산에 대한 가치평가다.

2021년 만추 반포 낡은 집을 떠나면서
東谷 오양호

차례

제1장

시대 여건

1. 왜 재만조선인 시가 문제인가

이 저술이 내건 과제를 고찰하는 데 가장 먼저 문제가 되는 것은 재만조선인[1]시의 특별한 성격이다. 다시 말해서 왜 1940년대 전반기[2] 만주滿洲[3]에서 일제가 '만주국 거주 반도인 지도기관·滿洲國に於ける半島人指導

1　재만조선인의 개념; 일제통치를 거부하고 만주로 간 대한제국의 조선인이나 또는 그 유민. 대한민국·조선민주주의인민공화국 이전의 사람. 만주국을 형성하는 5족의 하나로서의 조선인이라는 의미다. 만주국의 조선인은 1932년 건국할 때 67만 명이었고, 1940년에는 1,350,922명(滿洲國現勢. 昭和18年, 康德十年版)이었으며, 당시 만주국 조선인 관리가 2,300여 명이었다. 1945년에는 216만 명으로 증가하였다.

2　'1940년대 전반기'는 일반적으로 '일제말기'라 한다. 그러나 '일제말기'는 정치적 개념이기에 일제의 조종을 받는 괴뢰 만주국 하의 조선인의 시 작품을 순수한 시간적 개념으로 해석하는 것을 방해할 수 있다. '1940년대 전반기 시'는 1939년 12월~1942년 10월 사이 『만선일보』 학예면 소재의 작품 및 1944년까지 국내 紙誌에 발표한 작품을 지칭한다.

3　'滿洲'라는 지역명은 일본 제국주의가 붙인 말이기에 東北三省을 쓰는 것이 맞다. 중국어 사전에는 '漢族의 옛 명칭. 예전 우리나라(중국)의 동북일대를 가리키던 말'로 정의한다. 그러나 '만주'라는 어휘는 동북삼성이 漢族 중심의 국가권력을 내포하기에 소수민족으로서의 만주족은 그들의 정체성 회복의 차원에서 그 나름의 다른 의미로 이 말을 썼고 이미 자리를 굳혔다. 이 지역에는 중국문학, 한국문학, 일본문학, 러시아문학이 공존했고, 만주국 하의 한국문학은 鮮系文學이라 불렀다. 중국은 이 지역문학을 東北陷落區文學이라 부른다. 이런 모멸적 명칭은 중국이 '만주'에 인위적으로 급조된 '만주국'을 군사 면에서는 '殺光, 다 죽인다. 搶光, 다 빼앗는다. 燒光, 다 태운다.'라 하고, 경제면에서는 '搜光, 다 찾는다. 刮光, 다 짠다. 搶光, 다 빼앗는다.'라는 뜻의 三光政策으로 압축하고, 만주국을 마느캉

機關'이라 한[4] 『만선일보』에 '언문諺文[5]'으로 발표된 조선인 시문학[6]을 연구하려 하는가의 문제이다.

우리 문학을 조선왕조 이전 문학, 일제 강점기 문학, 광복 이후 문학으로 대별할 때, 재만조선인 문학은 일제 강점기 문학에 해당한다. 일제 강점기 문학은 국내 조선인 문학과 국외 조선인 문학으로 구별할 수 있고, 국외 조선인 문학은 다시 재만조선인 문학, 재일 조선인 문학, 재미 조선인

추리아(mannequin), 저팬추구어(Japanchukuo), 洋奴漢奸로 규정하기 때문이다. 본 저술의 '만주'는 간도, 북간도, 북만주를 지칭하고, '만주국'은 일본이 조종하는 괴뢰를 의미한다.

4 滿鮮日報(諺文) / 滿洲國에 於ける 半島人指導機關として 大同元年八月二十四日創刊,康德三年八月柱式會社에 改組, 同年九月滿洲弘報協會創立と 同時에 同協會에 加盟,同四年十二月間島諺文紙間島日報를 買收合倂して, 滿鮮日報と 改題滿洲國에 於ける 唯一의 諺文紙として 活躍して ゐる. 康德六年版 滿洲國現勢. 滿洲國通信社出版部兌.(1940.7.). 458쪽

5 일제는 '한글'을 '諺文'이라 했다. 오늘날 '한글'로 불리는 한국의 문자는 창제 당시에는 공식적으로는 '正音'이라 불렸으나 이는 잠시뿐이었고 '諺文'이란 말이 조선조 500년을 통하여 사용되어 왔으며, 갑오경장을 계기로 하여 한국어는 '國語'로, 한국문자는 '國文'으로 불렸다. 그러나 일본 제국주의자들에게 국권을 빼앗김에 따라 한국어는 '조선어, 조선말'로, 한글은 '諺文, 조선문, 조선글'로 부르게 되었다. 그러나 잃어버린 국권과 모어를 되찾겠다는 우국지사들은 '國語'와 '國文'에 대체될 수 있는 말을 다각도로 모색하다가 결국 '한글'이란 말을 선택하여 오늘에 이르렀다. 조선조의 諺文은 한문에 대한 대립개념이고, 국권피탈이후는 식민지민의 말이 되니 결국 '언문'이라는 말은 '한글'의 하대이다.

6 『만선일보』의 창간목적과 성격을 전제하면 그 매체에 발표한 문학은 형식적으로는 일본문학이다. 그러나 표현된 언어가 한글·諺文이니 일본 문학은 아니다. 재만조선인을 '반도인'이라 부르고, 문학을 선계문학이라 부르는 것은 '조선'을 만주에서도 피식민지민으로 관리, 감독하는 뜻이고, 문학 또한 그런 처지의 해석이다. 하지만 이런 사정과는 달리 『만선일보』는 결과적으로 본국에서는 말살되어 가던 조선어를 지키고, 조선문학의 맥을 잇는 역할을 했다. 1940년대 초기의 『만선일보』는 조간 4면, 석간 4면을 발행하면서 조선의 각처에 지국을 두고, 인천, 경기도 군포 소식까지 보도했다. 학예면은 京城문인은 물론 元山의 '草原詩' 동인들에게도 지면을 제공했다. 이 신문의 이런 작품의 생산, 유통, 지면할애를 고려하면 조선어의 망명지라 할 수 있다. 엄혹한 시대와 무관하게 조선어가 살아 숨쉬는 큰 문화의 현장이기 때문이다. 『매일신보』는 조선어의 문학적 활용 면에서 『만선일보』와 비교가 안 된다. 당장 판형에서 크게 격차가 난다.

문학, 고려인 문학 등으로 세분된다. 이 가운데 이 저술이 고찰의 대상으로 삼는 재만조선인의 시문학은 일제 강점기 문학 가운데 나라 밖의 우리 문학을 대표한다. 재만조선인 문학에는 소설 작품도 많은데 시만 고찰하는 이유는 시가 문학의 대표적 장르이고, 다른 갈래의 작품보다 양적으로 많으며 다양한 해석이 가능하기 때문이다.

이 저술에서의 만주는 지리 개념으로는 길림성, 요령성, 흑룡강성을 묶는 동북3성을 지칭하고, 심상지리 개념으로는 동북3성을 전제로 한 '북만주, 북방, 북쪽', 곧 일제 강점기 우리 민족의 삶과 관련된 지역을 의미한다. 이 저술이 문제 삼는 1940년대 전반기 만주국의 문학은 관동군에 의하여 인위적으로 탄생한 나라에 속한 문학으로 일제의 개척, 개발 정책과 함께 진출한 자본에 의하여 국세가 날로 확장되어 가고 있던 혼종사회의 문화를 대표하는 예술이다.

1940년대 초기 재만조선인 문인은 약 200여 명[7]으로 추산된다. 이 문인들 가운데 문단에 이름이 알려진 시인은 유치환, 서정주, 백석, 김조규, 함형수, 박팔양, 김달진, 조학래趙鶴來, 한명천韓鳴泉, 손소희孫素熙, 허리복許利福, 김북원金北原 등이고, 이름이 생소한 시인은 이수형李琇馨, 한 얼 生, 황민黃民, 신동철申東哲 등이다. 이들은 만주에서 직장생활을 하면서 『만선일보』를 통해 활발한 작품 활동을 했다. 신동철, 황민은 함북 경성鏡城, 성진城津에 살면서 도문을 드나들며 『시현실』 동인으로 참가했다. 그 밖에 이용악李庸岳, 이설주李雪舟, 이서해李瑞海 등은 1930년대 후반기에 만주를 방랑하였고 그 체험을 시집으로 묶었다[8]. 그러나 이 시집들은 1940년대 전반기에

---

7   이 숫자는 필자가 1980년부터 지금까지 발굴한 이 방면의 자료를 근거로 산출한 추정이다.

8   李庸岳, 『分水嶺』(三文社(東京), 1937); 李瑞海, 『異國女』(한성도서주식회사, 1937); 李雪舟, 『放浪記』(계몽사, 1948) 등의 시집이 있다. 본 저술은 1940년 이후의 시를 고찰의 대상으로 삼기에 이런 시집은 연구 텍스트가 될 수 없다. 『방랑기』는 해방 뒤에 출판되었기에 사정은

출판되지 않아 본 저술에서는 고찰하지 않는다. 이찬李燦도 한만국경지대를 방랑하면서 여러 편의 작품을 남겼으나 1942년부터 「어서 너의 키-타를 들어」(조광, 1942.6.) 등 여러 편의 친일시를 발표함으로써 그의 초기시의 시적 진실은 빛을 잃었다. 여류 시인으로는 주요한이 발행하던 『동광東光』에 「피로 새긴 당신 얼골」(1932.12.)로 등단한 모윤숙이 간도 명신여학교에서 교편을 잡으며 1930년대에 <북향北鄕>(1935) 동인지에 참가했고, 그 뒤 손소희가 윤금숙尹金淑의 뒤를 이어 『만선일보』 기자로 근무하면서(1939) 상당히 많은 시를 『만선일보』에 발표한 바 있다.

    <북향> 동인지 시절부터 재만조선인 문학의 현장을 지킨 『만선일보』의 기자 안수길은 그런 재만조선인 문단을 '한때는 京城문단을 옮겨 놓은 듯하다.'고 했다. 기성 시인들은 물론이고, 무명 시인들의 작품이 거의 매일 지면을 매웠으며 그 작품들은 두고 떠나온 강 건너의 모국, 고향에의 그리움, 객고의 고달픔이 주조였다. 이산문학diaspora이고, 조금 다르게 말하면 이민문학immigration literature이다. 디아스포라의 특징을 조국에 대한 집합적 기억이나 신화의 공유, 거주국 사회로의 온전한 진입에 대한 희망의 포기와 그로 인한 소외와 고립, 후손들이 결국 귀환해야 할 장소로서의 조국의 이상화, 조국의 회복과 유지, 번영을 위한 정치 경제적 헌신[9] 등으로 이해할 때, 재만 조선시인들의 이런 정서는 문화 민족주의적, 혹은 망명적 정서를 함의한다는 점에서 1930년대 문학의 지속으로 평가할 수 있다.

    이런 성격은 한일합방 이후는 많은 독립 운동가들이 만주로 망명함으로써 만주는 독립운동의 대명사로 인식된 정서와 맥락을 같이 한다. 곧

같다.

9   윤인진, 『코리안 디아스포라』, 고려대학교 출판부, 2004. 5쪽 참조.

김택영金澤榮(1850~1927), 신정申檉(신규식, 1879~1922), 신채호[10](1880~1936) 등의 망명 문단기부터 시작하여 <북향>(1935) 동인지 시절의 안수길, 강경애, 박계주, 모윤숙, 박화성을 거쳐 『만선일보』로 이어진다. 1940년대 전반기 재만 조선문학의 이런 위상은 재만조선인이 만주국을 구성하는 5족의 하나라는 사실과 그런 성격 위에 선계鮮系문학으로서 독자성을 형성하고 있기 때문이다. 『만선일보』에 발표되는 작품은 모두 검열을 받았다. 그러나 그것은 신문사의 자체검열[11]로 법적 구속력이 없어 느슨하였기에 선계문학의 독자성이 가능했다.

재만조선인 문학은 동아시아 5족의 문화가 각축하는 거대한 만주국의 틈새에서 생성되었다. 거대해 보이는 기존의 존재들 사이에 새로운 것들이 움이 틀 수 있는 공간의 틈새를 마련할 때, 그것은 파괴의 시초이기도 하지만 또 다른 생성의 단초가 될 수도 있다. 번듯한 것들의 나머지를 거두어서 기득권의 판도를 뒤집고 들어가 살아남기 위한 전술전략이 가능한 데가 틈새다. 문학은 옛 것을 이으면서 다른 것과 대비하고 자신의 울타리를 바꾸면서 그 범위와 한계를 깨달으며 발전한다. 재만조선인 문학 역시 이런 과정, 곧 망명문단기, <북향> 문단 시절을 거쳐 1940년대에 이르렀다. 그러나 그 시대는 과거와는 달리 일제 군국주의의 지배로 문학이 위축될 수밖에 없었다. 하지만 다행이 5족협화란 틈새가 있었다. 다음과 같은 글이 그런 틈새의 실상이 어느 정도인지 증명한다.

---

10   신채호는 만주를 동양의 巴爾幹(발칸)半島라 강조하면서 조선의 흥망이 만주에 달려있다고 했다. 〈滿洲問題에 就하야 再論함〉 『대한매일신보』, 1910. 1. 19. - 1. 22.

11   『만선일보』의 기사는 조선인 기자가 번역하고 그 기사를 일인 편집자가 자체 검열했다. 이때 중심기사는 정치, 사회 문제였고, 문학은 그 다음 순이었다. 그러나 조석간 8면의 일간지 기사를 제때에 번역하기란 물리적으로 버거웠다. 안수길은 이런 일이 재미없고, 싫어 新京본사에서 용정지사로 자원해 일을 피했다고 했다. 『언론비화 50편』(한국신문연구소, 1978) 안수길, 손소희의 회고 참조.

만주인부호의가정의 을어더서는 학용품가튼것을사서 학생들에게 난호어주는것을일삼어왔고 공부에그리열심히 하는편은아니엇스나 두뇌가 명석하고총명하야 한번스처본교과서라거나책은 그후에력력히기억하얏슴으로 졸업당시의성적도우수하엿다한다.[12]

「비수·김일성의 생장기·1」의 한 대문이다. 관동군이 섬멸하지 못해 안달이 난 백두산의 김일성을 관동군이 만들고 관리하는 『만선일보』가 극찬하고 있다. 『만선일보』 기사는 김일성을 '匪' 혹은 '首匪'로 지칭하는데[13] 이 기사는 그 김일성을 영웅서사시의 주인공처럼 "두뇌가 명석하고 총명하야 한번 스처 본 교과서라거나 책은 그 후에 력력히 기억하는" 어릴 때부터 지도력이 비범한 인물로 소개하고 있다. 관동군이 검열하는 신문의 기사로 볼 수 없다. 이런 기사를 쓴 기자가 있다는 것이 믿기 어렵고, 이런 기사를 교열한 기자와 데스크가 있을 텐데 그대로 오케이를 놓은 것도 믿기 어렵다. 『만선일보』의 창간 목적이 재만조선인의 지도이고, 그 지도란 것이 일제의 만주정책의 선전과 주입이다. 그런데 그것이 유명무실하다. 이런 일은 신문을 움직이는 인적 구성이 거의 다 조선인이기에 가능했을 것이다. 관동군의 주적인 김일성에 대한 기사가 이런 상태인 것을 보면 당시 『만선일보』 학예면 기사는 불문가지다. 재만조선인 문학이 틈새에서 숨통을 찾아 그들만의 문학을 형성할 수 있었던 것은 이런 점에 근거한다.

---

12 「中學時代부터赤化 / ○○運動의父를싸라白頭山麓을轉轉 / 匪首·金日成의生長記·1」, 『만선일보』(1940.4.16.) 이 저술에는 『만선일보』에서 인용하는 자료가 수없이 많다. 그래서 본문에서 『만선일보』 자료를 인용할 경우 신문명을 적시하지 않고 연월일만 밝히고 註에서는 신문명과 연월일을 함께 적시한다. 다른 신문일 경우는 본문에서도 신문명과 연월일을 모두 적시한다.

13 「匪首金日成의 生長記」, 『만선일보』(1940.4.16.~4.22.), 「匪首 金日成部下의 紅旗河를 夜襲」, 『만선일보』(1940.8.7.) 등이 대표적인 기사이다.

실제가 이러함에도 불구하고 한국문학 연구현장에서 『만선일보』에 발표된 작품은 여전히 우리 문학 밖의 문학으로 간주한다.[14] 일제가 우리 민족에 가한 정신적 상처가 가혹했기에 그럴 수 있겠지만 사실은 그런 것만은 아니다. 곧 만주국이라는 나라가 일본의 괴뢰국가이고 식민지라 재만조선인 문학 역시 1940년대 전반기 국내문학처럼 파쇼 일제의 정치, 문화의 논리에 갇혀 있을 것이란 선입관 때문이다. 우리의 근현대문학에서 전방위적 연구 활동을 감행한 김윤식은 일찍부터 '만주국 자체가 일본의 괴뢰라면 정작 말해지는 만주국문학조차도 일본 괴뢰문학으로 규정되어야 마땅하지 않겠는가.'라 했다. 문장의 통사구조는 가정법이다. 그러나 내용은 재만조선인 문학에 대한 단호한 부정이다. 윤해영의 시를 친일 시로 평가하는 사실을 두고, '호들갑을 떤다.'[15]고 평가하는 데서 그런 관점이 극명하게 드러난다.

재만조선인 문학을 이런 속지주의로 그 성격을 규명하면 식민지시기 조선인문학은 전부 일본문학이 된다. 그때 우리는 한일 합방으로 모두 일본 사람이 되었고, 땅도 일본 땅이 된 까닭이다. 당장 이런 주장을 펴는 당사자의 『안수길 연구』(정음사, 1986)에서 재만 시절 안수길이 남긴 작품에 대한 연구는 도로가 된다. 만주국 작품을 연구한 것이 되기 때문이다. 간도 태생 윤동주의 시도 속지주의에 대입하면 우리 문학이 될 수 없다.

1940년대 초기 재만조선인 문학이 문학연구 현장에서 밀린 또 하나의 이유는 중국과 함께 일제의 식민지 경험을 재구성한 신민주주의 문예 이론에 의해 그 시기 동북지역의 문학을 만주국 문학으로 홀대한 사실과 관련된다. 이런 논리에 맞서는 연구가 없는 것은 아니다. 그러나 근래에

14　조진기, 『일제말기 국책과 체제순응의 문학』(소명출판, 2010), 안지나, 『만주이민의 국책문학과 이데올로기』(소명출판, 2018) 등이다. 그런데 이런 논저는 소설이 중심이다.

15　김윤식, 〈한국문학 속의 만주국 문학〉, 『설렘과 황홀의 순간』, 솔, 1994, 76쪽.

는 재만조선인 문학을 '친일/반일'의 양분법에서 후퇴하여 다양한 시각에서 접근을 시도하지만 일제말기 만주문학은 여전히 비판적 시각이 강고하다.[16] 더욱이 그런 견해가 1960년대에 제기된 친일청산 문학논리[17]와 연계되어 영향력을 행사하고 있다. 이런 정황을 고려하면 1940년대 전반기 재만조선인 문학은 기댈 논리가 없다. 그렇지만 재만조선인 시문학의 실체는 결코 그런 관점으로만 해석될 문학이 아니다.

한 예를 보자. "고풍적인 스토-부가 소릴 지른다. / 물은 쓰겁게 달어라 / 허잘것업는 하로 하로 / 바람이 운다 / 고향 소리다 / 조급하게 뒷창을 여러보는 버릇"(한명천, 「記錄」, 1940.4.9.) 짧은 작품에 디아스포라의 정서가 곡진하다. 이 시인은 해방이 되자마자 장편서사시 『北間島』(문화전선사, 1948.3.)에서 1940년대 초까지 일제와 싸운 동북항일연군을 민족정신의 주체로 찬양했다. 김일성을 두뇌가 명석하고 총명하다는 『만선일보』 기사를 연상시킨다. 물론 서사시 『북간도』가 해방 이후의 작품이고, 김일성을 민족영웅으로 묘사하는 것은 그 공화국만의 풍토겠지만 그 작품이 북한의 정부수립(1948.9.9.) 이전이고, 김일성의 주체문예이론이 등장하기 이전의 작품이라는 점에서 평가가 다를 수 있다.

이런 예가 흔한 것은 아니다. 그러나 없는 것도 아니다. 있는 것을 무시하고 다른 것을 내세워 다른 하나의 존재를 외면하는 것은 객관적이지

---

16 김재용·이해영 엮음, 『만주, 경계에서 읽는 한국문학』(소명출판, 2014); 김재용 외, 『일제말기 문인들의 만주체험』(역락, 2007) 등이 대표적이다

17 임종국, 『친일문학론』(평화출판사, 1966)이 대표적이다. 저자의 의도가 우리 문학의 정체를 찾으려는 것이라는 점에서 의의가 있다. 특히 그것은 4·19정신과 겹쳐져 우리의 정신문화에 남은 친일 잔재청산에 일조를 했다. 그러나 우리 문학을 식민지역사에 편년채로 대입하여 식민지 정책에 호응하는 작품을 중심으로 기술한 점은 민족문학의 자긍심을 크게 해쳤다. 사정이 이러함에도 불구하고 이런 관점이 아직도 문학연구 현장에 뛰어들어 정론 행세를 하는 경우가 있다.

않다. 1940년대 전반의 만주는 온갖 성격의 사람들이 정체를 숨기고 사는 혼종사회였고, 문학은 그런 삶을 민감하게 반영한다. 그런데 작품 자체는 안중에 없고, 자주 꽃 피는 감자는 보나마나 자주감자라는 식의 평가를 하고 있다.

이 저술이 내건 과제를 고찰하는 데 제기되는 두 번째의 큰 문제는 일제말기 재만조선인 문학의 위상이다. 한국문학사에서 인용 빈도가 가장 높은 한 문학사는 1940년대 초기는 재만조선인 문학을 근거로 삼아 그 시대를 이민문학기로 서술한다. 이 문학사는 1940년대 초기를 '일제 패망 직전의 상황'이라고 전제하면서 해당시기를 다음과 같이 기술하고 있다.

> 지면에 발표된 작품은 공식적인 성격이 만주국을 정착지로 삼아 안주하는 자세를 나타내야하는 이민문학이었다. 그러나 조국이 광복 될 때가지 거기 머물다가 돌아오겠다는 생각을 가지고 망명지문학의 고통을 나타내는 것이 이면의 주제였다.[18]

재만조선인 문학이 표면적 주제와 이면적 주제가 다르다는 것이다. 1940년대 재만조선인 문학에 대한 이런 독해는 본국 문학이 식민지 통치를 반대하는 간접적이고 우회적인 표현도 허용하지 않을 뿐 아니라, 식민지 정책을 지지하고 찬양할 것을 요구하는 상황을 만나 침묵하거나 혹은 일본의 요구를 따르는 작가가 나타나던 상황과 다른 성격을 지녔다는 말이다. 본국문학이 국책문학으로 돌아서고, 재만조선인 문학도 민족을 외면하는 작품이 나타났지만 재만조선인 문학의 주류는 여전히 우리말로 우리 민족

---

18   조동일, 제4판 『한국문학통사·5』(지식산업사, 2005) 525쪽 참조. 『한국문학통사』는 전 5권으로 4번 수정 보완했다.

의 문제를 테마로 삼는 문화민족주의[19]의 자리를 지켰다는 관점이다.

형식적으로는 만주국을 구성하는 5족의 하나인 선계鮮系문학이지만 내용적으로는 언어민족주의를 견지했다는 평가다. 이것은 만주국 치하의 조선인 문학을 일본의 괴뢰문학이라 한 견해와는 본질적으로 다르다. 어느 나라든지 자국의 문학을 자랑스럽게 여기고 그것을 먼저 연구과제로 삼는 것은 보편화된 논리의 소산이다. 만주국의 선계문학을 실제로 고찰해보지도 않고 괴뢰문학 운운하는 것은 비문화민족주의라기보다 결과적으로 자기민족의 문학을 해찰하거나 비하하는 행위다.

이런 견해는 임종국 식 문학론에 의해 1940년대 초반이 친일문학기라는 비굴의 시대로 규정되어온 논리가 마침내 수정되는 모습이다. 그리고 이런 논리가 가상의 공간을 설정하여 말하고 싶은 것을 마음대로 형상화한 이수형, 함형수의 초현실주의 시, 그런 기법으로 창작활동을 한 『시현실』 동인들, 현실을 실존적으로 사유하는 유치환, 저항적 시의식을 은밀히 포장한 김조규 등의 작품을 근거로 삼으면 논리는 더욱 확실하게 될 것이다. 『만선일보』 학예면에 하루 걸이로 실리다시피 하는 무명작가의 작품 역시 거의 디아스포라문학이라는 점에서도 이런 논리는 뒷받침될 수 있다. 무명작가에게는 만주가 이산의 결과이기에 그 시적 반응이 망향가, 사향가로 굴절될 수밖에 없고, 그런 작품은 결국 민족주의의 자장 안에 놓인다. 고향에 대한 그리움은 결국 조국에 대한 그리움이다.

소설도 사정이 다르지 않다. 가령 안수길의 창작집 『북원北原』은 1944년 간도에서 발행되었는데 이 창작집에 수록된 작품은 모티프, 인물 창조, 주제 등 모든 것이 만주로 이주한 조선농민의 문제와 관련되어 있

---

19 우리 민족의 얼과 민족어문운동을 활성화하여 민족자존의 기초를 세우려는 정신. 우리의 말과 글을 본질로 사유한다는 점에서 언어민족주의라고도 하겠다. 그러나 문화민족주의는 문화일반을 모두 아우르는 열린 개념이다.

다. 『북원』이 시대와 동행하는 요소가 없는 바는 아니다. 그러나 수전개척이 테마인 중편 「벼」 같은 대표작은 물론이고, 대부분의 작품이 이농민의 문제를 테마로 삼고 있다. 이런 현상은 1940년대 재만조선인 문학을 크게 양보해서 '친일 대 항일'로 양 대별한다 하더라도 민족적인 작품이 주류를 형성하고 있다는 사실을 증명한다. 논농사에 목숨을 걸고 총알이 날아오는데 벼 포기를 끌어안고 논바닥에 드러눕는 「벼」의 대단원은 우리 민족이기에 개연성을 지닌다. 친일, 친만 의식이 끼어들었다면 그런 극적 반전에 독자가 감동을 받지 않을 것이다.

일제 말기의 우리 문학을 싸잡아 부정하는 현상은 그간 잘못된 사실 판단이 원인이다. 이 가운데 가장 큰 잘못이 백철의 『조선신문학사조사』 현대 편(백양당, 1949)이다. 이 책은 해방 전 임화의 『신문학사』(서설 및 개설, 1939~41)와 1950년대의 조연현의 『현대문학사』(1956)의 중간에 놓인다는 점에서 의미가 크다. 임화와 조연현이 각각 좌파와 우파에 속한다면 백철은 중간파에 속하기 때문이다. 이 책이 저술될 당시는 조선공산당(박헌영), 조선인민당(여운형), 남조선신민당(백남운) 등 정치와 이데올로기에 문학이 싸잡혀 들어갈 혼란기인데 백철은 그것을 피해 계급론이 아닌 소시민적 관점을, 집단적 이념이 아닌 개인주의적 관점으로 문학사를 기술하고 있다. 괄목상대했다고 평가할 만한 사안이다.

그러나 이 책은 외래문예사조를 교본으로 삼고, 거기에 우리 문학을 대입한 결과 우리 문학사를 이식론적 관점에서 기술하고, 1940년대 전반기를 암흑기, 친일문학기로 기술하는 점은 큰 한계이다. 재만조선인 문학을 고려할 때 1940년대 전반기를 '공백기'라는 기술은 사실판단의 오류이고 그 기간을 '암흑기'로 기술[20]하면서 자기모멸의 역사로 평가하는 것은

---

20   백철, 『조선신문학사조사:현대편』(백양당, 1949) 제5장 '2. 막다른 골목의 문학' 376쪽. '5.

문학사의 일반론과 어긋나는 한계이다. 어느 나라의 문학사든 자국의 문학사를 중시한다. 그런데『조선신문학사조사』는 우리 문학으로서는 가장 예민한 시기를 역사관을 소거시킨 치욕의 시기로 기술하고 있다. 이런 점은 백철이 '짧은 기간에 쓴 것이라서 내용이 충실할 수가 없었고, 더구나 문학사를 처음 써본 터라 그저 모아진 자료를 연대순으로 나열해 보는 식이었다.'[21]라는 말을 참고로 할 때 이해가 된다. 1940년대 전반기의 우리의 근대문학을 그 해방기의 와중에 그 정도라도 기술한 문학사가 없기 때문이다. 하지만 결과는 용인할 수 없다. 사실판단이 너무나 잘못된 까닭이다. 정황이 이러함에도 불구하고 이런 문학사가 1960년대의 그 임종국 식『친일문학』논리와 연계되면서 만주국시대의 문학은 당연히 우리 문학사에서 배제되어야 한다는 논리로 굳어졌다.

임종국의 친일문학론의 강고한 논리는 김윤식의 이중어 글쓰기론으로 이어진다. 김윤식은『일제말기 한국작가의 일본어 글쓰기론』(2003)에서 '머리말'을 "『친일문학론』의 저자인 종국형께"라 했고,『한국근대문예비평사연구』에 뜻을 세워 자료를 모으기 위해 국립도서관, 고려대학교 도서관에 드나들 때 임종국과 만난 기억을 되살리고 있다. 그 말인즉슨 형을 천치로 만들었던 그 "일체의 것"이 이광수를 비롯한 많은 문학자 등을 또한 천치로 만들었던 것이 아닐까. 그 "일체의 것"을 알아보고자 제가 서투른 솜씨로 엮어 본 것이 이 저술이라고 했다. 임종국이 친일문학기로 규정한 1940년대 초기를 수용하면서 잇고 있다. 이런 결과 1942년 10월에서 1945년 8월까지를 이중어글쓰기 공간으로 평가하는 일이 발생했다. 김윤식의

암흑기 문학의 행방' 398쪽. 제2차 세계대전이 발발한 1939년부터 1945년 사이의 문학을 22쪽으로 기술했다. 다른 시기에 비해 기술내용이 구체적이지 못하고 절대량이 상대적으로 적다.

21 백철, 〈문예사조와 작가, 광복 직후의 문단(10)〉,『조선일보』, 1985.8.29.

『해방공간 한국작가의 민족문학 글쓰기론』(2006)이다. 1942년 10월이 근거인 것은 조선어학회 사건 때 33인이 체포되었기에 그것을 3·1운동과 같은 차원으로 간주하는 까닭이다. 그러나 이중어글쓰기 기간 역시 공백기다. 이중어 글쓰기라 할 때 그것은 일본어를 지칭하기 때문이다.

조선적 토착성과 선비기질을 문제 삼는 유진오의 「여름」, 또 조선적인 도의가 문제인 「남곡선생」, 이효석의 「봄의 상」, 「은은한 빛」이 묘사하는 조선적인 향토정서, 김사량의 「산의 신들」에 나타나는 조선적 특수성, 그리고 구약성경의 한 구절(구약성경 애가서 4장 10절)을 빌려 제국주의 번영 속에 몰락해 가는 조선인의 슬픈 삶을 다룬 「향수」와 같은 소설이 그런 예가 되겠다. 그러나 이런 소설은 일본어로 된 작품으로 속문주의 원칙에서 어긋나고, 작품의 성격 역시 민족문학과 멀기에 우리 문학으로 규정할 수 없다. '이중어 글쓰기'라는 용어자체는 글의 형태를 말하는 것이지 내용을 함의하지는 않는다. 일본어로 되었으나 그 내용이 조선적이면 조선문학으로 규정하는 논리라면, 한문학에서 한국한문학은 한국문학으로 편입해야 한다는 논리가 성립될 수 있다. 그러나 그런 문학은 한국한문학이다. 이런 논리에서 이중어 글쓰기 공간(1942.10.~1945.8.)[22]은 여전히 임종국 식 식민지 논리와 같다. 김윤식이 『일제말기 한국작가의 일본어 글쓰기론』에서 임종국에게 '小弟'라며 이광수, 유진오, 이효석, 김사량, 최재서의 일본어 작품을 해체 분석한 것은 이런 이유를 전제하고 있다.

이런 작품들은 소설이기에 본 저술의 고찰대상이 아니다. 그러나 이런 논리를 확대하면 일제말기 조선 문인이 쓴 많은 일본어 시도 문제가 된다. 사정이 이러하기에 김윤식은 『일제말기 한국작가의 일본어 글쓰기론』이나 『해방공간 한국작가의 민족문학 글쓰기론』에서 시인과 시는 고찰의

---

22   김윤식, 『일제말기 한국작가의 일본어글쓰기론』, 서울대학교출판부, 2003, 374쪽.

대상에서 제외했을 것이다. 시 갈래에 '이중어 글쓰기'를 대입하면 식민지 시기 우리 문학 전체를 해석하는데 대혼란이 일어날 수 있다. 문학연구, 특히 1940년대 전반기 재만조선인 문학과 같이 범위가 넓고, 불분명하고, 복합적인 문제를 안고 있는 문학에 대한 연구는 사실판단을 근거로 인과판단을 하고, 인과판단을 근거로 가치판단을 내리는 논리 전개가 특히 요망된다. 좁은 범위의 분명한 사실을 단초로 삼아 범위가 한정되지 않고 불분명한 문제로 나아가야 논리가 분명해진다.

백철이 『조선신문학사조사』를 출판하던 해방 직후의 '현대문학'은 학문으로서의 개념자체가 성립되지 않았다. 『조선신문학사조사』 이전에 존재하는 현대문학사 관계 저서는 사실상 전무한 상태였다. 안자산安自山의 『조선문학사』(한일서점, 1922), 김태준金台俊의 『조선소설사』(청진서관, 1933), 조윤제趙潤濟의 『조선시가사강朝鮮詩歌史綱』(동광당서점, 1937) 등이 있지만 이런 저서는 현대문학과는 직접적으로 관계가 없으며, 해방 직후의 학계나 문단, 특히 문인으로 활동하다가 대학 강단에 서게 된 인물, 그러니까 백철, 조연현 등은 문학사를 쓰면서 선행연구에서 시대구분 문제를 배우고, 익혀 활용할 생각자체를 할 수 없는 문인, 평론가였다.

개화기 이후, 문학은 예술의 개념이지 학문의 대상이라는 개념과는 거리가 멀었다. 그래서 문학에 대한 가치평가는 비평으로 존재했다. 이런 사실은 임화의 『문학의 논리』(학예사, 1940)에서 확인할 수 있다. 해방이전 현대문학의 현장평론의 실상을 가늠할 수 있는 거의 유일한 이 책은 연구서가 아니고 "昭和九年으로부터 昭和十五年 一月에 이르기까지에 신문 등 잡지에 기고했든 문장을 추려 모은" 평론을 묶은 책이다.

정황이 이렇지만 이 평론집 제일 끝에 실린 「신문학사의 방법」이 이채롭다. 문학사의 방법론을 문제로 삼는 것은 평론가의 역할이 아니기 때문이다. 「신문학사·속」(『조선일보』, 1940.2.2.~5.10.), 「조선신문학사」(『인문평론』, 1940.11.)을 수정, 보완했다는 말과는 달리 눈에 띄는 데가 있다. 백철의 『조선신문학사조사』가 이런 소논문, 곧 선배 문인의 업적을 잇는 점은 어디에서도 발견할 수 없다. 백철은 서구의 문예사조를 기준으로 우리 문학을 기술하고 있다. 이런 점에서 임화의 「신문학사」와 백철의 「조선신문학사조사」는 인문학연구의 본질인 물고 물리는 관계가 아니다.

이런 풍토는 해방이 된 뒤에 그대로 이어졌다. 현대문학의 학문행위는 비평이 대행하고, 현대문학 강의는 문인이 맡는 풍토로 굳어졌다. 당시 문인교수는 창작이 본업이고, 연구와는 거리가 먼 예술가로 처신하면서 문학이론은 곧 서양의 그것이라 판단하고 그것을 소개하는 것으로 소임을 다했다. 이런 사실은 평론가 최재서가 『문학원론』(춘조사, 1957)을 저술하면서 우리 문학은 전혀 고려하지 않은 데서도 극명하게 드러난다. 이런 성격은 조연현의 『한국현대문학사』(현대문학사, 1958)에도 나타난다. 이 문학사는 서문에서 '한낱 사료에지나지 않는 과거의 형해에 생명을 불어넣는 것'이라고 했지만 문예지가 문학사 기술의 중심이 됨으로써 문단문학사라는 평가로부터 자유롭지 못하다. 월간 문예지 『현대문학』을 창간하고 그 순수문학관이 결과적으로 우파적 역사의식으로 굴절되어 그것이 한국현대문학의 법통을 잇는 자리에 가게끔 문단권력을 행사한 데서 드러난다.

이런 관점은 당연히 검토되어야 한다. 특히 4·19를 겪으면서 학문도 식민지시대를 청산하고 자립화해야한다는 시대의 대세와 맞물렸기에 수정되어야 한다. 일본 유학에서 문학은 곧 서양문학으로 이해한 백철이 『조선신문학사조사』를 집필할 때, 그는 사실 민족문학의 복원을 꾀하지도 않았고, 숙성시킬 시간도 없었다. 백철은 나프의 회원으로 활동했으나 귀국 뒤에는 카프의 중앙위원으로 크게 활동했기에 그의 '친일문학기'라는 진단이 형식적으로는 민족주의적 모습을 띄었다. 그러나 『조선신문학사조사』가 식민지 문학의 실상을 가늠할 중요한 자료, 곧 일제 강점기 국외조

선인문학, 특히 재만조선인 문학을 제외시킨 것은 그 문학이 '조선=일본'
이 아닌 공간에서 근 이백만에 이르는 민족의 체험이 반영된 문학이라는
사실에서 보면 직무유기를 했다. 민족문학의 복원은커녕 그 문학에 대한
사실판단도 하지 않고, 민족이 독립하여 정부를 수립하는 마당에 큰 덩어
리 문학을 문학사에 포함하지 않았기 때문이다. 이런 점에서 『조선신문학
사조사』 현대 편은 식민지의 문화치욕을 극복하려는 번민을 하지 않은 사
관 실종의 문학사이다.

　　모든 것은 변하고 다시 생긴다. 변하는 것이 발전이고, 발전은 앞의
것을 이으면서 달라지는 것이다. 재만조선인 문학은 우리 민족의 한 시기,
그것도 국권상실기에 남긴 희귀한 인문유산이다. '인문'이라는 말은 인문
적 사유가 뿌리이고, 인문의 본체는 시서예악이며 그것은 문학, 역사, 사
상, 예술인데[23] 그 가운데 문학이 으뜸이다. 서양의 'Humanities'도 문학, 역
사학, 철학, 수사학을 가리키고 문학이 제일 앞자리다. 그리고 문학사는 연
속개념이고, 그 개념이 풍부한 자료를 근거로 할 때 객관성을 지닌다. 공백
기, 암흑기, 친일문학기로 일컬어지는 우리의 1940년대 문학의 경우는 특
히 그러하다.

　　지금은 동북3성으로 불리는 만주조선인 문학의 배경은 지리적으로
는 조선과 중국의 경계이고, 시간적으로는 일제의 대동아공영과 맞물려
있다. 그래서 이 작품들은 생리적으로 '만주국·조선·일본·동아시아'적 요
소도 함께 지니고 있다. 지금까지 이 분야의 연구는 주로 소설이고, 시는
몇몇 작가에 한정된 논문중심의 연구가 이루어졌을 뿐이다. 이것은 학문
이 과학으로서의 객관성을 지니기 위해서는 반드시 거쳐야 하는 총체적
통찰이 이루어지지 않았다는 것을 말한다. 이런 점에서 재만조선인 문학

23　　조동일, 『인문학문의 사명』, 서울대학교출판부, 1997, 210~212쪽 참조.

연구는 가치를 시비하고 창출하는 인문학의 본령에 아직 이르지 못하였다고 할 수 있다.

이 저술은 시 연구가 중심이다. 왜 시 연구가 중심인가? 시는 일상생활을 재현하는 설명을 늘어놓지 않고, 생각하는 바를 간명하게 나타낼 수 있다. 이치 탐구를 두고 철학과 경쟁을 하면서, 통상적인 논리를 넘어서는 표현으로 독자에게 충격을 준다. 인간존재에 대한 자기반성을 새롭게 해서, 진부한 언사를 되풀이하는 종교를 무색하게 한다. 사람이 살아가면서 체험하는 시름을 긴 말이 아닌 짧은 말이나 노래로 불러서 풀었다. 민요가 그렇다. 우리의 경우는 시조가 민요에 더해졌다. 산문이 할 수 없는 일을 시가 한다. 사람은 누구나 감당하기 어려운 시름과 갈등이 있다. 가령 이상화는 경제적으로는 어렵지 않은 환경에 있었지만 심리적으로는 온갖 갈등을 겪으면서 시는 위대한 사명을 수행해야 한다는 신념을 버리지 않고 시를 썼다. 그래서 그의 시는 현실의 장벽을 타개해 희망을 준다고 하는 수준을 넘어 선다. 그가 「시인에게」라는 글에서 시는 "새로운 세계 하나를 낳아야 할 줄 깨칠 그때라야", "비로소 우주에게 없지 못할 너로 알려질 것이다."라고 한 것이 좋은 본보기다. 편안하게 사는 사람에게도 시가 있어야 삶이 더 즐겁다. 일상생활의 차원을 넘어서서 고결한 가치를 추구하고자 하는 사람은 시를 날개로 삼아 이상의 세계를 난다. 고난을 당하고 굴욕을 견디어야 하는 밑바닥 사람에게는 시가 투쟁을 전개하고 넘어서는 무기이고, 불운이 축복이게 하는 수단이다.

이 저술이 고찰의 대상으로 삼는 『시현실』 동인, 이수형, 함형수, 김조규, 유치환, 한 얼 生, 박팔양, 백석, 조학래 등의 만주 시편에는 이런 시의식이 생생하게 숨 쉬고 있다.

2. 만주진출 시의 전개 양상

본 저술이 내건 과제를 해결하는데 관련되는 큰 문제는 만주로 진출한 시인들의 시가 그곳에서 어떻게 전개 되었는가 하는 문제다. 왜 그것이 문제가 되는가. 만주로 간 문인은 그 첫째 원인이 현실과의 갈등이고, 두 번째는 조선에서 보다 더 나은 삶의 조건에 대한 기대인데, 그것이 어지간히 이루어지기도 하고, 이루어졌다가 외톨이 신세가 되어 떠도는가하면, 처음부터 지고 떠난 힘들고 벅찬 자신의 십자가를 내려놓지 못하고 씨름을 하다가 해방을 맞는 양상인 까닭이다.

제일 먼저 언급할 문제는 김기림과 『시현실』 동인과의 관계이다. 『시현실』 동인들은 서북지역 특유의 저항적 기질을 지닌 『맥貘』, 『단층斷層』, 『시건설詩建設』 출신의 젊은 시인들, 특히 『맥』[24] 출신이 중심이다. 세 동인지는 당시의 여느 잡지처럼 '황국신민의 서사'를 권두에 싣고 시대를 따랐다. 그러나 그것은 형식이고, 내로라하는 문인이 일본어로 글을 쓸 때 생생한 조선어로 서북문학의 비판적 로컬리티를 속에 감추며 딴전을 폈다.

이 동인의 배후에 김기림이 존재한다. 김기림은 『조선일보』가 폐간당하자 최재서가 그를 유혹했지만 뒤도 안 돌아보고, 낙향하여 경성고보에서 교편을 잡으면서 「연도」(1939), 「공동묘지」(1939), 「못」(1941), 「새벽의 '아담'」(1942), 「연륜」(1942), 「청동」(1942) 등의 작품을 썼다. 그는 이런 작품에 식민지 현실을 담아 그런 시를 투쟁을 넘어서는 무기로 삼아 현실을 검

---

24 『貘』 창간호(1938.6.)는 발행 출판사는 없고, 인쇄소 및 총판매소는 京城의 한성도서주식회사이다. 제2호도 판권의 서지사항이 창간호와 같다. 淸津의 蘇比亞書店이 함북총판이고, 제3집은 제2집과 동일한데 평양의 文友堂書店이 평양총판이다. 『맥』 제4집은 판권이 별지로 적시되어 있지 않다. 제5, 6집의 발행소는 京城 益善町 貘社이다. 사정이 이렇지만 『맥』이 鏡城高普 출신인 鏡城의 申東哲, 城津의 『맥』 창간 멤버 黃民 등 함북 문인이 주축이고, 鏡城高普 출신 문인이 많기에 鏡城의 『貘』이라 했다.

증하는 작전을 펼쳤는데 그것은 『맥』, 『단층』, 『시건설』이 지향하던 그 에 스프리와 다르지 않다.

『시현실』 동인들은 식민지의 압력을 피하고, 조선어를 사용하지 못 하게 된 정치적 억압을 견디기에는 울화가 치밀어 넓은 만주로 갔고 거 기서 다시 모여 도문에서 동인을 결성하고 동인시집 『전형시집典型詩集』 (1940)을 출판했다. 『시현실』 동인이 시를 투쟁의 무기로 사유하는 시를 쓸 수 있었던 것은 조선에서는 경찰이 작품 원고를 철저히 검열했으나, 만주 에서 그렇게 하면 '조선문학=일본문학'이 되어 5족협화가 4족의 개념이 되기에 그럴 수 없어 느슨해진 틈새를 비집고 들어갈 수 있었기 때문이다. 그렇지만 악명 높은 관동군이 감시가 현실 문제를 마음대로 다룰 만큼 자 유로운 환경을 허용한 것은 아니었다. 그래서 그들은 그런 조건에서 할 수 있는 길을 택했다. 그것은 가상공간에서 표현 불가능의 내용을 표현가능 으로 만드는 초현실주의 시의 기법의 글쓰기였다.

『시현실』이 공동으로 채택한 초현실주의 시 기법은 김기림이 1930년 대부터 1940년대 초기에 걸쳐 수행한 일련의 시론과 시 쓰기와 지속적 관 계에 있다. 신동철의 「作品」(『조선일보』, 1940.6.8.)은 극단적인 이질적 이미지 가 상충하는 초현실주의 시의 기법으로 현실을 문제 삼고, 황민의 「반가返 歌」(『조선일보』, 1940.2.3.)는 평원에 벼래(雷)가 번쩍이는데 못된 짓을 하면 벼 락을 맞는다는 에피타프의 성격을 담고 있다. 신동철과 황민은 이렇게 국 내에 거주하면서 초현실주의 시의 기법으로 마음속에 숨겨놓은 소망을 형 상화하여 그것을 『만선일보』와 『조선일보』를 통해서 발표했다.

신동철의 「시론메모—소화기의 해변. 상·하」(『조선일보』, 1940.5.25.~26.) 는 김기림의 초현실주의 시, 곧 「슈-르레알리스트」, 「시체의 흐름」, 「시 론」과 같은 맥락에 있다. 「시론메모」는 신동철 나름의 초현실주의 시론을 24개로 요약하고 있는데 그것은 김기림이 「시론」이라는 제목으로 시를 쓴 것과 같은 초현실주의론이다. 「시론」은 시 작품인데 시론 같고, 「시론메모—소화기의 해변」은 시 작품 같은데 시 이론인 것도 그렇다. 만주로 진출한 김기림의 제자들은 모두 시를 '사회성을 종합한 초현실주의 시 기법이라야 한다.'는 김기림의 논리를 따랐고, 또 김기림이 제시한 「모더니즘의 역사적 위치」(1939.10.)의 자장 안에서 창작활동을 전개했다. 이런 태도는 신동철, 황민만 아니고 김조규에게도 나타나고, 이수형의 「조선시의 재단면」(1941.2.12.~2.22.)에도 나타난다. 본 저술이 김기림의 시와 시론을 전제하는 것은 이런 점과 관계된다.

가장 문제적 시인은 이수형이다. 이 인물은 이름이 다섯 개나 되는 로서아 공대(東方勞力者共産大學)출신 한동혁韓東赫(본명 金元默)과 적색농민운동을 하다가 1933년에 만주로 잠적했다.[25] 입만入滿 직후는 도문 역에 취직했다가 간도무역주식회사로 일자리를 옮겨 평범한 생활을 하면서 뒤로는 「백란의 수선화」(1940.3.13.)로 재만조선인 문단에 초현실주의 시의 입만을 선언하고 신동철과 합작 시 「생활의 시가」를 쓰고, 동인 『시현실』을 만들어 재만조선인 시단에 형식적으로는 모더니즘시를 확장하고 내용적으로는 현실주의시로 현실을 문제 삼았다.

두 번째 시인은 「황혼의 아리나리곡」을 부르며 만주로 간 함형수이다. 그는 도문에서 소학교 교원으로 살면서 「정오의 모랄」 같은 작품으로 만주국의 현실을 비틀고, 경성京城에 진출하여 「이상국통신」으로 일제의 조선 지배를 야유했다. 그러나 시의 외연은 이상국 하나를 건설하려는 산문시다. 이수형이 『조광』에 일상어로 현실을 검증하는 「소리」, 「기쁨」, 「옥이의 방」과 언어 활용 기법이 같다. 함형수는 해방이 되어도 귀국하지 않고

25　李琇馨은 「前衛의 魔笛은·上」(『만선일보』, 1940.11.15.)에서 "내가 故鄕을 쩌나 이짱에 온지 7년"이라 했다. 이글을 역산하면 그가 만주로 온 해는 1933년이다.

만주에 남아 있다가 국공내전 때 모택동 홍군으로 장춘에서 국민군과 싸우다가 중상을 입고 회령으로 돌아와 세상을 떠난 골수 사회주의자다. 독신이었고, 이념이 너무 격렬했고, 삶은 너무 치열했다. 단짝 이수형이 해방기에 많은 활동을 하며 자신의 시적 원적지로 돌아갔는데 그는 시집 한 권 남기지 않고 해방 이듬해에 세상을 떠났다. 그래서 그의 시는『재만조선시인집』에 수록된 작품으로 작가생활이 마감되는 순수 재만조선시인이다.

세 번째는 김조규다. 이 시인은 1940년대 전반기 재만조선인시에서 가장 복잡한 문제를 제기한다. 첫째 그의 작품 가운데는 '발표지 미상', '육필원고' 상태로 전하는 작품이 매우 많다. 이런 작품일수록 문제적이다. 1940년대로 보면 시의 내포가 엄청난 폭발력, 다시 말하면 저항시, 민족시의 한 전형이 될 작품들이다. 그런데 이런 작품들이 원본확정을 거치지 않고 1940년대 초기 작품으로 평가, 연구되고 있다. 지금까지 이런 작품을 텍스트로 삼아 박사학위를 받은 논문이 2편이고, 10여 편의 석사논문, 그 외 연구논문이 25편 가량이다. 사정이 이렇게 된 원인은 숭실대학교 출판부의『金朝奎詩集』(1996), 연변대학 조선언어문학연구소의『김조규시전집』(흑룡강조선민족출판사, 2002), 허경진, 허휘훈, 채미화 편『김조규·윤동주·리욱』(보고사, 2006) 시집 때문이다. 그리고 개인출판사가 간행한 '20세기중국조선족문학사료전집' 제2집『김조규 윤동주 리욱 현대시』(연변대학교조선문학연구소, 박이정. 2013)도 이런 현상을 부추겼다. 이런 시집들은 원본확정 문제는 불문에 붙이고, 1940년대 초기 작품을 '발표지 미상', '육필원고'라는 꼬리표 하나만 달랑 달아 대학의 이름으로, 혹은 대학교수의 직을 걸고 시집을 출판하였다. 실상이 이렇기에 본 저술은 이상의 시집들은 보조자료로 참고하고 모든 작품을 당시 원본을 찾아 그것을 연구 텍스트로 삼았다. 원본을 찾을 수 없는 작품은 연구 대상에서 제외했다.

김조규의 시 가운데 「남풍」(1941), 「남방소식」(1942), 「귀족」(1944)은 이 작품이 발표된 시간과 발표지 등 주변 환경과 '남쪽' 이미지 때문에 작품 평가가 그릇되고 있다. 그래서 이 세 작품을 집중 고찰하여 김조규 시의 본질을 규명한다.

김조규는 재만 조선시인 가운데 시력이 가장 길고, 역동적인 활동을 했다. 1930년대 초에 같은 숭실중학 출신의 황순원, 경성고보鏡城高普 함형수 등과 문학 활동을 시작하여 세상을 떠날 때(1990)까지 60여 년 문인으로 살았다. 목사의 아들로 태어나 미션스쿨에서 수학하고 첫 직장도 선교사가 세운 학교(普新學校) 교사였다. 그러나 불령선인으로 낙인 찍혀 일경의 감시가 여전하자 만주로 건너가 조양천 농업학교 교사로 근무하다가『만선일보』 편집기자가 되었다. 해방 뒤에는 평양으로 돌아가 김일성 주체문예이론에 따라 구작을 개작하며 그의 공화국을 위해 사회주의이념의 시를 썼다. 여기서는 그의 이런 문학 활동 기간 중 재만문학기 작품을 고찰한다.

만주진출 시인들 가운데는 처음부터 자기 자신이 지고 떠난 힘들고 벅찬 짐을 내려놓지 못하고 독특하게 세계를 자아화한 시인이 있다. 유치환이다. 유치환은 현실을 외면하는 포즈를 취하고 입만을 결행했지만 그는 거기서 더욱 준열한 생명문제에 직면하고, 그것과 대결해야만 했다. 그러나 마침내 돈오頓悟가 그를 구제했다. 「생명의 서」 연작 3편에서 추출할 수 있는 자생적 실존의지가 그것이다.

다섯 번째는 한 얼 生이다. "한국의 얼, 한민족의 얼, 대종교의 '한배검', 또는 '開天歌'을 연상시키는 이 '한 얼'"에 대해서는 어떤 정보도 없다. 그러나 대종교의 「널리 펴는 말」로 임오교변壬午敎變(1942.11.)이 일어났고, 신가神歌『한얼노래』 27수를 새로 쓰고, 그 '머리ㅅ말'에서 '진실로 그 예술의 값은 부르는 이나 듣는 이의 마음의 거문고를 울리어 기쁘고 엄숙하고 원대한 느낌을 준다.'라고 한 존재를 연상시킨다는 점에서 이극로李克魯로 추정된다. 이런 추정은 이 얼굴 없는 시인이 그때 "滿洲國 牡丹江省 寧安縣

東京城" 대종교 총본사에서 『한얼노래』를 편집하고, 같은 시간에 남긴 4편의 교술시가 우리 민족의 화려했던 역사를 소환하여 그것을 숭고미로 형상화하고 있다는 점에 근거를 둔다.

　　박팔양은 몇 개의 얼굴을 가진 시인이다. 박팔양은 시집 『여수시초麗水詩抄』(박문서관, 1940)를 경성京城에서 만들어 신경新京에서 성대한 출판기념회(1940.5.27.)를 열어 재만조선인 사회에 조선인의 문화주권을 과감하게 행사하였다. 그런데 백석은 『여수시초』를 '슬픈 마음에 즐거움이 왕래'하는 「슬픔과 진실」(1940.5.9.)로 읽었다. 이것은 당시 박팔양이 처해있던 사정과 많이 다르다. 박팔양의 협화회 홍보과의 화려한 활동과 대립되는 번민을 말하기 때문이다. 백석의 독해는 「그 누가 저 시냇가에서」 등 구작을 근거로 했다. 그렇다면 '번민의 정조'는 협화회와 무관하다. 1930년대의 작품인 까닭이다. 그러나 그런 구작은 『여수시초』를 통하여 화려하게 재탄생하기에 구작이면서 신작이다. 따라서 그런 독해는 의미심장하다. 구작이지만 1940년 5월 현재 다시 신작으로 향수되면서 시적 진실을 심화, 확대하기 때문이다. 이런 점에서 박팔양의 『여수시초』는 극서정시의 한 전범이다. 극서정은 시간을 초월하며 독자를 위무하기 때문이다.

　　다음은 보다 나은 삶의 조건이 어지간히 이루어졌다가 외톨이가 된 시인의 경우이다. 그 첫째 인물이 백석이다. 백석은 최남선, 염상섭, 박팔양 등과 함께 동아드림을 좇아 만주로 간 시인이고, 어떤 압력 때문에 『매신사진순보』에 시 같고, 수필 같은 「당나귀」를 썼다. 하지만 그가 종국에는 만주에서 어느 바람 센 쓸쓸한 거리 끝을 헤매는 신세로 전락했다. 그런 사정은 그가 백구둔白狗屯[26]에 거처를 얻어 살 때 '나는 땅 님자 老王한테 석 상디기 밭을 얻는다.'는 「귀농」(『조광』, 1941.4.)같은 작품에 잘 드러난다.

26　　바이거두툰(白狗屯)은 新京(長春) 근교의 농촌 마을 이름.

이리하여 노왕은 밭을 주어 마음이 한가하고
나는 밭을 얻어 마음이 편안하고
디퍽디퍽 눈을 밟으며 터벅터벅 흙도 덮으며
사물사물 해볕은 목덜미에 간지로워서
…(중략)…
老王은 나귀를 타고 앞에 가고
나는 노새를 타고 뒤에 따른다.

　　우리는 이 작품에서 나귀를 탄 시인을 본다. '사물사물 햇볕은 목덜미에 간지러워서'와 같은 시각적 분위기가 시의 정감을 데운다. 하지만 노왕을 뒤따르는 시적 화자는 초라하고 외롭다. 하마 비루먹었을지도 모를 나귀를 타고 한족漢族의 소작인이 되어 터벅터벅 흙을 덮으며 들길을 가는 양자가 그러하다. 동아드림이 엄혹한 현실 앞에 무너져 내리고 있다. 그런데 백석의 빛나는 만주시편은 이런 외톨이 신세 끝에 나타났다. 북방정서가 곡진한 「북방에서」, 「흰 바람벽이 있어」, 「남신의주 유동 박시봉 방」 같은 절창이 모두 그런 북방체험의 산물이다.

　　다음은 서정주이다. 이 시인은 삶이 조금 빛나가 일본회사 용역이었으나 순사부장 출신 일본인에게 기가 안 죽으려고 호피조끼를 사 입고 오기를 부렸다. 그러나 출향을 후회하는 강박관념에 쫓기다가 곧 회향했다. 어느 날의 일기에 그런 만주사정이 흥미롭게 드러난다.

　　첫날밤에 新郎이 便所엘 가는데 함裝飾에 道袍자락이걸린걸 新婦의輕率과 淫蕩인줄誤解하고 버렷드라. 十年後에 도라와보니 新婦는 거기 十年의 첫날밤을 如前히안젓드라. 誤解가 풀렷거나마렷거나 손목을잡어보니 新婦는벌서 쌔캄한 한줌의 재였다.… 新郎은

出世를할가. 그러나 新郎은 벌서 우슬수가업는 것이다. …(중략)… 말을 하자면「新體制」란 말이 업서지는날이 우리 國民가운대 新秩序新體制가 하나의肉體로써 充分히 生活化가되는날일것이다. 그리고 그날이야말로 文學은 비로소 온전한時代의時代的인社會的現實가운데 生活의根據를엇게되는날인 同時에 크고참다운作品이 나와지는 날일 것이다.[27]

「만주일기」 가운데 하나이다. 일기에 나타나는 정황은 '신랑은 출세를 할가. 그러나 신랑은 벌서 우슬 수가 업는' 상태이다. 이 일기가『매일신보』(1941.1.15.)에 발표된 날짜를 감안하면 실성한 영감 죽은 딸네 집 바라보는 듯 하는 이 일기를 쓴 실제 날짜는 1940년 12월쯤 되겠다. 서정주의 만주사정이 어떤지를 서정주 특유의 문체로 알려주기에 흥미로우나 너무 순진하여 안쓰럽다. 만주에서의 서정주의 이런 체험이 뒷날 「신부」로 형상화되었다는 점에서 그 나름의 의미가 있다. 그러나 이런 비허구산문이 알리는 서정주의 만주사정은 딱하다. "신질서 신체제"에 맞춘 문학이라야 크고 참다운 문학이 된다는 논리가 그렇다. 하지만 그런 귀속을 꿈꾸는 와중에 그래도 그는 「만주에서」, 「문들레꽃」, 「무제」를 남겼고, 그런 작품이 용하게도 이런 일기와는 다른 데가 있어 서정주 몫을 한다. 그러나 그의 만주생활 일 여년은 공백기나 다름없다. 천품을 타고난 시재가 달랑 작품 3편을 들고 돌아왔기 때문이다.

조학래 역시 보다 나은 삶을 찾아 만주로 간 인물이다. "부산항아 내 고향아"라며 고향을 떠나[28] 신경특별시 고관을 모시고 다니는 운전수가 되

---

27   서정주, 「滿洲日記」, 『매일신보』, 1941.1.15.

28   발행인 安含光, 종합시집, 『한 깃발 아래서』, 「내일은 가겠노라 그립던 네 가슴속으로__부산항이 보이는 산마루에서」, 文化戰線社, 1950.3. 평양, 137쪽.

었고, 『만선일보』를 무대로 활발한 창작 활동을 했으며 『만주시인집』에 유
치환, 함형수, 박팔양 등 당대 그곳의 유명시인들과 이름이 나란히 올라 바
라던 삶을 실현했다. 그리고 북으로 가서는 혈맹관계에 있는 베트남을 방
문하여 그것을 『월남방문시초-한줌의 흙』(조선작가동맹출판사, 1956)을 출판
했다. 이런 사실을 고려하면 조학래가 재만 조선문인 가운데 친일시를 제
일 많이 썼다는 주장은 재고되어야 한다. 그의 시가 민족시로 독해할 수 있
는 근거가 작품 외적 조건으로 성립되기에 그것을 해명해야 하기 때문이
다.

　　이 저술은 이상의 가설적 진술을 이수형, 함형수, 김조규, 『시현실』
동인들의 작품, 그리고 유치환, 한 얼 生, 백석의 시, 또 박팔양, 조학래
와 서정주의 재만기 시를 중심으로 논증하려 한다. 이 시인들의 작품에는
1940년대 전반기의 시대와 길항하면서 시적 진실을 번민煩悶하고 모색摸索
한 특이한 문학정신이 배어있다.

제2장

전반적 동향

1. 五族協和와 조선인 시

제2장에서 논의하는 여러 문제는 1940년대 전반기 재만조선시인들의 작품은 같은 시간 국내외에서 이루어지고 있던 독립운동 세력과 재만조선인시가 보이지 않은 경로를 통해 시인과 어떤 관계를 형성하고 있었을 것이라는 추론을 전제로 한다.

이런 추론이 성립되는 것은 논의가 진행 되면서 분명해 지겠지만, 최남선은 건국대학에 재학하던 조선인 학생들이 학병지원 문제에 대해 지도를 요청했을 때, 군사력이 민족 실력의 핵심이니 학병으로 나가 싸워 살아 돌아와 그 체험으로 장차 우리나라가 독립하면 국가를 관리하라고 가르쳤고, 만주에서 경성으로 돌아온 뒤에도 일본은 곧 망할 것이라고 했다. 확실한 첩보가 없이는 할 수 없는 언행이다. 그때 출판한『古事通』에서 이런 사실이 드러난다.

재만조선인 시가 보이지 않은 경로를 통해 시인과 관계를 형성하고 있는 확실한 예가 있다. 이학성의 「첩보捷報」(1942.8.)다. 이 작품은 만주와는 천리만리 떨어진 말레지아, 필립핀 등에서 전개되는 전쟁을 첩보諜報를 통해 알기라도 했는지 "이제 바다의 頌歌는 들려오나니/香氣로운 南風을 깃긋마시며/눈물이 철철흐르는 祝盃를 들자"[1]고 노래했다. 첩보를 통한 확실한 정보가 없이는 결코 쓸 수 없는 작품이다. 그의 다른 작품, 가령 비슷한 시간에 쓴 「오월」(1942), 「봄쑴」(1940)이 민족적 정서가 진동하는 것과는 정반대인 까닭이다.[2] 결과적으로 이학성은 틀렸고, 최남선은 맞췄지만 두 사람 다 자기 나름의 첩보가 없으면 할 수 없는 언행이고, 글쓰기다.

사정은 여기에 머물지 않는다. 중국 동북지방에서 1940년 8월까지 사회주의 계열의 독립투쟁, 그들의 말대로 하면 "匪首金日成部下"들이, 백두산을 근거로 전개되고 있었고[3], 그런 항일전투는 「김일성등반국가자에게 권고문」이 되어 비행기로 살포되다가, 1941년 1월에는 경성의 『삼천리』에 전문 게재되었다.[4] 관동군이 '나히가 칠십에 갓가운 조모'와 '남만청총南滿靑總 당시 의형제義兄弟까지 매젓던 넷날의 동지들을 대려와' 김일성에게 항복을 종용하는 기사가[5] 연속적으로 『만선일보』에 보도되던 1940년 4월의 그 김일성의 항일투쟁과 연계된 정보다. 그런데 『삼천리』 1940년 4월호, "삼천리긴급게시판"이라는 이상한 난에 "金日成匪中에武裝女群-拉致된 二十五名 無事히 돌아오다."라는 기사가 실렸다. 김일성을 "匪首"라

---

1 李鶴城, 「捷報」, 『만선일보』, 1942. 8.17. 李鶴城은 이 시를 쓰기 전에 친일시 「여명」(『만선일보』 1942.5.11.), 「백년몽」(『만선일보』 1942.5.25.)를 발표했고, 『朝光』 제7권 제6호, 1941.6의 '만주특집'에 「東滿과 朝鮮人:李鶴城」이라는 친일논설을 『반도가화와 낙토만주』의 편집인 申瑩澈의 「在滿朝鮮人敎育의 過去와 現在」와 함께 썼다.

2 이 문제는 제6장 「배반의 변호」에서 상론한다.

3 『滿鮮日報』, 「前田警防隊武勇傳─匪首金日成部下의 紅旗河를 夜襲」(一) 間島支社 崔武, 1940.8.7.
『滿鮮日報』, 「前田隊에 쫏긴 金匪, 密林 속에 潛跡」(二), 間島支社 崔武. 1940.8.8.

4 「金日成等反國家者에게勸告文─在滿同胞 百五十萬의總意로」, 『三千里』 제13권 제1호, 1941년 1월호, 206~209쪽.

5 「首匪·金日成의 生長記·三」, 一旦은 歸順을 決心, 『만선일보』 1940.4.21. 이 기사는 5회 (1940.4.16.~4.22.) 8단으로 보도되었다.

부르며 그들의 행동을 구체적으로 적시하고 있는데 그 내용의 일부가 『만선일보』에 나타나는 김일성 기사 내용과 대동소이하다.[6]

이런 현상은 『삼천리』가 한 개인이 발행하는 종합잡지지만 그것을 넘어 하나의 기밀기관으로서의 역할도 한다는 사실을 증명한다. 발행인이 시인이고 문학작품이 중심을 이루어 전쟁과는 무관한 듯한데 "삼천리기밀실급구회三千里機密室及口繪[7]"라는 난을 설치해 두고 정계, 군사 등 여러 방면의 기밀을 다루는 것은 잡지지만 잡지가 아니다. 김동환이 탄환과 펜은 같은 금속으로 되어 있기에 전선에 나가 싸우는 병사나 후방에서 펜을 들고 글을 쓰는 문인의 임무는 같다[8]며 문학과 전쟁을 등치시킨 그 행위의 실현이다. 비선을 가동하여 첩보를 수집하여 기밀실 기사로 다루며 그것을 잡지의 편집방향에 참고하고 필자와 독자도 관리하려는 전략에 다름 아니다.

---

6   三千里緊急揭示板, 金日成匪中에武裝女群 - 拉致된 二十五名 無事히 돌아오다.
     十二日未明 咸北 對岸인 大馬鹿溝에 匪首金日成의 引率인 匪團에 拉致되었던 百四十名 中 二十五名(內地人一名, 朝鮮人十三名, 滿人九名, 白系露人二名)은 大馬鹿溝本部에서 西北方五里의 一三三高地에서 露營하고 十三日午前六時에 釋放되어 同十一時頃 歸還하였다. 『삼천리』 제12권 제4호, 1940.4., 68쪽.

7   三千里機密室及口繪, 『三千里』 제12권 제4호, 1940.4, 「機密室 - 우리社會의 諸內幕」, 政界, 軍事力 方面; 中樞院參議 二十六人創氏. 壯丁四十萬名; 조선13도에 신체건강하고 소학교나 중학교 이상의 교육을 받은 17세부터 23세까지 장정수가 약 40만 명이라 한다. 志願兵血書 二百狀. 『삼천리』 1940.4월호. 21~22쪽 참조. 이 '기밀실'이 1941년에는 '情報室'로 바꾸어 국내외 특이한 정보를 상세히 보도했다. 가령, 米國徵兵制度로 因한 喜劇. 米國에서는 요새 징병제도를 전국에 일제히 시행하였는데…(중략)… 양심적 반대자로서의 신학교 출신의 목사와 특히 신앙심이 깊은 평화론자만은 제외하기로 했더니 갑자기 신학교입학자가 격증하였으며 거짓 敎徒가 증가되었다./조선서 최고원고료를 지불하는 每新 것만 들면 四百字結一枚에 八十錢이다. 이대로 계산하면 신문소설 一日分은 四圓을 받는 셈이다. 『삼천리』 제13권 제7호. 1941.7., 63~65쪽.

8   김동환, 「탄환과 펜의 인연」, 『삼천리』, 제12권 제7호, 1940.7., 92~93쪽.

이런 전략은 태평양전쟁이 일어난 직후 김동환이 『만선일보』에까지 진출하여 "조히로 만든 탄환이란 전시하에 잇어 신문잡지출판물등을 가르키는것인데 현대전쟁의 가장 중차대한사상전, 신경전을 치는대는 이 출판물이 '라디오'와 영화와 함께 가장 중요한 것입니다."[9]라는 데서 "삼천리 기밀실"의 역할이 현실화된다. "조히로 만든 탄환=라디오"가 출판물의 중요성을 비유한 시적 표현이 아니라 질재였기 때문이다. 다음과 같은 작품에서 그것을 확인할 수 있다.

가슴에서 가슴으로 뉴-스가 번져간다
그것은 소리다. 피며 눈물이다.

音波에 실려
日章旗의 歡聲이 들려온다
太平洋의 너울이 들려온다.
아-感激의 아우성이 들려온다.

나업는 가슴우에 興奮의 덩치
두귀의 사랑스러움이여
緊張을 도두워 더욱 사랑스러움이여
一億의가슴에 밧들리는 오즉 하나의 祈願

알리우라 歷史의 소리여
山下를 넘고 日月을 넘어
正義만이 반짝이는 久遠의 길을

---

9   金東煥, 「必勝信念下. 나의決戰體制」, 『만선일보』, 1941.12.10.

아 - 소리노피 乾坤에 아뢰라

「라디오」 전문[10]

이 시는 김동환이 주문 창작한 작품처럼 전쟁에 라디오가 어떤 역할을 하는가를 증명한다. 라디오에서 이런 뉴스, 곧 '日章旗의 歡聲이 들려오고, 太平洋의 너울이 들려오고, 승리한 感激의 아우성이' 수시로 들린다면 사람들은 어떻게 될까. 그것을 사실로 믿을 것이다. 전쟁의 승패는 병사의 사기다. 사기는 응원이고 응원은 노래가 으뜸이다. 모든 싸움에는 응원가가 필요조건인 것은 이런 이치다. 지고 있던 운동경기도 자기편 응원이 거세지면 전세를 뒤집을 수 있다. 병사들이 적진으로 뛰어들 때 뒤에서는 군가를 부르며 북과 나팔로 병사의 용기를 자극하는 것도 같은 이치다.

「라디오」를 쓴 시인은 이런 싸움의 이치를 통달하고 '조히로 만든 탄환'을 라디오의 뉴스로 쏘아 올렸을 것이다. 이런 소식을 믿지 않을 사람은 단파수신기로 VOA(Voice of America)나 임시정부의 단파방송을 밀청하는 사람들일 것이다. 하지만 단파수신기는 소지하면 법에 걸리고, 구하기도 어려우니 모두 경성방송국의 이런 라디오 뉴스를 믿고 일본이 모든 전쟁에서 이기고 있다고 판단했을 것이다. '일장기의 환성'은 시다. 이 시는 시인이 지었는데 라디오가 음파로 날렸다. 그래서 둘은 동격이고, 시·문학은 탄환이 된다.

1940년 6월호 『삼천리』의 "삼천리기밀실"은 "重慶政府는 僞政府"[11]

---

10   李春人, 「라디오」, 『每新寫眞旬報』, 통권 제287호, 1942.6.1. 16쪽.

11   三千里機密室, 『三千里』 제12권 제6호, 1940.6. "忠州可金面金漢奎(30)가 培材高普를 中退學하여 歸農中 友人方에서 創氏制度를 誹謗하여 內鮮一體의 大方針을 毁損하는 不穩한言辭를 하였음으로…" / "朝鮮軍司令部서 發表, '重慶政府는 僞政府로', 新中央政府樹立과함께 政治, 外交등의關係로부터 蔣政權의政府, 各機構의名稱을 新政府의各機構와混同을避하기爲하여 蔣介石을蔣逆이라 呼稱하는等 全面的으로 改稱하는 標準用語가 支那方

라 했다. 이것은 일제의 선무공작을 광포하여 그들의 동양지배에 잡지가 자임하여 앞장을 선 것이다. 이 잡지는 1940년대에 들어와서는 거의 매호 마다 권두에 천황폐하의 성수무강을 빌고, 그들이 벌인 전쟁을 성전이라 며 승리를 기원했다. 김일성에게 항복을 종용한 권유문을 게재한 1941년 1월호에는 주요한과 모윤숙이 그런 시로 국가정책을 홍보하는 시를 게재했 고, 이광수는 「신체제하의 예술의 방향」으로, 채만식은 「문학과 전체주의」 로 그런 작품을 백업했다.

> 시방 우리는 총을 들고
> 시방 우리는 칼을 잡고
> 시방 우리는 싸우고
> …(중략)…
> 아직 우리는 알기보다도 바랄 뿐이외다.
> 우리의 아들들은 알것이외다.
> 우리의 손자들은 누릴 것이외다.
>
> 　　　　　　　　　주요한 「팔굉일우」에서[12]

> 눈은 하늘을 쏘고 그가슴은 탄환을 물리처
> 大東洋의 큰理想 두팔안에 꽉 품고
> 달리여 큰숨 뿜는 正義의 勇士
> 그대들은 이땅의 光明입니다.
>
> 　　　　　　　　　모윤숙 「지원병에게」에서[13]

面軍에서使用하였는데…" 15~16쪽 참조.

12　주요한, 「八紘一宇」, 『三千里』 제13권 제1호, 1941.1. 263쪽.

13　毛允淑, 「志願兵에게」, 『三千里』 제13권 제1호, 1941.1. 265쪽.

인용하기가 민망하다. 이런 시는 문인 38명이 지원병훈련소에 가서 하루 입소로 현장을 체험하고 돌아와 「문사부대와 지원병」[14]으로 소감을 쓴 그 비허구산문과 함께 당시 조선문단을 압박했다. 당시 문인과 문학이 어느 지경에 가 있는가를 단적으로 드러낸다. 문학의 그 흔한, 그러나 숭고한 본질인 인간애는 흔적도 없고, 파쇼 국가의 정책이 문학의 이름으로 문단을 횡단하고 있다.

그러나 재만 조선시단은 다르다. 거기는 『만선일보』 학예란이 작품 발표의 유일한 지면이고, 그 관리를 관동군이 하지만 시단 분위기나 작품의 성격은 완전히 딴판이다. 일일이 열거할 수 없지만 김귀金貴는 김삿갓 시를 패러디하며 현실을 꼬집었고(「정자 이십수의 유혹」, 1940.8.3.), 김조규는 "學園에서 침략자 반달族을 追放하라(「어두운 정신」, 1940.11.19.)"고 했다. 송철리는 「화로」에서 '활화산의 비등을 듣는다'며 저항의식을 투사했다.[15] 경성의 문인들이 「문사부대와 지원병」(『삼천리』, 1940.12.) 같은 편집으로 아세할 때 『만선일보』는 다음과 같은 작품을 내보냈다.

淑과 나와
빗바람에 무너진 同胞의 白骨우에
芳香이 그윽한 한송이 장미를 심그고
세 번 손드러 悔恨의 눈물을 올린다.

구름스테 아드윽한 벌판
막다라 다흔 삶의 殿堂에
光明의窓을 彫刻하는 날, 날, 날

---

14   文士部隊와 志願兵, 『삼천리』 제12권 제10호, 1940.12. 60~67쪽.
15   宋鐵利, 「爐邊雜吟」 가운데 '火爐', 만선일보, 1940.1.20.

나는 그만 故鄕을 부르리라.

「光明의 窓—淑에게 보내는 詩」[16]에서

　　문학사에서 이름을 찾을 수 없는 무명시인의 작품이다. 만주가 살기 좋다는 말을 믿고 고향을 떠나온 문청으로 판단된다. 하지만 시의식은 '광명의 창'을 조각하는 날 '나는 그만 고향을 부르리라'며 미래에 가 있다. '동포의 백골 우에'라는 표현도 그렇다. 이 시는 일차적으로는 연문학적 분위기를 형성하지만 한발만 더 나가면 민족의 장래를 축원하는 작품으로 읽힌다. 시의 화자는 지금 비바람에 무너진 '동포의 백골 우에' 장미꽃을 바치며 회한의 눈물을 올리기 때문이다. 또 삶의 전당이 이루어지는 날, 그때 고향을 잊겠다고 하는 것이 그렇다. 이 작품의 창작시간이 『만선일보』의 그 「首匪·金日成의 生長記」가 연재되던 시간과 같고, 기이하게도 그 생장기는 김일성의 머리가 명석하고, 리더십이 강하며, 어려서부터 사회주의자 아버지를 따라 녹림생활을 한 비범한 인물이라 했는데, 시의 심상의 영토가 김일성의 그 생장기와 다르지 않다. 이 시에 배어나는 희망의 정조는 『삼천리』 같은 잡지에서는 상상도 할 수 없다. 그때 『삼천리』는 "사랑하는 병사여!/이슬저진 새벽수풀우으로 지난밤 깃드렀던 참새떼/아츰해를 향해 즐거이 노래부르며 나라오를적에/젊은 우리의 일천병사도 가향의 단꿈을 깨치고", "동방에 요배하며 이어 국가를 높이 부른다."[17]며 "機密室"을 설치하고 온갖 것을 보고하고 주변의 존재를 의심하고 적대시했다.
　　『삼천리』가 앞장서서 이렇게 경성의 조선시단을 짓밟던 시간, 한 떼의 젊은 재만시인들은 그런 더러워지는 세상을 검증했다. 이수형은 「창

16　尹君善, 「光明의 窓—淑에게 보내는 詩」, 『만선일보』, 1940.3.5.

17　金東煥, 「일천병사의 '수풀'」, 『삼천리』 제12권 제10호, 1940.12. 221쪽.

부의 명령적 해양도」(1940)에서 만주국의 현실을 비틀었고, 함형수는 「정오의 모랄」(1940)에서 뒤죽박죽 되어가는 만주국을 야유했으며, 김조규는 「馬」(1940)에서 절망의식을 탈출의 이미지로 분사시켰다. 황민은 「금역의 수첩」(1940)에서 일제의 군국주의를 문제 삼았다. 모두 『삼천리』에 게재되는 작품과는 현격한 차이가 난다. 이런 작품이 발표된 뒤 태평양전쟁이 터져 세상이 피를 튀길 때 이수형은 「玉伊의 방」(1943)의 화자로 하여금 만세를 부르게 했고, 김조규는 「신춘집」 6수(1942)에서 재만조선인이 발설할 수 없는 정서를 초현실주의 기법으로 담아냈으며, 유치환은 싱가포르를 함락(1942.2.)했다고 야단이 난 기사 틈새에서 인간의 실존을 외쳤다. 「생명의 서」(1942.1.) 연작 3편이다. 그런가 하면 백석은 「당나귀」(1942)로 희생의 한 권화를 형상화시켰다. 이 저술이 주체사적 관점에서 입론을 세워 연구를 할 수 있는 것은 1940년대 전반기의 재만조선시인의 삶과 작품의 성격이 이렇게 본국문학과 다른 정체성을 지녔기 때문이다. 대부분의 재만조선인들은 본국과는 다른 정서, 인간적인 정보 속에서 살면서 희망의 날을 기다렸다.

2. 삶의 양식과 작품

1940년대 전반기 재만조선인 시의 대세는 실향정서Diaspora이다. 디아스포라는 이산의 형상화, 향수의식, 고토에의 비애감 등을 뜻하는 모국 지향 정서다. 그러나 디아스포라는 비자발적으로 이주한 성격도 있기에 이주지에서 동화되기 어렵고 기원지로 돌아가기도 힘든, 일종의 정치적 망명상태라는 해석도 있다.[18] 이것은 디아스포라 문학은 본질적으로 민족적 공동체로서의 성격을 희석시키는 요소가 된다.

1940년대 전반기 만주에 살던 시인 가운데 가장 특이한 존재가 백석일 것이다. 백석은 만주에서 국무원 경제부 서기, 안동 세관원 모두 공무원 신분으로 살았는데 가장 민족적인 시인으로 평가된다. 신분이 공무원인 것은 디아스포라의 성격을 희석시킨다. 사정이 이렇지만 백석연구를 하면서 그의 직업을 문제 삼아 그의 시를 달리 해석하는 경우는 없다. 함형수도 도문백봉우급학교圖們白鳳優級學校 교사라 공무원이다.[19] 그러나 함형수도 백석과 다르지 않다. 그런데 백석과 함형수와 다른 존재가 있다. 조학래이다.

조학래는 재만조선인 시인 가운데 친일시를 제일 많이 썼다고 한다.[20] 그는 만주국 교통부에 소속하는 신경특별시 운전수로 시장 출퇴근은 물론, 주요행사가 있으면 시의 고관을 모시고 다닌 사람이다. 그가 친일시인으로 평가되는 것은 이런 신분 때문인 듯하다. 왜 그럴까 작품은 문제 삼지 않고, 신분을 전제한 선입관 때문일 것이다. 현재 재만 조선시인에 대한 평가는 대개 이런 통념에 의해 시인과 작품이 평가되는 상태에 놓여 있다.

이 문제를 연구가 많은 백석과 연구가 거의 없는 조학래의 작품을 대비하여 가늠해 볼 필요가 있다. 반면교사의 기능을 하기 때문이다. 백석의 만주시편 가운데 「귀농」(1941.4.), 「조당에서」(1941.4.)는 반민족적 정서가 비교적 강하게 나타난다. 「귀농」의 화자는 한족漢族의 소작농이 되어 농사가

---

18   V.Y.Mudimbe & Sabine Engle., 'Diaspora and Immigration', The South Atlantic Quarterly special issue98 1/2), 1999. pp.1 - 8. 유인진, 『코리안디아스포라』, 고려대학교 출판부, 2008. 참조.

19   김삿갓의 풍자시 「서러운 나그네 망할 놈의 집에 쉰밥」(二十家中에 三十客 하니 四十家中에 五十食)을 패러디한(「亭子二十樹의 誘惑」(『만선일보』, 1940.8.3.)의 김귀는 도문세관원이고, 만주국을 '어두운 밤'(「暗夜」)이라 한 金昌傑도 교사였고, 함형수와 절친인 현경준도 교사였다.

20   최삼룡, 『재만조선인 친일작품집』, 보고사, 2008, 102~107쪽 참조.

잘 되라고 지주를 따라 충왕묘, 토신묘를 찾아뵈러 가고, 「조당에서」는 '서로 나라가 달은 사람인데 / 한 물통 안에서 목욕'을 하며 그들의 얼굴에서 도연명을 발견하고 친밀감을 느낀다. 백석이 토박이말을 귀신처럼 알맞게 부려 써서 가장 한국적인 시인이라는 평가를 받지만 이 두 작품은 그런 평가와는 무관하다. 같은 시간 같은 곳에서 쓴 「힌 바람벽이 있어」가 민족적인 정서를 토박이말로 형상화시켜 시적 성취도를 높이는 것과 다른 까닭이다.

조학래의 「원보」(『만선일보』, 1940.4.27.)는 농사일을 기리는 작품이다. '地軸을 파헤치고 무럭무럭 구수한 흙 香氣! / 千里萬頃 구부러진 耕地!'라며 옥야에서 농사를 짓는 것을 찬미한다. 그런데 이 작품도 친일시로 평가된다. 「원보」는 백석의 「귀농」과 테마, 시를 지배하는 정서, 심지어 창작한 시간과 장소도 다르지 않다. 「원보」가 친일시라면 「귀농」도 친일시다. 「원보」에는 조선의 농악 마당놀이가 신명을 풀고, 「귀농」은 한족漢族의 토신에게 풍년을 빈다. 그렇다면 「귀농」이 더 친일친만적이다.

조학래는 「대동아전쟁과 문필가의 각오」를 썼다. 그러나 "時代精神을 無視, 分離한 作品은 偉大한 文學이 못되겟지요. 더욱이 이時代에 滿洲라는 特異한 風土속에서 呼吸하는 眞實한 文學徒라며는요."라 했다. '대동아전쟁' '문필가의 각오'라는 핵심어는 입에 담지도 않고, 시대정신을 무시, 분리하는 작품이 위대하다고 했다. 그의 대표작 「유역」도 친일시로 평가한다. 그러나 작품 속으로 들어가면 그런 독해가 잘못된 것이라는 사실을 발견한다.[21] 이런 사실을 근거로 할 때 재만 조선시의 경우, 작품의 시적 진실은 시인의 직업과 무관하다.

그렇다면 이런 성격을 어떻게 해석해야 할까. 두 가치의 동시 승인이

---

21   「사로잡힌 선계 시인 – 조학래」 참조.

라는 점에서 '양면성'이다. 양면성은 양면이 각기 그것 나름의 가치를 지니고 있다. 이것을 이중성이라고도 할 수 있다. 그러나 '이중성'은 하나를 긍정하면서 다른 하나를 부정하는 표리가 다른 언술이고, 양면성은 표리를 함께 인정하는 긍정적 언술이다. '양가성ambivalence'과도 다르다. 양가성은 상이한 두 가치를 공인하는 개념이다. 따라서 이런 정서는 이중성도 아니고 양가성도 아니다. 양면적 정서이다.

왜 이런 양면정서가 문제되는가. 1940년대 전반기 재만조선인 시가 디아스포라문학과 그렇지 않은 작품, 곧 실향문학과 친일친만 문학으로 양 대별된다면 이런 논리는 이런 문학을 객관적으로 설명할 수 없기 때문이다. 세상 사람들은 거의 다 생활공간에 사는 보통 사람들이고, 보통사람에게 이념은 생활 다음의 문제다. 따라서 재만조선인 문학을 실향문학과 친일친만 문학으로 양 대별하는 것은 재만조선인 시의 실상을 다 포괄하지 못한다. 재만조선인들은 대부분 보다 좋은 삶의 조건을 찾아 만주로 간 보통 사람들이라 이념이 중요하지 않다.

백석은 경성의 구용苟容이 싫었기에 신경으로 갔을 것이고, 조학래도 부산보다 만주가 더 좋아 '스물아홉시간 路程이 二十九年 가는 길' 같이 멀어도 신경으로 갔다. 그렇게 만주로 간 시인들은 거기 생활공간에서 자연인으로서 살았다. 「귀농」과 「원보」에 나타나는 화자가 그런 자연스런 삶을 사는 모습이다. 이 두 작품은 이념과 이념 사이, 그 틈새에서 생산된 생활시다. 그 생활의 틈새는 거대한 존재 사이에 있는 여러 존재들의 서식지다. 틈새의 삶은 다른 존재에게 자리를 제공받아 그 자리를 안주의 공간으로 만든다. 재만조선인은 특수한 사명을 띤 소수, 곧 망명객, 독립투사 등을 제외하면 거의 다 이런 틈새에 사는 생활인이다.

우리를 만주로 내몬 가해자의 한 후손의 다음과 같은 말에서도 이런 사실을 발견한다.

친일과 반일이라는 것은 마니교적 이분법이지요. 오히려 그 사이에 생존의, 혹은 생활의 공간이 존재한다고 저는 생각합니다. 그것이 지금까지의 연구에서 전혀 반영되지 않았습니다. 재만조선인 문제만 하더라도 친일운동을 한 사람, 그리고 저항·반만·항일운동을 한 사람보다도 더욱 더 많은 사람들이 그것과는 관련 없는 삶을 살았던 것은 아닐까요. 그러니까 저항과 협력 사이에서 생존하고 있었던 것이 아닐까 합니다.[22]

이런 발언을 참고하고 시인들이 산 내력을 고려할 때, 백석의 「귀농」, 「조당에서」 그리고 조학래의 「원보」 등이 민족공동체로서 집단적으로 공유하는 기억, 또 민족정서가 왜 약화되는가는 자명해진다. 이 시인들은 동일한 시간, 동일지면에서 상이한 가치를 일단은 함께 인정해야하는 생활인이기 때문이다. 그렇지 않으면 생존자체가 불가능 할 수 있다. 공인에 시차가 없으니 변절도 아니고, 하나를 긍정하면서 다른 것을 부정하지 않으니 이중도 아니다. 두 가치를 동시에 긍정하기에 양면적이다.
이런 두 가치의 동시 긍정은 다음과 같은 무명인사의 글에도 나타난다.

째는강덕七년 중추의가절 八월추석날 곳은지지하루시조선인 공동묘지 피서왓든 기럭이쎄가 짜뜻한 남쪽나라로 날너가는시절이닥처오면 임자업는무덤을차저 찬술한잔이나마부어주는일흠업는 무명초의존재만은 이즐수업는것이다.
남달은 환경과 남달은처지에서 남선북마가 동으로서으로 흘느고흘느다 최종의 '코쓰'로 지지하루역에내릴째엔 한푼동전이업서 지지

---

22   임성모가 『키메라 만주국의 초상』(소명출판, 2009)의 저자 야마무로신이치山室信一 와의 대
      담에서 한 말이다. 『키메라 만주국의 초상』, 6쪽 참조.

하루조선인민회의 신세를지고 그날그날살어가든동포! 에쑤진운명에 아편중독자가되여 눈나리는북국 쓸쓸한거리에거적을쓰고 돌아간친구들의 령을위로하기위하야 남쪽나라로 날어가는 기력이쎄를 바라보는가을날 그도八월추석이닥처오면 지지하루동포들의인정미가득찬 조선인공동묘지 위령제가 년중행사로거행되여왓는데 금년도잇지안코 지지하루동포들의 성김을다하야 추석날을마지하자임자업는 무덤을 차저위령제가 성대히거행되엿다.

「임자업는 무덤차저 풀쏩는 고운 情景」에서[23]

『만선일보』 지지하루齊齊哈爾 지사에 근무하는 춘도생春島生이라는 익명의 조선인 기자가 팔월 추석이 되었으나 성묘객 한 사람 없는 임자 없는 무덤에 그곳 조선인들이 위령제를 지내준다는 기사다. 상용常用 조선어가 동포애를 생생하게 드러내는 것이 이채롭다. 생존 혹은 생활공간, 혹은 틈새의 정서가 살아 숨 쉰다. 하지만 그 위령제가 지지하루 조선인민회, 곧 만주국의 배려로 치러진다. 문화민족주의 정서와 맞선다. 동포애가 5족협화의 명분과 함께 묶여있다. 그러나 이 글에 그런 불화의 감정은 그림자도 없다. 어떻게 이런 정서가 형성될까. 저항과 협력 사이에서 생존하는 삶의 현장인 까닭이다. 생존을 전제할 때 모든 것은 용인될 수 있다. 이글이 양면성을 띠는 것은 이런 생명의 엄숙함 때문일 것이다.

이런 현상을 기준으로 삼는다면 1940년대 전반기 재만조선인 시는 민족시民族詩, 친일시親日詩, 생활시生活詩[24]로 3대별된다.

---

23 春島生, 「임자업는 무덤차저 풀쏩는 고운 情景－齊市 共同墓地慰靈祭를 보고」, 『만선일보』, 1940.9.21.

24 '생활시'란 일상생활에서 체험하는 '감성적 생활서정시'의 개념으로 쓴다. 서정시가 극서정시라면 생활시는 '민족시'처럼 이념과 사상이 지배하는 것이 아닌 '극서정수필'과 유사한 개념이다. 가령 '春郊七題'(『朝光』, 1936.3.)의 김기림의 「길」, 백석의 「황일」, 이상의 「서

3. 시와 역사의 조우

문학은 현실의 직접적 반영을 넘어선 개성적인 언어조직체이다. 그러나 인간의 정신에서 빚어지기에 현실이나 인간의 삶을 떠나서는 존재할 수 없는 사회적 생산물이다. 문학 작품이 표면적으로 현실과 무관한 자세를 취한다하더라도 보이지 않는 경로를 통해 현실의 삶과 연결되어 있다. 문학은 그 자체로서 고립된 존재가 아니고 시대와 사회를 반영한다. 따라서 어떤 문학작품이 생산된 역사적 배경을 도외시하고 작품을 연구한다면 그것은 작품의 주체, 곧 한 인간이 몸담고 있던 시대의 다양한 체험, 그러니까 말할 수 있는 것, 말할 수 없는 것, 막연하게 느끼지만 말하기 두려운 것 등이 녹아있는 정신적 유기물이라고 할 수 있는 문학에 대한 입체적 이해에 이르기는 어렵다. 논리가 이렇기에 1940년대 전반기 재만조선인 시 연구를 시작하기 전에 이런 텍스트를 둘러싼 정치, 사회와의 콘텍스트적인 고찰을 한다. 1940년대 초기의 재만조선인시를 역사주의 관점에서 접근할 때 당시 그곳에서 '있었던 그대로의 과거 Wie es eigentlich gewessen'를 발견하려는 시도는 이 저술이 문제 삼는 과제를 해결하는 필요조건이 되기 때문이다.

역사란 개별자가 다른 개별자와 관련성을 맺고, 관련성이 계속해서 확장됨으로써 궁극적으로는 전체성에 대한 인식에 도달할 수 있다. 또 역사란 개체적 사실들의 연관은 발전이며 그 발전의 양상은 지배적 이념을 통해 나타난다. 그런가 하면 역사는 인간의 역사로 서술돼야하기 때문에 일정한 시기에 정치, 경제, 사회, 문화의 주도권을 쥐고 역사를 움직여

망울도」 등과 노천명의 수필 「대동강변」, 모윤숙의 「렌의애가」가 시로 읽히는 경우다. 오양호, 『한국근대수필의 행방』(소명출판, 2020) 참조.

나간 인간집단이 누구였는가를 찾아내어 그들을 중심으로 객관적으로 기술해야 한다. 그러나 이런 랑케(Leopld von Ranke)의 역사관에 대해서 크로체(Benedetto Croce)는 역사적 사실도 정신이 창조한 것이기에 객관적으로 주어진 과거는 존재하지 않는다고 했다. 그는 모든 역사는 항상 현재에 활동하는 정신의 산물이라면서 랑케의 역사관을 비판했다. 크로체의 사관에 동조한 사학자가 찰스베어드(Charles A. Beard)인데 그는 역사는 과거에 대한 현재의 사고이며 역사를 하나의 신념행위로 간주함으로써 역사를 주관적 창조물로 규정한다. 역사에 대한 이런 해석이 지금은 E.H. 카의 '역사는 현재와 과거의 끊임없는 대화이다.'라는 데 와 있다. 역사가의 역할은 과거의 사실을 현재의 시각에서 재구성 한다는 의미다. 결국 역사에 대한 현재의 정의는, 역사적 사실이 객관적으로 존재한다는 실증주의 관점과 역사가의 능동성을 강조하는 현재주의 관점을 다 수용해야 한다는 것이다.

역사가 이렇게 해석된다면 1940년대 전반기 재만조선인 문학도 '역사가의 능동성을 강조하는 현재주의 관점', 혹은 '현재와 과거의 끊임없는 대화'의 차원에서 다시 고찰되어야 하거나 고찰할 수 있다. 1940년대 전반기 재만조선인 시가 이런 사건과 동일한 시간, 동일한 공간에서 전개되었기에 문학작품도 이런 역사적 사건과 맥락을 같이 하고, 1940년대 초기 동북3성에서 전개되었던 항일무력투쟁의 역사와 유기적 관계에 있다는 가설이 성립한다.

문학연구는 문학 자체의 이해, 문학의 시대적 변천에 관한 역사적 이해, 문학 성립 근거에 관한 철학적 이해, 그리고 이 셋을 통합하는 경우로 나누어질 수 있다. 그렇다면 문학의 이해는 문학을 역사와 관련시켜 독해하는 것이 요체다. 따라서 문학이 전개된 과정을 시대변천과 함께 고찰하고, 문학의 사회적인 위치와 기능에 대한 논의[25]를 작품 자체와 병행시켜야 한다. 1940년대 전반기 재만조선인 문학은 일제가 자기 분수를 모르고 벌린 태평양전쟁에서 승리하려고 국가를 통째로 병참기지로 만든 만주국 문학 가운데 하나인 선계鮮系 문학이다. 그 문학에는 나라를 잃고 5족의 하나가 된 사람들이 막서리에 등을 붙이고 살며 삶의 터를 닦은 내력이 살아 숨쉰다. 또 그 문학에는 독립투쟁 소식, 개척단 소식이 밤낮으로 엇갈리는 땅에서 이민족과의 갈등, 가난, 거친 자연환경을 극복한 한민족韓民族의 자취가 녹아 있다. 역사란 강자가 지배력을 행사해온 내력이다. 그러나 재만조선인 문학에 나타나는 역사는 가해자의 내력이 아니라 피해자의 내력이다. 이런 점에서 1940년대 전반기 재만조선인 문학은 문학의 근본인 인간주의가 본질이다. 다음과 같은 소박한 글 한 조각에서도 그런 성격을 발견한다.

> 쪼겨단니는 그들은 정다운말한마듸가 그리웠다.
> 황무지를 헤매는 그들은 따듯한 人情을 값있게 생각한다.
> 來日이면 또 어대로 보따리를 싸게될지도 아지못하는 그들이다.
> 한철만이라도 자리잡고 무사하게지났으면—
> 작대와같은 나무를찍어 기둥을 하고 흙으로 토담을 쌓고 풀대를 역어 영을해덮은 막서리를보아도 그들의 不安과困苦를 짐작할수있다. 그들에게있어 家屋이라면 몇얼기 들어있는동안 바람맥이나해 주었으면 그만이다. 언제 쪼겨날지도몰으는집을 알뜰하게 꿈이고싶지도안었다. 언제 불살늘지도 몰으는집을 튼튼하게 지여도 쓸대없었다.

---

25 조동일, 『세계·지방화시대의 한국학 4』, 계명대학교출판부, 2006. 179~186쪽 참조. 조동일은 이것을 徐居正을 예로 들었다. 서거정은 많은 작품을 써서 당대의 문학을 이끈 문인이면서 『東國通鑑』 등의 사서 편찬을 주도한 역사가이기도 한데 그는 『東人詩話』 및 序 형태로 쓴 여러 논설 「獨谷集序」, 「泰齋集序」 등에서 문학을 역사와 관련시켜 이해하는 본보기를 보여주었다고 논증한다.

내손으로 집을 지었어도 내집이 못되고 임자없는 땅을 차지하고 아버지가 땅을 파고아들이 땅을 팟어도 땅조각하나 내것을만들지못 하는그들이다.[26]

1940년이면 어지간히 정착을 했을 만한데 삶이 여전히 불안하고 곤고하다. 인용한 글이 비허구산문, 수필임을 전제하면 이런 반응은 재인식된 경험으로서의 창작물인 시나 소설과는 다르다. 역사로서 구축될 수 있는 생생한 현실이다. 이런 '있었던 그대로의 과거', 비허구산문이 제기하는 작품은 문학으로서, 생활현장의 기록으로서, 1940년대 전반기 동북3성을 중심으로 전개되었던 민족사와 연계되어야 한다. 문학의 사회적 성격이 역사기술의 자료로서 활용되고, 역사는 그런 문화사가 현재의 관점에서 재해석되어 유기적으로 구성하는 정신의 산물인 까닭이다. 이런 점에서 본 저술은 1940년대 전반기 국내외에서 전개된 아래와 같은 역사적 사실을 작품자체 해석에 앞서 고찰한다.

> 노몬한 전투(1939.5.4.~1939.9.16.)와 관동군 23사단
> 임시정부의 광복군 창설(1940.9.17.)
> 동북항일연군 김일성부대의 항일전(1940.4~1941.1.)
> 잊혀진 항일전투(1941.12.12.)
> 단파방송연락운동短波放送連絡運動

3.1. 노몬한 전투와 관동군 제23사단

'노몬한 전투'는 1939년 5월 4일 외몽고 병사가 하루하강(哈拉哈河·ㅅ

---

26   金鎭壽, 「間島의 風物詩」, 『朝光』 제6권 제4호, 1940.4. 81~82쪽.

ルハ河)의 삼각지대를 건넌 것이 발단이다. 몽고병의 단순한 월경을 일본군은 만주국 영토를 불법으로 침입한 것이라며 몽고군을 응징하겠다며 전투를 벌였다. 하지만 몽골과 상호원조조약(1936)을 맺은 소련이 이 전투에 기계화 부대를 투입하여 일본군을 거꾸로 박살내었다. 일본이 몽고까지 넘보고 있는 것에 대한 소련의 경고였다. 이 충돌은 1939년 6월 17일 일본군이 만주국군과 몽고의 다무스구비행장(タムスク飛行場)을 습격하면서 일로日·露전쟁을 본격화시키는 계기가 되었다. 육군유년학교 출신으로 전쟁기계와 다름없는 고마쓰하라 미치타로(小松原道太郞) 관동군 제23사단장이 몽골병사 700명이 국경을 침범했다면서 자기 사단 소속 군인을 투입시켰기 때문이다. 노몬한 전투는 1938년 7월, 소련군이 두만강 하구 하산·Khasan에서 일어난 장고봉張鼓峰전투(1938.7.29.~8.11.)에 대한 23사단의 명예를 회복하겠다는 보복전이었는데 일본군은 또 참패했다.

일본은 노몬한 전투에서 죽은 병사들을 일본의 무사정신으로 미화하고 있다. 하지만 어떻게 포장하든 일본이 패전한 것은 분명하다. 조선을 식민지로 만들고 중일전쟁의 승리로 자만에 빠진 일본이 몽고까지 넘보고 관동군을 앞세워 일으킨 전쟁이 몽고를 접수하기는커녕 전사자를 2만 여명이나 내고 말았다. 일본의 사무라이정신이 독전을 부추기며 만주에 주둔해 있던 항공·전차 병력을 총동원하여 대대적인 공세를 취해했지만, 우수한 중화기를 앞세운 지상전에 강한 소련육군, 불곰의 저돌적 공격을 당할 수 없었다. 일본은 자신들의 정신주의를 너무 과신한 결과라 반성했다.[27] 실제가 이렇지만 일본은 승리한 것으로 기술한다.

당시 노몬한 전투에 대한 한반도 내의 전황보고도 하나 같이 일본의

---

27 岩城成幸,「ノモンハン事件の敗因」, '戰鬪では過度の精神主義が誇張された', 『ノモンハン事件の虛像と實像―日露の文獻で讀み解くその深層』, 彩流社(東京), 2013. 89쪽 참조.

승리라 했다. 1939년 5, 6월 두 달간 「매일신보」가 다룬 노몬한 전투 기사가 무려 100여건에 이르는데 그 기사는 전부 일본군이 이겼다고 했고, 그 전쟁에서 목숨을 바쳐 싸운 병사를 충성, 조국애, 전우애의 결과라 했다.[28] 이런 논조는 「매일신보」로 보면 그때 조선은 일본이기 때문이다.

노몬한 전투의 결과, 만주·몽골의 국경선은 소련의 주장대로 확정되고, 만주가 공산권 세력권에 흡수됨으로써 일본군의 사기가 떨어져 소련을 상대로 싸울 의지를 상실했다. 명분상으로는 일본이 극동에서는 소련과의 전쟁을 피하기 위해 정전을 제의했다고 하지만(1939.9.16.) 실제로는 일본군이 괴멸한 것이 원인이다. 일본은 노몬한 전투 패전이 관동군사령관과 참모장의 작전 실패라 판단하고 세계대전의 전세를 일거에 뒤집으려고 했다. 그것이 하와이 진주만을 기습이다. 그러나 미국은 미드웨이 해전에서 전세를 뒤집고, 동경을 공습하여 불바다를 만들었고 원자탄으로 무조건 항복을 받아냈다. 이런 점에서 노몬한 전투는 우리 민족과 무관한 전투가 아니다. 더욱이 그 전투는 재만조선인이 살던 지역에서 벌어졌고, 일본 멸망의 서막이었다.

이런 전투가 벌어지던 시간 재만조선인 시단에는 다음과 같은 시가 나타났다.

> 나는 아모 말슴도 하고십지 않습니다
> 이리 꾸미고 저리꾸미는 아름다운 말
> 그 말의 뒤에 따를 거짓이 싫여서

---

28 국립중앙도서관 검색창에 '노몬한'을 입력하면 연소간행물이 92건 뜬다. 몇 개를 제외하고 모두 『매일신보』 기사인데 그 논조가 '地下英靈도 微笑 그러나 北邊의 守護를 잊지 말라. 노몬한 事件當時 司令官'(『매일신보』, 1941.6.17.)식이다. 당시 『매일신보』는 총독부 기관지 역할을 한 결과이다.

차라리 나는 아모 말슴도 않하렵니다

또 나에게 지금 무슨 할말슴이 있읍니까
모든것은 나보다도 그대가 더잘아시고
또 모든 것은 하눌땅의 신명이 아시고
그뿐입니다―드릴 말슴이 없습니다.

「소복닙은 손님이 오시다」[29]에서

만주국 협화회 홍보과에 근무하는 박팔양의 작품이다. 눈이 온 풍경을 섬찟한 죽음의 세계로 형상화하고 있다. 설경을 노래하는 보통 서경시와 다르다. 시가 개성적 표현을 지향하지만 설경의 신비감 대신 소복단장한 시적 화자가 모든 것은 '하눌 땅 신명'이 다 잘 알기에 입을 닫는다고 했다. 이런 인식은 일본의 왕도낙토 식민정책을 홍보하는 협화회 홍보과직원의 성분과는 거리가 멀다. 한편 조양천에서 조선이민 2세들을 가르치던 김조규는 「임금원林檎園의 오후」(『단층』 1940.6.)에서 '소년이 백마를 희롱하고', '조국의 한울이 나려 덮인다.'고 했다.

붉은 庭園은 풀은 天井을 이고
바다가에서는 少年이 白馬를 戱弄하고
…(중략)…
길손은 祖國의 한울이 나려덮이는 船室의 圓窓에서 밤마다 時計
盤과 地圖를 드려다 보았고 園丁은 길손이 돌아오면 붉게 爛熟한 열
매 열매를 고이려 하였는데…[30]

---

29   麗水, 「소복닙은 손님이 오시다」, 『三千里』, 1939. 1. 281쪽.

30   김조규, 「林檎園의 午後」, 『단층』, 1940.6. 116~117쪽.

이런 시는 이 시가 수록된 『단층』 제4책 서두의 「황국신민의 서사皇國臣民ノ誓詞」나 '제2차구주대전의 흑운을 보면서 지나사변수습'이라는 「권두언」과 의식이 맞선다. 물론 이런 작품들과 '노몬한 전투'가 어떤 관계를 이룬다는 증거는 없다. 그러나 이런 작품을 쓴 사람이 관동군이 관리하는 대 신문사 편집기자이고, 노몬한 전투에서 일본이 패전한 것을 고려하면 시를 지배하는 정서가 너무 엉뚱하다. 시의 화자, 곧 "길손은 祖國의 한울이 나려덮이는 船室의圓窓에서 밤마다 時計盤과 地圖를 드려다 보기" 때문이다. 또 '조국'은 누구의 조국이며, 시계반과 지도를 들여다보는 행위 역시 수상하다.

당시 재만조선인 가운데는 온갖 이력을 가진 사람들, 그러니까 많은 사람들이 자기 나름의 만주드림을 가지고 만주에 왔지만 그 가운데는 근본이 보통사람이 아닌 사람도 허다했을 것이다. 가령 소련으로 넘어간 김일성부대의 잔류병이 간도 동남지구에서 관동군과 여전히 게릴라전을 벌릴 때,[31] 일제는 그 지방에 특별부대를 만들기 위해 민병을 모집했는데 자원한 조선인이 있는 것[32]이 그렇다. 따라서 '노몬한 전투'에서 일본이 소련에 패배한 것은 저마다의 입장에 따라 다를 수 있을 것이다. 이런 점에서 1940년대 전반기의 재만조선인 시를 일제와의 관계로만 인식하는 것은 잘못된 사실판단이다. 모든 인간사가 다양화, 입체화된 현실과의 관계 속에서 전개되고, 문학 작품은 그런 인간사의 틈새에서 생성된 인간주의의 산물이기 때문이다. 그러나 「소복닙은 손님이 오시다」 「임금원의 오후」는 다르다. 이런 점에서 시는 투쟁을 전개하고 넘어서는 무기이다.

---

31 東南地區 殘匪 年內로 掃蕩키로, 『만선일보』, 1941.3.7.

32 朝鮮 特設部隊를 차저서, 一死報國할 覺悟. 特設部隊 募兵美談. 間島支社長 豊川武雄, 『만선일보』, 1941.3.1.

3.2. 임시정부의 광복군 창설

대한민국임시정부는 중국에 흩어져 있던 병력을 모아 1940년 9월 17일 중경 가릉빈관嘉陵賓館에서 한국광복군총사령부성립전례식을 치르고 총사령관에는 지청천池靑天을, 참모장에는 이범석李範奭을 임명했다. 당시 임정은 장개석의 국민당 정부의 지원을 받고 있었기 때문에 광복군도 처음에는 국민정부군의 지휘를 받았다. 처음 30여 명으로 구성된 소규모 부대인 광복군이 1942년에는 김원봉金元鳳이 이끄는 조선 의용대의 일부 군인들이 참여함으로써 규모가 커졌다.

광복군이 1940년대 초기에 항일을 한 가장 뚜렷한 자취는 1943년 김구, 이범석이 서안에서 미국 OSS의 도움을 받아 광복군 2지대가 서안의 오지에서 장준하, 김준엽 등이 참여한 서울진공을 목표로 전투훈련에 돌입한 것에 잘 나타난다. 한 광복군 병사가 높게 걸린 태극기를 곁에서 지키고 있는 강인한 모습을 담고 있는 1943년 4월 9일자의 「연합화보聯合畫報」 기사에는 '독수리 작전'으로 서울을 진공하겠다는 광복군의 강한 의지가 생생하게 표상된다.

> 韓國人 愛稱 自己是 「檀君子孫」, 正儤 中國人 愛稱 自己是 「黃金子孫」一樣. 相傳 檀君 生於 白頭山(卽長白山)檀樹下, 故 稱檀君. 目前 在韓國 最流行的 大倧敎, 亦稱 檀君敎, 是 證明 檀君會 經存在 的 最有力的 文化遺蹟. 韓國歷史, 現在是 檀君紀元 四千二百七十六年, 比吳…(이하 생략)…[33]
>
> (한국인은 단군자손이라 애칭하고, 중국인은 황금자손이라 애칭한다. 단군은 백두산 '檀樹' 아래에서 태어나 '단군'이라 한다. 지금 한국에서 가장 유행하는

---

[33] 「聯合畫報」, 中華民國三十二年 四月九日 第二十二期 第三紙, 중화민국 32년은 서기 1943년이다.

大倧敎, 또한 檀君敎가 이것을 증명한다.)

중국이 우리의 광복군을 '지금 한국에서 가장 유행하는 대종교(目前
在韓國 最流行的 大倧敎, 亦稱 檀君敎)'와 관련시키는 해석은 대종교 제1대 도사
교 나철이 '백두산을 天祖山, 天山, 帝釋山, 三神山이시오 이 산신령은 곧
한울을 열으신 큰 신령이시라 우리자손도 이 산에서 발생한 천손민족天孫
民族'[34]으로 삼아 대종교를 중광한(1909년 음력 1월) 그 사상에 근거할 것이
다. 다른 한편으로 보면 이런 태도는 1921년 손문孫文이 광동에 광동정부廣
東政府(護法政府)를 수립하고 총통에 취임할 때 대한민국임시정부 대표 특사
로 간 신규식申圭植이 대종교신자로서 손문으로부터 대한민국임시정부 승
인을 받았고[35], 광복군 2지대 훈련 책임자 이범석이 대종교 교도였으며, 또
상해임시정부가 수립될 때 이동녕, 이시영, 신규식 세 총령이 대종교 신자
라는 사실과 관련될 것이다.[36] 「연합화보」가 남의 나라 신문이지만 그들이
보기에는 조선광복군이 단군사상 아래 뭉쳐진 군대라는 해석이다. 이런
시각은 임시정부가 발족할 때 대종교 교도가 37명이나 참여한 사실[37]을 고
려하면 틀린 해석이 아니다.

당시 대종교는 목단강성 영안현 동경성牡丹江省寧安縣東京城에 발해농
장을 경영하면서 얻은 수익의 일부를 동북항일연군이나 한인무장세력의

---

34   『大倧敎重光六十年史』, 大倧敎總本司, 1971. 183쪽.

35   신규식, 한·중외교야화 「孫文總統會見記」, 『韓國魂』, 민필호 편저, 普信閣, 1971, 83~94
      쪽 참조.

36   삿사미츠아키(佐佐充昭), 「한말·일제시대 단군신앙운동의 전개—대종교·단군교의 활동을
      중심으로—서울대학교 대학원 박사, 2003. 98쪽.

37   삿사미츠아키, 위의 논문, 99쪽 참조.

군자금으로 빼돌렸다.[38] 한편 광복군은 재정적 능력이 다른 지역동포들보다 좋고, 인심이 후한 미주지역 한인 교포들에게도 지원을 요청했고, 재미동포도 '광복군 조직은 3·1운동 이후 처음 있는 큰 사건'[39]이라며 적극 지원했다. 가릉빈관의 광복군성립전례식도 하와이 교포들이 보내준 돈이 있었기에 가능했다[40].

그런 시간, 그러니까 한국광복군총사령부가 창설되고, 김일성부대가 관동군과 게릴라전을 벌리던 1940년, 함형수는 경성에 시의 게릴라를 투입했고, 이수형은 도의의 나라라고 자랑하는 만주국에 창부의 해양도를 내걸었다. 이것은 우연일까 필연일까. 그러나 중요한 것은 그런 독립운동과 문학의 독립운동이 병행했다는 사실이다.

> 거리엔 軍艦을 띄워놓고
> 바다엔 自動車와 汽車를 띄워놓고
> 하늘엔 山과 집을 날리고
> 구름은 따에 나려안고
>
> 독까비 웃음 같은 爆竹을 터지우고
> 코끼리 때우름같은 祝砲를 울리고
> 童話와 같은
> 天國과 같은
> 웃음과 같은

---

38 李淑花,「大倧教의 민족운동연구」, 외국어대학교 대학원 사학과 박사, 2017, '제2절. 만주국 치하에서 대종교의 민족운동' 참조.

39 『新韓民報』, 1940.2.20.

40 『白凡逸志』, 백범김구선생기념사업회, 1968. 하와이교민이 보낸 4만원으로 행사를 치렀다고 함. 343쪽 참조.

恐怖와 같은

空前의 祝祭를

내일은 벌립시다.
내일은 버립시다.

「理想國通信」[41]에서

記念日 記念日의 너의 장식에
너의 그 洋초와 갓튼 蒼白한 얼굴에 너의 그 바다와 가튼 神話를
들여주는 눈동자에
나의 椅子는 溺流되엿다.
나의 椅子는 溺流되엿다.
그러나 娼婦는 울고만 잇엇다.
肉體의 女人은 장식의 歷史가 슬펏다.
假面의 女史는 살아있는 것이 슬펏다 雙頭의 怪物은 왜 울엇을
까?
明日을 또 장식하여야 할 運命을
明日도 그 다음날도 그 다음날도 살아야 할 것을

_____

41 咸亨洙, 「理想國通信」, 『三千里』 제12권 제5호. 1940.5. 263쪽. 『삼천리』 1940년 5월호
「機密室-우리社會의 諸內幕」의 첫째 기밀은 "民間新聞 問題 眞相, 東亞,朝鮮 兩紙運命?"
이다. '조선일보와 동아일보의 양신문문제에대하야 최근 조선사회에는 여러 가지 풍설이
도라다닌다.'고 하면서 이 두 신문이 폐간될 것이라는 보도를 하고 있다. 동아, 조선, 매일
신보 3대 일간지 신춘문예에 당선하여 『삼천리』에 작품을 발표하고 있는, 시의 李高麗,
소설의 姜亨求, 金士永, 희곡의 洪龍澤, 咸世德, 姜瑛熙는 그야말로 신인이고, 그 뒤 작품
활동을 한 사람은 함세덕 뿐이다. 그런데 시인부락파의 기수로 서정주와 놀던 함형수가
왜 이런 신인들과 『삼천리』 이름을 나란히 얹었을까. 『삼천리』의 기밀실 정보를 알고, 동
아, 조선 폐간 이후 제2, 제3의 「이상국통신」을 날리기 위한 전략이 아닐까.

女人아 假面아 深夜의 어린애야

現實에 規約된 誠實보담도 阿片보담도 술보담도 밤의 秘密보담도

이 健康術을 사랑한다.

「娼婦의 命令的 海洋圖」[42]에서

　　함형수가 경성하늘로 알 수 없는 통신문을 띄울 때, 이수형은 「백란
의 수선화」(1940.3.13.)를 "高周波 NH(Nihon Hoso)선의 X 菌滅殺作用"에 "전
위예술론 가설의 설정의 의의에 대한" 정보[43]로 날렸다. 뒤죽박죽이 된 만
주국의 현실을 살균작용을 하는 고주파 X선으로 싼, 그러니까 초현실주의
시 기법으로 망가져 가는 사회를 고발했다. 따라서 이런 작품은 독해가 쉬
울 수 없다. 자칫하면 덜미가 잡히기 때문이다. 식민지 콤플렉스에 걸린 내
부 고발자들은 이런 까다롭고 난해한 작품은 아예 방치해 버린다. 이수형,
함형수, 김조규, 한 얼 生의 작품이 특히 까다롭고 어려운데 그것은 그들이
정체를 감추고 시적진실을 구현함으로써 독해가 안되기 때문이다. 그러나
당시 사회의 내부사정과 기밀을 연계시킨 상상력을 활용하면 예상하지 못
한 결과가 추출될 수 있다. "이수형론, 함형수론, 한 얼 生론"에서 이 문제
를 집중 공략한다.

42　李琇馨, 「娼婦의 命令的 海洋圖」, 『만선일보』, 1940.8.27.

43　「백란의 수선화」 끝에 "一九四〇, 二月 十九日 於 圖們平一軒 (金長原兄宗錫澄兄께) 前衛藝
術論假說의設定意義에 對하야"라는 말이 부기되어 있다.

3.3. 동북항일연군 김일성부대의 항일전
― 匪首로 호명된 백두산의 항일전사 김일성

김일성부대의 항일활동은 『만선일보』의 '김일성 생장기'와 '마에다 경방대前田警防隊와의 교전' 기사, 또 『삼천리』에 전재된 김일성의 투항 '권고문'에 생생하게 나타난다.

> 通化方面의 積極的 討伐에 陣地를 빼앗기고 大打擊을 바든 匪首 金日成, 崔賢 等 一派의 匪賊은 昨年 四月 七日 吉林間島 兩省의 縣境으로 移動하야…(중략)… 金日成은 和龍縣 洪旗河 奧地에 根據를 두고 部下를 和龍 安圖 兩…(이하생략)…[44]

> 金日成은 東北抗日聯合軍 第二方面 軍長으로서 部下를 指揮하야 째째로 奧地部落을 襲擊하고….(중략)…. 田前隊長은 이째를 노치지 말고 急히 追擊하야 金匪의 首級을 버히는데 잇슬쑌이란 구든 決心을 하엿섯다.[45]

> 東滿一帶에 金日成을 爲始하야 相當한 數의 反國家武裝群이 橫在하여서, 國內의 治安을 어즈럽게하고 있음으로, 그네들에게, 日滿軍警에 依한 「今冬의 最終的인 大殲滅戰」에 前期하야 反省歸順하도록, 在滿同胞百五十萬은 同胞의 愛情으로 蹶起하야, 이제 그대에게 勸告文삐라를 飛行機로써 多數히 뿌리엿다. 이것은 그 勸告文

44 　崔武(間島支社), 「匪首金日成部下의 紅旗河를 夜襲(一)」, 『만선일보』, 1940.8.7. 5면 8단 기사.

45 　崔武(間島支社), 「前田隊에게 쫏긴 金匪密林 속에 潛跡(二)」, 『만선일보』, 1940.8.8. 5면 8단 기사.

의 全文이다.[46]

첫째 기사는 김일성이 1940년 8월 현재 홍기하를 거점으로 관동군을 야습한다는 것이고, 둘째 기사는 김일성이 동북항일연군의 한 부대 대장으로 일만군日滿軍과 맞서 싸우는데 관동군 마에다前田가 김일성을 체포하겠다며 뒤를 쫓고 있다는 것이다. 셋째 인용은 이런 김일성에게 귀순을 종용하는 "金日成等反國家者에게 勸告文"의 전문前文이다. 김일성부대가 1940년대 초까지 관동군을 야간의 기습공격으로 치고 빠지며 항전을 계속하고 있다는 사실이 생생하게 드러난다. 관동군은 이런 김일성을 제거할 수 없자 고향에서 조모 리반석을 전선까지 데려가 직접 자수를 권유하게 했다.[47] 한편 김일성의 생장기를 『만선일보』에 연재하여 김일성부대는 재만조선인을 괴롭히는 비적이라며 적대감을 부추겼다.[48]

김일성부대는 동북항일연군東北抗日連軍에 예속된 한 부대로 1935년 제7차 코민테른에서 결정된 반제국주의 인민통일전선의 정신을 계승하여 조선인과 중국인이 연합하여 1936년 2월 「동북항일연군통일군대건제선언」에 따라 설립된 만주지역 항일무장 세력이다. 조선인은 김일성, 김책, 최현, 최용건 등이 중심인물이다. 동북항일연군은 남의 나라에서 독자적인 군대 조직을 가질 수 없기에 독립부대가 아니다. 처지가 이러했지만 투쟁의지는 연안, 중경, 서안 등에서 항일운동을 벌린 다른 독립세력 보다 강했다. 만주는 악명 높은 관동군의 관할지역이고, 만주국의 수도가 위치한 지

---

46 김일성등 반국가자에게 권고문—재만동포백오십만의 총의로—『삼천리』, 1941년 1월호, 206쪽.

47 「匪首 金日成의 生長記·5」, 『만선일보』, 1940.4.24. 이날 기사에는 『만선일보』 기자가 김일성의 조모 리반석과 김일성의 생장기를 질의응답형식으로 자세히 다루었다.

48 「匪首 金日成의 生長記」, 『만선일보』, 1940.4.16.~4.22.

역이라 일본 군사력 역시 다른 지역보다 강했기 때문이다. 김일성 부대의 주력은 1940년 말경 소련으로 넘어갔고, 미처 못간 세력은 여전히 빨치산으로 남아 간도동남지구에서 투쟁을 계속했다.

'김일성의 뒤를 쫓는다.'는 기사가 『만선일보』에 연일 실리던 시간, 해방 뒤에 「박헌영선생 오시어」와 제주도 4·3 사태를 테마로 한 「산 사람들」 등을 쓴 이수형은 그 『만선일보』에 또 다음과 같은 시를 발표했다.

> 骸骨엔사보뎅 쑴이근 곳피여 나는밤
> 오ㅡ
> 墓穴엔 蛆虫의 凱歌가 들리는 밤
> 곳피고 노래가들니고
> 곳피고 노래가들니고
> 밤이 가고 밤이오고
> 밤이 가고 밤이오는 밤
> 오ㅡ
> 黑板엔 蒼白한 空間이 되여 날으고.
>
> 피여나는 空間엔 太陽처럼 親한
> 죄쇼만 죄곳만 胡蝶의 무리 무리날으고
>
> 거미줄 갓튼 地土엔 太陽을쏘여든
> 數만흔 慾望과 暗憺한 愛慾이
> 아름다운 時間우우로
> 昆虫처럼 기어가고
> 波紋처럼 사라지고
> …(중략)…

곳은 骸骨에 피여가고 피여나리라

忘却의 地圖에서 노래는 들리리라.

一九四〇, 一〇, 二五. 《典型》에 들이는 노래. 於 圖們

「未明의 노래」[49]에서

未明은 날이 채 밝지 않은 새벽이다. 그런데 그 새벽의 노래가 해골, 묘혈, 저층 등 죽음의 이미지로 가득 차 있다. 그러니까 희망의 새벽이 아니라 무엇이 죽는 새벽이다. 희망의 '미명'이 꼬인 통사구조 속에 험악한 이미지들과 부딪치면서 무엇을 저주한다. 그런데 「미명의 노래」는 『시현실』 동인들의 합동시집인 『전형시집』을 도문에서(於 圖們) 발간하는 것을 축하하는 시다. 정황이 이렇다면 이 작품은 더욱 기이하다. 작품의 어디에도 축하의 의미가 없기 때문이다.

그렇다면 이 작품의 의미는 '忘却의 地圖에서 노래는 들리리라.'에 있다. 그러니까 '모두 다 죽은 망각의 지대에 피는 꽃'에 바치는 시다. 이게 무슨 말인가. 이 시의 생산지를 알리는 '於 圖們'이 핵심어다. 도문은 백두산과 멀지 않고, 조선이민이 밀집되어 살고, 두만강 건너로 고국의 땅 함경북도가 빤히 보인다. 그렇다면 이 시는 도문에 대한 헌사다. 그 지역이 지금은 망각되어 있다. 그러나 그 지역에 노래가 들릴 것이라는 예보다. 나라를 잃고 "쓰라린 가슴을 움켜쥐고 / 백두산 고개로 넘어간다."고 하던 그런 민요의 변종이고 지하방송이다. 시가 어려운 것은 지하방송인 까닭이다.

이런 시가 창작된 시간은 비적 김일성을 쫓는다는 기사와의 거리가 기껏 6개월 정도이다. 그리고 이수형은 사회주의를 등에 업고 민족운동을 한 이력을 숨겼고, 함형수는 나중에 독립이 되어도 귀국하지 않고 모택동

---

49   이수형, 「未明의 노래」, 『만선일보』, 1940.11.6.

의 홍군이 되어 사회주의에 신명을 바쳤다. 이런 사실은 이수형이나 함형수가 1940년대까지도 어떤 비선의 한 멤버로 활동했을 가능성이 있음을 암시한다. 이 두 시인의 작품에도 그런 정서가 감지된다. 이수형의 「기쁨」이나 함형수의 「이상국통신」의 행간에 그런 정서가 눈을 반짝인다. 이런 작가의식은 현경준의 다음과 같은 르포에서도 감지된다. 「신흥만주인문풍토기」에서 확인할 수 있다.

> 어찌 나뿐만의 意欲이랴. 金貴, 亨洙, 琇馨 모도다 너를위해붓대를 가다듬고잇는것이다.
> 그째면너는 다시금훌륭한 다음段階로 飛行을하겠지.
> 자 그러면 오늘은 이만하고끈친다.[50]

이수형은 경성고보 출신으로 추정되고, 현경준은 경성고보에 다니다가 학생운동으로 퇴학을 당했고, 함형수도 '함북경성고보교격문산포사건咸北鏡城高普校檄文散布事件'에 연루되어 퇴학당했으니 이들은 시인이기 전에 동지였을 것이다. 이런 사실을 근거로 할 때, 「미명의 노래」의 죽음의 이미지는 일제를 겨냥하고 있다고 하겠다. 그리고 이런 시의식은 김일성의 대일항전과 결과적으로 동행한다. 김일성부대와 이수형이 어떤 관계에 있다는 증거는 없다. 그러나 이렇게 '金貴, 亨洙, 琇馨 모도다 너를 위해 붓대를 가다듬고' 있다는 그 김귀는 옆구리에 날개가 돋기를 바라며 현실과의 갈등을 못 견뎌 이상李箱처럼 날개가 돋아 날려던 정체를 알 수 없는 존재다.

---

50   玄卿駿, 「新興滿洲人文風土記」 圖們篇, 『만선일보』, 1940.10.5.

R형!

모도가 혼란입니다.

저는 차라리 '돈키호-테'도 '하므랫트'도 모다 되지 못할바에야 다만눈간고아웅하는것이나마 그러나좀더 칼을물고 발악하여보리라 는 것입니다.

아! 날개여 나의옆구리에 도처주렴! 아! 날개여![51]

김귀가 혼란으로 갈등을 겪는 것에 비하면 함형수는 좀 느슨하다. 만주국을 향해 장황하게 「유물주의사상의 천박성과 정신적 각성」[52]을 늘어놓는 것이 그렇다. 이학성이 「첩보」를 쓴 것을 전제하면, 김귀나 함형수도 어떤 비선을 등에 업고 현실에 대드는 이런 글, 곧 김삿갓 시를 앞세워 현실을 비판하고(「정자 이십수의 유혹」), 신흥자본주의사회로 전환해 가는 만주국에서 유물주의가 천박하다고 했을 것이다. 김귀, 함형수, 이수형은 그들 나름의 지하조직이 있었을 것으로 추정된다. 이런 점에서 이들은 문사독립군이다. 당시 『만선일보』에는 '간첩을 조심하라.'는 토막기사가 종종 나타났고, 이 문제를 사설로 다루기도 했다. 태평양전쟁을 홍보하는 『매신사진순보』는 스파이를 조심하라면서 그것을 권두 화보로 다루었다.[53]

한편 신경특별시 고관을 모시고 다니던 운전수 조학래는 그때 다음과 같은 수상한 시를 썼다. 왜 수상한가. 민족을 파는 것 같은데 그렇지 않은 까닭이 엿보이기 때문이다.

---

51 金貴, 「亭子二十樹의 誘惑·2」, 『만선일보』, 1940.8.2. 여기 '亭子二十樹'는 김삿갓의 풍자시 '二十樹中에 三十客하니 四十家中에 五十食'를 패러디한 것이다.

52 함형수, 「唯物主義思想의 淺薄性과 精神的 覺醒」, 『만선일보』, 1941.11.20. 이 글은 함형수가 「滿洲의 鮮系知識人에게」 보내는 세 번째 글이다.

53 "スハイと闘へ-戰時國民防諜運動에 應へよ", 『매신사진순보』, 통권 제294호, 1942.8.11.

白頭山이 보이는 모퉁이 長白山系의 東쪽邊地에
長白 藥水 半截溝 독골 빠두골 帽兒山—
谷間에 씨여서 일홈이 업고,
진대밧헤 숨어서 일홈이 업는 邊地의都邑
甚히 고요한 流域이여—

하늘을 씨를 쏫이 嶮한 山들은
山을 불러 놉히놉히 구름속에 마조안저
언제나 神秘로운 對話가 숫날줄 몰낫노라.

傳說과 詩와 風俗과生活로 수노코,
쓰님업시 쉬임업시 支向업이 鴨綠江푸른물이
흘러서 흘럿노라.

햇님이 소사소사 歲月이 흘러가고
天池물이 넘처넘처 鴨綠江이 흘러갈제
商船도 오르나리고 쩨목내리고,
수만흔 호우적의 그現實도 이야기로 變해서 流域은 豊年頌이—
豊年頌이 無窮히들려진다오.

「流域」[54]에서

이 시가 『만선일보』에 발표되던 시간(1941.2.)은 『三千里』에 김일성 투
항권고문이 실리던 1941년 1월 바로 그 시간이다. 이 시의 「유역」이 무엇

---

54 조학래, 「流域」, 『만선일보』, 1941.2.9. 『재만조선시인집』에는 철자법과 표현 일부가 다르
    다.

을 의미할까. 혹자는 이 작품을 친일시로 해석한다. 그런데 「유역」의 공간적 배경이 집안集安(輯安)이니 이 시가 친일시가 되려면 우선 '집안'이 일본의 '집안'이 되어야 한다. 하지만 집안이 우리 민족의 역사 가운데 가장 화려했던 한 시대의 도읍지라는 사실은 너무나 분명하다. 광개토대왕의 능과 국강상광개토경평안호태왕國岡上廣開土境平安好太王 비가 그것을 증명한다. "조학래론"이 성립되는 것은 이런 사실이 그의 대표작 「유역」에서 시적 진실로 형상화되는 것을 발견할 수 있기 때문이다.

3.4. 잊힌 항일전투
― 조선의용군과 팔로군의 합동작전과 호가장전투의 승리

'호가장전투'는 1940년대 전반기 재만조선인의 삶에 보이지 않는 영향을 미쳤는데 거의 잊힌 전쟁이다. 그러나 이 전투는 김학철金學鐵이 참가해 중상을 입고 그 경험을 소설로 썼고, 김두봉金枓奉이 이 전투를 시로 읊었으며, 한글 연구가 김원봉金元鳳, 국문학자이자 사회주의 사상가인 김태준金台俊과도 관련된다는 점에서 문학과 관계가 깊다.

1942년 7월 중국 진동남 태행산晉東南 太行山지구에서 열린 화북조선청년연합회華北朝鮮靑年聯合會 제2차 대회에서는 화북조선청년연합회를 화북조선독립동맹華北朝鮮獨立同盟으로, 조선의용대화북지대朝鮮義勇隊華北支隊를 박효삼朴孝三을 대장으로 하는 조선의용군화북지대로 개편하기로 결정하였다. 그리고 이때 김두봉, 무정武亭, 최창익崔昌益 등 11명을 독립동맹본부 집행위원으로 선출하고 독립동맹의 강령과 선언을 채택 발표했다[55]. 이 독립동맹 핵심대원 과반수는 1941년 6월 중국 국민당지구에서 팔로군

---

55 「解放日報」, 1942.8.29.(국가보훈처, 1992. 「해외의 한국독립운동사료·5」) 253쪽 및 「晉察翼日報」, 1942.8.25.(국가보훈처, 「해외의 한국독립운동사료·5」) 249쪽 참조.

지역으로 넘어온 인력이다. 김학철도 그 부대원으로 태항산전투[56], 호가장전투에 참가했다. 이 부대원들은 1938년 10월 호북성 무한武漢에서 김원봉을 대장으로 삼아 창설되어 중국군사위원회에 소속한 '조선의용대'로, 기존 팔로군 항일조선인들과 결합하여 1941년 7월 7일 조선의용군 화북지대라는 이름 아래 약 1년간에 걸쳐 치열한 항일운동을 전개했다. 그 가운데 가장 빛나는 전투가 '호가장전투'와 1942년 5월의 '반소탕전反掃蕩戰'이다. 호가장전투는 1941년 12월 12일 화북 석가장石家莊에서 그리 멀지 않은 호가장이라는 농가 4, 5십여 호의 마을에서 조선의용군 30명이 그 20배에 달하는 일본군에 포위되었다가 결사항전으로 포위망을 뚫고 나온 전투다. 조선의용군이 절체절명의 위기에 처해있을 때 팔로군이 도착하여 관동군이 인명 손실을 더 많이 당하면서 전투가 끝났다.[57]

호가장 전투가 전개되던 시간(1941.12.) 함형수와 이수형은 다음과 같은 시를 썼다.

> 그들은 뭇는다 내가 갓섯던곳을
> 무엇을 하엿고 무엇을 어덧는가를
> 그러나 내무엇이라 대답할소
> 누가 알랴 여기 돌아온 것은 한 개 덧업는 그림자 뿐이니

---

56 김학철은 이 전투에 참가한 체험을 근거로 『태항산록』(대륙연구소, 1989)을 출판했다. 오양호는 소설 '발문'에서 '고희도 넘은 항일민족주의자가 창작에 무비의 정열을 몰붓고 있고, 곧 새로운 대작을 내놓을 것'이라 했다. 나는 김학철을 장덕진(전 농수산부 장관. 대륙연구소 소장)과 함께 만나 소설 『태항산록』 배경이야기를 들었다.

57 그 전투에서 조선의용군은 4명이 전사하고 김학철은 중상을 입었고, 조열광, 장례신은 부상을 당했다. 이에 비해 관동군은 중대장이 전사하고 10여 명의 병사가 조선의용군에게 사살되었다.

먼- 하늘 솟테서

총과 칼의 수풀을 헤엄처

이손과 이다리로 모-든 무리를 뭇씰럿스나

그것은 참으로 쏘하나의 肉體엿도다.

나는 거기서 새로운 言語를 배웟고 새로운 行動을 배웟고

새로운 나라(國)와 새로운 世界와 새로운 肉體와를 어덧나니

여기 돌아온 것은 實로 그의 그림자 쑌이로다.

「귀국」[58] 전문

우리 젖 먹이며 마을 아해들이

땀흘려 눈부시게 쌓고 쌓은 눈사람

마을을 굽어보며 베며 무명보담도 희-ㄴ 것이었으나

아해들을 남기고 마을을 남기고 소리없이 눈석이 냇가로 흐르는 것이며

냇가에서 마을서 우리 젖먹이 얼골을 부비며 아버지의 사바귀를 나무나무의 잎사귀를 흔들어 壁을 흔들어 귀에 스미어오는 소리 바다를 불어.

「소리」에서 [59]

「귀국」의 '귀국'은 어느 나라에로의 귀국인가. 조선인가 아니면 만주국인가. 시의 내용으로 봐 귀국할 나라는 그의 모국 조선이다. 조선으로 돌

---

58   咸亨洙, 「歸國」, 『滿洲詩人集』 吉林 第一協和俱樂部, 1942. 46쪽.

59   李琇馨, 「소리」, 『조광』 제8권 9호, 1942.9. 108~109쪽.

아갈 때 그림자만 돌아가겠단다. 지금의 모든 것은 다 버리고 몸만 가겠다는 것이다. 이 나라에서 배우고 익히고 행한 그 치욕에 대한 참회이다. 이 시가 발표되던 1942년 9월은 미드웨이 해전에서 일본이 미국의 반격을 받고 전세가 기우러지던 시간이고, 조선의용군이 '호가장전투'와 '반소탕전'에서 용맹을 떨쳐 승리한 직후다. 함형수는 그때 어떤 첩보를 통해 조선의용군의 소식을 듣고 자신이 바라는 세계가 바야흐로 도래할 것을 상상하며 전쟁이 끝나고 평화가 오면 고국으로 돌아가는 꿈을 꾸고 있었는지도 모른다. 「해바라기의 비명」의 그 찬란한 꿈이다. 시는 기존의 상상을 뒤흔들어놓는 것을 축복으로 삼아 인간에게 새로운 생명을 가져다주는 끌인 까닭이다.

이수형의 「소리」는 죽음의 묵시록이다. 아버지로 호명되는 존재의 죽음이 그것을 상징한다. 우리의 후손들과 공동체를 위하여, 혹은 동족의 안위를 위해 살다가 칠성판을 베고, 조용히 생을 마감하는 「소리」의 아버지는 평범한 인물이 아니다. 이수형이 극렬 사회주의자라는 사실을 전제할 때 아버지는 자신의 아버지일 수도 있고 어떤 이름 없는 애국지사의 마지막을 애송하는 '소리'일 수도 있다.

이런 작품들이 호가장 전투에서 조선의용군이 팔로군과 연합하여 관동군의 포위망을 뚫고 나와 거꾸로 적을 무찔렀다는 역사와, 같은 시간 같은 공간에서 창작된 것은 우연의 일치일까 아니면 어떤 비선이 연결된 결과일까. 조선의용군 대장 김두봉이 호가장 영웅에게 시[60]를 바친 걸 보면

---

60 金枓奉, 「胡家莊戰地吟」, 現代日報, 1946.5.22. 跋涉天涯本有意 / 却逢周折在河邊 // 散爭集戰延千里 / 空馳虛驅過幾年 // 艱營未就毛先白 / 大事臨機馬不前 // 雲宵志氣網中伏 / 他日扶搖正渺然.
산 넘고 물 건너 하늘 끝까지 올 땐 뜻한 바 있었는데/물리칠 적을 만나 구하고 꺾다가 물가에 머무른다./흩어져 다투고 모여 싸운 전투가 천리나 이어졌는데/헛되이 말달린 지 몇 년이나 지났던가./어려운 병영 아직 나가지 못하는데 머리부터 먼저 세어졌고/큰 일 할

후자일 일 수도 있다. 함형수나 이수형이 어쩌면 지하 조선의용군일지도
모르기 때문이다. 다음 항에서 논의하는 단파방송 밀청이 이런 문제에 대
한 의문을 어느정도 풀어준다.

3.5. 단파방송연락운동
— KGE I 미국의 소리 단파방송·중경임정단파방송·경성방송국
　　단파방송연락운동

독립운동사에서 1940년대 국내의 독립운동은 거의 사라진 것으로 기
술한다. 그러나 1942년 12월 말부터 VOA(Voice of America)[61]와 중경重慶의 우
리말 단파방송[62]을 단파수신기를 밀조하여 밀청했고, 조병옥, 송진우, 윤
보선, 안재홍, 박찬익, 이인李仁, 김병노, 허헌許憲 등에게 그 소식을 알려주
던 폐간된 『동아일보』 기자 홍익범洪翼範은 그 일로 경찰에 잡혀 고문 후유
증으로 세상을 떠났다. 또 유물사관의 「조선역사」를 쓰고, 역시 폐간당한

기회가 왔는데 말은 앞으로 나가지 않는다./높은 하늘 닿을 뜻과 기상 그물 속에 엎드려
있으니/다른 날 무너진 뜻을 바로 잡으려 하지만 아득하구나.번역:오양호

61　제2차 세계대전 기간에 미국이 극동으로 송출하던 국제단파방송을 일명 '샌프란시스코
방송'이라 했는데 코사인을 'KGE I'라 했다. 주파수가 11.9MHz로 태평양을 건너와도 전
파가 깨끗한 상태로 수신되었다고 한다. KGE I 미국의 소리는 1일 3회(오전10시. 오후4시.
밤9시. 각 30분) 송출했다. 이 방송의 시그널 음악은 연속 3회 호랑이의 포효였는데 조선독
립운동이 백두산 호랑이를 상징하고, 시그널 음악이 끝나면, '백두산 호랑이 방송시간이
돌아왔습니다. 고국동포에게'라는 목소리가 밀청자들을 긴장시켰다고 한다.

62　중경 단파방송은 국내외 동포에게 일본의 전황이 불리해져 가고 있다는 소식을 가장 신
속하고 정확하게 알려주었다. 성기석은 「나의 방송시절」(『신문과 방송』. 1979.11.)에서 이 방
송을 들음으로서 세상이 어떻게 돌아가는 가를 알게 되었다고 했다. 경성방송에서 일했던
李惠求는 '솔로몬 해전에서 일본해군이 패전한 것, 스타린그라드에서 소련군이 반격하였
다는 것이 탄로되었고, 그 여파로 시중의 무허가단파수신기 소지자는 그 처치에 당황하였
다'(『晩堂 文債錄』. 1970. 36~37쪽)고 했다.

『조선일보』영업국장 출신 문석준文錫俊, 개성송신소 소장이던 이인덕李仁德도 단파방송 밀청사건으로 옥사했다. 아동문학가 송남헌宋南憲은 징역 8개월을 언도 받았고, 소설가 한설야는 피의자 또는 증인으로 경찰의 고문을 받았다.[63] 이 사건으로 백관수白寬洙(전 『동아일보』 사장) 허헌(전 『동아일보』 감사), 함상훈咸尙勳(전 『조선일보』 편집국장) 등 약 300여 명이 검거되었다. 주로 폐간당한 동아, 조선 출신인사들이다. 이것을 단파방송연락운동[64]이라 부른다.

이 항일운동은 재미독립운동, 중경 임시정부의 독립운동과 노선을 같이 하는 1940년대 국내독립운동을 대표한다. 1942년 6월 미나미(南次郎) 후임으로 조선총독에 부임한 고이소(小磯國昭)가 2천 5백만 조선인의 황민화에 박차를 가할 때, 악명 높은 고등계 형사 사이가(齊賀七郎)[65]가 단파방송 밀청 관련인사들을 치안유지법, 국방보안법, 육해군 형법, 전파법 등의 혐의로 다 체포하면서 일단락되었다.[66]

---

63 鄭晉錫, 「일제말 단파방송수신사건으로 옥사한 신문기자 文錫俊, 洪翼範」, 『월간조선』 통권 325호(28권 4호), 2007.4. 372~377쪽 참조.

64 兪炳殷, 『短波放送 連絡運動』, KBS문화사업단, 1991. 164~269쪽 참조. 경성방송국 단파 방송 사건은 미국의 VOA에 이승만이 나와 국내 동포들과 민족운동을 하는 독립군을 겨냥해서 일본은 곧 망할 것이라 했고, 重慶의 金九는 일본이 제2차 세계대전에서 이기고 있다고 하지만 그것은 사실과 다르고 조선은 곧 해방될 것이라 한 방송을 지칭한다. 이 사건은 32대의 단파수신기를 밀조해 VOA와 중경 임정방송을 들은 죄로, 34명이 징역 6개월에서 2년 형을 받았고, 7명은 벌금형을 받았으며, 형량 미상자는 35명이다.

65 金達壽의 소설 『太白山脈』(筑摩書房, 1969)에 '사이가'를 모델로 한 것으로 보이는 인물이 나타난다. 이 인물은 1942년 11월 2일 낮에 종로 거리를 걷고 있다가 권총습격으로 사살당한다. 또 마쓰모토(松本清張)의 소설 「北の 詩人」(中央文庫, 1974)에도 '사이가'가 등장하는데 거기는 '조선 특별 고등계 경찰의 스타'로 묘사된다.

66 兪炳殷의 『短波放送 連絡運動』, 成基錫의 「나의 放送時節」, 우사연구회의 『宋南憲 회고록』, 쓰가와이즈미(津川泉)의 『JODK, 사라진 호출부호』 등에 경성방송국 단파 사건이 상세히 기술되어 있고, 李仁, 李蕙求 등의 회고에도 단편적으로 나타난다. 회고 형식인 것은

이승만이 VOA에서 행한 단파방송은 내용이 심각하고 격정적이다. 국내, 중국, 만주, 서백리아 동포들에게 군기창을 타파하고, 철로를 끊어버려야 이순신, 임경업, 김덕령이 왜적을 그들의 섬에 가두듯이 가둘 수 있다고 했다. 일본군이 하와이 진주만을 기습 폭격한 것이 일시적으로는 '양양자득揚揚自得하야 왼 세상이 다 저의 것으로 알지만 얼마 아니해서 벼락불이 쏟아질 것이고' 일황은 항복할 것이라고 했다. 이승만의 이런 예언은 적중했다.

이런 단파방송이 동북아시아를 누빌 때 도문에서 이수형, 함형수, 김귀를 만난 현경준은 "도문의 라디오는 소음이 많아 정확하게 안 들린다."고 했다.[67] 이것은 재만 조선지식인들, 그러니까 이수형, 함형수, 현경준, 김귀 등이 중경 임시정부의 단파방송을 듣고 있었다는 것을 암시한다. 이때 『만선일보』 기자 김조규는 무슨 첩보라도 대한 듯 다음과 작품을 썼다.

> 南쪽으로 쏠린 들窓 넘어로
> 머얼리 바다의 손님이 찾어온다
>
> 太陽이 水平線 밋을 기인다
> 蒼空을 덥는 嚴肅한 바다의 構圖
>
> 한줄기 흘으는 거리의 感傷이 안이다
> 한덩이 밋트로 쌀어안는 茶盞의倫理도 아니다

사건이 미국과 중경에서 날아온 '음파'라 문자기록으로는 존재할 수 없기 때문이다. 1942년 6월 13일 VOA에 출연하여 행한 '나는 이승만입니다.'로 시작되는 이승만의 육성녹음은 당시 상태로 梨花莊에 남아 있다. 孫世一, 「나는 李承晩입니다」, 『月刊朝鮮』 통권 328호(28권 7호), 2007.7. 615쪽.

67 玄卿駿, '新興滿洲人文風土記. 情緒貧困의都市. 圖們의不夜城', 『만선일보』, 1940.10.5.

累累千年 흘러온 太平洋의經綸
太陽을 더부린 宇宙의旅行

작고만 南方손님이 들窓가에 설레인다
아이야 布帳을들어라 우리 正坐하고
南쪽消息을듯기로하자

「南方消息」[68] (『매일신보』, 1942.3.19.)

'남방손님'이 누구인가? '남쪽 소식'이 무엇인가? 이 시가 1942년 3월, 『매일신보』에 발표된 것을 감안하면 이 시는 그때 남쪽에서 전쟁을 치르고 있던 일본군이 '싱가폴을 함락(新嘉坡遂陷落(1942.2.)'한 사실과 관계될 수 있다. 그러나 이 시 자체는 시적 화자가 찻집에 앉아 봄이 오는 거리를 완상하는 서경시다. '한줄기 흘으는 거리의 감상'이라는 구절이 '차잔의 윤리'와 호응하는 것이 그렇고, '남쪽으로 쏠린 들창 넘어로 / 머얼리 바다의 손님이 찾어온다.'는 것은 강남 갔던 제비가 봄이 되어 찾아오는 장면 묘사이다. 어떤 희소식을 암시한다.

시의 표면적 언술은 당시의 남방전투를 연상시키는 정서가 없는 것은 아니다. "창공을 덥는 엄숙한 바다의 구도" 같은 구절이 그런 분위기를 풍긴다. 그러나 "설레인다."라는 표현은 전투소식 같은 무서운 것과는 거리가 먼 기쁨을 기대하는 심리적 동요이다. 김조규에게 '남쪽'은 애초부터 행복한 고향으로 표상된다. 『조선중앙일보』에 발표한 「제비」(1934.5.4.)에서는 유경柳京에 '봄을 몰고 온' 제비를 '추방당한 남국의 망명객'이라 했고, 「북으로 띄우는 편지—破波에게」에서는 '계절의 보푸른 소식'[69]을 전하는 전령

---

68   金朝奎, 「南方消息」, 『매일신보』, 1942.3.19.

69   김조규, 「北으로 띠우는 便紙—破波에게」, 『崇實活泉 The soongsillwuallchun. 15호,

사로 묘사했다. 일본 유학을 가려다가 학생운동이 문제가 되어 포기하고 조양천으로 건너가 농업학교 교사로 만주생활을 시작하면서 쓴 김조규의 작품에 나타나는 '북쪽'은 더 이상 밀려날 곳이 없는 신산고초의 땅이다.[70] 그렇다면 김조규는 '남쪽' 이미지를 거꾸로 이용하여 딴전을 편 것이 된다.

한편 이런 시간에 중국 동북지방에서 대종교의 『한얼노래』가 나타났다. 『한얼노래』는 단군을 섬기는 민족종교의 정신을 36수에 담아 1942년에 목단강성 동경성牡丹江省東京城 대종교총본사에서 편집 발행했다. 이 노래 가운데 27수는 이극로李克魯가 지었고[71], 그 가운데는 다음과 같은 노래도 있다.

> 온 누리 캄캄한 속 잘-가지 늦 목숨 없더니
> 한새벽 빛볼 그레일며 환히 열린다. 모두 살도다 웃는다.
> 한배 한배 우리 한배시니 빛과 목숨의 임이시로다.
>
> 늘 흰메 빛구름 속 한-울 노래 울어나도다
> 고운 아기 맑은 소리로 높이 부른다. 별이 받도다 웃는다.
> 한배 한배 우리 한배시니 빛과 목숨의 임이시로다.
>
> 「개천가」[72]

1935. 10. 82쪽.

70 「김조규론」참조.

71 이극로, 『한얼노래』 '머리ㅅ말' 참조. 大倧敎 總本司 滿洲國 牡丹江省 寧安縣 東京城 街東區 第十九牌 三號 康德 九年. 개천 4399년(1942). 이극로는 1936년 독일 유학에서 돌아와 한글운동에 뛰어들어 일제와 맞섰다. 이런 이력은 「朝鮮을 떠나 다시 朝鮮으로-水陸二萬里 두루 도라 放浪二十年間의 受難 半生記」(『朝光』, 1936. 3, 5, 6)와 『苦鬪 四十年』(을유문화사, 1947)에 수록된 「朝鮮語學會와 나의 半生」, 「朝鮮語學會 事件」, 「吉敦事件 眞相調査와 在滿同胞 慰問」 같은 글에 소상하게 나타난다.

72 開天歌, 『한얼노래』(神歌), 大倧敎 總本司 滿洲國 牡丹江省 寧安縣 東京城 街東區 第十九

대종교의 신가神歌다. 민족주의의 정서가 가사 전체를 지배하는 교술시[73]다. 이 「개천가」는 이극로가 대종교의 신가집 『한얼노래』 '서문'에서 자신이 새로 27편의 신가를 지어 보탠다고 했는데 그 중 하나일 가능성이 높다. 그렇다면 김조규의 시의식과 같은 맥락을 형성한다. 이극로는 그때 만주 목단강성의 대종교 교주 단애종사檀崖宗師에게 「널리 펴는 말」을 보냈다. 그런데 그 말 가운데 나오는 '일어나라! 한배검이 도우신다.'를 일경은 '봉기蜂起하자 폭동暴動하자'로 바뀌어 대종교 간부들을 모두 체포하여 고문하는 바람에 그 중 10명은 옥사했다. 바로 임오교변壬午敎變(1942)이다. 대종교는 사실 겉으로는 종교형태지만 내용적으로는 단군이라는 상징적 인물을 통해 독립정신을 체계화한 민족주의사상집단의 성격이 강했기에 일제가 그런 짓을 했다. 이극로는 이런 대종교의 핵심인물이면서 조선어학회 간사로 민족운동을 했다. '개천가'의 뜻은 오늘날 「개천절 노래」로 그 정신이 이어진다. 두 노래 가사는 발상 정서가 흡사하다. 「개천가」의 '한배 한배 우리 한배'는 「개천절 노래」의 '이 나라 한아버님은 단군'이라는 가사를 연상시킨다. 이런 점은 이 노래의 작사자 정인보鄭寅普가 이극로와 함께 대종교 교도로서 임오교변의 환난을 겪고, 조선어학회 사건으로 고초를 함께 치른 것과 공통분모를 형성한다.

1940년대 초기 만주에서 대종교가 이런 환난을 겪고 있을 때, '한 얼 生'이라는 얼굴 없는 시인은 한민족韓民族이 만주에서 누렸던 당당한 역사

牌 三號 康德 九年.(개천 4399년. 서기 1942년). 6쪽.

73   교술시는 일반적으로 사실이나 사상에 관한 설명을 수식을 갖춘 시로 나타낸다. 歌辭, 漢나라의 賦가 교술시고, 최제우의 「용담유사」도 같은 갈래다. 「개천가」는 최제우가 '태평성대 다시 정해 국태민안 할 것이니 / 개탄지심 두지 말고 차차차차 지내보자'라고 당부하고, '하원갑 지내거든 상원갑 호시절에 / 만고없는 무극대도 이 세상에 날 것이니'라고 미래를 예보하는 「몽중노소문답가」와 흡사하다.

를 회고 하며 긴 앞날을 축원했다.

> 分明 님 이곳에서
> 저믈도록 씨 너흐시다
> 그리다 이곳 변죽을 億萬年 두고 직히리
> 자랑스러운 歷史의 旗幟 쏩어두고
> 스스로 씌집속에 몸을 숨기신지 그몃해?
> (쩌우리무-스 쩌우리무-스 네 이름만이남엇다)
>
> 　　　　　　　　「高麗墓子」(쩌우리무-스)에서[74]

　　민족이 당면한 처지를 위무하며 그것을 새로운 미래의 역사로 송축하고 있다. 이런 시의식은 '한얼노래', '한배검', '한 얼 生'이란 어휘가 발산하는 의미자질과 내통하는 바가 크다. '한 × ×' 투의 언술형태가 한민족의 연원을 암시하기 때문이다. 각론에서 「익명의 한국인 얼―한 얼 生」이 가능한 것은 이런 시의식에 근거한다. 그러나 이런 민족주의 정서는 『한얼노래』를 마지막으로 다시 나타나지 않는다. 대종교의 임오교변을 끝으로 동북지방의 정신적 동립운동이 막을 내렸기 때문이다. 우리가 잘 알듯이 역사는 사가의 능동성을 강조하는 현재주의 관점만 아니고, 현재와 과거의 끊임없는 대화의 차원에서 다시 고찰되어야 하거나 고찰할 수 있다. 재만 조선인 문학 역시 그러하다. 이 논저가 이미 많이 논의된 문제를 재론할 수 있는 것은 문학의 이런 역사발견이 가능한 까닭이다. 이런 점에서 한 얼 生의 시는 1940년대 전반기 대종교가 동북3성에서 펼친 민족운동과 결코 무관하지 않다.

74　한 얼 生, 「高麗墓子」(쩌우리무-스), 『만선일보』, 1940.8.7.

4. 만주국의 조선 시인들

「기미독립선언서」를 기초한 최남선은 1937년 12월 『만선일보』 고문
이 되었고[75], 1939년 4월에는 만주국 건국대학 교수로 취임하여 1942년 11
월 사임했다. 그가 건국대학 교수시절 경제학부 학생이던 강영훈 등이 학
병지원 문제를 상담하러 교수 최남선을 찾아갔을 때 다음과 같이 말했다
고 한다.

> 우리는 이 기회를 적극 이용하여 민족청년들을 훈련시켜 필요시
> 민족주체입장에서…(중략)…학병으로 출전하는 제군들 중에는 애석
> 하게도 귀환하지 못하는 학우들도 있을 것이다. 그러나 학우의 시체
> 를 넘어 생환하는 사람들은 민족 장래를 위하여, 전우의 몫을 합하여
> 지금으로는 측량할 수 없는 기여를 하게 될 것이다. 제군의 무운장구
> 를 빌 뿐이다.[76]

'육당 탄생 백주년'을 맞이하여 마련한 기념식에 참가한 국무총리 강
영훈의 축사 중 한 대문이다. 강영훈은 최남선의 이 말을 군사력이 민족실
력의 핵심이고, 그 군사력을 민족주체의 입장에서 써야할 경우를 대비해
서 길러야 한다는 것으로 해석하여 군인이 되었다. 신사회공동선운동연합
(이사장 서영훈)에서 발행하는 월간 『우리길벗』 2006년 6월호에서 박수길 전
유엔대사와 대담할 때도 같은 말을 했다. 장차 나라를 경영할 힘을 기르기

---

75   滿洲國通信社出版部兌, 康德六年版 『滿洲國現勢』, 滿洲國通信社, 康德七年(昭和十五年).
      458쪽. 社長: 李性在, 主幹: 山口源二, 顧問: 崔南善, 編輯局長: 廉尙燮이다.
76   강영훈, 「나의 스승 六堂 崔南善선생님」, 『六堂이 이 땅에 오신지 百周年』, 東明社, 1990.
      221쪽.

위해 남의 전쟁에 목숨을 걸고 나가는 것은 자기모순인데 그래도 최남선은 친일파가 아니라는 것이다.[77] 『신동아』(2008.7.)에서 '학병은 조선독립 첫 걸음'이라한 것 역시 그렇다.

　최남선의 학병지원 권유가 일본이 패배하고, 우리가 독립할 것을 예상했다면 최남선의 말은 틀린 말이 아니다. 안창호의 '실력 양성론'과 닿는다. 다른 몇몇 중요한 증언들도 이런 맥락으로 최남선의 말을 이해하고 있다.[78] 최남선의 그런 말은 일본이 곧 망한다는 것을 전제로 할 때 자기모순이 아니다. 만주에서 경성으로 돌아와서 최남선은 '일본이 곧 망할 것'이라는 언행을 하고 다녔다. 김팔봉金八峯이 만나 본 최남선과 조용만이 말하는 최남선의 언행이 같다.

　　一九四一년 여름 慶雲洞을 지나다가 閔丙燾씨 집을 우연히 찾아들어 갔더니 그 사랑에 六堂선생이 李相佰씨와 함께 앉아 계시었으므로 오래간만에 나는 선생과 대면하였던 것이다. 그런데 그날 그

77　'내가 학병으로 나가라고 하는 것은 천왕이나 일본을 위해서가 아니라 조선을 위해서다. 우리나라가 이렇게 망한 것은 힘이 없어서다. 우리 민족에게 군사력이 없어서 망한 것이다. 그런데 우리 민족이 군사훈련을 받을 수 있는 기회를 하나님이 주신 것이다. 그러니 너희들이 나가서 훈련을 받기를 바란다. 물론 전쟁터에 나가는데 왜 희생이 없겠느냐. 그러나 그 중에는 반드시 살아오는 사람이 있을 것이다. 그 살아온 사람들이 죽은 동포와 학우의 시체를 넘어서 반드시 이 나라에 큰일을 하게 될 것이다. 나는 그것을 믿는다.' 「길벗이 만난 사람. 강영훈 전 총리」, 월간 『우리 길벗』 통권 제20호 6월호, 2006. 9쪽.; 『신동아』, '나라를 사랑하는 벽창우' 강영훈 전 총리, 2008.7.

78　趙容萬, 『육당 최남선』, 삼중당, 1964. 407~412쪽.; 김붕구, 「신문학 초기의 계몽사상과 근대적 자아」; 김붕구 외, 『한국인과 문학사상』, 일조각, 1964. 99~100쪽.; 강영훈, 「나의 스승 육당 최남선 선생님」, 『육당이 이 땅에 오신지 백주년』, 동명사, 1990. 만주 건국대 제자 국무총리 강영훈은 최남선의 실력양성론이 오히려 나라를 망하게 한 것이 아니냐고 대들자, 최남선은 그렇다면 너는 일본인과 싸워 그들을 죽이고 너도 자살하라고 대답했다고 했다. 이 책 153쪽 참조.

자리에서 二·三 時間이상 좌담이 계속되는 동안 줄곧 이야기하신 분은 六堂선생이었다. 내가 六堂선생을 다시 고쳐보기 시작한 것이 그 날부터이었다. '간나가라노미찌' 방송 때부터 의심하는 눈으로 보아오던 六堂선생이 아닌 것을 이날 閔씨집 사랑에서 확실히 인정했던 까닭이다.[79]

1943년 봄 어느 날 나를 효제동 댁으로 오라고 육당이 불렀다. 무슨 일인가하고 가 보았더니 육당이 정색을 하고 이런 말을 하는 것이었다.

일본이 이번 전쟁으로 망하는 것은 분명한 일이므로 우리나라는 전쟁이 끝나는 것을 틈타서 독립을 해야겠는데 독립운동을 일으키려면 먼저 우리나라 젊은 사람들에게 독립사상을 고취하여야 하고, 독립 사상을 고취하는 길은 위선 조선역사를 가르치는 것 밖에 없으므로, 나는 지금 조선역사를 새로 발간할 작정인데 도리가 없겠느냐는 것이었다.

나는 이 말을 듣고 깜짝 놀랐다. 조선역사는 이미 없어진지 오래이었고, 더구나 우리글로 내는 책은 하나도 허가하지 않는 때에 조선역사를 발간하겠다니 정신없는 말이기 때문이었다. 민간신문을 없애버렸고, 우리글로 발행하는 잡지를 없애버렸고 남은 것이라고는 소위 戰力增强을 위한 간행물뿐인데 어떻게 전쟁과 관계없는 우리말로 된 책을 낼 수 있을까. 더구나 육당의 역사책이라면 조선정신을 고취한 것으로 일본 경찰이 제일 미워하는 책이므로, 그것을 발간한다는 것은 엄두도 못 낼 일이었다. 그래서 그런 말을 했더니 육당은 더욱 굳은 결심의 뜻을 보이면서 독립운동을 하는 셈으로 기어코 이

---

79   金八峯, 「육당의 시」, 『현대문학』 제6권 제10호, 1960. 10월호, 통권 70호, 180쪽.

책을 내보겠다는 것이었다.[80]

조용만은 최남선을 스승으로 모시기에 말의 신빙성이 떨어질 수 있지만 카프 맹장출신 김팔봉의 증언은 그렇지 않다. 이런 사실은 최남선이 그 나름의 첩보를 통해 당시 태평양전쟁의 전세가 일본이 불리하다는 것을 다 알고 있었고, 일본이 곧 망할 것을 예상하고 있었다는 것을 암시한다. 최남선이 건국대학 교수직과 『만선일보』 고문을 사임한 이유가 무엇인지 알 수 없으나 그 막강한 지위를 내려놓은 것은 결과적으로 최남선의 언행과 일치한다. 그런데 그런 행위가 최남선에게만 나타난 것은 아니다. 최남선과는 실과 바늘의 관계인 염상섭, 그리고 비슷한 인간관계에 있던 백석과 박팔양에게도 나타난다.

4.1. 이수형·함형수·김귀의 행동통일

현경준이 『만선일보』에 연재한 「신흥만주인문풍토기」에 다음과 같은 눈길을 끄는 대문이 있다.

圖們서는 라디오가 騷音째문에 正確치 못하다는 것도 結局은 이째문인가보다 (중략) 나는 무척 너를 사랑한다. 나의生活속에 數업시 浮沈된그記錄도나는사랑한다. 그럼으로언제던지 나는너를한번내冊床우에 올려안치고 네의온갓것을한덩어리로 - 훌륭히 生動하는 그덩어리로 맨드러노흐려한다.

그리고그것은 어찌나뿐만의意欲이랴. 金貴 亨洙 琇馨 모도다 너

80   趙容萬, 『六堂 崔南善 — 그의 生涯·思想·業績』, 三中堂, 1964. 414~415쪽.

를 위해 붓대를가다듬고잇는 것이다.[81]

여기서 "도문서는 라디오가 소음째문에 정확치 못하다는 것"이 다른 무엇과 관련된 듯하여 매우 흥미롭다. 그냥 라디오가 잡음이 많다는 것이 아니라 '정확치 못하다'고 하는데 그것은 단순히 라디오가 제대로 작동하지 않는다는 것을 불평하는 말이 아니다. 정확하게 들어야할 무엇을 제대로 못 듣는 것을 걱정하는 뉘앙스를 풍긴다. 그런데 무엇을 정확하게 들으려 했고, "너"는 누구일까.

"너"는 조선 사람을 지칭할 것이다. "나의 생활속에 수업시 부침된 그 기록"이라면 잦은 학생소요로 일제가 폐교하려했다는 경성고보 중퇴자 현경준이, "金貴 亨洙 珠馨 모도다. 곧 라디오 속의 너를 위해 붓대를 가다듬고 잇는 것이다."라는 것이 된다. 문장의 주어가 "너"이고, 서술어가 "사랑한다"라는 데서, 그리고 "덩어리로—훌륭히 생동하는 그 덩어리로"라는 데서 "너", 곧 조선을 암시한다. 현경준, 함형수, 이수형, 김귀는 경성고보 동기생으로 추측되는 사상이 비딱한 사회주의자들이다. 김귀도 직장은 세관 사무원이지만 그의 속은 이수형이나 함형수와 다르지 않는 골수의 비판적 지식인이다. 「亭子二十樹의 誘惑」에서 김삿갓의 시를 패러디하여 현실을 비트는 데서 그 근본이 들어난다. 이 문인들은 겉은 문인이고 속은 독립군처럼 동포의 삶에 정신이 몰입해 있다. "도문서는 라디오가 소음째문에 정확치 못하다는 것"은 이 세 사람의 공통적인 문제일 것이고, 그것은 중경 임정의 단파방송의 밀청일 수도 있다.

그 시간 경성방송국 방송기계 기술자 성기석成基錫은 1941년 이른 봄

---

81   玄卿駿, '新興滿洲人文風土記. 不夜城은修羅場. 情緖貧困의都市. 圖們의不夜城', 『만선일보』, 1940.10.5.

어느 날 라디오 주파수 9메가사이클(31미터밴드)을 돌렸을 때 "여기는 중국 임시수도에 있는 중경방송국입니다. 장 총통께서는 우리 정부 김구 주석을 치하하시고 적극 지원해 주실 것을 약속했습니다."고 하면서 제2차 세계대전의 전황과 국제정세, 임정의 활약상을 임정의장 김규식金奎植이 소개하는 방송을 듣고, 세상이 어떻게 돌아가는지 알게 되어 "단파방송 연락운동"에 뛰어들게 되었다고 했다.[82] 현경준의 「신흥만주인문풍토기」는 겉으로 보면 재만조선인들의 생활상 소개지만 자세히 읽으면 이수형, 함형수, 김귀 같은 숨은 조선지식인의 삶이 어떠하다는 것을 행간에 숨기고 있다. 위의 인용문의 '너'가 발사하는 민족애가 그런 추론을 하게 만든다. 이런 수상쩍은 언행의 실체를 '이수형론', '함형수론'에서 규명한다.

『조선일보』에서 근무하다가 『만선일보』로 와서 편집국장[83]이 되기 전에 만주 각지 조선인 밀집지역을 답파하고 르뽀 기사를 『만선일보』에 연재하던 홍양명도 「도문, 연길의 인상·6」에서 도문에 살던 시인 이수형과 함형수, 그리고 소설가 김귀가 늘 한 세트가 되어 술을 마시며 밀담을 나누던 사실을 전하는 기사가 있다. 베일 속의 인물 이수형에 대해 현경준과 다른 분명한 정보를 제공하는 중요한 자료이다.

이들 意氣投合한 三人은 時代의 苦悶과 權威와 設計와 僞善을 쮜여넘어 아모것에도 制約밧지 안는 自己만의 想像의 自由로운 世界에 그들이 最善이라고 생각하는 藝術魂을 昇華하고 잇는 모양이

---

82 成基錫, 「나의 방송시절」, 『신문과 방송』, 1979.11. No.108호, 한국신문연구소. 36~40쪽 참조.

83 『만선일보』 판권 편집인 난에 편집국장 廉尚燮(廉想涉)이 洪淳起로 바뀐 날은 1940년 1월 7일부터이다. 홍순기는 홍양명으로 보이고, 홍양명은 1941년 6월경에 『만일보』 편집국장을 그만 두고 경성으로 돌아 왔다. 1941년 7월호 『삼천리』 '정보실은(64쪽) '만선일보' 편집국장 홍양명씨는 최근 이임하고 서울에 돌아오다.'라고 했다.

다…(중략)… 코물을 흘니는 兒童들에게 說敎를 하는 先生님이시고
(咸亨洙) 稅關의 事務員이시고(金貴) 貿易會社에서 珠算을 굴니고 잇
는(李琇馨) 現實을 超치 못하야 憂鬱한 밤을 씁씁이는「오피엄」代身
「알콜」에 浸潤할 터이니 三人의 벗과 마조 안즌 나는 또한 現實의
不滿에 對한 唯一한 勝利의 길이 이런 方向에 잇는 것과 갓흔 同感
속에 쓸니우는 듯하얏다.[84]

홍양명은 소학교선생 함형수, 도문세관원 김귀, 무역회사 사원 이수
형, 이 "三人은 時代의 苦悶과 權威와 設計와 僞善을 쮜여넘어 아모것에도
制約밧지 안는 自己만의 想像의 自由로운 世界에 그들이 最善이라고 생각
하는 藝術魂을 昇華하"며 살고 있다고 했다. "시대의 고민·위선·자기만의
상상의 자유로운 세계·예술혼", 이런 말은 관동군의 관리를 받는『만선일
보』같은 지면에 활자화시키기 어려운 말인데 검열이 허술했는지 필자가
힘이 세어서인지 활자화되었다. 도문은 조선과 바로 인접해 있고, 조선 사
람이 밀집해 있어 조선의 한 지역이나 다름없다. 이 세 사람은 그런 도문에
서『시현실』동인을 결성하여 초현실주의 기법으로 다른 시인은 꿈도 꿀
수 없는 글쓰기의 자유를 누리며 자기들만의 성체를 쌓아가고 있었다는
것이다.
　　이런 사실은 이수형, 함형수, 김귀가 그들의 직업과는 무관한 문인이
라는 말이고, 그들의 글쓰기가 결과적으로 항일투쟁과 유기적 관계에 있
다는 것을 암시한다. 이런 성격이 존재하기에 '이수형론', '함형수론'이 가
능하고, 이 시인들이 특별한 의미를 지닌다.

84　　洪陽明,「圖們,延吉의 印象一哈市東滿間島瞥見記·六」,『만선일보』, 1940.7.20.

4.2. 백석의 귀농시도

백석은 1940년 만주국 국무원을 사직하고 한족漢族들이 사는 농촌으로 들어갔다. 그는 거기서 한밤에 혼자 앉아 흰 바람벽을 바라보며 두보나 이백 같이 사는 가난한 시인의 길을 택했다. 직장으로서는 부러울 게 없는 만주국 국무원을 백석이 왜 어느 날 그만두고 농촌에 거처를 정했는지 알 수 없다. '아전노릇 그만두려는 것'(「귀농」) 때문이었다고 한다면 안동세관의 말단 세리도 아전이니 설득력이 없다. 그렇다면 만주국 국무원 경제부 서기라는 직책이 너무 부담스러워 겨우 연명할 수 있는 지방 관리가 되어 때를 기다렸을지도 모른다. 만약 일제가 망하더라도 면책 조건이 약할 것이기 때문이다.

이런 추론은 백석이 1940년 어느 날 일본 아오야마 학원에 다니던 이현원을 찾아 불쑥 강의실로 왔다는 사건과 관련된다. 그때 백석은 당시 발행부수가 10만이 넘는 유명잡지 『모던니혼』의 사장 마해송을 만나러 동경에 왔다고 한다. 마해송은 미군의 동경대공습을 예상했는지 가족을 윤석중이 경성으로 피신하는 길에 데려가 달라 부탁하고 자신도 동경을 떠났다고 했다.[85] 이런 사실을 근거로 한다면 백석은 그때 이미 일본의 패망을 예상하고 국무원을 그만 두었을지 모른다. 마해송을 만났으니 세계정세가 어떠했는지 훤히 알고 만주로 돌아갔을 것이고, 조신했을 것이다. 이런 패망예상 바이러스가 백석의 주변 인사, 그러니까 박팔양, 김조규, 염상섭 등에게 알게 모르게 감염되었을 것이다. 그래서 국무원을 그만두고 백구둔에서 문경옥과 귀농을 시도했을 것이다. 뒷날 북한 최초의 여성 작곡가가 된 문경옥이 만주 이력이 문제가 안 된 것도 이런 추론을 뒷받침한다. 『1940년대 전반기 재만조선인 시 연구』가 가능한 것은 당시의 재만조선인

---

85   안도현, 『백석평전』, 다산북스, 2014. 287쪽 참조.

시가 이런 분위기 속에 창작되어 그 포자가 음지의 버섯처럼 자라 시의 행간을 채우고 있기 때문이다.

4.3. 김조규의 말없는 귀향

『만선일보』 문화부에 근무하며 『재만조선시인집』을 편집발행하고, 태평양전쟁의 와중에도 왕성한 활동을 하던 김조규는 1945년 돌연 신문사를 사직하고 3월 경 고향으로 돌아갔다. 귀향 뒤 두문불출하다가 해방이 되자 세상에 나왔다. 김조규가 왜 『만선일보』를 그만 두었고, 귀향한 뒤 칩거했는지 이것 역시 미스터리다. 그러나 이에 대한 답은 「귀족」(1944.4.)에 암시되어 있다. 「귀족」은 표면적 정서와 그 내포가 다르게 독해되기 때문이다. 시의 외연이 반 민족적 분위기를 형성하니 조신할 수밖에 없다. 같은 시간 북만에 살던 유치환이 「북두성」(1944.3.)을 노래하며 귀향한 것과 사정이 유사하다. 「북두성」은 친일 혐의를 받기도 하지만 그 작품은 고독한 광야의 생명애를 북두칠성에 이입한 작품으로 읽히고, 「귀족」은 남쪽을 호출하지만 그 내포는 우리 민족의 숨은 얼을 대종교의 '한 얼' 이미지에 싸였기 때문이다. 이 문제는 제4장 「대륙을 횡단한 조선시의 기수-김조규」와 「익명의 한국인 얼-한 얼 生」에서 상론한다.

5. 시인들의 유파와 성향

1940년대 재만 조선문인은 신경파新京派, 도문파圖們派, 합이빈파哈爾濱派, 북만파北滿派로 나눌 수 있다. 이런 분류는 생활지역이 1차 기준이고, 문학의 갈래는 2차다. 지역적 특성을 기술하기 위해 시인이 아닌 문인도 함께 다룬다.

신경파는 최남선, 박팔양, 백석, 조학래, 송지영, 손소희 등이다. 최남선은 원래 시조 시인이고, 박팔양은 협화회, 백석은 만주국 국무원, 조학래는 시인으로 신경특별시시장 운전수였으며, 송지영은 그 무렵 상해로 가던 걸음에 『만선일보』에 잠깐 머물러 있으면서(안수길 회고, 『언론비화 50편』, 1978) 『만선일보』에 여러 편의 연시조를 발표했다. 손소희는 『만선일보』 기자로 많은 시를 발표한 홍일점 시인이다. 신경파는 거물 최남선이 있지만 그는 창작은 안 했다. 그래서 대표 문인은 1940년 3월 22일 『만선일보』 학예부가 개최한 '내선만문화좌담회內鮮滿文化座談會에 참석한 박팔양과 백석이다.[86]

도문파는 이수형, 함형수, 신동철, 황민, 김북원金北原, 허리복許利福, 김귀 등이다. 김귀는 문학 갈래가 산문이지만 이수형, 함형수와 죽고 못 사는 사이라 이수형과 묶는다. 이 유파는 도문을 근거지로 삼아 수도 신경파와 길항하는 지역문인들이다.

합이빈파는 수필가 엄시우嚴時雨로 대표된다. 그곳은 시인이 없다. 엄시우는 '在滿 朝鮮文學靑年 綜合文學全集'을 만들어 '古土朝鮮'에 선물을 하나 만들어 주겠다며 문학지망 청년들에게 원고를 공개적으로 청탁했다. 이런 점에서 합이빈파는 문제 삼을 대상이 못된다. 문학작품은 없고, 엄시우가 합이빈의 이름을 내걸고 벌린 한바탕 문학소동이 전부이기 때문이다.

북만파로 묶을 수 있는 문인은 유치환, 김조규, 한 얼 生, 이학성이 중심이다. 김달진, 한명천도 시의 성격으로 보면 이 그룹에 속한다. 그러나

---

86   기사로 보도된 것은 1940년 4월 5일~4월 11일이다. 참석자 가운데 金永八은 극작가, 아나운서이고, 滿洲文話會 金村榮治는 康德六年版 『滿洲文藝年鑑』을 일본어로 출판하고, 일본어 소설 「同行者」를 수록한 일본인이 된 조선인(張喚基)이다. 따라서 이들은 신경파 문인이 될 수 없다.

남긴 작품이 별로 없다. 북방파는 특별한 인간관계를 맺지 않은 북방지역을 떠돈 시인들이다.

이상 각 문학유파 시인의 특성은 제 4장에서 상론하기에 여기서는 각 유파의 성격만 간단히 고찰한다.

5.1. 신경파

신경파는 4개의 문학 유파 가운데 문학 활동이 가장 왕성했다. 이것은 『만선일보』 학예부가 주최해서 「內鮮滿文化座談會」(1940.3.22.)를 개최하고, 잡지 『大地』를 창간하려는 한 사실에서 잘 드러난다. 그런데 신경파는 문인 사이에 보이지 않은 불화가 존재했던 것 같다. 백석은 '내선만문화좌담회'에 선계鮮系 측 대표로 참석했고 그때 동석한 박팔양은 만주국문화 속의 재만 조선문화의 처지, 성격의 독자성을 주장 옹호했다. 그러나 백석은 침묵하고 있다가 좌담회가 끝날 무렵 '지금 滿洲人文壇의 現狀을 말하자면, 現勢나 文學傾向이 엇덧습니까.'[87]란 한 마디만 했다. 그런 태도는 좌담회가 문학문제가 아닌 문화전반이라 그럴지 모르나 동석한 金永八(극작가, 신경방송국) 金村榮治(滿洲文話會.작가) 등이 내지인內地人측 만계滿系측에 적극적으로 협조하는 태도와는 비교된다. 그러니까 적극적으로 협조하는 문인과 그렇지 않은 문인으로 나눠진 듯하다. 이런 성격은 잡지 『大地』를 창간하려 했고, 그것이 무산된 데서도 감지할 수 있다.

滿洲에 사는 百萬朝鮮人의 오래前부터 待望하던 조선인대중종합잡지 『大地』가 이번에 창간되어 오는 六月 一日로써 그 創刊誌가 나오게 되엿다한다. 편집동인은 朴八陽 李甲基 白石 朴榮濬 등 在

---

87   「內鮮滿文化座談會」, 『만선일보』, 1940.4.10.

滿文人諸氏며 편집책임자는 宋志泳氏라 한다. 사무소는 新京朝日
通(鷄林分會構內) 大地社라 한다.[88]

이 기사가 『동아일보』에도 났는데 거기서는 "정예政藝를 중심으로
편집하겟음으로 고갈상태에 잇는 만주조선어문단을 위하야 큰 역할이 기
대된다. 편집동인은 박팔양 송지영씨인바"[89]라고 했다. 여기서 우리의 관
심을 끄는 것은 1940년대 전반기 신경에서 활동하던 대표적인 선계문인인
박팔양, 백석, 박영준, 송지영, 이갑기 등이 잡지 창간에 참여했다는 사실
이다. 그런데 이 문인들 중 박영준과 송지영은 다른 세 사람과 성격이 다르
다. 박팔양, 이갑기는 카프 출신으로 심리 한 곳에 그 기질이 남아 있고, 백
석은 누가 뭐래도 민족의식이 본질인 시인이다.

박영준朴榮濬은 「쌍영雙影」(전편 1939.12.2.~1940.3.25. 후편 1940.4.2.~8.17.)에
서 만주국의 신인간상을 창조했다. 그 뿐만 아니라 그는 만주에서 활동하
는 독립군을 일제에 밀고한 공로로 동상을 세워준 악한 김동한金東漢을 기
념하기 위해 공모한 희곡 『김동한』[90]을 읽고 그 독후감을 썼다.[91] 송지영은
일제의 만주개척을 찬양하는 시조 「壯行詞」(1940.8.20.) 등을 쓰며 밤이면 새
파란 20대가 흰 양복에 개화장을 휘두르며 신경 거리를 활보하는[92] 행동거
지가 좀 특이한 인사였다. 이런 두 인물과 박팔양, 백석, 이갑기가 어려운
여건 속에 뜻을 모아 잡지를 창간한다는 것은 쉬운 일이 아니다. 특히 정치
와 예술을 중심으로 한 대중잡지를 만들어 "고갈상태에 잇는 만주조선어

88   在滿文人網羅 "大地" 간행, 『조선일보』, 1940.4.16.

89   綜合에 "大地" 발간, 『동아일보』, 1940.4.2.

90   金寓石(金永八), 「金東漢-전 3막」, 1940.1.10.~1.24.

91   朴榮濬, 「金東漢 독후감. 상·하」, 『만선일보』, 1940.2.22.~2.23.

92   文壇 뒷골목, 「宋志泳氏와 지팽이」, 『만선일보』, 1940.8.27.

문단을 위하야 큰 역할"을 하겠다는 목적을 달성하는 것은 더욱 어려웠을 것이다. 보이지 않는 노선차를 해소하고 힘을 모아 잡지 창간의 경비를 마련하고, 뜻을 모아 잡지편집 방향을 정해야 했기 때문이다. 어쨌든 『대지』 발행은 실패했다. 책이 간행되었으면 신경파 문학의 성격이 드러날 터인데 소문만 나고 말았다.[93]

사정이 이렇지만 신경파의 성격은 신경파의 상징 같은 존재 최남선을 통해 가늠할 수 있다. 무엇보다 최남선은 우리 문학의 종가인 시조를 대표하는 작가이고 그가 한때 열렬한 대종교 교도였다는 것이 신경파를 이해하는 단초가 된다. 그가 만주에서 남긴 시조는 수필 『만주조선문예선』(1941)에 발표한 기행문 「천산유기·1」에 나오는 연시조 한 수뿐이다. 그러나 그는 근대 최초의 개인 시조집인 『백팔번뇌』(동광사, 1926)를 출판하여 우리 문학의 고유 갈래인 시조를 선도했다는 점에서 그의 위상은 작품 수와 관계없다. 최남선은 1940년대에는 만주국 국립대학 교수가 되었고, 관동군이 "반도인지도기관半島人指導機關"[94]으로 만든 『만선일보』 고문에 취임했다. 최남선이 만주국 건국대학 교수로 가려할 때 정인보는 '이제 육당은 죽었다.'고 했다. 그러나 최남선이 민족을 배반하였다고 할 수 없다. 그가 만주에서 귀국한 뒤 출판한 『고사통』(삼중당, 1943.10.)에 최남선의 변함없는 조선심을 발견할 수 있기 때문이다. 『고사통』은 1940년 전반기 조선의 인문사회 분야의 내밀한 정서를 내장한 문제적 저서다. 초판 3만부가 일시에 매진되었다는 이 책은 우리 민족의 문화를 위장술로 삼아 우리역사를 주체적으로 기술한 것으로 독해된다. 먼저 서문을 검토해 보자.

---

93   趙廷元, 「文藝誌發刊의 計劃을 듯고」, 『만선일보』, 1940.2.4.

94   康德六年版 『滿洲國現勢』 滿洲國通信出版部兌, 滿洲國通信社, 康德七年(昭和十五年)七月. 458쪽.

社會가잇스면文化가잇고 文化는統序를쪼차서비로소理解되나
니 이것이文化에關한史的知識의언제누고에게든지必要한所以이다.
不佞이年來로이에關한약간論著를내여왓스나 大東亞戰의今日에이
르러서는立綱과取材에 一大變通이업슬수업시되얏다. 이에筆硯을
고처다듬 匆遽히 이 一篇을 草하나니 荒陋疎錯하야敢히藝苑의 一
隅를차지한다하리오마는 時代의進運에뒤써러지지하려는 苦衷이 혹
시 大方의海容을엇는다하면그런다행이쏘잇다하랴. 皇紀二六○三
年星島陷落紀念日識.[95]

'서' 전문이다. 관념적 의고체 문장이라 의미를 명확하게 가늠하기가
어렵다. 그런데 조선역사책을 출간하면서 일본의 '황기2603년성도함락기
념일지'라 적시하고 있다. 성도함락은 싱가폴을 함락한 그 1942년 2월 15
일인데 그날 서문을 썼다는 것이다. 우리 민족 문화사를 쓴다면서 엉뚱한
말을 하고 있다.

『고사통』은 1922년부터 『개벽』에 연재한 「조선역사통속강화朝鮮歷史
通俗講話」의 내용을 수정 보완했는데 저자는 그 이유를 대동아전쟁이 발발
하여 일대변통이 없을 수 없었던 것이 이유라 했다. 이것은 최남선이 '조선
사편수회' 위원이 된 사실(1927.12.)과도 묶인다. 이런 사실을 감안하면 『고
사통』은 '서'는 불문에 붙이더라도 매족행위로 평가할 수밖에 없다. 그러
나 『고사통』의 실제 내용은 이런 말과 많이 다르다. 뚜렷하게 드러나는 내
용 4개를 지적한다.

　1) '서'에서 '文化는 統序를 쪼차서 비로소 理解되나니 이것이 文化에
關한 史的 知識의 언제 누고에게든지 必要한 所以'라 말하고 있다. 문화가

95　崔南善 撰, 『古事通』 '序', 三中堂, 昭和 18年(1943), 1쪽.

전통의 지속과 변화 속에 발전한다는 의미이다. 책 서두에 「용비어천가」, 신라금관, 백제 아좌태자의 그림, 고려청자, 김홍도 그림이 사진으로 수록된 내용과 상응한다. 이것은 『고사통』이 '한민족韓民族 고유의 문화사'가 되는 충분조건이다. '일·조동조日·朝同祖'를 외치던 때에, 한민족의 문화를 중앙아시아와 발칸반도를 포함한 거대한 영역을 광명, 즉 태양을 숭배하는 문화권으로 설정하여 백두산과 단군을 섬기던 그 Park·붉 문화를 소환함으로써 대화민족大和民族, 곧 일본이 태양족이라고 자만하는 문화정책과 맞서는 관점인 까닭이다. 특히 조선어학회사건으로 33인이 잡혀가 옥고를 치르거나 고문을 당한 그 시간에 '용비어천가'를 권두에 수록하는 것은 최남선의 역사관이 여전히 일제의 통치에 대해서 비판적이고 독자적임을 표상한다. 당시 조선총독 고이소(小磯國昭)는 2천5백만 조선인을 황민화시키려고 입만 열면 '일본과 조선의 조상이 같다.'고 하는 것과 반대이다.

2) 『고사통』은 단군으로부터 조선조 융희隆熙까지 우리 민족의 역사를 편년체로 기술하고 있다. 편년체로 사관이 느슨한 것은 역사책으로서의 큰 한계이다. 그러나 1943년이라는 시간을 전제할 때 그것은 검열을 통과하기 위한 전략일 수 있다. 문화사가 중심인 것도 사서로서의 결함이다. 그렇지만 한민족 고유의 문화가 '일·한동조론'으로 위기에 처해 있다는 사실을 전제하면 그것은 역사책의 결함 운운할 계제가 못된다. 최남선은 한때 열렬한 단군교(大倧敎) 교도였다. 그런 민족주의적 사관을 그때에 전진배치 한다면 아무리 『만선일보』 고문 등으로 문화계 인맥이 강한 최남선으로도 책 출판은 불가능할 것이다.

3) '융희隆熙 三年 十月 二十六日 이등박문伊藤博文이 합이빈에서 안중근에게 암살'[96]된 것은 일제에 대한 조선인의 항거가 얼마나 강고한가를

---

96   崔南善 찬, 『古事通』, 三中堂, 1943. 26쪽.

상징하는 사건이다. 따라서 일본이 태평양전쟁에서 위기에 몰린 1943년이라는 시점에 일본 영토가 된 조선에서 그런 의거가 활자화되는 것은 매우 어렵다. 그런데 '암살'되었다고 기술하고 있다

4) 이 책의 후반부에는 '鏡城人金禹軾으로하여곰 五六兩月에 두 번 白頭山을 探險하야 定界碑의 實地上根據를 밝히고 間島가 當然히 朝鮮의 領土일 것을 淸國에 向하야 對辯하기 始作했다.'[97]며 간도문제를 기술하고 있다. 일찍이 백두산을 답파하고 『백두산근참기』(한성도서주식회사, 1927)를 발간하고, 「단군론」(『동아일보』, 1926.3.3.~7.25.), 「불함문화론」(『朝鮮及朝鮮民族』, 제1호, 1928)을 통해 일본인 학자의 조선연구에 학문적으로 대결하고자 한 그 역사관의 재현이다. 그런데 그것이 태평양전쟁의 병참기지로 변한 만주국 하에서 다시 등장하고 있다. 만주국과 맞서는 것은 일본과 맞서는 것이다. 『고사통』이 사서로서 성격이 어떤가를 확실하게 드러내는 사안이다.

이상 4개의 사실은 "서"와 내용이 대립한다. "서'에서는 민족의 역사를 실종시켜 놓고, 역사 서술에서는 실종된 역사를 되살려내고 있다. 이 책 초판 3만부가 매진된 것은 이런 사실과 관계될 것이다.[98] 책 판매 숫자가 설사 세배 과장되었다 하더라도 『고사통』 초판이 일만 부가 팔린 셈이다. 이것은 '皇紀二六○三年星島陷落紀念日'이라는 서문을 써놓았으나 그 뒤에 숨 쉬고 있는 민족주의 역사관을 독자가 알아차린 결과일 것이다.

일본은 조선은 문화가 없고, 독립할 능력이 없는 야만민족이기에 자신들이 통치해야 된다고 했다. 최남선은 일제가 그렇게 우리 민족을 평가하는 것을 그렇지 않다는 것을 증명하려 한 것이 『고사통』이다. 1943년이라는 시점에 민족의 정사 기술자체는 절대 불가능하다. 그 대신 책 서두에

---

97 崔南善 찬,『古事通』, 三中堂, 1943. 256쪽.

98 육당전집편찬위원회, 『육당최남선전집·15』 고려대 아시아문제연구소, 현암사, 1975. 282쪽.

「용비어천가」, 신라금관, 백제 아좌태자의 그림, 고려청자, 김홍도 그림을 수록했다. 일제가 조선은 문화가 없고, 독립하여 살 능력이 없다고 평가하는 잘못을 그런 문화유산을 통해 알리고, 조선정신으로 삼는다는 의미다.

이러한 사실을 근거로 할 때 '서'의 일본 황실연호 사용, 싱가폴함락 언급은 책의 내용을 포장하기 위한 전략에 다름 아니다. 그런 시간 우리 민족의 역사책을 출판하면서 협력의 포즈를 취하지 않으면 그 의도는 절반의 실현도 불가능하다. 차선책을 최선책으로 활용하여 애초의 목적을 달성하려는 전략이다. 그 전략이 자기모순으로 나타났다. 이런 점에서 『고사통』은 이중구조다. 민족적인 것과 반민족적인 것이 하나가 되어 있고, 피아구분이 안 되게 맞물려 있다. 둘이 따로 노는 양면성이면 상대적 비교가 될 터인데 그렇지 않다. 이것은 저술로서는 한계다. 그러나 그 결과는 조선인의 민족의식을 일깨우는 역할을 했다. 조선말로 쓴 조선의 역사책에서 조선인 독자들은 조선적인 것만 발견하는 지혜를 보였다. 초판 3만부가 일시에 매진된 것이 그것을 증명한다. 하지만 총독부 검열관은 '皇紀二六〇三年星島陷落紀念日識'에서 일본의 충성을 확인했기에 무사통과 시켰을 것이다. 이런 이중성은 조윤제趙潤濟가 일제에 바로 대들거나 싸울 수는 없고, 또 그런 것만 항일이 아니기에 훌륭한 책을 써서 일제와 맞서는 것도 항일이라 판단하고[99] 「조선시가사강」을 쓰고, 역사학이 전공인 손진태孫晉

---

99 조윤제의 『朝鮮詩歌史綱』(동광당서점. 1937)을 출판에 얽힌 일화를 소개한다. 경성제대 법문학부 조선어문학부 조윤제는 제주도 민요를 조사하고 온 자료를 바치라는 일본인 교수의 명령을 거부하고 사표를 내고, 경성사범학교 교유로 간 첫 날부터 준비한 자료로 역저의 원고를 썼다. 그 책이 『朝鮮詩歌史綱』이다. 몇 년 동안 힘든 작업을 하고 가까스로 탈고했으나 출판사를 찾지 못했다. 이런 사정을 전해들은 친일파 부호 박영철이 도와주었다. 친일파의 도움을 거절하지 않고 받아들였으니 친일파라 나무랄 것인가. 일본의 실증주의 학풍을 따랐고, 항일투쟁의 전선에 나서지 않았으며 투옥된 경력이 없으니 그의 민족사관을 의심할 것인가. 그렇지 않다. 조윤제는 나라 없는 민족이 자긍심을 되찾는 것을 학문을 통해 기여했다. 도남은 일본과 싸우는 것만 항일이 아니고, 우리 문학을 우리가 연

泰가 일제하에서 역사학을 제대로 연구할 수 없기에 민속학 연구를 통하여 우리 민족문화의 본질을 캐려한 것, 일본 유학에서 영문학을 공부한 양주동梁柱東이 『조선고가연구』(1942)를 출판 것과 맥락이 같다. 그러나 다르다. 『고사통』은 이런 저술과 겉은 다르고 속이 같은 까닭이다. 최남선의 갈등이 더 복잡하다.

사정이 이렇다면 일제가 학병제도를 확대하여 재만조선인 학생들에게도 지원을 종용하자 만주건국대학 학생 강영훈 등이 친구들과 최남선 교수를 찾아가 지도를 요청했을 때 학병으로 나가라고 권유한 것은 친일 언동으로 민족언동을 한 것이 된다. 그래서 말이 안 된다. 그러나 최남선은 일본패망을 예상하고 있었다면 말이 된다. 그때 최남선은 추축국 독일이 독소협정을 깨고 1941년 6월 '바로바로사'작전을 펼쳤다가 실패하고, 미국 공군이 도쿄와 요코하마를 공습하고 중국으로 빠진 '둘리틀작전(1942.4.)', 미드웨이해전에서 일본해군이 미국해군에 패전한 것(1942.7.)을 만주국의 최고위층으로 다 알고 있었을 것이다. 따라서 군사훈련을 받고, 장교로 전쟁에 참가한 경험을 쌓음으로써 나라를 경영하는 인재가 되라는 말은 괴변이 아니다.

이런 말은 당시 중경의 임시정부가 '훈련받은 영용한 무장독립군으로써만 성공할 수 있으므로 금후 3년간에 소요될 장교양성'을 하려던 독립운동방향[100]이라고 한 것과 결과적으로 같다. 말의 외연만 따지면 자가당

구하여 훌륭한 성과를 내는 것도 항일이라 했다. 도남은 1975년부터 대구에 임시 거처를 정하고 영남대학에서 대학원 강의만 맡았고, 나는 박사과정 첫 학기에 재학생은 나뿐이라 강의는 물론 식사, 다방행, 영화구경까지 하며 선생을 독차지 했다. 조동일은 「한·일 학문 선진화 방안 비교」에서 "조윤제는 나라 없는 민족이 자긍심을 되찾는 데 크게 기여했다." 고 했다.

100　독립운동사편찬위원회 편, 『독립운동사자료집·7』, 독립유공자사업기금운용위원회, 1973. 33~34쪽.

착이나 일제가 곧 망하고 국권을 되찾는 것을 전제하면 그것은 최남선이 선택할 수 있는 최선의 길이다. 그래서 겉으로는 시대와 동행하면서 속으로는 민족으로부터 몸을 돌리지 않았다. 그런데 이런 성격이 신경파의 대부 박팔양에게도 나타난다.[101]

최남선은 '노몬한 전투'에서 일본군이 참패하고, '호가장전투'에서는 조선의용군과 팔로군의 연합작전에 지고, 또 동북항일연군의 끈질긴 빨치산 전투와 국공합작으로 장기전이 된 중일전쟁으로 관동군의 수뇌부가 전의를 상실해가던 때 천산千山을 답파하면서 이런 시조를 썼다.

> 長白山 一枝脈에 千朶芙蓉 피여나니
> 宛宛한 저 그림자 遠海기피 잠은 것을
> 아는이 몃치시던고 나만 본 듯하여라
>
> 天門위 最高峰에 시름업시 안젓거늘
> 松籟가 奏樂하고 梨花白雪 훗날리니
> 下界서 나를 보는이 神仙이라 안흐리.
> ⋯⋯(이하 한 수 생략)⋯⋯[102]

이 시조는 천산에 대한 찬미다. 의고체 문장에 타성적 진술이 조선적 정서를 제대로 환기한다고는 할 수 없지만 산수 자연을 통하여 주체를 발견하려는 자세는 그의 초기 시조와 별로 다르지 않다. 「천산유기」 두 편은 천산과 도봉산을 함께하는 사유를 하면서 민족의 근원을 확인하려 한다. 건국대학 강의록으로 작성한 「만몽문화」(1941.6.)가 '고조선과 부여등 조선

---

101 이 문제는 5장 3절 「양면의 진실 - 박팔양」에서 상론한다.
102 崔南善, 「千山遊記·2」, 『滿洲朝鮮文藝選』, 申瑩澈 편, 1941. 47~48쪽.

적인 것을 잊지 않고 배치하여 일본과 조선이 일체가 되는듯하면서도 충돌하게 하는 글쓰기 방법'[103]이다. 그가 기행문을 통하여 조선의 고대정신을 도도한 강론으로 해석한 것이 「풍악기유」(1924)에서부터였다면 여기서는 만주에 대한 찬양이 조선의 산에 대한 찬양과 함께 이뤄지고 있다. 이것은 동방문화의 근원을 단군에서 발견하려한 불함문화(不咸文化 pärkän)의 그 의식과 같다. 곧 일제의 사학에 맞서 신화학적 접근을 통해 단군의 실체를 주장함으로써 조선의 역사를 살리려는 불함문화의 그 정신이다.

최남선이 『만선일보』 고문이면서 자기 이름을 내건 글을 그 신문에 발표한 것은 단 두 편의 의례적인 글뿐이다.[104] 그런가 하면 만주국의 최고위급이면서도 창씨개명은커녕 집에서는 늘 한복만 입었다는 사실은 최남선이 『만선일보』의 고문이라는 자리가 주는 막강한 정보력을 통해 태평양전쟁 발발 전후부터, 그러니까 호가장전투 때 일본군이 패퇴하는 것을 목도하고 일본이 그리 오래 가지 못할 것이라고 판단하고 자기 나름의 전략을 세우고 있었다는 것을 암시한다.

남이 보면 자기모순인 이런 언행은 그가 경성으로 온 뒤 경성방송국 기술담당 직원(양재현)에게 "방송국에서 해외 뉴스를 들을 수 있느냐"고 묻고, "지금은 지도자로 표면에 나설 때가 아니며, 시골 전원에 가서 은둔하며, 시국의 추이를 지켜보는 것이 좋을 것이다."라고 했다는 말에서도 드러난다. 경성 방송국에 나와 라디오 방송연설을 하면서도 우연히 만난 배우 복혜숙에게 "참 하기 싫은 방송인데, 울며 겨자 먹는 식으로 마지못해 하는 것"[105]이라 말한 것도 같은 맥락이다.

---

103 조현설, 「만주의 신화와 근대적 담론구성」, 제26차 학술대회 발표논문집 『근대의 문화지리, 동아시아 속의 만주』, 2007.2.2. 동국대, 한국문학연구소. 8쪽.

104 崔南善, 「淸宮藝華」, 1940.1.1. / 崔南善;新春隨筆 「四年만의 北京」 1941.1.1.

105 兪炳殷, 『短波放送 連絡運動』, KBS문화사업단, 1991. 137~139쪽.

이런 맥락에서 이해할 다른 인물이 신경파의 박팔양, 백석, 송지영이다. 박팔양은 자신의 성격이 양면적임을 공개적으로 밝혔고, 백석은 신경을 떠나 백구둔伯狗屯에서 농사를 지으려다가 안동 세관으로 일터를 옮겨 조용히 살며 시를 쓰고 번역을 하며 지냈다.[106] 백석을 시인으로 평가할 때와 생활인으로 평가할 때와 다른 점이다. 송지영은 앞에서 언급한 바와 같이 신경 시절은 친일친만의 정서가 다분한 언행을 했다. 그러나 남경으로 간 뒤 독립투사로 바뀌었다. 이런 행동은 최남선과 묶을 수 있다. 해방 뒤 최남선은 신경 시절을 내세운 적이 없고, 송지영은 '宋志泳'을 '宋志英'으로 쓰며 그의 이력에서 신경 시절을 드러내지 않았다.

이런 인물이 하나 더 있다. 염상섭이다. 그는 소설가지만 『만선일보』에서 편집국장으로 문학도 관리했다는 사실에서 이런 문제와 관련된다. 그는 『만선일보』를 사직한 뒤 경성으로 오지 않고, 안동의 대동항건설주식회사 홍보담당 촉탁사원으로 일했다. 그가 소설 「開東」을 『만선일보』에 연재했다고 하지만 지금으로서는 확인할 수 없으니[107] '개동'은 '동쪽을 연다'는 뜻인데 그 동쪽이 일제를 지칭하는 듯하여 좀 수상하지만 추론으로 그를 의심할 수는 없다. 결국 염상섭은 신경생활 2년 반 동안(1937.3.~1940.1.) 『만선일보』에 편집국장 자격으로 사설은 썼겠지만, 개인 이름으로는 한편의 글도 발표하지 않은 것이 되기에 그는 후세에 친일 추문으로부터 자유롭다. 이것이 신경파의 특성, 곧 양면적 정서이자 자기모순적 언행이다. 재만조선인 문학을 민족문학의 시각에서 접근할 때 신경파, 도문파, 북만파 가운데 신경파가 선명하기보다 좀 복잡한 것은 문인들의 이런 성격 때문

---

106 럼야드 키플링 作, 白石 譯, 「헛새벽」, 1940.12.24.~1941.1.9.

107 중앙대 교수였던 최준은 『만선일보』 영인본 해제에서 「開東」을 언급했다. 지금까지 영인된 『만선일보』는 1939년 12월부터 1942년 10월까지다. 「개동」이 연재되었다면 그 이후일 것이다.

이고, 그들의 작품 역시 그런 자장에 놓여 있기 때문이다.

5.2. 도문파

도문파는 『시현실』 동인과 그들의 동인시집인 『典型』을 중심으로 형성된 시인군이다. 『조선일보』 '학예안테나'에 보도된 '同人詩誌 『典型』 발간' 기사는 이렇다.

> 間島圖們에 잇는 李琇馨, 申東哲氏등 數人의 손으로 이번에 詩
> 同人誌 『典型』을 發刊하기로 되엇다한다. 滿洲國內에서는 드문計
> 畫이므로 一般의 期待가크다한다.[108]

단 두 문장의 기사가 전하는 중요한 정보는 도문에서 전혀 미지의 시인인 이수형이 신동철과 합동시집을 출판한다는 사실이다. 이 시집의 정확한 이름은 『典型詩集』이다. 『만선일보』에는 『전형시집』에 게재된 시를 신문에 소개한 시가 아주 많은데 경성의 신문기사는 시집 이름이 반만 맞다. 도문파의 시의 특성을 가늠할 수 있는 이 시집은 지금 전하지 않는다. 사정이 이렇지만 이수형, 함형수, 신동철이 도문파 시인이라는 사실만으로도 이 시집의 성격이 어떤지 짐작할 수 있다. 이수형과 함형수는 강고한 사회주의운동을 했고, 신동철은 이수형과 합작시를 썼으며, 침묵의 저항을 하던 경성고보 스승 김기림을 모셨으니 세 시인은 초록은 동색인 관계다. 신경파가 만주국의 녹을 먹는 관리가 중심이라면 도문파의 이수형은 간도무역주식회사 사원이었고, 함형수는 소학교 교원이었으며, 황민은 성진城津의 '고주파공장高周波工場'이라는 알 수 없는 일터에서 수상한 일에 종사

---

108   同人詩誌 『典型』 發刊, 『조선일보』, 1939.12.8.

했으며, 신동철은 경성鏡城의 유지인 듯하다. 경성의 터줏대감이고, 시집 『박꽃』으로 유명한 許利福과 단짝인 것이 그렇다. 신동철과 황민은 조선에 살면서 두만강을 넘나들며 초현실주의 기법으로 현실을 문제 삼는 시를 쓰는 자유를 누렸다. 도문파는 그 숙주가 김기림이고, 시인은 거의 경성鏡城고보 출신으로 『맥』, 『시건설』, 『단층』 동인을 통해 시력을 키웠다. 그래서 이 유파는 생리적으로 서북문학의 그 비판적 로컬리티가 다분하다. 이런 성격은 이수형, 함형수, 황민의 시에 잘 나타나고, 이수형이 『만선일보』에 연재한 「조선시단의 재단면」(1941.2.12~2.22.)의 논조도 같은 맥락에 있다.

5.3. 합이빈파

합이빈은 대중문화가 번창한 국제도시다. 우리의 경우 '노래하자 하루빈 춤추는 하루빈/ 아가씨야 숲속으로….' 어쩌구 하는 흘러간 유행가에 이 도시의 성격이 엿보인다. 이 도시는 만주국에서 신경 다음가는 큰 도시인데 문인은 수필가 엄시우 한 사람 뿐이다. 그래서 다른 문인의 글로 이 도시의 문화풍토를 점검한다.

> (1) 支社長의 命에依하야 濱綏線의開拓村을 訪問하기로重大한
>   責任을지고 (중략) 王道樂土인의짱에 살면서 國是인協和精神
>   을沒却함에는 眞情으로섭섭치안흘수업다[109].

> (2) "-보세요. 저 잡동사니의 어수선한 꼴을. 키타이스카야는 이

---

109 嚴時雨, 「開拓村의 봄을 차져」, '濱綏線·1'. 1940.4.28. 이 르뽀 기사는 5월 4일까지 연재되었다.

제 발서 식민지에요. 모든 것이 꿈결가치 지나가버렷서요."[110]

(3) 키타이스카야 街는 에미그란트(白系露人)의 鐘路다.
　　…(중략)…
　　松花江에 臨接한 埠頭區에 딸닌 조고마한 거리-키타이스카
　　야街는 좁고 더럽기는 해도 西歐의 都市가 스라부에 移植된
　　均整된 都市를 北滿 뜰가운데 다시 移植해놓은 거리로 오직
　　帝政時代의 植民地에 不過했지만은 傳統的인 러시아 文化
　　의 殘滓가 어느 모에든 남겨져 있는 것이다.[111]

(4) 국제의 도시, 음란의 도시, 밤의 도시라는 것은 우에서 잠간
　　말하엿거니와 또 음악의 도시라고도 할 수 있다. …(중략)….
　　저녁을 먹고 거리에 나서면 아지 못할 계집들도 윙크를 하며
　　지나가고 심한 계집들은 따라와 산보가자고도 한다.
　　이로 보아서 합이빈이 얼마나 음탕한곳인가라는 것을 알겟거
　　니와 그 보다도 그 거리에는 병원 간판을 보면 거이전부가 '임
　　질매독 전문치료'라는 간판뿐이다.[112]

　　(1)은 『만선일보』 북만지사 기자인 수필가 엄시우가 지사장의 명을
받들어 개척촌을 방문하러 가는 도중에 만주인 역원을 만났는데 그가 자
신을 냉대하자 협화정신이 국시이고 그걸 위해 일을 하는데 어찌 그 고
마움을 모르냐며 섭섭해 한다. '빈수선' 시리즈 네 번째 글, 「半島山河 달

110　李孝石, 「哈爾濱」, 『문장』, 1940.10. 4쪽.

111　金管, 「하르빈」, 『인문평론』, 1940.2. 36쪽.

112　北國遊子, 「哈爾濱 夜話」, 『白光』 제1집. 1937.1. 93쪽.

믄 延壽 分散農戶二千餘」(1940.5.4.)에서는 뱃사공들을 향해 '하로 밧비 國 是를 理解하고 協和精神을 體得하야 王道樂土인 이쌍에 쑤리를 깁히 박 을 生覺'[113]을 해야 할 텐데 그렇지 못하다고 걱정한다. 「외근기자의 하로」 (1940.12.1.~17.)도 "조선인=일본인"으로 인식한다.

엄시우의 비허구산문 「힘」[114]은 벼가 무르익는 논에서 메뚜기를 잡았 는데 그 놈이 '나갈 구멍을 찾느라고 앞발로 해치고 대가리로 쑤르고 뒷발 로 쌧치는 힘이 여간 아니기'에 손바닥을 폈더니 논 가운데로 달아나 버렸 다는 이야기다. 그런데 그 결구가 '우리에겐 저런 힘도 업군.'으로 끝난다. 「힘」은 단순히 메뚜기가 힘이 세다는 이야기가 아닌, 재만조선인을 지칭하 는 것으로 읽혔는데 그런 작가의식이 반전되고 말았다. 매족賣族 문학이다.

(2)는 하얼빈이 배경인 『벽공무한』의 저자 이효석의 단편 「합이빈」 에 등장하는 캬바레 '판타지아' 여급 유우라가 하는 말이다. 하얼빈 풍속 을 식민지 현실의 한 전형으로 인식하고 있다. (3)은 하얼빈의 키타이스카 야 거리가 지배민족(일본)과 피지배 민족(백계러시아, 조선인) 집단 거주지인 데 일본의 통치를 받아도 전통적인 러시아 문화가 여전히 도시를 지배하 는 것에 대한 우려이다. 하얼빈의 많은 조선인은, 그 '조선인=일본인'이 아 니란 말이다. 사정이 그렇기에 무슨 대책을 세워 협화정신을 계몽하여 왕 도낙토를 실현해야 한다는 논리다.[115] (4)는 합이빈이 극도로 타락한 도시 이고, 문화가 있지만 저속하다는 것을 극명하게 보여준다.

이런 합이빈 문화계에 드디어 이단이 나타났다. 엄시우다. 그는 1940 년 1월 『만선일보』에 다음과 같은 급박한 3단 통단광고를 냈다.

---

113 嚴時雨, 「半島山河 달믄 延壽 分散農户二千餘」, '濱綏線·完', 『만선일보』, 1940.5.4.

114 嚴時雨, 「힘」, 『만선일보』, 1940.3.30.

115 1940년 6월호 『삼천리』는 「재만조선관리의 창씨다수」라 했는데 합이빈이 1등이라고 했 다.

急告!!

在滿文學靑年諸君에게 告함!!

本文章社北滿總支社에서는 今番쯧한바잇서 在滿朝鮮文學靑年 들의 作品을 網羅하야 이것을 綜合文學全集으로서 滿洲文化史上에 빗나는한페－지를 記하려는同時에古土朝鮮에한선물로서보내려는 劃期的 大事業에着手하얏다. 諸君! 贊同하라! 이全集은 된作品 안 된作品을 勿論하고 文學靑年들의作品이라면 무엇이나바더드린다.

다음規定에依하야 續續그作品을 보내주기를바라는바이다.

綜合『文學全集』編輯.

內容:小說·戱曲·씨나리오·詩·時調

締切三月末日限

規定

小說, 戱曲, 씨나리오等의作品에는 整理料每篇三圓式을 添付하 야보내실것

詩, 時調等의作品에는 整理料每篇二圓式을 添付하야보내실것

原稿와整理料를보내실째 반듯이作者의 略歷을添付하실것

哈爾濱道外水德街 一〇八(濟東醫院)

發行所. 文章社北滿總支社. 電話 五八一五番

代表 嚴時雨[116]

『만선일보』에 이렇게 큰 광고가, 그것도 문학을 내걸고 달려든 예는 엄시우가 유일하다. 우선 흥미를 끄는 것은 '된 작품 안 된 작품을 물론하 고 문학청년들의 작품이라면 무엇이나 바더드린다.'고 하면서 그것이 만 주문화사상에 빗나는 한 페-지를 기할 것이고, 동시에 고토 조선에 한 선

---

116 『만선일보』(1940.1.11.) 3단 통단 광고 전문이다.

물이 될 것이라는 사업목적이다. 사업 의도는 나무랄 수 없다. 그러나 된 작품 안 된 작품이 문학작품이 될 수는 없다. 합이빈의 퇴폐문화를 손보겠다는 급한 사정은 이해하지만 '문장사 북만총지사'는 그 근사한 이름과는 달리 문학이 언어예술로서 어떤 성격을 지녔는지에 대해 이해하고 있는 것이 하나도 없다. 문학이 아무리 타락해도 당시 『만선일보』약 광고에 많이 뜨는 임질이나 매독만큼 사람을 망가뜨리지는 않겠지만 문학의 숭고한 정신에 대한 이해는 백치다. 이런 점에서 이것은 한판 문학소동이다.

이런 광고를 낼 때 만주국에서는 『滿洲國各民族創作選集·1』(1940.7.) 을 간행하여 강고한 협화정신을 구축하려했다. 그런 사정은 1940년 12월 14일 『만선일보』 합이빈지사가 주최한 「재합조선인문화향상좌담회」에 잘 드러난다.[117]

1940년 12월 14일 『만선일보』 합이빈 지사가 주최한 이 좌담회의 성격은 『만선일보』 본사가 1940년 4월에 개최한 「내선만문화좌담회」와 그 성격이 닮았다. 그런데 「내선만문화좌담회」는 문화계 인사가 중심이었고, 선계 측은 박팔양, 백석, 이갑기 같은 이력이 당당한 문인이 참가했는데 「재합조선인문화향상좌담회」는 학교조합 주사, 협화회 간부, 율사, 농정과장, 경찰서장 등이고 문인은 현태균玄泰均이라는 이름이 생소한 소설가 한 사람뿐이다. '문장사북만총지사대표'라는 직함을 내걸고 '재만문학청년제군에게 고함!!'이라며 큰소리친 엄시우는 좌담회 말석에서 회의내용을 필기하는 존재로 좌담회 발언권도 없다. 그런데 이 사람들이 '협화정신 체득,

---

117 日時. 12월 14일 오후 4시/場所. 모태른宴會場 /主催. 본사 哈爾濱 지사.
出席人事. 金南分會長 黃成用 / 學校組合主事 宋義淳 / 協和會市本部 卓春峰 / 律士 朴洞漢 / 市公署農政科長 李康岐 / 警察局 洪起萬 / 半島消費組合長 金用吉 / ○察局 朴泰熙 同 朱在德 / 音樂家 朴容九 / 小說家 玄泰均/支社側/支社長 陳忠一 / 支社員 嚴時雨, 同 洪淳著 (筆記 嚴時雨). 「在哈朝鮮人文化向上座談會」, 『만선일보』, 1940.12.24. 이 회의 내용은 12월 27일까지 4회 연재되었다.

개척문학, 보고문학'이 앞으로 재만조선인 문학의 과제라 하며 그런 글을 쓸 것을 종용하고 있다. 화문和文과 만문滿文으로도 글을 써서 재만 조선대중의 생활과 신념을 각계에게 읽히게 하라는 주문까지 한다. 이것은 그렇게 하라는 명령이다. 현태균은 거기에 맞장구를 쳤고, 당시 합이빈에서 활동하던 박용구朴容九는 전체주의 국가에서 음악이 해야 할 역할을 역설했다.[118] 이상과 같은 현상을 근거로 할 때 합이빈파는 엄시우가 벌린 한 판 해프닝이다. 그런데 그가 기획한 재만청년문학 종합전집이 완전히 실패한 것이 재만조선인 문학에 일조를 하려는 그 정신이 민족정서와 크게 달라 그런 결과가 되었는지, '된 작품 안 된 작품'도 쓸 수 없을 만큼 실제로 워낙 험악한 문학 풍토 때문인지 알 수 없다. 만약 전자라면 앞에 인용한 이효석, 김관, 북국유자의 글과 부딪치지만, 후자라면 널리 작품을 모집하여 재만조선인 문학에 일조를 하려는 엄시우를 평가해야 할 것이다. '된 작품 안 된 작품' 가운데 된 작품이 있고, 그 가운데는 안중근의 합이빈 거사의 정신이 숨 쉬는 작품이 존재할 수도 있기 때문이다.

5.4. 북만파

북만파는 기성 시인들로 생명의 본질을 사유하거나 삶의 번뇌를 서정시로 승화시키며 유맹으로 살거나 혹은 그런 한이 풀릴 날이 언젠가는 도래할 것이라며 생명의 존엄함을 문제 삼았다. 김달진은 「近詠」 6수를 쓰며 해란강에 비낀 늦가을 풍경 속에 북만의 나그네로 떠돌았고, 유치환은 황막한 북만의 대지에서 「생명의 서」 연작 3편에서 생명의 실존을 승화시켰다. 그런가하면 한 때 동경에서 소운素雲과 이상李箱의 병문안을 다녔던

---

118 在哈朝鮮人文化向上座談會, 「協和精神體得이 必要」, 『만선일보』, 1940.12.26.

모더니스트 한명천[119]은 북간도의 떠돌이가 되어 '성좌에 조롱조롱 매달린 이슬은 / 영원히 아롱진 비들기'라며 이슬이 내리듯 평화가 오기를 염원했다.[120] 그러다가 광복이 되자마자 그 염원의 성취를 김일성을 앞세워 서사화 했다. 장편 서사시 『북간도』(문화전선사, 1948)이다. 이 서사시가 김일성을 민족영웅으로 묘사하는 것은 문제가 되겠지만 민족 존망의 위기를 어떻게 헤치고 나왔는가를 엄숙한 문체로 서술하는 민족사의 내력이 숨 쉬고 있다는 점에서 시사적 의의를 무시할 수 없다. 우리의 경우, 만주와 독립운동과 민족의 운명은 하나인데 그걸 총체적으로 아우르는 운문은 없기 때문이다.

이런 서사시 『북간도』의 출현이 가능한 것은 당시 재만조선인 시가 도문파와 호응하고, 신경파와 길항하는 또 하나의 보이지 않은 시의 축, 곧 서정시를 넘어서고, 초현실주의 기법이 누리는 자유를 넘어서서 역사적 사유를 하는 제3의 시인그룹 북만파가 존재했기 때문이다.

5.5. 지식인들의 자기모순

역사는 능동성이 요구하는 현재주의 관점, 혹은 현재와 과거의 끊임없는 대화로서 재구성된다. 위의 논의에서 드러난 사실들은 1940년대 전반기 재만 조선문인들의 실재지만 그것이 오늘의 역사와 만나 형성된 다른 의미다. 모든 역사적 사건과 인물들에는 공과가 있기 마련이며 그것을 공정하게 보여주는 것이 역사의 임무이다. 그러나 역사에 대한 이상주의적 관점에서 과거를 해석하고 비판해서는 올바른 결론에 도달할 수 없다. 역사는, 지금 여기에서 과거를 냉정하게 되돌아보아야 한다. 이런 성격을

---

119 金起林,「고 이상의 추억」,『조광』3권 6호, 1937.6. 314쪽. 이 글 속의 韓泉은 韓鳴泉이다.
120 韓鳴泉,「星座」,『만선일보』, 1941.1.31.

최남선의 『고사통』에서 확인했다. 그런데 1940년대 전반기 재만조선인 사회의 경우, 이 문제는 신경파와 최남선만의 문제가 아니다.

카프시절부터 민족문학을 지킨 이기영은 일제의 만주이주 정책을 적극적으로 수용하는 '만주개척민 소설' 「대지의 아들」(1940)을 썼고, 식민지 어둠 속에서 무언가 간곡한 심정의 촉수를 내뻗는 작가라는 평가를 받는 이태준은 '만보산사건'을 모티프로 삼은 「농군」(1939)을 제국주의자의 시선으로 굴절시켰다. 그런가 하면 3·1운동으로 고초를 겪은 한용운이 임시 의장이 되어 1924년에 발족한 '선우공제회禪友共濟會'는 중일전쟁이 발발하면서 노선이 바뀌더니 드디어 1941년에 이르러서는 전국 각 사찰 선원에 공문을 보내 모금한 황군위문금을 총독부의 기관지 『매일신보』에 바쳐 생색을 내는 일까지 벌였다.[121] 불교계의 이런 자기모순은 한용운과 관련된다는 점에서 간과할 사안이 아니다. 다음과 같은 『불교』지의 '권두언'은 최남선이 『고사통』 '서'에서 일본 황기와 싱가폴 함락을 끌어 온 것만큼 예상 밖이다.

隱忍自重의극은 徹底膺懲의局을 짓게하여 南北全支에뻐치어 將兵의出征을 보게되여 所期의戰果를 얻고잇는것은 國民의 함께感謝하는바로 征途의瘴癘와 戰地의酷熱아래서의 將兵의心身堅固를 所願하는同時에 後顧의憂慮를없게하는것은 이銃後國民의 義務가 되지안으면안된다.

더욱히 帝國을中心한 國際情勢는 微妙를極하야어떠한展開를 장차 보일것은 함부로의豫測을不許하는바이나 이超非常時局을 앞

---

121 김석순, 「조선총독부의 불교정책과 불교계의 대응」, 고려대학교 대학원(박사), 2002. 110~117쪽 참조. 「불교시보」 제75호, '선학원의 황군위문금 헌납'. 1941.10.15. 당시 헌금액은 159원 23전이라 함.

에두는今日에잇어서 日本國民으로서의態度와 覺悟는 모름즉히 市
國에대한 徹底한認識과 東洋民族의將來에對한 確乎한省察에서 오
즉歸納될것이다.[122]

이 글은 한용운의 글이라고도 하고 아니라는 주장도 있다. 하지만 이
글에 나타나는 친일발언은 중일전쟁이 터지면서 불교계가 전쟁에 출정하
는 송영식에 참석하고, 창씨개명이 실시되자 상담소를 운영하던[123] 그런
제국주의에 대한 협조와 동행하는 것만은 분명하다. 『佛敎』는 한용운이 발
행하면서 잡지세력이 위축되었다. 항일적 성격 때문이다. 1937년 속간되
면서 성격이 달라졌다. 위의 '권두언'에 그런 성격이 드러난다. 그러나 「불
교」지가 여전히 당시 불교계 주요인사의 기고문을 중심으로 편집되었던
것을 감안하면 인용된 권두언이 한용운의 글이 아니라 하더라도 자기모순
이다. 2020년 5월 『불교』지를 국가등록문화제(제782호)로 지정한 것은 1942
년에 근대 선불교의 중흥조라 불리는 경허鏡虛의 문집인 『鏡虛集』을 발간
하여[124] 전통불교의 선맥禪脈 계승을 하는 등 민족정신을 잇기 때문인데

---

122 卷頭言「支那事變과 佛敎徒」, 『佛敎』(新第7輯, 1937년 10월호, 佛敎社), 1쪽. 이 글을 『한용운
    전집·2』(신구문화사, 1973)와 『한용운평전』(고은, 민음사, 1975)에서는 한용운의 글이라 했다.
    그러나 '만해사상연구회' 全寶三은 이 글이 당시 『불교』지 편집진이었던 李鍾郁이 쓴 것이
    라며 전 『한용운전집』 편집책임자였던 崔凡述이 확인했다고 했다. 그래서 증보판 『한용운
    전집』(신구문화사, 1979)에서는 삭제했다. 그러나 이런 문제가 '논증된 것이 아니라 주장'이
    라는 점에서 종결되었다고 할 수 없다. 『佛敎』지는 1924년 7월 權相老가 창간하여 108호
    까지 발행하다가 1931년 한용운이 인수하여 속간하였다. 1933년 불교종합종단인 禪敎
    兩宗 中央敎務院으로 운영권이 넘어갔으나 재정난으로 폐간되었다. 1937년 해인사, 통도
    사, 범어사의 재정지원으로 속간되어 1944년 12월까지 발행되었다.

123 김석순, 앞의 논문, 110~117쪽 참조.

124 김석순, 앞의 논문, 116쪽 참조, 『鏡虛集』은 1936년 6월에 韓龍雲, 吳惺月, 宋滿空 등 40
    명이 『경허집』 간행 발기인으로 참여한 사업이다. 鏡虛의 본명은 宋東旭(1846~1912). 9살
    에 廣州 淸溪寺에 입사. 乙卯年(1879) 동학사에서 깨달음을 얻고, 이후 20년간 開心寺와

「지나사변과 불교도」는 『불교』지의 그런 정신을 스스로 부정하는 결과가 되기에 문제다.

　　이런 자기모순은 우리만 아니고, 역설적이게도 조선을 식민지로 다스리던 일제의 '조선어정책'에도 나타난다. 일제는 조선어를 말살하겠다는 정책을 펴면서도 『매일신보』를 독립될 때까지 한글로 간행했고, 경성방송국도 조선말 방송을 폐지하지 않았다. 말살이 전제된 우리글과 말이 조선총독부가 앞서서 보급하는 결과가 되었는데 이것은 『매일신보』와 방송을 일본말로 바꾸면 조선 사람은 거의 다 그걸 이해할 수 없기 때문이다. 우민정책을 써야 만만하지만 우민이 되니 그들의 정책을 효과적으로 수행할 수 없다. 이것은 모순이지만 진리다. 조선어 정책이 결과적으로 일제의 조선 지배를 방해했다. 『매일신보』는 내선일체를 강조하는 조선총독부의 기관지다. 그렇다면 당연히 그 신문은 일본어로 발행해야 한다. 그러나 그렇게 하면 일본어를 모르는 조선 사람이 그 신문을 읽을 수 없다. 그래서 울며 겨자 먹듯이 조선어를 썼다. 조선어는 조선정신의 압축이다. 일제는 이 불가사의한 진리를 깰 수 없어 그들의 정책 수행에 차질을 빚었다. 역설의 진리. 1940년대 전반기 불교의 친일적 형태를 이런 시각에서 이해하면 곡해일까.

　　조선말 방송도 같은 이치다. 경성방송국은 조선어 제2방송을 개설하고, 물가시세, 일기예보, 공지사항을 보도하고 창, 민요, 동요, 국악 등 조선인 중심의 프로그램도 편성했다. 중일전쟁과 태평양전쟁이 발발한 이후, 일제는 제2방송은 조선인을 선전, 선동하는 매체로 활용했다. 그렇지만 그때도 조선인 청취율을 높이기 위해서 조선인이 선호하는 프로그램, 이를테면 민요 등을 없애지 못했다. 일제가 그런 자기모순을 모를 리 없다. 그

浮石寺를 오가며 선풍을 크게 떨쳐 선을 중심으로 교를 원융하는 입장을 취했다.

러나 조선을 효과적으로 다스리기 위해서는 그런 정책을 펴지 않으면 안되었다. 최남선이 일본 황실연호와 싱가폴 함락을 『고사통』에 활용한 차선책이 그 책을 베스트셀러로 만든 것과 같은 이치다.

인간은 다면체이고 삶은 중층적이다. 1940년대 전반기는 이런 인간의 삶의 이치가 극대화되던 시대이다. 더욱이 재만조선인은 5족의 틈새에 내동댕이쳐진 존재로 자신의 길을 암중모색해야했다. 그런데 그런 삶을 현재의 잣대를 들이대고 평가하기 전에 그 사정을 이해하려는 노력이 선행되어야 한다. 역사는 대개 바로 흐르지만 굽어서 휘돌아가기도 하고, 때로는 거슬러 흐르기도 한다. 재만조선인 문학은 이런 역사의 물굽이에서 생성된 특별한 문학이다. 지금까지 1940년대 전반기 재만조선인 시문학의 배경을 탐색한 것은 문학과 역사와의 이런 여건때문이다.

제3장

초현실주의
시의 태동

1. 『시현실』 동인과 김기림

왜 초현실주의 시의 '태동'인가.

이수형이 재만조선인 시단에 초현실주의 시를 선언하는 「백란의 수선화」(1940.3.13.)에서 "大理石의 球根은 黃昏의 祈禱보담도 神祕로운 思索이엇다."고 하면서 "金長原兄宗錫澄兄께, 前衛藝術論假說의設定의意義에 對하야"라며 바쳤을 때 김장원金長原·김북원金北原은 화답시 「胎動」(1940.4.16.)에서 "大理石의生理를안은인듸안 / 大理石의生理로하야不眠症기픈 인듸안"이라며 초현실주의 태동을 함께 선언했기 때문이다.

김기림은 만주에 살지도 않았고 『만선일보』에 이름이 오른 일도 없으며, 신경, 도문, 연길 등에 여행을 한 적도 없다. 그가 만주와의 관계를 따진다면, 1930년 5월에 『조선일보』 기자로 '간도의 조선인 공산당원들의 반일폭동' 사건 취재차 간도를 다녀와서 쓴 「間島紀行」(『조선일보』, 1930.6.12.~6.26.) 뿐이다. 그의 작품에는 간도며 두만강 한만국경 지대는 지나가는 이야기처럼 나타난다. 「관북기행단장」(『조선일보』, 1936.3.14.~20.)에서 '間島소식만 기다리는 이웃들만 그 뒤에 남어서 / 사흘 건너 오는 郵遞군을 반가워했다'[1]며 고향소식, 두만강, 국경의 인정세태며 풍물을 산문으로

---

1   金起林, 「關北紀行斷章」, '마을(다)' 『조선일보』, 1936.3.15.; 수필집 『바다와 육체』(평범사,

담아내는 정도였다. 그러나 중일전쟁이 터지고, 제2차 세계대전이 발발하고, 『조선일보』가 폐간되어 낙향하면서 그의 문학에 큰 변화가 온다.

김기림은 1940년 낙향해 있다가 1941년 초에 경성고보 교유敎諭로 취직했는데 그때 그는 경성고보 출신 시인 신동철과 황민, 그리고 경성의 터줏대감인 시인 허리복許利福과 깊은 인간관계를 맺었다. 신동철은 그때 도문圖們에서 결성된 『시현실』 동인이 되어 도문을 드나들었고, 그곳 간도무역주식회사에 근무하는 이수형과 합작시를 쓰면서 초현실주의 기법의 시 창작에 몰입해 있었다. 황민은 성진城津의 고주파공장이라는 곳에서 일하면서 그 역시 『시현실』 동인으로 활동하면서 초현실주의 기법의 시를 창작했다. 이 시인들은 『맥』 동인시절부터 초현실주의 기법의 시에 경도되어 있었는데 『맥』이 제6집(1939)으로 종간된, 뒤 그 멤버들이 압록강을 건너가 도문에서 새로운 동인 『시현실』을 결성하고 동인시집 『典型詩集』(1940)도 출판했다.

『시현실』 동인을 이끈 중심 시인은 이수형, 함형수, 신동철, 황민이다. 이 네 시인은 "『맥』·초현실주의·경성鏡城·경성고보·김기림"과 불가분의 관계에 있다. 이수형은 『맥』과는 무관하나 "초현실주의·경성고보"로 묶이고(A), 함형수는 "초현실주의·경성·경성고보"로 묶이며(B), 신동철과 황민은 "『맥』·초현실주의·경성·경성고보·김기림"으로 묶인다(C). 그렇다면 네 시인을 함께 묶는 공통분모는 "초현실주의·경성고보"이다. 곧 "A=B=C"의 관계가 성립한다. 다음과 같이 인간관계가 서로 물고 물리는 관계에 있는 까닭이다.

신동철은 김기림이 경성고보 교유로 부임했을 때 시집 『박꽃』의 저자

1948)에는 「關北紀行」 '마을(다)'이다. 166쪽. 발표된 해가 1934년으로 되어있는데 1936년이 맞다.

인 허리복과 자주 어울리는 관계였는데, 그는 이수형과 합작시를 썼다. 그렇다면 "A=C"가 성립한다. 신동철은 『맥』 4집에서 「상모」라는 시의 부제를 "咸亨洙君에게"라 붙이고 '거리의 피에로가 / 가을 거리 / 낙엽을 밟으며 얼마를 갔나'[2]라며 도문으로 떠난 친구를 그리워했다. 그렇다면 "B=C"가 성립한다. 이수형과 함형수는 도문에서 단짝으로 늘 행동통일을 하는 존재였다. 그렇다면 "A=B"가 성립한다. 결국 "A=B=C"가 된다. 이렇게 이네 명의 시인은 "『맥』·초현실주의·경성·경성고보·김기림"으로 묶인다.

'김기림=신동철=『시현실』', '신동철=이수형'의 관계를 성립시키는 다른 증거가 또 있다.

> 1) 용악! 용악이란 詩로써 알게 된 것도 아니고 섬터서 사귄 것도 아닌 줄은 구태여 말할 나위도 없지만 오히려 우리가 서러 서로 이름도 옮겨 부르질 못하던 아주 젖먹이 때부터 낯익은 얼굴이다.
>
> 　　　　　　　李琇馨 : 「용악과 용악의 藝術에 대하여」에서[3]

> 2) 나는무척이나너를사랑한다. 나의생활속에數업시 浮沈된그記錄도사랑한다. 그럼으로언제던지 나는너를한번내冊床우에 올려안치고녀석의온갖것을한덩어리로― 훌륭히生動하는그덩어리로 맨드러노흐려한다. 그리고 그것은 어찌나쑨만의 意慾이랴. 金貴 亨洙 琇馨 모도다너를위해붓대를가다듬고잇는 것이다. 그째면너는 다시금훌륭한다음단계로 쏘飛躍을 하겟지. 자

---

2 申東哲, 「想慕―咸亨洙君에게」, 『貘』 제4집, 1938.12. 17쪽.

3 李琇馨, 「용악과 용악의 藝術에 대하여」, 『韓國現代詩人全集(1).李庸岳集』, 同志社, 1949. 159쪽.

제3장 초현실주의시의 태동 ───── 127

그러면 오늘은이만하고끈친다.

玄卿駿, 「新興滿洲風土記─圖們篇」에서[4]

3) 記者가 C報在職時 京城으로부터 이곳經由北滿으로 다니러가
   는길에 當時이곳驛에勤務中이든 李琇馨君(間島貿易株式會社)
   에게서 만흔便益을바든일이잇서 그後交通도잇섯슴으로 卽時
   李君을차저厚意나謝하고 도라오려고나간 것이 李君을만나고
   보니 쉬려는豫定이째트러저 밤늦도록 舊懷를푸는자리로 옴겨
   지고말엇다. 이어서 咸亨洙 金貴氏도來參케되여 疲困하면서
   도 圖們의 色다른 文人몃분과 面接한것은愉快한일이엿다. '슈
   르레알리즘'─ 超現實主義에傾倒되고잇는이들 意氣投合한三
   人은 時代의苦憫과權威와詭計와 僞善을 쮜여넘어 아모것에
   도制約밧지안는 자기만의像想의自由로운世界에 그들이最善
   이라고 생각하는藝術魂을 昇華하고잇는 것으로 생각하고잇는
   모양이다.

洪陽明, 哈市東滿間島瞥見記(六)에서[5]

4) 거리의 피에로가
   가을 거리
   낙엽을 밟으며 얼마를 갔나

   흐리터분한 太陽의얼굴을 슬퍼서
   마른나무가지에 마음을 걸어놓고

---

4   玄卿駿, 「新興滿洲風土記─圖們篇」(三) '不夜城은 修羅場, 情緒貧困의 都市', 『만선일보』,
     1940.10.5.

5   洪陽明, 哈市東滿間島瞥見記(六), 「圖們, 延吉의 印象」, 『만선일보』, 1940.7.20.

너는 얼마를 갔나

차디찬 江물우에

네 蒼白한 얼굴을 보았고

매찬 바람속에

네 니히리칼한 웃음을 들었다.

　　　　　　　　申東哲「想慕─咸亨洙君에게─」에서[6]

　　1)은 '이수형이 이용악과는 짜개바지 동무란 말이고, 2)는 '함형수와 이수형'이 단짝이란 것이고, 3)도 이수형과 함형수가 단짝이란 것이며, 4)는 '신동철과 함형수가 절친한 사이라는 것을 증명한다. 그러니까 이수형, 이용악, 함형수, 신동철은 또래로 서로 뭉쳐 다니며 시를 쓴 관계에 있다. 따라서 "김기림=신동철=이수형=함형수" 관계가 성립하고, 그 결과 "김기림=『시현실』 동인"이 성립한다. 이수형과 신동철이 「생활의 시가」을 합작하여 '시현실동인집' 1호가 된 것은 이런 관계 때문이다.[7]

　　이밖에 김기림의 경성고보 제자 이활과 김규동이 경성에서의 김기림의 위상이 대단했다는 것을 증언하는 사례도 있다[8]. 이런 점에서 1940년대 전반기 『시현실』 동인과 김기림과의 관계규명은 이 저술의 필요조건이다. 그래서 이런 단정이 가능하다.

　　"『시현실』 동인의 배후에는 김기림이 있다. 『시현실』 동인의 최종숙주는 김기림이다."[9]

6　申東哲, 「想慕─咸亨洙君에게─」, 『貘』 第4輯, 1938.12., 17~18쪽.

7　이 시인들의 더 확실한 인간관계는 『북방파 시 연구』(역락, 2022)에서 논의할 「이수형론」의 보론 「이수형은 누구인가」 참조.

8　李活, 『鄭芝溶·金起林의 世界』, 明文堂, 1991. 본명 이명철. 함북 은성 출신. 鏡城高普 졸업, 김일성대학 국문과 수료./김규동, 『나는 시인이다』, 바이북스, 2011.

9　이 문제는 『북방파 시 연구』, 역락, 2022. 〈시현실 동인과 김기림〉에서 상론한다.

이런 상수常數관계 가운데 신동철과 김기림의 관계가 제일 깊다. 신동철의 「詩論메모—消火器의 海邊. 上·下」[10]는 김기림의 「「피에로」의 獨白—「포에시」에 對한 思索의 斷片」[11]과 형식, 내용, 발상이 거의 동일하다. 「시론메모—소화기의 해변」은 신동철 나름의 시론이라 하겠지만 시론에 일련번호를 달아 24개의 항목으로 조목조목 진술하고 있는 것은 김기림이 「「피에로」의 獨白—「포에시」에 對한 思索의 斷片」에서 초현실주의 시론을 32개로 나누어 그 특성을 차례차례 언급하는 것과 같고, 그 내용도 표절에 가까울 만큼 유사하다.

김기림은 1931년 『동아일보』에 현대시의 전망 「象牙塔의 悲劇—"싸포-"에서 超現實派까지」[12]에서 서구시단의 초현실주의 시의 대두를 소개했고, 3년 뒤에는 『조선일보』에 '하기예술강좌'라는 큰 제목 아래 「현대시의 발전」 2~6을 전부 "초현실주의 방법론"이라는 이름으로 연재했으며[13] 그 뒤 「시인으로서 現實에 積極關心」[14]을 발표했다. 「시론메모—소화기의 해변」에는 김기림의 그런 일련의 시론이 별 여과 없이 반영되어 있다. 당시 초현실주의 시론은 비판의식이 강한 서북지역 젊은 시인들에게는 시의 새로운 진로를 자극할 만큼 솔깃했고, 신동철과 김기림은 특별히 가까웠으니 그런 현상이 용인되었을 것이다.

---

10 申東哲, 「詩論 메모-消火器의 海邊. 上·下」, 『조선일보』, 1940. 5.24.~5.25.

11 片石村, 「「피에로」의 獨白—「포에시」에 對한 思索의 斷片」, 『조선일보』, 1931.1.27.

12 김기림, 現代詩의 展望 「象牙塔의 悲劇—"싸포-"에서 超現實派까지」, 『동아일보』, 1931.7.30.~8.8.

13 김기림, 夏期藝術講座 「現代詩의 發展—超現實主義方法論」, 『조선일보』, 1934.7.14.~7.18.

14 김기림, 「시인으로서 現實에 積極關心」, 『조선일보』, 1936.1.1.

2. 『시현실』동인의 실체

시현실 동인의 실체가 드러난 것은 『만선일보』가 1940년 8월 23일부터 8월 29일까지 '시현실동인집詩現實同人集'이라는 제목으로 「생활의 市街」(이수형·신동철 합작), 「의자」(김북원), 「악보를 가젓다」(강욱姜旭), 「娼婦의 명령적 해양도」(이수형), 「비둘기 날으다」(김북원), 「능금과 비행기」(신동철) 6편을 연재하고, 바로 이어 극언克彦의 '『시현실』 동인집평'을 5회 연재[15]하면서부터이다. 그리고 김우철이 이 동인을 「금년도시단의 회고와 전망」에서 '『시현실』 동인집'을 「혼돈한 "시현실"」(1940.12.17.)이라고 하면서 이 동인이 1940년대 전반기 재만조선인 시단의 주체로 부상했다.

'시현실동인집'이라는 이름에 묶여 시를 발표한 시인은 4명이지만 확인된 동인은 모두 9명이다. 이 동인들은 작품집 『전형시집』을 출판했으나[16] 산일되고 없기에 『만선일보』 학예면에 '『典型詩集』에서'라는 출처를 명시한 작품을 근거로 추정할 수밖에 없다. 『전형시집』은 1940년 10월 도문에서 출판된 것으로 확인되지만 정확한 시간과 발행처는 알 수 없다. 이 사실은 이수형이 「未明의 노래」(1940.11.6.)를 "1940.10.25, 『典型』에 들리는 노래. 於 圖們"이라는 꼬리말을 달아 작품을 발표했고, 또 함형수의 「나의 神은」(1940.10.21.)과 「개아미와 가치」(1940.10.24.), 백삼白森의 「피에로의 노래」(1940.10.22.), 「첫饗宴」(1940.10.25.), 이달근李達根의 「비개인舖道」, 「失魂의

---

15 克彦, 「詩現實」同人集評」, 『만선일보』, 1940.8.31.~9.5.

16 『조선일보』, 1939.12.8.(일) 學藝안테나, '同人詩志 『典型』 發刊. 間島 圖們에 잇는 李琇馨 申東哲氏 등 수인의 손으로 이번에 동인시지 『典型』을 발간하기로 되엇다 한다'. 이 시집은 전하지 않는다. 『만선일보』에는 '『典型詩集』에서'란 주를 단 여러 작품이 소개되었다. 그런데 실제 시집이 출판된 것은 1940년 10월경인 듯하다. 李琇馨이 「未明의 노래」(1940.11.6.)에서 "1940.10.25, 『典型』에 들리는 노래. 於 圖們"이라 했고, 함형수의 「나의 神은」 외 다른 시인들의 작품도 모두 1940년 10월 작이다.

노래」(1940.10.23.), 조학래의 「心紋」(1940.10.29.) 등이 모두 "『典型詩集』에서"
라며 그 출처를 명시했기 때문이다. 그러나 시집 자체가 없어 확실한 서
지사항은 알 수 없다. 황민의 「禁域의 手帖. 上·中·下」(1940.9.3.~9.5.) 끝에도
'필자는 「詩現實」 동인'이라 했다. 이렇게 해서 확인된 『시현실』 동인은 9
명이다.

　9인 외에 함윤수咸允洙가 『시현실』 동인으로 추정된다. 함윤수는 『만
선일보』에 작품을 발표하지 않았다. 그는 『貘』 창간(1938.6.)부터 5집(1939.4.)
까지 매호마다 작품을 발표했다. 6집에는 잡품을 발표하지 않았으나 여전
히 『맥』의 핵심 멤버로 활동했다. 그는 여러 가지 조건이 어려운 동경東京
에서 1939년에는 『앵무새』(三文社)를, 1940년에는 『隱花植物誌』(獎學社)를
출판한 것이 그렇다. 『앵무새』에서는 표제작 '앵무새'를 통해 우리말을 버
린 채 달변의 일본어를 입에 달고 사는 이른바 친일파 일본인을 우의적으
로 비판했고[17], 『隱花植物誌』의 '알 수 없는 포자'는 경성鏡城의 젊은 시인
들이, 시는 세계를 재구성해 낸 결과물로서 기술적 구조를 통해 구축된다
는 신념, 곧 시의 소명을 초현실주의 기법으로 실현하려 한 『맥』 동인들의
그 시적 진실의 포자에 다름 아닐 것이다. 이런 시적 진실을 고려하면 함
윤수도 동인이 맞다. 『앵무새』와 『은화식물지』의 기법과 시의식은 『맥』 동
인의 그것과 맥락이 같은 까닭이다. 그러나 유학 중이었으니 도문의 『시현
실』 동인들과 함께 활동을 할 수는 없었을 것이다.

17　장경렬, 「상징의 언어 이면의 현실 이해를 찾아서-함윤수의 시적 상징이 의미하는 것」,
　　장경렬의 '함윤수론'은 문학사에 묻힌 함윤수를 본격적으로 문학사 안으로 끌어들인 최
　　초의 평론이다. 그 이전에 임화, 박인환이 함윤수를 극히 짧게 언급했고, 경성고보 후배
　　인 유정의 『함윤수시선』(중앙문화사, 1965) '발문'이 있을 뿐이다. 시집 『앵무새』의 표제
　　작 「앵무새」를 「시현실」과 관련시키지 않으나 한용운의 7언4구체 한시 「獄中吟」의 '앵
　　무새'와 같이 상징적 저항시로 읽은 것이 흥미롭다. 『무지와 예지사이』 문학동네, 2017,
　　131~132쪽 참조.

『시현실』 동인들은 『만선일보』를 무대로 작품 활동을 한 많은 다른 시인들과는 차이가 있다. 우선 '도문파'로서의 차이다. 이 동인들은 사회주의 민족주의자이거나(이수형, 함형수) 그런 사상과의 친연성이(신동철, 황민) 강한 시인들이다. 그런데 이런 성격의 시인들의 작품이 관동군의 관리를 받는 『만선일보』에 활자화될 수 있었던 것은 이런 시인들의 작품기법이 주제를 포장했고, 당시 초현실주의 시에서는 '현실'은 시대적 정황이나 역사의식과도 무관한 탈정치적 성향으로 이해되었고, 해외에서 수입한 순문예주의 시로 가상의 세계만 문제 삼는 것으로 인식되었기 때문일 것이다.

당시 『만선일보』는 신문에 발표하는 모든 글을 자체 검열하고 있었다. 하지만 '시현실동인집'의 6편은 모두 요령부득의 기이한 수사를 구사하였기에 검열을 통과했을 것이다. 조선어 시를 일본어로 번역할 경우, 우리말과 일본말의 어순이 같고, 동일한 한자어도 많아 번역이 비교적 용이하다. 그러나 『시현실』 동인들의 작품이 초현실주의 시의 기법에 의한 비논리적 통사구조이기에 사실상 번역이 불가능하거나 용을 써서 번역하더라도 문장이 너무 어색하여 이해가 안 되었을 것이다. 그리고 더 큰 문제는 『시현실』 동인들의 작품을 정성을 들여 번역할 만한 인력이 없었다. 당시 『만선일보』 편집국장은 염상섭이었다가 홍양명이 그 뒤를 이었으며, 문화부 기자로는 박팔양, 안수길, 윤금숙尹金淑, 고재기高在驥, 김조규, 이갑기, 손소희, 부서 소속이 불분명한 신영철 등이다. 그러나 박팔양은 일찍 협화회로 자리를 옮겼고, 윤금숙은 병이 깊어 사직했으며, 그 자리를 메운 손소희도 「타락의 시집」[18]이라는 글이 문제가 되어 대륙과학원 도서실로 전직을 했다.

남은 사람은 안수길, 이갑기, 고재기, 김조규, 신영철이었다. 이 가운

---

18   孫素熙, 「墜落의 詩集」, 『만선일보』, 1941.1.12.

데 일본인 주간의 명을 어기지 않고 순순히 번역을 할 인물은 신영철일 것이다. 그는 700여 쪽에 이르는 친일백서『半島史話와 樂土滿洲』(만선학해사, 1943)를 만든 인물인 까닭이다. 그러나 그는 조선의 군포, 제물포, 길림의 갈밀봉까지 다니며 조선 사람들의 사는 형편이며, 개척촌을 살펴『만선일보』에 연재하느라 신문사 내근을 하는 처지가 아니었다. 나머지 네 사람도 조, 석간 8면의 학예면을 관리하면서 번역 일까지 수행하는 것은 물리적으로 불가능했을 것이다. 안수길은 작품 번역의 일이 자기에게 맡겨졌을 때, '詩文을 즉석에서 번역할 실력도 없으나 그건 도무지 있을 수 없는 일이어서 지방 특파원으로 보내줄 것을 자청하여 본사를 떠났다.'[19] 사정이 이렇다면『시현실』동인들의 시는 아예 번역 자체가 안 된 상태로 신문에 발표되었을지 모른다.

거듭 말하지만『시현실』동인들의 작품이『만선일보』에 버젓이 발표할 수 있던 것은 작품 자체가 보호막을 치고 있었기 때문이다. 무엇보다 시가 애매모호하다. 시적 진실을 파악하여 시를 문제 삼으려 해도 주제 파악이 거의 불가능하다. 가령「시현실동인집」1호인「생활의 시가」가 실제로는 현실을 검증하고 있지만 그것이 2인 합작이고, 시의 이미지가 상충하여 시가 무엇을 말하는지 감을 잡기 어렵고, 합작시란 듣도 보도 못했기에 서구시를 흉내 낸 하나의 실험시로 이해했을 것이다. 또 이수형의「창부의 명령적 해양도」, 그러니까 "記念日의 幸福을 約束한 肉體의女人이 雙頭의 假面을장식하는날 七色의 슈미-즈가 孔雀의 미소를 찍워 나의 海洋의 蜃氣樓를 싸러왔다."와 같은 구절은 검열자를 황당하게 만들었을 것이다. 도의와 예양의 국가임을 자랑하는 만주국에서 창부 어쩌고 하는 수사가 어딘가 수상쩍어 보이긴 하지만 막상 구체적으로 문제 삼기에는 통사구조가

---

19   안수길, 원로기자들의 직필 수기『언론비화 50편』, 한국신문연구소, 1978. 371쪽 참조.

이리저리 꼬여 핵심어가 무엇인지도 발견하기 어려웠을 것이다.

사정이 이렇지만 이런 작품이 재만조선인 문단을 달구며 1940년도를 지나가던 그 시간은 우리의 그 많던 만주독립군은 모두 자취를 감추고, 유일하게 김일성의 동북항일연군이 백두산을 근거지로 관동군과 마지막 전투[20]를 전개하고 있었다. 이런 점에서 『시현실』 동인들의 작품은 동북항일연군의 '종이 탄환' 역할을 했을 것이다. 그들이 문제삼는 현실이 마지막 독립 세력이 겨냥하는 민족문제와 닿고, 초현실적이라고 하나 '許可된 現實의 眞空의 內臟에서 / 시커먼 그리고 새하얀 그것도 아닌 / 聖母마리아의 微笑의 市場으로 가자 / 聖母마리아의 市場엔 / 白裝甲의 秩序가 市街에서 퍼덕일 뿐이엿다.'(「생활의 시가」)와 같은 작품의 '백장갑'이 연상시키는 무력이 동북항일연군의 그것으로 독해될 수 있기 때문이다. 물론 당시 동북항일연군이 '장갑차裝甲車'로 무장할 처지는 아니었으니 그런 독해는 이치에 맞지 않지만, 시가 해석 자체를 무의미하게 만드는 기법이라 상상을 가늠할 수 없게 만든다. 하지만 『시현실』 동인들의 이런 작품의 성격을 놀랍게도 당대 한 지식인이 눈치 채고 있다. 일 년 남짓 『만선일보』 편집국장을 하다가 서울로 온 뒤 6·25 때 월북한 홍양명이다.

"아모 것에도 制約밧지 안는 自己만의 像想의 自由로운 世界에 그들이 最善이라고 생각하는 藝術魂을 昇華하고....(중략)....날마다 豆滿江건너 문자그대로 望鄕하고 살고잇는이곳의 鮮系住民의이데오르기는 民族協和的이기보담도 多分히 咸境北道的이 아닌가."[21]

---

20   匪首金日成의 生長記, 『만선일보』, 1940.4.16.~4.22.
     崔武, 「前田警防隊武勇傳-匪首金日成部下의 紅旗河를 夜襲」(一), 『滿鮮日報』, 1940.8.7.
     崔武, 「前田隊에 쫏긴 金匪, 密林 속에 潜跡」(二), 『滿鮮日報』, 1940.8.8.

21   洪陽明, 「圖們延吉의 印象·6, 圖們의 文人들」, 『만선일보』, 1940.7.20.

"自己만의 像想의 自由로운 世界에 그들이 最善이라고 생각하는 藝術魂"을 "날마다 豆滿江건너 문자그대로 望鄕하고 살고 잇는 이곳의 鮮系住民의 이데오르기"와 연계시킨다면 그 "이데오르기"는 무엇일까. 망향을 넘어 서는 어떤 것, 그러니까 "민족적인 것"이 아닐까. 도문이란 곳이 조선인의 집단 거주지로 정신적 항일과 물리적 항일이 함께 발현되던 공간인데 『시현실』 동인은 그런 도문에 아지트를 틀고, 신원미상의 젊은 시인들이 미지의 시의 성체를 쌓아 가고 있었기 때문이다. 이수형이란 존재는 『만선일보』를 다 뒤져도 그의 개인 신상은 단 한마디도 없고, 신동철은 경성에서 김기림, 허리복 같은 반골과 어울려 다니면서 압록강 건너 도문에서 『시현실』 동인으로 활동하고, 황민이 일하는 성진의 고주파공장高周波工場도 정체를 알 수 없는 곳이다. 이런 『시현실』의 창작활동은 우리 민족의 최후의 항일, 그것이 비록 김일성이 이끄는 빨치산 세력이라 할지라도, 관동군과 최후까지 맞서던 시공간이라는 사실에서 매우 중요한 의미를 지닌다. 항일은 보수적 민족세력과 사회주의 민족세력이 구별되지 않았고, 비록 손을 잡고 연합전선을 펴지는 않았지만 일제 타도가 공동의 목표였기 때문이다.

정황이 이렇지만 『시현실』 동인들의 시에 주권상실에 대한 정서를 가시적으로 형상화시키거나 역사의식을 맥락화하지는 못했다. 그러나 그들은 그것을 실현하기 위하여 동원한 초현실주의 기법은 1930년대의 초현실주의 시 기법을 넘어섰다. 「삼사문학」, 이상李箱의 시로 대표되는 1930년대 중반의 초현실주의가 현실을 역사의식과 별개로 인식한 것과 달리 『시현실』 동인은 시대와 역사를 끌어안았다. 자칫 모든 것이 박탈당할 상황 속에서 순문예주의의 친연성과는 다른 현실조응을 시도했다. 초현실주의 시는 현실과 무관한 순수시가 아니라 어떠한 체험도 소화할 수 있고, 시적 진실을 분리된 감수성(dissociation of sensibility)이 아닌 통일된 감수성(unified sensibility)으로 형상화시킬 수 있는 본질을 구현하려 했다. "체험의 재인식+상상·환상=사상과 감정의 융화"로 주제를 실현할 수 있는 기법이 초현실주의인 까닭이다.

『시현실』동인의 작품 가운데 이런 기법이 전형적으로 나타나는 작품은 당시 시대적 패션인 산문체의 작품인 이수형의 「풍경수술」, 「창부의 명령적 해양도」, 함형수의 「정오의 모랄」, 황민의 「금역의 수첩」이다. 극언은 '『시현실』동인집 평'에서 『시현실』동인들의 시를 서구의 초현실주의를 간접적으로 수입한 '과도기의 혼란'이라 했고, 김우철은 '패기만만한 이 시의 부락민은' '무질서'와 '혼란'을 벗어나지 못하고, '詩類型 파괴만 능사'로 삼는다고 나무랬다. 이런 평가는 『시현실』동인들의 작품의 이면적 주제가 현실을 비판하고, 초현실주의 시의 본질이 현실의 개조에 있다는 것을 이해하지 못한 결과로 판단된다. 극언과 김우철은 『시현실』동인의 시가 민족의식의 창발을 자극하고, 침체한 시단에 새 기류를 형성하여 현실을 변혁시키려는 참여문학의 성격을 간과하고 있다. 김우철은 『맥』동인으로 활동한 바 있기에 『시현실』동인의 시를 이해할만 하지만 그의 시는 다분히 철학적 사유가 강한 서술시로 초현실주의적 기법과 거리가 멀었다. 따라서 김우철 역시 『맥』에서부터 정지용 등의 모더니스트의 시를 평가절하하면서 김기림의 「모더니즘의 歷史的 位置」(1939.10.)를 숙주로 삼는 『시현실』동인의 시의 맥락을 감지할 수 없었을 것이다.

『만선일보』는 '시현실동인집'에 이어 1940년 12월, 원산의 초원동인들의 작품도 같은 수의 시인과 작품을 '草原同人詩集'이라는 이름 밑에 연재했다[22]. 그러나 극언과 김우철은 이 동인들의 작품에 대해서는 어떤 반응

---

22 연재(1940.12.15.~12.25.)된 시인과 작품은 馬鳴의 「밤」, 南勝景의 「探鑛」, 李海文의 「태양의 구도」, 林白虎의 「氷河」, 廉鴻燮의 「驛名板」, 張萬榮의 「離別」이다. 『草原』동인은 李宗敏이 편집 발행했다. 元山府의 大陸公論社에서 발생하여 京城에 총판을 두고 『만선일보』

도 나타내지 않았다. 반응이라고 한다면 '同人들의 詩作을 發表하는 方法으로서 本報에 便乘하는데 지나지안는 것으로 看做할수바께 업다.', '朝鮮內의 시동인이 왜 『만선일보』 지면을 기웃거리는가.'는 것이었다.[23] 초원동인들이 본국문학의 위의를 내세우려 하지만 지방인 원산元山의 시인들이고, 기성 시인들의 긴장감 없는 상투적 서정시였으니 신경의 신진들로서는 '편승했다'고 할만하다. 이런 반응 뒤 '초원동인'들의 시는 『만선일보』에서 완전히 자취를 감추었다. 그 대신 『전형시집』의 시가 여러 편 소개되었다. 그 가운데 이수형의 작품이 가장 많이 발표되었고, 그 다음이 함형수, 황민의 작품이다.

『시현실』 동인이 이런 시적 위상을 확보할 수 있었던 것은 김조규라는 시인이 『만선일보』에 존재함으로써 가능했을 것이다. 김조규는 애초부터 『시현실』 동인들의 글쓰기가 무엇을 겨냥하고 있는가를 감지하고 있었을 것이다. 당시 김조규 자신도 「馬」[24]와 같은 초현실주의 기법의 시를 쓰며 시의 내포를 은밀히 포장하며 시대를 검증하고 있었다. 김조규가 『在滿朝鮮詩人集』 '序'에서 '建國十週年의 聖典'이라 했으나 작품에서는 '停車場에선 汽笛이 울었는데 나는 어데로 가야하노!(「延吉驛 가는 길」)'라며 망국민의 비애를 탄주했다. 이런 시의식은 「마」에서 형상화되었고, 그것은 『시현실』 동인들의 작품에서 감지되는 시의식과 다르지 않다. 이렇게 『시현실』 동인과 김조규 시는 일찍부터 은밀히 물려있었다.

이수형과 김조규가 어떤 관계였는지는 알 수 없다. 그러나 두 사람은 결정적인 공통점이 있다. 이수형은 사회주의 민족운동을 하다가 만주

까지 진출했다. 1939년 12월에 제2집을 출판했고 함형수의 「학창」, 「서정주라는 청년」이 수록되어 있다.

23 展望台, 「同人詩와 現地詩人」, 『만선일보』, 1940.12.19. 칼럼 필자는 南石(안수길)이다

24 金朝奎, 「馬」, 『斷層』四冊, 博文書館, 1940.6. 111~112쪽.

로 잠적했고, 김조규도 일제의 감시망을 피해 만주로 이주했다. 곧 이수형과 김조규에게는 일제가 공동의 적이다. 적의 적은 동지라는 모택동의 명제대로 하면 두 사람은 동지다. 또 이수형과 공동작으로 「생활의 시가」를 쓴 신동철이 『맥』 동인이고, 김조규도 『맥』 동인이었으니 이수형과 김조규는 동인관계라 할 수 있다. 이수형의 「朝鮮詩壇의 裁斷面」(1941.2.12.~2.22.)이 10회나 연재되고, 태평양전쟁이 터지기 직전인 1941년 10월에 「풍경수술」 같은 문제작을 『만선일보』에 발표할 수 있었던 것은 이렇게 김조규의 심상지리와 이수형의 심상지리에 놓인 일제와 만주국이 다르지 않기 때문일 것이다. 이런 심상지리가 어떤 곳인가는 김조규의 「新春集」(『만선일보』, 1942.2.14.~2.19.) 6수에서 확인할 수 있다.

　이수형, 함형수는 별고로 다루기에 여기서는 논의에서 제외하고, 함윤수는 만주가 아닌 동경에서 작품 활동을 했기에 재만 시인연구에 포함시킬 수 없다. 따라서 여기서는 『만선일보』에 연재된 '시현실동인집' 작품 가운데 신동철의 작품과, 이수형이 「백란의 수선화」를 김북원金北原(金長原은 金北原으로 판단됨 - 인용자 주)에게 바쳤을 때 김북원이 화답한 「태동」, 황민의 「금역의 수첩」 연작 3편을 고찰한다. 그리고 이 두 시인이 도문을 드나들며 초현실주의 기법의 시를 쓰던 시간 김기림이 같은 기법으로 쓴 「공동묘지」(1939), 「못」(1941), 「새벽의 '아담'」(1942), 1930년대 초기의 초현실주의 기법의 「슈 - 르레알리스트」(『조선일보』, 1930.9.30.), 「屍體의 흐름」(『조선일보』, 1930.10.11.) 「詩論」(『조선일보』, 1931.1.16.) 같은 문제적인 시는 별고로 다룬다. 앞서 말한 바와 같이 이런 작품이 『시현실』 동인의 핵심 멤버인 신동철, 황민에게 영향을 끼친 사실이 명백하다 하더라도 김기림은 재만 시인이 아니고, 신동철이나 황민처럼 『만선일보』에 작품을 발표하며 『시현실』 동인으로 활동하지 않았기 때문이다.

3. 수사형식의 변화

이수형, 함형수, 김조규 등은 만주에 살면서 국내의 『조광』(이수형, 김조규), 『삼천리』(함형수) 『단층』(김조규)에 작품을 발표했다. 그리고 경성鏡城의 신동철[25], 성진城津의 황민[26], 청진淸津의 김북원[27]은 도문을 드나들며 재만 조선시인들과 『시현실』 동인으로 활동했다. 왜 그렇게 국경을 넘나들며 동인활동을 전개했을까. 그 이유는 이 세 곳의 시인들의 동인지 『맥』이 폐간되자 도문에 그들의 문학의 망명정부 『시현실』 동인을 결성했기 때문이다. 『맥』은 1939년 11월 6집으로 끝났는데 그 이유는 날로 험악해지는 일제의 식민지 정책을 견딜 수 없었기 때문이다. 『문장』이 문을 닫아야 했고, 『인문평론』이 『국민문학』으로 바뀌었으며, 『조선일보』 『동아일보』가 폐간당하던 1940년의 식민지 문화상황을 고려할 때 『맥』이 살아남을 수는 없었을 것이다. 서북문학의 그 비판적 로컬리티가 더 이상 버틸 수 없었다. 그러나 도문의 선계문학은 국내의 일본인이 된 조선인의 문학과는 달리 5족의 한 구성원의 권리가 보장되기에 다음과 같은 동인들의 작품에서 확인할 수 있는, 은근히 존재하는 비판적 정서조응이 그래도 해찰당하지 않고 지속될 수 있었다.

---

25 李活은 『鄭芝溶·金起林의 世界』(明文堂, 1991)에서 '鏡城의 城門 바깥에 있는 금호양복점이 있고, 양복점 옆에 사진관이 있으며 그 사진관에 맞붙은 본채에 '맥' 동인이자 초현실주의시인 申東哲이 살고 있었다.'고 구체적으로 사실을 기술했다.

26 黃民의 「금역의 수첩」 끝에 '筆者는 「詩現實」 同人. '1940-於 城津'이라는 註가 달려 있다.

27 金北原은 '시현실 동인집·2' 「의자」 끝에 '1940.8.10. 於 淸津'이란 부기를 달았다. 이 말대로라면 김북원이 『貘』 동인의 중심 멤버이고 『맥』이 淸津을 근거지로 삼아 城津의 황민, 鏡城의 신동철과 동인활동을 하며 『시현실』 동인활동을 위해 圖們을 드나들었다 말이다. 그러나 그 뒤 김북원은 만주로 이주한 듯하다.

봄
푸른 밀밭에 종다리
푸드득 청공을 향하여 나르네.

쌀쌀한 北風의 餘韻을 갈기고
잃었던 季節을 다시날고, 나를 나래기
봄의 太陽에 빛난다.

푸른 밀밭, 푸른 강물, 먹고 마시고
푸른 하늘 높이 소슨 종다리.

大地의봄을 목터지게 노래하는 종다리,
내 푸른넋의 종다리.

오늘도 가난한 손톱으로
종다리의 모이를 찼오

김남인, 「종다리」 전문[28]

이 시의 종다리는 자유, 희망, 행복한 존재의 다른 이름이다. 푸르고, 넓고, 봄빛이 빛나는 대지에서 봄을 목이 터지게 노래한다. 이 종다리가 '내 푸른 넋'이란다. 그런데 이 종다리가 2년 뒤에는 사라진다. "종다리의 무덤인 내草家 / 답답한 窓을 닦고 닦아 / 구름을 헤집고 보아도 / 北쪽 쌀쌀한 바람에 가슴만 차다"[29]고 했다. 내푸른 넋을 노래하던 내 초가가 종다

28　　金嵐人,「종다리」,『貘』第1輯, 1938.6. 2쪽.

29　　金嵐人·金海剛,『青色馬』明星出版社(京城), 1940. 57쪽. 김남인(본명 金益富)은 1936년

리의 무덤이 되었단다. 날로 엄혹해가던 생활환경을 감지할 수 있다. 『맥』
동인 김우철의 시도 다르지 않다.

> 우리는 지금 마음이 늙고 몸이 여위엇지만
> 새로운 '제네레-슌'의 光輝있는 '삶'의 探究者들은
> 우리들 지난날의 낡은 隊伍의 빛나는 業跡을
> 文化史上 첫머리에 아로색이리라.
> 말없는 豫言者—歲月이여!
> 너만은 우리들의 그림자도없는
> 새로운 世界 새로운 雰圍氣에 싸혀
> 最後의 實美로운 微笑를 두볼에 색이리라.
> 그대여 '주검'은 새로운 '삶'을 낳고
> 새로운 '삶'은 낡은 '주검'보다 偉大한가보다.
> 허지만 貴여운 아이들아—
> 늬들은 새로운 '삶'의 울엉찬 隊伍속에서
> 낡은날의 빛나는 '주검'의
> 쓸쓸한 그림자를 잊어서는 안된다. (舊稿)
> 　　金友哲, 「死의 黑檀 앞에 서서—死의 哲理를 探索할 때」에서[30]

　　교술시적 언술이 예술적 미감을 깍지만 새로운 세대에 거는 투쟁의
지가 행간에 깔려있다. 이 작품은 주검과 삶을 대비해서 사유하는 전문 8
쪽의 서술시다. 인용 부분은 '주검'과 '삶'이 대비되다가 마침내 이른 대문

『詩建設』을 창간했고, 해방 뒤에는 혁명시를 창작했으며 6·25에 참전했다가 전사했다.
『시건설』에 참여한 김해강과는 인간관계가 형제애처럼 깊어 함께 합동시집 『청색마』를
출판했다.

30　　金友哲, 「死의 黑檀 앞에 서서—死의 哲理를 探索할 때」, 『貘』第1輯, 1938.6.17.~18쪽.

인데 그 주검과 삶의 철리가 귀여운 아이들의 희망을 예보한다. 이런 점에서 이 시는 에피타프의 성격을 띠고 있다. 화자는 아이들을 향해 우렁찬 대오를 지어 새로운 삶을 구가하라고 당부한다. "낡은 隊伍의 빛나는 業跡을 / 文化史上 첫머리에 아로색이"라고 하는 것이나 '주검'의 쓸쓸한 그림자를 잊어서는 안 된다는 표현은 아이들에게 하는 단순한 부탁이 아닌 불행한 역사를 잊지 말라는 가르침이다. 『맥』을 민족문학의 시각에서 접근하게 만드는 교술시적 성격이다. 김우철의 이런 시의식은 그가 백철, 안함광安含光과 함께 계급문학의 관점에서 농민문학을 주창하고, 1934년 '新建設社 사건'에 연루되어 1년여의 옥고를 치른 작가정신과 무관하지 않을 것이다. 황민의 작품도 김남인, 김우철의 시정신과 같은 맥락을 형성한다.

> 햇빛 이르지 못하는 肉體의 내부는 陰謀의 글로하여 캄캄한 어둠이었다. 볕 쬐이는 날이면 날일쑤록 나는 뚜렷한 어둠이 된다. 들의 瞳孔으로내어다보는 어둠을 나는 들여다본다. 靜脈이 茂盛한 거머리는 凶惡한 疲勞움을 지내었도다. 아아 붉은 뱃바닥을 깔고 하루와 하루를 烟氣처럼 울어예느니--太陽 비추이는 그 어느 千年에 푸른 풀포기는 돋으려이 등어리에, 등어리에...
>
> 黃民, 「거머리」 전문[31]

우울한 심경, 절망적 내면 풍경이 독한 생명력을 지닌 연체동물 거머리로 형상화되고 있다. 거머리가 단순한 시적상관물이 아니다. 어떤 흉측한 존재를 상징한다. 거머리는 살을 파고들어가며 피를 빨아먹는다. '붉은 뱃바닥', '울어예느니', '나는 뚜렷한 어둠' 같은 표현에서 감지되는 그로테

---

31   黃民, 「거머리」, 『貘』 第3輯, 1938.10. 6쪽.

스크한 정서는 당시 우리 민족이 식민지민으로 살던 처지에 대한 어떤 환유로 읽힌다. 이런 시의식은 다른 『맥』 동인의 다음과 같은 비판적 시각과 내통한다.

最近 新聞學藝面과 雜誌에 新人이란 '레델'이 붙은 詩가 한참식 실려 나온다. 그런데 아무리 뜯어 보아야 새롭긴 커녕 때뻐슨 사람도 없으니 어짠 일들이냐? 結局 前進이 없이 낡은 여울에서만 네굽을 뛰는 사람을 가르쳐 '不在詩人'이라 일카르는 거다.(光燮)[32]

『맥』 마지막 6집 「후기」의 한 단락이다. 김광섭의 비판이 아주 날카롭다. 기성시단에 대한 불신이 강고하다. 경성鏡城의 『맥』은, 경성京城의 중앙시단과는 다르다는 것이다. 조금도 새롭지 않는 시를 신인시로 추천하며 현실에 안주하는 태도를 '부재시인'이라고 조롱한다. 이런 비판은 치열한 시정신의 부재에 대한 불만이고, 그런 중앙문단에 대한 선 긋기다. 그선은 위의 작품에서 확인한 바와 같은 비판정신이라는 점에서 값지다. 식민지 말기의 조선인 문학에서 발견하기 어려운 작가정신이다. 이런 시정신은 도문의 『시현실』 동인의 작품으로 지속, 확산된다. 『시현실』 동인이 거의 『맥』 동인 출신이기 때문이다.

이수형, 함형수, 김북원 등이 만주로 간 것은 그곳은 그래도 국내보다 숨통이 트이는 곳이라고 여긴 때문인데 그러나 억압을 견디어야 하는 상황이 크게 달라지지는 않았다. 그래서 다른 글쓰기 방도를 모색했다. 그 것은 가상공간을 설정하고 폐쇄영역을 탈출하는 기법이었다. 이수형은 「白卵의 水仙花」(1940.3.13.)로 그런 시 창작을 선언하며 작품 끝에 "一九四

---

32   金光燮, 「後記」, 『貘』第6輯, 1939.11. 35쪽. 金光燮과 金珖燮은 다른 시인이다.

0, 二月 十九日. 於 圖們平一軒 / (金長原兄宗錫澄兄께) / 前衛藝術論假說의設定의意義에 對하야"로 그런 글쓰기를 선포했다.『시현실』동인은 그렇게 『맥』의 시정신을 이으면서 전위예술론 가설을 설정하는 의의를 밝히고, 창작의 자유를 누리며 주위 시인들의 창작에 혁신의 충격을 주려했다. 이하에서 그 실상을 고찰한다.

3.1. 합작시

『시현실』동인의 작품 가운데 먼저 우리의 관심을 끄는 작품은 합작시「生活의 市街」이다. 근거가 무엇인가. 이 시는 우리 시문학사상 최초이자 유일한 2인 공동작이다. 그것도 초현실주의 기법의 시다. 짜라, 브르통, 엘뤼아르 등이 파리에 모여 초현실주의 시 창작을 집단적으로 전개한 것처럼 이수형, 신동철, 함형수, 김북원, 황민 등은 초현실주의 시를 도문에 상륙시키면서 내놓은 동인시 1호인데 그것이 합작이다. 시사적 성격으로 보면『삼사문학』이나 이상李箱의 초현실주의 시를 1940년대에 재만조선인 시단에 옮기는 성격이지만 공동작이라는 점에서는 의미가 다르다. 이런 점에서 초현실주의 시 기법의 만주상륙은 시사적 사건이고 이변이다.『삼사문학』의 위상을 넘어서는 까닭이다.

밤의 피부 속에는 夜光虫의 神話가 피어난다.
밤의 피부 속에선 銀河가 發狂한다.
發狂하는 銀河엔 白裝甲의 아츰의 呼吸이 亂舞한다.
時間 업는 時計는 모든 現象의 生殖術을 구경한다.
그럼으로
白裝甲의 이마에는 毒나비가 안자
永遠한 午前을 遊戲한다.

遊戲의 遊戲는
花粉의 倫理도 아닌
白晝의 太陽도 아닌
시커먼 새하얀 그것도 아닌
眞空의 液體였으나 液體도 아니었다.
자- 그러면 出發하자
許可된 現實의 眞空의 內臟에서
시커먼 그리고 새하얀 그것도 아닌
聖母마리아의 微笑의 市場으로 가자
聖母마리아의 市場엔

「生活의 市街」 전문[33]

이 작품은 재만조선인 시단으로서는 하나의 충격이었을 것이다. 신동철이 『貘』 동인으로 많은 활동을 했으니 낯선 시인은 아니다. 이수형도 「백란의 수선화」로 시단에 화제를 만들었으니 이름이 생소하지는 않다. 그러나 두 시인이 작품 한 편을 함께 창작한 것은 낯설고, 생소하다. 신동철은 경성鏡城에서 『맥』 동인으로서만 아니고, 민족정서를 박꽃과 바가지로 형상화시키던 『박꽃』의 시인 허리복許利福, 또 초현실주의 화가와도 어울려 김기림과 자주 회동하면서 현실주의시의 감각을 다듬었으니 "성모마리아의 미소의 시장"에도 "백장갑의 질서가 시가에서 퍼덕'인다와 같은 비판적 현실 인식은 예상 밖의 반응이라 할 수는 없다. 그러나 미지의 시인 이수형이 아주 새로운 기법의 시로 신동철과 합작으로 현실주의시 창작을 시도하는 것은 예상 밖이다.

『시현실』의 리더는 이수형이다. 그는 재만조선인 시단에 초현실주

---

33   李琇馨·申東哲 합작.「生活의 市街」,『만선일보』, 1940.8.23.

의 시의 등장을 선언하는 「백란의 수선화」 끝에 "前衛藝術論假說의 設定의 意義에 對하야"라는 주를 달았다. 『시현실』 동인들의 합동시집 『전형시집』의 발행을 알리는 「未明의 노래」(1940.3.13.) 끝에도 "《典型》에 들이는 노래. 於 圖們"이라 했다. 신동철도 그때 『조선일보』에 「詩論 메모—消火器의 海邊.上·下」(1940.5.24.~25.), 「作品」(1940.6.8.)을 발표했다. 이런 글들은 발상과 성격이 동일하다. 그러니까 두 시인은 초현실주의 시를 도문圖們과 경성京城에서 동시에 시작했고, 그런 창작행위가 드디어 합작시 「생활의 시가」로 나타난 것이다. 이런 창작행위는 침체된 재만조선인 시단을 자극하고, 충격을 주었을 것이다. 짜라, 브르통 등이 파리에 모여 합작시를 창작하던 그런 행위와 다르지 않은 "전위예술론가설의 설정의 의의"인 까닭이다.

2인 합작은 두 사람의 예술지혜가 합해지기에 작품의 성취도가 높아진다고 할 수 있다. 집체작의 논리로는 그렇다. 그러나 초현실주의 시는 집체작과 다르다. 초현실주의 주창자 몇 사람이 따로따로 종이에 글을 쓰고 무작위로 결합시켜 이루어진 구문이 '우아한 시체'라는, 이른바 '아시체'가 탄생되는 것과 같은 자유로운 글쓰기의 실행이 합작시의 정체이다. 우리 시의 경우, 『삼사문학』이나 이상李箱도 합작시는 시도한 바 없다. 그런데 '圖們平一軒', 곧 만주 도문의 한 구석에서 처음으로 이런 일반적인 관념을 깨는 글쓰기가 이루어지고 있다. 초현실주의 기법의 시가 현실을 초월하는 듯하지만 사실은 현실을 문제 삼는 창작행위이고, 그것을 실현할 수 없는 상황에서 현실을 검증하려는 글쓰기라는 것을 고려하면 도문의 『시현실』 동인이 시도한 글쓰기는 그 자체만으로도 평가할 만하다. 이런 점에서 「생활의 시가」의 주제검토가 필요하다. 이면적 주제가 존재할 것이고 그 주제는 『시현실』 동인의 시정신이 될 것이며, 이 작품이 그 동인의 공동 대표자가 내놓은 첫 작품인 까닭이다.

첫째 행, '夜光虫의 神話'는 전혀 다른 이미지가 억지로, 혹은 우연히 부딪치는 형태이다. 각기 다른 이미지의 결합은 이성적 사유와 거리가 멀다. 그런데 '夜光虫의 神話'가 '생활의 시가'라는 제목과 연결될 때 특이한 정서가 생성된다. 이것이 "피어난다. 발광한다. 난무한다. 구경한다."는 긍정적 서술부와 호응하면서 생기는 무언가 열리는 조짐이 그러하다. 그런 긍정적 서술어는 '백장갑 이마에 앉은 독나비'가 주어가 되는 문장과 충돌하면서 분위기가 바뀐다. 그러고는 "아닌, 아닌, 아닌, 아니었다."라고 하다가 그러나 "출발하자. 가자"는 구문을 만든다. 주인공 화자를 이끌던 이런 이미지의 다발이 마침내 구성하는 구문은 "聖母마리아의 市場엔 / 白裝甲의 秩序가 市街에서 퍼덕일 뿐이엿다."가 된다. 그렇다면 모든 이미지가 '白裝甲'에 집중되다가 끝나는 구문이다.

　　백장갑은 장갑차다. 강력한 힘을 상징하는 흰 장갑차가 성모마리와 부딪힌다. 이 충돌이 내쏘는 이미지의 섬광은 경이驚異롭다. 초현실주의 시 미학은 경이로운 것을 시적 성취로 규정한다. 그런데 '白+장갑차+질서'의 결합이다. '흰 장갑차의 질서', 이게 뭔가. 더욱이 이것이 '성모마리아의 미소의 시장'으로 향해 오고 있다는 것은 무엇인가. 정신의 은유작용을 해방시키는 경이감을 독자의 심리에 일게 한다. 그러나 무언가 섬찟한 뒷맛을 남긴다.

　　초현실주의 시는 본질적으로 합리적 문장구조를 거부한다. 이런 점에서 위와 같은 분석은 무의미하다고 할 수 있다. 그러나 '신성의 상징 성모마리아가 무력의 상징 장갑차'와 만난다는 것은 가치의 전환이며 전도이다. 따라서 이런 언술이 투사하는 의미는 백장갑으로 상징되는 무력, 침략에 대항하는 이상세계, 곧 '성모마리아로 상징되는 사랑, 인간주의에 대한 소망'이라는 해석이 가능하다. 그러나 이런 해석은 초현실주의 기법의 시가 본질적으로 합리적인 해석을 거부한다는 점에서 견강부회가 될 수 있다. 하지만 초현실주의 시가 모순되는 두 이미지의 충돌이 미지의 경이

감을 일으키면서 독자의 심중에 제2의 의미를 창조한다는 논리로 보면 비약한 해석은 아니다. 강력한 힘의 상징 장갑차가, 신비의 상징 흰 성모마리아상과 부딪쳐 현실을 비장秘藏시키는데 거기서 성모마리아상이 의식의 잔영을 형성하기 때문이다.

성모마리아와 장갑차와의 등치가 단순한 시적언술이라 하더라도 관행을 크게 무시한 표현이다. 이것은 무력의 내습을 신성을 가장한 매개물 등장으로 본질을 호도하려는 것에 대한 비판과 다름없다. 내습자는 지금 성모마리아의 미소를 앞세우고 인간의 활동공간인 시가를 향해 오고 있다. 초현실주의 시인들이 도시를 배회하면서 우연히 발견하는 사물의 오브제 기법을 활용한 글쓰기를 연상시킨다. 그리고 그것이 제2의 세계를 창조함으로써 억압된 무의식을 해방시키려 한다.[34]

그런데 강력한 무력의 상징, 백장갑이 내습하는 공간은 관동군의 관리 하에 있는 만주국의 '생활의 시가'이다. 만주국이 '5족협화' '왕도낙토'를 외치는 그 '新京'이다. 그렇다면 이 시는 "백장갑은 성모마리아이다."가 된다. 프랑스 초현실주의 시인들이 '우아한 시체가 새로운 포도주를 마실 것이다.'라며 시를 쓴 바로 그런 통사구문이다. 이렇게 이 두 젊은 시인은 성모마리아와 백장갑차를 충돌시켜 초현실주의 시가 재만조선인 문단에 상륙한 것을 알렸고, 그것이 사실은 만주천지가 무력의 천하임을 알리고, 그것에 대한 항거의 의미를 투사한다. 이수형과 신동철은 이렇게 시로서 만주국과 맞섰다. 이런 점에서 「생활의 시가」는 『시현실』 동인의 전초병이다.

---

34 조르주세바, 최정아 옮김, '시간과 초현실주의오브제', 『초현실주의』, 동문선, 2005. 83~107쪽 참조.

3.2. 데페이즈망 기법

각각의 이미지가 서로 다르면서 그 다른 것 안에서 하나의 의미를 형상화시키려는 시의 기법이 데페이즈망dé paysemnt이다. 이런 기법으로 재만조선인 시단에 처음 나타난 작품이 이수형의 「백란의 수선화」라면 그런 기법을 재확인시키는 시가 신동철의 「능금과 비행기」다.

1. 11時의 高級豫感들은 능금의 文明을 위하야 오늘아침 비행장에서 重大한 禮式을 擧行하다
2. 發散하는비행기 비행기의웃음속에丁夫人 은리봉을 심는다
3. 비행기의優生學
4. 아카시아 욱어진蒼空으로 손수건처럼나붓기는宇宙가온다
   오리옹座의看板이바뀐다
   펭키냄새나는藝術家들은 바람이는 軌道에서 두껍이처럼도망친다
5. 肉體우우로 달리는 템포에서 아담의原罪가 소 - 다水를 마시는 순간
6. 추 - 립프의海峽에서 병든新聞들이 열심히도 젊어지려고한다
7. 줄다름치는食慾
   썩구러지는空間
8. 푸른입김속에 여러아침들이몰려든다
   푸른口腔속에 여러비행기들이 몰려든다
9. 다이나마이트製太陽은 文明의進化를위하야 爆發 폭발 폭발한다
10. 비행기의 에푸롱에 피로한능금으로해서 거리의少女들은 輕快하게미처난다
11. 證明 - 그것은 새로운健康法이다

12. 證明 - 그것은 새로운 生殖法이다

13. 證明 - 그것은 새로운 十字架다.

「능금과 飛行機」 전문[35]

이 시의 이미지들은 근대 도시문명에서 인간과 밀접한 관계를 이루는 기제들이다. 가령 제1행에서 순서 없이 나열되는 '11時의 高級豫感', '능금', '文明', '비행장', '禮式' 등은 근대도시의 속성을 반영한다. 「생활의 시가」보다 모순의 의미 충돌이 더 강하고 다양하다. 심상풍경과 물상풍경이 상호 침투하여 현실에 대한 인식을 심하게 교란시킨다. 그래서인지 작품은 행에 일련번호를 붙였다. 이상이 「오감도」 15편에 번호를 붙인 것을 고려하면 앞 시대와 상호텍스트[36] 관계에 있다고 하겠다. 이미지가 제 각각이지만 각 행이 따로 노는 것이 아니라 서로 순차적 관계를 형성한다는 의미이다. 일련번호를 매겨 전체가 하나를 이루려 하지만 이미지 사이에 공통점이 형성되지는 않는다.

"능금과 비행기"를 오브제의 원리에 따라 제5행의 "아담의 原罪"와 연계하면 "능금과 아담"이 되어 절연성이 약해진다. 그러나 그렇게 '비행기'를 건너뛰면 이 시가 능금과 비행기라는 이질적인 속성의 대비, 곧 풍요로운 생명의 상징과 그렇지 않은 냉정한 기계의 대비를 통해 검증하려는

---

35   申東哲, 詩現實同人集·6, 「능금과 飛行機」, 『만선일보』, 1940.8.29.

36   한 문학 텍스트가 다른 문학 텍스트와 물고 있는 상호관련성을 말한다. 곧 텍스트와 텍스트 사이에 형성되는 의미의 개념이다. 대표적 이론가는 리파테르(M.Rffaterre)와 쥴리아크리스테바(J.Kristrva)인 바 전자의 개념은 독자가 읽고 있는 텍스트에 의해 연상되는 모든 텍스트를 포괄하고, 후자는 모자이크처럼 다른 텍스트들을 인용하고 흡수, 변형시킨 것으로 상호텍스트의 개념을 파악한다.
M. Rffaterre(1980), Semiotics of Poetry, Metuen, 『시의 기호학』, 민음사, 1989. 83~138쪽 참조.

문명비판의 시의식은 소거한다. 문명 이전부터 존속해 오던 것과 문명 이후에 생겨난 이기가 인간생명의 고양이 아니라 빼앗는, 그러니까 이 시가 발표되던 시간 비행기가 전쟁의 승리를 위한 기제가 된 역설적 문명발달의 모순비판은 사라진다. 이 시의 주체, "藝術家들은 바람이는 軌道에서 두 샙이처럼도망친다". "병든 신문"과 미쳐 가는 거리의 소녀들이 거리에 그득하지만 그런 문명세계는 새로운 건강법이자 생식법이 지배하고, 그것이 "새로운 십자가"로 예술가들을 동여매는 것이 된다.

「능금과 비행기」는 각 시행이 오브제의 원리로 연상이 단절되고, 어휘와 어휘의 연결 역시 그렇지만, 모든 시행이 표상하는 바는 현대도시의 일상에서 촉발되는 각종 욕망이다. 만주국의 근대도시 신경新京 등에서 일상으로 대하는 비행기, 예식, 간판, 펭키냄새, 예술가, 소다수, 신문, 에푸롱 등이 이질적인 창공, 우주, 아담, 해협, 능금, 태양, 십자가 등의 어휘들과 결합하여 어길 수 없는 것으로 인정되어온 존재간의 균형을 깨뜨리고 제2의 의미를 형성하여 이미 정해진 의미와의 합류를 중단시킴으로써 예상 못한 현대문명의 경이 체험을 촉발시킨다. 그 경이는 주체와 객체의 상호 융합과 흡수, 초월과 소멸, 존재의 등가화, 의식과 무의식, 영혼과 세계를 합일시키려 한다.

그러나 이런 오브제의 원리는 "5 肉體 우우로 달리는 템포에서 아담의 原罪가 소-다水를 마시는 순간"부터 파탄이 난다. "꺽구러지는 空間. 太陽은 文明의 進化를 위하야 爆發 폭발 폭발"한다. "피로한 능금으로 해서 거리의 少女들은 輕快하게 미처난다."는 대문은 「생활의 시가」의 그 '거리, 시가'와 맥락을 같이 하는 시의식으로 그것은 '도의의 나라' 라는 만주국의 근대도시를 음분淫奔에 찬 공간으로 은근히 비트는 역할을 한다. '소녀들이 경쾌하게 미처난다.'면 이것은 만주국의 구세救世집단으로 규정되는, 가령 '道德會가 女幸 관리에 치중하여 영어와 일본어를 배우고 싶은 소녀에게 여학교를 소개하는 등 적극적으로 여성의 삶의 방식'[37]을 개도하는 정책과 대립한다. 창조된 이 제2의 세계는 드디어 "그것은 새로운 건강법이다. 그것은 새로운 생식법이다. 그것은 새로운 十字架다."로 의미가 확대되기 때문이다. 건강법은 줄달음치는 식욕을, 생식법은 능금의 유혹으로, 십자가는 아담의 원죄와 엮이면서 형성된 경이를 뒤집어 부정해 버린다.

이렇게 되면 이 시는 결국 제11, 제12, 제13의 "증명"만 남는다.

무엇에 대한 증명인가. 건강법의 증명이고, 생식법의 증명이고, 십자가의 증명이다. 건강법은 건강의 나라 만주국과, 생식법은 밤의 피부 속에 야광충의 신화가 피어나는 그 음분의 세계이다. 나라를 세울 때 도의의 나라라 한 만주국,[38] 중앙정부의 허락도 없이 만주국을 세운 막강한 관동군이 유일하게 후원한 단체가 만국도덕회萬國道德會인데 '생식법'이란 그런 도덕·윤리의 국가를 음양관계로 인식한다. 역설이다. 그렇다면 이것은 주체, 국가에 대한 야유다.

관동군이 만주국을 세우면서 근대성을 중점적으로 부각시켜 국민들에게 유교 윤리를 지키라고 하면서 동시에 근대성을 강요했고, 그 가운데서 위생문제를 특히 강조했다. 예를 들면 건국선언 다음 달에 전염병 예방에 관리들이 만전을 기해야한다는 특별 훈령을 내린 것을 시작으로 위생관련 지시를 계속 내렸고, 지방관서는 그 결과를 엄격하게 보고하게 했다.[39] 학교에서는 학생들에게 쥐를 잡아 꼬리를 많이 가져오는 학생에게는 상을 주는 식으로 위생문제를 근대화의 맨 앞자리에 놓았다. 건강법, 생식법은 그런 파시즘의 국가주의 정책의 한 비하이다. '生殖'이란 동물이 자기

---

37   한석정, 『만주국건국의 재해석』, 동아대학교 출판부, 2007. 123~124쪽 참조.

38   강해수, 「'道義國家'로서의 만주국과 건국대학─사쿠라소이치(作田莊一)·니시신이치로(西晉一郎)·崔南善의 논의」, 국민대학교 일본학연구소, 『일본공간』 제20호, 2016. 참조.

39   한석정, 『만주국건국의 재해석』, 동아대학교 출판부, 2007. 167쪽 참조.

와 동일한 개체를 새로 만들어내는 행위다. 인간의 경우, 인간을 짐승으로 강등시키는 언술이다.

'새로운 십자가'는 기독교가 인간을 구원한다고 했는데 그 서양정신이 만주국의 근대정신, 그러니까 위생을 지켜야 생식이 잘되고 건강하다는 물리적 해석을 오브제기법으로 눙친다. '능금의 문명', '비행기의 優生學', '줄다름치는 食慾', '쌕구러지는 空間', '도망친다', '푸른 입김 속에 여러 아침들이 몰려든다.' '푸른 口腔 속에 여러 비행기들', 이런 표현과 함께 묶어 주체를 요설체로 풍자한다.

「능금과 비행기」에는 온갖 이미지들이 무질서하게 얽혀있고, 그것이 서로 부딪쳐 이해하기 어려운 문맥을 만든다는 점에서 이 작품은 데페이즈망dé paysemnt 기법의 한 범례이다. 전통적인 시적 관행의 지나친 무시가 두려워 일련번호를 붙이고, 이미지의 결합을 합리화하려 했다. 이런 면에서 이 작품은 초현실주의 시 기법의 실험적 한계를 벗어나지 못한다. 그러나 이 시가 마지막에 이르러 '새로운 十字架' 이미지로 분사시키는 의미는 그것을 넘어선다. 시적 형식signifiant을 넘어 구원자의 도래를 암시하는 개념 signifié으로 구조화함으로써 시적 표현의 한 지점에 이르려 하는 까닭이다.

이런 『시현실』 동인의 전위적 글쓰기는 김북원의 「비둘기 날으다」(시현실동인집·5), 강욱의 「악보를 가젓다」(시현실동인집·3)에도 나타난다.

山岳 山岳 山岳
여기는 바-바리즘의 一丁目
조이스회관 유리시즈의 쏘아를 녹크하면
S孃의 第一號室 구두가 잇섯다
S孃의 第二號室 上衣가 잇섯다
S孃의 第三號室 回轉椅子가 잇섯다
S孃의 第四號室 쩨드가 잇섯다

S孃의 第五號室 體溫이 잇섯다

그는 水仙花가 조앗다

그는 水仙花의 花瓣이 조앗다

그는 水仙花의 花粉이 조앗다

그는 水仙花를 발콩에 노앗다

발콩에 푸른 眺室이잇섯다

발콩에 아츰이

발콩에 美少年이잇섯다

S孃은 美少年이 조앗다

美少年은 S孃이실타

S孃은 美少年이 戀愛哀切타

美少年은 S孃의肉體가실타

美少年이 발콩에잇지 안엇다

美少年이 발콩을쎠나든날

S孃은 花盆을 거더찻다

水仙花의 形骸가 바수어젓다

발구락이 紅海를 흘럿다

이윽고 S孃은 美少年을 歸納한다.

「비둘기 날으다」 전문[40]

유사한 구절이 반복되고 있다. 이상이 「오감도」 시제1호에서 '제1의
아해, 제2의아해, 제3의아해'……가 '무섭다고 그러오'라 한 단락 없애기
구문을 닮았고, 그것으로 '낯섦'의 효과를 노린 기법을 닮았다. 또는 동일

---

40   金北原, 「비둘기 날으다」, 『만선일보』, 1940.8.28. 김북원은 『시인춘추』에 「大陸의 小夜
    曲」, 「無題吟」, 『초원』에 「海峽」, 「空氣枕」을 발표하면서 시단에 나와 『貘』동인으로 활동
    했다.

한 통사구조의 반복은 트리스탄 짜라가 「고함치다」라는 작품에서 '고함치다'를 147회를 반복하면서 생명과 자유를 위해 반 전쟁, 반 국가주의, 반체제를 외친 그런 시의식을 연상시킨다.

이 작품의 첫 대문, '山岳 山岳 山岳 / 여기는 바-바리즘의 一丁目 / 조이스회관 유리시즈의 쏘아를 녹크하면 / S孃의 第一號室 구두가 잇섯다'는 구문이 시를 읽는 독자의 의표를 사정없이 찌르며 달려든다. 이런 낯섦의 문장으로 초현실주의 시의 정체를 밝히려는 의도이다. '시현실동인집'의 타이틀 롤을 하는 포즈다. 이런 현상의 이면에는 이수형이 『시현실』동인의 출현을 예고하는 「백란의 수선화」(1940.3.13.)에서 김북원金北原을 향해 '金長原兄께'라며 시를 바쳤고, 김북원은 「胎動」(1940.4.16.)에서 '李琇馨兄의 答詩'라 했고, 의도적으로 이해 불가능한 말, '距離가 잇섯다', '크레오파트라의 투신이 잇섯다.'라는 표현을 반복하면서 초현실주의 시의 '태동'에 동의한 기법과 같다.

시의 서두를 형성하고 있는 '산악, 조이스회관, 유리시즈, 쏘아, S양, 제1호실, 구두....' 이런 어휘들은 그 언어자질이 아주 이질적이라 관계형성이 불가능하다. 그래서 '여기는 바-바리즘의 1정목'이라는 전제는 이런 사정 때문일 것이다. '바바리즘이 고전적 표현을 따르지 아니하는 불순하고 야비한 말이나 글'이라고 한다면 작가는 의도적으로 합리적 구문을 무시하겠다는 선언이다. 그 결과 이 시에는 우리의 문화민족주의적 정서가 없다. 바바리즘이 처음에는 라틴어와 그리스어에 다른 민족의 언어를 혼용하여 문체와 어법의 순정을 어지럽힌 사실을 연상시키기 때문이다.

'비둘기'라는 존재가 풍기는 이미지는 '우리 것'과 멀다. 수선화, 희랍신화, 나르시스, 조이스, 유리시즈도 모두 외래종이다. 서구의 근대예술 사조를 일본을 통해 수입하였고, 일본은 언제나 서구를 흠선하였기에 그런 영향으로, 또 초현실주의 시가 진품 외래종이기에 '여기는 바바리즘의 1번지'라 했을 것이다. 작품의 외연은 당대 식민지문화를 의식하지 않은 포즈를 취하고 있다. 하지만 시정신은 그렇지 않다. '근대화=서구화'가 선진이고, 그것을 따라잡는 것이 근대화라는 인식이 시의 외연으로는 잘 실현되는데 내포는 그것을 거부하는 의미자질로 형상화되고 있다.

이런 주장은 이 시의 후반부가 전부 부정적 통사구문을 이루기 때문이다. '육체가 실타.', '발콩에 잇지 안엇다.', '발콩을 써나든날', '화분을 거더 찻다.', '형해가 바수어젓다.'는 전반부에서 '잇섯다.', '조앗다.', 라고 한 그런 긍정이 아니다. 그리고 마침내 '이윽고 S孃은 美少年을 歸納한다.'로 이 시는 마무리되고 있다. '귀납'이 '구체적인 사실을 종합하여 그것으로부터 일반적 원리를 이끌어내는 추론방식'이라 한다면 이 구절은 S양이 마침내 미소년을 통해 현실부정의 원리를 깨달았다는 의미가 된다. 이 작품이 식민지 근대의 한계를 넘어서려는 시의식이 주제라는 것은 이런 점에 근거한다.

김북원의 시는 기법으로서는 1930년대 『삼사문학』의 뒤를 바짝 따르고, 시정신 역시 그런 것으로 읽힌다. 『삼사문학』이 초현실주의를 수용한 것은 그 문학을 통하여 자주와 자유를 구현하려 한 것이고, 『시현실』 동인의 초현실주의 시 역시 같은 맥락에 있다. 「오감도」 15편으로 대표되는 이상의 초현실주의 시가 제국주의, 침략주의에 대한 반기에 다름 아니며 자주와 자유의 외침으로 독해되고[41], 여기서 고찰하는 『시현실』 동인들의 시도 그런 자유와 생명 추구에 가장 큰 가치를 두는 것으로 해석되기 때문이다. 재만조선인 시단이 1940년이라는 엄혹한 시기에 한 차례 지나간 초현실주의 시를 다시 업고나온 것은 이런 문학의 가치를 계승한다는 의미다. 그러나 결과적으로 김북원은 형식만 성취했고, 시정신은 초현실

---

41   정상균, 『다다혁명운동과 이상의 오감도』, 민지사, 2011. 331~390쪽 참조.

주의가 추구하는 가치를 일관시키지 못했다. 이수형과 화답하던 작가의식이 뒤에 「國民詩에의 길」(『만선일보』, 1942.2.16.), 「젊은 開拓士여」(『만선일보』, 1942.1.20.) 같은 글에 이르러서는 달라졌기 때문이다. 이수형이 그 친일파 구덩이 『조광』에서 "만세!"[42]를 부른 것과 다르다.

4. 가상공간의 현실

『시현실』 동인의 작품 가운데 이미지나 비유의 완전한 자유, 구문으로부터 자유로운 어휘, 단어와 구문에 족쇄를 채우지 않고, 구두점 하나 없는 작품이 여러 편 있다. 이수형의 「風景手術」(『만선일보』, 1941.12.10.), 김조규의 「馬」(『斷層』 四冊, 1940.6.)[43], 황민의 「禁域의 手帖. 上·中·下」(『만선일보』, 1940.9.3.~9.5.)가 대표적인 작품이다. 이런 산문체 장시는 1940년대 전반기 제2차 세계대전이 숨가쁘게 전개되던 그 비인간적 시대와 길항하는 인간주의적 시정신이 상상력을 통하여 형상화되는 현상으로 독해된다. 시인들은 자신의 눈앞에서 전개되는 말할 수 없는 현실을 목도하고, 그것을 상상, 현실과 비현실을 교직할 수 있는 가상공간에서 하고 싶은 말을 했다. 「풍경수술」은 '이수형론'에서 분석하고, 「마」는 '김조규론'에서 상론하기에 여기서는 「금역의 수첩」을 고찰한다. 먼저 작품 전문을 보자.

「禁域의 手帖·上」
흙이 어두운 들창밑으로 물처럼 차거운 꽂향기는 좀처럼 날러가

---

42   李琇馨, 「玉伊의房」, 『조광』 제9권 제10호, 1943.10. 65쪽.
43   金朝奎, 「馬」, 『斷層』 第四冊(博文書館, 1940.6, 111~112쪽).

지안는 푸른鐵路에 흔들리는 라말릐-누의 달밤이 오면 머리가 몹시
식어저서 문참에 손을 대일수업는 訣別은 山 고개를 宗敎的으로 넘
어갓다는 한점 孤獨한 意識이잇다.

疲困한 손님이 누어잇는 살결이 희지못한 나의 土壁 土壁이 밝
여오는것은 東印度의 바닷물결이흔들리는 싸닭이라는 諦念은 結局
世界文學全集 나무 그림자에 가랑닙이 숨어버리는 싸스한햇살이 노
오라케 등덜미를 쏘이는 十九世紀엿다.

나에게 海岸을 條約하는 섬을달라.

구을러가지안는 돌을 엽해두고 한가지 눌님이 잇어도조타.

풀닙흔 바람이 불면 흔들리는情緖를 가저도조타.

亦是 太陽을조곰 주는것이조타

빗나는 噴水처럼 나의눈물은 얼마간 色彩를 要求한다.

우름이 싯나면 걱구로서서 짱을向하야 빌터이다.

내가 잇는 두발밋해 어두운 建坪을 주게 한 主여- 혓바닥처럼
쓸고 다니는 나의 그늘이 主의피를 吸收한다는것은 얼마나 어두운
成長을 地圖한 土耳其의 領土엿나이짜 歷史는 習性의지즌 비눌이
걸리도록 겨드랑이가 가즈러운 날개 날개가간쥬러운 겨드랑이에 선
선한 바람이 불지안토록 튼튼한 壁을 마련하여달라는 希望에 粘하
는 나븨는 記憶의 有機를움직이여 華麗한 午後의 傾斜를 흐르는色
彩이엇다.

무릇 敗北와 不幸은 아름다운 빗갈이엇다

허리아래 굶주린 벗의 눈瞳子는 얼마나 아름다운 빗갈을 主知的
으로 여윈살갈이드냐

쌔하앗게 太陽을 吸收치안어 언제나 健康하지못하다는 멋그러
운 診斷書의 차거운血脈을 사랑하는 惡寒은 쌜안깃폭을 準備하지
안을수업다 遮斷! 遮斷! 세네곱 썩거지는 리듬이칼한 振動의 快味를

맛보며 내려지는 깃폭으로 얼골을 가리면 지저오는 意識의 鮮明은 요란한 쇳소리를 皮下에 늣긴다.

나의벗의귀는 午前이엇다.

아득한 秒針의 方向을 나의 鐘소래는 도라오지안는다

나의 無名指에 太陽이 솟는다.

無數한 풀입이 쏩아지는 벗들은 亦是꿈에본 戀人처럼 말이업섯다.

나는 나의太陽에 머리칼을 슬리우며간다.

純粹한 動態는 純粹한 靜態엿섯다는 로직크의 平行線이 걸린다. 한 개의帆船이걸린다. 帽子를 이저버린콜럼버스의 太陽(筆者「詩現實」同人)[44]

「禁域의 手帖·中」

무릅우에 노히는冊은 나븨의 體溫을 가젓다. 一瞬의 그의바다를 알엇든것이다 입싸귀 내음새는 물이되여가는 草原 草原極地를옥양목처럼 째이지는나븨나븨나래가 안는 하늘 하늘을 짓밟고

列車가 羅列된다

旅程!

요란한 波濤소리에 지워지는 압길을 허치고 드러가보는 수업는 가랑닙! 바람이 불면 枯木처럼남어지는 팔다리엇다.

바람은 透明할수록 겨울은 그러케 널려잇지안헛다

"人生論처럼 드러눕고십게 매이달린 팔다리

午前三時처럼 드리어잇는 팔다리.

皮膚ㅅ속에는 달이 켜저 잇엇다.

나는 스윗치를 눌러야 하느냐

---

44 黃民, 散文詩「禁域의 手帖·上」, 『만선일보』, 1940.9.3.

스윗치를 눌러야한다.

空氣가 지워진 캄캄한 어둠속에서 일어나는 살결아픈 갈채의甘
味를 確實히 자랑으로 滿足해야 할것이엇다.

滿足이란 얼마나 는적는적한 意識이냐.

그여코 나의日記는 內出血을…… 새하얀 戀人의 얼골에 붉은피를
塗抹하는 것은

신선한 罪惡이엇다.

그대의 흰손이 새벽처럼 건너오면 그러나 그대의손을 힘잇어 잡
지못하는 그것은 말목을 쏘아오는햇빗치 시스러운 쌔닭이엿다는 窓
아래 그늘아래쏫닙아래 한개 이슬에 비치인 眞理를 首肯하는 얼골.
오래인 歷史의 머릿내음새를 이저버릴수업는 그대의 森林에나는 안
겨잇을 것이엇다.

푸러저 올라가는 나무그늘은 한개 고은 쏫송이를 意慾하지 안허
도 조타.

깁지못한 하늘은 안즐곳이 업서도 조타 나븨업는 太陽으로하야
구석구석이 발업는 어두움이 고히어 寂寂함이 버석어리는 下半身은
소리업시 지저버리는 것이 조타

無名指를 쌕으면 華麗한 年輪은 도라가지 안엇다

서점은 出月의 머리카락처럼 자라는 그늘속에서 세암은 마음쏫
衰弱하여잇슬 것이다

무릇 健康과 勝利는 罪惡의 本願이엇다

나를 멀리한者 그대 그대의 손목을 비고 누으면 밝은沙原은 하
늘을 吸收하엿다

腦髓에 푸른 鐵筆을 쏜즈면 나는 캄캄하게 쩌진다

帆船이 쩌진다

그대 손목이 건너간 새벽이 쩌진다

香氣는 어두운곳에만 잇섯다

풀입이 돗지안는 腦髓는 집웅처럼 우울할수업섯다

몸에 차거운 쌔하얀 눈동자

눈동자 눈동자를 수접게 避하는 길바닥은 나븨가튼 억개를 선선하게 돌지 못한다

언제나 보는 山河는나의山河가 안이엿다는것을도모지 認定할수업시 풀입을 다시 쥐여본다

풀입은 차거우면 차거울수록 물처럼 쪽쪽한 그대의 말소리를 들을수잇섯다 나는 그러나 그러나나의 오즉 하나의 表情이 바람에 무더난다

무더나는 表情은 보지안엇다

소리안나는 平原에 요란하게 비치어지는 그림자는 요란하면 요란할수록 明瞭하여지는 그림자는 日曜日처럼 否定된다.[45]

「禁域의 手帖·下」

마조 섯서는 拒絶은 나비다 키가 크다

나는 허드드러저 우스며 算術을 한다 싯업는 逃避를 줄다름치는 차거운 鐵路에 勒殺하는香氣로하여 머리도 압흐고 피도 마르고 純粹한 우슴으로 疲勞한다는 쑴은 나의 구녁이엇다

선선한 바람이 드러오는바다내음새를 사랑할수잇엇다

고기는 바다의 表情으로 비눌은 一齊히 海岸으로 몰린다

손바닥으로 바다를 두드리는 소리는 좀처럼 문허지지안는 섬이엇다.

---

45   黃民, 散文詩「禁域의 手帖·中」, 『만선일보』, 1940.9.4.

꽂츨 색거쥐는 感情을短刀처럼 갓는다는 것은 조금아름다운 봄이엇다.

그러나 未來는넘어오는어둠이잇다. 어둠을고기는 비눌아래 척척히 意識할수잇는 고기는말한마디못하는 엇썰수업는 바다속에잇섯다.

고기는햇빗이몹시 지워진孤島의 그늘아래 숨어 罪도안인 善도안인말업시 억개를스치며 지나가고십다. 나에겐그늘이업는體重을달라.

皮下에가러안는 간즈러운體重으로하야 그대에게나는이럿케 실업는微笑를던저흔들리는 물결이온다

하야 빗살은조갯껍질을싸쯧하게하는未練

사랑이란 偉大한 罪惡이라는 물거품이터지는 午後의靜淑을 톨스토이翁의수염은가을이 빗나는바이시클처럼 新鮮한銀鐘소리를거러노흔 거울속으로罪안인善도안인발업시일어나는 나의얼골을 째어버린다.

憎惡는 혓바닥으로사랑하는것이엇다 머릿카락요란하게 썩어지는어두운밤은 먼距離를 갓는다는位置에서 혓바닥으로나를부른다 나에게 매어달린 生命의무개는 흔들면써러질 것을微笑하며 四肢를 太陽처럼벌려도 가슴은좀처럼소리가일어나지안는다

몹시 선선치못한落葉을思鄕하는것이엇다.

이저버렷든 길바닥을吸收할수어븐 木皮, 木皮는내말이들릴수업다

쑤겨진하늘이……廻轉하는平原에屹立한풀입 바람이지나가도 올수업는풀입이엇다

橫笛을불면 수업시노픈달밤이지나가고 수업시만흔기력이우름이썰어지고하야平原의풀입새는 茂盛하엿다.

茂盛한 풀입은 서로 잡당기는平原이엇서도 나는놉다랏케孤獨한

다리(脚)우에 잇서다.

그몃본 險惡한달밤이 물들은 나의 肉身을먹으면 아직도 익지안흔과일 내음새를좀처럼 사랑할수업는 너무나 눈동자는 나를 알리 업섯다.

나에게는 空氣가 모자라는 것이 이럿케遺憾이다.

空氣가 稀薄할수록 어두어지고 어두어질수록 혓바닥이 켜지면 소리업시 愁心저엇는 나의文字는좀처럼 고개를 들지안코억개가 내려안즌 보두 물(水)입는 衣裳이엇다

내가가면 꼿바튼 도라안는다.

힘업시 도라오면 健康한 문턱.

눈을감은 洛花의 時節이엇다.

팔목이 기다랏케 나를쩌나는 限업시 흔허진 堤防이엇다.

(筆者는"詩現實"同人) 一九四〇. 於 城津[46]

이 세 작품은 시인이 구사할 수 있는 모든 어휘를 동원하여 세계를 자아화하고 있다. 그런데 시인은 여러 대문에서 문장 구성의 배열을 흐트러뜨리거나, 문장의 필수성분을 무시하거나 또는 불필요한 문장 성분을 첨가하여 통사구조를 의도적으로 어지럽히고 있다는 혐의가 든다. 시적 표현을 감안하더라도 언어감각이 보편적 정서에서 너무 이탈해 있고, 통사규칙을 따르는 구문이 거의 없다. 마음에 떠오르는 대로 받아 쓴 고백체라 그런지 비문 투성이 문장이 독해를 방해한다. 이렇다면 이 작품은 이해가 불가능한 작품, 또는 굳이 해석을 할 필요가 없는 작품이다. 그러나 모든 문학은 인간의 삶을 문제로 삼는 예술이라는 큰 원칙에서 보면 이 작품도 분명히 삶과 맞닿아 있을 것이다. 우선 1940년 9월 독일·이탈리아·일본

---

46 黃民, 散文詩「禁域의 手帖·下」,『만선일보』, 1940.9.5.

3국이 군사동맹을 맺고 제2차 세계대전의 전열을 다시 가다듬던 시간, 이 장시가 관동군의 검열을 어떻게 뚫었는지 궁금하다. 시 제목을 「금역의 수첩」이라 붙여 무언가 긴장되고 삼엄한 분위기를 만든다. 그리고 고도의 상상력을 동원해야 시의 의미를 겨우 추출할 수 있다.

「금역의 수첩·상」은 서두부터 다양한 물질명사와 추상명사들이 서로 충돌하는 것이 이채롭고 새롭다. 상상의 공간은 동인도東印度, 터기[土耳其]까지 뻗쳐있는데 그 시간은 19세기에 닿아 있다. 그리고 "나에게 海岸을 條約하는 섬을달라. / 구을러가지안는 돌을 엽해두고 한가지 눌님이 잇어도조타. / 풀닙흔 바람이 불면 흔들리는情緒를 가저도조타. / 亦是 太陽을조금 주는것이조타 / 빗나는 噴水처럼 나의눈물은 얼마간 色彩를 要求한다." 와 같은 비합리적인 장귀가 폭력적으로 연결됨으로써 주제의 행방이 묘연해진다. 하지만 그런 통사구조가 긴장감을 조성하여 무언가 심각한 분위기를 만든다.

가령 "海岸을 條約하는 섬, 돌을 엽해 둔 한 가지 눌님, 흔들리는 情緒, 太陽을 조곰 주는 것, 빗나는 噴水, 우름이 긋나면 걱구로서서 짱을 向하야 빈다."와 같은 시구가 분사하는 의미는 시인에게 어떤 사명감을 암시하는 듯하다. 사람들의 가슴속에 응어리진 사연이 '해안·조약·섬·돌·눌림對 정서·태양·분수' 형태로 서로 길항하다가 '울음이 끝나면 거꾸로 서서 빈다.'고 했는데 거꾸로 서서 비는 것이 의미심장하다. 빌지만 빌지 않는다는 의미로 들린다. 특히 비는 주체가 가슴에 응어리를 만든 존재라면 저항의 역설이 된다. 독해가 이렇다면 이것은 구속으로부터의 풀려나는 어떤 상황에 대한 상상이 아닐까. 구속이 풀린다는 예언은 불확실하고, 그런 신념이 확실하더라도 그것을 이름 지어 발설하기에는 시詩라는 존재는 너무 나약하다. 그래서 많은 곡절을 겪어야 하는 풀려나는 상황을 감추려는 언술형태가 된듯하다. 이러한 추론은 이 시의 종결부분, 곧 "나의 벗의 귀는 午前이엇다. / 나의 無名指에 太陽이 솟는다. / 나의 鐘소래는 도라오지 안는다. / 나의 無名指에 太陽이 솟는다. / 無數한 풀잎이 씹아지는 벗들은 亦是숨에본 戀人처럼 말이업섯다." 등과 호응관계를 형성하는 데서 그런 상상이 성립한다. 그리고 요체는 이런 장귀가 생명과 자유를 표상한다는 것이다.

위에 인용한 장귀가 분사하는 이미지는 밝고, 열리고, 풀린다. 부정문은 "도라오지 안는다.", "말이 업섯다." 두 문장이다. 그러나 그 문장의 주어는 "종소래", "연인"이기에 의미가 밝다. 그리고 이런 구문의 중심어의 반이 "귀, 무명지, 머리칼, 연인", 혹은 "혓바닥, 손님, 살결" 같은 물질명사이다. 그러니까 사유의 주체가 인간의 육체인 것이다. 이런 신체·몸 이미지는 「금역의 수첩·하」에서 '혓바닥, 머릿카락, 생명, 미소, 사지' 등으로 반복된다. 이것은 인간의 신체·몸은 억압 없는 자유를 꿈꾸고 시는 그 신체의 반응이며 신체는 확고부동하게 주어져 있는 세계 안에 던져져서 공리적인 계산에 따라 작동되는 객체로 강요받지만 자립성을 갈망하는 존재란 점에서 시의 사유를 확대시킨다. 이것은 세계를 향해 시공을 초월하여 생명과 자유를 선언한 그 초현실주의 사상과 닿는 인간주의 정신이다.

「금역의 수첩·상」의 중심을 이루는 심상은 19세기다. '十九世紀엿다.'라 하지만 19세기가 중심인 것을 구문을 통하여 증명하기는 어렵다. 그러나 어렵기에 관심을 끈다. 이것은 이상李箱의 시가 1930년대 조선 청년들에게 환영받았던 이유를 '누구에게도 쉽사리 해득되어지지 않았던 데 있었었던 것'[47]이라고 한 조연현의 말[48]을 상기시킨다. 시의 기법이 구체적인 의미의 실체 파악을 어렵게 만들지만 현상 너머의 어떤 본질을 막연하

---

47   이태동 편, 『이상』, 서강대출판부, 1977. 17쪽.
48   趙演鉉, 「근대정신의 해체—고 이상의 문학사적 의의」, 『文藝』 제1권 4호, 1949.11. 131쪽.

게나마 느끼게 한다면 그것은 시적 언술로서 기능을 한다. 그러나 이것이 일반 서정시처럼 독자의 반응을 즉석에서 끌어내기 어렵다는 것은 초현실주의 시의 한계라 하겠다. 그러나 막연하고, 모호하기에 여러 의미를 포괄할 수 있는 것은 초현실주의 시의 장점이다. 「금역의 수첩·상」의 한대문을 다시 찬찬히 읽어보자.

> 내가 잇는 두발밋해 어두운 建坪을 주게 한 主여 - 혓바닥처럼 쓸고 다니는 나의 그늘이 主의피를 吸收한다는것은 얼마나 어두운 成長을 地圖한 土耳其의 領土엿나이짜 歷史는 習性의지즌 비눌이 걸리도록 겨드랑이가 가즈러운 날개 날개가간쥬러운 겨드랑이에 선선한 바람이 불지안토록 튼튼한 壁을 마련하여달라는 希望에 粘하는 나븨는 記憶의 有機를움직이여 華麗한 午後의 傾斜를 흐르는色彩이엇다.

시인은 19세기를 주님이 재림한 평화로운 공간으로 상상한다. 인용한 부분에 숨은 듯 나르는 '나븨'가 오후의 경사를 색칠하는 것이 그런 역할을 한다. '나븨'는 빛과 천사의 등가물이다. 19세기의 터기[土耳其]는 이슬람과 기독교를 다 아우르면서 유럽과 아세아에 걸친 오스만 제국을 건설한 부유한 국가였다. 왜 이런 상상을 할까. 시인 자신의 몸이 있는 곳, 자신이 사는 시대가 그렇지 않기 때문일 것이다. 그렇다면 이런 상상은 생명과 여유로운 삶에 대한 흠선이다.

「禁域의 手帖·中」은 물질명사, 추상명사, 신체 지시어, 긍정적 서술, 부정적 서술 등이 엉키고 충돌한다. 그 가운데 물질명사 이미지의 충돌빈도가 가장 높다. 시적 이미지의 현실성이 강하면 진술의 힘이 커지고, 그것은 관습적 현실의 틀을 넘어서는 한편, 그만큼 세계를 확대시켜 인식하게 만든다. 어휘를 통해 그런 이미지를 만들 때 그 언어는 잠재되었던 의식을 해방시킬 수 있고, 속박되었던 정신도 해방된다. 자동기술이 부리는 조화이다.

이런 구문 가운데 독자의 심리에 꽂히는 것이 '나븨'와 '역사'의 충돌이다. 이런 물질과 관념의 충돌은 인간의 사유를 일상적 세계를 넘어 그 영역을 확장시킨다. 이 시가 창작되는 시대를 비유법으로 말하면 나비가 날수 없는 공간이고, 역사 역시 그 존재 의미가 소거되는 시간이다. 나비는 꽃이 피어야 날고, 역사는 인간이 인간다운 자취를 기록해야 진실이다. 그러나 이 작품이 창작되던 1940년 9월의 함경북도 성진城津이라는 공간은 그런 분위기가 아니다. 작품 끝에 "一九四〇. 於 城津"이라 적시했는데 당시 성진은 조선에 태평양노동조합사건이 제일 먼저 일어나 성진농민조합원 50여명이 구금되었는데 그 중에 뒤에 『시현실』 동인의 리더가 된 이수형(李秀亨·李琇馨)이 포함되어 있다.[49] 인근 경성鏡城은 경성고보, 경성농업학교 학생들의 소요가 잦아 학생이 고작 1천명 남짓한 소도시에 고등계 형사가 20명이나 상주하며 학생들을 감시하던[50]속박의 공간이다. 계절로 치면 늘 엄동설한지대이다. 따라서 나비가 날 수 없다.

「금역의 수첩·중」을 이런 성진城津과 경성鏡城의 정서와 공시론적 대응관계에서 보면 그 지역의 정치, 문화풍토와 은밀한 관계를 맺고 있다는 혐의를 준다. 당장 황민은 시를 쓰고, 바이올린으로 베토벤의 피아노콘체르토 황제를 켜는 수준이면서 '고주파 공장'이라는 알 수 없는 일터에서 일을 하고, 『시현실』 동인의 핵심 멤버로 현실과 추상, 혹은 의식세계와 무의식 세계를 결합시켜 현실을 덮어버린다. 시는 일반적으로 언어의 의미

---

49   赤色勞組嫌疑로五十餘名檢擧取調, 『중앙일보』, 昭和八年(1933).1.8.

50   李活, 『정지용과 김기림의 세계』, 명문당, 1991. 220쪽.

론적인 연결로, 혹은 물질·사물의 유사성에 착안하여 그것을 근거로, 혹은 그것을 객관적 상관물을 통하여 예술적 의도를 실현하는데 황민은 현실세계의 재현을 거부하고 초현실적인 기법으로 제2세계를 창조함으로써 자신이 추구하는 가치를 은밀히 실현하려 한다. 이런 해석의 근거는 당시 성진의 현실이 시적 현실로 굴절되고 있기 때문이다.

경성고보를 졸업하고 『시현실』 동인과 아주 가까웠던 이활李活은 정지용과 김기림을 회고하는 글에서 '黃民은 金起林의 城津 도착을 가장 기뻐했고, 고주파공장에서 일하고 있었다.'[51]고 했다. 성진에 관심을 두는 것은 이 작품을 창작한 곳을 굳이 '於 城津'이라 밝히고 있기 때문이고, 그곳에 '고주파 공장'이라는 베일 속의 공간이 있기 때문이다. '고주파 공장'이 무슨 일을 하는 곳이었는지 알 수 없다. '고주파'가 라디오 주파수를 가리킨다면, 황민이 성진방송국에서 일했다는 말이다. 그러나 성진城津방송국 (JBPK)이 생긴 것이 1943년 11월이니 황민이 「금역의 수첩」을 쓰던 시간과는 어긋난다. 또 성진방송국은 '주파수 6백Khz 공중선출력 50W의 單一(日語) 방송국'이니[52] 단파방송을 의미하는 고주파는 아니다. 고주파는 단위가 Mhz이니 6Khz인 성진방송국은 고주파에 속하지 않는다. 그렇다면 '고주파 공장'은 성진방송국과는 다른 미지의 공간일 수 있다. 가령 중경의 임시정부가 송출하던 단파방송이나, 이승만이 자주 나오던 VOA를 밀청하던 모종의 첩보기관일지도 모른다. 이런 추론은 「금역의 수첩」이라는 시의 제목에서부터 암시된다. 출입금지 구역, '금역'이 단순한 수사가 아니라 왜곡된 역사, 그런 역사를 만든 왜곡된 근대의 음지를 상징하기 때문이다.

이런 독해는 이 산문체 장시 3편의 모든 서사가 자유를 지향하는 데

---

51 이활, 『정지용과 김기림의 세계』, 명문당, 1991. 233쪽.
52 한국방송공사 편, 『韓國放送史』, 韓國放送公社, 1977. 113쪽.

서 암시를 받는다. 가령 '나븨'가 나르는 '초원극지'의 이미지가 그러하다.

> 무릅 우에 노히는 冊은 나븨의 體溫을 가젓다 一瞬의 그의 바다
> 를 알엇든 것이다 입싸귀 내음새는 물이되여가는 草原 草原極地를
> 옥양목처럼 째이지는 나븨 나븨나래가 안는 하늘 하늘을 짓밟고
> 列車가 羅列된다
> 旅程!

"나븨의 體溫, 草原, 草原極地, 옥양목, 나븨·나븨의 나래, 하늘하늘"
등의 어휘가 분사시키는 이미지는 평화롭고, 아름답고, 밝다. 나븨와 체온,
이 터무니없는 두 어휘의 결합이 분출하는 환상, 그것이 이 장귀를 날아오
르게 하는데 그것은 현실너머에 있는 삶의 한 대상을 겨냥한다. '나븨'에게
서 삶의 체온을 발견하는 까닭이다. 침략의 화신 관동군의 세계에, 한 마리
나비로 나는 시인의 꿈, 그것이 무엇일까. 평화추구, 행복추구일 것이다. 나
비가 찾는 세계가 그렇고, '나븨'와 '체온'이라는 자질이 전혀 다른 이미지
의 결합이 비이성적이지만, '체온'이 '경이'의 정서를 분출하는 까닭이다.
「금역의 수첩」 3편은 주인공 화자가 이런 세계를 찾아가는 환상의 도정이
다. 그래서 "旅程!"이라 했다. 이 시가 낙원추구와 비인간지대의 증언이라
는 가치평가를 내릴 수 있는 근거를 이런 감탄 구문에서도 발견할 수 있다.
　「금역의 수첩」 3편의 구문형태는 어느 대문에서든 주제를 객관적으
로 논증하기는 거의 불가능한 구조이다. 데페이즈망 기법이 그 원인이겠
으나 이 작품의 경우는 말을 의도적으로 비틀고, 늘였다 줄였다 하면서 글
자를 가지고 노는 형태이다. 말장난이다. 그러나 한국어를 모국어로 일생
을 산 독자라면 이런 말장난 같은 문맥의 틈새를 비집고 들어가 의미를 감
지할 수 있다. 모국어는 돌이 될 무렵에 시작하고 네댓 살이 되면 들어 본
적이 없는 말도 만들어서 한다. 인간의 두뇌는 부피나 무게가 얼마 되지 않

지만 엄청난 능력을 가지고 있다. 그 가운데 언어능력이 가장 놀랍다. 이것을 생성문법에는 사람의 언어능력(competence)이라고 한다. 촘스키는 모국어를 말하는 사람은 지금까지 듣지도 보지도 못한 말을 할 수 있으며, 듣는 사람도 그와 같은 문장을 이해할 수 있다고 했다. 초현실주의 시는 애초에 시詩이기를 포기한 시詩다. 그러나 한 번도 들어본 적이 없는 말도 모국어는 듣거나 읽음으로써 이해할 수 있기에 이런 시의 독해는 그런 언어능력에 기댈 수밖에 없다.

「금역의 수첩·하」의 경우, "사랑이란 偉大한 罪惡이라는 물거품이 터지는 午後의 靜淑을 톨스토이翁의 수염은 가을이 빗나는 바이시클처럼 新鮮한 銀鐘소리를 거러 노흔 거울 속으로 罪안인 善도 안인 발 업시 일어나는 나의 얼골을 쌔어 버린다."와 같은 숨 가쁜 장귀는 한국어가 모국어가 아닌 독자는 절대로 감을 잡을 수가 없다. 모국어를 70년 넘게 익혀온 필자는 " " 속의 인용문을 '사랑이라는 위대한 죄가 오후의 정숙을 깨어버린다.'로 독해하였다. 그렇다면 이때, "사랑=위대한 죄다."가 된다. 누가 누구에 대한 사랑일까. '도의의 국가'라며 온갖 기념일을 만들어 축하하고, '사랑이 넘치고 증오가 없다(只有親愛 竝無怨仇)'라는 만주국의 국가國歌가 노래하는 만주국일 수 있고, 오족협화로 왕도낙토를 실현하자는 일본제국일 수 있다. 그런데 그 사랑이 "위대한 죄악"이라는 것이다. 이런 글을 일본인 검열국장이 자리를 차고 앉아 조선인 기자에게 시문詩文 번역을 시키고, 그 번역된 시문으로 문제점을 찍어내고, 학예면 기사를 관리한다는 것은 불가능하다. 이것을 번역된 작품에서는 찾는 것은 꿈도 못 꾼다. 『시현실』 동인들이 초현실주의 시에 몰입이 가능했던 것은 모국어가 부리는 이런 언어행위의 조화 덕택이다.

급박한 이미지들의 우연한 연결과 그것이 분출하는 상상력은 비합리적 표현임에도 불구하고 경이감을 준다. 관계가 멀고 명백히 대립하는 사물 사이에서 새로운 의미를 발견한다면 우리는 그것을 인식의 범위를 확장시킨 시적 성과로 평가할 수 있다. 의인법 같은 평범한 표현도 있지만 '손바닥으로 바다를 두드린다.'든가, '감정·단도·봄'이 충돌하여 분사시키는 의미는 신기성이나 낯설게하기 수준의 기법으로는 설명이 안 된다. '사랑'과 '깨어 버린다.'라는 서술어 사이, 그러니까 복문, 중문이 함께 분출하는 인간적, 도덕적, 혹은 광물성적 이미지가 '깨어 버린다.'라는 서술어에서 조각이 나버리는 구문이 표출하는 시의식 또한 복잡하다. 하지만 따져 들어가면 '사랑이란 위대한 죄악이다.'에 묶인다. 이런 점에서 「금역의 수첩·하」는 앞의 두 작품보다 시의식이 더 심각하다. '사랑'과 '죄악'의 충돌이 그런 상상과 판단을 내리게 만든다. 이런 독해는 세계에 대하여, 세계에 하나의 형태를 둘러씌우려는 여러 체계에 대하여, 톨스토이의 수염을 끌어와 인간주의를 호출하고, 사랑과 죄악을 은종소리와 묶음으로써 자유추구의 상상력이 '新鮮한 銀鐘소리'에 의해 고양되는 까닭이다. 이런 시의식은 빈번하게 등장하는 신체지시어의 이미지에 의해 더욱 효과를 얻는다.

憎惡는 혓바닥으로 사랑하는것이엇다 머릿카락 요란하게 색어
지는 어두운 밤은 먼 距離를 갓는다는 位置에서 혓바닥으로 나를 부
른다 나에게 매어달린 生命의 무개는 흔들면 써러질 것을 微笑하며
四肢를 太陽처럼 벌려도 가슴은 좀처럼 소리가 일어나지 안는다

인용 부분에 나타나는 구문의 특징은 '혓바닥, 머릿카락, 사지, 가슴' 같은 신체지시어·몸 지시어가 키워드 역할을 하면서 '四肢' 같은 어휘와 접촉하면서 형성되는 경이감이다. 이런 특성은 앞의 「금역의 수첩·중」에 나타나던 "귀, 무명지, 머리칼, 혓바닥, 손님, 살결"과 맥락을 같이 한다. 그런데 여기서는 이런 표현이 고백체 형태가 되어 작품의 설득력을 높인

다. 거듭 쓰이는 '혓바닥'을 예로 들면, 시詩는 '몸과 세계와의 소통으로 보이지 않는 몸이 보이는 생명체로 육화시키는 행위'의 하나라는 정의가 가능하다. 「금역의 수첩·중」에서는 신체지시어가 생명추구의 응축된 은유(Condensed metaphor)로 독해되었는데 여기서는 그런 감정이 보이지 않고 이름도 없는 생명체가 혓바닥을 타고 보이는 이미지로 육화되는 언술이 그런 판단을 하게 만든다.

인용문의 경우 구문 파괴, 수식어와 피수식어의 불화 등이 주제 파악을 방해한다. 그래서 의미추출 대상으로 남는 것은 명사와 서술어뿐이다. '증오, 혓바닥, 사랑, 머릿카락, 밤, 거리, 위치, 생명, 무개(무게), 미소, 사지, 태양, 소리' 등의 명사가 '사랑하는(사랑하다), 섞어지는(꺾어지다), 갖는다(갖는다), 부른다. 달린(달리다), 흔들면(흔든다), 벌려도(벌리다), 일어나지(일어나다).'와 주술관계를 이루고 있다. 그런데 주어의 반이 '몸의 말'이다. 그래서 시詩는 '몸과 세계와의 소통으로, 보이지 않는 몸이 보이는 생명체로 육화시키는 행위'라는 정의가 가능하다.

'몸의 말'은 몸이 추체가 된 말이다.[53] 몸이란 무엇이고, 몸의 말이란 무슨 뜻인가. 인간은 몸으로, 살(flesh)로 존재한다. 하나의 존재자인 살로서의 몸은 관념이 아니라 구체적인 현실이다. 바꾸어 말하면 인간존재가 관념이 아닌 것은 몸이 구체적인 실재인 까닭이다.[54] 몸에 대한 이런 인식은 1990년대 한국의 문학과 철학의 중심담론이 몸을 중심으로 전개되던 한 시기, 하이데거, 메를로 퐁티, 데리다 등의 논리에 기대어 쓴 한 저술, 가령 『몸의 정치』에서 몸을, 메틀로 퐁티의 관점, 살로 해석하는 사유와 다르지 않다. 그런데 그런 사유가 황민黃民의 신체지시어에서 발견된다. 홍미로운

---

53 '몸말'은 책이나 글에서 머리말, 맺음말, 각주 따위를 제외한 중심이 되는 글. 또는 문법에서 명사, 대명사, 수사를 통틀어 이르는 말이다. 그러나 여기서는 '몸의 말'이란 의미다.

54 정화열, 박현모 옮김, 『몸의 정치』, 민음사, 1999. 244쪽.

현상이라 한번 그 후일담을 간단히 살펴보자.

1990년대에 우리나라 한 시인은 '몸말'로 "몸詩"를 써서『몸詩』[55]란 시집을 상자하면서 다음과 같은 말로 자신은 '몸시'를 '장르화한다.'고 했다.

'본래 하나였다'는 말의 은총과 함께 곧 이어 내가 만난 말이 '눈에 밟힌다'는 말이었다. 그 말에서 나는 존재의 간극을 메울 수 있는 절대적 화해의 묘를 얻었다. 이 말은 아시다시피 집 떠난 자식에 대한 그리움이 극에 이르렀을 때 어머니들이 한숨과 함께 내뱉는 그야말로 '몸'의 말이다. …(중략)… '밟히다'라는 동사적 행위를 할 수 있는 것은 생명체이어야 하며 따라서 무게를 지닌 것의 움직임을 뜻한다. 그리움이라는 심정적인 추상성의 세계가 몸을 지닌 생명성의 것으로 다시 태어나는 이 동일성이 얼마나 놀라운가.[56]

이러한 사유는 몸은 정신보다 열등한 것, 정신이나 이성에 의해 제어되고 다스려야하는 야만의 대상이라고 보는 서양의 사유와 반대된다. 탈육체화, 이성적 의식으로서의 자아의 중심화는 근대적 유산으로서 논리, 이성중심주의, 시각중심주의를 초래시켰기에 '몸詩'는 그것을 넘어 이성으로

---

55 鄭鎭圭,『몸詩』세계사, 1994. 이 시집에는 '몸詩' 78수가 수록되어 있다.

56 鄭鎭圭,「몸詩'에 대하여―주체는 내가 아니라 내 몸이다」,『시작』여름호(2004.5.), 32쪽. 정진규는 몸詩 108(百八)편으로 그런 이름의 글쓰기 마감한다고 했다. 시집『몸詩』에서 '눈에 밟힌다'와 같은 말을 '몸말'이라 했다. 그러나 그런 어휘는 많지 않다. 그의 시는 살(flesh)냄새를 풍기려 하나 작위성이 강하다. 여기서는 다만 황민 시에 나타나는 '신체지시어'를 '몸말'로 이해하기 위해 꿔 쓴다. 시인은 말을 만들 권리가 있고, 초문법적 造語權도 있다. 이런 점에서 정진규의 "몸시", "몸말"은 시비의 대상이 못된다. 필요하면 따르고, 싫으면 내치면 된다. 여기서 주를 달고, 설명을 붙이는 것은 이 말이 살로서의 몸을 생생하게 나타내기 때문이다. '눈에 밟힌다' 말고, '마음이 아프다.' '마음고생' 같은 표현도 대표적 몸말이다.

서의 정신과 실재로서의 살의 몸을 등치시켜야 한다는 논리다. 생명은 육체와 정신으로 형성되어 생명기관인 명근命根이 생겨나고 수명과 체열과 의식이 함께 작동하는 것을 의미하며 이것이 중지되면 육체는 시체가 되어 자연으로 돌아간다는 생명관이다. 몸과 몸말에 대한 이런 논리를 황민黃民이 살던 시대에 대입하면 어떤 해석이 가능할까.

초현실주의 시는 현실주의시 창작이 불가능할 때 그것을 넘어서기 위한 글쓰기다. 1940년대 전반기가 그런 시간이다. 그때 두 번째 세계대전이 시작되지만 세계는 인간의 상호공존과 상생을 파괴하는 위기를 막지 못했다. 초현실주의 시의 등장 배경에는 이런 시대상황이 놓여있다. 당시의 정치, 사회, 문화 풍토가 전쟁에 함몰되어 갔지만 현실주의 문학으로는 감당이 불가능하였기에 그것을 넘어서는 비판을 하려면 시가 이성적 사유가 아니라 수용자의 관점에 따라 다양하게 해석되는 탈문법적 기법이라야 했다. 초현실주의 시의 등장 배경에는 이런 시대상황이 놓여있다. 우리의 경우 김기림이 「모더니즘의 역사적 위치」에서 이상李箱을 '가장 우수한 최후의 모더니스트'라고 한 것은 「오감도」 같은 이해 불가능한 시를 모더니즘의 발전, 곧 모더니즘의 초극으로 이해할 수 있었기 때문이다. 그래서 김기림은 「오감도」를 '시대의 혈서'라 했다.

몸은 실존의 위기에 가장 민감하게 반응하는 실체이다. 초현실주의 시는 실존의 절박한 위기 상황인 전쟁(제일차세계대전)과 직면한 젊은 휴머니스트들의 문학적 대응이었다. 인간은 먼저 몸이고, 그것은 억압 없는 안일을 꿈꾼다. 세계 안에 던져져서 자립성을 상실하고 공리적인 계산에 따라 작동되는 개체가 몸이다. 몸은 정신의 영악한 계산을 받아들여 세계에 관여하고, 물리적으로 경험한다. 이것은 몸이 단순히 생명의 조건을 구성하는 타자가 아니라는 것이고, 몸이 모든 것을 느끼는 감각의 총체이며 생생한 실존의 본질이라는 의미이다.

니체가 '건강한 몸은 깨끗한 영혼을 떠날 수 없다.'고 할 때 이 말은 몸과 정신을 함께 아우르는 사유이다. 끊임없이 변화하고 새것이 생성되는 현실세계에서 인간은 몸으로 한정되는 것이 아닌 정신도 거주하는 영육합일의 존재로서 활동하고 사유한다. 사고하기 때문에 존재하는 것이 아니라 몸이 있기 때문에 생각한다. 니체가 건강한 몸 깨끗한 영혼을 말할 때 그것은 보편적인 것을 존재로 상정하지 않는다. 몸이란 존재는 생성하는 어떤 것, 혹은 생성되는 어떤 것, 그러니까 숨을 쉬고 영혼이 깃들어있고 의지를 지니고 변화한다. 존재는 움직이는 것이고, 생성과정에 있기에 형이상학과 다르다. 다시 말하면 니체에 있어서의 몸은 주체의 의지이자 힘이다. 이상李箱과 황민黃民 시의 몸의 말은 이런 영육을 함께 사유하는 근대의식과 닿고, 육체를 배제한 채 정신의 차원을 토대로 구축한 거대한 관념의 세계를 거부하는 사유의 한 발로이다. 위장된 근대기에 근대를 비판하고, 진정한 근대를 육체적 고통으로 인식하려 한다. 황민의 경우, 「금역의 수첩」을 『만선일보』에 발표하던 바로 그 시간, 『조선일보』에 발표한 「返歌」에서도 이런 사유를 확인할 수 있다.

벼래(雷)는 하늘처럼 무거웠다.
캄캄하게 무거운 벼래를 밀고 낙으면
가슴을 질러 미어지게 환한 꽃향기처럼
죽엄이 나를 내가 죽엄을
물처럼 소리나게 안어본다
한목음 굵다라케 넘어가는 서으름
서으름속엔 살결을 바라보는 차거운 太陽이 걸리엿고
서으름속을 바람결에 지워지는 고요한 田園의 風景이 지나간다.
먼 발끗까지 길-다라케 실혀지는 落心

靜淑한 肉身을 아아 나는 버서버리자

고요히 血脈이 노래하는 노래하는 血脈을 가진 肉身이엇다.

버려진 肉身을 들치면 아직도 이러나는 노래소리를 記憶할수잇는

아아 아우도 兄도 업는 平原이엇다.

어지러운 하늘이 거울처럼 떠러저잇는 平原이엇다.

풀입과 풀입피 서로 도라안저서잇는 平原이엇다.

하야 나의 가슴속에 시름업시 기대어스는 그림자를 안고

발자욱을 주으며 도라가는수 박게 업드냐

도라가며 二月이 지나간 피리를 부는수박게 업드냐

(作者는 詩藝術의 同人)「返歌」 전문[57]

　　이 시에는 육신과 그 육신을 따라가는 마음이 공존한다. '靜淑한 肉身을 아아 나는 버서버리자'라고 하지만 '고요히 血脈이 노래하는 노래하는 血脈을 가진 肉身'이라 분리가 불가능하다. 육신을 타고 흐르는 정신을 따라가지만 몸과 정신은 혼자서 돌아갈 수 없는 환상의 지도를 그리고 있다. '무거운 벼래를 밀고 낙으면 / 가슴을 질러 미어지게 환한 꽃향기처럼 / 죽엄이 나를 내가 죽엄을 / 물처럼 소리나게 안어본다.'고 한다. 벼락이 쏟아지는 공포의 세계이다. 그러나 정신은 몸에 기대어, 혹은 숨어 실체를 드러내지 않는다. 정신은 지금 사물들과 사건들 틈새에 끼어들어 죽엄, 살결, 육신의 발끝에 걸리는 낙심落心을 본다. 뇌성(벼래)치는 하늘 아래 더 이상 물러설 수 없는 교두보를 육신과 정신이 구축하고 있다. 긴장된 현실과 맞서 있는 몸의 실체. 사물들과 사건들이 몸을 위협하는 것을 말하기에 '반가返歌'라 했을 것이다. 소망스럽지 못한 식민지 근대에 대한 몸의 말이 데페이즈망에 의해 다양한 의미를 분출한다.

57　黃民,「返歌」,『조선일보』, 1940.2.3. '시예술' 동인은 '시현실' 동인을 말한다.

이런 문제는 이상李箱의 시가 처음으로 육체의식을 중심으로 한 근대성으로 해석[58]되는 것과 상통한다. 모더니스트 이상이 몸으로 체험한 근대는 한마디로 불행한 식민지 근대였다. 이상의 작품 가운데는 세상에 적응하지 못하고 소외된 육체·몸이 세계 인식의 대상이 된 작품이 많다. 이것은 그가 폐결핵에 걸려 죽음의 강박관념에 쫓기던 삶과 무관하지 않겠지만 본질적으로는 그가 지향하는 근대modernity의 성격이 원인일 것이다. 왜곡되고 불행한 식민지 공간에서 육체라는 즉물적인 것이 그 공간을 통과하는 주체였고, 육체가 환경극복의 담당자며, 육체가 인간을 세계로 투사시키는 중심 도구라는 사유가 육체를 통한 세계인식을 추동했을 것이기 때문이다. 그는 새로운 근대문명이 들어오는 사회에서 몸을 파는 기생과 몸을 섞었지만 자신의 몸에는 19세기의 엄숙한 도덕성의 피가 흐르고 있어 20세기의 사람이 될 수 없었다. 이런 모순은 그가 경험한 근대가 일제 식민지 지배를 통해 이루어질 수밖에 없는 상황이었고, 그런 불행한 상황을 감당한 쪽은 사실 정신쪽보다 육체였기 때문이다.

　　널리 알려진 「날개」의 첫 구절, '박제된 천재를 아시오? 나는 유쾌하오.'에서 '박제'는 폐쇄된 몸, 말라버린 몸이다. 감당 못할 상황에 껍데기로 남은 몸에 고귀한 정신이 기생해 산다. 인간의 정신은 단독으로 존재할 수 없다. 이상의 작품에는 이런 몸의 말 사유가 자주 나타난다. "금니안에는추잡한혀가달닌肺患"(「街外街傳」), "내팔이면도칼을든채로끈어져떨어젓다."(「시제13호」), "墳塚에게신백골까지가내게血淸의원가상환을强請하고잇다"(「門閥」) 등이 그런 예이다. 이런 훼손된 몸은 물체로서의 육체를 통하여

58　　조해옥, 「이상시의 근대성 연구:육체의식을 중심으로」, 고려대학교 대학원 박사, 1999.; 이재복, 『한국문학과 몸의 시학』, 태학사, 2004.; 박상찬, 「이상시의 육체성 연구」, 『동남어문논집』 제25집, 동남어문학회, 2008.5.; 김영건, 「이상시 연구—주체와 대상의 특성을 중심으로」, 고려대학교 대학원 박사, 2019. 참조.

식민지 근대를 불안과 절망으로 인식한다. 현실은 이상에게 정상적인 사회인으로서의 생활을 요구했으나, 그는 당대의 국제정세, 식민지 현실, 사회문화 속에서 골고다의 예수, 추방당한 주피터[59]로 살 수밖에 없었다. 김기림이 이상의 시를 혈관을 짜서 쓴 '시대의 혈서'[60]라 했을 때 그것은 이런 훼손된 몸을 전제로 한 말이다.

「금역의 수첩」의 몸은 이상의 "몸"과 상통한다. 곧, 앞에서 논의한 신동철의 「능금과 비행기」가 이상의 「오감도」15편에 번호를 붙인 것과 같은 상호텍스트관계에 있는 그런 사유다. 이런 점에서 이것은 한국 초현실주의 시의 한 특징으로 간주할 수 있다. 「금역의 수첩·하」의 '혓바닥' 이미지는 이상의 「가외가전」의 '금니 안의 추잡한 혀'를 연상시키고, 그 마지막 행 "팔목이 기다랏케 나를 쩌나는 限업시 싣허진 堤防이엇다."라는 표현은 이상의 "내팔이면도칼을든채로끈어져떨어젓다."는 「시제13호」의 '내팔', 혹은 「空腹」[61]의 "이손은化石하였다 // 이손은이제이미아무것도所有하고싶지도않다所有된물건의의所有된것을느끼기조차아니한다."는 '손'과 표현의 발상자질이 흡사하다.

한편 「금역의 수첩·중」에서 황민이 "흰손이 새벽처럼 건너오면 그러나 그대의 손을 힘 잇어 잡지 못하는 그것은 말목을 쏘아오는 햇빗치 시스러운 짜닭이엇다는 窓아래 그늘아래꽃닙아래 한개 이슬에 비치인 眞理를 首肯하는 얼골. 오래인 歷史의 머릿내음새"와 같은 숨도 쉬지 못할 구문을

---

59 김기림, 「쥬피타 追放—李箱의 靈前에 바침」, 『바다와 나비』, 신문화연구소, 1946. 93~98쪽. '쥬피타'는 제우스신의 로마식 명칭이다.

60 김기림, 『이상선집』 서문, 백양당, 1949.

61 李箱, 「空腹」 임종국 편, 『李箱全集』, 文成社, 1966. 251쪽. 일어원문은 328쪽에 수록됨. 원래 金海卿, 「空腹」, 『朝鮮と建築』 7월호, 1931. 19쪽. 일어원작을 柳呈 역으로 임종국이 『이상전집』에 수록하였다.

대할 때 그 의미의 난맥상도 수수께끼 같은 이상의 시를 연상시킨다. '진리, 수긍, 역사' 같은 관념적 한자어와 구어를 자유롭게 구사하는 산문적 고백체는 초현실주의 시 기법이라서가 아니라 시가 시이기를 거부하는 언술인데 그것도 서로 닮았다. 지각의 주체로서의 몸, 살로서의 몸이 파괴되는 것에 대한 두려움, 훼손되는 몸에 대한 저항이다. 모두 이성의 빛에 의하여 계몽되어 건재해야 할 육체가 훼손되어 죽어가고 있다. 이상李箱의 시처럼 황민의 시도 식민지 근대의 한 불행의 응축이다. 황민의 「금역의 수첩」 연작 3편의 몸의 말과 이상 시의 몸의 말을 대비한 것은 이런 점에 근거한다.

이상 시와 황민 시의 이런 공통성은 우연이다. 그러나 문학 역시 정신적 산물로 앞뒤의 문학이 변증법적 관계로 물고 물리기에 우연이라 할 수 없다. 이상과 황민의 이런 훼손된 몸의 말은 '한 詩의 의미는 앞선 詩에 대한 고통의 신음moaning이며, 한 편의 시는 언제나 앞선 시의 그늘 속에서 성장한다.'[62]고 하는 말을 떠올리게 한다. 문학의 지속성을 말하는 이것이 새로운 이야기는 아니지만, 훼손된 몸의 말이 식민지 근대의 불행한 현실을, 앞에서 문제 삼고 뒤에서도 문제 삼는다는 것은 식민지 극복의 언술로 독해할 수 있는 근거가 된다. 황민 시의 한 특성이 이상의 시와 상호텍스트 관계를 형성한다는 것은 이상이 육체를 객관적으로 대상화하여 불안한 근대를 생명과 자유추구를 탐색한 것과 다르지 않은 데 있다. 이상이 현실의 절망감을, 혹은 '시대의 혈서'를 육체적 사유를 통한 초현실주의 시기법으로 형상화했다면, 황민은 1940년의 민족의 불만정서가 정점을 찍는 반역의 땅 성진城津과 경성鏡城을 배경으로 한 현실 문제를 이상李箱과 닮은 발상으로 형상화하여 비판했다.

---

62   Harold Bloom(1973), The Anxiety of Influence: A Theory of Poetry, Oxford University Press, 『시적 영상에 대한 불안』, 윤호병 편역, 고려원, 1991. 208~220쪽 참조.

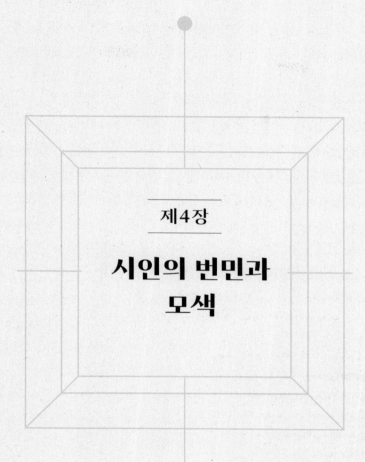

제4장

시인의 번민과 모색

1. 억압을 헤쳐 나온 사회주의자 - 이수형

1.1. 머리말

한국문학사에서 이수형李琇馨(1914~?)[1] 만큼 특이한 인물은 없다. 그는 1930년대 초기 사회주의노동운동가, 적색농민조합조직책赤色農民組合組織責이던 이수형李秀亨, 혹은 이수형李秀炯으로 추정되는 존재다.[2] 이 인물은 함경북도 성진, 강원도 양양 등에서 극렬 항일운동을 벌였다. 당시 신문 기사에는 이 인물이 한자로는 '李秀亨, 李秀炯'으로 나타난다. 그런데 만주의 시인 이수형은 李琇馨이다. 우리말로는 '이수형'으로 모두 같다. 李琇馨은 해방 뒤 남로당 맹장으로 활동했다. 한자 이름이 조금 다른 것은 일제 강점기 독립운동을 하던 사람들이 이름을 몇 개씩 쓰던 것과 같다. 곧 '이수형=李秀亨≒李秀炯≒李琇馨'이다. 시인 '李琇馨'은 '李秀亨, 李秀炯'보다 친근감이 간다. 한글로는 본명을 유지하면서 향기를 발산하는 이름이 되어 시인 같은 분위기를 주기도 하고, '李秀亨, 李秀炯'의 필명 같기도 하다.

'李秀亨=李秀炯=李琇馨'이란 등식성립이 이 논문의 절대조건은 아니

---

1   이수형의 출생을 '1914년'으로 잡은 것은 이수형이 李庸岳의 시집 발문에서 '용악이란 서로 이름도 옮겨 부르질 못하던 아주 젖먹이 때부터 낯익은 얼굴'이라고 말한 「용악과 용악의 藝術에 대하여」, 『韓國現代詩人全集⑴.李庸岳集』(同志社, 1949) 발문 등을 근거로 한 추정이다.

2   이 문제는 『북방파 시 연구』(역락, 2022 출판예정)에서 고찰한다.

다. 이런 등식이 성립되지 않더라도 李琇馨이란 시인의 작품은 충분히 문제적이다. 그러나 '李秀亭=李秀炯=李琇馨'이라는 등식이 성립하면 이 시인은 문인의 차원을 넘어서서 사회주의농민운동과 시문학을 통해 독립운동을 한 애국자의 반열에 오를 만한 인물이다. 그것은 1940년대 전반기 중경 임정이 광복군을 창설하고 서울진공작전을 계획하고, 동북항일연군, 특히 김일성부대가 백두산 밀림을 근거지로 관동군과 게릴라전을 벌이던 시간에 이수형은 문학을 통해 그에 버금갈 만한 민족운동을 한 존재인 까닭이다. 이런 시인의 발견은, 그것도 1940년대 전반기 일본천지가 된 만주국의 조선인 시단에서 발견하는 것은, 우리의 근대문학에서 예가 전무하다. 그래서 「보론」으로 이 인물의 정체를 밝힌다.

이수형李琇馨은 1940년 3월 『만선일보』에 「白卵의 水仙花」를 발표하면서 시인으로 활동을 개시했다. 그런데 특이한 것은 이 시인의 이력이 『만선일보』 어디에도 전혀 나타나지 않는다는 것이다. 「백란의 수선화」는 당시 『만선일보』에 발표되던 일반 시와는 성격이 아주 다른, 별난 작품이다. 그렇다면 독자의 궁금증을 풀기 위해서라도 간단한 이력을 소개할 만한데 그렇지 않다. 평론 「朝鮮詩壇의 裁斷面」도 그렇다. 이 글은 이미 조선문단에 한 차례 지나간 초현실주의 시론을 새롭게 조명하는 문제적인 평론이다. 그래서 『만선일보』가 10회나 연재하면서도 정작 작가 소개는 단한 줄도 없다. 이것은 다른 시인과 다르다.[3] 이수형의 사회주의 이력이 원인인 듯하다. 사회주의와 파쇼 일제는 대척관계이기에 이수형의 이력이

---

3   이런 점은 백석이 박팔양의 『여수시초』 시집평 「슬픔과 진실」을 썼을 때, 백석을 『조선일보』 기자출신으로 조선시단의 최첨단시인이며, 국무원경제부에 근무한다는 것을 밝히고 (『만선일보』, 1940.5.9.), 黃民의 「금역의 수첩」(『만선일보』, 1940.9.3.~9.5.)을 3회 연재한 뒤 '필자는 「詩現實」 동인. 於 城津'이라했고, 朴榮濬이 『쌍영』을 연재할 때 작가가 협화회에 근무하는 신예작가로 소개를 한 것과 완전히 다르다. 이수형의 이력을 의도적으로 덮은 듯하다.

공개되면『만선일보』는 물론『시현실』동인의 입장이 난처할 수도 있기에 신상문제는 불문에 붙인 듯하다.

『동아일보』를 거쳐『만선일보』편집국장을 지낸 홍양명은 「도문 연길의 인상」이라는 르뽀 기사에서 이수형[4]과 함형수咸亨洙는 의기투합하여 늘 붙어 다니고 함께 술을 마시고 뒹굴며[5],『시현실』동인으로 활동하는 인물이라 했다. 홍양명은 도문을 '선계주민의 精神的 首都'라고 하고, 이수형, 함형수, 김귀金貴 세 사람을 '多分히 咸鏡北道的이라'고 했는데 이것은 이수형과 함형수가 문제적인 인물임을 암시한다. 함형수가 친일문화권력 일등 잡지『삼천리』에 무엇을 칭찬하는 듯 야유하는 「이상국통신」(1940.5.)을 발표하고, 서정주가 「스무 살 된 벗에게」(『조광』, 1943.10.)에서 "황홀한 기쁨이 될 수 있는 죽엄"이라며 징병제를 찬양할 때, 이수형이 그 잡지 다른 지면에 "만세!"를 부른 행동에서 그런 성격이 드러난다. "만세! 소리와같이 꽃피고 / 만세! 소리와같이 꽃지는 / 時節이면 / 玉은 / 머- ㄴ 故鄕 홀어머님"이 보고 싶다는 그 시절 「玉伊의 房」의 "만세!"는 함경북도적이 아니고는 생각도 할 수 없다.

이수형과 함형수가 막역한 관계가 된 것은 이 인물의 입만 전 이력이 함형수의 그것과 같기 때문일 것이다. 함형수가 1932년 '咸北 鏡城高普校 檄文散布' 등 항일운동을 하던 비밀결사단체 멤버로 '咸北六市를 中心으로 共靑勞組等各秘社를 結成'하여 일제 통치에 맞선 적색노동자협의회 사건에 참가했고, 이수형이 '태평양노동조합사건의 행동대원이 되어 함경북

---

4   洪陽明,「圖們, 延吉의 印象—哈市東滿間島瞥見記·六.圖們의 文人들에서」'李琇馨君은 전에는 圖們역에 근무했고, 현재는 간도무역주식회사 근무'라 했다.『만선일보』, 1940.7.20.

5   李琇馨,「前衛의 魔笛은· 上」,『만선일보』, 1940.11.15. 'H는 아직 옆방에서 코를 골고'의 H는 함형수이다.

도의 성진농민조합사건'에 가담했다가 옥고를 치른 이력은 성격이 같다.[6] 이수형과 함형수는 경성고보 동기동창으로 추정되는데 이 두 사람은 시만 아니고 사회주의를 통한 민족운동을 함께하는 동지다. 그래서 시詩가 단순한 언어예술이 아니라 권력의 횡포를 거부하는 시인의 순수한 창조물이고, 그 연약한 창조물이 의외로 악의 근원인 권력의 횡포를 세탁하는 구실을 한다고 믿기에 그들은 함께 그런 시에 몰입했을 것이다.

도문에 살며 시적 화자 '옥이'를 내세워 '만세!'를 몰래 부르던 이수형은 해방이 되자 바로 귀국하여 남로당 총책 박헌영주의자가 되어 「朴憲永先生이 오시어」를 쓰며 임화, 이병철李秉哲, 김상훈金商勳, 조남령曹南嶺, 유진오兪鎭五 등과 함께 현실주의 시인으로 문단 전면에 다시 나섰다.[7] 그런가 하면 장문의 민중미술론[8]을 쓰고, 일제가 남기고 간 섬유산업을 발전시키기 위해 조선섬유산업건설동맹회를 결성할 때 그 위원이 되었다.[9] 또 외국어를 통한 내외 문화교류로써 새로운 조선문화건설에 이바지하겠다는 목적으로 외국어연구회를 창립하고 그 육성사업에 뛰어들었다.[10] 그러

6 　　赤色勞組嫌疑로 五十餘名檢擧取調. 留置中의 四十餘名中臥病者繼續發生 / 發疹室扶斯, 腸室扶斯 / 危重한兩名은不拘束:『중앙일보』, 1933.1.8. 참조.

7 　　해방문학기(1945~1950) 작품은 다음과 같다.
　　詩:「朴憲永先生이 오시어」(『文化日報』, 1947.6.22.), 「待望의 노래」(『民聲』, 1948.3.). 「山 사람들」(『文學』, 1948.7.), 「行色」(『新天地』, 1948.8., 『詩集』, 漢城圖書株式會社, 1949, 재수록). 「아라사 가까운 故鄕」(『新天地』, 1948.8., 『詩集』, 漢城圖書株式會社, 1949. 재수록), 「晉州 손님들」(『우리문학』, 1948.9.). 「指導者」(정지용『散文』, 同志社, 1949). 문학평론:「薛貞植氏의 詩集『諸神의 憤怒』에 對하여」(『세계일보』, 1948.12.8.). 미술평론:「繪畵藝術에 있어서의 大衆性問題—最近展覽會에서의 所感」(『新天地』, 1949.3.). 수필:「建蘭有恨」(『新天地』, 1949.2.), 「風葬前後」(『新天地』, 1949.7.)

8 　　李琇馨.「繪畵藝術에 있어서의 大衆性問題—最近展覽會에서의 所感」, 『新天地』, 1949.3. 168~176쪽.

9 　　『매일신보』, 1945.9.21.:『대한민국사·Ⅰ』(대한민국문교부국사편찬위원회, 1968) 133쪽.

10 　　『서울신문』, 1946.8.28. 幹事長 愼驥範 幹事 李琇馨 외 6인.

다가 6·25가 발발하기 두 달 전 문화, 정치, 산업, 교육에 쏟던 전 방위적 활동을 접고 월북했다. 6·25 발발을 비선을 통해 미리 알고 있었던 것 같다. 그가 남한에 남긴 마지막 흔적은 그의 어머니가 별세했다는 기사, "이수형 씨 자모 안양 자택에서 별세" 한 토막이다.[11] 그 뒤 이수형은 북한에서 포경선을 타며 수필을 발표하고, 혹은 농사를 지으며 농촌시를 여러 편 『조선문학』에 발표하기도 했다.[12] 그러나 1960년대 중반 이후 북한문단에 이름이 나타나지 않는다. 남로당으로 몰려 숙청된 듯하다.

이수형이라는 시인의 이름이 한국문단에 공식적으로 나타나는 자료는 조선문학전집·10 『詩集』(한성도서주식회사, 1949)에 수록된 「아라사 가까운 故鄕」과 「行色」이다. 시집 『산맥』이 '헌문사'에서 조판까지 해 놓고 정지용의 '서문'을 기다리다가 6·25로 원고가 산일되었다고 한다.[13] 이 문제는 정지용이 『산문』(동지사, 1949)에서 「序 대신 詩人 琇馨께 편지로」라는 글에 시집이 자신의 불찰로 못 나온 것을 사과하며 이수형의 시 「指導者」를 인용하며 시의 성격을 언급하는 데서 드러난다.

이수형의 문학활동은 재만문학기(1940~1945), 해방공간문학기(1945~1950), 재북문학기(1950~)로 구분된다. 여기서는 재만조선인 시단에서 활동한 시기의 작품을 고찰한다. 논의가 진행되면서 밝혀지겠지만 이수형

---

11 詩人 李琇馨氏慈母 安養自宅에서 別世. 『聯合新聞』, 1950.4.20.

12 재북문학기(1950년 4월 월북이후) 작품은 다음과 같다.
    시: 「권양기 운전공 처녀」(『조선문학』, 1957.6.), 「공훈 탄부 할아버지」(『조선문학』, 1957.6.), 「어머니」(『조선문학』, 1964.1.), 「아들의 심장」(『조선문학』, 1964.1.), 「나룻배에서」(『조선문학』, 1964.6.), 「호반아가씨」(『조선문 학』, 1964.6.), 「압록강 떼목」(『조선문학』, 1964.11.), 「광부의 노래」(가요곡집 『락원의 노래』, 조선문학예술총동맹출판사, 1964), 「소홍 단수로 간다네」, 오재영 편 『청춘송가』, 조선문학예술동맹출판사, 1964. 산문: 「고래 잡는 사람들」(『문학신문』, 1959.8.28.). 평론: 「시의 진실과 민족적 정서」(『문학신문』, 1962.2.2.).

13 金秉德, 「1948년 문화 총결산」, 『자유신문』, 1948.12.30. '시집 『山脈』이 근일 중 獻文社에서 발간될 것이다' 했다.

은 1940년부터 쓴 초현실주의 시를 통하여 일제가 지배하는 현실을 문제 삼았다. '前衛藝術論假說의 設定의 意義에 對하야'라는 '꼬리말'을 붙여 『만선일보』에 발표한 「백란의 수선화」, "「典型」에 들이는 노래, 於 圖們. 一九四〇. 一〇. 二五日"이라는 주가 달린 「미명의 노래」, 만주국을 5족이 화합하며 사는 도의의 나라이고, 낙토라고 선전하는 것을 비꼬는 「娼婦의 命令的 海洋圖」, 우리 민족의 신화를 수액樹液으로 비유하며 장래를 외과 의처럼 해체하는 「風景手術」 등은 모든 것이 민족으로부터 떠나던 1940년 대 전기에 민족이 당면한 문제를 테마로 삼는다. 「옥이의 방」(1943)에서는 저항적 사유가 감지된다. 이런 작품들의 내포가 민족문제에 쏠려 있지만 발표가 가능했고, 그것이 문제되지 않았던 것은 초현실주의 시의 기법으 로 문화정치와는 무관한 순수시로 시적 진실을 형상화했기 때문이다. 「옥 이의 방」의 "만세!"는 비합리적 통사구조라 만세의 정체가 모호하다. 그러 나 확실한 것은 "만세!"에 일본 냄새가 절대로 풍기지 않는다는 것이다.

이수형의 재만 시는 만주국의 일계문화 속에서 창작된 선계鮮系 작품 으로 조선말이 그런 시대나 장소에 구애받지 않고 낯선 언술구조로 시의식 을 발현시킨다. 그런데 이런 기법의 시를 추적하면 그 끝에 1930년대 최말 기의 사회시가 있고, 김기림의 초현실주의 기법의 시가 있고, 정지용의 「백 록담」, 「盜掘」 같은 사회시가 원경을 형성한다. 그리고 그 끝에 민족의 소 망이 딸려 나온다. '시현실 동인집' 6편의 첫 번째 작품인 「생활의 시가」에 서부터 이런 사회시의 성격이 표상된다. 이수형이 「백란의 수선화」(『만선일 보』)로 재만조선인 시단에 초현실주의 시의 상륙을 알릴 때 신동철은 「詩論 메모—消火器의 海邊. 上·下」(『조선일보』)로 경성京城 시단에도 초현실주의 시의 재상륙을 알렸고, 신동철은 「作品」으로 그런 기법을 도문의 이수형과 선창 복창으로 화답하였다. 이런 작품의 외연은 초현실주의 시의 재상륙이 나 그 내포가 1930년대 중반, 이상李箱 류의 초현실주의 시와는 다르다.

1940년대 전반기 재만조선인 시에서 제일 먼저 문제가 되는 것은 시의 주제다. 따라서 이런 작품들을 주제론Thé matologie의 관점에서 고찰한다. 지금까지 발굴된 자료는 다음과 같다.

시: 「白卵의 水仙花」(『만선일보』, 1940.3.13.), 「未明의 노래」(『만선일보』, 1940.11.6.)[14], 「生活의 市街」(『만선일보』, 이수형·신동철, 1940.8.23.), 「娼婦의 命令的 海洋圖」(『만선일보』, 1940.8.27.), 「風景手術」(『만선일보』, 1941,12,10.), 「人間나르시스」(『재만조선시인집』, 1942), 「소리」(『조광』, 1942.9.), 「기쁨」(『조광』, 1943.3.), 「玉伊의 房」(『조광』, 1943.10.)

평론: 「朝鮮詩壇의 裁斷面」(『만선일보』, 1941.2.12~22.)

「前衛의 魔笛은. 上·下」(『만선일보』, 1940.11.15.~16.)

이 작품들을 다음과 같은 문제를 제기한다. 첫째, 이수형은 우리가 주권과 영토를 빼앗기고 민족만 남았던 1940년대 초기, 민족의 모멸을 피해 이주해간 남의 땅에서 시인으로 살면서 인간의 보편적 가치와 조선인의 존재감을 시를 통하여 실현하려 했다. 이것은 한국문학사가 1940년대 초기를 암흑기, 친일문학기, 이중어 글쓰기로 기술하는 잘못된 사실평가를

---

14 崔三龍 주필, 『해방전 현대시선』(민족출판사. 2016. 北京), 191~197쪽에는 「미명의 노래」, 「창부의 명령적 해양도」, 「인간 나르시스」를 李琇聲의 작품이라 하고, 「나의 노래」, 「척촉화」, 「오월」, 「낙엽」, 「별」 등도 李琇聲 작품이라 했다. '李琇聲은 李琇馨의 오독 같다. 그리고 다음과 같은 주를 달았다. '나의 노래, 척촉화, 오월, 낙엽, 별 등 5수의 시는 리학성(李鶴城)이란 이름으로 발표하였다. 리학성은 리욱(李旭)의 해방전 이름이다'라 했다. 그렇다면 '李琇聲=李鶴城=李旭'이 되어 「창부의 명령적 해양도」「인간 나르시스」, 「미명의 노래」는 이학성의 작품이 된다. 李鶴城은 '赤道아래에는/遠狂의 隊伍와 隊伍의 行列에 스치어/決戰의 아우성/太平洋의 섬과 섬은/軍陣의깃에 그늘지고'라는 「捷報」(『만선일보』, 1942.8.17.)로 태평양전쟁을 치르는 일본군을 찬양했고, 친일논문 「東滿과 朝鮮人」(『조광』, 1943.11.)을 썼다. 전적으로 잘못된 사실판단이다.

바로 잡을 수 있는 성격이라는 점에서 절대로 간과할 수 없다.

둘째, 1940년대 초기의 만주국은 일본의 재벌자본의 유입으로 초기 자본주의 사회로 변해가고 있었고, 천황제를 앞세운 애국심 강요, 야마토 민족의 민족주의, 관동군의 통치가 강고했다. 이수형은 이런 정황을 데페이즈망, 데포르마시옹, 상징에 기댄 기법으로 민족주의, 군국주의, 부르주아의 가치를 파괴하고 인간을 모든 것으로부터 해방시키려는 글쓰기를 했다. 한편 그는 '무찌르자 강도 일본제국을'이라는 기치 아래[15] 생명과 자유를 위해 공산주의와 손을 잡고, 적색농민운동을 벌렸고, 해방 직후에는 남로당 맹장으로 사회주의 이념을 문학으로 실현하려 한 인물이다. 이런 행동노선은 프랑스의 초현실주의자들이 공산주의의 사회혁명에 동조하면서 초현실주의 논리를 저버리지 않은 선에서 혁명의 길에 동참했던 것과 유사하다.

셋째, 이수형이 창작한 초현실주의 시는 1940년대 한국문학을 주체적 정신사로 기술할 수 있는 결정적 자질을 지니고 있다. 그의 시에 나타나는 가치중립적 포에지가 결과적으로 그가 초현실주의 시의 본질인 현실을 부정하고, 그 부정을 통해 인간해방을 실현하려 하는 까닭이다. 지금까지 한국의 초현실주의 시는 이상李箱과 『삼사문학』을 중심으로 논의되어 왔다. 그 결과 1940년대 전반기 일단의 재만조선인 시인들이 이미지의 상반된 양면성을 아우르며 인간의 자유를 구속하는 세계를 순수시의 포즈를 취하면서 그 내포는 당대 현실을 겨냥한 사회시를 창작한 사실에 대한 연

---

15 조성운, 『일제하 농촌사회와 농민운동—영동지방을 중심으로』, 혜안, 2002. 66쪽. 강원도 양양에서 적색농민운동을 전개한 사회주의자들은 '무찌르자 강도 일본 제국을. 반대하자 조선총독 폭압정치를. 우리는 무주공산의 오작의 밥이 되더라도 강도 왜적 섬멸에 총궐기하자.'고 했다.

구는 거의 방치된 상태에 있다.[16] 이상李箱 시 연구는 「오감도」 15편이 시詩이기를 포기한다고 할 만큼 언어파괴에까지 이른 것[17]과는 달리 재만조선인 시단의 초현실주의 시 연구는 겨우 시작단계에서 중지되어 있는 형국이다. 사정이 이렇지만 『시현실』 동인으로 대표되는 재만조선인 시단의 초현실주의 작품은 조국을 잃은 슬픔에 잠겨 탄식만 하고 있을 수는 없고, 몰락해 가는 모국을 그대로 둘 수 없어 살려내려 했고, 일제가 조선을 삼킨 뒤 더욱 강고한 군국주의 국가가 되어 민족의 고토인 만주에서도 주인 노릇을 하는 것을 검증하려 했다. 이것이 재만조선인 시를 지배하는 시적 진실이다. 따라서 이에 대한 사실 확인은 이 논문의 필요조건이다.

1.2. 1940년대 전반기 우리 시의 원경

1940년대 전반기 우리시는 1940년 8월 『조선일보』와 『동아일보』가 폐간되고, 『문장』은 스스로 발행을 포기하고, 『人文評論』이 『國民文學』으로 바뀌던 1941년 말경에 이르면 조선 땅에서 조선문학이 사라지는 것이 현실화된다. 김동환은 태평양 전쟁이 발발하자 국민총동원에 적극적으로

---

16 한국의 초현실주의 시 연구로 박사학위를 받은 논문은 이순옥의 「한국 초현실주의시의 특성 연구」(영남대 대학원. 박사. 1998), 간호배의 「삼사문학'의 초현실주의 연구」(아주대학교 대학원. 박사. 2002), 장인수의 「한국 초현실주의시 연구」(성균관대학교 대학원. 박사. 2006) 세 편이다. 이 중 재만조선인 시단의 초현실주의 시를 포함시킨 논문은 장인수 논문이다. 그러나 이 논문은 재만조선인 시의 초현실주의 시를 집중 분석한 것이 아니고 한국의 초현실주의 시를 두루 다루면서 연구사 시각에서 개략적으로 고찰한 수준이다. 다른 두 편은 李箱과 『삼사문학』의 시가 중심이고, 이순옥은 조향, 김춘수의 시도 포함시켰다.

17 이상의 시에 대한 연구는 2019년 현재, 1,500편을 넘는다. 배현자의 『이상문학의 환상성』(소명출판. 2019)은 이상의 작품을 1910년대 단형서사의 환상성의 지속으로 평가하고, 정상균의 『다다혁명운동과 이상의 오감도』(민지사. 2011)는 「오감도」 15수의 영향을 최재우, 전봉준, 손병희의 사상을 잇고, 김수영, 김종삼, 기형도 등의 시에까지 이어지는 것으로 확대시켰다.

참여하겠다며『삼천리』의 제호를『大東亞』(1942.3.)로 바꾸었다.『조광』역시 '조선어를 반분하여 황도정신에 적극 협력하라'는 총독부의 지시를 따랐다. 가령 1942년 8월호에서 "신인시첩"에서 일본어 작품을 추천했고[18], 이수형의「소리」를 '신인시첩'으로 추천할 때도(1942.9.) 오정민吳禎民의 일본어시「표착漂着」을 나란히 등단시킨 것이 그런 예다. 사정이 이렇지만 1940년대 초기 조선문학이 그래도 명맥을 유지할 수 있었던 것은 역설적이게도『조광』『춘추』『국민문학』『三千里』같은 잡지가 존재했기 때문이다.『삼천리』는 1942년까지는 지면을 대거 문학에 할애함으로써 본의 아니게 우리말을 지키는 역할을 했으나『대동아』로 바뀐 뒤에는 우리말의 흔적도 문학의 흔적도 찾을 수 없다.[19] 이 잡지가 지나치게 시국에 대한 선전과 협력을 한 것이 독자의 비위를 거슬러 자료도 남을 수 없을 지경으로 모멸을 당한 듯하다. 사정이 이렇기에 1940년대 초기 조선시의 원경을『조광』,『춘추』,『국민문학』을 중심으로 그 대체적 경향을 이 시기 재만조선인시 고찰에 앞서 알아본다.

이런 작업은 이수형론의 필요조건이다.『국민문학』이 국민의식의 앙양, 국책에의 협력, 지도적 문화이론의 수립과 같은 창간목적에 따라 프로문학의 원조였던 박영희까지「임전체제하의 문학」이라는 논설을 쓰던 시간, 본고가 집중 논의하는 진골 사회주의자 이수형이「소리」,「기쁨」,「옥이의 방」을『조광』에 발표한 것이 수상하기 때문이다. 현상만 기준으로 삼

---

18   조우식의「東方の神神」, 이동림의「離別の章―火葬場にで」,「哀しき父よ」를 '신인시첩'에 추천했다.『조광』, 제8권 제8호. 1942.8. 150쪽. 참조

19   『삼천리』는 1942년 1월호로 끝나고, 그 뒤 제호가 바뀐『大東亞』가 1942년 3월호부터 나왔다. 잡지 자체도 지금 확인할 수 있는 자료는 국회도서관에 1942년 5월, 7월호와 1943년 3월호가 전부다. 이 잡지에 수록된 작품은 최정희의 소설「장미의 집」(『대동아 2』, 1942.7.) 정도이다.

으면 이수형은 전향자 박영희와 묶일 수 있다. 따라서 이 세 작품의 일반성과 특수성을 규명하는 데는 1940년대 초기 조선시의 전체 맥락과 연계된 실상파악이 필요하다. 태평양전쟁이 고비로 치닫던 1941년부터 1944년까지는 문학작품에 정치적 영향이 엄청나게 미쳤기 때문이다. 따라서 그 기간의 작품의 성향을 개관적으로 점검하는 것은 이 논문의 신뢰도를 제고시킨다.

『조광』과 『춘추』에 나타나는 원경

『조광』과 『춘추』가 일제에 협력한 사실은 너무나 분명하고, 예가 많다. 그 대표적인 것이 서정주의 '創作' 「崔遞夫의 軍屬志望」[20]과 수필 「스무 살 된 벗에게」, 시는 싱가포르 함락을 축하하는 김안서의 「씽가포어뿐이랴」와 김용제金村龍濟의 「눈물 아름다워라」와 『춘추』에 발표한 노천명의 「노래하자 이날을」은 같은 작품이다. 그렇지만 『춘추』나 『조광』이 그런 상황에서도 조선문학으로부터 완전히 몸을 홱 돌리지는 않았다. 1940년대 초기 우리 시문학으로 한 성취로 평가할 수 있는 작품이 존재하기 때문이다. 몇 개의 뚜렷한 예를 든다.

『조광』의 경우, 본 저서가 주목하는 이수형의 「소리」, 「기쁨」, 「玉伊의 房」과 백석의 「귀농」(1941.4.), 김기림의 「새벽의 아담」(1942.1.), 김조규의 「귀족」(1944.4.) 등이 이 잡지를 통해 생산되었다. 당시의 가난한 농가의 여름 인정세태를 살갑게 회감시키는 서정주의 「여름밤」과 「감꽃」, 김광균의 「반가」(1942.12.)도 『조광』을 통해 생산되었다. 특히 서정주의 두 작품은 「崔

---

20 徐廷柱, 「스무 살 된 벗에게」는 입대를 찬미하는 장편 산문이다. 『조광』, 1943.10. 56~61쪽. '創作' 「崔遞夫의 軍屬志望」은 징병입대를 종용하는 소설이다. 『조광』, 1943.11. 116~125쪽.

遞夫의 軍屬志望」,「스무 살 된 벗에게」라는 두 산문이 배반한 민족정서를 회수시킬 만하다. 『춘추』에는 이 저술이 주목하는 김기림의 「못」(1941.2.), 「年輪」과 「靑銅」(1942.5.), 그리고 김조규의 「仙人掌」(1941.11.)이 생산되는 지면을 제공했다. 그 밖에 노천명의 「夏日山中」(1941.7.), 신석정의 「오월이 돌아오면」(1941.8.), 김광균의 「日暮」(1942.5.), 정지용의 「窓」(1942.1.)과 오장환吳章煥의 '詩三題' 「咏唱 · 牟花 · 歸鄕의 노래」(1941.10.), 또 오장환이 '廷柱에 주는 詩'라는 부제를 단 「歸蜀途」[21]와 그 시에 화답한 서정주의 「歸蜀途」[22](1943.10.), 박목월의 「月夜」(『춘추』, 1944.1.) 등의 원적이 모두 『춘추』다. 이런 점에서 『조광』과 『춘추』를 싸잡아 친일 잡지로 내모는 것은 독단의 여지가 있다. 물론 이런 작품과 반대되는 작품이 많지만 당시의 『삼천리』가 『삼천리』로는 속이 차지 않아 제호를 『大東亞』로까지 바꾸면서 일제에 협력하던 것과는 크게 다르다.

이상 열거한 작품은 이 두 잡지가 지향하던 문화정치적 노선과 무관하고 이 밖에 여러 작품들도 성격이 유사하다. 독자를 상상 이상으로 배신하는 서정주와 노천명이 또 예상 불허의 작품으로 그 전쟁 종용, 화보와 기사 틈새에서 빛을 내는 믿기 어려운 현상을 목격할 수 있다. 우리는 『조광』과 『춘추』에 대한 선입관 때문에 잡지에 수록된 작품의 실상을 그 시대의 정치, 사회, 문화와 대응시켜 검토한 바 없이 대충 평가한 게 사실이다. 특히 서정주의 작품이 우리의 예상을 뒤집는다. 놀랍고 한편 다행스럽다.

---

21 吳章煥,「歸蜀途―廷柱에 주는 詩」,『춘추』 제2권 제3호, 1941.4. 256~257쪽. "巴蜀으로 가는 길은 / 西域 三萬里 / 뜸북이 울음우는 논두렁의 어둔밤에서 / 길라래비 날려보는 외방 젊은이…"

22 서정주,「歸蜀途」,『春秋』, 1943.10. 88쪽.「귀촉도」에는 불교적 사유, 혹은 조선적인 정서가 강하게 표상된다. 이런 시의식은 『화사집』의 「바다」,『조선일보』 폐간과 관련된 「행진곡」, 또 그가 광주학생운동으로 감옥을 다녀온 사실 등과 맥락을 같이 한다.

호롱불밑에 무더운 밤을
엄마는 보고,
아빠는 웃어,
돗자리우에 우리 거룩한때여

숨스소리 엮으며 밤은 깊어가고
흘리는 땀의냄새 땀의냄새여.

서정주, 「여름밤」에서[23]

감낭게 피인꽃 헤여도 보면서
떨어지는 감꽃 집회기에 뀌이며
자장가 자장가 부르고 있노라면
山나물간 어머니는 오지도 않읍네.

서정주, 「감꽃」에서[24]

우리 그냥 뻘밭으로 기어다니며
거이색기같은거나 자버먹으며
노오란 조금에 醉할것인가

맞나기로 약속한 참말의 바닷물이
턱밑에 바로 드러왔을땐
곱비가 않풀리여 가지 못하고

서정주, 「조금(干潮)」에서[25]

---

23   徐廷柱, 「여름밤」, 『조광』 제8권 제7호, 1942.7. 104쪽.

24   徐廷柱, 「감꽃」, 『조광』 제8권 제7호, 1942.7. 105쪽.

25   徐廷柱, 「조금(干潮)」, 『춘추』 제2권 제6호, 1941.7. 262쪽.

논두랑을 건느고 밭머리를 휘도라 「東九陵」 가는길을 무르며 무르
며 차츰 山속으로 드는 낮은 그림속의 仙人처럼 내가 맑고 한가하다.
　　낮이 기운 산중에서 꿩소리를 듯는다 당홍당기를 칠칠끄는 처녀
같은 맵시의 꿩을 찾다보면 躑躅花가 흐드러지게 피인 오솔길이 나
온다.

노천명, 「夏日山中」에서[26]

　「여름밤」과 「감꽃」은 동요풍의 민족 정서가 시를 지배한다. 그래서
살갑다. 섬찟한 메피스트 영혼이 이런 작품에는 얼씬하지 않는다. 「조금」
은 가난한 어촌 풍경이 조금에 실려 오고 실려 나간다. 서정주가 만주에서
「만주일기」를 『매일신보』에 연재하던 것과는 정반대의 정서가 시를 회감
시킨다. 노천명의 「하일산중」은 한 여름 산중 풍경에 어떤 오염도 발견할
수 없다. "싱가폴陷落의 뉴-스를 듣는밤 / 한잔의술이 없이도 醉하는마음
이여 / 수양버들 대신 椰子樹가 그늘진곳 / 물우에 집을 지었다는 나라 //
꿈의나라- 詩의나라"[27]라는 배반이 「하일산중」에는 온데간데없다. 같은 시
간에 어떻게 이런 상이한 정서가 함께 발화될까. 추측컨대 이 두 시인은 아
예 문학을 이념이나 사상으로 사유하지 않고, 감성과 천부적 재능으로 상
황에 맞춰 기예로써 그때 그때 상황에 따라 갈무리한 듯하다. 이흡李洽의
「冬栢」(『춘추』, 1941.6.)이나 수주樹州의 「四壁頌」(『춘추』, 1943.7.)도 같은 정서
다. 「동백」은 '새까마케 익은 동백'이, 「사벽송」은 사면이 벽인 방의 이미
지가 그런 분위기를 발산한다.
　1941년~1944년 사이 『춘추』에 발표된 약 40편의 작품 가운데 시대

26　盧天命. 散文詩 「夏日山中」, 『춘추』 제2권 제6호, 1941.7. 264쪽.
27　盧天命, 「노래하자 이날을」, 『춘추』 제3권 제3호, 1943.3. 76쪽.

와 현실로부터 떠난 작품이 대략 6할 가량이라 할까.[28] 『綠旗』파의 주요한 이 "새하얀 꽃이 / 젊은이더러 하는말 / 「너 자신을 바처라」"[29]라고 하던 시간, 오장환이 자신의 영혼을 고향과 역사에 묻는 것이 좋은 사례다. "멀고 먼 故鄕에서 오는 消息은 / 세밤前에 시집갔다는 눈멀은누이의 便紙 하눌은 노상 보라빛"이라하는 「咏唱」, "모화야, 모화 / 저여자는 제몸에 고향을 두고 울기만 한다. 환-하게 하얀 달밤에 / 남몰래 피고지는 보리꽃 모양"의 「牟花」는 고향에, "젊은이는 어데로갔나, 城隍堂옆에…. 찔레꽃욱어진 넌출밑에 뱀이 잠자는 洞口안 사내들은 노상 진한 密酒에 울고"(「歸鄕의 노래」)에서는 역사에 묻었다. 카프 맹원이 자기 부족의 안태고향과 역사 속으로 돌아가는 현장이다. 이런 「詩三題」[30]는 당시 『춘추』가 가던 길과 전혀 다르고 『춘추』의 발행인 양재하梁在廈의 곡학아세와도 딴판이다.

지금까지 1940년대 전반기 『조광』과 『춘추』의 여러 시를 소개하고 간단하게나마 고찰한 것은 만주에 사는 이수형이 문제적인 「소리」(1942.9.), 「기쁨」(1943.3.), 「玉伊의 房」(1943.10.)을 『조광』에 발표했고, 백석의 「귀농」

---

28 이 문제는 별고로 상론해야 하겠으나 이수형이 시 세 편을 발표한 『조광』을 무작위로 선택하여 살펴본다면 1941년 6월호는 "나치스특집"과 "만주특집"인데 나치스특집은 "나치스 國家社會:朴克采, 나치스文化政策:姜世馨. 나치스經濟政策:全承範"을 게재했다. 만주특집은 "鮮滿一如를 强調함:南總督談. 在滿朝鮮人敎育의 過去와 現在:申瑩澈. 東滿과 朝鮮人: 李鶴城" 등의 논문을 실었다. 문학작품은 김동인의 연재소설 「大首陽」과 만주작가 古丁의 「골목안」을 陸史의 번역으로 게재하고, 좌담회 「新文化드러오던 때」에는 李重華, 李能和, 高義東 등이 모여 개화기를 조명했다. 이렇게 조선과 일본을 병치하는 편집은 3년 뒤에도 여전하다. 『조광』1944년 1월호는 "戰爭第三年の關頭に立つて:小磯國昭. 勝敗를 決하는 해:韓相龍. 大東亞戰爭三年: 柳光烈. 大東亞戰爭第三年必勝의 道. 敵米國의戰略檢討:金康文. 敵側文書, 日米交涉決裂의責任" 등의 전쟁관련 기사를 싣고, 詩는 權煥의 「偶吟三題」, 趙仁行의 「送迎」 외 '조광시단'이란 이름 밑에 6편을 수록하고, 다른 장르는 안회남, 박태원의 소설과 박영호의 희곡 「좁은문」과 일본작가 德田馨의 「若き地平線」을 게재했다.

29 朱요한, 「靑年二題」, 『춘추』 제2권 제1호, 1941.2. 102쪽.

30 吳章煥, 「詩三題」 咏唱·牟花·歸鄕의노래, 『춘추』 제2권 제9호, 1941.10. 144~145쪽.

(1941.4.), 김기림의 「새벽의 아담」(1942.1.), 김조규의 「귀족」(1944.4.) 역시 『조광』에 발표했기 때문이다. 자주꽃 피는 감자는 보나마나 자주 감자는 아니다. 이런 작품은 이수형의 시가 앞장선 "시의 독립군"이다. 1940년대 초반 조선시의 큰 그림 속에 뛰어 들어 우리가 일제와 대등하다는 것을 시·문학으로 형상화시키며, 제국주의 차등을 거역하는 시를 썼다. 『조광』과 『춘추』에 나타나는 원경 고찰은 이수형의 「소리」, 「기쁨」, 「玉伊의 房」을 논의하기 위한 예비 작업이다.

『국민문학』이 만드는 원경

『國民文學』이 형성시키는 1940년대 초기의 조선시의 원경은 『조광』『춘추』의 그것과 큰 차이가 있다. 1941년 『국민문학』을 창간한 최재서는 1944년 이시다고조石田耕造로 창씨개명을 하고 자매지 『國民詩人』까지 창간함으로써[31] '조선문학=일본문학'으로 만들었다. 우리가 잘 알 듯이 '국민문학'이라는 용어는 최남선, 양주동, 조운, 이은상 등이 1926년경, 새로 등장해 주인 노릇을 하는 프로레타리아문학 탓에 시조는 곁방살이 신세로 존속하고, 사설시조는 밀려날 때 그런 대공세에 맞서 시조를 통해 '민족적인 것'을 지키려던 민족문학파가 만들어 쓰던 용어다. 최남선이 「조선 국민문학으로서의 시조」(『조선문단』, 1926.5.)로, 또 손진태孫晋泰가 「시조와 시

---

31 『國民詩人』 1944년 12월호(昭和19년, 제4권 제4호) 판권지에는 편집 겸 발행인이 스키모토 나가오杉本長夫이고 발행소는 『국민문학』을 발행하는 人文社이다. 『국민시인』은 1941년 9월에 창간된 『國民詩歌』의 제호를 바꾼 재조선 일본인 중심의 시 전문지다. 그래서 제4권 제4호다. 창간과정은 『국민문학』 1944년 9월호 광고란에 '현대시와 短歌 공동의 장이었던 『國民詩歌』를 과감히 분리하여 시 전문잡지로 새로 출발하기 위해'라 한 데서 나타난다. 책표지에 '朝鮮文人報國會詩部會機關誌'라고 명시되어 있다. 辛夕汀의 일본어 시 「子守唄」와 '故金鍾漢의 「光塵」'이 수록되어 있다.

조에 표현된 조선 사람」(『신민』, 1926.7.)으로 시조부흥을 주창하자 여러 사람이 동조한[32]것에 그런 정황이 잘 드러난다. 그러나 최재서의 『국민문학』은 조선어 문예지 『인문평론』을 엎어버리고, 일본어로 잡지를 창간하면서 『국민문학』이라 했다. 이것은 '국민'이라는 말의 의미를 뒤집는 행위다. 『국민문학』도 '민족적인 것'이란 말과 같은 뜻으로 '조선적인 것·朝鮮的なもの'을 앞세웠기 때문이다.

'조선적인 것'이란 무엇인가. 이 문제는 『국민문학』이 지금까지의 조선문학을 그들 나름으로 정리하는 잡지창간 좌담회인 「조선문학의 재출발을 말한다」에 참가한 이원조李源朝가 카라시마辛島驍, 데리다寺田瑛, 요시무라芳村香道, 백철, 최재서 등 다른 참석자를 향해 '조선적인 것을 단적으로 표현한다면 무엇일까'라고 묻는 데서 드러난다. 이 질문은 카프계의 노선을 걷던 이원조가 노선수정을 했기에 자기 개인의 문제이기도 하겠지만, 『국민문학』이 일본의 '국민문학'으로서 새롭게 출발하면서 일본문학의 본령이 조선문학을 일개 지방문학으로 복속시키려는 의도 때문일 것이다. 그런데 최재서의 '조선적인 것'에 대한 응대가 다른 여운을 남긴다.

> 지금까지의 일본문화 그 자체가 역시 일종의 전환을 하게 되는 것입니다. 더욱 넓은 것이 되는 까닭입니다. 그렇게 되면 지금까지 내지적인 문화였던 것에 조선문화의 전환에 의해서 어떤 하나의 새로운 가치가 부가됩니다. 그렇지 않다면 진전한 의미를 가질 수 없다고 생각합니다.[33]

---

32 「新民」 제23호, 1927년 3월호. '시조는 부흥할 것이냐?'라는 특집에서 「시조부흥에 대하여」(이은상), 「무엇이든지 정성스럽게 하자」(이병기), 「의문이 웨 잇습니까」(염상섭), 「시조부흥은 신시운동에까지 영향」(주요한)이라며 시조를 옹호했다.

33 日本文化それ自體がやはり一種の轉換をやつて…今までに內地的文化になかつた或

조선문학이 일본문학의 한 지류일 수 없고, 본질적으로 일본의 한 지역문학도 아닌 독자적인 성격을 가져야 한다는 의미다. 나아가 그런 조선문학은 일본문학 자체를 전환시키고, 내지문화에 없던 어떤 새로운 독창적 가치를 창출해내어야 한다는 것이다. 이 말은 조선문학이 일본문학에 복속되지만 일본도 조선이나 만주 등을 포괄하기 위해서는 문화의 본질이 변해야 한다는 의미다. 조선문학도 주체적 역할을 하겠다는 것인데 최재서의 이런 주장에 카라시마는 '처음부터 조선적인 것을 의식적으로 강조하는 것 자체에는 주의해야' 한다고 했고, 데리다는 '조선은 조선 혼자만 틀어박혀 있다고나 할까, 조선만을 더욱 깊게 파고든다.[34]'라며 최재서를 압박했다. 또 요시무라는 '조선적인 것'을 내지문학과 구별되는 '지방색'이라면서 그것은 자기만의 것을 의미하기에 '잘못하면 이상하게 된다.'고 했다. 모두 '조선적인 것'에 대한 거부다.

그러나 이 문제는 간과할 수 없는 뒷맛을 남겼다. 다음해 김종한이 '東京이나 京城이나 다 같은 전체에 있어서의 한 空間的 單位에 不過할 것입니다.[35]'라며 동경과 경성을 등치시켰고, 몇 달 뒤 최재서는 조선은 일본이면서도 홋가이도나 큐슈와는 다른 의미에서 지방이며, 조선어는 일본어의 방언인 동북지방의 방언이나 큐슈의 방언과는 다르다[36]며 김종한 논리에 동조하며 보완한 것이 그런 뉘앙스를 풍긴다. 이른바 '新地方主義' 논리다. 신지방주의란 지방인조차 '職域에 安心立命함으로써 지방에 중앙을 건

る一つの新しい價値が朝鮮文化が轉換したてとによつて附加される…, 『國民文學』 창간호, 1941.11. 78쪽.

34 率直に言ひますと朝鮮は朝鮮だけに閉籠ると言ふか,朝鮮だけをもつと深く堀下げて 行くといふ氣分があつたやうです, 『國民文學』 창간호, 1941.11. 78쪽.

35 金鍾漢, 「一枝의 倫理」, 『國民文學』, 1942.3. 36쪽.

36 崔載瑞, 「朝鮮文學の現段階」, 『國民文學』, 1942.8. 14쪽.

설하는 지방인적 국민의식[37]이다. 이때 신지방주의는 각각의 지역에 중심의 논리를 심어놓는 이념이다. 그러나 이 말은 조선이 조선 자체의 중심이 되어야 한다는 말은 아니다. 진의는 조선문학이 일본문학이 되는 것을 전제로 한다. "당시 국민시의 내용이 국책선전과 계몽 이상의 어떤 것이 포함되어 있다"[38]는 지적이나 식민지 말기 국민문학론의 국민 되기의 논리와 문학적 의미를 조선문학을 구제하면서(번민) 동시에 일본적 세계관을 구축하는 것을(사명) 의미한다[39]고 하는 논리와 연계되는 개념이다.

이러한 논리가 1940년대 전반기 국민문학 담론의 중심 이론 가운데 하나로 기능한 것은 다행스럽고 이것이 최재서에게도 나타나는 것은 더욱 위안이 된다. 최재서는 중앙과는 다른 가치를 생산해내는 주체로서 조선문학을 위치 짓고, 일본문학의 질서가 외지 문학을 포용함으로써 재조정되어야 한다고 주장하기 때문이다.[40] 이런 논리는 『국민문학』이 비록 일본에 협조하지만 조선문학의 독특한 위상을 유지해야 한다는 의미다. 이런 태도는 당시 『녹기』파[41]가 심신을 송두리째 일제에 넘긴 것과 차이가 난다. 최재서와 김종한의 이런 태도는 물고 물리는 문학의 주체가 조선문학이면서 일본문학이 되기에 자기모순 같다. 그러나 그때 눈치채지 못했거나 알고도 침묵한 우리 문학의 한 맥이 존재하기에 자기모순이 아니다.

---

37 金鍾漢, 「佐藤春夫先生へ」, 『國民文學』, 1942.4. 74쪽 참조.

38 고봉준, 「일제후반기 국민시의 성격과 형식」, 『한국시학연구』 37, 2013. 51쪽.

39 전설영, 「식민지 말기 국민문학론의 국민되기의 논리와 문학적 의미—최재서의 '받들어 모시는 문학'을 중심으로」, 『사이』 제9호, 2010. 도서출판 역락, 360쪽.

40 최재서, 「朝鮮文學の現段階」, 『국민문학』, 1942.8. 15쪽.

41 『綠旗』는 1936년 1월 경성제대 스카사카에津田榮가 창립한 사회교화단체 '녹기연맹'의 일본어 월간 기관지. 여기에 글을 제일 많이 발표한 문인은 최재서와 아주 친한 玄永燮이고, 1940년대 초기에는 香山光郎(이광수), 金村龍濟(김용제), 장혁주, 정인택, 주요한 등이 글을 연재하거나 많이 발표했다. 이 문인들은 조선문학의 개조를 시종일관 주장했다.

당시 조선문학과 일본문학의 접합점을 찾던 최재서나 김종한은 1940
년대에 접어들면서 조선문학에 숨어 흐르는 모종의 기류를 감지하고 그것
으로 '조선적인 것'을 삼으려 했다. 곧 유진오兪鎭午가 조선적 토착성과 선
비기질을 테마로 삼는 「남곡선생」(『국민문학』, 1942.1.), 조선적 도의를 정신
적인 특징으로 끌어올리려 한 「여름」(『文藝』, 1940.7.), 그리고 이효석의 「은
은한 빛」(『文藝』, 1940.7.)의 주제인 조선적 향토정서, 김사량이 구약성경의
한 구절(구약성경 애기서 4장 10절)을 빌려 제국주의 번영 속에 몰락해 가는
조선인의 슬픈 삶을 다룬 「鄕愁」(『文藝春秋』, 1941.7.)와 같은 소설을 침묵하
는 조선문학의 한 실체로 간주했다. 『국민문학』은 물론이고, 일본의 『文
藝』나 『文藝春秋』 등의 작품까지 다 꿰뚫고 그것을 전제로 조선문학을 재
출발시키려 했다. 그러니까 최재서나 김종한은 『녹기』의 현영섭玄永燮, 김
용제金村龍濟, 장혁주, 정인택, 주요한처럼 정신과 글이 몽땅 일본으로 넘어
간 것은 아니고 조선문학의 한 축을 지키려 했다. 최재서가 "일본이란 무
엇인가? 일본인이 되기 위해서는 어찌해야 하는가? 일본인이기 위해서는
조선인임을 어떻게 처리해야 하는가?"라고 고민하며 모든 조선적인 것을
내려놓으려 한 것은 1944년 정월 초이튿날 조선신궁을 참배한 그 「받드는
문학」부터이다.[42]

김종한 역시 최재서와 정황이 비슷하다. 그는 일제가 싱가폴을 함락
하던(1942.2.) 바로 그 시간, "드디어 싱가포울도 陷落했습니다. 그날의 國民
으로서의 感激을 率直히 作品한다는 것은 作家로서 當然한 일일 것입니다.
그러나 또한 싱가포울의 함락을 노래하기 때문에 古事記, 萬葉에서 비롯된
悠久하고 燦然한 日本詩史에 藝術的인 汚點을 남긴 시인이 있다면 그의 功

42 　君は日本人になり切れる自信があるか?…(중략)…日本人とは何か? 日本人となるため
　にはどうすればよいのか? 日本人たるためには, 朝鮮人たるてとをでう處理すれば
　よいのか? 石田耕造(崔載瑞), 「まつろふ文學」, 『國民文學』 제4권 제4호, 1944.4. 5쪽.

罪는 相殺될 것입니다.[43]"라고 했다. '고사기'와 '만엽집'을 끌어와 문학의 독자성과 예술성을 지켜야 한다는 주장인데 이런 발언이 함의하는 바는 '고사기'와 '만엽집'만 아니고, '조선적인 것'도 옹호해야 한다는 의미다. 그래서 오무라 마스오는 이것을 "당시로서는 상당히 용기를 필요로 하는 발언이었다. 팔굉일우의 대동아공영이라는 슬로건의 소란스러움으로부터 시를 격리시키려 했다."면서 큰 의미를 부여했다.[44]

이런 사실을 고려하면 『국민문학』을 창간한 최재서나 그를 추종한 김종한이 비록 일급 친일 지식인으로 살았지만 내심으로는 '조선적인 것'을 지키기 위해 갈등을 겪고 있었다는 말이 성립한다. 「받드는 문학」을 쓰면서도 창씨 명 石田耕造와 본명 최재서崔載瑞를 병기하는 것도 그런 혐의를 준다.[45] 이런 점에서 최재서를 비롯한 여러 문인, 그러니까 앞에서 '조선적인 것'을 테마로 삼은 유진오, 이효석, 김사량 그리고 최재서와 김종한 등을 '全部가 아니면 全無·all or nothing'로 규정하고 협조와 저항의 양단논리로 평가하는 것은 실제와 다르다. 이중어 글쓰기가 용인[46]되는 것은 이런 논리와 무관하지 않다.

이런 현상이 이중어로 구현된 것은 『국민문학』의 한계다. 그러나 그 김종한의 이중어 글쓰기는 김윤식의 논리로는 제1형식(유진오, 이효석, 김사량)이라 결과적으로 조선문학이 되기에 재만조선인 시와 다르면서 같다. 가령 간도 출신 윤동주와는 대극의 마이너스 자리에 오를 만한 김종한이 「고사기」와 「만엽집」을 끌어와 문학의 독자성과 예술성을 지켜야 한다고

---

43   金鍾漢, 「一枝의 倫理」, 『국민문학』, 1942.3. 30쪽.

44   大村益夫, 『윤동주와 한국 근대문학』, 소명출판, 2016. 324쪽 참조.

45   김윤식, 『일제말기 한국작가의 일본어 글쓰기론』, 서울대학교출판부, 2003. 190쪽 참조.

46   김윤식, 『해방공간한국작가의 민족문학 글쓰기론』, 서울대학교출판부, 2006. 김윤식은 1942년 10월~1945년 8월 사이를 '이중어글쓰기 공간'으로 설정했다.

할 때 그 말의 내포는 일본적이면서 '조선적인 것'을 의미하기 때문이다. 이것은 작품이 단순히 조선어냐 일본어냐가 문제가 아니라 이중어의 양가적 애매성이 예술성에 흠을 찾기 어렵다면 그것은 문학의 본질문제가 되기에 '조선적인 것이냐 아니냐.'라는 문제와는 무관하다. 이런 정황은 1940년대 전반기 재만조선인 시가 민족적이냐 아니냐가 기준이 될 수 없는 생활시[47]와 성격이 같다.

정지용의 『백록담』에 표상된 원경

1940년대 초기의 이런 현상과 함께 원경을 그리는 것이 정지용의 시집 『백록담』(문장사, 1941.9.)이다. 『백록담』은 시제에서부터 '조선적인 것'이 표상된다. 우리의 정신문화 속의 한라산 '백록담'은 신선이 놀던 곳이다. 신선들이 '백록'을 타고 정상에 있는 호수에 올라가 물을 먹이고 노닐었던 곳, 혹은 백록주白鹿酒를 마셨다는 전설이 서린 공간이 백록담이다. '백록'은 성스럽고 고결한 존재로 '조선적인 것'의 알레고리다.[48]

「백록담」의 화자는 산을 오르다가 기진하면서도 '내가 죽어 白樺처럼 흴 것이 숭없지 않다.'고 한다. 그런데 이 '숭없지 않음'은 한라산이 한반도 전체의 축도가 되도록 만드는 "咸鏡道 끝과 맞서는"는 그 비유[49]와 호응하는 탈식민주의적 사유로 읽힌다. 이 시집이 식민지 지식인의 불안과

---

47 제2장 2항 마지막부분 '민족시, 친일시, 생활시' 참조

48 '백록'은 정지용이 시단에 내보낸 청록파의 '靑鹿'처럼 신비한 존재다. '청록'은 실재하지 않는 가상의 존재라 그렇고 '백록'은 일제말기란 시점에서 강한 무엇을 상징하는 듯하다. 가령 '白鹿'은 백의민족의 그 '白'과, '붉'의 알레고리로 읽을 수도 있다.

49 신범순, 「정지용의 '백록담':꽃과 하늘호수의 '나라」, 『노래의 상상계—'수사'와 존재상태의 기호학』, 서울대학교출판문화원, 2011. 291~302쪽.; 김복희, 「국토의 알레고리—「백록담」에 대한 소고」, 『한국시학연구』 43호, 2015.8. 181쪽 참조.

갈등을 상징적으로 비판한 사회시라는 평가가 성립하는 것은 이런 의미 자질과 관련된다. 「도굴盜掘」 같은 작품이 근거이다[50]. 정지용은 이 시집을 '산수에도 숨지 못하고 들에서 호미도 잡지 못하'던 때[51] 발행한 무력한 시집이라 했고, 시인이 작품 속으로 들어가지 않고, 역사와 거리를 둔다는 점에서 거대서사가 못되는 한계를 지닌다. 그것은 「異土」(『국민문학』, 1942.2.)와 상통하는 시의식이다. 사정이 그러함에도 불구하고, 이 시집은 그런 발언과는 무관하게 조선의 언어문자를 최후로 고수하며 조선적인 것을 대표하는 자리에 있다. 『백록담』 이후 해방이 될 때까지 정지용은 절필하듯 살았으며, 다음과 같은 몇 가지 성격이 '조선적인 것'을 함의하기 때문이다.

첫째, 시집 『백록담』은 장수산·한라산·금강산 등 국내의 명산을 소재로 해 이루어진 시편들이 시집의 중심에 놓여 있다. 첫 장, 'Ⅰ', 「장수산·1」, 「장수산·2」가 특히 그렇다. 총독부는 베를린올림픽 마라손 우승자 손기정 가슴의 일장기 말소의 책임을 물어 근 일 년 동안 『동아일보』를 정간시켰다가 풀며 '조선의 역사적 인물, 산악, 고적 등'은 반일사상을 부추기기에 활자화하지 말라[52]고 했고, 1941년부터 실시한 국민학교 지리교육에서는 1930년대 향토교육의 활성화와 함께 소학교와 중등학교의 지리교과서에 빈번하게 등장하던 '향토'라는 용어를 의도적으로 배제했다. 향토

---

50 사나다 히로코(眞田博子), 「정지용 후기 산문시의 상징성과 사회성에 대한 고찰」, 『어문연구』 110호 제29권 제2호, 2001. 209쪽 참조. 사나다 히로코는 「백록담」을 억압하는 권력에 대한 반발심이 명확한 「盜掘」(『문장』, 1941.1.)과 같은 맥락으로 해석한다.

51 정지용, 「조선시의 반성」, 『정지용전집·2』, 서정시학, 2015. 632쪽.

52 1937년 6월 11일자 조선총독부 경무국 비밀문서 朝保秘 1100호, 조선총독부가 『동아일보』가 1936년 8월 25일 제11회 베를린올림픽 마라톤 우승자 손기정 가슴의 일장기 말소 사건을 이유로 정간을 시킨 뒤 279일 만인 1937년 6월 3일에 속간을 허락하면서 내린 「諺文新聞紙面刷新要項」 18개 항 가운데 하나. '朝鮮의 歷史的 人物, 山岳, 古蹟 등에 관한 記事로서 民族意識을 鼓吹하고 排日思想을 古調함과 같은 嫌疑가 있는 것은 이를 揭載하지 말 것' 『東亞日報社史』 1권, 동아일보사, 1975. 374~376쪽 참조.

라는 어휘가 내뿜는 조선적인 아우라 때문이다. 그러나 이 시집은 총독부의 그런 정책은 안중에 없다. "쫓겨온 실구름 一抹에도 白鹿潭은 흐리운다. 나의 얼골에 한 나절 포긴 白鹿潭은 쓸쓸하다. 나는 깨다 졸다 祈禱조차 잊었더니라."와 같은 장귀는 백록담이라는 장소가 조선과 일본이 합방함으로써 일본의 한 지역이 되었지만 그곳은 여전히 조선심의 상징으로 표상되고 있다. '기도'는 물론 백록담의 신성성에 자신과 조선을 맡기는 기도일 것이다. 천주교 교도 정지용으로서는 당시 천주교경성교구가 솔선해서 '국민정신총력운동', '국민총력운동'에 협력하던 것을 목격하고 있었을 것을 감안할 때[53]그의 조선심은 더욱 '반 국민총력운동'으로 기울었을 것이다. 그는 교토에 유학할 때부터 '말은 먼 하늘 달을 쳐다보며 잠이 든다'(「馬」)며 조선의 고향을 동시에까지 심었다.

　「백록담」을 지배하는 이런 정서나 표현은 내로라 하는 문인들이 이중어 글쓰기로 시를 창작하던 분위기와는 전혀 다르다. 조선 제일의 시인이 황국신민화 기간에 시집을 출판하면서 첫머리에 가장 조선적 장소를 형상화시켰다면 그것은 "산은 성속일여의 신성공간"[54]이라든가, "자기인식의 동경의 세계"[55]라는 시정신보다 한 발 더 나가는 어떤 결기의 승화이다. 민족의 신화, 전설이 얽힌 명산을 자연스러운 조선어의 율격과 심상으로 보란 듯이 묘사하는 것이 그렇고, 고졸한 어휘로 민족고유의 정서를 에둘러 소환하는 것이 그렇다. 국어, 곧 일본말을 거역하지 않은 듯이 '저리

53　尹善子, 「일제전시하총동원체제와 조선천주교회」, 『역사학보』 157, 역사학회, 1998.3. 107~134쪽 참조.

54　홍용희, 「정지용 시 세계의 주체변이와 공간성 연구」, 『한국언어문화』 53, 한국언어문화학회, 2014. 417쪽.

55　박주택, 「정지용시집에 나타난 동경과 낭만적 아이러니 연구」, 『한국언어문화』 38, 한국언어문화학회, 2009. 171쪽.

가라' 한다.

'伐木丁丁 이랬거니 아람도리 큰 솔이 베혀짐즉도 하이 골이 울어 맹아리 소리 쩌르렁 돌아옴즉도 하이 다람쥐도 좃지 않고 뫼ㅅ새도 울지 않어 깊은산 고요가 차라리 뼈를 저리우는데 눈과 밤이 조희보담 희고녀!'(「장수산·Ⅰ」)과 같은 첫 작품, 첫 장귀부터 조선적인 장소애, 향토정서로 시의식이 몰입한다. '꽃도 / 귀향 사는 곳 // 절터ㅅ드랬는데 / 바람도 모히지 않고 // 산그림자 설핏하면 / 사슴이 일어나 등을 넘는다.'는 「구성동」의 그 조선적인 산수정서와 호응한다. 동방문학의 원형이라는 『詩經』의 산을 닮았고, 노장사상의 은일한 세계와 닿으며, 청록파의 푸른 사슴이 흰 사슴을 찾아오는 신비한 세계, 바로 그 조선적인 세계이다.

둘째, 시집 『백록담』은 시집전체가 당시 국민의 학습어와는 근본을 달리한다. 그러니까 일본어의 그 음절수가 적고 동음이어가 많은 혀짜래기 말 같은 남의 글자, 한자를 빌려 쓰느라 소리가 모자라는 것과는 본질이 다르다. 당시의 학습어는 의식하지 않고 우리말 본연의 문법대로 우리의 산수를 조응하고 있다. 이것저것 열거하며 증명할 것도 없다. 「비로봉毗盧峯」 ½으로도 충분하다. "담장이 / 물 들고, // 다람쥐 꼬리 /숯이 짙다. // 산맥우의 / 가을ㅅ길 // 이마바르히 / 해도 향그롭어 // 지팽이 / 자진 마짐 // 흰돌이 / 우놋다. // 白樺 홀홀 / 허울 벗고".[56] 이런 작품이 1941년이라는 시간에 출판되고 향수되었다는 것은 일본어가 국어가 되어 우리말을 누르고 모국어 행세를 하며, 조선을 뒤덮던 언어행위를 전제하면 놀랍다. 순우리말 구사는 그 자체만으로도 모국어의 선양인 까닭이다.

고도로 생략된 구문임에도 불구하고 학습된 일본어로는 품을 수 없

---

56 정지용, 『백록담』, 문장사, 1941. 18~19쪽. 『백록담』에는 '흰들이 / 우놋다.'로 되어 있다. 그러나 『조선일보』와 『청색지』에는 '흰돌'이다. '흰들'은 '흰돌'의 오기다.

는 정서를 발산한다. '지팽이 / 자진 마짐', '흰돌이 / 우놋다.'는 표현은 말 자체가 '국어'가 된 일본어를 야유한다. 당장 순 조선어라 총독부의 검열 관이 아무리 용을 써도 의미를 가늠할 수가 없다. '국어'를 학습으로 익히 는 무리들을 능멸한다. '흰돌'의 '흰'이 부질없이 끌어낸 모호한 어휘가 아 니라 「백록담」 3연에 등장하는 백화(자작나무)의 고사목과 대귀가 되어 어 떤 환유, 가령 백의민족의 어떤 것을 상징한다. 한라산에는 백화는 없고, 그 나무와 비슷한 구상나무가 사는데 구상나무 고사목을 온통 흰 백색의 자작나무로 상상하고 있다. 이런 심상은 비로봉의 '白樺 홀홀 / 허울 벗고' 의 그 白樺와 호응함으로써 시상이 더욱 심화된다. 비약이 조금 허용된다 면 '붉'으로 표상되는 조선심의 형상화로 읽힐 수 있다. 제1연에서 거의 폭 력적으로 삽입시킨 '咸鏡道끝과 맞서는 데서'라는 시구가 시적 공간을 한 반도 전체로 확장시켜 상상력을 자극한다. 이런 상상력은 한라산에 방목 된 마소들을 '우리 색기들'이라며 조선 사람들로 비유가 전환되는 것에서 도 나타난다.

이런 언어행위는 언어를 통한 민족운동과 다름없다. 역사 속에 묻힌 고어를 끌어내어 조선어의 잃어버린 의미자질을 회복시키기 때문이다. 이 극로, 최현배, 정인승 등 108인이 조선말을 모아 사전을 만들다가 1942년 에 터진 '조선어학회 사건'과 『백록담』의 언어선택 자질이 행복하게 내통 한다.[57] 우리말의 재활이 학습된 일본어와 맞서려는 의도로 읽히면서 우리 민족의 자긍심을 소환한다. 이런 독해는 작품 자체만 문제 삼는다면 비약 일 수 있다. 그러나 일제의 식민지 지배를 '전부가 아니면 전무'로 인식한

---

57 1911년 주시경이 편찬한 우리말 사전 「말모이」가 편찬자들의 사망, 망명 등으로 중단되 었다가 1930년대에 이극로, 최현배, 정인승 등 108인이 이어받아 1942년에 완성되어 인 쇄에 들어갈 즈음 일제에 발각된 그 조선어학회 사건의 정신이나 정지용이 1941년에 시 집을 출판하면서 순우리말을 골라 글을 쓰는 정신은 다르지 않다.

다면 '조선어 사건'을 합리적으로 해석할 수 없다. 조선어 사건은 일제의 통치에서 벗어나고, 친일을 넘어서서 민족이 우리말을 근거로 단합하고자 하는 일단의 민족주의자의 욕구인데 그런 욕구가 시인들, 곧 정지용에게 는 생성될 수 없다는 논리가 성립되어야 하기 때문이다.

시집의 정황이 이렇지만 정작 『백록담』에 대한 당대 세평은 냉담했다. 이유가 무엇일까. 식민지시대 말기의 전시체제였다는 상황과 그런 시대를 외면하고 가장 조선적인 세계를 고답적인 산수의 정서와 융합시켜 발랄한 시적 긴장미를 실현하는 성과를 나서서 말하는 것이 두려웠기 때문일 것이다. 그것은 일제의 식민지 문화정책과 대립하는 정서를 고취시키는 것으로 간주되는 행위다. 『백록담』의 이런 성격을 한 연구자는 다음과 같이 평가한다.

> 대동아전쟁을 치르던 일제하에 조선시를 쓴다는 것 그 자체가 위험이 되던 시기에 친일도 배일도 못한 시인의 괴로움은 그만의 것이 아니라 당시 조선인 전체의 문제이기도 했다. 당대 최고의 시인이 전시상황에 상응하는 시 한 편도 쓰지 않는다는 것은 그야말로 현실적으로 신변의 위협을 뜻하는 것이다.[58]

한라산을 기리는 『백록담』에는 만주 이미지는 그림자도 없고, 정지용도 만주와는 인연이 전무하다. 그런데 시집 『백록담』의 이런 성격이 1940년대의 재만조선인 시와 무슨 관계가 있는가. 그렇지 않다. 그런 시와 시인이 만주와 묶이는 놀라운 무엇이 있다. 그것은 "다람쥐도 좇지 않고 뫼ㅅ새도 울지 않어 깊은산 고요가 차라리 뼈를 저리우는데 눈과 밤이 조

---

58   이숭원, 『그들의 문학과 생애, 정지용』, 한길사, 2008. 121쪽.

희보담 희고녀!", 혹은 "다람쥐 꼬리 /숯이 짙다. // 산맥우의 / 가을ㅅ길 // 이마바르히 / 해도 향그롭어 // 지팽이 / 자진 마짐 // 흰돌이 / 우눗 다."는 장구가 다음과 같은 이수형 시와 놀라울 만큼 닿기 때문이다.

"어느 조고마한 洞里 / 이름 모를 비들기 발목 같은 / 바-ㄹ간 기쁨 의 움직임 속을 / 가마귀 한동아리 날어간 날이면// 아해들은 기-ㄴ종일 나룻가에서/ 손구락 사이를 흘러내리는…", 혹은 "만세! 소리와 같이 꽃피 고 / 만세! 소리와 같이 꽃지는 / 시절이면 / 玉은 / 머-ㄴ 고향 홀어머님 을 / 보고만 싶었다."

어떻게 이렇게 놀라울 만큼 닿는가. 장구의 아우라, 곧 맑고 밝은 시 상詩想, 오염되지 않은 조선말의 빛, 산수 이미지가 형성하는 정일靜逸, 평 화스러움이 그렇다. 이런 정서는 국어로 군림하는 일본어의 위세를 조용 히 그러나 단호하게 거부한다. 이런 정서가 제2차 세계대전의 그 긴장 속 에서 만주의 일우 도문圖們을, 혹은 충청도 옥천沃川을 덮었다면 그것은 허 공으로 팽창하는 조선심의 정령들, 맨 처음 조선반도의 산과 바다를 발견 한 사람들의 후예가 아니면 부릴 수 없는 조선말의 조화다. 이 예상 못한 공통성이 1940년대 전반기 우리시를 밝히는 제3의 원경이다. 그리고 이런 원경이 재만조선인 시와 내통한다. 이하의 진술이 이런 사실을 논증한다.

1.3. 작품의 실상

초현실주의 시 선언의 혼종사회―「백란의 수선화」

초현실주의 시가 재만조선인 시단에 상륙한 것을 알리는 작품이 「백 란의 수선화」이고, 이수형이라는 시인의 존재가 처음으로 재만조선인 시단에 나타난 것도 이 작품부터이다. 이수형은 논리적인 인과관계와 재래적 시학을 거부하고 이미지와 이미지의 불연속적인 연결과 단절을 구사하며 언어의 기능을 의미에 한정시키지 않고 형식sinifiant의 세계로 독자들을 끌어들이려 하였다. 내면의식을 외면으로 부상시켜 그것을 현실의 문제들과 결부시키는 것이 그렇다.

> 大理石의 球根은 黃昏의 祈禱보담도 神秘로운 思索이었다.
> 白露紙의 物理性을 가진ウシロナ 空洞의 投影이 크고크는 刹
> 那!
> 森林은 식커머케 식커먼 生理를 가젓고
> 空間과 生理의 속으로 바스로
> 季節은 溪流처럼 흘은다.
>
> 森林은 氷河의 密室을 宿命하고
> 1940년 2월 19일에도
> 1940년 2월 20일에로 鬱悶하고
> 明朗하였으나 明朗하였으나
> 終時 눈 감을 수 업섯다.
>
> SIX FINGER의 憧憬의 出發은
> 米明의 地球 보담도 嚴肅한 知性이엇다.
> 水仙花의 白盆은 背後도 眼前도
> 무거웁게 무거운 奇異한 岩石이엇다.
>
> 岩石과 空洞을 우우로 속으로
> 近代는 뉴-스의 필림처럼 急轉步한다.

필님 속 水仙花는 センチメンクル이고 主知的이다.

裸體의 眼室에는 눈물도 업고 距離도 업섯다.

鬱悶의 空洞에서 球根은 數업는
NYMPPO MANIA의 래뷰-를 보왓다.
倉庫의 陋態한 鏡面 속에서 美少年은 '모더니트'의 流行歌를 그
리고 써거째진 자랑써리를 アクビ로 歷史化 하엿다.
쌜근 肉體의 秘密의 倉庫를 漏失하여버리는 날 記念日 ? ? ? .
物體는 黃昏의 노래가 들리고 들리는 氷河 속에서 琉璃알가티
漂白하리라.

近代의 化粧室에서는
高周波 NH 線의 X 菌滅殺作用에
憧憬하는 石膏처럼 히-ㄴ '토이레트' '페-파-'에는 數만흔 男女의
屍體가 塵芥車의 汚物처럼
짓발펴 싸여 잇섯다.
化石의 白卵은 近代의 市場에서
純白한 處女의 肉體보담도 純白한 SIX FINGER를 空港으로 空
港으로
噴水처럼 發散하는 것이다.

噴水! 너의 肉體는 假說이다.
假說 假說 假說……
一九四〇, 二月 十九日
於 圖們平一軒

(金長原兄宗錫澄兄께)

前衛藝術論假說의 設定의 意義에 對하야

「白卵의 水仙花」 전문[59]

　이 작품은 앞뒤가 의미상 연결되지 않아 문맥이 비논리적이라 주제를 가늠하기 어렵다. 시의 제목이 '白卵'과 '水仙花'가 결합하는 것부터 그렇고, 첫 구절 '大理石의 球根'이라는 표현 역시 논리적 사유에서 벗어나 있다. 이 시는 제1연부터 성격이 서로 다른 이미지들을 억지로 연결시킨다. 그래서 개개 어휘는 친숙하지만 그 친숙한 어휘가 만드는 문장은 의미 소통이 잘 안 된다.

　이 작품에 드러나는 다른 특징은 현실적인 것과 상상적인 것이 모순 어법으로 표현되는 점이다. 가령 '近代는 뉴-스의 필림처럼 急轉步한다. / 필님 속 水仙花는 センチメンクル이고 主知的이다.'라는 구절에서 앞 문장은 추상적인 어휘인 '근대'와 현실적 실체인 '뉴스 필림'을 병치하고, 뒤의 문장은 가시적인 물질 '수선화'와 관념어인 '센치멘탈·주지적'을 병치 시키고 있다. 또 다른 특징은 자유연상 기법이 시를 지배한다. 그 결과 「백란의 수선화」는 어떤 필요성이나 의미 있는 묘사와는 무관한 환각이 그대로 나열되는 절연체絶緣體 형태가 되었다. 그러나 이런 언술이 자기애, 곧 수선화 이미지를 형성한다. 의미를 거부하지 않으면서 그냥 늘어놓은 듯한 데페이즈망dé paysemnt 기법이 형성시킨 결과이다.

　「백란의 수선화」에는 데페이즈망 기법으로 묶이는 명사 5개가 있다. '近代·肉體·水仙花·SIX FINGER·森林'이다. '근대·육체'는 거듭 3번 나타나고 '수선화·SIX FINGER·삼림'은 2번 나온다. '육체'는 '나체', '시체' 같

59　李琇馨, 「白卵의 水仙花」, 『만선일보』, 1940.3.13. 金長原은 金北原으로 판단됨.

은 유사어를 동반하고 있어 같은 빈도의 '근대'보다 독자에게 미치는 인상이 강하다. 그런데 이런 어휘의 자질과 차별화되는 밝은 심상인 '森林'은 거듭 출현하지만 '계절이 계류처럼 흘은다.' 거나 '明朗하였으나'처럼 조건부 부정문과 묶임으로써 시상이 죽어버린다. 시에서 동일어의 중복은 가능하면 피하는데 「백란의 수선화」에는 동일어가 거듭 등장하여 시적 긴장감을 오히려 높이는 기능을 한다.

가령 "近代의 化粧室에서는 / 高周波 NH 선의 X 菌滅殺作用에 / 憧憬하는 石膏처럼 히-ㄴ '토이레트' '페-파-'에는 數만흔 男女의 屍體가 塵芥車의 汚物처럼 짓발펴 싸여 잇섯다."는 시구는 주어가 '화장실'이고, 서술어는 '싸여 잇섯다.'로 '근대'는 주어를 수식한다. 곧 수세식 화장실이 수많은 남녀의 시체가 X선의 균멸살 작용을 받은 쓰레기차(塵芥車)의 오물처럼 짓밟힌다. 동서양을 막론하고 근대화는 위생개념을 중심으로 진행되었는데 그것이 근대를 부정하는 형태가 되었다. '近代의 市場에서 / 純白한 處女의 肉體보담도 純白한 SIX FINGER를 空港으로 空港으로 / 噴水처럼 發散하는 것이다.'라는 구문 속의 '근대'는 '시장'을 수식하고, 그 '시장'은 '순백한 처녀의 육체보담' 높다. 그 결과 시장과 육체는 "시장 > 육체", 그러니까 부등호가 '시장' 쪽으로 열려 순백한 처녀의 육체의 이미지가 추락한다. 하지만 시장은 애초부터 '근대의 시장'이었다. 따라서 육체는 시장의 상품이 된다.

초현실주의 시는 합리적인 해석을 거부하기에 이런 분석은 무의미할 수도 있다. 그러나 초현실주의 시가 자동기술 형태로 어휘를 쏟아 부은 환각의 풍경 같지만 그 어휘가 끝까지 무의미한 것은 아니다. 초현실주의 시의 한 갈래인 무의미시도 그 무의미가 끝까지 무의미한 것은 아니다. 「백란의 수선화」도 잡다한 어휘들이 시를 구성하지만 그 어휘들은 어떤 지점에서 만나 그 나름의 의미를 만든다. '육체'와 '시장'의 충돌이 표면적으로는 초현실주의적 포즈이지만, 한때 세계를 개혁하기 위해 공산당에 입당한 아라공처럼(1932), 사회주의자로 살았던 이수형의 시적 응수일 수 있다. 이 작품은 근대자본주의 시장사회로 번창해 가는 만주국에서 육체도 시장의 상품이라는 비판이 시의 이면을 지배하기 때문이다.

'수선화, SIX FINGER' 같은 어휘는 이 시와 초현실주의 회화와의 연계를 시사한다. 살바도르 달리의 그림 「나르키소스의 변신」(The Metamophosis of Narcissos)과 「백란의 수선화」는 모티프가 동일하다. 예술의 생산과 수용, 그것을 구현하는 이미지에 초점을 맞추면 시와 회화는 표현매체만 다를 뿐이다. 특히 초현실주의 예술로서의 시와 회화는 보이지 않은 것을 보이게 한다는 점에서 뿌리가 같다.[60] 이미지의 도움을 받아 회화에서 시를 얻고 시에서 상상력의 지원을 받아 그림을 그린다. 피카소가 대표적인 예이다. 그는 화가이자 시인이다[61]. 이수형도 비슷하다.[62]

「백란의 수선화」의 '백란, SIX FINGER'는 「나르키소스의 변신」의 손가락 형상의 화석 기둥 끝에 놓인 달걀과 여섯 번째 손가락을 연상하고, 그 달걀을 깨고 수선화가 피어난다는 표현은 회화 「나르키소스의 변신」에 나타나는 백란, 수선화 이미지와 같다. 그렇다면 이 시는 나르시즘에 빠진 존재가 자기파괴를 통해 새로운 변신을 시도하는 것이 주제다. 그런데 위에서 드러나듯이 「나르키소스의 변신」이 육체를 파는 근대의 시장으로 표상된다면, 달리가 운명의 여인 '갈라'를 가운데 두고 폴엘뤼아르와의 삼각관계에서 갈라를 차지하는 것과는 다르다. 달리가 '그 머리가 쪼개지면 / 그

---

60   이수형은 「前衛의 魔笛은·上」(『만선일보』, 1940.11.15.)에서 '시나 회화나 한 가지 경험세계의 표현'이라 했다.

61   피카소, 『피카소시집』, 문학세계사, 2013. 참조.

62   「繪畫藝術에 있어서의 大衆性問題— 最近展覽會에서의 所感」(『新天地』, 1949.3.)와 같은 장문의 미술평론을 썼고, 오장환 시집 『나 사는 곳』(헌문사, 1947) 장정을 이수형이 했다.

머리가 쪼개지면 / 그 머리가 터지면, 그것은 꽃이 되리 / 새로운 나르키소스 / 갈라'라 하면서 '나의 나르키소스, 갈라'라 부르는 시를 써 엘뤼아르가 물러서게 만들었는데[63] 이수형은 달걀을 깨고 피는 수선화를 매음하는 육체로 표상하는 것은 달리의 그 순수한 수선화·여인의 이미지가 아니다. 거듭되는 '근대의 시장'이란 어귀가 이런 부정적 해석을 도운다. 시장은 근대의 산물이고, 돈을 주고 사고파는 것이 생리인데 '근대의 시장'의 '순백한 처녀의 육체'라 했으니 처녀의 살·몸이 상품이 된다. 처녀의 모습을 한, 살로 만들어진 상품, 곧 창녀이다.

이수형의 이런 반응은 '근대=신문명'으로 인식하고, 그런 신문명을 흠선하여 근대의식 자체를 깨닫지 못하는 신흥 만주국의 현실을 비꼬고 응축하는 객관적 상관물에 다름 아니다. 이수형의 '근대'는 '쌜근 肉體의 秘密의 倉庫를 漏失하여버리는 날 記念日'이고, 그 '쌜근 肉體'는 '黃昏의 노래 속에서 琉璃알가티 漂白해' 버리는 서정적 세계의 자아화이다. 「백란의 수선화」를 이렇게 독해할 때, 이 작품의 주제는 이수형이 주동한 『시현실』 동인 결성의 모태인 『맥』이 지향하던 비판정신과 닿는다. 마지막 구절, "분수 ! 너의 육체는 가설이다"는, 초현실주의가 '물질을 역동화시키고, 사고를 물질화시키면서 사고와 물질의 경계를 지우고, 인간과 세계를 자유롭게 소통시키는 바로 그 초현실주의 시의 기법이다. 동원된 이미지는 인간정신의 개혁을 기조로 기존형태의 시에 반항하는 것이 한 강령으로 작용하고 있다. 이런 점이 '전위예술론 가설의 설정의 의의'가 시 자체로 성립하게 만든다.

현대과학의 산물 고주파 NH가 만주지역에서 일본이 송출하던 라디

---

63   피카소, 『피카소시집』, 문학세계사 213, 183쪽 참조.

오 주파수 Nippon Hoso를 의미하고[64] 「백란의 수선화」의 시의식이 이렇다면 이 작품은 결국 일본이 외치던 오족협화, 대동아건설을 문제삼는 것이 된다. 그런데 그것이 '塵芥車의 汚物처럼 짓밟펴 싸여' 있다. 데페이즈망 기법으로 뒤엉켜 이성적 판단을 방해하지만 시의 테마는 짓이긴다. 이 작품의 수선화는, 「나르키소스의 변신」의 SIX FINGER와 같은 모티프로 신화적인 것인데, 여기서는 멸균되지 않은 배설물로 쓰레기차에 실어 폐기 처분할 대상으로 간주된다. 일본이 만주국을 조종하여 아시아의 맹주가 되려는 야망을 향해 날리는 냉소이다. 이렇다면 「백란의 수선화」는 결국 식민지 근대에 대한 비판이자 왕도낙토의 명분으로 진행되는 5족협화에 대한 거부이다.

이런 시 창작이 가능한 것은 서구를 따르는 일본의 근대의식을 활용하고, 거기에 초현실주의 시 기법을 대입하여 느슨한 『만선일보』의 자체 검열의 틈새를 비집고 들어가 이 말 저 말을 끌어와 주제를 구현하는 전략이 주효했기 때문이다. 홍양명은 이런 이수형을 '時代의 苦悶과 權威와 設計와 僞善을 뛰여넘어 아모것에도 制約밧지 안는 自己만의 想像의 自由로운 世界의 추구'라 했다.[65]

정황이 이렇기에 「백란의 수선화」가 태평양전쟁이 곧 발발할 것을 시사하는 '日米關係調整에는 米認識是正이 緊要'(1940.3.13.)와 함께 발표될 수 있었을 것이고, 활자화되었을 것이다. 그러나 이 시는 세계에 대하여, 이 세계에 하나의 형태를 둘러씌우려는 여러 체계에 대하여, 또 물리적 힘에 대한 도전이며 현실을 부정하고 그 부정을 매개로하여 새로운 세계를 열려는 기도를 이면에 내장하고 있다. 그런 시의식이 데페이즈망 기법에

---

64   이성혁, 「1940년대초반 식민지만주의 한국초현실주의시 연구」, 『우리문학연구』34집, 2011. 361쪽. NHK 編 『日本放送史』(日本放送出版協會, 1965) 참조.

65   洪陽明, 「圖們,延吉의 印象—哈市東滿間島瞥見記·六」, 『만선일보』, 1940.7.20.

실림으로써 의미파악이 난감하다. 사정이 이렇더라도 통사구조는 조선어인 모국어를 유지하고 있기에 그 틈새를 파고들면 의미추출의 길이 이렇게 열린다.

이 작품이 발표되기 하루 전 『만선일보』 제1면은 '閑院宮殿下台臨下에 陸軍紀念日 式典盛大 擧行'이 톱기사이고, 제2면을 채운 기사는 '聖戰下 陸軍紀念日 想起하라! 奉天入城', 興亞軍國의 봄을 謳歌 / 二萬의 國都健兒 / 意氣衝天하게 堂堂大行進' 이다. 이런 기사와 「백란의 수선화」는 지향하는 바가 너무 다른데 같은 지면에서 독자를 만난다. 『만선일보』의 기사는 검열을 받아야 했고, 그것이 시간과 인력에 쫓겨 어려우면 중요기사는 요점만이라도 번역해야 했다. 그러나 그런 기사는 주로 정치기사였다.[66] 한글을 전혀 모르는 일본인 검열관이 조선어가 부리는 이런 시의 조화까지 독해할 수는 없다. 설사 번역하더라도 난해한 문장을 제대로 번역할 수 없고 그런 글을 이해할 일본인은 더욱 없다. 이수형의 시와 『시현실』 동인의 시는 만주국의 이런 사정을 뚫고 들어가 문학의 보편성에 주제를 실어 자신들의 문학의 성채를 쌓으려 했다. 정황이 이렇기에 만주국의 선계문학은 본국의 조선문학과 다르고, 만주국 문학이면서 조선의 본국문학이 수행할 수 없는 일을 할 수 있었다.

결론적으로 「백란의 수선화」는 상징과 신화의 구조에 실린 자기애의 소환이지만 '해골·묘혈·저충'과 같은 섬뜩한 이미지들을 통하여, 그 자기애를 인간부정의 파쇼정책을 인간성 회복의 상징적 구조로 응축한다. 여기에 사보뎅 꽃의 강렬한 이미지가 도덕적 통제 밖의 초현실주의적 미학과 연결되어 그런 시상을 시각화로 보완한다. 그래서 「백란의 수선화」가

---

66   안수길, 「한글 신문에 한글 한 자 모르는 일본인 국장 앉혀」, 『언론비화 50년』, 한국신문
     연구소, 1978. 370~371쪽 참조.

더욱 인간주의 시로 읽히게 만든다.

도의의 나라 야유—「창부의 명령적 해양도」

시는 언어의 제약을 벗어나 대상 그 지체에 이르려고 한다. 사물시의 경우는 리얼리티 획득을 위한 것이고, 순수서정시의 경우는 정서표상 그 자체의 리얼한 재현에 이르기 위해서다. 그런데 이 리얼리티는 언어로 표현하는 순간 실재의 대상에서 멀어진다. 그러므로 언어로 표현된 인식은 진짜와 거리가 있다. 하지만 시가 언어의 예술인 이상 이런 제약을 벗어날 수 없다. 따라서 시는 결국 관념으로부터 완전히 자유롭지 못하다. 특히 시를 둘러싼 환경이 소망스럽지 못할 경우 이런 제약은 더 커진다. 만주국 치하의 재만조선인 시는 이런 점을 가중시킬 여러 조건에 놓여 있다. 이수형의 시에서는 「娼婦의 命令的 海洋圖」가 그런 조건을 갖추었다.

　　一萬系列의 齒科術時代는 밤의海洋에서 섬의 하-모니카를 분다
　　一萬系列의 化粧術時代는 空港의 層階에서 쏠근 추-립푸의 저녁
을 심포니한다. 記念日 記念 日의 츄-립푸는 送葬曲에 핀 紙花엿다
　　明日의 손꾸락을 算術하는 츈-립푸는머-ㄴ 푸디스코 압페
　　쩌오르는 쩌오르는 비누방울의 夜會服 記念日記念日의 幸福을
約束한 肉體의女人이 雙頭의 假面을장식하는날 七色의 슈미-즈가
孔雀의 미소를씌워나의 海洋의 蜃氣樓를 싸러왓다.
　　記念日 記念日의 너의 장식에
　　너의그洋초와 갓튼 蒼白한 얼굴에너의 그바다와가튼 神話를 들
여주는 눈동자에
　　나의 椅子는 溺流되엿다.

나의 椅子는 溺流되엿다.

그러나 娼婦는 울고만 잇엇다.

肉體의 女人은 장식의 歷史가슬펏다.

假面의 女史는 살아있는것이 슬펏다 雙頭의怪物은 왜울엇을사?

明日을 쪼 장식하여야 할 運命을

明日도 그다음날도 그다음날도 살아야할것을

女人아 假面아 深夜의 어린애야

現實에規約된 誠實보담도 阿片보담도술보담도 밤의秘密보담도
이健康術을 사랑한다.

　　一九四〇 春作 끚

李琇馨,「娼婦의 命令的 海洋圖」 전문[67]

이 작품은 이미지의 공통성을 발견하기 어렵다. 비교적 집중적으로
나타나는 도시 이미지는 위선으로 상징되는 '화장술 시대, 가면의 여사'로
형상화되고 있다. 육체의 여인은 '행복을 약속'하는 것처럼 보이지만 '쌍두
의 가면'을 쓴 창부이다. 여러 개의 얼굴을 지니지 않고는 살아남기 어려운
근대문명사회에 대한 비판을 '살아있는것이 슬펏다 쌍두雙頭의 괴물', 창
부로 상징화하고 있다.

　　이미지란 무엇인가. 헤겔의 말이 솔깃하게 들린다. 칸트철학을 계승
한 이 관념론자는, 자연에서 빌려온 이미지의 경우 그것은 사상을 표현하
기에 부적절하더라도 깊은 감정이나, 비상하게 윤택한 직관이나, 활기차게
배합된 유머로 정련될 수 있으며, 이 경향이 발전하면 시를 촉진하여 늘 새

67　李琇馨,「娼婦의 命令的 海洋圖」,『만선일보』, 1940.8.27.『재만조선시인집』(1942)에는 일
　　부 철자법이 다르다.

로운 발명에 이르게 할 수 있다[68]고 했다. 여기서는 근대적 도시문명을 상징하는 이미지들이 장구를 지배하고, 그것이 일상의 질서와 단절된 상태에서 충돌한다. 그리고 그것은 상투성·cliche을 넘어 창발성·initiative을 자극한다.

「창부의 명령적 해양도」는 지성과 이지가 문맥을 지배한다는 점에서 모더니즘시다. 그러나 이 시는 언어예술로서 지닌 본질이 제대로 전달되는 통사구조가 아니기에 모더니즘 일반론으로는 설명하기 어렵다. 이미지를 통하여 시적 진실을 획득하려 하나 그런 의도가, 시가 문학의 한 갈래로서 수행할 역할이 비판적 현실이라 뒷일이 두렵고, 시의 시간적 배경 또한 너무 엄혹해서 기법이 주제를 포장해 버렸다.

첫 구절 '一萬系列의 齒科術時代는 밤의 海洋에서 섬의 하-모니카를 분다.'에서 '치과술 시대'와 '밤의 해양'이 만드는 문장은 일상적인 관계를 이탈한다. '~분다'는 서술어가 앞의 상이한 명사들이 충돌하여 내뿜는 특이한 심상을 무의미하게 만든다. 놓일 자리가 아닌 자리에 놓인 어휘가 예상 못할 기능을 한다. 치과술, 밤, 화장술, 공항 등의 이미지들도 과도한 독창성의 애너그램으로 읽힐 수 있는데 그게 뭉쳐서 다른 의미로 확장된다. 곧 '阿片보담도 술보담도 밤의 秘密', 혹은 '쌜근 추-립푸의 저녁, 기념일'이 발산하는 의미는 근대 도시문명의 생리를 연상시키고, '치과술 시대', '밤'은 여인의 교태, 밤의 유혹으로 의미가 굴절되는 게 그렇다. 또 이런 다양한 이미지는 '記念日의 추-립푸는 送葬曲에 핀 紙花'라는 시구와 만나면서 그런 포에지는 근대가 자본주의의 물신성에 포획되어 본의를 상실한다. 그 결과 형식으로 보면 초현실주의 시의 기법의 구현이 되고, 본질적으로는 자본주의적 근대도시 이면의 쾌락, 저주받은 직업, 사창가의 풍경을

---

68   앙드레 브르통, 황현산 번역·주석·해석, 『초현실주의 선언』, 미메시스, 2012. 253쪽.

드러내는 현실주의시 역할을 한다. 그리고 시적 화자가 현실을 장송곡에 불과하며 종이꽃·紙花라 말하고 그런 퇴폐풍경을 형상화한다는 점에서 이 시는 표면과 이면이 다른 근대도시에 대한 비판이다.

이 작품에서 여러 상이한 이미지가 충돌하여 나타나는 결과는 우리가 무시하였거나 알지 못하는 세계의 어떤 양상이 불가사의한 상상력을 빌려 우리 앞에 얼굴을 드러내는 '경이驚異'의 창출이다. 앙드레 부르통이 인간의 어떤 능력보다 상상력이 우위에 있고, 그것은 숭고하다고 하면서 초현실주의 시는 시의 첫 구절은 동떨어진 이미지의 결합으로 출발해야 한다고 한 그것, '경이'의 구현이다. 경이는 초현실주의 시의 요체다. 경이는 놀람, 이성의 방어 없는 급습상태인데 이 시에서는 그것이 '七色의 슈미-즈가 孔雀의 미소를 씌워 나의 海洋의 蜃氣樓를 싸러 와서,' 그것이 '슈미즈=공작의 미소=해양의 신기루'가 되어 세 존재의 성격이 소멸되고, 그 대신 경험 세계를 떠난 특수한 리얼리티를 생성시킨다. 그리고 '肉體의 女人이 雙頭의 假面을 장식하는 날 七色의 슈미-즈'라는 표현이 형식적으로는 상이한 이미지의 폭력적 결합이지만 그것이 가상공간에서 엉뚱한 정서를 자극하여 보이지 않는 현실의 어떤 치부를 찍어냄으로써 심리에 충격을 준다. 그래서 "七色의 슈미-즈"가 "記念日 記念日의 너의 장식"과 묶여 기념일의 주체, 곧 도의의 나라, 만주국이 결국 농락을 당한다.

만주국은 인의와 예양의 나라이다. 이것은 "사랑이 넘치고 증오가 없는 / 인의와 예양으로 우리는 발전한다·只有親愛 竝無怨仇 / 重仁義尙禮 讓使我身修."는 '만주국 건국가'에서부터 나타난다. 만주국 정부는 일본인 고관이 이취임을 할 때마다 잔치를 베풀었고, 1933년 관동군사령관이 죽었을 때는 황제 부의의 참석 하에 거대한 장례를 치렀다. 정씨아오쉬 총리

는 연중무휴로 열리는 각종의식을 거의 자신이 직접 집전했다.[69]

정황이 이러한데 「창부의 명령적 해양도」의 화자는 이 도의의 나라에 '七色의 슈미-즈가 孔雀의 미소를 씌워 나의 海洋의 蜃氣樓를 싸러와', '너의 그 洋초와 갓튼 蒼白한 얼굴에 너의 그 바다와 가튼 神話를 들여주는 눈동자에 / 나의 椅子는 溺流되엿다'고 토로한다. 인의와 예양을 받드는 것은 국민의 정신교화를 위해서인데 이 시는 그것을 7색의 슈미즈와 엮어 버린다. 여인의 은밀한 부위를 가리는 엉뚱한 어휘와 조합해서 말의 의미를 날려 버렸다. 당시 만주국은 매춘부나 카페여급을 소재로 하는 것, 나라의 어두운 면, 퇴폐적인 것을 '예문지도요강'에서 검열의 대상으로 삼았는데 이 작품은 그것을 뭉개버렸다. 이 작품의 마지막 행이 "阿片보담도술보담도 밤의秘密보담도 이 健康術을 사랑한다.", 곧 "~보다. ~보다 ~~을 시랑한다."라는 통사구조로 앞의 것을 부정하고, 건강술을 내세우다가 익류溺流시킨다.

관동군은 중일전쟁이 단기간에 끝날 것으로 예상했으나 제2차 세계대전과 중일전쟁을 함께 치러야 하는 처지에 몰렸다. 관동군은 그 곤경을 만주국의 인의예양을 앞세워 충성을 도모하려 했다. 국민의 도덕함양과 정신교화운동을 전개하여 중일전쟁에서 승리하여 대동아건설을 실현시키려는 전략이다. 그런데 「창부의 명령적 해양도」는 그런 정책과 도덕 함양의 기념일을 일곱 빛깔 여자 속옷으로 싸서 패대기치고 있다. 그것도 시답잖은 일상어가 도의의 나라라는 만주국을 야유한다.

초현실주의 시에서는 두 개의 이미지의 결합에 따른 새로운 이미지, 혹은 기존의 사고, 사유, 주체에 대립되는 무엇을 '오브제objet'로 활용한다. 이 시에서는 '창부, 밤, 가면의 여사' 같은 어휘들이 '化粧術 時代, 空港의

---

69   한석정, 『만주국건국의 재해석』, 동아대학교출판부, 2007, 214쪽.

層階, 夜會服, 肉體의 女人, 슈미-즈' 등의 어휘와 묶여 제2의 세계 창조를 시도한다. 어휘가 근대적 도시의 타락한 성적 생활의 한 상징으로 변용된 다. 틀에 박힌 방식에 의하여 상습화된 상태를 탈피시키고 지나치게 익숙 해져 있는 대상을 비친숙화(defamiliarize)시켜 대상을 이화시킨다.

만주국의 모든 정책을 5족협화, 왕도낙토, 도의의 나라, 위생국가에 집중시켰다. 그런데 이 시는 화자를 내세워, 그 득시글거리는 무리를 '지 화'로 규정한다. 이것은 만주국이 자신만만하게 건설하는 근대도시가 '지 화, 가짜 꽃'이라는 말인데 지화는 향기가 없으니 모양은 꽃이지만 꽃이 아 니다. 창부는 여자지만 여자의 향기를 느낄 수 없으니 여자가 아니다. 육체 를 시장에 내놓는 여자는 오염된 신체이고, 그 신체는 신비로움을 상실한 상품으로서의 생명체다. 만주국이 겉은 독립국이고 속은 식민지기에 가짜 나라다. 이 작품이 여러 이미지가 충돌하여 기의가 모호한 것은 이런 시의 진실을 포장하기 위한 전략이다.

근대는 도시문명을 중심으로 전개되었다. 신경은 어떤 기념일이 오 면 화려한 행사를 하며 근대도시의 위상을 자랑하던 만주국의 수도이다. 그런데 그 자랑스러운 도시를 향해 시적 화자는 '女人아 假面아 深夜의 어 린애야 / 現實에 規約된 誠實보담도 阿片보담도 술보담도 밤의 秘密보담 도 健康術을 사랑하라'고 타이르고 있다. 이것은 초현실주의가 '인류가 공 동으로 주도한 개별인간(육체), 주체중심의 의학적 현실에 가치를 두고, 자 유를 추구한 전통부정에 기초한 그 문학정신과 대립한다. 창부가 들끓는 병든 도시, 비의학적 현실을 외면한 만주국 사회에 대한 비판이다. 당시 『만선일보』를 펼치면 여성 화장품, 위장약, 정력제 등 각종 광고가 뜨는데 가장 큰 광고가 임질, 매독 치료약이다. 그런 온갖 광고 속에 '향기로운 술, 진미의 요리, 미녀의 써비쓰!', '新大陸' 어쩌고 하는 유흥업소 광고도 눈에 띄는데 그게 대부분 신경 아니면 합이빈哈爾濱 소재의 업소이다. 이 작품은 그런 현실의 이면을 겨냥하고 있다. 다른 시인은 '道路 뒷골목에서 마신 호주가 / 깨이기 전에 / 스카야 모롱이 白系露女의 / 부연 젓가슴 밑에서 사라저버리고 // 키큰 아가씨들의 팔 밑을 지나 / 樓에서 두 대, 棧에서 세 대…'[70]라며 하르빈의 표면을 단순한 피사체로 인식할 때 이수형은 '娼婦 는 울고 잇엇다.' '女人은 歷史가 슬펏다.'며 현실 뒤의 현실을 오브제 기법 으로 걸어 올린다. 신경과 하르빈은 1940년대 초기 만주국의 근대화를 실 현하는 선봉이었다는데 이수형은 그것을 이죽거리고 있다.[71]

「창부의 명령적 해양도」는 외연으로 보면 말을 관습적인 틀에서 벗 어나게 함으로써 주체를 해방시키려는 사유의 받아쓰기 형태다. 그러나 묘사의 주체를 따지고 들어가면 그 끝에 만주국이 등장한다. 이 시가 『재 만조선시인집』에 재수록될 때는 '七色의 슈미-즈가 孔雀의 미소를 찍워 나 의 海洋의 蜃氣樓를 싸러왓다.'라는 대문이 빠졌다.[72] 이것은 편집자의 부 주의로 시의 한 행을 빠뜨린 실수 같지만 오히려 그 반대일 것이다. 이 시 행이 외설적 분위기를 발산하는 것이 쉽게 잡히고, 그것이 현실의 한 면을 겨냥하고 있다는 판단 때문일 것이다. 만주국의 사정으로 보면 '칠색의 슈 미즈'와 같은 표현은, 비록 뜻이 모호하여 꼭 찍어 의미를 규정할 수 없지 만 인의와 예양을 거스르는 표현인 것만은 분명하다. 또 왕도낙토의 이미 지를 훼손시키고, 천하제일의 강군이라 자랑하는 관동군이 주관하는 대동

---

70 李家種, 「哈爾濱」, 『詩人春秋』 제2집, 1938.1. 33쪽.

71 이런 점은 1942년 11월 도쿄와 오사카에서 개최된 제1회 '대동아문학자대회'에서 만주국 작가들이 '만주문학'을 '대동아문학의 선구'로 거리낌 없이 규정하는 데서 잘 드러난다. 崔 貞玉, 「만주문학을 통한 한중일문학자교류」, 『중국학논총』 제33집, 고려대학교 중국학연 구소, 2011. 99쪽 참조.

72 「창부의 명령적 해양도」 원본(『만선일보』, 1940.8.27.)의 제6행, "七色의 슈미-즈가 孔雀의 미소를 찍워 나의 海洋의 蜃氣樓를 싸러왓다."가 『재만조선시인집』(1942.10.)에서는 빠졌 다. 김조규 편, 『재만조선시인집』, 間島省, 藝文堂, 1942.10. 73~74쪽 참조.

아공영에 황칠을 한다. '娼婦는 울고만 잇엇다. / 肉體의 女人은 장식의 歷史가 슬펏다.', 혹은 '明日도 그 다음날도 그 다음날도 살아야 할 것을 / 女人아 假面아'라며 '명일'을 찾는 여인, 그러나 몸이 그대로 삭아가는 여인들만 가득하다. 이런 타락해가는 정황은 다음과 같은 비허구산문과 다른 데가 하나도 없다.

　　淫蕩한계집들의 肉이 돈을달라고 아양을 떨며 香氣노픈洋酒와 騷亂한짜즈와 애로틱한舞踊으로 하르빈의밤은 새여간다. 하르빈의 價値는 낮보다밤에잇스며 사랑보다肉에잇다…(중략)…
　　저녁을 먹고 거리에 나서면 아지못할 계집들도 윙크를 하며 지나가고 심한 계집들은 따라와 산보가자고도 한다. 이로 보아서 哈爾濱이 얼마나 淫蕩한곳이라는것을 알겠거니와 그보다도 그거리에 病院看板을보면 거의 全部가 '淋疾梅毒'專門治療라는 看板뿐이다.[73]

　　地獄中에도 이런地獄은 업슬것이엇다.
　　저生에잇는地獄이 정말이럴진댄 입은옷을버서 남주지아니할사람업고 남에게눈물나을일은커녕 이마ㅅ살찝푸리게할일조차 꿈에도 아니한것을반드시確信한다.
　　왜그러나하면밤거리를 出沒하는 그런 女人들의 뒷골목은 겨우 웅뎅이 하나 디리밀만한 널板子寢臺우에서 花柳病菌을 各處로 派遣하는 中央機關이요 그런 女人들의 職業은 病菌을 媒介하고 若干의 手數料를 바드니 이것을 時體말로 듯기조케하면 "花柳病菌쑤로커"요 다써러진 넷말로는 "福德房"이라고 하는 것이 가장 適切한 것

73　　北國遊子,「哈爾濱夜話」,『白光』제1집. 1937.1. 91~93쪽.

이엇다[74]

1940년, 하르빈이 성병으로 망가지고 있는 현장이다. '저주받은 직업'들이 소돔과 고모라의 악과 타락을 연상시킨다. 이 비참한 사실은 여자가 '다써러진 넷말로는 "福德房"이고', '화류병균 쑤로커'와 같은 표현으로 압축된다. 「창부의 명령적 해양도」는 이런 자본주의적 도시의 밤풍경을 그런 이미지 다발을 충돌시켜 황홀한 공간으로 묘사한다. 이것은 1차적으로 초현실주의가 도덕적이고 이성적인 것보다 비이성적인 무의식과 상상의 논리가 더 중요하다는 것과 같은 맥락이라는 점에서 시적 한계라 하겠다. 그러나 본질적으로는 이미지의 우연한 충돌로 발생하는 세계가 신생 제국 만주국의 이면 폭로이고 응축이라는 점에서 초현실주의 시의 가치관의 실현이다. 초현실주의 시가 독자에게 당혹스런 충격을 주는 기법이 특징이지만 그 시의식은 부르주아사회질서를 예술적으로 전복하려는 반항정신인 까닭이다. 「창부의 명령적 해양도」의 배경이 신경이고, 하르빈이라는 확실한 증거는 없지만 만주국이 자랑하는 어떤 근대도시가 이렇게 병들어가고 있다는 것은 그 나라가 그 지경이라는 말이다. 그러니까 이 시는 만주국의 혐오스러운 부르주아적 현실이 장차 모든 것을 병들게 하리라는 예보, 초현실주의 시의 그 비판적 가치관의 형상화에 다름 아니다.

초현실주의 시의 확장—「미명의 노래」, 「인간 나르시스」

「未明의 노래」는 이수형이 이끄는 『시현실』 동인들의 합동시집인 『典型詩集』의 발행을 축하하는 작품이다. 작품 끝에 "一九四〇, 一〇, 二五.

---

74   嚴時雨, 「哈爾濱의 外國情緖(二)」, 『만선일보』, 1940.5.24.

《典型》에 들이는 노래. 於 圖們"이라 적시한 것이 그렇다. 『전형시집』은 산일되고 없다. 그러나 '『전형시집』'에서 라는 주를 단 작품이 『만선일보』에 숱하게 소개된 사실을 전제하면 이 시집이 출판된 것은 확실하다.

'未明'은 동이 트는 새벽이기에 「미명의 노래」는 '새벽의 찬가'이고, 그것은 『전형시집』의 찬가가 된다. 이수형은 「백란의 수선화」(1940.3.13.)를 불쑥 발표한 5개월 뒤 신동철과의 합작 「생활의 시가」를 '시현실동인집' 첫 작품으로 재만조선인 시단을 놀라게 하더니 며칠 뒤 「창부의 명령적 해양도」란 특이한 제목을 단 시를 발표했고, 또 두달 뒤 그들의 합동시집의 출간을 알리는 시를 발표했다. 이수형이라는 전력 미상의 시인이 재만조선인 시단에 새바람을 일으킨 일련의 사건이다. 초현실주의 기법의 시는 이미 『맥』이 창간되면서부터 황민의 「鏡」(『맥』 제1집) 같은 작품에서 상면한 바 있기에 재만조선인 시단은 그 신기성에 놀라지는 않았겠으나 합작 시는 그렇지 않다. 「미명의 노래」와 「인간 나르시스」는 초현실주의 기법을 변용시키는 포즈를 취하면서 재만조선인 시단의 지평을 확장시킨다. 이 두 작품은 데페이즈망 기법이 중심이지만 「백란의 수선화」, 「창부의 명령적 해양도」, 후술할 「풍경수술」과는 다르게 상징적 기법으로 대상을 형상화하기에 덜 난해하다.

> 오―
> 骸骨엔사보뎅 쏨이근 쏫피여 나는밤
> 오―
> 墓穴엔 蛆虫의 凱歌가 들리는 밤
> 쏫피고 노래가들니고
> 쏫피고 노래가들니고
> 밤이 가고 밤이오고
> 밤이 가고 밤이오는 밤

오—

黑板엔 蒼白한 空間이 되여 날으고.

피여나는 空間엔 太陽처럼 親한

죄소만 죄소만 胡蝶의 무리 무리날으고

거미줄 갓튼 地土엔 太陽을쏘여든

數만흔 慾望과 暗憺한 愛慾이

아름다운 時間우우로

昆虫처럼 기어가고

波紋처럼 사라지고

亡靈이되고 亡靈이되고

오—

骸骨엔 사보뎅 하이얀 꼿피여 나는 밤

꼿피고 노래가 들니고

꼿은 永遠을 꼿은 永遠을

凱歌는 忘却의地圖에서 異邦女의 노래처럼 들니고.

오—

꼿은 骸骨에 피여가고 피여나리라

忘却의 地圖에서 노래는 들니리라.

一九四〇, 一〇, 二五.《典型》에 들이는 노래.

於 圖們[75]

---

75 李琇馨, 「未明의 노래」, 『만선일보』, 1940.11.6. 『재만조선시인집』에는 일부 표기가 다르
다. 한 예로 '骸骨엔사보뎅 꿈이근 꼿피여 나는밤'이 '骸骨엔 사보뎅 뿔-근 꽃피어 나는밤'

제1연은 '해골, 묘혈, 저충, 밤' 등 불쾌하고 어두운 이미지가 '꽃, 노래' 같은 밝은 이미지와 만나 생성시키는 특이한 정서가 '들니고', '오고', '날으고' 와 같은 서술부와 연결되면서 모종의 현상이 비상하는 분위기를 연출한다. 이런 비상의 시상이 제2연에 와서 '피여나는 空間엔 太陽처럼 親한 / 죄쏘만 죄쏫만 胡蝶의 무리 무리 날은다.'고 함으로써 경험의 무의식적 영역이 의식적 영역과 결합한다.

이런 환상세계와 경험세계가 제3연에 와서는 '거미줄 갓튼 地土엔 太陽을쏘여든 / 數만흔 慾望과 暗憺한 愛慾이 / 아름다운 時間우우로 / 昆虫처럼 기어가고 / 波紋처럼 사라진다.' 고 했다. 이질의의 접근 충돌이 창조하는 낯선 세계다. 해골, 묘혈, 저충, 밤이 환기하던 우울한 분위기가 사라지면서 나타난 신세계인데 그것은 아름다운 시간 위로 곤충처럼 기어간다. 초현실주의 시가 의식과 무의식의 서로 다른 현실에서 출발하여 두 현실이 상호 침투하여 만드는 절대적 실재, 곧 환상의 세계가 일상적인 이성의 세계와 충돌하는 효과이다. 그런데 이 시의 화자는 마침내 '꽃은 骸骨에 피여가고 피여나리라 / 忘却의 地圖에서 노래는 들니리라.'고 노래한다. 해골에서 꽃이 피고, 망각의 지도에서 노래가 들리는 세계라면 절망이 희망으로 바뀌는 세계다. '미명'의 안개가 걷히고 태양이 떠오르니 『전형

으로 바뀌었다. '꿈이근'은 '꿈이 익은'의 의미인데 '뿔-근', 곧 '붉은'이 된 것은 원본과 크게 다르다. 이런 이유로 본고는 『만선일보』본을 텍스트로 삼는다. 최삼룡 편 『해방전 현대시선』(민족출판사(북경), 2016)에서는 「人間 나르시스」, 「未明의 노래」, 「娼婦의 命令의 海洋圖」, 「나의 노래」, 「躑躅花」, 「별」, 「五月」, 「落葉」 등의 작자명을 李琇聲이라 했다. 그리고 다음과 같이 주를 달았다. "나의 노래. 척촉화. 오월, 낙엽. 별 등 5수의 시는 모두 리학성(李鶴城)이라는 이름으로 발표하였다. 리학성은 李旭의 해방전 이름이다."(202쪽). 이것은 '李琇馨=李琇聲=李鶴城=李旭'이라는 말이다. 오류가 아니라 날조다. 작가가 바뀐 게 여러 편이기 때문이다. 이수형은 '遠狂의 隊伍와 隊伍의 行列에 스치어 / 決戰의 아우성 / 太平洋의 섬과 섬은 / 軍陣의 깃에 그늘지고' 같은 태평양전쟁을 찬양한 「捷報」(李鶴城, 『만선일보』, 1942.8.17.) 같은 시는 절대로 쓸 수 없는 진골 사회주의민족주의자이다.

시집』 간행의 축하가 된다. 따라서 그것은 이수형과 『시현실』 동인의 시가 꿈꾸는 새로운 세계에 대한 축가이다.

「인간 나르시스」는 「미명의 노래」와 시의식은 다른 바 없는데 실현 방법이 다르다. 이 작품은 인간심리의 단층을 포멀리즘으로 표상하려 한다. 이런 형식의 시는 초현실주의의 원조로 평가되는 아뽈리네르의 입체파시에서 비롯하였고, 그것이 우리 시단에서는 이상李箱의 시에 나타나듯이 선과 숫자를 동원한 형태주의로 변용되었다. 이시우의 「房」(『삼사문학』 3집), 한천韓泉의 「단순한 鳳仙花의 哀話-百秀에게 올리는 詩」(『삼사문학』 3집), 김조규의 「馬」(『단층』, 1940.6.) 등에서 띄어쓰기를 완전히 무시하는, 이른바 '레디메이드 오브제Ready-made objet'의 한 기법이다. 「인간 나르시스」는 그런 시만큼 변용된 형태는 아니지만 재만조선인 시단에서는 처음이다. 특히 그런 형태가 인간심리의 단층과 음향효과를 시각적으로 표상한다는 점에서 관심을 모은다.

> 허-연 나래
> 　날 개
> 　　날 개
> 　　　날 개
> 날려가고 날러온
> 水仙花의 손바닥은
> 두터운 大理石의 무지개를 거더안고
> 宿命한 風俗의 秘密을
> 　　　　　行進하오
> 　　　行進하오
> 　　行進하오

안개의 風景을

안개 안개 안개 안개가 흘으고

흙빛을 타고 七面鳥의 아침이흘으오

참말 날개돛인 마스크는 너무나 그리운 恐怖라오.

「人間 나르시스」에서[76]

　　역동적인 감정의 시각적인 표상이다. 생동감이 있다. 왜 이런 형태의
시가 이루어졌을까. 비인간적인 사회를 향한 인간주의에의 이상 때문일
것이다. 이것저것 따질 것도 없다. '날개 날개 날개', '행진하오 행진하오
행진하오.'는 심리의 단층에 쭈그려 앉은 위축된 신명에 대한 자극이다. 활
자형태 자체가 새가 훨훨 날아올라 행진하는 V자 형태이다. 이 '날개'는 일
상적인 관념에서 해방된 객체, 즉 오브제로서 의미를 창조한다. 시 전체가
문자로 그린 회화양식으로 시의 주제를 무의식 구조의 형태로 구현하는
셈이다. 이런 기법은 당시 재만조선인 시가 전통적 서정시, 회고조 풍물시
에 경도된 사실을 전제하면 매우 새롭다. 인간애의 이상을 시각적으로 표
상하는 것이 그렇다. 비인간적 시대, 비인간적 공간에서 인간애를 형상화
하고 있다는 점에서 이 작품은 재만조선인 시의 본질을 확장시켰다.

해체 당한 현실─「風景手術」

　　시의 제목은 시적언술에 있어서 핵심적 역할을 한다. 가령 '무제' '실
제' '시 제 1호'처럼 애서 제목을 중립화하는 경우도 이 어휘들은 작품 해
석에 영향을 준다. 「풍경수술」이라는 제목도 문자 그대로 읽으면 사실적인

76　이수형, 「人間 나르시스」, 『재만조선시인집』, 간도성 연길가. 예문당, 1942, 70~72쪽.

의미를 지시한다. 그러나 '풍경 : 수술'이라는 두 어휘가 병치되는 형태는 메타언어에 의해서 주고받는 어떤 상징으로 판단된다. 지금까지 묻혀있던 작품이라 먼저 전문을 소개한다.

닭소리에 宇宙가째라는새벽이면 히여가는 들창밋에 카레더-의 神話를記念하는 戀文들은 회파람을 불드라. 흙빗을 어르만지면 파라핀이 그리워진다 新作路가 海女처럼 발가벗고 웃는다 飛行場에서 兒孩들이 말은풀 거두며 포장과가튼 喜悅을 湖水에보낸다 이것은 장임에게 무지개를 알리자는 意味였다 아라비아의地圖를가진 兒孩들이 軌道를橫斷한다 배추속에 새벽노래가 아롱지면 물동이인少女의 그림자가 海邊의 젓봉오리를휘젓는다 北窓을 여러제치고 蒼空을 흘으는 숫탄 손벽소리를헤치고 노래와가튼 彫像에 七面鳥한머리 딩굴고잇다 히-ㄴ壁압에서 오랜-지의太陽이 누른頭髮을 쏘고잇다 바사솔을 쓰고 나의感情이 戀人의손바닥에 音樂을들여주엇다 戀人은 고무風船의 微笑를하엿스나 나는 목아지업는思考를 가젓다 薔薇色秘密을가진 靑年들은 凋落이되면 모-도 外套를입드라 靑年들의 會話는『興亞』를 피우며 사보뎬과가치 그속에서 肥滿하더라 그들은 左右兩쪽 포켓트에 疲困한 손바닥을 찔르고 正午의 네거리를 서성거리다 비로-드의 검은乳房을 어루만지면 열개의 손쑤락이 낡은感情을 바란스하드라 薔薇꼿입파리 쎠러진것을 슯어말것이다 健康한 검푸른가시蒼空을휘젓는것을 노래할것이다 太陽은 그러케아름다웟스나 印象派畵家들은 서른두개의 舞臺를쑤미고 그우에서 쏘쑤라노를 불럿느니라 이것은 한개귀여운 베일이엿다 베일에 靑年畵家들의 핑거-가 湖水를 숨쉬드라 이것은 二十一世紀의 나이팅겔-ㄹ을 할머니들쎄들이자는 行動이드라 한개 원두와가튼 形態에서 무서운 體溫을 어더편으로 感情花하엿다는것은 比喩가아니엿다 그것은 黃昏

風景에 젓을줄려는 意味다 뜰에서 해마다 鳳仙花는 붉은 요기를 잇
지안트니할머니는 힌 등을 구부리고 少女의 손쑤락을 보기시작하드
라 어대간들 옷이 피질안켓니 어대간들 옷이 쎠러지질 안켓지 그러
기에 兒孩들은 유리쪼박과가튼 湖水에 얼골을비추워 보는方法을 갓
일것이다 푸른森林을 사랑할수업는 장님에게 美學으로 이야기 말것
이다 凋落한 落葉이 아니라 樹液이속으로 흘으는 나무나무의 쏠거
리를 쌤은손바닥으로 어르만지게할일이다樹液의合唱을 들을것이다
1941,10.

「風景手術(詩)」 전문[77]

이 작품은 이미지나 비유가 완전히 자유롭고, 모든 단어가 족쇄를 벗
어났다. 현실과 환상이 구별되지 않고 섞여 있다. 이 작품이 발표되던 시간
조선의 모든 작가들은 사실적인 표현을 피해, 자기 나름의 메타언어를 모
색했는데 그것이 주로, 지각하는 데에 소요되는 시간을 증대시키고 지각
을 쇄신시켜 낯설게 하는 비유였다. 그러나 일제 파쇼통치가 극에 달하던
1940년대의 경우 그런 비유도 제한적일 수밖에 없었다. 이런 사정으로 이
작품은 이미지 제공어와 이미지 수령어 사이에 이중의 의미전환이 일어나
상호작용을 통해 서로를 조명하는 이미지를 만들어내기에 의미추출이 거
의 불가능하다. 가상·환상의 세계에서 시적 진실을 실현하기 때문이다.
    첫 구절 '닭소리에 宇宙가 쌔라는 새벽이면 히여가는 들창밋에 카
레더-의 神話를 記念하는 戀文들은 회파람을 불드라.'라는 대문은 이미지
를 중복해서 비유하여 독해를 의식적으로 차단시킨다. 문장의 주술관계는
'우주가 …… 회파람을 불더라.'이다. 유사성이 전혀 없는 이질적인 개념

---

77   이수형, 「風景手術 (詩)」, 『만선일보』, 1941.12.10. '(詩)'라는 註는 이 글의 형식이 완전히
      산문체라 일반 독자가 다른 장르로 오해할 소지가 있기에 달았을 것으로 추측된다.

름다운 것은 '경이'밖에 없다고 한다.[78] 그런데 이 경이로 가득 찬 풍경은 객관적인 현실세계가 아니라 사실은 주인공 화자의 심리에 떠오르는 환각이고 환상이다. 무정부적인 이미지의 자유로움을 통해 가상적인 것과 현실적인 것이 구분되지 않는 그 공간이다. 환상의 폭이 넓고 크다. 시간적으로는 21세기로 넘어가고, 공간적으로는 봉선화 붉은 요기에서 황혼풍경에 걸치며, 인간은 소녀에서부터 할머니에 이른다. 가는 곳마다 꽃이 피고, 삼림을 못 보는 장님에게는 조락한 낙엽이 아니라 수액이 흐르는 나무줄기를 어루만지게 한다. 닭소리가 예보하던 그 희망의 세계가 실현되는 현장이다. 있었던 일과 상상한 일을 구별하지 않는 세계, 그래서 모든 것이 가능하다.

마르크스로부터는 '세계를 변혁시켜라'라는 슬로건을 채택하고, 랭보에게서는 '삶을 바꾸어라'라는 문학지침을 채택한 초현실주의 시의 본질이 구현되는 세계이다. 「창부의 명령적 해양도」 같은 시가 문제삼던 어두운 현실 대신, 인간사 밖으로 향한 환상이 화려하게 전개되고 있다. 이성이 행사하는 모든 통제가 부재하는 가운데 미학적이거나 도덕적인 모든 배려에서 벗어난 사고의 받아쓰기가 이룩한 세계이다. 열악한 삶의 조건을 개선하고, 자유의지를 승화하려는 어조가 정신을 고양시킨다. 여러 속박에서 벗어나 욕망의 자유를 누리려는 글쓰기다. 이런 잡백의 무늬가 소망스럽지 못한 현실을 극복하는 대안 역할을 한다. 다른 대문에서도 이런 정서가 환각의 풍경paysage fantomatique을 형성한다.

아라비아의地圖를가진 兒孩들이 軌道를橫斷한다 배추속에 새
벽노래가 아롱지면 물동이인少女의 그림자가 海邊의 젓봉오리를휘

78　앙드레 브르통, 황현산 번역·주석·해석, 『초현실주의 선언』, 미메시스, 2012. 76쪽.

젓는다 北窓을 여러제치고 蒼空을흘으는 숫탄 손벽소리를헤치고 노
래와가튼 彫像에 七面鳥한머리 딩굴고잇다 히-ㄴ壁압에서 오랜-지
의太陽이 누른頭髮을 쏘고잇다 바사솔을 쓰고 나의感情이 戀人의손
바닥에 音樂을들여주엇다

아름다운 문장이 독자를 황홀한 세계로 유인한다. 실용성에서 해방
된 대상, 오브제의 충돌로 조성된 상상이 그런 역할을 한다. 일상의 이미
지를 단절시킨 이미지가 독자에게 의미(관념)을 제공하는 것이 아니라 밝
고 열리는 새로운 세계를 계시한다. 프로이드적 무의식의 발현인지 혹은
데페이즈망적 전위轉位의 조화인지 알 수 없으나 화자의 내면세계가 황홀
한 문장으로 구현되고 있다. 현실에서 겪는 갈등을 해소시키는 초현실주
의 예술의 그 생명력이다. 순수상태의 심리적 자동기법으로 현실의 갈등
을 형상화시켜 그것이 인간의 삶을 보듬고, 나아가 세계를 바꾸려는 이수
형의 문학정신이 승화되는 현장이다.

　　그렇다면 그 현실이 "靑年들의 會話는 『興亞』를 피우며", "사보덴과
가치 그 속에서 肥滿하는" 현실인가. 그럴 수 있다. 그러나 그런 현실의 청
년들은 "太陽은 그러케 아름다윗스나 印象派畵家들은 서른 두개의 舞臺를
꾸미고 그 우에서 쏘쑤라노를 불럿다"와 연결된다. 그러니까 그 현실은 환
상이다. "홍아담배"가 이 작품에서 유일하게 파쇼 일제를 소환하는 단 하
나의 섬찟한 이미지, "홍아興亞"이다. 그러나 그건 한 개 시적 상관물 역할
만 한다. 빛에 따라 달라지는 인상파 화풍이 일상성의 묘사·흉내라면 「풍
경수술」은 유럽사회를 격랑의 소용돌이로 몰고 가던 그 자유주의 열풍의
인상파 그림에 빗댄 시적 진실의 구현, 곧 1940년대 초기의 만주국에 대한
뒤틀린 사회풍경의 해부이고, 수술이다.

　　정황이 이러함에도 불구하고 이수형에 대한 당대 평가는 서구추종자

로 나타난다. 극언克彦은 「過渡期의 混亂-詩現實同人集評·3」(1940.9.3.)에서 '超現實에 잇서서의 假病人的 無氣力은 다시금 모-더니즘의 混濁性에 還元된다. 卽 雜多스런 傾向의 必然性은 喪失되여 間接輸入品이 生채로 末消化되는 짜닭에 傾向과 傾向의 不自然스런 雜居를 招來시킨'다고 했다. 한편 김우철은 「혼돈한 시현실」(1840.12.17.)에서 초현실주의를 수용하는 것은 좋지만 단 그것을 우리 것으로 변용시키지 않으면 무의미하다고 하면서 이수형 시의 공과를 다음과 같이 평가했다.

李琇馨氏의 詩論-"「슐·레아리즘」의 現實性 말미에 이런 구절이 잇다."「超現實主義의 不可解性 不可解, 大衆이 理解못한다」'. 이 말로 作品을 是非하는 것은 作品이 不可解性을 가젓다는 것이 아니라 自己가 可解하지 못한다는 無能을 暴露함에 불과하다."

이런 대목이 잇는데 나의 淺見에 依하면 "슐·레얼리즘"의 詩엔 「意味」가 介在치 안은 것이 안일가 思料된다. 「意味」가 업는 詩-그것은 "포에지-" 詩의 世界다.「意味」가 업는 詩란 意味를 賦與치 안는다. "마이너쓰"文學의 方法의 適用에 不過하다. 一個의 作品에 쓰여진 部分과 쓰여지지 안흔 部分이 如何히 存在하는가를 思料하라. 쓰여진 部分과 쓸 部分과 쓰지 안흔 部分을 가르킴에 不過하다.(春山行夫著"포에지-"論) 그래메로 意味로 混亂된 「슐·레얼리즘」의 詩란 벌서 正統을 써나 私生兒의길로 轉落하고만다.

「슐·레아리즘」의 詩는"포에지-"의 世界를 描寫를 通하야 表現하지 안는다."포에지-"의 色素的原書를「몽타쥬」編輯手法마냥 秩序整然하게 配合식히고 分散식히고「캇드」하면 足하다. 그들은 「現實을 詩로 읍는」 詩人이 안이라「現實을 詩로 하지 안는」 詩人인 것이다.

「속이는 超現實主義詩人이 잇다. 속는 超現實主義詩人이 잇다. 속지 안는 超現實主義詩人이 잇다」-春山行夫氏의 이「斷片」을「슐·

레얼리즘」을 信條로 하는 젊은 시인들이 再吟味해볼만한 警句다. 完全히 描寫된 現實이란 벌서 現實이 안이라는 그들의 主張은 非現實主義(現實逃避)의 思想과는 머언 里程標로 된다. 現實에서「意味」를 차저「描寫」하는 것이 一聯의 自然主義作家의 態度라면 그와 反하야 超現實主義者詩人은 現實을 土臺로하야 生動하는"포에지-"를 白紙와 童心으로 配置하야 現實보다 生生한 다른 하나의 現實을 創造하자는 主張이다. ….(중략)….거긔서 發散하는「第三의 새로운 現實」의「이메-지」를 느끼면 그만이이나「意味」와「現實」,「낡은 意味의….」을 에서 찻고저하는분이면 自然主義나「레얼리즘」을 固守하는詩人의 作品을 파고들라. 거긔에는 鄕愁가잇고 哀調가잇고 音響이잇고 繪畵가 잇고 그우에 生活이잇는 것이다.[79]

이수형의 초현실주의 시는 불가해성不可解性 시詩이고, 대중은 무능하기에 그것을 가해·해석하지 못한다는 것이다. 이것은 이수형의 초현실주의 시에 대한 한계의 지적이면서 옹호이다. 이수형의 시에 의미가 개재하지 않는다고 하면서도 '거긔서 發散하는「第三의 새로운 現實」의「이메-지」를 느끼면 그만'이라고 하기 때문이다. '제3의 새로운 현실'은 문제적인 발언이다. 이 '현실'에 '향수가 있고, 애조가 있고, 음향이 있고, 그 위에 생활이 있다.'고 하는 것이 그렇다. '생활'로서의 '현실'이다. 그러나 김우철은 이 문제를 이수형 시를 구체적으로 적시하며 언급하지 않는다. '의미가 없는 시'와 묶어 버린 형태다. 이것은 이수형의 시를 잘 이해하지 못한 결과로 볼 수도 있고, 의식적으로 피하는 언술 같기도 하다.

왜냐하면 김우철은 『맥』 제1집(1938.6.)에 발표한 「死의 黑壇 앞에 서

---

79   金友哲,「今年度詩壇의 回顧와 展望—土臺를 現實에·4」,『만선일보』, 1940.12.18.

서」의 부제를 '삶의 哲理를 探索할 때'[80]라 달고 7쪽에 달하는 장시를 인생론으로 사유했다. 그는 시의 고향이 철학이라 했고[81], 일찍부터 조선프롤레타리아예술동맹 맹원으로 활동했다. 이런 점에서 그의 시론은 문사철의 총합체라 할 수 있다. 사정이 이렇기에 그가 이수형의 시를 디아스포라의 문학으로서 무엇을 말하고 있는가를 평가대상으로 삼는 것은 당연하다. 따라서 이수형은 시에서 개념signifié을 1순위로 삼고, 형식signifiant은 가치 평가에서 비중을 크게 두지 않았을 것이다.

김우철은 1930년대 초반 농민문학 논쟁에서는 계급문학의 동맹자적인 입장에서 농민문학을 옹호했다.[82] 그리고 그때 그는 '신건설사 사건·전주사건'(1934)에 연루되어 형무소를 드나든 카프회원이었고, 그 뒤에는 시를 인간의 삶에서 미래의 좌표를 설정하는 정신으로 이해하게 되었다. 따지고 들어가면 그의 문학과 이수형 문학은 근본이 다르지 않다.

죽음의 묵시록—「소리」

이수형은 제2차 세계대전이 치열하게 진행되던 시간, 『조광』에 「소리」(1942.9.), 「기쁨」(1943.3.), 「玉伊의 房」(1943.10.)을 발표했다. 겉은 멀쩡하지만 속은 진골 사회주의자인 이수형이 그 엄혹한 때 무슨 생각을 하고, 친일담론 주체지에 '新人詩帖'이라는 명예롭지 못한 이름 밑에 「소리」로 경

---

80 金友哲, 「死의 黑壇 앞에 서서—삶의 哲理를 探索할 때」, 『貘』 제1집, 漢城圖書株式會社, 1938.6. 10~18쪽.

81 金友哲, 금년도 시단의 회고와 전망 「混沌한 「詩現實」·3」, 『만선일보』, 1940.12.17. 한 얼生의 詩를 評하면서 '시의 고향은 철학'이라 했다. 김우철은 신의주고보를 다닐 때 독서회와 동맹휴학에 참가하여 퇴학당했다.

82 김우철, 「농민문학에 대한 과거의 오류」, 『조선일보』 1933.8.12. ~8.15.(3회)

성京城 시단에 진출하면서 친일담론이 판을 벌이고 유세를 하는 그 잡지에 두 편의 시를 더 발표했을까. 「창부의 명령적 해양도」, 「풍경수술」 같은 시는 문학에 안목이 있는 사람도 제목부터 고개를 갸우뚱거릴 만큼 개성적인데 「소리」는 시를 상식 수준에서 이해하는 사람에게도 만만해 보인다. 이 범상해 보이는 시가 '신인 시' 과정을 거쳐 추천됨으로써 다음해에 「기쁨」과 「옥이의 방」을 『조광』에 발표할 기회를 얻었다. 「기쁨」은 제목이 무슨 좋은 소식을 전하는 분위기를 연출한다. 그러나 정작 시 자체는 제목을 '기쁨'으로 달 만큼 타이틀 롤을 못 한다. 「옥이의 방」도 시의 화자가 '만세!'를 부르는데 그게 방안에서 부르는 만세다. 싱가포르를 함락했다고 축하 퍼레이드를 벌이고, 조선문학과 일본문학을 구분하지 않던 바로 그 시간, 『조광』지가 전하는 '기쁨'과 '만세'라면, 노천명이 '아세아의 세기적인 여명은 왔다.'고 한 그런 감격이고, 만세일 듯한데 시 자체는 그런 현상은 그림자도 없다.

「소리」는 『조광』이 "新人詩帖 「소리」"라 해놓고 추천한 사람도, 등단작가에 대한 소개도 없다. 잡지에 작품을 처음으로 발표하거나, 이수형처럼 일종의 등단 절차를 밟을 경우도 필자 소개는 기본이고 대개 추천사가 따른다. 「소리」는 그런 관례를 무시하고 있다. 미지의 시인 이수형을 그냥 『조광』 출신 시인으로 만들었다. 『조광』은 종합잡지이고, 그런 잡지가 문인을 등단시키는 것은 관례가 아니기에 "新人詩帖 「소리」[83]"라는 이름을 달아 등단 형식을 갖춘 듯하다. 이수형이 『만선일보』를 통해 작품 활동을

---

83 『朝光』, 1942년 9월호(제8권 9호) 목차에는 '李秀馨 新人詩帖 「소리」'로 되어 있고, 108~109쪽에는 '新人詩' 李琇馨 「소리」로 되었다. 이름의 '수'자가 '秀'와 '琇'로 틀리고, '신인시첩'이라는 말과 '신인시'라는 말의 어감도 다르다. 이렇게 헷갈리는 것이 일단은 오식인 듯하다. 그러나 李琇馨이 李秀亨, 李秀炯이란 이름으로 적색농민운동을 했던 것을 감안하면 오식이 아닐 수도 있다.

하는 시인이라는 것을 전제하면 '신인시첩'이라 할 수 없고, 생판 신인으로 등단하는 작품이라면 시인 소개는 필수인데 그런 정보는 없다. 「소리」가 수록된 지면의 편집 형태도 눈에 잘 띄지 않는다. 종서 4단으로 구성된 지면인데 위 3단에는 서정주가 원고료 선불을 타면 친구가 전당포에 잡힌 국방복을 찾아주겠다고 약속한 것을 못 지켰다는 수필 「엉겅퀴 꽃」이 게재되어 있고, 그 하단에 이수형의 「소리」가 게재되어 있다. 이수형은 강도 일본을 때려잡는 게 목적이라고 외치던 적색농조 조직책 출신인데 서정주와 어깨동무를 하고 경성문단에 진출하는 형국이다.

서정주와 이수형은 모르는 사이가 아니다. 이수형이 「조선시의 재단면」에서 '잔치는 끝낫드라 마지막안저서 국밥을마시고 알간을사루고 / 재를남기고 / 포장을거두면 저무는하늘 이러서서 / 主人에게 인사를 하자'는 서정주의 「행진곡」을 "「行進曲」의 世界는 內外世界가 어느 程度까지 交流된 高次的인 知的인 虛無라"[84]했으니 그를 알고 있다는 말이다. 그리고 다른 회분 글에도 친근하게 '서정주군'이라 불렀다. 또 서정주와 함형수가 혜화전문 시절부터 단짝이었고, 만주에서는 이수형과 함형수가 단짝이니 친구의 친구는 친구가 된다.

이런 정황을 고려하면 신경 생활을 포기하고 경성으로 돌아온 서정주가 그의 글이 많이 실려 친한 『조광』 편집자에게 은근히 이수형을 소개했을 수 있고, 이수형은 내심을 숨기고 「소리」라는 작품으로 일단 신인 등단 형식을 거쳤을 수도 있다. 이수형의 심리가 어떻기에 그런 언행을 했을까. 『조광』에 자신의 시를 발표할 자격을 얻기 위해서일 것이다. 그때 함께 붙어 다니던 절친 함형수가 「해바라기의 비명」으로 이미 이름이 알려진 시인이면서도 『동아일보』의 '신춘현상문예'에 「마음」을 투고하여 등단

---

84   이수형, 「朝鮮詩壇의 裁斷面·8」, 『만선일보』, 1941.2.20.

과정(1940.1.)을 거침으로써 그것이 인연이 되어 『삼천리』에 「이상국통신」 (1940.5.)으로 일제를 야유할 수 있었던 것과 같은 의도 때문일 것이다.[85] 이런 이유가 아니면 「시의 이야기—국민시가에 대하여」를 쓰며 남 먼저 친일을 시작한 서정주의 「엉경퀴 꽃」과 나란히 「소리」가 『조광』에 게재된 사실을 설명할 방법이 없다.

「소리」가 등단작이면 『조광』은 이수형 문학의 뿌리가 된다. 모든 문인은 자신의 등단지에 대해 자부심을 가지며 자신의 문학적 성격을 등단지에 맞추려 한다. 그렇다면 이수형은 『조광』과 함께 묶이기에 그가 초현실주의 기법으로 형상화시킨 대부분의 작품은 이 '신인 시' 한 편이 올가미가 되어 끌려다닐 수 있다. 이런 점에서 「소리」는 아주 중요한 작품이다. 만약 「소리」가 당시 『조광』의 노선과 동행한다면 앞에서 논의한 작품에 대한 평가의 반은 무의미해진다. 따라서 정치한 검토가 필요하다.

> 널판에 일곱 개로 까맣게 까란은 별이며[86]
> 베며 무명을 비추며 타는 촛불이며
> 인제 사바귀[87] 벗어버리고 이웃늙은이의
> 손으로 종이신 신으시고 모ㅡ든 밤의 지킴을 안으신 아버지의 얼골
> 다만 엄연한 낡은빛
>
> 때묻은 오ㅡㄴ갖것이 시들어지고

---

85 「식민지 현실의 야유와 풍자 – 함형수」 참조.

86 '널판에 일곱개로 까맣게 깔앉은 별': 관에 들어갈 크기에, 5푼 정도 두께의 송판에 북두칠성 모양의 구멍을 7개 뚫어 옻칠을 한 판자.

87 사바귀(syabagwi): 러시아어 사뽀그(canor)를 차용한 말로, '가죽 장화'를 뜻함. 러시아 발음은 '사바기'가 옳다. 그러나 두만강 연안에 위치한 함경북도 회령·종성·온성·경원·경흥·부령 등지의 '六鎭方言' 화자들은 보통 '샤바귀'로 발음한다.

언짢은 것에 능갈치어[88]

닳아 바람이 되어도

오-직 빛나 흔들어 주는 것

빛닿아 하눌을 향하여 지닌

손바닥 한줌 흙엔 땀내음새 익어갔으며

우리 젖 먹이며 마을 아해들이

땀흘려 눈부시게 쌓고 쌓은 눈사람

마을을 굽어보며 베며 무명보담도 히-ㄴ 것이었으나

아해들을 남기고 마을을 남기고 소리없이 눈석이[89] 냇가로 흐르는 것이며

냇가에서 마을서 우리 젖먹이 얼골을 부비며 아버지의 사바귀를 나무나무의 잎사귀를 흔들어 壁을 흔들어 귀에 스미어오는 소리 바다를 불어.

「소리」 전문[90]

장제葬祭 모티프가 시의 중심에 놓여 있다. 사바귀 대신 종이신을 신은 아버지가 '널판에 일곱 개로 까맣게 까란은 별' 위에 주검으로 누워있다. 이 시는 장송가葬送歌이다. 칠성판은 죽음을 관장하는 북두신北斗神에게 빌어 죽음을 구제받기 위해 주검 밑에 까는 별자리 그림판인데 아주 옛날

---

88 능갈치다: 아주 능청스럽다. 속으로는 엉큼한 마음을 숨기고 겉으로는 천연스럽게 행동하는 데가 있다.

89 눈석이: '쌓인 눈이 속으로 녹아 스러짐'. 북한 방언.

90 이수형, 「소리」, 『朝光』 제8권 제9호, 1942.9. 108~109쪽.

부터, 그러니까 고조선 시대부터 고려 후기까지 우리나라 고분에서 발견할 수 있다고 한다.

이 작품은 시상이 진행형 구문에 실려 전개되는 것이 특징이다. 제1연의 '…이며', 제3연의 '…지고, …어도', 그 뒤 계속되는 '…으며, …으나, …이며'와 같은 무종결형 통사구조가 그렇다. 이런 구문형태는 아버지는 죽음으로 끝나지 않고 죽음이 연속된다는 암시다. '소리'는 '音', 무미건조한 기호다. '사람 소리', '바람 소리', '냇물 소리'처럼 활용될 때의 그 단순한 '音', 청신경을 자극하는 물리적 음으로 기능한다. '청각에 의하여 느끼는 진동', 혹은 '말'을 의미하는 비시적非詩的인 기호이다. 그런데 말은 발화되는 순간 무한한 잠재성을 지닌다. 사용하기 전에는 기표signifiant에 머물지만 누군가의 의해서 사용될 때는 기의signifié를 지닌 힘이 된다. 누가 사용하는가, 무엇을 말하는가에 따라 힘의 결과가 달라진다. 이수형은 시에 무엇을 담는가, 어떻게 담을 것인가를 고민하다가 초현실주의 기법을 선택했다. 그렇다면 「소리」도 같은 맥락일 것이다. 그러면 그런 기표signifiant, 동떨어지고 상반된 정서나 사물의 결합, 곧 시적 화자의 절대적인 존재인 아버지의 주검으로 이 작품이 거둔 시적 성취는 무엇인가. 그것은 무수한 주검이 발산하는 무거운 분위기를 해체시키고, 그런 주검과는 이질적인 주검이 세상을 평화롭게 감싸고 있음을 형상화하는 것, 전쟁 속의 인간애의 압축이다. 이런 시적 진실은 아버지의 주검을 말하는 자리에, '우리 젖먹이 얼골'을 병치함으로써, 인간의 삶을 유린하는 비인간적인 환경을 소거시키는 기법으로도 변용된다.

「소리」가 『조광』에 발표되던 1942년 9월의 세상은 죽음의 세상이다. 1941년 12월 일본군은 하와이 진주만을 공격했고, 1942년에는 마닐라, 싱가포르를 함락했다. 그러나 미국은 1942년 6월 미드웨이해전에서 전세를 뒤집었고, 8월의 솔로몬해전에서는 양쪽의 군인이 수없이 죽었다. 이런 시간 중국 동북지방에서는 조선의용군과 관동군이 맞붙어 죽이고 죽었다. 1941년 12월의 호가장전투, 1942년 5월의 반소탕전이 그런 죽음이다. 이수형의 「소리」가 실린 1942년 9월호 『조광』에도 살기가 등등하다. 표지는 가미카제神風가 출전하는 사진으로 채우고, 잡지는 무서운 태평양전쟁의 전황이 지면의 반을 차지한다.[91]

　　「소리」의 화자는 그런 죽음의 세상에서 '일곱 개로 까맣게 까란은 별'에 누워 저승으로 가는 아버지의 주검을 지켜보고 있다. 아버지의 주검도 무수히 많은 주검의 하나지만 아들의 아버지는 이승의 불행한 생명을 극복한다. 이 시의 마지막 구절 '냇가에서 마을서 우리 젖먹이 얼골을 부비며 아버지의 사바귀를 나무 나무의 잎사귀를 흔들어 壁을 흔들어 귀에 스미어오는 소리 바다를 불어.'는 가시적인 세계의 주검을 통해 비가시적인 인간생명의 불멸성을 표상한다. 인간의 내면에 드리운 전쟁이라는 폭력 앞에 어떻게 할 수도 없는 인간의 실존을 보존하려는 생명의 외침이다. 보이지 않는 것을 드러내려 함이기에 그 기표signifiant 역시 분명할 수 없다.

　　「소리」의 화자는 현실과 환상을 넘나들며 초문법으로 세계를 자아화한다. 제3연에서 '오-직 빛나 흔들어 주는 것'이라는 구문에서 '빛나'와 '흔들어 주는 것'은 자동사 '빛나다'와 타동사 '흔들다'를 결합시켰다. 이런 초문법적인 언술구조가 이 시의 긴장미를 형성한다. 주어와 서술어가 없거나, 또는 어순이 바뀌고, 상이한 의미의 어휘가 충돌한다. 그 결과 문장은 비문 형태가 되고 논리전개가 뒤틀린다. 그런 통사구조가 낯설어 그 뒷맛은 오히려 신선하다. 작가는 의도적으로 합리적인 해석을 방해하는 글쓰기를 하고 있다. 개개의 어휘는 친숙하기에 그런 어휘의 의미자질을 따라

91　『조광』 1942년 9월호 목차. 「軍神加藤少將의 少年時代」, 「徵兵令について」, 「大東亞戰爭의 將來」 「陸軍少年飛行士になるには」, 「祖國を忘れた米兵達」, 「全鮮愛國班員に與ふ」 등이 전부 태평양전쟁에 대한 것이다.

상상력을 구사하면 그 뒤에서 예상하지 못한 시적 진실을 발견할 것 같다.

제1, 2연은 아버지의 주검에 대한 묘사다. 그래서 장송가라 했다. 그러나 이 시의 통사구조를 꼼꼼히 따지면 아버지는 죽었으되 죽지 않고 우리 곁에 머문다. 제3연은 아버지의 생전의 삶의 모습이다. 자신의 주변에 존재하는 모든 것들이 오래되어 때 묻고 시들어지고 언짢은 일들이었지만 마음을 숨기고 '닳아 바람이 되어도 오-직 빛나는' 것이 된 세계이다. 제4연에서는 아버지의 손바닥은 언제나 땀 냄새로 익어가는 흙으로 덮였지만 이제 그 영혼은 빛이 되어 하늘에 닿는다. 제5연은 아해들과 만난다. 무명보다 흰 아해들이다. 깨끗한 영혼, 아해들에 대한 찬미, 희망의 예보다. 제6연은 아버지는 아해들과 그들의 마을과 남아, 흐르면서 머문다.

「소리」는 이렇게 제1, 2연의 칠성판, 사바귀 등의 장송 이미지가 바람, 빛, 하늘 등과 결합하여 천상으로 상승하고, 그것은 다시 아해들, 마을, 흰 무명, 잎사귀들과 만나 어둠의 세계가 밝고 열리는 세계로 전이된다. 이런 시상이 무종결형 통사구조로 전개되다가 마침내 다음과 같은 마지막 연에 이른다.

> 냇가에서 마을서 우리 젖먹이 얼골을 부비며 아버지의 사바귀를
> 나무나무의 잎사귀를 흔들어 壁을 흔들어 귀에 스미어오는 소리 바
> 다를 불어.

「소리」의 이 마지막 행은 비시적인 기호 '소리'가 세계라는 객체와의 관계에서 갈등을 일으키는 것이 아니라 서로 동화하고 융화하여 일체의 간극을 허물고 '죽음'을 승화시킨다. 아버지의 영혼이 '냇가에, 젖먹이 얼골에, 나무나무의 잎사귀에' 남아 바다를 부른다. 정황이 이렇지만 이런 독해는 연 전체가 초문법적이라 뜻을 제대로 해석했다고 할 수 없다. 유추할

뿐이다. 초현실주의 시의 그 현실과 상상이 무너진 보이지 않은 것의 드러냄의 수법의 활용인 까닭이다. 그 결과 시인은 애매모호한 말로 하고 싶은 말을 했고, 독자는 독자 나름의 해석을 할 수 있다. 그렇다면 독자 나름의 해석이란 무엇인가.

주검의 시대에 던지는 인간송가다. 장송이 모티프가 된 서정시 모습을 하고 있으나 시적 진실은 '바람, 하눌과 사는 아해들의 마을'을 지키자는 것이다. 그 땅은, 아버지의 손바닥 한줌 흙엔 땀 내음새로 익어가고, 아해들을 남기고 마을을 남기고 눈석이 소리 없이 냇가로 흐르면서 머무는 평화스러운 곳이다. 거기 아버지는 칠성판에 누워 삶을 끝냈으나 아직 끝나지 않았다. 전쟁의 틈새에서 생명이 피어나는 익명의 공간, 그래도 아해들이 자라는 인간의 땅, 양생의 땅에 아버지는 여전히 살아있다. 이 인간송가는 수많은 젊은이가 전쟁으로 목숨이 사라지던 시간, 도문圖們을 출발하여 압록강을 건너 육로 3천리를 걸어 1942년 9월 드디어 경성京城에 당도하였다. 익명의 공간에서 그래도 아해들은 자라고, 목숨은 흐르면서 머문다는 소식을 전하기 위해서이다. 그리고 시란 투쟁을 넘어서는 무기이고, 불운이 축복이게 하는 예술임을 증명하기 위해서이다. 아버지의 지고한 삶이 불운의 차원을 넘어서서 고결한 인간송가로 승화되는 문맥이 그러하다.

평화의 아우라—「기쁨」

「기쁨」은 「소리」로 『조광』에 등단형식을 거친 이수형이 5개월 뒤에 발표한 작품이다. 그때 일본군은 태평양전쟁에서 만달레이를 미국에 내어주고, 이어서 미드웨이 해전에서 패배를 당하면서 전세가 확 뒤집히던 시간이다. 그래서 일제는 라디오, 『매일신보』, 『매신사진순보』를 동원하여 지는 전쟁을 이기는 전쟁이라 선전했고, 전의를 부추기며 온갖 공작을 부렸다. 그때 『삼천리』는 "삼천리기밀실"을 설치하여 전쟁기사를 다루다가 잡지 이름을 아예 『大東亞』로 바꾸고 대동아전쟁에 뛰어들었다. 『국민문학』은 말할 것도 없다. 『조광』『춘추』 등도 일제의 그런 정책을 따랐고, 그런 잡지의 작품 가운데는 그런 정책에 협조하는 작품이 많았다. 그러나 「기쁨」에는 전쟁은 없다. 조그만 동리에 평화가 넘친다. 전문을 음미해 보자.

어느 조고마한 洞里
이름 모를 비들기 발목 같은
바-ㄹ간 기쁨의 움직임 속을
가마귀 한동아리 날어간 날이면

아해들은 기-ㄴ종일 나룻가에서
손구락 사이를 흘러내리는
어대인가 가버릴 발굽 내음새
아직껏 따슷한 모래물 속에
얼골을 묻어 가슴을 부비어

등에서 검은 날개 돋아날것만 싶으면
길다란 팔과 팔들이
머-ㄴ 하눌을 흔들어
돌맹이를 울리는 소리
어둠속을 향하여 날어 갔었고

또다시 돌아온 사람들의 기쁨에
뉘엇 뉘엇 붉어진 숫탄 얼골이
마을을 붉히고 밤을 흔들어

저도 붉어 배꼽을 흔들며 흔들며

어느 얼안을 흘러가

고목간을 붉히는

바-르간 빛결이 되어

「기쁨」 전문[92]

「기쁨」이라는 제목은 모윤숙이 '꽃은 웃으리, 잎은 춤추리, 아름드리 희망에 팔을 벌리고'(『新時代』, 1943.12.)라며 지원병 참전을 독려하던 그런 기쁨, 혹은 양명문楊明文이 「富士山에 붙인다」[93]에서 후지산富士山을 향해 '태평양을 보고 지키는 당신 / 당신을 강하고 아름답고 정의롭습니다.'라고 한 그런 기쁨의 화법이다. 그러나 「기쁨」이 화법은 같지만 내포는 다르다.

「기쁨」을 지배하는 기쁨의 색조는 「소리」의 마지막 연과 흡사한 무종결형으로 말끝을 흘린다. 어떻게 흘리는가. 아귀다툼의 전쟁판에 이름 모를 비들기 발목 같은, 어느 조고마한 동리에서 아해들이, 나룻가에서, 모래물 속에 얼골을 묻으며, 돌맹이를 울리고, 배꼽을 흔들며 자라는 것을 유유히 전하는 말의 형태가 그렇다. 살가운 정, 아스라한 정서가 풍기는데 그게 땅거미가 내리는 시간 어느 산간 마을을 에워싸는 저녁연기 같다.

이수형은 시를 무종결형 통사구조로 갈무리하는 것이 특징이다. 이런 발화방식의 빛은 「行色」[94]의 주인공 화자가 해방이 되자 신산했던 과거를 회상하며 귀향하는 장면에 잘 나타난다. 「기쁨」도 그런 기법이 빛을 낸다. 제1연의 '날어간 날이면', 제2연의 '흘러내리는', '가슴을 부비어' 같은 대문이 그런 기법이다. 이런 기법은 의미의 단락이 연장되는 구조에 뒷말

---

92   李琇馨, 「기쁨」, 『朝光』 제9권 제3호, 1943.3. 118쪽.

93   楊明文. 「富士山に寄す」, 『國民文學』, 1943.2.

94   李琇馨, 「行色」, 조선문학전집 · 10 『詩集』, 한성도서주식회사, 1949. 341~342쪽.

이 생략됨으로써 독자에게는 상상력을 확대시켜 시의 의미를 다양하게 이해하는 효과를 준다.

제1연에서는 작은 마을에 사는 아이들이 나룻가에서 하늘을 쳐다보며 논다. 이 시의 배경은 한적한 시골 동네다. 시 전반의 분위기는 착 가라앉아 있고 무엇이 흔들고 흔들리며 어디로 가고 있는데 그 가는 곳을 알 수 없다. 황혼의 박명 속에, 모래톱에서 노는 아이들이 그림같이 부조되는 넉넉한 세계다. 적막감이 마을을 삼키고 있어 기쁜 일이 일어날 분위기는 아니다. 그러나 이 조그마한 동리는 저녁이 되면 사람들이 모두 돌아온다. 그러니까 밤은 기쁘다. 딱히 어떤 지역, 딱히 누구라 지칭할 수는 없지만 조선반도 어느 곳엔가 있음직한 공간이다.

이 시는 유사한 이미지들이 화합하기도 하고, 상이한 이미지들이 충돌하기도 한다. 제1연의 비둘기와 가마귀, 제2연의 '모래와 아해'는 화합하고, 제3연의 검은 날개와 길다란 팔, 하늘과 돌맹이, 제4연의 '고목간과 빛결' 등은 충돌한다. 평범한 언어지만 화합과 대립으로 시적 긴장을 형성한다. 그 긴장은 이 세상과는 다른 신비한 세계로 들어가는 상상력을 자극한다. 비둘기, 가마귀, 모래, 아해는 물론, 날개와 길다란 팔, 하늘과 돌맹이도 본래의 관습화된 의미와 다른 어감과 정서를 발산한다. 가마귀 떼가 날아가 버린 동리는 아이들 등에 돋아날 것 같은 검은 날개도 긴 팔들이 돌맹이로 쫓아 버린다. 밝고 평화스런 세상이다. 심리에 떠오르는 유년회상을 받아쓴 형태다. 현실과 가상의 세계를 넘나드는 초현실주의적 글쓰기다. 마을을 밝히고, 밤을 흔들어 얼안도 '바-ㄹ간 빛결'로 채운다는 환상적인 시상의 전개가 그러하다.

이 작품은 한 편의 동화다. 주인공이 아해들이고, 사건이 일어나는 데가 '어느 조고마한 洞里 / 이름 모를 비들기 발목 같은' 공간이다. 그리고 등에서 날개가 돋아나는 세계이다. 아해들은 하루 종일 나룻가에서, 따뜻한 모래 위에서, 물속에 얼굴을 담그며 돌팔매질을 하며 놀다가, 뉘엿뉘엿 해가 지면 돌아간다. 세상사를 모르는 아이들만의 공간이다. 이런 세계는 '하눌을 흔들어' 또는 '배꼽을 흔들며 흔들며' 같은 표현으로 동화적 세계가 강화된다. 배꼽을 흔드는 것은 아해라야 할 수 있다. 피비린내가 진동하는 태평양전쟁의 시간에 배꼽을 흔들며 흘러가는 '바-ㄹ간 빛결'. 그것은 동심의 세계에서만 가능하다. '하눌을 흔들다'와 '배꼽을 흔들며'를 구분하지 않는 의인화된 산문체 언술이 독자들에게 유열과 황홀감을 체험하게 한다.

　해가 지기 시작할 때, 배산임수의 이 마을에 어떤 존재가 강림한다. '고목간을 붉히는 / 바-ㄹ간 빛결'인데 그것은 신탁의 존재를 연상시킨다. 유년복원의 상상이다. 상상은 대개 동화가 활용하는 기법이지만, 어른이 현실에서 이룰 수 없는 꿈과 욕망을 실현시키는 역할도 한다. 이런 작품의 생산지가 북만주인 것을 감안하면 두고 온 고향, 혹은 유년기의 복원일 수 있다. 복원은 지나간 것이고, 지나간 것은 기억뿐이지만 재생되기에 현존한다. 기억은 끊임없이 되돌아와 현재에 사무쳐 과거를 되돌아보게 한다. 유년의 기억을 소환하여 행복을 느끼고 멀리 떠나온 타국에서 고향을 동경한다. 돌아가기엔 산 첩첩 물 첩첩이라 상상으로 해원한다. 이 작품은 이렇게 몹시 그리운 것, 터놓고 이야기할 수 없는 것, 이룰 수 없는 것을 가상 세계를 드나들며 해결하고 있다.

　「기쁨」의 구문형태는 "○○○하면 ○○○ 하다"는 구조이다. 왜 이런 양보절 형태가 되었을까. 화자는 항거할 수 없는 엄청난 힘이 밀려오고 있음을 알고 있기 때문이고, 그 힘이 자신의 희원을 막을 것이란 우려 때문이고, 그런 원망을 생략한 때문이다. 왜 생략했을까. 함부로 말할 수 없는 것이라 그렇다. 시는 소망의 글쓰기다. 소망스럽지 못한 상황에서 소망을 갈구하는 글쓰기가 시다. 특히 1940년대 초기의 조선 사람들은 저마다의 소망을 가슴에 품고 살았다. 그러나 세월이 너무 가혹하여 속마음을 드러낼수 없었다. 그래서 시인들은 다른 방법, 그러니까 상징과 비유, 혹은 초현실주의적 기법에 기대어 주제를 뒤로 숨겼다.

사정이 이렇다면 「기쁨」에 표상되는 향토정서는 1940년대의 서정시의 원경을 형성하는 '조선적인 것'과 맥락을 같이한다. 이 문제는 「기쁨」과 직접 관련되지는 않지만, 1940년대 전반기를 매국적 친일문학기로 인식하는 양단논리에 「기쁨」도 싸잡혀 들어갈 우려가 있다. 따라서 다음 항이 필요하다.

드디어 '만세!'―「옥이의 방」

「玉伊의 房」이 실린 『조광』 1943년 10월호는 태평양전쟁에 광분하는 글이 넘친다. 권두언을 '총후銃後는 오로지 증산전增産戰에'라 해놓고 그 밑에, '이태리항복과 일독日獨의 공동선언', '일본인의 생사관日本人の生死觀' 등 사생결단의 충성강요가 줄을 잇는데, "참으로 자기 몸을 받혀야할 자리를 깨닫게 될 때 죽엄 같은 건 오히려 황홀한 기쁨이 될 수 있을 것 같다."[95]는 서정주의 참으로 황당한 그 「스무 살 된 벗에게」가 실려 있다. 그런 판에 「옥이의 방」의 옥이玉伊는 방안에서 '만세!'를 부르더니 바위가 되려 한다.

玉은 아름다운 초록이었다
房은 박속같은 것이었다.

어릇거리는 바람ㅅ기도 없는

---

95   서정주, 「스무 살 된 벗에게」, 『조광』 제9권 제10호, 1943.10. 56쪽.

이 玉의 房엔
풀버레 밤새도록 우는소리
가을이 온 것이었다.

거기서 우는소리
밤새도록 玉은 들었다.

만세! 소리와같이 꽃피고
만세! 소리와같이 꽃지는
時節이면
玉은
머- ㄴ 故鄕 홀어머님
꼬불어든 등골 뼈며
이즐어진 볼따구니를
물크럼히 흐린눈으로 보고만싶었다.

이 房主人께는
해와달과같이 貴한되ㅅ窓엔
촌록의 썩은 뿌리와
허물어진 산흙이 가리워
조꼼만 보이는 하늘이
개였다 흐리였다 하여
房안이 흔들리어 어지러운 날이면
玉은
이불을 푸윽쓰고
바위되는 것이었다.

어대서 어대로 아-서러히 흘러갈

만세! 소리의 목아지 속에서

玉은 옥의 잊어버린 한떨기의 꽃을

찾으려는 것이

玉은

바위되어ㅡ.'踏靑記'에서

『玉伊의 房』 전문[96]

이미 드러났듯이 이수형의 1940년대 초기 시는 거의 다 초현실주의 기법으로 시적 진실을 형상화했다. 그러나 이수형의 시 가운데는 이야기 시 형식의 작품도 있다. 「풍경수술」이 그렇고, 우리 민족의 정한을 이산과 귀환으로 압축하는 「行色」, 「아라사 가까운 故鄕」도 그런 형식이다. 「옥이의 방」은 무종결형 통사구조의 언술이 이야기 시 형태로 만든다. 「기쁨」처럼 말끝을 흘리며 시적 진실을 숨기려 한다. 이 작품이 세상에 나오던 시간의 엄혹한 상황과 관계될 것이다.

이런 판단은 「옥이의 방」 끝에 달린 '踏靑記에서'라는 주에 암시되어 있다. '답청'은 음력 삼월 삼짇날이나 청명일에 산이나 계곡을 찾아가 먹고 마시며 봄의 경치를 즐기는 풍속이다. 그런데 「옥이의 방」에 그런 답청은 전혀 없다. 답청은 산이나 들 놀이인데 옥이는 방에서 놀고 있으니 '답청'은 이름뿐이다. 그렇다면 이 작품은 답청기 형식을 빌리어 밝고 즐거운 세상을 이야기하려는 전략, 곧 노예언어Sklavensprache다. 이 시가 생산되던 1943년 10월은 일제가 태평양전쟁에서 연합군을 제압하기 위해 사생결단을 하던 무서운 시간이다. 따라서 시적 진실을 대중에게 전달하기 위해서

---

96   李秀馨, 「玉伊의 房」, 『朝光』 제9권 제10호, 1943.10. 64~65쪽.

는 교묘한 시적 장치, 질곡이 불가피한 억압적 체제를 부응하는 듯 거역해야 한다. 그러니까 「옥이의 방」은 답청기라는 노예언어를 통해 가상의 세계에서 독자가 '만세'를 부르는 환상을 은밀히 체험하게 한다

옥이玉伊는 누구인가. 방안에서 '풀버레 우는소리를 밤새도록' 혼자 듣는 이 존재는 삶이 벅차다. 이 여자는 1943년 10월생인데 이름이 옥이玉伊다. 1943년은 영자英子, 순자順子, 숙자叔子, 화자花子 등 영화롭고, 화려한 행운의 아이들이 무더기로 태어나던 '○○子의 전성시대'[97]인데 이 여자는 옥이玉伊란다. 침을 삼키며 기다리던 보리 이삭이 노랗게 익은 얼굴을 부끄러워할 시간을 못 기다리고, 배가 고파 아버지 어머니 따라 북간도로 간 그런 가시내기 이름 같다. 대망의 대동아시대에 출생했으면 그 주인공답게 한번 근사하게 '화자'쯤 될 것이지 '갈고, 깨끗하라, 무결하라'란 옥이玉伊다. 화자花子가 못된 옥이玉伊는 '조꼼한 창으로 하늘이 개였다 흐리였다 하는 날'은 고향의 늙은 어머니를 그리워하며, 혹은 어대서 어대로 아-서러히 흘러갈 목아지 속에서 만세를 부르다가 바위가 된다. 이런 사유는 현실과 상상의 세계를 넘나들 때 가능하다. 초현실주의 기법의 시가 통합적 감수성을 통해서 전혀 서로 다른 외연과 내포를 결합시키고, 또한 유사성이 없는 엉뚱한 사물이나 개념들을 교묘하게 활용하여 뜻밖의 새롭고 낯선 유사성을 통하여 하고 싶은 말을 하는 언술이다.

이 시의 화자는 현실과 가상의 세계를 내왕한다. 그래서 실현한 것이 '만세!'다. 「옥이의 방」이 생산되던 시간, '천황'이나 '대일본'을 전제하지 않으면 '만세!'는 부를 수 없다. 그러나 다행스럽게 옥이玉伊의 만세는 "만세! 소리와 같이 꽃피고 / 만세! 소리와 같이 꽃 지는" 자연형체의 말 무늬

---

97 1940~1944년 사이, 도시에서 태어난 여아들의 이름 가운데 '영자·숙자·순자'가 제일 많다. '子'는 일본식 이름이다. 그러나 그 앞 세대의 여아들은 "伊"자 많다. 조선조 풍의 이름이다.

로 표상되고 있다. "三冬 마다 함박눈이 / 팡팡 쏟아지는 三冬에도 / 창호지 건너 벽 건너 하늘 바라며 / 잎사귀 줄기줄기 연연 靑靑 하여도 / 보고픈 보고픈 꽃은 / 참아 아니 핀다"(「待望의 노래」)는 그런, 꽃이 피어 외치는 만세와 같다. 하지만 옥이의 만세를 꽃의 말 무늬로 간주할 근거가 약하다. 그렇다면 '만세!'를 부른 "玉은 / 바위되어…"는 현실에서는 불가능하다. 그러나 가상의 세계에서는 가능하다. 하지만 거의 대부분의 문인이 친일 작품을 쓰던 시절 조지훈의 「봉황수」가 "큰 나라 섬기다 거미줄 친 옥좌"라는 구절 하나만으로도 충격적인 감동을 준다[98]고 하는데 이수형 시의 주인공 화자는 만세를 부른다. 이수형이 이렇게 센 것은 진골 사회주의자라서 그럴까 아니면 기법이 초현실주의 시라서 그럴까. 후자일 것이다.

유사성이 없는 엉뚱한 사물이나 개념들을 교묘하게 결합하면 뜻밖의 새롭고 낯선 유사성을 발견한다는 그 초현실주의의 컨시트conceit로 보면 '만세!'를 부르는 옥이玉伊는 '잊어버린 한 떨기의 꽃을 / 찾으려'는 옥이玉伊를 바위로 만들 수 있는 세계에 존재한다. 옥이의 거처는 '머-ㄴ 故鄕 홀어머님 / 꼬불어든 등골 뼈며 / 이즐어진 볼따구니를 / 물크럼히 흐린 눈으로 보고' 싶은 가상의 세계에 존재한다. 이 가상의 세계가 "만세!"의 원적지다. 옥이玉伊는 '촌록의 썩은 뿌리와 / 허물어진 산흙이 가리워 / 조꼼만 보이는 하늘이 / 개였다 흐리였다 하여 / 房안이 흔들리어 어지러운 날이면 / 玉은 / 이불을 푸윽쓰고' 바위가 되는 밀폐의 공간에 산다. 그렇다면 '만세!'는 문제가 안 된다. 옥이의 '만세!'는 천황도 대일본도 모르는 방안의 만세이기에 문제가 없다. 그러나 바위가 되어 말 무늬를 남기기에 문제가 된다.

바위란 무엇인가. 옥이玉伊는 왜 바위가 되려 하는가. 바위는 천지만

---

98   김인환, 「정치와 시」, 『상상력과 원근법』, 문학과 지성사, 1993, 144쪽.

물의 엄숙한 형체를 대표하는 존재다. 그리고 시詩란 자연의 무늬를 배우고 그 교훈을 익히고 그것을 즐기는 행위다. 동아시아에서 문학이라고 할 때의 文은 원래 무늬·문양紋樣을 의미하고, 무늬 또는 형체는 사람의 지각 행위의 기초로 간주한다. 무늬나 형체에 대한 이런 인식은 시의 근본, 그러니까 인간의 삶에 비친 자연의 존재론적 무늬를 묘사하고 거기에서 삶의 지침을 얻어내고자 하는 행위이다. 그러나 태평양전쟁이 사생결단으로 전개되던 1943년은 그런 순수한 마음으로 자연의 법칙에 어긋나지 않는 인문정신이 발현될 수 없다. 자연의 무늬를 배우고 익혀 인간의 삶에 기여하는 시詩가 탄생하고, 그것이 삶의 지침 역할을 하려면 시가 천지만물의 엄숙한 존재의 무늬일 때라야 가능한데 그때는 그렇지 않았다. 이런 점에서 옥이玉伊 바위가 되는 '만세!'란 말 무늬는 민족의 희원을 승화시키는 상상이다. 그러나 이 상상의 결과물은 현실에 말 무늬를 남겼다. 다만 수사적 기교로 실상을 기만할 뿐이다. 이런 사유를 이수형의 비허구산문에서 확인할 수 있다.

> 이 「가을」이라는 記號의 魔術的인 概念以前에벌서 그어느오랜 날근 歲月에 사람도 野獸처럼 발가벗고 산과 냇가를쮜여단니던 大自然속에서 生活할째 그들은 落葉되고 紅葉되고꽃되는 現象을 보고 季節을 認識하고呼吸하엿슬것이아닌가. 凋落하여가는 葡萄와 豪華롭고도 可憐한 코스모스를 물크럼이 디려다보는나는 …(중략)…. 내가 故鄕을 써나 이 짱에 온지 七年이나 되도록 꽃한번사랑할수업는生活을 하여온나는 오래간만에 꽃에대한 愛着을 늣씨는 것이다.[99]

99   李琇馨, 「前衛의 魔笛은·上」, 『만선일보』, 1940.11.15.

조선인이 일본인 다음의 2등 국민이라고 하지만 만주국에서 아웃사이더로 살아온 7년의 세월이 가을 코스모스 같단다. 자연의 무늬를 배우고 익혀 자신의 삶에 기여하려는 심리가 역력하게 표상되고 있다. 이수형은 도문 역 직원으로, 간도무역주식회사 사원으로 삶의 터전을 확보하고 있었다. 그런데 이 수필에 나타나는 이 시인의 모습은 외롭고 쓸쓸하다. 그렇다면 겉으로는 무난한 삶을 살고 있으나 그런 삶이 사실은 가면이라는 의미다.[100] '어릇거리는 바람ㅅ기도 없는 / 이 玉의 房엔 / 풀버레 밤새도록 우는소리 / 가을이 온 것이었다'고 하는 玉의 회감이 '凋落하여가는 葡萄와 豪華롭고도 可憐한 코스모스를 물크럼이 디려다보는 나'와 오버랩 된다. 「옥이의 방」을 '踏靑記에서'라 했는데 「옥이의 방」의 계절은 봄이 아니라 조락의 가을이다.

이 작품은 이렇게 몇 겹의 메타포에 싸여 있다. 그런데 옥이는 자신의 방에서 혼자 만세를 부른다. 「옥이의 방」 자체가 하나의 수수께끼다. 이수형에게 시는 선택받은 자들의 빵이자 저주받은 자들의 양식(Octavio pas)이지만 본질적으로는 억압으로부터 해방이고, 그 해방을 통해 사회개혁을 도모하려는 행위다. 그런데 '만세!'를 혼자 방에서 부르는 것은 역설이다. 시의 역할은 날아가 버리고 그 자리에 갈등만 가득한 까닭이다. 시는 창조적 산물이고 그것은 결국 시인 자신이다. 초현실주의 시는 정치, 문화, 역

---

100 이수형은 그때까지 어쩌면 사회주의 지하 조직원이었을지도 모른다. 이런 추측은 그가 해방 직후 서울에서 「朴憲永先生이 오시어」, 제주 '4·3 사태'를 다룬 「산사람들」을 쓸 때, 「생활의 시가」를 합작한 申東哲과 金北原, 黃民 등과 함께 '詩人二十二人集' 『前哨』(문화전선사, 1947.12.)의 중심 멤버로 李箕永이 선도하는 역사적 민주과업을 실천해 나간다며 김일성을 찬양한 것과 시간과 언행이 일치하기 때문이다. 곧 이수형을 비롯한 이 『시현실』 동인들은 만주에서 사회주의를 업고 일제와 맞섰고, 해방이 된 뒤에는 남북한에서 노선은 다르지만 사회주의공화국을 세우려 했다. 그리고 그것이 여의치 않자 6·25 발발 두 달 전 홀연히 북한으로 간 것도 어떤 비선이 닿은 듯하다.

사 등을 문제로 삼지만 내포가 모호하여 외연에서 시대와의 불화를 드러내지 않기에 외연은 멀쩡하다. 그래서 순수시로 인식한다. 그러나 「옥이의 방」의 시적 진실은 들키면 큰일날 문제다. '만세!'가 그냥 '만세!' 같은데 '만세'의 아우라가 그렇지 않은 까닭이다. 이런 시적 진실을 발현할 수 있는 것은 시치미를 뗀 노예언어의 덕택이다.

이수형은 해방이 되자 만주에서 귀국하여 「박헌영선생이 오시어」 같은 시를 쓰며 다시 현실로 뛰어들었다. 이런 현실주의 문학은 1940년대 전반기의 초현실주의 시와는 다르다. 그러나 이수형은 대부분의 문인이 시대에 편승할 때, 또는 침묵을 지킬 때 그는 가상의 공간에서 「기쁨」「소리」 같은 행복하고 평화로운 세계를 창조하여 우리를 위무했다. 동화처럼 행복한 세계이다. 그는 광란의 1940년대 전반기도 겨울 매화처럼 살았다. 「옥이의 방」이 그렇다. 그의 작품에는 식민지 정책 앞에 뜻을 굽히고 지조를 꺾는 말은 단 한마디도 없다. 이런 점에서 이수형은 영원한 독립군이다.

정황이 이렇지만 한미군사협정이 맺어지고 남로당이 맥을 못 추게 되자 모든 활동을 접고, 6·25가 발발하기 두 달 전 '詩人 李琇馨氏慈母 安養自宅에서 別世'라는 기사 한 줄을 남기고 그의 공화국으로 사라졌다.

1.4. 맺음말

이상의 사실을 다음과 같이 간추린다.

이수형의 시는 식민지 조선인의 삶을 성찰한다. 이수형의 재만문학기 작품은 우리가 주권과 영토를 빼앗기고 민족만 남았던 1940년대 초기, 민족의 모멸을 피해 이주해간 남의 땅에서 시인으로 살면서 인간의 보편적 가치와 조선인의 존재감을 시를 통하여 성찰했다. 그의 시는 파쇼 일제를 향해서 직접적인 대결의 자세를 취하지는 않았다. 그러나 절대 권력이 문학의 명제를 애국심, 민족주의를 앞세워 인간의 가치를 파괴하고, 자유를 구속할 때, 그것으로부터 인간을 해방시키려는 시적 진실을 데페이즈망dé paysemnt 기법으로 형상화시키면서 초현실주의 시의 임무를 수행했다.

「백란의 수선화」는 수선화 신화로 인간애를 호출하여 그것을 인간부정의 현실을 비판하는 명제로 내세워 재만조선인 시단에 휴머니즘으로서의 초현실주의 시의 상륙을 선언했다.

「창부의 명령적 해양도」는 인의와 예양을 존중하는 도덕국가를 표방하는 만주국의 건국정신을 인간의 육체까지 상품화하는 초기 신흥자본주의 사회현장을 비틀고 야유한다.

「풍경수술」의 상이한 이미지들이 폭력적으로 충돌하여 형성하는 황홀한 세계는 상상적인 것과 현실적인 것이 모순되지 않는 경이의 세계를 창조한다. 이 경이는 그릇된 세태를 시비하다가 역부족임을 깨닫고 돌아서지 않고, 인간의 자유의지를 옹호하는 문학의 보편적 가치를 가상공간에서 형상화시키는 풍경을 형성하여 현실주의 시의 기능을 수행한다.

「미명의 노래」는 『시현실』 동인들의 합동시집 『전형시집』 발행과 『시현실』 동인들이 꿈꾸는 세계가 도래하길 기원하는 노래다. 「인간 나르시스」는 인간심리의 단층과 음향효과를 시각적으로 표상하는 모더니즘 시의 한 예다. 이 작품의 시각화 기법은 당시 재만조선인 시단의 범상한 감상적 서정시, 회고조 풍물시를 자극하며 변화를 유도했다.

「소리」의 외연은 아버지의 주검과 장제葬祭 모티프가 시의 중심에 놓여 있는 진혼가다. 그러나 내포는 아버지의 주검을 통해 당시 죽음이 만연한 세계를 비판하는 작품으로 삶을 성찰하게 한다.

「기쁨」은 비인간적인 현실이 왕도낙토 실현으로 미화되던 만주국 하에서 민족의 자긍심과 모국어를 빛내는 기능을 수행했다. 대동아담론을 따르는 경성京城의 반민족적인 문학현장인 『조광』에 진출하여 조선말을 귀신같이 가려서 행복한 세계를 창조한 시의 진실이 그러하다. 「기쁨」이 '기쁨'인 것은, 1940년대 전반기 일제의 역사를 지칭하는 시대칭송이 아니라, 동화적 상상력으로 소진해 가는 민족의식을 소생시키기에 '기쁨'이다.

　　「玉伊의 房」은 이수형의 재만 문학기 작품이 다다른 최후의 성과이다. 시적 진실을 이야기 형태로 알리면서 '만세!'로 상징되는 민족의 희원을 초현실주의 기법의 소리무늬로 승화시켜 그 정체를 흐렸다. 그러나 '만세!'는 어머니란 사향思鄕의 메타포를 통해 민족의 열리는 미래를 예보하는 시인의 예언임이 확인되었다. 이런 점에서 '이 시의 玉伊는 京城에 잠입한 詩人 만주독립군 李琇馨 자신'이다.

2. 식민지 현실의 야유와 풍자-함형수

2.1. 문제의 제기

함형수咸亨洙(1914~1946)는 함경도 경성에서 태어나 경성고보에 수학 중 일제에 저항하는 학생운동을 하다가 퇴학을 당한 사회주의자다. 이런 사실은 적색노동자협의회 사건으로 종로경찰서에 검거된 기록, '咸北 鏡城 高普校 檄文散布' 등 항일운동을 하던 비밀결사 조직인 공청노조비사共青 勞組秘社 멤버로 검거되어 집행유예 1년의 선고를 받은 기사에서 드러난 다. 경성에서는 『시인부락』 동인으로 활동했고, 도문에서는 『시현실』 동인 으로 초현실주의 기법의 시를 썼다.

함형수의 삶은 사회주의 이념이 철들면서부터 그를 지배했는데 그 것이 더욱 강고해진 것은 그의 아버지가 '주의자'로 옥살이를 하다가 세상 을 떠났고, 자기 자신도 적색농민운동을 하다가 조선에 못 살고 만주로 오 면서부터였다. 이것은 함형수가 제2차 세계대전이 끝났을 때 조선으로 돌 아오지 않고 중국에 남아 있다가 1946년 장개석의 국민군과 모택동의 홍 군이 맞붙은 장춘전투에 모택동군으로 참가하여 중상을 입었고, 회령으로 돌아왔으나 그 후유증으로 사망한 사실에서 극명하게 드러난다.[1] 함형수

---

1   평론가 윤영천의 견해다. 이런 견해는 조선의용군 출신들이 국공내전 때 팔로군에 협력하
     여 동만, 남만, 압록강 연안으로 흩어져 중국공산당 편에서 싸운 내력과도 아귀가 맞는다.
     함형수가 사회주의자 시인으로 조선의용군 편에 섰을 것이란 추측이 가능한 까닭이다. 중

가 처음 쓴 작품은 경성고보 2학년 때 『東光』지가 주최한 제1회 남녀중학생 문예경기대회에 2등을 한 「오늘 생긴 일」인데 그때 벌써 사회주의 이념이 시의 행간에 배어 있다.

三톱 아버지네 집이
끝끝내 차압을 당하엿지
張영감돈을 돌리질 못해서―

강건너 煙草工場에 다니는 宋아저씨가
스트라익密謀 發覺으로
××에 들어간 모양이지
이것이! 우리마을 봄날
오날 하로에 생긴일

오늘부터 上學時間을 十分늦게 하게되엇다나
요사이는 어쩐일인지
지각하는 사람이 많다고

뽕펫집 李君이 오늘부터
學校에 오지못하게 되엇지

<hr>

앙불교전문 시절 함형수와 절친한 관계였던 서정주는 1945년 해방이 되자 서울로 모여들던 초만원 해방열차의 기관차 위의 한 자리를 얻어 타고 오다가 미끄러져 죽었다고 「시인 함형수 소전」(서정주 전집·5, 은행나무, 2015. 264쪽)에서 말했다. 그러나 1945년 8월 이후 안동현, 화룡현의 청장년들이 모택동의 홍군에 들어가 長春을 선점하고 있던 국민군과 싸울 때 그 전투에 참가하여 중상을 입었고, 지병(결핵, 현경준의 증언)이 있었으니 합병으로 사망했다는 설이 신빙성이 높다.

月謝金이 여섯달치가 밀린때문!

「오늘 생긴 일」에서[2]

집이 차압당하고, 공장에 다니는 사람이 스트라익을 모의하다가 감
옥에 가고, 아이들은 월사금이 밀려 학교에 갈 수 없다. 중학 2년생이 불행
한 삶을 문제 삼고 있다. 울밑에 튜립이 피고, 봄이 왔다고 꾀꼬리가 우는
봄날이 왔는데 이 마을은 곧 거덜이 날 판이다. 함형수의 이런 현실 조응은
그의 시에 일관되게 표상된다. 식민지로 인한 차등사회에 대한 거역반응
이다. 여기서 집중 논의하는 「理想國通信」은 1940년 만주 도문圖們에서 경
성京城으로 날리는 통신문 형식의 산문체 장시다. 이 작품의 외연은 오족
협화의 만주국에서 대동아공영을 적극 지지하는 형태다. 친일 담론 주체
인『삼천리』에 '이상국통신'을 띄우는 것이 그렇다. 함형수가 남긴 작품은
약 50여 편인데 그 중에 1940년대 초기에 만주에서 발표한 작품은 10편이
다[3]. 함형수는 생전에 시집을 출판하지 못했다. 이런 점은 그의 사촌 함윤
수咸允洙가 동경유학을 하며『隱花植物誌』(獎學社, 1940, 東京)를 출판한 것과
다르다. 일찍 그의 집은 부자가 '주의자'가 되면서 집안이 거덜났기 때문
일 것이다. 그래서인지 「이상국통신」은 우리가 예상할 수 없는 지경에 가
있는 초현실주의 기법의 작품이다. 이 작품 한 편만으로도 함형수는 시인
의 소임을 다했다는 평가가 가능할 만하다. 재만 조선시인으로서 식민지

---

2   咸亨洙,「오늘 생긴 일」,『東光』, 1932.2월. 통권 30호, 98쪽.

3   「마음」『동아일보』新春懸賞當選詩.『동아일보』, 1940.1.5./「理想國通信」,『三千里』신춘
      문예 당선신인특집.『삼천리』, 1940.5/「家族」,『만선일보』, 1940.3.1.,『재만조선시인집』
      수록/「正午의모랄」,『만선일보』, 1940.6.30./「개아미와 같이」,『인문평론』, 1940.10.,『典
      型詩集』(『만선일보』, 1940.10.24.).『재만조선시인집』 수록/「나의 神은」,『典型詩集』(『만선일
      보』, 1940.10.21.).『만주시인집』 수록./「歸國」,『만주시인집』/「나는 하나의 손바닥 위에」,
      『만주시인집』/「悲哀」,『만주시인집』/「화석化石의 노래」,『재만조선시인집』.

가 된 모국의 수도에 역진출하여 식민지 현실을 치고 빠지는 상상력이 그렇다. 그것은 내선일체가 현실이던 당시의 문학장에서는 상상 자체가 어렵다. 그때 『삼천리』는 "삼천리기밀실"[4]을 설치해 두고, 정계, 군사 등 여러 방면의 기밀을 다루는 잡지 아닌 잡지였고, "芥川賞, 直木賞, 三田文學賞'을 '我國文學賞"이라 했다.[5] 그런 문학현장에 제목은 「이상국통신」인데 알아차릴 수 없는 순 조선말만 골라 수상쩍은 사설을 늘어놓았다.

「이상국통신」이 발표된 『삼천리』는 친일 담론 1등 생산지다. 그런데 이 산문체 장시에 대하여 지금까지 작품론이 전혀 없는 것을 보면, 대부분의 문학 연구자는 윤치호, 최린, 장덕수, 이광수 등이 '皇記二千六百年祝典記念'으로 『愛國大演說集』(1940.4.)을 출판했다고 소동을 피우는 『삼천리』에 시적 진실이 전혀 엉뚱한 시가 실려 있을 것이란 생각 자체를 못 했던 것 같다. 설사 작품을 발견했더라도 초현실주의 기법에 실린 밝은 이미지들을 명랑한 사회를 건설하여 개척과 정착을 강조하는 이상국, 만주국에서 일제의 다른 식민지 조선에 보내는 희소식으로 이해했을지 모른다.

함형수가 이 시를 발표하던 때 『삼천리』 발행인 김동환은 『만선일보』에까지 일본이 벌인 전쟁을 옹호하는 글을 썼다.[6] 한편 『삼천리』에 백두산을 근거지로 관동군과 싸우는 김일성부대를 향해 일제가 비행기로 살

---

4   "三千里 機密室及口繪", 『三千里』, 제12권 제4호, 1940.4., '機密室 우리 사회의 諸內幕'이라는 제목으로 정계, 군사 관계 등 여러 기밀을 다루었다.

5   「我國의 文化賞과 藝術賞」, 文學賞은 一. 朝鮮藝術賞. 二. 芥川賞. 三. 直木賞. 四. 三田文學賞. 五. 千葉龜雄賞이다. '1940년부터 시행된 朝鮮文化賞은 문학, 연극, 영화 등이 대상인데 문학의 경우는 芥川賞 위원회가 담당했고, 滿洲國文學賞은 만주문화회가 수상자를 전형한다.'고 했다. 조선, 일본, 만주가 모두 '我國'이고, 문학상도 '아국 문학상'이다. 『三千里』, 1940. 5월호, 202~203쪽. 참조.

6   金東煥: 「必勝信念下, 나의 決戰體制(1)」; 『만선일보』, 1941. 12.10.

포하던 항복 권유 삐라를 전재하였다.[7] 그래서 누구도 감히 그 문화권력에 대들지 못했다. 노구치유키오野口悠紀雄가 '1940年代 體制論'에서 일본이 1939년을 지나면서 제국주의 독제체재를 가속화할 때 『삼천리』가 그런 시대정서를 솔선 보도했다.

「이상국통신」에는 그 시절 다른 시에서는 발견할 수 없는 어휘들이 뒤엉켜 있다. 얼른 보면 근대문명의 도래를 비판하는 것 같은데 거듭 읽으면 말장난 같은 그 언술에 심상치 않은 의미를 발견한다. 이 시가 발표되던 해 일제는 창씨개명제도를 실시했고, 8월에는 『동아일보』, 『조선일보』를 폐간시켰다. 말은 사상의 집이고 주체성의 상징인데 「이상국통신」은 말의 이런 생리를 겉과 속이 다른 언술로 초현실주의 시의 소임을 수행하려 한다. 일제는 일본말로 조선인의 사고 자체를 틀어막으려고 일본어 우선정책을 초등학교 교육에서부터 시행하던 그런 시간인데 이 작품은 순 조선말로 뭔가를 하나하나 고해바친다.

그 고자질이 수양버들이 늘어선 평화로운 전원풍경을 삽화로 6쪽에 걸쳐 전개되었는데, 이름 하여 '理想國通信'이니 만고태평이다. 독자들은 드디어 이 땅에 이상국이 도래했구나 할 모양새다. 시 자체도 '카페-와 食堂과 레스트란과 단스홀, 푸르-트와 과자와 코-히와 떡과 빵을, 소학생, 선생님, 어머니, 누이' 등이 잔치판을 즐기니 '이상국'이 틀림없다. 그러나 이 시의 화자는 그런 이상국을 외면하고 돌아선다.

뒤에서 상론하겠지만 「이상국통신」의 이런 말하는 방식, 기표記 票·sigifiant는 일상어 용법이지만 말하는 것, 기의記意·signifie는 이 시의 주제를 초현실주의 기법으로 감추고 암시한다. 이것을 이해하기 위해서는

---

7 「金日成等 反國家者에게 勸告文-在滿同胞百五十萬의 總意로」 이 항복 권고문은 김일성부대가 백두산 밀림을 근거지로 삼아 끝까지 저항하자 비행기로 살포했다. 『三千里』, 1941.1. 206~209쪽.

시인 함형수의 삶의 내력과 입만 동기가 어떠했는가를 살펴볼 필요가 있다. 그가 압록강을 건너 도문으로 간 것은 차등사회 조선에서는 살기가 힘들었기 때문이고, 식민지 통치가 끝나 모든 존재가 대등한 자유를 누리는 시대의 도래를 꿈꾸었기 때문이다. 「黃昏의 아리나리곡」에 그런 정서가 배어나온다.

　　　　놀란들 쫓긴들 黃昏의 江畔에
　　　　웅송그리는 優雅한 무리.
　　　　오오 높다라히 울지도 몯하고
　　　　검은 땅만 파헤치며
　　　　구슬피 코우름 운다.

　　　　노을진 피빛 하눌에
　　　　貴로운 쓸 고추드러 사슴아
　　　　저므는 아리나리江畔에
　　　　눈 나리감고 焦燥를 눌러라.

　　　　아아 江畔에 해는 깜박 저무렀다.
　　　　연약한 네 다리
　　　　작고만 구르지말고 사슴아
　　　　아득한 歷史의 흐름에 귀기우려라.
　　　　　　　　　　　　「黃昏의 아리나리곡」 전문[8]

　긴 다리의 사슴을 화자로 삼은 서두, '웅송그리는 優雅한 무리./오오

8　　함형수, 「黃昏의 아리나리곡」, 『삼천리』, 1937.1. 289쪽.

높다라히 울지도 몯하고/검은 땅만 파헤치며/구슬피 코우름 운다.'는 "爲
舞踊"이라는 부제와 외연으로는 호응한다. 그러나 '아리나리'가 압록강의
옛 이름이고, 이 시의 마지막 행이 "연약한 네 다리/작고만 구르지 말고 사
슴아/아득한 歷史의 흐름에 귀기우려라'인 점을 고려하면 이 시는 함형수
가 현실의 윤리와 다른 생각을 가지고 민족운동을 하다가 일단 다른 방도
를 찾는 어떤 정황을 암시한다. 이 시의 화자는 상서로운 존재로 무리를 지
어 헤매는 사슴을 조선인의 시적 상관물로 형상화하고 있다. 그리고 그 정
경을 연약한 네 다리 작고만 구르지 말라고 한다. 지금은 힘없는 존재지만
멀지 않아 '아득한 역사의 흐름'을 타고 자아실현의 미래가 도래할 것이란
예보다. 그래서 '아리나리곡=위 무용'이 된다. 역사복원을 하러 돌아오겠
다는 약속이다.

이렇게 만주로 간 함형수는 1940년 1월 『동아일보』가 현상금을 걸고
모집한 "신춘현상문예"에 「마음」을 투고하여 당선하였다. 함형수는 이미
『시인부락』 창간호(1936.11.)에 발표한 「해바라기의 비명」으로 문단에 이름
이 알려진 시인이다. 그런 그가 왜 다시 "신춘현상문예"에 응모했는지 알
수 없다.[9] 기성 시인이기에 등단 과정을 다시 밟을 필요가 없고, 현상문예에
떨어지면 이력에 흠이 생기기 때문이다. 「마음」은 이별, 이방異邦, 무상, 허
무의 서정이 전편을 지배하는 작품이다. 그래서인지 함형수는 애초에 「마
음」의 제목을 「虛無에서」라고 했다.[10] 왜 그런 절망적인 제목을 달았을까.

---

9   咸亨洙, 「理想國通信」, 『三千里』, 1940년 5월호. 259쪽.
     '당선작가' 신작특집 소개 순서가 흥미롭다. 소설; 金士永의 「怨天」, 姜亨求의 「雨雪」, 희
     곡; 咸世德의 「碧空」, 洪龍澤의 「今日의 夫婦」, 姜瑛熙의 「犧牲」, 詩;李高麗의 「春婦」, 「靑
     璧」, 咸亨洙의 「理想國通信」 순이다. 「해바라기의 비명」으로 서정주와 맞짱뜨는 함형수가
     이름 없는 신인 가운데 시 갈래로 당선했는데 꼴찌다.

10   현경준;『인문평론』, 1940.6. 「문단 풍토기-간도편」에서 함형수가 이 시를 동아일보에 응
     모할 때(庚辰年) 圖們에서 독신으로 교사생활을 했고, 얼굴이 늘 푸수수했지만 조각처럼 아

「이상국통신」을 경성京城으로 날려야 하는 이유가 이런 데 암시된 듯하다.

함형수가 「이상국통신」을 발표할 수 있었던 것은 「마음」이 『동아일보』 신춘현상에 당선된 것이 계기다. 『삼천리』가 『조선일보』, 『동아일보』, 『매일신보』 삼대 신문의 신춘문예 당선작가의 제2작을 묶어 "新春懸賞當選詩 당선작가 신작특집"으로 기획했기 때문이다. 「이상국통신」의 외연은 「해바라기의 비명」처럼 밝아 '소년행' 연작에 나타나는 것과 같은 음울한 수인의식囚人意識은 없다. 외연과 내포가 다른 것이 기법에 의해 가려져 있다. 이 시의 기법은 초현실주의의 데페이즈망·de`paysement의 활용이고, 우리 문학으로 보면 판소리의 아니리 기법과 유사하다. 앞뒤 어휘가 절연된 상태에서 결합하는 것은 전자와 같고, 6쪽의 작품을 몰아치는 수법은 판소리 사설을 닮았다. 이런 기법 때문에 시가 무엇을 말하려 하는지 가늠하기 힘들지만 재미있다. 기성시인이 망신을 각오하고 신춘현상문예에 응모하여 당선되었으니 그 호기를 살려 독자들의 눈높이와 맞는 작품으로 자신의 시적 미학을 보란 듯이 실현하고 있다. 아니리 같은 언술에 심각한 무엇이 숨은 듯한데 그것이 잘 잡히지 않는 것은 이 시의 한계가 아니라 이 시를 가장 빛내는 기법이다.

1939년 12월 5일 『동아일보』의 "신춘현상문예모집" 사고에 장르별 상금 액수가 명시되어 있다. 단편소설, 희곡, 씨나리오는 상금이 각 50원이고, 신시新詩, 민요는 상금이 10원이며, 시조와 한시는 상금이 5원이다. 함형수가 상금 10원을 받기 위해 현상문예에 응모했다고 볼 수는 없다. 당시 단행본 책 한 권 값이 보통 2원이었다. 1940년 12월호 『삼천리』 판권지에 명시된 그 잡지 값은 50전이고, 반년 치는 3원, 일 년치는 6원이다[11]. 잡지

름다웠는데 동아일보 신춘현상에 「虛無에서」라는 시를 응모했다고 술회했다. 83~84쪽. 참조.

11 '삼천리사'에서 간행한 친일인사 시국연설집 『愛國大演說集』은 정가가 1원 20전이고 송

한권 송료는 3전이다. 이런 계산에 따르면 현상금 10원은 시집 5권을 살 돈이다. 경성京城에서 부산까지 가는 기차 운임이 14원이었으니[12] 상금 액수가 너무 적다. 따라서 아무리 살기 어려운 시절이라 해도, 시인이라는 존재가 워낙 가난에 시달린다 해도, 상금 10원을 받으려고 기성 시인이 현상 문예에 응모했다는 가정은 성립되지 않는다.

『동아일보』의 '신춘현상문예모집'에 당선되던 바로 그 시간 함형수는 이런 말을 했다.

藝術이 生活째문에 항상 損害를보는 人間이잇다.
生活(藝術)이 藝術(生活)째문에 항상損害를보는 人間이잇다.

(1-1)는 0에屬한다
(1+1-1-1)도 0에屬한다

그러나(1+1-1-1=0=(1-1-1+1+1+1=0)이라는 境地짜지에가서는도저히 說明할힘이우리에게는업서진다. 또한必要도업서진다.[13]

이 수수께끼 같은 말은 깊이 새겨 봐야 뜻이 잡힌다. 그러나 여기서는 좀 단순하게 이해해서 "(1-1)는 0에屬한다. (1+1-1-1)도 0에屬한다."라고 이해할 때 신춘현상문예모집에 응모하는 것은 '밑져야 본전이다.' 라는 의

료는 19전이다. 이 책은 값이 싼 편이다. 널리 읽히겠다는 취지인 듯하다. 『조선일보』 1940.5.25. 신간소개. 참조. 참고로 1939년 12월에 출판한 유치환의 『靑馬詩鈔』 값은 2원이다.

12 2018년 3월 4일 KBS TV 한 프로에 1938년도 기차표 12장이 소개되었는데 경성-부산간 차비가 14원이었다.

13 咸亨洙, 「나의 詩論-엇던 詩人에게·上」, 『만선일보』, 1940.12.22.

미가 된다. 그렇다면 함형수가 시인으로서 할 수 있는 일을 하기 위해『동아일보』와 같은 큰 언론기관과 특별한 인연을 맺기 위해 밑져야 본전인 모험을 했을 가능성이 있다. 그런데 그런 욕구를 실현시킬 호기가 의외로 빨리 다른 데서 터졌다. 그게『삼천리』의 '신춘문예당선작가 신작특집'이고 그 기회를 잡은 작품이「이상국통신」이다.

그때나 지금이나 시인이 시를 써서 살아가기는 어렵다. 함형수가 재등단 과정을 밟은 것은『동아일보』의 신춘문예 당선을 통해 시인의 성가를 올리려 함이었을까. 그러나 세상이 그런 것까지 관심을 가질 판세는 아니었다. 그렇다면 함형수 부자가 주의자로 옥고를 치른 무엇, 그러니까 서정주가 '아들은 그런 아버지의 유언서를 양복저고리 한쪽 안 포케트에 실로 밀봉해 입고 다녔다.'고 한 그런 사정과 관련될지 모른다.[14] 이런 한많은 내력이 함형수에게 시가 투쟁을 전개하고 넘어서는 무기로 기능했을 것이다. 함형수에게는 아버지와 자신을 잡아가두는 세상은, 대동아공영이라면서 인간을 소모품처럼 전쟁으로 내모는 일제는 불구대천의 원수일 수밖에 없다. 결국 아버지는 옥사하고, 자신은 "아아 江畔에 해는 깜박 저무렀다. / 연약한 네 다리 / 작고만 구르지말고 사슴아 / 아득한 歷史의 흐름에 귀 기우려라."며 黃昏에 아리나리곡을 부르며 압록강을 건너 망명도생의 길을 택했기 때문이다.

「이상국통신」이 발표되던 시간『삼천리』는 "東亞日報社에 對하여 折衝을 거듭 했으나 同社幹部中에 當局의 眞意를 誤解한 者가 있어서 協議가 進捗되지 못하여 其後多少의 迂餘曲折이 있었으나 今回마침내 釋然히 當

---

14 서정주,『父親后日譚』,『시인부락』2집, 1936. 서정주:「천지유정」,『월간문학』1968.11. 창간호. 164쪽.『서정주전집·5』(은행나무, 2015) 261~262쪽. 시「시인 함형수 소전」에도 이런 내용이 나온다.

局의 方針을 諒得하고 自發的으로 廢刊하기로 한 것[15]"이 『동아일보』 폐간의 진상이라고 보도했다. 또 『조선일보』 사장 방응모가 "時局의 大勢를 諒解하고 自進하여 國策에 順應하기로 했다."고도 했다. 『삼천리』가 바야흐로 조선의 언론을 휘어잡으려하던 시간이다. 그런데 그 친일성채를 만주국의 신민 함형수가 비집고 들어갔다.

함형수는 이수형 다음가는 문제적 시인이다. 그는 로시아공대 출신 장도명張道明이 중심이 되어 함북공산당을 재건하려 한 '咸北共産黨事件'에 연루되어 1932 10월 11일" 함흥경찰서에 검거되었다.[16] 그게 열여섯 살 때다. 그는 "太平洋勞組 秘密部를 國際共産黨과 연결하여 금강산을 거점으로 조직을 만드는데 鏡城高普 二學年"으로 그 조직에 참가하여 공작활동을 했다. 이 사건의 언도는 1933년 11월 4일 함흥지방법원에서 이루어졌고, 함형수는 집행유예 1년을 언도 받고 풀려났다.[17] '京鐘警高秘第3667號 地檢秘'(발신일 1932.10.18.)을 보면 함형수 등의 죄명은 '咸北鏡城高普校檄文 散布事件'이고, '이후 만주방면으로 高飛逃走했다'고 명기하고 있다.

이렇게 함형수는 만주로 피신했고, 도문백봉우급학교圖們白鳳優級學校 교사가 되어 왕도낙토, 복지만리福地萬里라는 그 땅에서 선계 지식인들에게 유물주의 사상의 천박성을 비판하는 강고한 맑시스트로 다시 돌아갔다. 「滿洲의 鮮系知識人들에게─唯物主義 思想의 淺薄性과 精神的 覺醒」[18]이 바로 그런 마음자리가 나타나는 글이다. 이런 사회주의 사상은 그가 공

---

15 「朝鮮日報 東亞日報 自進廢刊 眞相과 今後」, 『三千里』, 1940년 9월호 11쪽 참조.

16 咸北六市를中心으로 共靑勞組等各秘社, 黨再建前提各種組織體 결성. 中心人物은 共大出身의 張道明, 『동아일보』, 1932.10.15.

17 咸北共産黨再建事件 / 最高六年役言渡 / 咸興地方法院의判決十八名執行猶豫, 『조선중앙일보』, 1933.11.7.

18 咸亨洙, 「滿洲의 鮮系知識人들에게」, 『만선일보』, 1941.11.8.~ 1941.11.20.

산당재건, 태평양노동조합 건설, 극렬 맑시스트 장도명과 연대한 사회주의를 통한 민족운동을 전개하는 행위와 일치한다. 사정이 이렇기에 함형수는 얼굴은 조각처럼 아름답지만(현경준의 말) 골수 맑시스트이기에 역시 로서아 공대 출신 사회주의 혁명가 한동혁韓東赫과 동지 관계[19]인 이수형과 지밀한 관계[20]를 맺을 수 있었을 것이다. 두 사람 다 일제가 적이었고 모택동의 말처럼 적의 적은 동지가 되는 관계였다.

함형수라는 인물의 성향이 이러한데 『삼천리』가 『동아일보』, 『조선일보』, 『매일신보』 '신춘문예당선작가 신작특집'이라 하더라도 함형수의 작품을 게재한 것은 불가사의하다. 편집자가 함형수란 시인의 정체를 몰랐다고 할 수 있다. 하지만 김동환이 함형수를 모를 리 없다. 그렇다면 초현실주의 시의 기법 때문일 것이다. 일상의 이미지를 뚝 떼어내어 엉뚱한 사건과 사물에 붙여 놓고 잔치판인가 하면 난장판이고 모더니즘 시인가 하면 판소리 같은 시의 형태로 시적 진실을 숨긴 시 쓰기 전략에 『삼천리』가 말려든 것이다. 그 결과 1940년대 초기의 우리 시문학은 함형수의 이 「이상국통신」, 「정오의 모랄」 등 몇 편의 시가 민족문학의 성채를 지키는 역할을 했다는 평가를 내릴 수 있다.

---

19 『북방파 시 연구』(역락. 2022년 출판 예정), 「이수형은 누구인가」 참조.

20 洪陽明의 「圖們延吉의 印象」(『만선일보』 咸北共産黨再建事件 /1940.7.20.)와 玄卿駿의 「新興滿洲風土記-圖們篇」(三)(『만선일보』 咸北共産黨再建事件 /1940.10.5.) 참조

2.2. 시의 성취

초현실주의 시의 기법에 투영된 현실·1: 「정오의 모랄」

함형수가 1940년 6월 『만선일보』에 발표한 「정오의 모-랄」은 초현
실주의 시 기법으로 만주의 현실을 문제 삼는다. 「정오의 모-랄」에 활용되
는 데페이즈망dé paysemnt기법이 투사하는 이미지의 분광은 아라공이 말
한 '경이驚異는 언제나 세상의 모랄에 대하여 격렬하게 대립하는 징후를
띤다.'는 그 초현실주의 시학의 한 요체의 형상화로 독해된다. 따라서 이
작품은 모더니즘의 신기성novelty으로 재만 시단의 감상적 실향문학, 또
는 친일친만의 시류 편승과 길항하는 차원을 넘어서 『시인부락』 동인시절
(1936.12.)에 시험한(「幽閉行」, 「回想의 방」, 「骸骨의 追憶」 등) 모더니즘 시가 마침
내 북방에서 현실주의 시로 변용되는 현상이라 하겠다.

함형수는 모범생으로 살지 않았다. 경성고보 시절부터 식민지민의 규
범을 어기는 반일운동을 일삼아 경찰이 문제아로 지목한 인물이었다. 그가
심취한 사회주의나 뛰어든 적색농민운동은 일제의 지배와 빈궁에서 벗어
나기 위해 선택한 행위지만 애초부터 승산을 계산하지 않았기에 한 차례 환
난을 치른 뒤 만주국으로 탈출했다. 그런데 그 만주국도 일제의 천지였다.
인의와 예양을 받든다고 했지만 그 나라도 인륜이 짓밟히는 차등사회였다.

　　　모-랄은 웃는다 모-든 눈물 뒤에서
　　　모-랄은 운다 모-든 웃음 뒤에서
　　　모-랄은 怒한다 맷돌 방아깐에서도
　　　모-랄은 눕는다 曲馬團로-프에도

모-랄은 노래부르는 둑거비냐
모-랄은 노래하지안는 쇠쏘리냐

혹은
모-랄은 계란 속의 都市計劃
-계란을 삼킨 D孃의 주동아리

눈을 쓰면 나의 책상 우
그라쓰 컵 속에서 시름꽃이 운다
그라쓰 컵 우에서 구름이 돈다

聖母마리아의 悲哀속에서도
센트헤레나의 鬱憤속에서도
갈리데오의 디구에서도
뉴-톤의 능금에서도
그리스도의 수염애서도
李太白의 風內가운데서도

쏘는
K博士의 곰팡이 찐 노-트 속에서도
아- 나의 쌔여진 머리 속에서도
-손톱눈에서도
찌그러진 나의아버지의 갓에서도
내음새나는 나의어머니의 고무신짝에서도
얼눅진 N孃의 한가치에서도

쏘는
바람에 날려간 D老人의帽子속에서도

눈을 감으면
한업시 한업시 물러서는 焦點과
무한히 버러지는 視野와
수업시 수업시 交錯되는 애-테르와

오-어디에서도
무수히 무수히
지절거리고
不平하고
싸히고
밀려드는

모-랄모-랄……

「正午의 모-랄」 전문[21]

이 시는 가식적인 '모랄·도덕 대국'[22]을 표방하는 만주국에 대한 검증
이고 야유다. 만주국 정부가 1920년대 중국대륙에서 크게 비판을 받았던
유교사상을 배양하는 데 대단한 열정을 쏟았고, 수도와 관공서는 공자의
사당을 짓고 일 년에 두 번씩 의식을 거행함으로써 도의를 숭상하던 그 정

21   함형수, 「정오의 모-랄」, 『만선일보』, 1940.6.30.
22   강해수, 「『道義國家』로서의 만주국과 건국대학-사쿠라소이치(作田莊一)·니시신이치로(西晉
      一郎)·崔南善의 논의」 국민대학교 일본학연구소, 『일본공간』 제20호, 2016. 참조.

책과 관련된다.[23] 만주국은 이런 도덕관을 건국가建國歌에 넣어 모든 사람들이 부르게 하였고, 축하의식 때마다 제창했다.

> 천지안에 새로운 만주·天地內有了新萬洲
> 새로운 만주는 바로 신천지·新滿洲使是新天地
> …(중략)…
> 사랑이 넘치고 증오가 없는·只有親愛竝無怨仇
> 인의와 예양으로 우리는 발전한다·重仁義尙禮讓使我身修

「정오의 모-랄」은 이런 만주국 건국가 같은 것은 아예 안중에 없다. 모랄이 "오-어디에서도/무수히 무수히/지절거리고/不平하고/싸히고/밀려드는' 것이 그렇다. '사랑이 넘치고 증오가 없는' 것이 아니라 '인의와 예양'이 지질거리고, 불평하고, 쌓이고 밀려든다. 관동군 지배하에 온갖 비인간적 짓을 자행한 만주국의 정책을, 그들이 내세우던 도의를 통해 문제 삼고 있다. 흔한 생활언어 '정오'를 외래어 '모랄'과 결합시켜 관습화된 도의의 개념을 비틀어 버린다. 그러나 그것이 이질적 이미지의 비합리적 결합이 다선구조로 형상화되고, 현실과 가상현실의 복합이기에 시의 의미가 가늠하기 어렵다. 다선구조, 돌출 이미지의 출몰은 상상영역을 넓혀 시를 도덕성으로부터 자유롭게 한다. 또 '한업시 한업시 물러서는 焦點과 / 무한히 버려지는 視野와 / 수업시 수업시 交錯되는 애-테르와 // 오-어디에서도 / 무수히 무수히 / 지절거리고 / 不平하고 / 싸히고 / 밀려드는'은 생명의 약동적인 힘을 자극함으로써 그 힘이 부정적 의미로 변용된다. 그 결과 자유연상의 이미지에 의해, 또 가상현실의 공간에서 다양한 상상의

---

23   한석정, 『만주국건국의 재해석』, 동아대학교 출판부, 2007. 166쪽 참조.

세계를 여는 스토리 구조에 의해 만주국이 도의의 나라라고 자랑하는 것이 자기모순의 언술로 형상화된다.

모랄이 빛나는 정오에 모랄은 눈물 뒤에서 웃고, 모랄은 웃음 뒤에서 울고, 모랄은 방앗간에서 성내고, 모랄은 곡마단 로프에도 눕는다. 그뿐 아니라 모랄은 두꺼비, 꾀꼬리, D양의 주둥아리처럼 탐욕스럽다. 모랄은 하늘과 땅, 동방과 서방, 물질과 의식, 역사와 현실을 구분하지 않는다. 또는 바람에 날려간 D노인의 모자 속에서, 모랄은 지절거리고 불평하고 쌓이고 밀려든다. 모랄이 사실은 아무것도 아니라는 의미이다.

이런 스토리 라인에는 시인의 의식의 흐름이나 자유연상 이외에 어떤 인과나 논리도 들어 있지 않다. 이미지의 연결은 시간과 공간을 초월하고, 논리와 비논리를 초월한다. 이질적인 것들이 아무런 조건 없이 결합하고, 자유롭게 새로운 세계를 형성한다. 언술형태는 내용보다 형식에 더 주의를 기울임으로써 관습화된 지각을 무너뜨리고 부숴버린다. '聖母마리아의 悲哀속 / 센트헤레나의 鬱憤속 / 갈리데오의 디구 / 뉴-톤의 능금 / 그리스도의 수염 / 李太白의 風內' 이런 결합은 관념 이전의 무의미의 공간, 자유연상의 세계이다. 언어의 기능을 의미에 한정시키지 않고 기표 signifiant의 세계로 독자를 끌어들인다. 그러니까 결국 '모랄 좋아 하네'가 되었다. 모랄은 어디에도 있고, 어떤 존재도 될 수 있고, 사방, 온갖 것에 붙어 불평하고, 쌓여가고, 그래서 세상은 막창처럼 뒤죽박죽이 되어버렸다는 것이다. 모랄 대국이 사실은 모랄로 썩어간다는 것이다. 인간의 도덕성, 양심이 최고로 발양되는 정오의 시간에 그것을 싸잡아 비틀고 있다. 모랄은 이현령비현령이고, 조작되고, 어디에든 존재하고, 그러면서 온갖 곳에 턱없이 많이 쌓여, 그래서 어머니의 고무신짝에서 나는 고린내고, N嬢의 한 가치의 얼룩이라는 것이다.

이런 언술이 언어를 구성하는 기표나 기의를 분리하여 기표만 활용하기에 언어유희, 혹은 경박한 말장난이라고 부정적으로 평가할 수 있기에 이 시는 통제로부터 자유롭다. 그리고 작품의 이런 기표는 시의 윤활유 역할을 하고 상상력을 확대시키고 가독성을 자극한다. 일반적으로 시는 하나의 시점으로 하나의 이미지 또는 하나의 메시지(의미)를 전달하는데 「정오의 모랄」은 그런 단선구조가 아닌 다선구조를 기의와 연계시킨다. 그 결과 시적 진실이 확장되어 주제가 모호해진다. 이 작품이 탈식민지적 상상력을 형상화시키면서 멀쩡할 수 있는 것은 이런 기법 때문이다.

왜 온갖 모랄을 부정하고 있는가. 이것은 함형수의 1930년대 시에 보이던 열린 세계에로의 탈출욕구가 북만행으로 실현되었지만, 거기서 화해가 이루어지지 않아 그것이 분노로 변했기 때문일 것이다. 모랄은 말뿐이고 오족협화, 대동아공영이 구호가 된 현실과 그런 현실이 정당화되는 사회에 대한 역설적 반응이다. 이런 시의식은 나중에 「나의 詩論-엇던 詩人에게」로 입론을 시도한다.[24]

한편 이 시에 동원된 근대 "都市"이미지가 1930년대의 일군의 모더니스트들이 즐겨 쓰던 그것과 유사한 것이 흥미롭다. 곧 모더니즘은 김광균金光均, 김기림金起林 정도로 남았고, 김광균은 그때 '저무는 "都市"의 屋上에 기대어 서서 / 내 생각하고 눈물지움도 / 한떨기 들국화처럼 차고 서글프다.'며 현실로 돌아서고 있었다. 이런 점에서 함형수가 북방에서 보여주는 이런 글쓰기는 시인부락파가 한국시사에 남긴 최종 모습이라 하겠다. 다시 말하면 최재서崔載瑞가 이상李箱 문학을 '리얼리티와 테크닉의 결합'이라면서 그 형식 실험 속에 내포된 현실적 리얼리티를 고평했지만 그것이 사실은 모랄이 부재하기에 비판한 그런 현대 "都市"체험과 마침내 결별하는 형태이다. 모랄은 세태이고, 가치평가를 하려면 모랄이 있어야 한다. 세

---

24   함형수, 「나의 詩論-엇던 詩人에게」, 『만선일보』, 1940.12.24.

태를 비판하고 참여하는 것이 초현실주의 시가 추구하는 길이기 때문이다.

그렇다면 이런 현상을 어떻게 해석해야 할까. 문화 후발지역 이민문단에 모더니즘의 기법을 지속시키고 있다는 시사적 의미를 부여해야 할까 아니면 어떤 글쓰기라 할지라도 그것이 현실과 연계될 때 당당하고, 현실과 영합하거나 시적 형상화가 진정성을 잃을 때 반민족이 된다는 그런 태도라 할까. 그 어느 것도 아니다. 비유에 기대지 않고는 어떠한 비판도 불가능한 시대, 모든 민족적인 것은 돌아서고, 역사의 진로가 바뀌며, 새로운 법도가 지배하는 공간이 그 시절 만주국이다. 그러나 이런 글쓰기 기법은 그런 파쇼제국에서 자신의 실현하기 어려운 욕망을 발현하지만 기의가 기표의 과도한 노출을 가리는 역할을 한다. 그래서 글도 사람도 살아남을 수 있었다.

함형수의 이런 글쓰기는 애초부터 1930년대의 모더니즘이 기교에 빠지고, 현실을 외면하는 한계를 뛰어넘으려던 태도의 연장이다. 하지만 군국주의 일본을 등에 업은 만주국에서의 창작활동은 외형적으로는 모더니즘의 현실 일탈적 순수문학의 포즈를 취해야 해찰을 피할 수 있었다. 「정오의 모-랄」의 작가 의식을 행간에 깔아놓은 것은 이 때문이다. 이런 태도는 현실과 손을 잡을 수도, 배반할 수도 없는 상황에서 양끝에 떨어지지 않는 데(不落二邊) 진리가 있다는 중도이론에 결과적으로 매달린 것이 된다. 이런 점에서 함형수의 이 기법은 참여문학의 변용이다. 그러나 현실이 너무 지나친 불합리로 둘러싸였다고 깨달았을 때 그런 현실을 부정하고 그 부정을 매개로 하여 새로운 현실을 발견하는 그 초현실주의 시적 논리에 기대었기에 시적 진실이 탄로나지 않는다. 현실과의 불화를 피해 북만주행을 택했고, 그 북방에서의 삶 역시 어렵기에 그런 갈등을 해소할 때를 기다렸으나 그것도 여의치 않아 초현실의 세계로 날랐다.

「정오의 모-랄」은 만주국을 조선반도의 그것과 조금도 다를 바 없는 갈등의 공간으로 인식하고 있다는 것만으로도 현실주의 시의 소임을 수행한다. 현실주의 문학이 1930년대 문단의 한 축을 형성했으나 카프가 해산되는 강고한 문화정책으로 사라졌는데 그것을 만주이민 문단에서 다시 촉발시키는 분위기를 형성하기 때문이다. 함형수의 이런 글쓰기는 "「정오의 모랄」+「이상국통신」"으로 그 특성이 더욱 분명해진다. 여기에 함형수의 초현실주의 시론, 「나의 詩論-엇던 詩人에게」가 '詩現實同人으로 加入하면서'라고 한 선언적 평론을 하나 더 더하면 그 특성이 확실하게 드러날 것이다. 이 문제를 「理想國通信」을 가운데 놓고 집중 논의한다.

초현실주의 시의 기법에 투영된 현실·2: 「理想國通信」과 조선

함형수는 「마음」으로 『동아일보』 신춘문예에 당선한 4개월 뒤 『삼천리』에 "신인시단" 이름 밑에 「이상국통신」을 발표했다. 이것은 이수형이 재만 조선문단에서는 당당한 시인이면서 『조광』에 "신인시"로 등단절차를 마치고 「소리」를 발표하고, 그 자격으로 문제작 「기쁨」, 「옥이의 방」을 발표한 것과 정황이 똑 같다. 그러나 「이상국통신」은 조선과 일본 사이의 문화의 융합을 선도하겠다는 가당찮은 일을 벌이는 『삼천리』에 수록된 작품이라는 점에서 관심을 더 끈다. 자칫하면 함형수의 부자 양 대의 '주의자' 이력이 먹칠을 당할 수 있기 때문이다.

> 광야에 소래 있어 웨처가로되 悔改하여라 天國이 가까웠느니라-新約
>
> 1
> 거리거리엔 무수한 카페-와 食堂과 레스트란과 단스홀-이 있을지니라.
> 小學生들은 오늘 닭의 다리처럼 여윈 先生에게 十三個國의 술을

한턱 할지니라

그리고 先生님에게선 푸르-트와 과자와 코-히와 떡과 빵을 단단히 받아먹을지니라.

「先生님 저 여자는 수수깡이 처럼 빼빼 여윈 게 똑 우리 어머니 같습니다.」

「先生님 이애는 한쪽 눈이 종지처럼 큰것이 똑 굶어죽은 나의 동생 같아요.」

「先生님 저 파리똥처럼 죽은 깨가 잔득 백힌女子는 똑 우리누이 같습니다.」

「先生님 저 애는 한쪽 입술이 삐뚤어진 것이 작년에 내가 下水道에 던지고 온 제의것 같애요.」

「先生님 先生님

술을 마십시다 菓子를 드십시요

오늘은 기끈 울고 기끈 웃고

그리고 오늘은 기끈 사랑합시다.」

오늘은 나라를 위하여 술을 먹고

오늘은 나라를 위하여 춤을 추고

오늘은 나라의 金盞을 쓰고

오늘은 나라의 팡을 먹는 날--

小學生들이어

저 天使와 같은 惡魔와 같은 계집들을

「어머니」「누이」라고 이날은 부를지니라 부를지니라.

2

聖書와 佛經으로 모조리 塗壁한

집집의 應接室-

對話
淑女「지나간 시대엔 戀愛란 우스운 遊戱가 있었다지요.」
紳士「지나간 時代엔 法律이란 시끄러운 道德도 있었다외다」
紳士淑女「하하하 하하하 하하하 하하하……」

3
자기의 幸福도 아들의 幸福도 어머니의 幸福도 모조리 잊어버린
저 商人이라는 더러운 族屬은
쇠말에 태워서 에베레스트 探險이라도 보낼지니라 보낼지니라

4
學者들은 그라이다-와 날개에 대하여 좀 더 徹底히 硏究할지니라
돌땡이보다 좀 더 무겁고 鉛땡이보다도 좀 더 무겁고 地球보다
는 좀 더 무겁지안은
이 肉體를
火星에 土星에 木星에 아프리카에 아메리카에 飛翔시킬것은
그대들의 努力이로다.

오- 무수한 新天使들이
하늘에 橫溢할 그날이여

5
거리거리엔 꺽구로 서는 練習을 하는 아히들이 지극히 많아질지
니라.

그것은 묵은 體操精神에 대한 「안티테-제」이니 말니지 말지니라
말니지 말지니라.

6
獰惡하다는 獅子와 범과 이리들의 가슴에
새로운 神의 呼吸이 들어가는 날
그들은 거리에 몰려나와
牛乳를 팡을 과자를 乞食하리로다.
그 우서운 궁뎅이춤과 그 멋없는 코노래를 부르면서-- .

총을 거둘지니라.
총을 거둘지니라.

7
피곤한 할머니와 하러버지들은 함모끄에 실어서 산으로 바다까
로 보낼지니라.

「水滸志」를 읽어드릴까요
「로빈손쿠루소-」는 어떻습니까
페루시아의 술 노래가 좋으시지요
자장가나 불러드릴 깝쇼

8
孔子는 家庭敎師로
老子는 大學敎授로
예수그리스도는 外國語講師로

어떻습니까 여러분

9
오- 기폭은「아홉가달龍」으로 합시다.
「아홉가달龍」으로 합시다.

10
거리엔 軍艦을 띄워놓고
바다엔 自動車와 汽車를 띄워놓고
하늘엔 山과 집을 날리고
구름은 따에 나려안고

독까비 웃음 같은 爆竹을 터지우고
코끼리 때우름같은 祝砲를 울리고
童話와 같은
天國과 같은
웃음과 같은
恐怖와 같은

空前의 祝祭를

내일은 벌립시다.
내일은 버립시다.

「理想國通信」 전문[25]

---

25   咸亨洙, 新人詩壇,「理想國通信」,『三千里』, 1940.5. 263~268쪽.

"悔改하여라 天國이 가까웠느니라"는 성경의 '회개'는 마음 가운데 일어나는 죄에 대한 확신, 곧 하나님께 죄를 지었다는 깨달음이다. 회개는 전인격적 전환을 통하여 옛 생활을 떨쳐버리고 새로운 생활에 들어가는 것을 요구한다. 「이상국통신」의 화자가 이 말을 외치는 것은 결국 작자 자신이 그렇다는 말이다. 기독교도가 아닌 함형수가 회개한다면 자신이 믿는 사회주의를 떨쳐버리는 것이고, 그 사회주의의 이념인 평등사상에 의해 조선인의 평등과 자유를 위해 투쟁하던 생활을 떨쳐 버린다는 것이다. 이런 모두의 성경 말씀 인용으로 이 작품은 일단 검열 등으로부터 자유롭다. 1940년에 시행된 '창씨개명제도', '황국신민화운동'에 대한 찬성으로 독해될 뿐 아니라 생활과 마음을 전면적으로 고치면 대동아공영이 실현된다는 것으로 독해되는 까닭이다.

그러나 이 작품의 첫 행이 '거리거리엔 무수한 카페-와 食堂과 레스트란과 단스홀-이 있을지니라'를 전제하면 "悔改하여라 天國이 가까웠느니라"는 성경 말씀은 너무 엉뚱하다. '무수한 카페-와 食堂과 레스트란과 단스홀'은 천국의 모습이라기보다 놀고, 먹고, 즐기는 시장통 같고, 한 건 했으니 실컷 놀고 보자는 막가파들의 세상 같다. 그러나 "悔改하여라 天國이 가까웠느니라"는 그 반대의 해석도 가능하다. 성경말씀 그대로 천국이 가까워졌으니 회계하여라. 그래야 천국에 들어갈 수 있다는 의미도 된다. 이때 '천국'은 '흥아興亞' 또는 '대동아공영大東亞共榮'쯤 되겠다.[26] 독해가 이렇게 다르면 인용된 성경구절은 이 작품의 시적 진실을 후자로 포장하는 전략이다.

「이상국통신」은 시의 언어구조가 어떤 주제를 향해 집중되어야 한

---

26   가령 일제는 조선농민을 노예처럼 부리면서 여차하면 "ジョセンジンバカヤロウ!·조선 놈은 바보야!"라 했다. 왜 자기들의 정책을 못 알아듣고 등신처럼 고집만 부리느냐는 질책이다.

다는 고정관념에서 벗어나지 못하는 독자들에게는 이 시가 무엇을 말하려 하는가를 알 수 없다. "회개하여라 천국이 가까웠느니라"라는 구절 이하의 「이상국통신」의 통사구조는 가상의 세계, 또는 시인의 의식 속, 또는 무의식 속의 사건들이 순간적으로 나타났다가 사라지는 단편적인 이미지나 불연속적인 이미지들로 이루어져 있고, 그 이미지들이 비합리적인 관계로 시행을 구성하는 까닭이다.

작품의 외연은 전보 이미지(Telegraphic image) 형태를 지니고 있으나 내포는 응축된 은유(Condensed metaphor)형태이다. 외연은 이상국을 연상시키는 진술을 통해 나타나고, 내포는 이상국을 연상시키는 이미지와 무관한 잡다한 이미지 다발이 비논리, 비문非文의 상태에서 부딪치고 있다. 그래서 「이상국통신」의 표면에 나타나는 의미는 1940년대 일본이 내세운 '대동아공영', '창씨개명제도', '황국신민화운동', '흥아정책'을 해찰하는 것으로 읽히지 않는다. 이 땅에 "이상국"이 도래할 것인데 그 "이상국"이 싫다는 근거가 외연으로는 성립되지 않기 때문이다.

정황이 이렇지만 문제는 역시 "悔改하여라"이다. "이상국"이 목전에 도달했는데 정작 누가 무엇을 회개해야 할 것인가는 알 수 없다. 회개의 주체, 회개의 내용이 꼭꼭 숨어 있다. 그래서 '회개'는 처지에 따라 달리 해석될 수 있다. 이 시는 이런 어법으로 시적 진실을 감춘다. 이미지의 현실적인 의미가 박탈된 상태에서 결합되는 언술이 그런 역할을 한다. 그렇다면 열 개의 연으로 나누어진 형식미가 이 작품의 문門인 듯 틈을 보이기에 그 틈새를 비집고 들어가 이미지의 의미자질을 따지면 시적 진실의 얼마가 드러날 것 같다.

1연을 보자. 1연은 풍요한 현실이다. '十三個國', 곧 가난한 조선 13도[27]

---

27 함경남북, 평안남북, 충청남북, 경상남북, 전라남북, 황해도, 강원도, 제주도.

가 무수한 카페, 식당, 레스토란, 단스홀, 푸르-트, 코-히, 과자로 넘친다. '과일'을 굳이 '푸르-트'라 하고, '식당'과 '레스토란'을 구분하는 것을 보면 이 시의 화자는 헛바람이 단단히 들었다. '코-히'를 찾는 것도 그렇다. '단스홀'이라는 말도 뭔가 난잡한 분위기를 만든다. 자본이 넘쳐 삶이 소비와 향락에 파묻히는 느낌이다. 그러나 이런 어휘들은 모더니즘 시의 냄새를 발산시켜 시적 진실을 포장한다.

1연에는 선생님의 다리는 닭다리처럼 말랐고, 다른 사람들도 수수깡이처럼 **빼빼** 여윈 어머니, 굶어죽은 나의 동생, 파리똥처럼 죽은 깨가 잔득 박힌 우리누이 같단다. 모두 불쌍한 존재들이다. 그런데 이런 사람들이 오늘은 술을 마시고, 과자를 들고, 기끈 울고 기끈 웃고, 기끈 사랑을 한다. 더욱이 오늘은 나라를 위하여 술을 먹고, 나라를 위하여 춤을 추고, 나라의 금잔金盞을 쓰고, 나라의 팡을 먹는다. 자본이 이상국을 구현하는 현장이다.

자본주의의 특징은 무엇인가. 여러 가지가 있겠지만 우선 자본주의는 부르주아들의 세상이다. 이 사회는 이성과 노동으로 부를 축적하고 그 부를 어떤 방법을 통해서라도 지키며 그 풍요를 누리려 한다. 그래서 통제된 계획 속에 관리되는데 이 시의 화자는 그런 가시적인 것만을 중시하는 사람들 틈에서 비가시적인 것을 보는 존재다. 가령 앙드레 브르통이 "창문에 의해 둘로 절단된 한 남자가 있다[28]"라는 단상이 떠올라 받아 적고, 그것을 '모든 사람들에게 낯선 것이지만 보다 깊이 생각해보면 이 세계에서 용인될 수 있는 모든 것, 다시 말해서 결국 다른 것들 못지않게 객관적인 약간의 특질들과 사실을 드러내 보인다.'고 했는데 「이상국통신」의 제1연은 그런 환각의 받아쓰기를 연상시킨다. 풍요한 오늘 하루를 환상적으로 드러내 보이는 통사구조 때문이다. 그렇다면 이런 우연한 사건들의 나열

---

28   앙드레 브르통, 황현산 번역·주석·해설, 『초현실주의 선언』, 미메시스, 2012. 84쪽 참조.

은 말의 자유이고 해방이다. 말의 해방을 통해서 말의 주체, 곧 인간을 해방시킨다. 1연의 결구結句에 이 문제가 내장되어 있다.

> 小學生들이어
> 저 天使와 같은 惡魔와 같은 계집들을
> 「어머니」「누이」라고 이날은 부를지니라 부를지니라.

사람들이 모두 천사 같고 악마 같단다. 천사와 악마는 정반대 개념인데 같이 묶였다. 그리고 이들이 소학생들의 어머니이고 누이라는 것이다. 어머니와 누이는 천사이면서 악마가 된다. 현실적 논리 연결이 안 된다. 이런 표현은 이성적 인간이 자기 인식의 한계를 벗어나 인간사고의 근원이라고 볼 수 있는 무의식의 풍요로운 세계, 달리 말하면 이성에서 해방된 감성적 사유의 행복한 분사에 다름 아니다. 이렇게 이미지들의 우연한 접근의 충돌에서 생성된 결과는 어떤 의미를 지니는가. 그것은 한 이성적 존재의 내면세계에서 형성되고 있는 무의식의 발현이다. 그래서 인간의 잃어버린 힘을 되찾게 하고 인간을 변화시켜 인간본래의 모습을 회복시킨다. 말의 해방 때문이다.

그런데 천사, 어머니, 누이라는 이질적인 어휘 틈새에 전치사 하나 없이 슬쩍 끼어든 '악마'라는 어휘가 분란을 일으킨다. 아무 문제없이 '계집들'과 잘 화합하던 분위기가 이 어휘가 낚아채어 그 앞의 모든 사실을 한 순간에 내치는 역할을 한다. 물질적인 생활을 초월하면서 자유롭게 사는 정신적 자유인이 물질적 풍요에서 분리하지 못하는 이성적 존재로 변용되는 예기치 못한 현상이 일어나고 있다. 소학생들이 어머니로 누이로 부를 계집이 천사도 되고 악마도 되기 때문이다. 이것은 상이한 이미지가 우연히 접근 충돌하여 내뿜는 경이驚異이고, 무정부적인 말의 해방이다. 모순관계에 있는 이런 어휘의 거침없는 결합에 이성적 논리성을 따지는 것은 부질없는 짓이다. 이성의 통제를 벗어난 임의성 l'arbitraire의 글쓰기, 이성에 의한 어떤 감시도 받지 않고, 심미적이거나 도덕적인 모든 관심을 벗어난 곳에서 이루어지는 사유의 받아쓰기, 무상성의 자장으로 들어간 글쓰기다.

이런 결과를 1940년대 한국 시문학사에 이입시킬 때 그 반응은 예상을 초월한다. 「이상국통신」이 비인간적인 전쟁과 그 전쟁을 정당화시키는 일제의 모든 정책을 본질적으로 혐오하는 정서의 소산으로 독해할 수 있는 의미를 제공하기 때문이다. 이런 시의 창작, 특히 군국주의 식민지 정치가 극에 달하던 시간에, 짓고 읽혔다는 것은 믿기 어렵다. 더욱이 이 시는 '삶을 변화시켜야 한다'는 랭보의 명제와 '세계를 개혁해야 한다'는 마르크스의 명제를 동시에 실현하려 한 그런 글쓰기 기법을 활용하여 인간해방을 외치고 있다는 점에서 초현실주의 시의 본질과 닿는다. 일제의 제2 도시로 변해버린 경성京城 하늘에 알 수 없는, 그러나 거침없이 '이상국통신'의 모스부호를 날리고 있다. 1940년대 한국 시문학사를 다시 써야 할 하나의 사건이다.

2연은 '대화'이다. 그런데 이 대화가 부르주아적 자기 과시가 역력히 드러나는 응접실에서 벌어지고 있다. 숙녀가 지난 시대에는 연애戀愛라는 웃기는 유희遊戲가 있었다며 신사에게 말을 걸자, 신사는 '法律이란 시끄러운 道德도 있었다'며 되받는다. 법률을 시끄러운 도덕이라고 말하는 것은 법률을 얕잡아보고 비아냥거리는 말이다. 법률의 주체가 누구인가를 염두에 둘 때 이런 장귀 뒤에는 현실비판이 숨어 있다. 만주국은 건국초기부터 '도의 나라'를 정책으로 삼아 국가에도 "사랑이 넘치고 증오가 없는 / 인의와 예양으로 우리는 발전한다."고 노래했다.

국가의 본질이 意識體가 아니라고 한다면 국가의 도의는 생각할
수 없다. 道義國家는 인간의 道義性이 그런 것처럼 善惡·正邪의 도
덕적 비판 앞에서 정의의 나라로 호칭되기 이전부터 국가가 意志性
을 갖추고 있었다[29].

사정이 이렇게 진지한데 그것이 '있었다지요. 있었다외다. 하하하'라
는 하대어법에 실렸으니 대상의 가치가 강등되어도 너무 강등된다. '對話'
역시 대상을 강등시키는 언술이다. '聖書와 佛經으로 모조리 塗壁한 / 집
집의 應接室'에 모여 앉아 '紳士淑女 「하하하 하하하 하하하 하하하……」'
라는 것은 1연에서 소학생이 '先生님 先生님 / 술을 마십시다 菓子를 드십
시오'라며 이죽거리는 그런 반어법이다. 판소리 「춘향가」에서 광한루에서
노루글을 읽는 이도령과 방자가 주고받는 반어법[30]을 연상시킨다.
　시에 대화를 사용하여 언어유희를 하는 것은 판소리가 아니리로 대
화의 주도권을 잡아 대상을 조롱하는 기법과 같은 기능을 한다. 이런 점에
서 이 시의 대화는 짧지만 가볍게 볼 사안이 아니다. 판소리의 아니리가 대
상의 결함, 약점의 폭로를 통하여 서술자와 대상 사이에 주도권을 잡던 그
기법을 닮았고, 이 사실은 이 기법의 뿌리가 우리 민초의 정서와 닿기 때문
이다. 이런 전통적 기법이 수행하는 풍자는 이 시의 도처에서 번쩍인다. 특

29　作田莊一,「滿洲建國の本意」, 建國大學研究院『研究期報』第四輯.新京. 滿洲帝國協和會
　　建國大學分會出版部.康德九年(1942). 7쪽 '序論' 참조. '國家の本質が意識體でなければ,
　　國家の道義なるものは考へられない.道義國家よ言ふは, 恰も人間の道義性に就いて
　　見善ゐ如く,惡·正邪の道德的批判の前に正義國…' 사쿠다소이치는 京都帝國大學 경제
　　학부 교수로서 만주 建國大學 창설준비위원을 거쳐 1939년부터 부총장 겸 연구원장을
　　역임하였다.
30　방자: 도령님 그 먼 책이요? / 도령: 이것이 주역이다 / 방자: 그 어디 주역이요? 코책이
　　제. 도령님 그 책 속에 코 많소. 그 흔한 코 밑에 소인놈의 코도 하나 넣어 주시오. / 도령:
　　에라에라. 네 놈의 코는 상놈의 코라 이 코에 犯치 못한다.

히 7, 8 연이 그렇다.

> 7.
> 「水滸志」를 읽어드릴까요
> 「로빈손쿠루소-」는 어떻습니까
> 페루시아의 술 노래가 좋으시지요
> 자장가나 불러드릴 깝쇼
> 8
> 孔子는 家庭敎師로
> 老子는 大學敎授로
> 예수그리스도는 外國語講師로
>
> 어떻습니까 여러분

인용 부분은 모두 야유다. 7연에서는 이런 저런 말을 다 늘어놓고 "깝쇼"라는 하대어로 종결하고, 8연에서는 만고의 성인, 공자를 가정교사로, 노자는 대학교수로 좀 봐 주는가 싶었는데 아니나 다를까 내세를 예언하는 선지자 예수를 외국어 강사라고 비꼬는 데까지 강등시킨다. 그러고는 '어떻습니까 여러분' 이라며 능친다. 대상을 강등시키는데 정도가 도를 넘었다. 이게 초현실주의 글쓰기의 특징인 환각 이미지의 단순한 받아쓰기일까. 그렇다. 그러면서 다른 것을 노리는 언술이다. '깝쇼', '어떻습니까 여러분'이 그런 혐의를 준다. 야유의 의도를 청유형, 의문형으로 간접화시켰다.

이런 야유는 공자가 가정교사이고, 노자가 대학 교수인 데서 아이러니의 극점을 형성한다. 공자는 제자 자로가 귀신 섬기는 일, 그러니까 내세를 묻자 '아직 사람도 섬길 수 없는데 어떻게 귀신을 섬길 수 있겠느냐'고 했다.(『논어』 '선진'편). 그런데 노자는 공자의 인의예악이나 법제금령은 말세의 것으로 배척한다. 오직 땅 위에 살아 숨 쉬는 사람만 관심이 있는 공자보다 몇 단계 높다. 그래서 공자는 기껏 가정교사이고, 노자는 대학 교수다. 이것은 공자의 관심은 오직 땅 위에 살아 숨 쉬는 사람에게 있지만 그것보다 세속적인 성공을 삶의 목표로 삼는 노자에 대한 지지선언이다. 「이상국통신」이 질곡의 1940년대 생산품임을 고려할 때 이런 언어행위는 둘러대는 현실비판에 다름 아니다.

이런 자유연상의 글쓰기가 말의 해방을 추구하는 문제적 인간 맑시스트, 함형수의 시적 의장이다. 이것이 함형수의 내면에 형성되고 있는 무의식의 어떤 흐름을 표상한다고 할 때 가볍게 볼 문제가 아니다. 현실사회와의 불화가 삶의 본질문제로 확대되기 때문이다. 좀 더 구체적으로 고찰해야 할 사안이다.

함형수는 「滿洲의 鮮系 知識人들에게-唯物主義 思想의 淺薄性과 精神的 覺醒」(1)」에서 유물주의 사상은 인간을 동물로 만든다며 비판한 바 있는데 이 문제는 그것과 무관하지 않다.

> 내가 말하고 싶은 것은 現代의 唯物主義 思想의 淺薄性이다. 現代 唯物主義 혹은 一般的으로 그러케불리워지고 잇는 것은 바로 말하면 物質主義 혹은 享樂主義라고 불리워저야할 것이다. 거기서는 精神으로서의 人間生活보다도 肉體로서의 人間生活이 理性으로서의 人間生活보다도 感覺으로서의 人間存在의 低劣한 主張이 問題되고 잇는 것이다. 모-든 生物은 物質的인 享樂과 感覺的인 快樂 속에서 만족하고 잇다. …( )… 모-든 生物이 사러나간다는 것은 이 慾望을 채우기 위한 것이오 여기서 幸福을 느끼고 잇는 것이다. 人間도 쏘한 物質을 써나서는 一時라도 살수업다. 그러나 그것은 이 物質的인 享樂과 肉體的인 快樂만을 目的으로 하고 사는 것은 아니다. 오

히려 그것은 人間의 精神的인 모-든 慾望과 理念을 實現하려는 手
段이오 方法으로서의 物質的인 것과의 妥協이라고 할수잇다[31].

함형수의 이 글은 「이상국통신」 이후에 발표했지만 유물주의를 천
박시하는 사상은 그의 근본생리다. 그의 아버지는 주의자로 옥살이를 하
다가 죽었고, 그도 주의자이고, 그의 종형 함윤수咸允洙는 동경 한복판에서
"역사"를 비튼[32]그 가문의 피 내림이다. 함형수가 「幽閉行」(1942)에서 숨 가
쁘게 토로하던 "囚衣를입은낯설은少年의아버지가黙黙히머리를숙여눈물
겨운그의歷史"의 그 역사를 함윤수는 東京에서 "啄木鳥 쪼아 먹고 남은 /
가여운 年代 表 / 배암의 알을 까는 밤 / 白骨이 춤추다."[33]라며 역사를 "가
여운 연대표'"로 읽고 있었다. 이런 작가의식은 다음과 같은 대문으로 확
대, 심화된다.

3
자기의 幸福도 아들의 幸福도 어머니의 幸福도 모조리 잊어버린
저 商人이라는 더러운 族屬은
쇠말에 태워서 에베레스트 探險이라도 보낼지니라 보낼지니라

상인은 오직 돈·이익을 위하여 일하는 사람이다. 돈은 인간에게 꿈
을 실현시킬 수 있는 수단이고, 그것은 삶을 안정시키는 최고의 장치이다.
돈은 인간의 삶을 여유롭고 윤택하게 만들고, 인생을 자신의 의지대로 이

---

31   咸亨洙, 「滿洲의 鮮系 知識人들에게-唯物主義 思想의 淺薄性과 精神的 覺醒」(一) '서두'
      부분, 『만선일보』, 1941.11.18.

32   咸允洙, 『隱花植物誌』, 獎學社. 1940. 東京. 20~21쪽.

33   咸允洙, 앞의 시집, 19~20쪽.

끌어 갈 수 있게 하는 수단이다. 그래서 그것을 획득하려면 치욕스러운 것, 더러운 것을 참고 견뎌야 한다. 상인은 이런 삶의 현장에 뛰어들어 온갖 치욕을 참으며 온갖 수단을 동원하여 그것을 긁어모으는 존재이다. 돈 앞에는 인간의 존엄성도 없다.

함형수의 이런 상인 타매唾罵의 배경에는 이 시가 탄생되던 시간의 사회 환경이 뒤에 놓여 있다. 인위적으로 만주국을 세운 일본은 막대한 자본을 투자하여 만주에 철도를 깔고, 그것을 통하여 만주 드림을 타고 모여든 생산수단이 없는 저가 노동력을 이용하여 자기들의 이익을 챙겼다. 가령 일본의 남만주철도회사南滿洲鐵道會社가 1920년대 초 만주에 투자한 돈이 17억인데 만주사변(1931)이 일어난 직후 받은 이자가 투자원금에 육박하는 11억인 것이 그런 사정을 알린다.

> 當時 資本金 二億圓으로 創立된 南滿洲鐵道會社는 二重의 使命을 가젓으니 卽 하나는 政治的 見地에 잇어서 마치 저 印度經略에 絶大한 偉力을 가젓던 東印度會社와 같은 機能을 가젓던 것이요, 또 하나는 日本資本主義가 滿洲進出에 잇어서 唯一의 産婆役을 하는 것이엇다····( )···· 十七億을 投資하여 十一億의 利益을 얻엇다는 것은 얼마나 놀라운 일이냐.[34]

이런 증언을 토대로 하면 일본의 남만주철도회사가 가지는 만주진출의 정치경제적 의미는 영국이 인도를 식민지로 만들 때 동인도회사의 그것과 같다. 그러니까 함형수가 '저 商人이라는 더러운 族屬은 / 쇠말에 태워서 에베레스트 探險이라도 보낼지니라 보낼지니라.'라 했을 것이다. 이런 야유는 '당시 어떤 나라를 물론하고 帝國主義와 資本主義는 相互表裏가

---

34   李勳求, 「日本資本主義下의 滿蒙」, 『東光』, 1932.10. 13쪽.

되어 補足的 活動을 하므로써 그 窮極의 目的을 達成했다. 帝國主義는 資本主義를 實行하는 한 道具에 不過하야 資本主義가 相伴치 않는 帝國主義는 其實 空殼에 不過했다.[35]'는 경제학자 이훈구의 말과 맥락을 같이 한다.

4연에서는 이상국에 대한 기대가 다른 양상으로 표상된다.

> 學者들은 그라이다-와 날개에 대하여 좀 더 徹底히 硏究할지니라
> 돌땡이보다 좀 더 무겁고 鉛땡이보다도 좀 더 무겁고 地球보다
> 는 좀 더 무겁지안은
> 이 肉體를
> 火星에 土星에 木星에 아프리카에 아메리카에 飛翔시킬것은
> 그대들의 努力이로다.
>
> 오- 무수한 新天使들이
> 하늘에 橫溢할 그날이여

신 천사들이 흘러넘치는 세상의 도래에 대한 기대이다. 신 천사는 무엇인가. 1연에서는 "天使와 같은 惡魔와 같은 계집"이라 하면서 천사와 악마를 등치시켰다. 그러니까 그 천사는 천사가 아니다. 그런데 여기서는 '신천사'이니 1연의 '천사'와 다르다. 모순되는 어휘가 형식적으로는 균형을 이루지만 시각의 전환에 의한 사물의 데포르마숑이 너무 강해 의미 발견이 불가능하다. 그러나 천사처럼 나는 비행체들이 진짜 천사, 곧 신 천사가 인간을 화성, 토성, 목성, 아프리카, 아메리카로 나르기를 꿈꾼다. 감각, 연관성을 무시한 이미지들이 뒤엉켜 해석이 난감하지만 신 천사는 이상국을 상징하는 객관적 상관물로 읽힌다.

---

35   李勳求, 「日本資本主義下의 滿蒙」, 『東光』, 1932.10.12. 12쪽.

5

거리거리엔 꺽구로 서는 練習을 하는 아히들이 지극히 많아질지
니라.

그것은 묵은 體操精神에 대한 「안티테-제」이니 말니지 말지니라
말니지 말지니라.

6

獰惡하다는 獅子와 범과 이리들의 가슴에
새로운 神의 呼吸이 들어가는 날
그들은 거리에 몰녀나와
牛乳를 팡을 과자를 乞食하리로다.
그 우서운 궁뎅이춤과 그 멋없는 코노래를 부르면서-- .

총을 거둘지니라.
총을 거둘지니라.

5연에서는 많은 아이들이 물구나무서기를 한다. 아이들이 그런 짓을
하는 것은 체조정신에 대한 안티테제라 했다. 체조정신이란 무엇인가. 건
강 개념, 위생 정신이다. 만주국은 쥐꼬리를 학생들에게 가져오라고 해서
상을 주던 위생국가인데 그 나라 아이들의 체조정신에 브레이크를 걸고
있다. 아이들이 거꾸로 서는 연습을 하면 장차 무엇을 거꾸로 보는 버릇이
생길 것이다. 이런 추론은 6연에서 실현된다.

6연의 화자는 새로운 신이 도래하여 영악한 사자, 범, 이리가 '그 우
서운 궁뎅이춤과 그 멋없는 코노래를 부르면서 거리에 몰녀나와 牛乳를
팡을 과자를 乞食하리로다.', '총을 거둘지니라.'고 말하고 있다. '……지니
라'는 완곡한 현재형 명령어법이다. 새로운 신이 맹수를 거지로 만드는 세

계를 실현하리라는 예언이다. 인간의 영토에서 총을 거두어들이는 세계가 실현된다는 것이다. 神신은 전지전능하니 이런 엄청난 일을 할 수 있다. 언제 그런 세계가 이루어진다는 말인가. '새로운 神신의 呼吸호흡이 들어가는 날'이다. '새로운 神신'은 어떤 존재일까. 동물의 왕 사자, 범을 거지 신세로 만들수 있는 절대적 힘을 가진 존재이다.

「이상국통신」이 알 수 없는 모스부호를 날리는 데가 경성京城인 걸 전제하면 새로운 신이 도래할 땅은 경성京城이다. 경성의 영악한 사자, 범, 이리는 누구일까. 그리고 그런 영악한 짐승을 걸인으로 만들 만한 힘을 가진존재는 무엇일까. 일제 파쇼세력일까. 영악한 친일세력일까. 전혀 이질적인어휘들의 충돌이 창조하는 이 제2세계의 주인공의 정체가 궁금하다.

경성京城의 사자, 범, 이리는 경성을 다스리는 존재이다. 그런데 사자, 범, 이리가 새로운 神신의 호흡呼吸이 들어가 거지가 된다면, 사자, 범, 이리의 먹이가 되던 존재가 그 지배로부터 해방된다는 의미이다. 초현실주의시가 현실을 부정하고 그 부정을 매개로 하여 새로 발견한 현실, 그것이 미학의 요체라면, '6'연이 경성에 대하여, 경성을 지배하는 힘에 대하여 둘러씌운 형상화의 의미는 경성京城의 해방이다. 서안西安의 임시정부가 미국의 이승만과 손잡고 감행하려던 서울진공작전, 혹은 연안의 조선의용군의경성진군을 상상하게 만든다. 사자, 범, 이리떼를 굴복시킬 존재는 그런 힘뿐이다.

이 시의 주제가 마침내 선명하게 드러나는 대문은 "10"이다. 10연에서는 전쟁종식의 잔치가 벌어진다.

10
거리엔 軍艦군함을 띄워놓고
바다엔 自動車자동차와 汽車기차를 띄워놓고

하늘엔 山과 집을 날리고
구름은 따에 나려안고

독까비 웃음 같은 爆竹을 터지우고
코끼리 때우름같은 祝砲를 올리고

'거리엔 軍艦', '바다엔 自動車와 汽車'라는 표현이 설익은 데페이즈 망으로 이미지를 결합시켰지만 그 우연한 충돌이 폭죽을 터뜨리고, 축포를 울리니 이상국이 실현되는 현장이 된다. 그런데 이 이상국 실현의 다음 통신이 "내일은 벌립시다. / 내일은 버립시다."이다. 이 대문이 매우 문제적이다.

童話와 같은
天國과 같은
웃음과 같은
恐怖와 같은

空前의 祝祭를

내일은 벌립시다.
내일은 버립시다.

"내일은 벌립시다." 내일 축제를 벌이자는 것이고, "내일은 버립시다."는 내일까지만 축제를 벌이고, '내일은 버리겠다.'는 말이다. 어떤 연결사도 한정어도 없이 '벌립시다.' '버립시다.'를 연결시키고 있다. 예민한 감각을 발동시키지 않으면 문맥의 흐름을 잡을 수 없다. 동어 반복의 언술로 제안과 선언적 진술을 동시에 발화하는 구문이다.

거리엔 군함, 바다엔 자동차, 하늘엔 산과 집을 날리고, 구름은 땅에 내려앉고, 도깨비 웃음 같은 폭죽을 터뜨리고, 코끼리 울음 같은 축포를 쏘며, 동화 같고, 천국 같고, 웃음 같고, 공포 같은 거창한 축제를 내일만 벌인 뒤, 내일 이후는 그만두겠다는 것이다. 말의 연결이 논리성을 벗어나 있다. 그러나 '군함, 자동차, 기차'와 같은 여러 어휘가 분사하는 이미지는 파쇼 군국주의, 관동군, 만철滿鐵의 나라 만주국을 연상하는 이미지로 읽힌다. 그 이미지들은 그들만의 축제를 이제는 끝내야 한다는 민족주의적 정서를 갑골문자처럼 장착시켰다.

현실주의시로서는 아무것도 할 수 없는 상황에서 튀어 오르는 잠재의식을 그대로 받아쓴 글쓰기다. 그래서 합리적 해석을 할 수 없다. 외연은 의미지향의 포기다. 그러나 따지고 들면 시의식이 현실적인 논리와 목적에 구애받는 데가 없다. 주체를 해방하는 것이 목적이다. 말은 인간의 잃어버린 힘을 되찾게 하고 인간을 변화시키는 수단으로 인식한 결과로 나타난 글쓰기 현상이다. 말의 해방은 인간본래의 모습을 회복하며 인습적인 언어 사용으로 왜곡된 모든 굴레로부터 인간을 자유롭게 한다.

현실이 아닌 가상공간을 설정하고 문학의 관습을 파괴하는 실험을 하는 기이한 발상을 펼쳐놓아 총독부 도서과 검열관을 당황하게 만들었을지 모르지만 독자는 속이 확 뚫리는 독서체험을 했을 것이다. 저마다의 맺힌 사연을 털어놓고, 쓰고, 무언가 지어서 즐거워하겠다는 그런 언어의 창조물로 읽혔을 것이다. 당시 조선의 검열은 오장환의 「전쟁」 검열(1935)에서 드러나듯이 이미 문학이나 법률 전공의 전문직 성격의 직종이었으니 일반적인 수사, 이를 테면, 직유나 은유로 작품을 포장하여 검열을 통과하기는 불가능했다. 그래서 함형수, 이수형 등 『시현실』 동인은 그런 곤경에서 벗어나는 방법을 가상공간을 설정하고 파격적인 실험을 하는 데서 찾았다. 그 결과 무슨 말이든지 할 수 있는 이런 자유를 누릴 수 있었다.

「이상국통신」에는 현실과 환상, 절망적 상황을 헤치고 나오는 막연한 미래의 판타지, 자신의 눈앞에 당장 펼쳐지고 있는 현실에 대한 인식이 두서없이 무질서하게 마구 엇섞여 있다. 그러나 그 뒤에 무엇이 눈을 부릅뜨고 서 있다. 그것이 모더니즘적인 것인지 슈르적인 것인지 알 수 없지만 그것이 눈을 부릅뜬 존재의 정체를 가린다. 시국에 대한 맹종의 눈을 가진 사람에게 이 작품은 이상국의 도래로 읽힐 만하다. 시대의식을 거역한다고 판단할 만한 분명한 표현은 없기 때문이다.

그런데 '동화, 천국, 웃음' 같은 밝은 이미지 다발 속에 전혀 이질적인 '공포'라는 어휘가 하나 숨어 있다. 이런저런 말의 해방으로 '공포'라는 어휘를 스쳐지나가기 쉽다. 그러나 이 '공포'는 이 시의 결말인 "공전의 축제를 // 내일은 벌립시다"가 "내일은 버립시다."와 충돌하여 이질적인 경이 驚異를 형성한다. 그것은 1~9연까지 벌인 그 이상국의 잔치를 몽땅 부정해 버리는 역할을 한다. 동화 같고, 천국 같은 축제를 '공포'로 규정하고 내치는 기능을 한다.

이런 결말은 세상에 대하여 격렬하게 저항하는 초현실주의 시 정신의 구현에 다름 아니다. 초현실주의는 현실과 무관한 듯하지만 현실주의 시가 이런저런 제약 때문에 현실 문제를 다룰 수 없을 때 상이한 이미지의 충돌, 데페이즈망 기법으로 그것을 실현한다. 그러니까 1~9연까지 벌인 그 이상국의 잔치를, 10연의 가상공간에서 '공포'를 호출하여 앞의 것을 부정해 버렸다.

「이상국통신」이 놓인 시사적 자리

「이상국통신」의 이런 기법과 야유는 우리문화에서 발견할 수 있는 한 전통이다. 앞에서 조금 언급한 판소리와 한국의 구전가요인 「맹꽁이 타령」에도 같은 성격을 발견하기 때문이다. 판소리는 민담과 민요에 뿌리를 내리고 있고, 민요나 민담이 민중들이 즐긴 예술이란 것을 고려한다면 「이상국통신」의 이런 성격은 식민지 말기의 현실주의 시의 범위를 넘어선다. 당장 친일담론 생산 주체인 『삼천리』를 통하여 현실풍자의 민중정서가 입체적으로 발현되는 것이 그렇다. 「이상국통신」이 『삼천리』에 게재되었다는 사실은 1940년이라는 시간에 『삼천리』가 스스로 민족정서를 판소리나 민요풍으로 자신의 체제영합을 비판하는 문화행위를 실행하는 결과가 되었다. 『삼천리』의 통쾌한 자기모순이다.

「이상국통신」에 나타나는 판소리의 성격은 판소리가 음악이면서 아니리는 문학인 원리와 닿는다. 판소리는 청중과 광대가 함께 이끌어가고 그 아니리가 청중의 수준에 맞춘 광대의 작품이듯이 「이상국통신」도 시인이 독자와 대등한 관계에서 시적 진실을 실현한다. 1940년대 전반기의 우리시는 크게 보면 순수시가 아니면 참여시 안에 있다. 「이상국통신」의 경우는 그런 기준으로는 설명할 수 없는 열 마당 사설이 풍자판을 벌여 시적 진실을 구현한다. 그러니까 이 작품은 판소리와 민요의 맥락을 잇는 참여시다.

이런 기법의 시가 1950~60년대 시에도 지속되고 있다. 북한에서 내려온 시인 전영경全榮慶의 『先史時代』(1956), 『金山月女史』(1958), 『나의 취미는 고독이다』(1959), 『어두운 다릿목에서』(1964)가 그런 시집이다. 정황이 이렇다면 함형수가 「이상국통신」에서 이런 기법을 실현하였다는 것은 1940년대 우리 시의 한 공백을 채우는 특징일 뿐 아니라 우리 시에 잠재하는 한 본질을 잇는 기능을 한다. 「이상국통신」이 전래하는 우리의 판소리, 민요를 닮았는데 그것이 후속하는 풍자시와 물리기 때문이다. 그렇다면 이 문제는 지속의 관점에서 구체적인 논의가 필요하다.

한국의 구전가요에 「맹꽁이 타령」이 있다. 민요이기도 하고 사설시조이기도 한 이 노래의 화자 맹꽁이는 사실인즉슨 맹꽁이가 아니고 사람이다. 우리가 소견이 모자라 수준 이하의 행동을 하는 사람을 '맹꽁이 같은 사람'이라고 하는데 이 민요는 그런 앞뒤가 막힌 인물을 내세워 한 시대를 '맹꽁 맹꽁' 조롱한다.

윗 데 맹꽁이 다섯.

아랫 데 맹꽁이 다섯.

경모궁(景慕宮) 앞 연못에 있는 연잎 하나 뚝 따 물 떠 두르쳐 이고 수은 장수하는 맹꽁이 다섯.

삼청동(三淸洞) 맹꽁이, 유월 소나기에 죽은 어린애 나막신짝 하나 얻어 타고 갖은 풍류하고 선유(船遊)하는 맹꽁이 다섯.

사오 이십 스무 맹꽁이.

모화관(慕華館) 방송리(芳松里) 이주명(李周明)네 집 마당가에 포갬 포갬 모이더니

밑의 맹꽁이 "아주 무겁다 맹꽁" 하니

위의 맹꽁이 "무엇이 무거우냐? 잠깐 참아라. 작갑스럽게 군다" 하고

"맹꽁"

그 중에서 어느 놈이 상스럽고 맹랑스러운 숫맹꽁이냐?

녹수청산 깊은 물에 백수풍진(白首風塵) 흩날리고

손자 맹꽁이 무릎에 앉히고 "저리 가거라. 뒷태를 보자. 이리 오너라. 앞태를 보자. 짝짝궁 도리도리 길 노래비 훨훨" 재롱부리는 맹꽁이 숫맹꽁이로 알았더니.

숭례문 밖 썩 내달아

칠패 팔패 배다리 쪽제 굴네거리 이문동 사거리 청패 배다리

첫 둘 셋 넷 다섯 여섯 일곱 여덟 아홉 열째 미나리 논의 방구 통

꿰고 눈물 꾀죄죄 흘리고 오줌 질근 싸고.

노랑머리 북쥐어뜯고 엄지 장가락에 된 가래침 뱉어 들고 두 다

리 꼬고.

깊은 방축 밑에 남이 알까 용 올리는 맹꽁이 숫맹꽁이인가?[36]

　모화관은 중국사신을 받들어 모시던 곳이다. 이주명李周明의 집은 모화관이 있는 동네인데 다른 동네도 아닌 이 모화관 동네에 맹꽁이들이 모여들어 집단적으로 요상한 행위를 벌리고 있다. 이주명이라는 성과 이름은 이씨조선의 李, 중국 주나라의 周, 명나라의 明에서 따왔다. 이 민요는 거두절미하여 조선 이씨 왕조가 주나라의 정통을 이었다며 명나라를 섬기는 것을 맹꽁이에 빗대어 야유한다. 이름이 李·周·明인데 그 집에 모여드는 것은 맹꽁이들이고 그 맹꽁이들이 벌이는 요상한 짓이 성행위이다. 이건 대상을 축생으로 강등시키는 조롱이다.

　　밑의 맹꽁이 "아주 무겁다 맹꽁" 하니

　　위의 맹꽁이 "무엇이 무거우냐? 잠깐 참아라. 작갑스럽게 군다"

하고

　　"맹꽁"

　보기 민망한 맹꽁이들의 작태이다. 발달장애 맹꽁이라 그런 건 모르고 개의치도 않는다. 경모궁은 정조가 즉위하면서 아버지 사도세자를 추

36　조동일, 『서정시 동서고금 모두 하나·6』, 내 마음의 바다. 2016. 108~109쪽.

모하기 위해 지은 집이다. 아주 엄숙한 곳인데도 맹꽁이들이 모여들어 장난을 치고 암수가 엉킨다. 죽은 어린애 나막신 짝 하나 얻어 타고 풍류를 즐긴다. 선유하는 맹꽁이만 다섯이다. 비운의 임금을 기리기 위해 지은 집에서 죽은 아이 나막신을 배로 삼아 풍유를 즐기니 생사의 이치, 인륜도 모르는 망동이다. 모여들어 벌이는 판이 놀자판이다. 이 타령의 마지막이 암맹꽁이를 올라탄 맹꽁이가 '용 올리는 맹꽁이 숫맹꽁이인가?'이다. 참으로 부끄러운 장면인데 묘사는 거침없다. '어디 한 번 잘 놀아 봐라.'라는 비아냥거림이다. 그런데 이 맹꽁이가 기실은 사람이니 대상에 대한 강등이 이만저만이 아니다.

　　제1연은 윗 데 맹꽁이 다섯, 아랫 데 맹꽁이 다섯, 수은 장수하는 맹꽁이 다섯, 풍류하고 선유하는 맹꽁이 다섯이 경모궁 연못에 떼를 지어 모여든다. 제2연에서는 암수의 다툼을 문제 삼으려고 '어느 놈이 숫맹꽁이냐?'고 묻더니, 제3연과 제4연에서는 위세를 과시하는 잘난 맹꽁이가 숫맹꽁이란다. 제4연에서는 서울 여러 동네를 돌아다니면서 이상한 짓거리를 일삼는 녀석들이 더 잘났다며 으스댄다고 했다. 잘난 놈이 하는 일이 기껏 암놈을 올라타고 '작갑스럽게 군다.'하고 "무엇이 무거우냐? 잠깐 참아라." 이다. 참으로 가관이다.

　　이 민요는 위엄을 무시하고 금기를 어기고 향락을 일삼으면서 잘났다면서 뻐기는 무리가 출현한 것에 대한 야유이다. 전제군주 사회의 위엄을 무시하고 금기를 어기는 것은 기분 좋지만, 잘났다면서 뻐기고 다니는 것은 꼴사납다. 이 두 가지 상반된 평가를 한꺼번에 하는 아주 흥미롭고 효과적인 방법을 사람이 하는 짓을 맹꽁이로 바꾸어 놓고 그리는 데서 찾고 있다[37]. 이 민요는 사설이 일정하지 않고 바뀐다. 박동진이 판소리 「춘향

37　　조동일, 앞의 책, 110쪽.

가」에서 어사출도 장면을 부를 때마다 달리하는 것과 같다. '慕華館 芳松里 李周明네 집'을 이말 저말을 휘모리로 끌어와 이씨 왕조의 유교적 사대주의가 이룩한 이념과 관념을 싸잡아 함께 파괴해 버린다. 맹꽁이가 반도덕적인 것을 알 리가 없다. 그러나 이 맹꽁이가 사람이니 결국 맹꽁이를 빗대어 도덕이 무너져 내리는 사회에 대한 비꼼이 된다. 풍자의 대상이 크고, 비꼬는 정도가 심각하지만 주체는 그 심각한 것을 전혀 의식하지 않는다.

이런 현실 풍자가 수행한 효과는 결과적으로 함형수가 「이상국통신」에서 초현실주의 기법으로 만주국의 도의숭상의 이념을 뒤집어 버리는 언술과 다르지 않다. 「이상국통신」의 화자는 "孔子는 家庭教師로 / 老子는 大學教授로 / 예수그리스도는 外國語講師로." 라며 같잖은 소리를 늘어놓고 나서 "어떻습니까 여러분." 이라며 사람들의 소견을 묻는다. "어느 놈이 상스럽고 맹랑스러운 숫맹꽁이냐?"는 어법과 같다. 규격화된 관념을 야유하는 언행이다. 소행과 언행이 「맹꽁이 타령」의 맹꽁이와 다른 데가 없다. 그러다가 금방 다른 말로 몰아붙인다. 휘모리로 말을 둘러대는 판소리 기법도 「맹꽁이 타령」을 닮았다.

>오- 기폭은「아홉가달龍」으로 합시다.
>「아홉가달龍」으로 합시다.

느닷없이 나타난 "아홉가달용"이 또 무엇인가. 남성적 힘의 상징이다. 「맹꽁이 타령」의 "무엇이 무거우냐? 잠깐 참아라."는 그 숫맹꽁이와 같은 족속이다.

주역周易에 나오는 용의 아들 아홉은 모두 독특한 능력을 가지고 있다. 먼 곳을 바라보기를 좋아하고 무엇이나 잘 삼켜 불도 삼키는 이문螭吻, 고래고래 소리를 잘 지르기에 종에 새기는 포뢰蒲牢, 호랑이를 닮아 위력이 있어 문을 지키는 폐안狴犴, 죽이길 좋아해서 칼자루에 새기는 애자睚眦 등 신성하고 거대하며 위풍당당한 존재다. 이 구룡九龍이 공자, 노자, 예수 라는 성인의 이미지를 뭉개버린다. 성인군자 예수, 공자, 노자가 구룡 앞에 서 범상한 존재로 전락한다. 어르며 휘몰아붙이는 이런 언술은 「맹꽁이 타령」이 대상을 강등시키는 기법 그대로이다.

이런 기법이 「맹꽁이 타령」이후로는 행방이 묘연했다. 그런데 1950 년대 후기부터 한국시에 희한하게 재등장한다. 대표적인 예가 전연경의 시다. 「사막환상」을 통해 이 문제를 간단히 살펴보자.

우리의 이태원 삼각지에는 가난하고 어질고
밑천이 짧은 외입장이들이 산다.
우리의 약수동에는 앙칼지고 모질고 지독하게 돈맛을 아는 관리
나 비계 덩어리들이 산다. 금호동에는 인생과 사업에 실패하고 다시
인생과 사업 황금을 꿈꾸는
어진 소시민들이 비에 젖어 산다.
의사당 시청광장 무교동 근처에서
또다시 덕수궁 앞에서
이씨 조선 오백년 고궁 앞에서 시궁창에서
쌍통들은 구두 대신 자동차를 신고 다닌다
국물이 있는 쪽으로 무지와 인권이 있는 쪽으로 헌법과 법률 양
심이 있는 쪽으로
생활에 하수도가 있는 쪽으로
된장국이 있고
김치에 깍두기에 밥에
보리밥에 밀가루떡에 군침을 흘리면서
나직이 다정스레 아니꼽게 변덕스럽게 불러보는

정말 불공평하게 불러보는 쌍통들이 산다는 서울이다.

시시한 것일수록 좋다

생각만 해도 가슴이 아픈 청춘을 회상하면서 꽃나무를 꺾는다.

오늘 우리들은 더러운 천사들에게 둘러싸여

서울의 지붕 밑에서

쓰러져가는 이 집에서

생존경쟁 이런 것들이 급속히 사회의 불평을 창조했다고 불만을

토로하다가도

상한 기억들을 웃어넘기면서

우둔한 건 체중이나 안아본다는

이것은 천하일품이 아닐까

두 연놈의 안방사랑은

아교 같고 사랑 같고 꿀 같고 연놈의 한 몸 한 덩어리는

고기 같고 물 같고

언덕과 고개를 넘어서는 연과 놈은

그만 쌍통이 된다는 서울의 밤

서울에서 돈 없는 쌍통은 사람이 아니다.

그렇게 서울에서는 돈 없는 쌍통은 사람이 아니다.

사람이 아니다

「沙漠幻想」[38]에서

말의 논리적 연결을 무시한 채 빈정대는 투로 토설하는 어법은 「이상
국통신」이나 「맹꽁이 타령」과 다르지 않다. '무지와 인권', '더러운 천사',
'다정스레 아니꼽게', '연놈의 한 몸 한 덩어리' 같이 이질적 어휘를 충돌시

---

38   全榮慶, 「沙漠幻想」, 『어두운 다릿목에서』, 일조각, 1964, 16~17쪽.

키고, 상말을 늘어놓다가 드디어 '서울에서 돈 없는 쌍통은 사람이 아니다.'라고 쏘아붙이는 언어자질은 가히 「이상국통신」의 적통이라 할 만하다.

함형수의 「이상국통신」과 전영경의 「사막환상」을 묶는 공통분모는 '돈'이다. 그러나 가치평가는 다르다. 함형수에게는 돈은 "商人이라는 더러운 族屬은 / 쇠말에 태워서 에베레스트 探險이라도 보낼" 동사凍死의 대상이고, 전영경에게는 돈이 사람을 '쌍통'으로 만드는 요물이다. 함형수는 돈이 '더럽다'고 하고, 전영경은 '부럽다'고 한다. 함형수에게 돈은 브르주아의 징표라 더럽고, 전영경에게 돈은 속물만 돈맛을 알기에 더럽다. 그러나 "관리나 비계 덩어리들"이 "서울에서 돈 없는 쌍통은 사람이 아니다."라 하기에 또 부럽다.

전영경의 첫 시집 『先史時代』(1956)가 출판되면서 한국문단에 일으킨 화제는 일단 '새롭다'는 것이 이유였다. 그런데 따지고 보면 그 새로운 것이 박래품이라 새로운 것이 아니라, 사실 판단을 하면 앞 시대의 「이상국통신」이나 「맹꽁이 타령」이 구사한 그 속 시원한 재미의 재등장이다. 그런 재미는 이미 민요로 존재해 왔기에 새로운 것일 수 없다. 그렇다면 무엇이 새로운가. 그것은 돈·권력을 싸고 돌아가는 현실에 대한 거침없는 야유다. 이 문제를 함형수는 제국주의의 식민지 문화통치 검열 때문에 아무리 조져도 상관없는 예수나 공자에 빗대어 높은 놈들을 조지고 욕했고, 전영경은 자유민주주의로 독립한 국가라 이말 저말 끌어와 마음대로 비판했다.[39]

---

39 이런 점은 전영경과 거의 같은 시간에 작품 활동을 한 宋稶도 풍자시를 썼으나 전영경과는 많이 다르다. 그의 시에는 현실과 밀착된 심각한 모티프인 자본주의의 상징 돈은 없다. 송욱의 시는 전영경의 풍자시와 같은 듯하나 그렇지 않다. 첫 시집 『유혹』(1954)은 생의 근원적 모순과 갈등을 테마로 삼고 있어 풍자와는 거리가 멀다. 송욱의 풍자시는 『何如之鄕』(1961)부터이고, 『詩學評傳』(1963)에서 자신의 시를 입론화했는데 그걸 캐고 들어가면 송욱의 새 것은 전부 수입품이다. 전영경은 전부 국산품이다. 『何如之鄕』이 풍자시집으로 화제를 모을 때 전영경은 이미 『先史時代』(1956), 『金山月女史』(1958), 『나의 취미는 고독

이렇게 이 두 시인의 작품은 같으면서 달랐다.

함형수의 「이상국통신」은 현실에 대한 불만을 역설로 늘어놓고, 「맹꽁이 타령」은 서울의 이곳저곳을 들먹이며 세상 돌아가는 꼴을 중얼중얼 비튼다. 그런데 「사막환상」은 한가운데 돈이 자리를 잡고 있다. 왜 돈이 한가운데 있는가. 시인의 말을 끌어와 시를 해석하는 것은 시의 다양한 의미를 차단한다. 그러나 이 대문에서는 참고할 만하다.

전영경은 이런 시를 쓸 때 "상부구조 하부구조 시민사회의 계층 많은 현대라는 상황"[40]에 대한 비판의 결과가 시 쓰기라 했다. 또 "인제 남은 것은 가슴도 아닌 시간도 아닌 세계도 아닌 그 아무것도 아닌 목숨과도 같은 무에의 對決과 무에의 抵抗"이라 했다.[41]" 고난을 당하고 굴욕을 견뎌야 하는 밑바닥 인생에게는 돈이 무기가 된다는 의미다. 함형수가 초현실주의 기법에 기대어 그릇된 사회를 비틀던 그 작가의식의 재현이다.

전영경이 1950~60년대를 이렇게 야유하며 대등사회를 희구했으나 어느 누구도 그의 시를 "서울에서 돈 없는 쌍통은 사람이 아니다"에 대한 분노로 읽지 않았다. 함형수의 「이상국통신」을 핍박당하는 조선인의 분노로 읽지 않는 것과 같다. 전영경을 '위악적 역설가와 비분강개하는 정의파', '시정인의 넋두리' '야지 시인'이라 했는가 하면,[42] 풍아한 것이 시라고 생각했던 사람은 대경실색해서 나가자빠지거나 고현 놈이라고 침을 뱉고

이다.』(1959) 등의 풍자시집으로 문단을 흔든 뒤다. 송욱은 서구시의 흉내parody에서 벗어나지 못하는 수준에 있지만 전영경의 시에서는 신토불이의 민요 냄새가 난다.

40 전영경, 『나의 취미는 고독이다』, 玄文社, 1959. 131쪽. '후기' 참조.

41 전영경, 『先史時代』, 壽文社, 1956. '후기' 「蛇足」 참조.

42 유종호, 「苦言利設」, 『思想界』, 1958.10.; 「사·애·라/一月의 詩」, 『思想界』, 1960.2.; 「사·애·라/1960년의 시」, 『思想界』, 1960.12. 참조.

돌아설 것이라고 했다.[43] 또 '요설과 능변',[44] '잡동사니와 온갖 찌꺼기[45]'라 했다. 전영경 시의 내포는 간과하고 외연만 읽은 듯하다. 6·25의 심각한 비인간적 트라우마가 모든 인간을 윤리적·도덕적 존재로 만든 시대였기 때문이다. 평가가 이렇지만 전영경의 작품을 통시론적 관점에 대입하면 민요와 닿고, 공시론적 관점에 대입하면 "돈 없는 쌍통은 사람이 아니"라는 경제적 불평등에 대한 인간선언이다. 전쟁이 삶의 모든 것을 거덜내었는데 어찌 돈이 인간을 규정하느냐는 것이다. 이런 인간주의는 함형수가 「이상국통신」에서 "광야에 소래 있어 웨처가로되 悔改하여라 天國이 가까웠느니라"라며 신약 말씀을 작품의 모두에 슬쩍 올려놓은 바로 그 인간주의다.

민요가 조선조 계급사회나 일제식민지 시절 비인간적 억압을 참으며 살아야 했던 서민계층이 정신적 해방을 누려보려던 예술이고, 「이상국통신」은 일제 파쇼에 점령당한 경성京城에 위장 진입하여 상실된 주권을 회수하려는 투쟁의 다른 모습이다. 이런 현상은 판소리나 민요가 동토의 이끼처럼 싹이 터 자기의 소임을 다하는 그 생리의 유전이다.

그 유전이 전영경 시에서 어떻게 유전되는가. 함형수의 시가 상이한 이미지들을 충돌시켜 물고 물리는 야유, 조롱, 반어의 페레이드를 벌인다면, 전영경의 시는 현실에 대한 불만을 원한과 자학과 냉시冷視로 비튼다. 이런 유전인자가 함형수에게는 일제에 대한 원한이고, 전영경에게는 썩고 병들어가는 현실에 대한 고발, 왕따당하는 삼팔따라지 신세에 대한 대응이다. 전영경의 시는 야유, 조롱, 반어의 용법이 함형수의 시만큼 높고 세련되지는 않았다. 그렇지만 이말 저말 늘어놓으며 빈정대는 현실비판의

---

43   조지훈, 「한국시의 동향-1959년 시단총평」, 『思想界』, 1960.1. 322쪽.

44   박목월, 「瘦雲錄」, 『사상계』, 1958.12. 334쪽.

45   김춘수, 「해방후 20년 시사」, 『문학춘추』, 1965.7. 273쪽.

사설은 서로 다른 데가 없고, 작품 창작시간이 서로 앞뒤로 물려있다는 점에서, 또 우리시가 격동의 역사 속에서 맥을 못 출 때 현실주의 시로 현실을 응축했다는 점에서 판소리와 민요와 현대시를 잇는 자리에 있다. 전영경의 「사막환상」을 「이상국통신」, 「맹꽁이 타령」과 대비한 이유가 이런 점 때문이다.

「마음」·「나의 神은」·「이상국통신」의 표현 모순

「이상국통신」은 함형수가 1940년 『동아일보』 신춘현상문예에 「마음」이 당선된 직후인 1940년 5월, 『삼천리』가 '今春 『조선일보』, 『동아일보』, 『매일신보』 三大 신문현상문예에 一席으로 당선한 신진작가 제씨의 第2作'을 특집한 작품 가운데 하나이다.'[46] 그러니까 「마음」과 「이상국통신」은 같은 시간, 같은 공간에서 창작했다. 그렇지만 주제를 실현하는 기법과 그 반응이 아주 달라 다른 사람의 작품 같다.

> 이미 만났으면 다시 갈러지리라.
> 떠났으면 언제나 돌아오리라.
> 오 어디서 오는 信仰力인가
>
> 또한 낯선 異邦사람처럼
> 우리 그저 스치고 지나가리라

46　咸亨洙;「理想國通信」,『三千里』, 1940.5. 263~268쪽. 이 작품은 함형수가 1940년 『동아일보』 신춘현상문예에 「마음」이 당선된 직후다. 그래서 이런 전문이 있다. "금춘 『조선일보』, 『동아일보』, 『매일신보』 三大 신문현상문예에 一席으로 당선한 신진작가 제씨의 제2작을 여기 특집한다. 함형수는 금춘 『동아일보』 당선자."

항시 입은 다물어 버리리라

불어오는 無常의 바람이여.
비와 같이 쏟아지는 감정의 낙엽이여
우리 다만 마음속으로 생각하리라
종시 울지는 않으리라.

오 가이없는 허무의 사막
어두운 운명의 하늘이어
우리 필경 아무 것도 모르리라.

「마음」 전문[47]

「이상국통신」은 산문체 풍자시인데 「마음」은 회감이 압축된 순수서
정시다. 「이상국통신」의 외연은 활기에 차 있으나 그것이 속악한 이미지의
충돌에 의해 뒤틀리는데, 「마음」은 삶을 이별, 무상, 허무로 토로함으로써
그것을 겨우 추스른다. 그러니까 「이상국통신」은 적극적인 사회시이고 「마
음」은 음울한 서정시다. '만났으면 다시 갈러지리라'고 슬퍼하면서 '돌아
오리라' 기대하고, 허무에 싸였으나 그래도 시적 화자는 울지 않으려 한다.
'시인부락' 동인 시절의 그 생명 긍정의 바이러스가 작동하는 모양새다.

정황이 이러하지만 「마음」의 밑바닥에는 허무의지가 자리를 잡고 있
다. 그것이 뭘까. 유맹의 처지로 전락한 식민지 체험의 트라우마, 상처난
'마음'의 응결이다. 일제 말기 조선의 많은 젊은이들은 일자리를 찾아, 혹
은 질곡의 세상을 피해 만주로 갔다. 박팔양, 유치환, 백석이 등이 그렇고,

---

47   함형수, 「마음」, 『동아일보』 1940.1.5. '新春懸賞當選詩' 원래 응모할 때 제목은 「虛無에
      서」이다.

서정주도 취직하러 만주에 갔다. 청년 김달진은 '帽兒山 머리에 저녁해 넘고, 千年 海蘭江 물이 흐른다.'며 북만주를 헤매는 나그네로 살았다. 함형수는 쫓겨나는 신세를 여린 사슴에 빗대어 '연약한 네 다리 / 작고만 구르지말고 사슴아 / 아득한 歷史의 흐름에 귀기우려라.'며 압록강을 건너가 초등학교 교사가 되어 근근이 살며 시를 썼다.

함형수는 그때 그곳의 삶을 크게 두 가지 기법으로 다르게 표상했다. 「이상국통신」, 「정오의 모랄」, 「가족」과 같은 초현실주의 시 기법의 작품과 다른 하나는 「마음」(1940.1.), 「나의 신은」, 「귀국」과 같은 서정시 기법이다. 「나의 神은」은 「마음」과 비슷한 시간 같은 장소에서 짓고, 읽혔다. 그래서인지 이 작품은 「마음」처럼 톤이 무겁고 음울하다. 「나의 神은」의 시적 화자는 '자비의 신, 엄격한 신, 고귀한 신, 무서운 신'이 도래할 것임을 엄숙하게 고하고 있다. 「마음」의 화자가 '오 가이없는 허무의 사막 / 어두운 운명의 하늘'을 찾는 그 정황과 흡사한 처지에 이 시의 화자도 놓여있다. 이것은 당시 함형수의 심리적 갈등이 너무 심각하여 어떤 결단을 내려야 할 지경에 가 있다는 의미다.

> 멀-니 暗黑속을 쏠코오는 히미하나마 확실한 빗갈과가티
> 아모리 衰殘한 肉體와 아모리 敗北한 情神에게도
> 쏘하나의 門을가르치는
> 나의 神은 그런 慈悲의 神이리라.
>
> 永遠使役에 쩌러진 捕虜囚와도 가티
> 불타는 情熱과 굿세인 意志와 良心과 熱誠과
> 最後의 犧牲짜지를 바처서 섬길지라도
> 오히려 우리를 疑心하고 채찍질하는

나의 神은 그런 嚴格한 神이리라

地上에 사는 온갖것의 享樂과
地上에 사는 온갖것의 자랑과
地上에 사는 온갖것의 價値와
地上에 잇는 地上에 잇는
온갖 모-든 것을 가지고도 바숄수업는
나의 神은 그런 高貴한 神이리라.

해와 달과 별과
動物의 系列과
植物의 種類와
人類의 歷史와
이 모-든 것을
단 한번의 憤怒로서 재가 되게 할 수 잇는
나의 神은 그런 무서운 神이리라.
"典型詩集"에서

「나의 神은」 전문[48]

　　화자가 희구하는 '나의 신'은 세상을 구원해줄 강력한 존재이다. 왜 그런 존재라야 할까. 삶에 법도가 없어 그것이 위협당하고 유지하기가 어렵기 때문이다. 자비의 신, 엄격한 신, 고귀한 신, 무서운 신이 도래하여 지상에 존재하는 모든 향락, 자랑, 가치를 다시 제도하고, 동물, 식물, 인간의 역사

48　함형수, 「나의 神은」 "典型詩集"에서, 『만선일보』, 1940.10.21. 이 작품은 「만주시인집」에 재수록되었는데 '典型詩集에서'라는 부기가 빠지고 표기와 일부 표현이 원문과 많이 달라졌다.

까지 재로 만들어 인간을 구원해 주길 바란다. 천지개벽을 기원하고 있다. 세상에 대한 불만이 이만저만이 아니다. 이 신은 아직 도래하지 않았다. 그러나 곧 올 것이란다. "……이리라."는 미래지향어법이 신의 도래를 예보한다. 이런 「나의 신은」의 신은 「이상국통신」에 등장하는 신과는 다르다.

> 獰惡하다는 獅子와 범과 이리들의 가슴에
> 새로운 神의 呼吸이 들어가는 날
> 그들은 거리에 몰려나와
> 牛乳를 팡을 과자를 乞食하리로다.
> 그 우서운 궁뎅이춤과 그 멋없는 코노래를 부르면서-- .
>
> 총을 거둘지니라.
> 총을 거둘지니라.

여기 신은 '새로운 신의 호흡이 들어가는 날', 영악한 사자, 범, 이리가 거리로 몰려나와 우유를 팡을 과자를 걸식할 것이라고 외친다. 힘의 신이 아닌, 무서운 신의 도래를 예보한다. 그래서 '총을 거둘지니라.'라고 경고한다. 그런데 이 신은 위엄의 권위가 의심스럽다. 신을 '그 우서운 궁뎅이 춤과 그 멋없는 코노래를 부르면서-- / 총을 거둘지니라. / 총을 거둘지니라.'라고 희화하는 것이 그렇다. 신이 잔뜩 무섭다고 했는데 정작 나타난 神은 우서운 궁뎅이 춤을 추는 가소로운 꼴을 하고 있다. 신에 대한 야유다. 권위가 상실된 신이다. 어떤 권위에 대한 농락이다. 정체가 잡히지 않는다. 그러나 알 만하다.

이런 정황을 고려하면 「마음」과 「나의 신은」은 북만의 고단하고, 어렵고, 엄격한 삶이 회감Erinnerung되는 작품이고, 앞의 논의에서 드러났듯이 「이상국통신」은 그런 삶이 온갖 조건, 힘, 환경의 조화로 파탄에 이르고 있는 현실을 문제 삼는 현실주의 작품이다. 한 시인이 동일한 시간, 동일한 장소에서 창작한 작품인데 시적 진실이 이렇게 다르게 반영되는 이유가 무엇일까.

「나의 신은」은 만주국의 『만선일보』의 선계문학이고, 「이상국통신」은 '朝鮮藝術賞, 芥川賞, 直木賞, 菊池寬賞, 滿洲國文學賞'을 '我國文學賞'이라 하면서 조선의 문학은 안중에 없는 『삼천리』라는 당대 친일문화권력 1순위 잡지에 발표한 작품인 까닭이다. 그러니까 「이상국통신」은 조선어로 쓴 일본어 시다. '조선문학=일본문학'이 되는 잡지에 실어도 작품의 외연은 흠 잡을 데가 없다. 기성 시인이면서 『동아일보』 신춘현상문예로 재등단의 과정을 밟은 이유가 이런 문화권력의 대열에 동참하여 자신의 문학을 실행하기 위한 전략 때문이었을 것이다.

왜 그렇게 집요했을까. 거듭되는 말이지만 함형수는 사회주의 민족운동을 하다가 옥살이를 한 아버지의 유언장을 가슴에 품고 다닌 골수 맑시스트였고, 그도 그런 일에 신명을 바치다 쫓겨 만주로 왔고, 종형 함윤수咸允洙도 적국의 수도에서 당대 역사를 '啄木鳥 쪼아먹고 남은 / 가여운 年代表 / 배암의 알을 까는 밤 / 白骨이 춤추다'[49]며 당대 현실을 사악한 인간들의 세계로 인식하고 있었기 때문일 것이다. 이런 전략이 주효하여 도문의 함형수가 1940년 5월, 제2차 세계대전이 요원의 불길처럼 세상을 뒤덮는 무서운 시간에 「이상국통신」이 『삼천리』의 의표를 찌르며 경성京城 문단에 시詩의 독립군 진공進攻을 성공시켰다.

---

49   咸允洙, 「隱花植物誌」 獎學社(東京), 1940. 19쪽.

2.3. 맺음말

함형수의 1940년대 초기작품 10편 가운데 친일담론 1등 생산지인 『삼천리』에 발표한 「이상국통신」은 비인간적인 전쟁과 그 전쟁을 정당화시키는 일제의 모든 정책을 본질적으로 혐오하는 정서를 형상화시켰다. 이런 점에서 이 작품은 1940년대 전기 한국시문학 가운데 가장 빛나는 민족문학의 한 결실로 평가할 수 있다.

지금까지 논의한 사실을 다음과 같이 정리한다.

첫째, 「정오의 모랄」은 약동하는 생명의 힘을 자극하면서 그 힘을 회복하려는 정서를 데페이즈망 기법으로 비판, 야유했다. 도의의 나라라고 자랑하는 만주국이 사실은 비인간적인 전쟁과 그 전쟁을 정당화시키는 일제의 꼭두각시였기 때문이다.

둘째, 「이상국통신」은 일본의 천하가 된 경성京城에서 하고 싶은 말을 마음껏 하면서 그 공간의 현실을 풍자하는 자유를 누렸다. 초현실적 기법을 통해 무슨 말이든지 할 수 있는 가상공간을 설정한 결과다. 말할 수 없는 때와 자리에서 말할 수 없는 식민지 현실을 풍자, 야유, 조롱했기에 이 작품이 거둔 시적 성취는 함형수의 다른 작품을 모두 셈한 것보다 크다고 할 수 있다. 그의 만주행이 사회주의 민족주의자의 망명적 성격이고 재만 문학기의 작품은 그 현실을 문제 삼았는데 그것을 성공적으로 실현했기 때문이다.

셋째, 「이상국통신」의 질서 전도의 이미지가 우연히 접근 충돌하여 재창조한 세계는 비인간적인 전쟁과 그 전쟁을 정당화시키는 일제의 모든 정책에 대한 비판적 글쓰기임을 확인하였다. 식민지 최악의 조건이 속출하는 1940년대 전반기에서 이 작품이 도달한 최종성과는 말의 해방을 통한 인간해방이다. 함형수는 이것을 데페이즈망 기법으로 어길 수 없는 사물간의 인식을 깨뜨린 제2의 세계 발견으로 그 목적을 수행했다.

넷째, 「이상국통신」은 「맹꽁이 타령」과 같은 민요와 의식과 형식이 닿고, 식민지 말기를 넘는 민중의식은 전영경全榮慶의 시로 그 맥이 지속되는 사실을 확인하였다. 이런 점에서 함형수의 시는 한국근대시의 한 축인 풍자성을 잇는 자리에 있다.

다섯째, 함형수는 동일한 시간과 장소에서 성격과 기법이 상이한 두 계열의 작품, 곧 서정시 「마음」(1940.1.5.)과 현실주의 시 「이상국통신」(1940.5.)을 창작하여 만주와 경성의 문학매체에 발표했다. 「마음」이 『동아일보』에 '新春懸賞當選詩'가 됨으로써 만주의 함형수가 경성京城 문단에 작품을 발표할 수 있는 자격을 획득했고, 그 결과 『삼천리』에 식민지 현실을 야유하는 「이상국통신」 발표가 가능했다. 이런 점에서 「마음」은 『삼천리』가 스스로 민족정서를 판소리나 민요풍으로 자신의 체제영합을 비판하는 자기모순을 저지르게 만드는 원인을 제공했다.

이런 사실을 근거로 하면 「해바라기의 비명」(1936)으로 문단에 알려진 함형수가 『동아일보』 신춘현상에 응모 당선한 것은 로시아共大(東方勞力者共産大學) 출신 장도명張道明과 동지가 되어 함북공산당을 재건하려 한 함북공산당사건咸北共産黨事件(1932.10.)과 경성고보鏡城高普 2학년 때 '咸北鏡城高普校檄文散布事件'으로 검거되어 집행유예 1년을 언도받은 원한을 시로서 갚고, 풀기 위한 전략의 소산으로 판단된다. 함형수의 이런 진골 사회주의자의 성격은 제2차 세계대전이 끝나고도 귀국하지 않고, 중국에 남아 있다가 국공내전 때 모택동 홍군에 들어가 장춘長春전투에 참가한 사실로 또 한번 증명된다.

3. 역경에 길항한 실존의 화신-유치환

3.1. 머리말

유치환柳致環(1908~1967)은 등단기부터 쓴 작품을 『靑馬詩抄』(靑色紙社.1939)로 묶어 간행하고, 그 출판기념회를 치른 뒤 1940년 가족을 거느리고 만주로 떠났다. 그 뒤 1945년 6월 귀향할 때까지 거기 살면서 많은 시를 창작했고, 그 작품들을 두 번째 시집인 『生命의 書』(행문사, 1947.6.)에 수록했다. 유치환은 생전에 여러 권의 시집을 출판했는데 1950년대까지 간행한 시집이 8권이다.[1] 이런 관계로 이 시인에 대한 연구는 매우 활발하게 이루어지고 있다.[2] 본고는 그의 많은 작품 가운데 시집 『생명의 서』에 수록된 재만 시기의 작품을, 발표 당시 원작을 텍스트로 삼아 고찰한다. 「생명의 서」라는 이름을 단 작품이 여러 편이라 생명과 허무를 절대화하는 시적 진실이 혼동될 우려가 있고, 만주 체류시 창작된 시편들, 가령 『생명의 서』 2부에 실린 작품들을 만주의 기억과 표현만을 목적하는 것으로 이해하기 어렵다는 견해도 있기 때문이다.

---

1   『청마시초』(1939), 『생명의 서』(1947), 『울릉도』(1948), 『청령일기』(1949), 『보병과 더불어』(1951), 『청마시집』(1954), 『제9시집』(1957), 『유치환 시선』(1958)이다.

2   청마문학회 편, 『다시 읽는 유치환』, 시문학사, 2008. 이 책에 수록된 유치환 관계 평론, 논저는 약 330편이다. 그러나 이 목록에서 빠진 것도 있겠고, 그 뒤에 발표된 연구도 많을 것이다.

유치환은 1938년에 「生命의 書」(『동아일보』, 1938.10.19.)라는 시를 발표했고, 만주로 가서는 「生命의 書」를 세 편의 연작(『만선일보』, 1942.1.18.~1.21.) 형태로 발표했는데 이 네 편 외에 같은 제목의 시가 세 편 더 있다. 이런 현상은 유치환에게 「생명의 서」는 매우 특별하다는 것을 뜻한다. 본고는 이 문제를 『만선일보』에 발표한 연작 「생명의 서」를 중심으로 논의하여 그의 재만 문학기 시의 본질을 규명하려 한다. 만주에서의 「생명의 서」 세 편이 자생적 실존주의 문학으로 독해된다는 가설이 성립되는 까닭이다. 유치환이 만주로 갔을 때 충무 태생으로 유치환의 후배인 장응두張應斗가 다음과 같은 시를 쓰며 그의 입만을 반겼다.

몸은 辱된 거리에서 陰雨를맛즈나
心理는 매양 물가치 조찰할라는 意欲.
不義를 배아터 바리고 남음이 업스되
속속드리 쇠어만 가는 純情.

-柳致環兄에게-
「피에로」에서[3]

내 속족은 이리도 서러우랴.
왼갓 災殃이 나를 이쓸되 이는-
내 周謀의 處方을 이바지하는 於理이매
어찌 내 嚴然한 正色을 일흐리오.
왼갓 陰謀와 虛僞가 秋霜가치 서리어
내 身邊을 노리기로

---

3   張應斗, 「피에로」, 『만선일보』, 1940.12.27. 장응두는 『조선일보』 신춘문예에 시조 「관란」이 입선되고(1938), 『문장』(1940.4.)에 시조 「한아보」로 등단했다.

나는 오로지 歲月이 가진 한토막 時間이어라.

-柳致環兄에게-
「苦情」에서[4]

「피에로」와 「고정」은 경남 통영에서 유치환과 『生理』 동인(1937)으로, 또 아나키스트로 함께 활동하던 장응두가 만주에 먼저 가서(「압록강을 건너서면서」, 『조선문단』, 1936.7.) 자리를 잡고 살고 있다가 유치환이 입만을 하자 환영사로 날리는 작품이다. 장응두의 아버지는 한의원을 한 항일투사이고, 유치환의 아버지도 한의원이다. 그리고 이 두 사람은 그런 아버지 밑에서 어려서부터 한문공부를 하면서 유교적 인륜을 익혔다. 그러나 일본인들이 몰려와 터를 잡으면서 통영의 정취가 왜색으로 변하자 고향을 떠났다. 유치환이 만주에 왔을 때 『만선일보』는 "諸行이 無常이라 北方에 옴을 탓한들 무삼하리. 己往 滿洲에 건너 왔슴에야. 滿洲에서의 싹트려든 文學의 움을 못치는데 애씀이 조치안흘까"[5]라며 유치환이 만주에 온 것을 반기며 기대를 걸었다.

거제에서 태어나 통영에서 자란 유치환이 동경, 안의, 평양으로 옮겨 다니며 살다가 제2차 세계대전이 더욱 치열하게 전개되어 가던 시간 가족을 이끌고 만주로 갔다. 이것을 대부분의 사람들은 지식인 탄압으로 말미암은 지사형 피신이라고 말하는데 그렇지 않다는 견해도 있다. 그러나 유치환은 일찍이 "풀 풀 나는 눈 속에 떨고 섰는 예 성문이여 준봉이여 / 거리에는 사람 엷은 도읍이여 / 봄 없는 나라여"[6]라고 안타까워하던 도읍에

---

4   張應斗, 「苦情」, 『만선일보』, 1940.12.31.

5   『만선일보』, 학예면 「話題」, 1940.12.27.

6   유치환, 「봄 없는 나라여」, 전문은 '풀 풀 나는 눈 속에 떨고 섰는 예 성문이여 준봉이여 / 거리에는 사람 엷은 도읍이여 / 봄 없는 나라여 / 죽음의-일체 망각의 위에 떠오른 / -늘 눈

서 첫 시집 『청마시초』 출판기념회를 치르고[7] 만주로 갔다. 그때 유치환의 심리는 '봄 없는 나라'였다. 다음과 같은 시에 그런 상실감이 표상된다.

나는 鶴이로다

薄暮의 水墨色 거리를 가량이면
슲음은 멍인양 목줄기에 맺히어
소리도 소리도 낼 수 없노나

저마다 저마다 마음속 적은 故鄕을 안고
蒼蒼한 淡彩畵속으로 흘러 가건만
나는 鄕愁할 가나안의 福된 길도 모르고
꿈 푸르른 솔바람 소리만
아득한 風浪인양 머리속에 설레노니

깃은 襤褸하야 올배미마냥 치웁고
자랑은 호을로 높으고 슲으기만 하여
내 타고남이 차라리 辱되도다.

어둑한 저자가에 지향없이 서량이면
우르러 밤 서리와 별빛을 이고
나는 한오래기 갈대인양

내리는 폐허여'이다. 박철석 편, 『새 발굴 청마 유치환의 시와 산문』, 열음사, 1997. 60쪽.
7 '청마시초 축하회'는 1940년 4월 24일 퇴계로 昭和通 京城호텔에서 정지용, 김기림, 이
   상, 이용악, 오일도, 이원조 등이 참석한 가운데 성대히 치러졌다. 『조선일보』, 1940.4.24.
   기사 참조. '청마시초 평'은 이원조가 썼다. 『조선일보』, 1940.4.5.

마르는 鶴이로다.

「鶴」 전문[8]

　시의 화자는 결국 시인 자신이 된다는 논리로 볼 때, 1940년 봄과 여름의 유치환 심리가 어떠했는가는 긴 설명이 필요 없다. 외톨이의 고독이, 어디에도 안주하지 못하는 상실감과 고뇌가 시를 지배한다. "나는 鶴이로다."라 하는가 했는데, 다시 "마르는 鶴이로다."라 했다. 이런 영락하는 영혼의 슬픈 시 한 편을 남기고 만주로 가서 가형 유치진의 처가 소유인 농장의 관리자가 되었다. 그러나 '조고마한 素木의 墓標를 다듬'어야 하는 <兒喪>을 당했다.[9]

　이런 사정을 전제하고 『청마시초』의 사상적 배경이 아나키즘이라는 사실[10]을 고려할 때, 유치환의 입만 동기를 망명성으로 이해하는 것이 아귀가 맞는다. 연약한 처자식을 데리고 만주로 간 것은 자신의 혈육을 구용苟容의 땅에 남겨두고 싶지 않다는 의미이다. 돈을 벌어 환고향하여 유세를 부리겠다는 사람이라면 그 멀고 험한 땅으로 처자식을 데려가지는 않을 것이다. 그때 서정주가 만주에 가서 '상여금과 출장비를 모다 저축하면 일년에 천원 하나는 모울수 잇지 안을까. 삼년이면 삼천원 오년이면 오천

8　柳致環, 「鶴」, 『朝光』 제6권 제7호, 1940.7. 122~123쪽.

9　柳致環, 「兒喪-P누님께」, 매암이 울음소리 샘물처럼 흘러나는 午後/그 사랑스런 쥐암 쥔 손을 반긋이 빨며/너는 하늘나라로 이끌려 갔도다 …(중략)…// 젊어서 어진 깨달음을 배우는 아빠는/뒤뜰 느티나무 푸른 그늘 아래에서/조고마한 素木의 墓標를 다듬나니//罪없으매 어린 죽엄은 박꽃인양 정하여/슬픔도 함초롬이 이슬처럼 福되도다. 『여성』 제5권 제8호, 1940.8. 36~37쪽.
　　「兒喪-P누님께」는 작품 「六年 後」와 다른 입만 직후, 첫 아들을 잃은 바로 그 시간에 쓴 작품이다.

10　오양호, 「『청마시초』의 사상적 배경고찰」, 『인문학연구』 32, 인천대학교 인문학연구소. 2019. 참조.

원이니 나는 삼년 안에 오천원 하나를 기어히 손에 잡을 것이다. …( )… 어머니여! 처여! 벗이여!'(「만주일기」, 1941/1/21)라고 외치는 데서 이런 정황이 잘 나타난다. 그런데 유치환은 "석류꽃은 하늘 푸르른 나라에만 있네라."[11]고 노래했다. 그러니까 유치환은 그 석류꽃 피는 푸른 하늘나라에 검은 구름이 몰려오는 것을 깨닫고 고향과 결별을 한 것이다. 그렇게 찾아간 만주에서 그는 친한 사람도 없고, 적도 없이 외톨이로 험악한 환경과 대거리를 하며 떠돌이 아세아인의 신세로 살았다. 그러다가 해방이 되기 두 달 전 환고향했다. 모두 지하로 숨었지만 한때 아나키스트의 소굴이었던 만주에서, 장응두 같은 인물로부터, 혹은 중경 임시정부의 단파방송을 밀청한 뒤 일제의 패망을 예견하고 환고향했는지 모른다.

유치환의 시는 일반적으로 생명에의 의지, 비정의 철학 등으로 해석된다. 그러나 최근에는 『생명의 서』(행문사, 1947) 2부에 수록된 만주시편을 '선택과 배치의 문화정치학'[12]으로 독해하는 사례도 있다. 하지만 재만 문학기 작품이 자생적 실존주의 문학인 것이 확인된다면, 그런 견해는 유치환의 친일추문이 따르는 몇 편의 작품에 해당될 것이고, 그의 시는 한국의 근대시에서 특별한 자리에 설 것이다. 문학과 철학은 하나이면서 둘이고 둘이면서 하나라는 文·哲의 생리를 유치환 시가 아우른다. 우리의 근현대 시에서는 유치환과 같은 예, 특히 「생명의 서」 연작 세 편 같은 경우를 거의 발견할 수 없다. '형상화된 체험(문학)은 개념화된 논리(철학)를 지니지 않으면 공허하고, 개념화된 논리는 형상화된 체험을 갖추지 않으면 경색되기에 문학과 철학은 서로 필요로 한다.'[13]는 그런 명제가 실현되는 현상

11   柳致環, 「石榴꽃」, 『여성』 제5권 제5호, 1940.5., 52쪽.

12   최현식, 「만주의 서정, 해방의 감각-유치환의 '만주시편' 선택과 배치의 문화정치학」, 『민족문학사연구』 제57호, 민족문학사학회민족문학사연구소, 2015.4.

13   조동일, 『철학사와 문학사 둘인가 하나인가』, 지식산업사, 2000. 12~13쪽 참조.

을 「생명의 서」 연작을 통하여 확인할 수 있기 때문이다.

1940년대 초기는 기존의 인간주의가 국민국가의 이념으로 변용하여 폭력과 침략이 세계를 지배하고, 인간의 가치를 압살하는 군국주의 이데올로기가 민족주의의 이름으로 정당화되던 시간이다. 「생명의 서」는 문학이 상식 수준에 있는 사람도 제목에서부터 인간주의 철학을 감지할 수 있다. 이런 성격을 지닌 일련의 작품이 제2차 세계대전이라는 비인간적 상황 속에 승전보가 인간의 시체屍體 수로 환산되는 무서운 현실[14] 속에서 창작되고 읽혔다는 점에서 이 연작 세 편은 의미가 심장하다. 서구의 철학자들이 제1차 세계대전을 체험하면서 생철학을 형성시킨 작품, 그러니까 실존주의 문학이 탄생한 것과 흡사하다. 「생명의 서」 연작 세 편에 반인간주의적 상황에 저항하는 직설적인 표현은 없다. 그러나 시적 화자가 어떤 거대한 존재와 맞서 싸우고 있는 것만은 틀림없다. 다만 대결의 사유가 문학과 철학 사이에서 시적 진실을 은유로 감싸기에 실체 파악이 좀 어려울 뿐이다.

3.2. 연구사 검토

유치환 시의 쟁점

「生命의 書」 세 편이 발표되던 바로 그때 벌써 이 작품을 주목한 시인이 있다. 허리복이다. 그는 「滿鮮詩壇의 正月曆」에서 「생명의 서」 세 편을 다음과 같이 평가했다.

---

14 『만선일보』 1942.7.7일자 1면 탑 기사는 「敵遺棄屍二百三十三萬」이다. 당시 이런 기사는 거의 매일 보도되었다.

強烈한 氣像과 벌거벗은 生命아페 嚴肅햇습니다. 前後三篇을
通하야 東洋的인푸념과痛哭을느끼는데 말못할世界를감추고 다말
못하는哀痛이이詩의生命이겟습니다만 억센理念의露出性이 詩眼을
너무刺戟하야서 도리어소리업는 이야기가그리워집니다.[15]

「생명의 서」를 '동양적인 푸념과 통곡'이라 했다. 이것은 평가가 좀
빗나간 것 같다. 하지만 다른 말은 시의 정곡을 찌른다. '말 못할 세계를 감
추고, 다 말 못하는 애통이 시의 생명'이고 그게 억센 이념이라고 독해하는
것은 「생명의 서」의 실존적 사유를 감지하고 있는 듯하다. 허리복은 경성
鏡城출신으로 만주로 가는 이주민들의 이삿짐 위의 박을 보며 '외오리 山
길 / 외줄기 대길 / 돌아 고개고개 / 하늘 그리워 / 쳐다만 보오'(「박꽃」)라
며 민족의 이산을 안타까워하던 시인이다. 허리복은 입만하기 전 경성고
보鏡城高普 교유로 근무하던 김기림, 초현실주의 기법의 시를 쓰던 신동철
申東哲과 가깝게 지내며[16], 일찍부터 서구의 모더니즘을 익힌 시인이다.

「생명의 서」에서 '생명의 엄숙과 이념의 노출'을 읽은 이 최초의 평
가는 묻혀 있다가 해방 뒤 김춘수에 의해 재발견되었고, 그런 시각이 김춘
수의 견해에 나타난다. 그간 유치환에 대한 연구는 너무 많아 가닥을 잡기
힘들 지경이고, 그것이 본의 아니게 서로 유사하다. 본고가 도달점으로 삼
는 자생적 실존주의 사유로 독해하는 논저는 없다. 그러나 다음과 같은 논
저는 견해와 관점이 뚜렷하다.

1) 김춘수, 「유치환론」, 『문예』(1953. 6월호)

---

15   許利福, 「滿鮮詩壇의 正月曆」, 『만선일보』, 1942.2.15.
16   「1940년대 초기 김기림 시와 『시현실』 동인」 참조.

2) 문덕수, 「생명의 의지」(『현대문학』(1957. 11~12월호))

3) 김종길, 「비정의 철학」(『세대』, 17호, 1964. 10월호)

4) 오세영, 『유치환』(건국대출판부, 2000)

5) 박철석, 『새 발굴 청마 유치환의 시와 산문』(열음사, 1997)

6) 박태일; 『유치환과 이원수의 부왜문학』(소명출판, 2015)

1)은 짧은 글이지만 유치환의 시를 동양의 주정적 서정주의와 그것을 압살하려는 서구의 의지적 정신의 대립으로 독해함으로써 유치환을 문제적 시인으로, 허리복 이후 문단에 끌어낸 최초의 글이라는 데 의의가 있다. 2)는 유치환의 시 세계를 생명의지, 동양의 노장사상에 초점을 맞춰 평가한 첫 평론이다. 3)은 유치환의 시를 대가의 풍격風格으로 평가한 글이다. 작품을 철학적 사유의 결과로 독해하는 것이 정치하지는 않지만 한 때 '동업자다'[17]라 그런지 직관이 논리를 앞질러 시적 진실을 해명한다. 4)는 유치환의 후기시를 서구의 실존주의 문학과 상호텍스적intertextuality 관계에서 접근하고 있다는 점에서 앞의 글들과 변별성이 있다. 5)는 유치환 시의 출발을 아나키즘과의 맥락에서 논증한다는 점에서 유치환 시의 의미자질을 넓히는 역할을 한다. 6)은 1)~5)의 논리를 전부 부정한다. 그리고 「생명의 서」 연작 세 편에 대한 구체적인 분석이 없고, 작품 외적 문제를 근거로 논의를 전개하기에 문제로 삼을 대상이 아니다.

이 논저 가운데 본고와 직접 관련되는 논저는 2)(문덕수)와 4)(오세영)이다. 이 두 논저는 「생명의 서」를 전제하는 것은 아니지만 F. W. 니체와 관련지우고 있다는 점에서 그러하다. 니체는 철학자 이면서 시인인데 유치환의 시 역시 철학적 사유의 한 결과물로 인식하기 때문이다. 2)와 4)가

---

17   김종길과 유치환은 1950년대 후반 경북대학교 문리과대학 동료교수로 가깝게 지냈다.

유치환과 니체의 관계를 어떻게 말하는지 보자.

유치환의 생명의 의지나 반기독교적 사상 등은 니체의 영향임이
분명하고, '니체'도 이 무렵 읽었던 것으로 생각된다.[18]

자신이 직접 언급한 적은 없으나 유치환에게서 니체의 영향이 보
인다는 것은 주목해야 될 사항이다. …(중략)… 굳이 지적하자면 유치
환이 니체를 언급한 것은 그의 산문 중 단 두 군데였지만(「신의 자세」
와 「나는 고독하지 않다」;필자 주) 그러나 그의 시와 산문에서 다루는 내
용과 결부시킬 때 우연이라고 단정지을 수만은 없을 듯하다.[19]

문덕수는 유치환의 시가 니체와 상호텍스적 관계에 있다고 했다. 그
런데 이런 견해는 유치환의 북만 체험시를 근거로 한 것이 아니라 작품 생
성의 주변 상황을 근거로 한 추론이라는 점에서 객관성이 없다. 주장의 근
거가 유치환의 것이 아니라 그의 형 유치진柳致眞의 것이다.[20] 인용한 문
장도 추론이다. 인용문은 한 문장인데 주어主語인 '반 기독교적 사상'의 서
술어는 '생각된다.'이다. 단정이 아니다. 문덕수도 이것을 추론이라고 직접
말했다.[21] 그렇다면 문덕수가 유치환의 생명의 의지나 신을 부정하는 반 기
독교적 사상 등이 니체의 영향이라는 주장은 성립되기 어렵다.
　　4) 역시 유치환의 시가 니체와 상호텍스트 관계에 있다는 말이다. 오

18　문덕수, 『청마 유치환평전』, 시문학사, 2004. 73쪽.
19　오세영, 『휴머니즘 실존 그리고 허무의지 유치환』, 건국대출판부, 2000. 148쪽.
20　유치진, 「나의 수업시대」 참조, 『동아일보』, 1937.7.22.
21　나는 문덕수를 2015년 6월 12일 시문학사에서 만나 '유치환이 니체를 읽었다'는 자료를
　　보고 논의를 분명하게 다듬으려고 했다. 그러나 문덕수는 그런 자료는 '없다'고 했다. 니체
　　와 유사한 점이 많아 그의 형 유치진의 말을 근거로 추론한 것이라 했다.

세영이 유치환의 시를 광의의 휴머니즘 문학인 실존주의로 이해하는 태도는 본고가 유치환의 시를 자생적 실존주의 문학으로 독해하는 것과 관점이 비슷하다. 그러나 주장 4)의 오세영은 유치환의 시가 니체의 영향을 막연하게 받았다는 것이고, 주장의 근거가 1960년대의 「신의 자세」와 「나는 고독하지 않다」는 두 편의 산문이다. 시가 아닌 산문이라 할지라도 작품을 구체적으로 대비한 결과라야 할 텐데 그렇지 않고, 유치환의 시와 산문에서 다루는 내용을 니체와 '결부시킬 때 우연이라고 단정지을 수만은 없을 듯하다.'는 것이다. 우리의 현대문학은 모두 서구문학의 영향 아래 형성되었다는 그 상호텍스적intertextuality 관계가 유치환의 시에도 대입된 결과로 판단된다. 그러나 J. 크리스테바의 말처럼 '모든 텍스트는 인용구의 모자이크'라 하더라도 '유사하다'는 이유로 영향관계에 있다는 것은 논리의 비약이다. 이런 해석은 유치환의 시가 동양적 대가의 풍격을 지니고 있다는 견해 3)을 일거에 무너뜨린다.

5)는 유치환의 시를 아나키즘의 시각에서 접근하고 있다. 따라서 본고가 문제 삼는 「생명의 서」 세 편과 직접 관계되지는 않는다. 그러나 아나키즘이 인간의 자유를 근본으로 삼고, 실존주의 역시 그러하다는 점에서 이 두 철학사상은 크게 보면 물고 물린다. 문학으로는 범 휴머니즘문학으로 동일 상항에 놓인다. 그렇다면 5) 역시 유치환의 재만문학기 시와 무관하지 않다. 유치환의 시와 아나키즘의 관계를 추적해가면 니체가 나타나기 때문이다.[22]

---

22 니체의 「우상의 황혼」 '이데올로기'에 의하면 현대성은 민주주의, 사회주의, 아나키즘 같은 이데올로기와 연관된 것으로 나타난다. 유치환의 시를 아나키즘과 연관시킨 최근의 연구는 오양호의 「'청마시초'의 사상적 배경 고찰」,(『人文學研究』32, 2019. 인천대 인문학연구소)가 있다. 그 밖에 정대호의 「유치환시 연구; 아나키즘과 세계인식의 관련양상을 중심으로」, 박철석의 『새 발굴 청마 유치환의 시와 산문』(열음사, 1997), 김정복의 「한국아나키즘시문학 연구」(부산대 대학원, 1998), 박진희의 「유치환 시의 아나키즘 특성연구」(대전대 대학

6)은 본고가 도달점으로 삼는 문제와 초점이 다르다. 6)은 산문 「大東亞戰爭과 文筆家의 覺悟」(『만선일보』, 1942.2.6.)와 「首」(『국민문학』, 1942.3.)를 문제로 삼아 유치환의 재만문학기 작품을 친일문학으로 규정한다. 이런 논리는 최현식의 「만주의 서정, 해방의 감각-유치환의 '만주시편' 선택과 배치의 문화정치학」으로 이어진다. 그러나 「대동아전쟁과 문필가의 각오」는 신문사가 설정한 칼럼의 성격에 맞춰 열 한 사람의 문인이 돌려가며 쓴 의례적이고, 형식적인 글이다. 「수」는 서정시가 작품외적 세계의 개입이 없는 세계의 자아화라는 논리로 보면 비적의 타매가 아니라 인간생명이 무참하게 무너지는 상황에 대한 준열한 비판으로 해석할 수 있다. 「수」를 '힘의 의지가 비애를 차단하고 파괴함으로써 자기극복의 모티프를 마련한 대표적인 예[23]로 해석하는 연구가 이런 관점이다. 또 「수」를 왕도낙토와 오족협화로 선전하는 만주국을 피의 법도가 지배하는 폭력성에 대한 성찰과 검증으로 해석하는 것과도 다르다.[24] 그리고 본고는 유치환의 재만문학기 작품을 '친일/항일'로 양단하여 가치평가를 하는 것이 목표가 아니고 문학의 본질을 탐색하려 하기에 6)은 논의의 대상이 될 수 없다. 제일 쉬운 게 부정이다. 긍정이 어렵다. 긍정은 이유를 합당하게 밝혀야 하지만 부정은 작품의 성취도는 말하지 않고 나무라는 것으로 소임을 다한다.

원. 2011)가 있다.

23   김재홍, 「청마 모순의 시학, 극복의 시학」 청마문학회, 『다시 읽는 유치환』, 시문학사, 2008. 233쪽.

24   조은주, 「디아스포라 정체성과 탈식민주의 계보학-일제말기 만주관련 시를 중심으로」, 서울대학교대학원 박사, 2010. 61~62쪽 참조.

3.3. 유치환과 니체

유치환과 니체의 영향 관계는 조연현이 펴낸 『작가수업』의 다음과 같은 말이 사단을 만들었다.

> 문학에 있어서 가장 나에게 愛着을 갖게 한 詩人은 日本의「다까무라」「고오다로-」와 「하기하라」「사구다로-」 그리고 그 밖에 아나-키스트 詩人 「구사노신빼이」「다케우찌」「데루요」 같은 분들이다[25].

유치환이 니체의 영향을 받았다는 말의 씨가 된 발언이다. 그런데 니체의 영향을 받았다는 일본 사람 이름도 두 개로 쪼개어져 누가 누군지, 서로 어떤 관계에 있는지 문장 자체가 분간하기 어렵다. 이런 말을 한 조연현은 1950~60년대 한국문단권력의 정점에 있던 존재다. 그래서인지 이런 막연한 진술이 확인된 사실처럼 확산되었다. 그 뒤 유치환 연구를 평전 형태로 고찰한 박철석은 『한국 현대시인 연구-18 유치환』에서 일본의 다카무라 고타로高村光太郎와 하기하라 사쿠타로萩原朔太郎가 니체의 영향을 받았고, 그 영향을 유치환이 다시 받았다고 한 것은 조연현의 말을 그대로 잇는다. 그래서 박철석은 유치환의 시 전체를 '니체적 사유'라 했다.[26] 그러나 유치환이 니체와 이중영향 관계에 있다는 박철석의 주장은 설득력이 없다. 가장 중요한 문제인 작품 자체를 통한 논증을 하지 못했기 때문이다.

25　유치환, 「나는 우연히 시인이 되었다」, 조연현편, 『作家修業-문단인이 걸어온 길』, 수도문화사, 1951. 117쪽. 「다까무라」「고오다로-」는 다카무라 고타로高村光太郎이고, 「하기하라」「사구다로-」는 하기와라 사쿠타로萩原朔太郎이다. 「다케우찌」「데루요」도 한 사람 다케우찌데루오竹內照夫이다. 책의 서문 끝에 '4284년 10월 임시수도 부산에서'라는 말이 있다. 6·25 전쟁 중에 만든 책이라 그런 오류가 발생했을 것이다.

26　박철석 편저, 『한국현대시인 연구-18 유치환』, 문학세계사, 1999. 184쪽.

박철석은 유치환이 동경에 두 번이나 가서 공부한 사실과 니체와의 영향 관계를 설정한다. 그러나 이런 작품 밖의 논증도 오판이다. 첫번은 중학교에 다녔고(1923~26), 두 번째는(1928~29) 사진학원에 다녔다. 첫번은 유학이지만 열 네댓의 소년이었다. 따라서 '하기하라 사쿠타로의 「허망의 정의」, 「절망의 도주」를 니체적 사유'로 읽었다는 말은 믿기 어렵다. 14, 5세 소년으로서는 너무 어려운 책인 까닭이다. 두 번째는 동경행은 직업으로 삼을 만한 무슨 기술을 하나 배우러 갔다. 그때 유치환은 사진 기술을 배웠고, 그 뒤 평양에서 잠시 사진관을 차린 적이 있다.[27] 식민지 하의 가난이 소년 유치환에게도 삶이 얼마나 심각했던 가를 알려주는 사안으로 이해할 문제이다.

유치환의 등단 시기는 아나키즘에 심취한 흔적이 역력하다. 온통 새까만 표지로 만든 『소제부 제1시집』(1930.9.)에 수록된 24편의 시가 모두 가난한 사람들의 현실문제이다. 권력에 눌리고 가난에 시달려 동물처럼 사는 사람들의 삶에 대한 연민과 안타까움이 시를 지배한다. 『소제부 제1시집』이 출판되던 그 1920년대는 『개벽』, 『청년』 등을 중심으로 니체가 많이 소개되었다. 당시 조선문단에 화제가 되었던 사상과 철학은 이성을 파괴하는 시대와 맞서는 휴머니즘론의 생철학이었고,[28] 그 생철학의 가운데에 니체가 있었다.

---

27 유치환은 동경에서 귀국하여 결혼하고 아버지가 경영하는 약국 2층에 그의 최초의 생업 사진관을 차렸고(1929), 그 뒤 평양에서도 잠시 사진관을 경영했다(1932). 부산에 살 때는 화신백화점 부산지부 사진관계 부서에서 일한 것(1934)이 이런 사실을 증명한다. 유치환은 시 창작 말고 평생 두 가지 직업을 가졌는데 하나는 사진관 경영이고, 다른 하나는 교육자이다.

28 손정수, 「1930년대 비평에 나타난 생철학의 수용양상에 대한 고찰」, 『한국 근대문학연구의 반성과 새로운 모색』, 새미, 1997. 참조. 이 논문에 나타나는 생철학 자료는 모두 1938년 이후 것이다.

정황이 이렇지만 유치환이 등단시기에 니체의 영향을 받았다는 문덕수, 오세영, 박철석의 주장은 근거가 성립되지 않는다. 유치환의 글에서 니체사상이 구체적으로 감지되는 것은 1960년대 초기 평론 「신의 자세」와 「나는 고독하지 않다」[29]부터인 까닭이다. 『소제부 제1시집』의 작품이 '권력에 눌려 동물처럼 사는 사람들의 삶을 해방시키려는 사유가 바탕'을 이루는 것은 아나키즘의 그 범 인간주의 사상이지 니체적 생철학과는 거리가 멀다.[30] 「신의 자세」와 「나는 고독하지 않다」는 양차 세계대전을 겪은 유럽처럼 우리도 6·25를 겪으면서 인간이란 존재가 무엇인가를 심각하게 사유하며 전쟁의 공포를 체득한 것과 관련된다. 그때 우리는 실존주의를 수용하던 시간이었기에 유치환과 니체의 관계는 당시의 그런 경향의 한 반응으로 판단하는 것이 합리적인 해석이다.

따라서 유치환의 북만 시절의 시에 나타나는 니체적 사유는 결과적으로는 니체와 유사하지만 니체와의 상호텍스트 관계에 있는 것은 아니라는 논리가 성립한다. 질곡의 현실과 살벌한 세계대전을 피해간 북만주에서, 모진 목숨 죽지 못해 산 고통의 형상화가 희한하게도 니체를 닮았고, 생성 배경이 서구의 실존적 사유와 유사했을 뿐이다. 서구에 있어서도 까뮈의 「이방인」 이전의 모리아크의 거작들은 '실존적'이었다.[31] 유치환의 북만시의 실존성도 동일하다. 유사함을 구태여 서구 것과 연결시키려는 것은 서구 우優, 동양 열劣로 인식된 그 콤플렉스에 다름 아니다.

그렇다면 유치환의 「생명의 서」에 나타나는 실존주의적 사유는 어떻게 설명할 수 있는가. 뒤에서 논증하겠지만 그것은 니체와는 무관한 자생

---

29   유치환, 『나는 고독하지 않다』, 평화사(대구), 1963.

30   오양호, 「'청마시초'의 사상적 배경 고찰」,(『인문학연구』32, 2019. 인천대 인문학연구소) 참조.

31   알베레스 저, 鄭明煥 역, 『二十世紀의 知的冒險』, 을유문화사, 1961. 292~293쪽 참조.

적으로 형성된 사상이자, 유치환의 생명백서이다. 유치환은 그것이 니체의 사유와 흡사하고, 실존주의 철학의 요체인 것을 인지하지 못했다. 그리고 지금까지 어느 누구도 유치환의 「생명의 서」 일곱 편을 실존주의의 시각에서 읽지 못한 결과이다. 우리는 늘 서구문화를 수입했지만 그 시간 우리에게 실존주의는 너무 멀리 있었기에 니체적 실존주의 발상 자체가 불가능했다.

한국에 실존주의 문학이 수용된 것은 1960년대 초이고, 까뮈, 사르트르의 소설을 통해서 이루어졌다. '實存, 不條理absurde' 같은 어휘가 문학의 화두가 될 때, 「모반」(오상원, 1957), 「나무들 비탈에 서다」(황순원, 1960), 「원형의 전설」(장용학, 1962) 등의 소설이 나타나 문단에 실존주의 문학의 도래를 알렸다. 그러나 시 장르에서는 실존주의 영향을 받은 작품은 나타나지 않았다. 까뮈의 노벨문학상 수상작(1957) 『이방인』이 번역되고, 사르트르의 『구토』 등의 소설이 베스트셀러가 될 때도 시는 여전히 모더니즘의 내면화, 전쟁 시의 체험적 인식, 참여시를 과제로 삼고 있었다.

실존주의 사상이 시에 수용된 성과를 애써서 찾는다면 북한에서 반공 지하운동을 한 고석규(1932~1958)가 부산으로 피난 와서 동인지 『詩潮』(1953) 『珊瑚』(1954)를 출판하고, 김재섭과 공동으로 출판한 시집 『超劇』(1955)에 단편적으로 표상되는 실존주의적 사유 정도일 것이다.[32] 1960년대에 들어와 송욱이 『하여지향』(일조각, 1961) 등으로 문제 삼던 현실비판, 김수영의 참여시가 있지만 그런 시는 모더니즘의 다른 양상이지 실존주의 문학의 저항과는 성격이 다르다.

1960년대 초기 유치환은 이승만 독재를 비판하는 작품, 4·19의 한 불씨로 평가 받기도 하는 「뜨거운 노래는 땅에 묻는다」(『동아일보』, 1960.3.13.)

---

32   『고석규 문학전집』, 마을, 2012. 참조.

를 발표하고, 또 마산의 3·15부정선거가 모티프인 「안공에 포탄을 꽂은 꽃」을 발표한 바도 있다. 이런 작품은 지사적 저항, 절의에 찬 선비정신으로 평가된다.[33] 독재에 저항하는 현실주의 문학과 인간의 존재 자체가 극한 상황에 내몰려 생명을 갈구하던 만주의 「생명의 서」와는 본질이 다르다. 전자가 정치와 관련된 참여시라면 후자는 인간 생명의 본질을 생철학으로 사유하는 문학이고, 철학이다.

3.4. 북만 체험과 시의 실상

「生命의 書」 일곱 편

유치환의 작품 가운데 「생명의 서」라는 이름으로 발표한 시는 모두 7편이다. 이 가운데 첫 작품은 1938년 『동아일보』에 발표한 「生命의 書」로 만주에 가기 직전에 썼다. 그 다음은 1940년 1월 『만선일보』에 발표한 「생명의 서」 연작 세 편과 『재만조선시인집』의 「생명의 서」, 그리고 제2시집 『生命의 書』에 수록된 「生命의 書. 一章」과 「生命의 書. 二章」 이다. 이 6편 외에 1939년 10월 평안북도 중강진에서 발행되던 『詩建設』 제7집에 수록된 「오오랜 太陽-生命의 書 第三章」이 있다. 그러나 이 작품은 "생명"이라는 문제적 어휘가 부제로 물러나 있고, 내포도 다른 작품과 차이가 나기에 논의에서 제외한다.[34] 『만선일보』의 연작 세 편이 광막한 타나토스 공

---

33   김하준, 「교장선생님 유치환」, 『다시 읽는 유치환』, 시문학사, 2008. 389~390쪽.

34   유치환, 「오오랜 太陽-生命의 書 第三章」, 『詩建設』 제7집. 昭和14년(1939) 10월, 1쪽. "머언 太古쩍부터 薰風을 안고 내려온 黃金가루 花粉을 紛紛히 닝닝거리던 그太陽이로다 // 처음 꽃이 생겼을 때 / 서로 부르며 가르처(指) 造化를 讚嘆하던 그 아름다운 感動과 綿綿

간에서 생명을 외치는 「生命의書·1. 怒한 山」, 「生命의書·2, 陰獸」, 「生命의書·3, 生命의書」인 것과는 많이 다르다.

「生命의 書」에 대해 먼저 원본 검토를 한다.[35] 「생명의 서」는 『동아일보』에서 시작하여 『만선일보』에서 세 편으로 확대되고, 해방 뒤에는 『생명의 서』(1947)라는 시집 이름이 된 까닭이다. 이것은 유치환이 생명문제에 대한 사유를 1938년부터 1947년까지 무려 10년간 지속시켰다는 말이다. 이런 점에서 "생명의 서"에 대한 원본 검토는 유치환에게는 가장 심대한 「생명의 서」 연작 세 편의 고찰을 위한 필요조건이다.

> 1) 나의 智識이 毒한 懷疑를 救하지 못하고
>   내 또한 삶의 苦惱를 다 짐지지 못하야
>   病든 나무처럼 生命이 부대낄 때
>   저 머나먼 西剌比亞의 沙漠으로 나는 가자.
>
>   거기는 한번 뜬 白日이 不死身같이 灼熱하고
>   一切가 모래속에 死滅한 永劫의 虛寂에
>   오직 아라의 神만이
>   밤마다 苦悶하고 彷徨하는 熱沙의 끝.

한 親愛를아느뇨 // 오늘날 世紀의 큰악한 悲劇이 / 스스로 피의 贖罪 끝에/나중 人類는 地表에 하나 없어져도 좋으리라 // 누구뇨, 별을 가리어 서는 者는--- // 이 묵은 歷史의 世界에서 / 久遠한 年輪의 貴한 後光을 쓰고/오직 앵지만한 트는 싹고 한 마리 병아리의 誕生을 爲하야 / 創造의 아침의 보오얀 鄕愁에 젖은 오룻한 太陽이로다."

35 7편 가운데 「生命의書·1」, 「生命의書·2」는 「노한 산」, 「음수」라는 다른 이름을 달았기에 일단 이본異本 검토에서는 뺀다. 오세영이 『유치환』(건국대출판부, 2000)의 작품연보에서 「生命의書·1. 怒한 山」(『만선일보』, 1942.1.18.)이 처음 발표된 지면이 『신문학』 3호(1946.7.)라 한 것은 착오다.

그 烈熱한 孤獨가온데 내호을로 서면
반드시 運命같은 『나』를 對面케될지니
『나』란. 나의 生命이란.
그 原始의 本然한 姿態를 다시 배우지 못하거든
차라리 어느 沙丘에 悔恨없는 白骨을 쪼이리라.

　　　　　　　　　　　「生命의 書」 전문(『동아일보』, 1938.10.19.)

2) 나의 知識이 毒한 懷疑를 救하지 못하고
　　내 또한 삶의 愛憎을 다 짐지지 못하여
　　病든 나무 처럼 生命이 부대낄 때
　　저 머나먼 亞剌比亞의 沙漠으로 나는 가자.

　　거기는 한번 뜬 白日이 不死身 같이 灼熱하고
　　一切가 모래 속에 死滅한 永劫의 虛寂에
　　오직 아라-의 神만이
　　밤 마다 苦悶하고 彷徨하는 熱沙의 끝

　　그 烈烈한 孤獨 가운데
　　옷자락을 나부끼고 호을로 서면
　　運命 처럼 반드시 「나」와 對面ㅎ게 될지니
　　하여 「나」란 나의 생명이란
　　그 原始의 本然한 姿態를 다시 배우지 못하거든
　　차라리 나는 어느 砂丘에 悔恨 없는 白骨을 쪼이리라.

　　　　　　　　「生命의 書. 一章」 전문, 『生命의 書』(行文社, 1947)

1)과 2)는 같은 작품이다. 그러나 1)의 제2행의 '삶의 苦惱'가 2)에서

는 '삶의 愛憎'으로 바뀌고, 1)의 '智識'이 2)에는 '知識'으로, '西剌比亞의 沙漠'이 '亞剌比亞의 沙漠'으로 바뀌었다. 이런 사실은 『동아일보』 본이 조금 개작된 것이 『生命의 書』의 「生命의 書. 一章」이라는 말이다.

> 그 烈熱한 孤獨가운데 내호을로 서면
> 반드시 運命같은 『나』를 對面케될지니
> 『나』란. 나의 生命이란.
>
> (『동아일보』, 1938.10.19.) 「生命의 書」 제3연

> 그 熱烈한 孤獨 가운데
> 옷자락을 나부끼고 호을로 서면
> 運命처럼 반드시 「나」와 對面ㅎ게 될지니.
> 하여 「나」란 나의 生命이란
>
> 『生命의 書』(행문사, 1947) 「生命의 書. 一章」 제3연

1)에 비하면 2)가 시의 취의sense가 더 강하고, 비유가 더 절실하다. 1)의 '반드시 運命같은'이 '運命처럼'으로 표현이 좀 부드러워졌다. 많은 사연을 생략하는 듯한 취의, '하여'가 그런 역할을 한다. 1)은 만주에 가기 전의 추체험이고 2)는 실제체험이기 때문일 것이다. 1947년 시집 이름 자체를 『生命의 書』라 붙여 출판할 때 세 개의 「생명의 서」 가운데 1)을 「生命의 書. 一章」으로 작품 이름을 바꾸고, 제3연을 개작하면서 '一章'이라는 말을 단 것이 「생명의 서」를 대표하는 형태가 되었다.

　「生命의 書. 一章」은 시집 『生命의 書』를 출판하면서 두 개의 「생명의 서」를 합쳐 개작했다. 그러나 시의 의미는 달라진 데가 없다. 제3연의 'ㄹ때'의 'ㄹ'이 부정시제의 관형형 어미인지, 1)과 2)에 동일하게 나타나

는 활음조 역할을 하는 'ㄹ'이 부정시제의 관형형 어미인지 미래시제 관형형 어미인지 불분명하지만, 2)에서 '~호을로 서면 / ~될지니 / …… / 쪼이리라'라는 이미지의 흐름이 가정법과 미래의지가 골격을 이루어 상황극복 의지를 더욱 강하게 표상하는 형태가 된 까닭이다. 정황이 이렇다면 유치환은 만주에서도, 그 뒤도 한참 동안 '생명'사상을 계속 사유하며 창작활동을 이어 간 것이 된다. 「생명의 서」라는 이름의 첫 작품 발표가 만주로 가기 두 해 전(1938)이고, 만주로 간 이태 뒤(1942)에 「생명의 서」 연작 세 편을 발표했으며, 8·15 두 달 전에 환고향하여 만주에서 쓴 시를 묶으면서 시집이름을 『생명의 서』라 하고, 거기에 「생명의 서」를 一章과 二章으로 구분한 작품을 게재함으로써 '생명의 서'라는 문제적 사유를 일단락 짓기 때문이다.

그런데 이런 사유가 일본군의 싱가포르 함락, 미공군의 도쿄, 요코하마 공습, 독일의 런던 공습, 영국의 베를린 공습이 벌어지던 시간 살길 찾아 솔가한 북만주에서 이루어졌다. 이것은 니체가 병사 900만 명 이상이 사망하고 수많은 혁명이 일어나는 제1차 세계대전을 경험하면서 생의 철학을 사유하며 심화시키고, 까뮈나 사르트르가 제2차 세계대전을 거치면서 인간의 실존문제를 사유한 것과 상황이 흡사하다. 이렇게 치열한 전쟁의 와중에 창작된 「生命의 書」를 니체의 「신비로운 조각배Der geheimnisvolle Nachen」와 시의 발상에서 주목할 만한 공통점이 있다는 독해가 있다. 조동일이 『서정시 동서고금 모두 하나·3』에서 니체의 「신비로운 조각배」와 유치환의 「생명의 서」의 정신의 여행 대비가 그것이다. 이런 견해는 앞의 추론을 뒷받침한다.

한 시간, 가볍게 두 시간이나,
아니면 한 해가 지나갔나?

다. 생존 자체도 관리할 수 없는 비정의 세계, 입명의 땅인가 하면 절명의
땅이다.

　그러나 외톨이 짐승 같은 시적 화자는 실존이 파편화되는 낯선 땅에
서 생활세계로 진입할 가능성을 확보한다. 만주가 에로스로 충만한 공간
은 아닐지라도 소극적 니힐리즘에 나포된 상태에서 벗어난다. '人車의 흘
러가는 거리의 먼 陰天 넘어 / 할수업시 나누운 曠野는 荒漠히 나의 感情
을 부르는데 / 남루한 사람잇서 내게 吝嗇한 小錢을 欲求하는도다.'는 삶
의 패배자가 아니라, 적선을 요구하는 거지를 보면서 삶의 투지를 가늠하
는 의지의 인간이다. 이런 의지는 가족을 이끌고 만주로 온 그런 단호한 삶
의 한 실현이다. 『청마시초』를 지배하던 암울한 시의식[45]으로부터 탈출하
는 포즈다. 오직 체험적 사색으로 생성된 유치환의 생철학이 자아화되는
세계이다. 무량천지 만주행을 감행한 유치환의 의지가 하마 주저앉을 듯
하다. 그렇지만 창조된 시인의 다른 자아, 화자는 소전을 동냥하는 거지에
게서 엄혹한 삶의 실존을 확인하면서 도리공원을 나선다.

「생명의 서」 연작 세 편의 시사적 위상

　「생명의 서」 연작 세 편은 '大同원년(1932) 만주거주 반도인 지도기관
으로 자본금 이만일천 원으로 설립된 주식회사[46] 『만선일보』 학예면을 통
해 생산되었다. 『만선일보』를 차린 자본주는 관동군이다. 그리고 이 자본

45　오양호, 「'청마시초」'의 사상적 배경 고찰」, 『인문학연구』 32, 인천대학인문학연구소,
　　2019. 참조.

46　康德六年版 『滿洲國現勢』, 滿洲國通信社出版部兌, 사장 李性在, 고문 崔南善, 편집국장
　　廉想涉, 취재역 3인, 감사역은 모두 일본인이다. 滿洲國通信社, 康德七年(昭和十五年)七月,
　　458쪽.

주는 1941년 12월 태평양전쟁이 발발하면서 기사를 전쟁중심으로 전환시켰다. 유치환을 친일추문으로 옭아매는 칼럼 「대동아전쟁과 문필가의 각오」에 그런 성격이 잘 드러난다. 김창걸金昌傑, 안수길安壽吉 등 11명의 작가가 돌아가며 쓴 이 칼럼은 의례적이고, 형식적이다.[47] 그러나 결과적으로는 대동아전쟁에 묶인다.

「생명의 서」 세 편이 발표되던 1942년 1월에는 『만선일보』 지면이 6면으로 줄어들었다. 거기다가 전쟁기사가 학예면으로까지 확대됨으로써 문학작품 발표 지면은 더욱 좁아졌다. 정황이 이러한데 『만선일보』는 학예면 한 곳에 숨구멍을 터놓았다. 그래서 시인은 그 숨구멍으로 머리를 내밀고 인간의 말을 할 수 있었다.

> 머리를 들어 우르르면 光明에 漂渺한 樹木우엔 한点 白雲
> 내 절로 삶의 喜悅에 가만히 휘파람불며

이 「生命의 書·3」이 발표되던 1942년 1월 21일 『만선일보』 1면은 '我中央進擊部隊/바차남南東地點到達', '敵機十五臺를擊墜/新嘉坡上空에서 壯烈한空中戰', '比島敵要衝連爆' 등의 대동아전쟁大東亞戰爭기사가 지면을 도배하고 있다. 이런 기사와 「生命의 書」와는 어떤 관계에 있을까. 유치환이 약 보름 뒤 「대동아전쟁과 문필가의 각오」(1942.2.6.)에서 '나라가잇어야 山河도 藝術도 잇는것'이라며 일본을 두둔한 것을 고려하면 관계가 있다.

---

47 조학래의 글은 '대동아전쟁'이라는 말 대신에 '하늘도 쳐다 보고, 땅도 바라보겠습니다.'며 빗나간 소리를 하고 있다. 유치환의 글도 부왜라고 흥분하지만 흥분할 만큼 우리를 배반하는 것이 아니라 '그 당시 다 같이 사슬에 묶인 우리들로서는 어느 누구의 혼자만의 목소리가 아닌, 일종의 공적인, 규격화된 관용어의 하나'로 독해된다(김열규). 칼럼을 쓴 문인은 千靑松, 金貴, 南勝景, 宋鐵利, 安壽吉, 趙鶴來, 金昌傑, 柳致環, 金北原, 李德星, 申尙寶이다.

그러나 적의 시체수가 승리의 기쁨이 되는 비인간적 현실 앞에서 "삶의 희열"을 노래하는 것은 놀랍고, 용감하다. 문인들이 「대동아전쟁과 문필가의 각오」라는 칼럼을 돌려가며 써야 했던 1942년 2월, 그 강고한 민족주의자 이용악이나 오장환도 시대 앞에 무릎을 꿇었다.

이용악은 "푸른 잉크를 나의 얼굴에 뿌려 / 이름 모를 섬들을 차저보지 않으려느냐 / 먼 참으로 머언 남쪽바다에선 / 우리편이 자꾸만 익인다는데[48]"라 했는가 하면, 노천명처럼 "싱가폴 떠러진 이야기를 하면서 / 밤내 / 북으로 간다."[49]고 했다. 서정주와는 지옥에라도 같이 갈 것 같던 오장환吳章煥이 서정주가 「시의 이야기」(1942.7.)를 썼을 때 몸을 홱 돌렸지만 그도 비허구산문 「出勤通信」[50]에서 회사 선전을 할 수 있는 시인이라 취직을 했고, 이제 국어(일본어-인용자 주)공부를 열심히 해서 일을 잘하면 매달 '적어도 한 십원은' 어머니께 보내드리겠다고 자랑하고 있다. 흡사 서정주가 만주에서 일본인 용역이 되어 월급을 받으면 어머니 고무신도 사 드리겠다는 그런 편지가 「출근통신」이다.

이용악과 오장환도 이러한데 유치환만 나무라는 것은 형평의 원칙에 어긋난다는 것이 아니라, 이용악에게 "북쪽은 고향이고, 그 북쪽은 여인이 팔려간 나라"이며, 오장환도 그 시대는 "고향 가까운 주막에 들러 / 누구와 함께 지난날의 꿈을 이야기하랴"(「고향 앞에서」, 1940)고 하던 원통한 세월인데 그들도 결국 무릎을 꿇은 것을 이해하자는 변호, 혹은 연민의 정에 유치환도 묶인다는 말이다. "이용악, 오장환 너마저", "이용악, 오장환도 할 수없이", 3천재 "서정주·이용악·오장환"도 할 수 없이 엄혹한 시대 앞

48   이용악, 「거울 속에서」, 『每新寫眞旬報』 통권 제283호, 1942.4.21., 15쪽.

49   李庸岳, 「북으로 간다」, 『매신사진순보』 통권 제285호, 1942.5.11., 16쪽.

50   吳章煥, 「出勤通信」, 『매신사진순보』 통권 제301호, 1942.10.21., 16쪽.

에, 혹은 서정주의 딱한 말처럼 '일본이 그렇게 쉬 망할지 몰라서' 정신을 팔고 민족으로부터 돌아섰다고 인식하는 것이 그 시대에 대한 이해가 아닐까. 이용악은 「다리 우에서」(『매신사진순보』, 통권 282호)의 화자는 의미가 모호한 '아버지 제삿날 이야기'를 했는데, 불과 보름 뒤 같은 지면의 「거울 속에서」, 「북으로 간다」에서는 일제를 찬양했다. 어떤 압력을 암시한다. 유치환이 1942년 1월 『만선일보』에 「생명의 서」 세 편을 발표한 뒤 다음 달 초에 「대동아전쟁과 문필가의 각오」를 쓴 정황과 다르지 않다. 유치환의 작품은 "우리 편이 자꾸만 익이"거나 "싱가폴이 떠러지"는 전투가 아니란 점에서 다르다. 그러니까 유치환은 무수한 생목숨이 비명에 가는 대동아전쟁을 향해 생명과 인간의 실존을 외친 「생명의 서」(1942.1.18~1.21.) 세 편의 대가로 「대동아전쟁과 문필가의 각오」(1942.2.6.)를 쓴 셈이다. 형식적이지만 그 맞짝개념의 전쟁론이 시인과 시를 살리는 명분이 되었을 것이다.

　「생명의 서·3」(1942.1.21.) 이후 1942년 10월 말까지 10개월 동안 『만선일보』 학예면에 발표된 시는 전부 30여 편 정도이다. 그 이전과 비교하면 한 달 치 분량이다. 1941년 말까지만 해도 여러 장르의 작품이 다양하게 발표되던 사실과 비교하면 학예란이 없어진 것이나 다름없다. 유치환의 「生命의 書」 연작 세 편(1942.1.18.~1.21.), 이수형의 「風景手術」(1941.12.10.)과 「人間나르시스」(1942.10.), 김조규의 「신춘집」 8수(1942.2.14.~2.19.), 송철리의 「노변음」[51] 정도이다. 그리고 경성京城의 유수 문인 몇 사람의 비허구산문이 그때 발표되었다. 경성문인의 『만선일보』 진출은 『조선일보』, 『동아일보』가 없어져 일어난 현상으로 보이는데 단순히 그런 이유만은 아닌 듯하다. 생존 자체를 위협받는 것 같다.[52] 특히 오장환의 「業苦」가 그렇다.

51　宋鐵利. 「爐邊吟」, 『만선일보』, 1941.12.15. 金晶晶은 「滿鮮日報と朝鮮人のモグニスム詩」(『東アジア硏究』 16号, 2014.12.)에서 이 작품을 저항시로 해석했다.

52　오장환의 「業苦」(1942.10.11.) 말고, 이기영의 「건강문제」(1942.10.14.), 채만식의 「健康三

재만조선인 문학이 전시 상황으로 문학이 절종될 지경에 처해 있을 때「생명의 서」세 편이『만선일보』에 발표되었다는 것은 예상할 수 없는 이변이다[53]. 유치환의「生命의 書」는『동아일보』의「생명의 서」(1938)부터 사유해 오던 바로 그 생명백서인데 그것이 전사자 수가 승패로 환산되는 태평양전쟁 기사 틈새에 생명의 존엄성이 내포와 외연으로 꽉 물려 형상화되는 것이 믿을 수 없기 때문이다. 이것은「생명의 서」를 발표하고 보름 뒤「대동아전쟁과 문필가의 각오」(1942.2.6.)에서 일제가 벌인 전쟁에 협조해야 된다는 태도와 반대다. 유치환 문학의 정점을 찍는 작품과 치명적 추문이 되는 글이 같은 시간 같은 지면을 통해 대치하고 있다.

이런 현상을 어떻게 설명해야 할까. 어떤 이가 흥분한 그 부왜인가. 그렇지 않다. 생명 긍정의「생명의 서」와 그 진리를 망각하는 행위가 동시에 일어났고, 동시에 긍정했으며 그 뒤 다른 어떤 언행으로 어느 하나를 지지하지는 않았다. 그렇다면 양면적이다. 어느 하나를 긍정하다가 그걸 버리고 다른 하나를 긍정하고 찬양하는 것이 아니라 상이한 대상을 같은 시간에 긍정하고 있다. 모순감정ambivalence이라기보다 양면감정이다. 왜 이런 현상이 나타났을까. 거래를 하지 않으면 애초의 기도가 실현될 수 없다고 판단했기 때문일 것이다.「생명의 서」와「대동아전쟁과 문필가의 각오」는 주고받는 관계에 있다. 왜 그럴까. 애초의 행로가 시인의 길이라 하더라도 타협의 포즈를 취하지 않으면 그 험지에서 현실적인 삶이 불가능했고, 시인의 꿈도 실현할 할 수 없었기 때문이다. 유치환을 추문으로 얽어매는 칼럼과 세 편의 시 배후에는 이런 말 못할 시인으로서의 갈등과 생존 내력이 숨

則」(1942.10.22.), 안회남의「新京憧憬」(1942.10.21.) 등이 모두 생존문제이다.

53 「生命의書·1」이 발표되던 날은 '大東亞戰完遂目標/鮮滿一如로總進軍'(1940.1.18.)이 학예면을 채웠고,「生命의書·3」은 '銃後의 指導方針', '樂土建設에 突進할 建設部隊나서라'(1940.1.21.)라는 기사가 지면을 메웠다.

어있다. 이것은 유치환이 10년간 매달린 그 실존의 부조리 때문이다. 유치환은 그 생명의 부조리를 무수한 생명이 사라지는 전쟁을 목도하며 '생명'을 외치지 않고는 스스로 무너져 내릴 수밖에 없었기에 거래를 한 것이다.

이런 점에서 「생명의 서」 연작 세 편의 마지막 작품 「生命의書·3, 生命의書」는 재만조선인 시단을 지킨 최후 작품이고, 유치환은 그 최후의 시인이다. 『만선일보』는 1942년 10월이 되면 일본어 기사가 나타나기 시작하고, 신문지면이 줄어들면서 군국주의의 본성을 노골적으로 드러내었기 때문이다. 따라서 「생명의 서」 연작 세 편의 위상은 특별하다. 시 세 편이 유치환 개인으로서는 친일추문에 대한 면책의 명분이 되고, 재만조선인 시문학으로서는 1940년대 전반기의 재만조선인 시의 성격을 규정하는 결정적 자리에 있기 때문이다.

「생명의 서」·작품 외적 세계와 실존적 자아의 대결

「生命의 書」 세 편 가운데 마지막 작품 「生命의書·3, 生命의 書」를 「生命의書·1. 怒한 山」, 「生命의書·2, 陰獸」보다 먼저 고찰한다. 시 제목에서부터 '생명'이라는 말이 거듭 들어가 있기 때문이다. '생명의 서' 가운데 '생명의 서', 「생명의 서」의 결론이라는 의미이다.

> 샛처 샛처 亞細亞의 巨大한 地褻 알타이의 氣脈이
> 드디어 나의 故鄕의 조고마한 고흔 丘陵에 다엇음과 가치
> 내 오늘 나의 핏대속에 脈脈히 줄기 흐른
> 저 未開쩍 種族의 鬱蒼한性格을 째닷노니
> 人語鳥 우는 原始林의 안개 기픈 雄渾한 아침을 헤치고
> 털 기픈 나의 祖上이 그 廣漠한 鬪爭의 生活을 草創한 以來

敗殘은 오직 罪惡이었도다!

내 오늘 人智의 蓄積한 文明의 어지러운 康眛[54]에 서건대

오히려 未開人의 曚衢[55]와도가튼 勃勃한 生命의 몸부림이여

머리를 들어 우르르면 光明에 漂渺한 樹木우엔 한点 白雲

내 절로 삶의 喜悅에 가만히 휘파람불며

다음의 滿滿한 鬪志를 준비하여 섯나니

하여 어느 째 悔恨없는 나의 精悍한 피가

그 옛날 果敢한 種族의 野性을 본받어서

屍體로 업드린 나의 尺土를 새쌀가케 물드릴지라도

아아 해바라기 같은 태양이여

나의 조흔 怨讐와 大地우에 더한층 强烈히 빛날지니라.

生命의 書·3, 「三. 生命의 書」[56]

이 시는 심각한 분위기가 독자를 압도한다. '地襞, 氣脈, 丘陵, 脈脈, 未開, 種族, 鬱蒼, 原始林, 雄渾, 廣漠, 鬪爭, 敗殘, 罪惡'같은 한자어가 심각한 톤을 형성하고, '-노니, -도다. -지니, -지니라' 같은 감탄형 종결어미가 또한 그런 분위기를 조성한다.

---

54 시집 『생명의 서』(행문사. 1947)에는 '강말康眛'이 '강구康衢'로 되어 있다.

55 '몽구曚衢'가 시집 『생명의 서』(행문사. 1947)에는 '몽매曚眛'로 되어 있다. 『만선일보』본이 원본이고, 『재만조선시인집』과 『생명의 서』의 표기를 교열본critical text으로 본다면 교열본의 표기를 우선으로 하겠지만 이 경우는 결정판definition edition이 요구된다. 眛가 眛로 오식되었고, 또 眛자와 衢자의 위치가 바뀐 까닭이다. 시의 내포는 원본이 더 적절하다. 이런 점에서 유치환의 시에 대한 비평적 전기critical biography가 요구된다.

56 유치환, 生命의 書·3, 「三. 生命의 書」, 『만선일보』, 1942.1.21. 『재만조선시인집』 137~139쪽의 生命의 書는 띄어쓰기 표기가 『만선일보』 원본과 다르다. 시집 『생명의 서』(행문사. 1947)에는 이 작품명이 「生命의 書 二章」으로 되어 있고, 몇 개의 표기가 이 원작과 다르다. 본고는 개작본이 아닌 이 원본을 텍스트로 한다. 다른 시 세 편, 「노한 산」, 「음수」, 「생명의 서」의 경우도 사정은 같다.

이 작품은 "文化戰士의 宣言/文藝家愛國大會에서 發表/펜의集結은 굿다[57]"라는 기사, 곧 만주문예가협회의 시국선언문과 나란히 발표되었다. 그 선언은 "我等은 大東亞共榮共榮圈의 北塞인 滿洲國의 重大한 使命을 생각하여 文化戰士로서 그完遂를 期함", "我等은 健全高邁한 滿洲文學의 樹立을 爲하여 國民精神의 昂揚에 邁進하려함" 등 5개항으로 되어 있다. 이 선언문도 심각하다. 문학이 '문화전사'가 되는 것이 사명이라고 선언하는 것이 그렇다.

이 작품이 발표되던 같은 날 『만선일보』의 다른 기사 역시 심각하다. 일본 공군이 신가파新嘉坡 상공에서 미국 전투기와 장열한 공중전을 벌여 적기 15대를 격추했고, 향항香港 점령지에는 총독부를 설치한다고 했다. 바야흐로 일제의 남방점령이 완수되는 분위기다. 상황이 이러한데 「생명의 서」의 시적 화자 '나'는 "문화전사의 선언"의 문예정책이며 "香港 점령지에 총독부 건설"과 같은 세상사는 안중에 없는 오만한 존재다. 정체가 모호한 한 생명이 '屍體로 업드린 나의 尺土를 새빨가케 물드릴지라도 / 아아 해바라기 같은 태양이여 / 나의 조흔 怨讐와 大地우에 더한층 强烈히 빛날지니라.'라고 외치는 것이 그렇다. '나'는 현실로부터 단절된 원초적 공간에서, 또 문명이 어지럽고 미개가 몽구를 이루는 공간에서 생명을 위협하는 상황과 직면해 있다. 전쟁의 위기가 아닌 실존의 위기다. '나'는 그 속에서 과감한 야성의 회한 없는 열애로 자신의 실존을 지키려 한다.

시체와 원수를 호명하며 생명을 갈구하는 화자의 역설, 이것은 '나'가 삶을 위협하는 모순된 운명과 직면한 상황이다. 하지만 '나'는 생명의 존립을 위해 어떤 힘에 매달리지 않는다. 신의 강림도 거부당한 공간에서 '나'는 홀로 부조리한 세계와 맞서 그런 상황을 극복하려 한다. 진정한 실

---

57   『만선일보』, 1942.1.21.

존을 확인하려는 생명에 대한 강한 의지가 그런 힘의 원천이다. 「생명의 서」를 조이는 "屍體로 업드린 나의 尺土"는 최고의 가치가 탈 가치화된 공간이다. 인간이 절대적 의미를 부여하고 추구하던 생명의 가치가 황막한 미개, 웅혼한 원시, 문명이 강말康昧된 현실 앞에서는 그 생명이 보호받지 못하고, 별것이 아님을 깨닫는다.

인간생명은 인간이 절대적인 의미를 지닌 존재로 간주될 때 가치를 지닌다. 그러나 이 시의 화자는 땅 끝까지 달려간 공간에서, 생명의 가치가 인간세상을 이끄는 최고의 가치가 아니라 그 공간의 만상과 다름없는 나약하고 보잘 것 없는 존재라는 사실을 깨닫는다. 여기서 니힐리즘이 발생한다. 하지만 이 시의 화자는 '光明에 표묘漂渺한 수목樹木우엔 한 点 白雲 속에 남은 나의 생명과 그 대지를 그 옛날 과감果敢한 종족種族의 야성野性'을 본받아 생명을 지키겠다고 외친다. '미개, 야성, 죽음, 투쟁, 생명' 등이 뒤엉키는 혼돈의 원시세계에서 시적 화자는 마침내 '아아 해바라기 같은 태양이여'라며 생명의 세계에 당도한다. 거대한 지벽 앞에서 미개와 야성과 맞닥뜨려 허탈에 싸였던 시적 화자가 고독한 투쟁 끝에 드디어 절망을 헤치고 나온다.

「생명의 서」 공간은 인간의 질서와 자연의 질서가 화합할 수 없는 공간이다. 그런 공간 속의 나약한 목숨이 '나'다. 그렇지만 그런 상황에 굴복하지 않는 목숨이다. 이 역경의 한가운데서 그래도 살아야 한다는 대명제, 그래서 허무가 오히려 생명열애의 띠를 형성한다. 결국 이 작품은 '나'가 생존을 위해 도망치고, 헤매다가 마침내 다다른 땅 끝에서 피할 수 없는 생명의 한계상황에 봉착하지만, 그걸 극복하고 홀로 생명의 건재함, '나의 엄숙한 실존'을 찾는 인간승리이다.

실존은 고독, 나뿐인 현실로부터 시작한다. 신도 없고, 어떤 절대자도 머물지 않는 공간이 실존의 원적지다. 이 시의 화자가 바로 그런 처지에 내몰려있다. 「생명의 서」의 이런 상황은 니체의 「신비로운 조각배Der geheimnisvolle Nachen」에 표상되는 극한적인 시련과 고난, 기존관념의 때가 묻지 않은 원시상태에서 삶의 본질을 탐구하는 자세와 다르지 않다는 점에서 보편성을 지닌다. 세계질서와 인간질서의 모순, 그에 대한 저항이다.

절망과 초극의지, 「노한 산」

「생명의 서」 연작 세 편의 첫 작품 「生命의書·1. 怒한 山」은 『소제부 제1시집』의 「산」과 『초고집·1』[58]의 「산·1」과 시의식과 톤이 흡사하다. 이것은 『소제부 제1시집』이 평등과 자주정신을 본질로 삼는 아나키즘을 태마로 삼았고, 그런 주제의 특징이 형식에도 미쳐 남성적 어조[59]의 「산」으로 개작되었으며 그것이 마침내 「노한 산」으로 형상화되었다는 가설을 성립시킨다. 혹은 『소제부 제1집』의 경제적, 정치적 지배를 부정하는 아나키스트의 분노에 찬 시의식이 「노한 산」에 와서 절망에 대한 초극의지로 굴절되었다는 논리로도 해석이 가능하다.

> 그 淪落의 거리를 지켜
> 먼 寒天에 山은 홀로이 돌아앉아 잇섯도다.
> 눈 쓰자 거리는 저자를 이루어
> 사람들은 다투어 貪婪하기에 여념이 업고
> 내 일즉이
> 호을로 슬프기를 두려하지 안헛나니

---

58 유치환이 보관하고 잇던 작품, 곧 공책 표지에 '청마시초 이전의 작품'이라고 표시한 작품을 지칭한다.

59 이미경, 「유치환과 아나키즘」, 『한국학보』 101집, 일지사, 2000. 겨울, '결론' 참조.

日暮에 하늘은 陰寒이 雪意를 품고
사람은 오히려 우르러 하늘을 憎惡하건만
아아 山이여 너는 노피 怒하여
그 寒天에 구디 접어주지 말고 잇스라.

生命의 書·1, 「一, 怒한 山」[60] 전문

　목숨을 부지하기 위해 찾아간 북방, 그러나 거기서 만난 건 생명에의
위협이었다. 「노한 산」이 발표되던 날 역시 『만선일보』는 태평양전쟁에서
일본이 대승을 거두고 있다는 보도가 당당하게 신문을 뒤덮었다. 그것은
대동아공영을 실현하는 한 과정이기에 생명능멸은 정당하다는 시위다. 그
러나 「생명의 서·1, 怒한 山」은 그 거대한 폭력의 세상을 향해 생명의 절대
가치를 외치고 있다. 문학의 명제와 전쟁의 명분이 부딪치는 현장이다. 그
렇다면 문학은 당연히 생명의 가치를 실현하는 길이고, 문학의 명제는 인
류애라는 편에 서야 한다. 그리고 그것이 정답임을 논증하는 데 복무해야
한다.

　「生命의 書·1, 怒한 山」은 "馬來英軍壞滅에 最後의 陣을 形成 / 擊墜
破二十三機 / 敵空軍施設을 粉碎 / 殘存機僅四十四[61]"이라는 생명 궤멸의

60　『만선일보』, 1942년 1월 18일. 유치환, 「생명의 서(1). 一, 努한 山」과 『재만조선시인집』
　　(140~141쪽)의 「노한 산」은 몇 개의 철자법, 띄어쓰기만 다르다.

61　『만선일보』 1942년 1월 18일 1면 참조. 「生命의 書. 二」(1942.1.19.), 「生命의書 三. 陰獸」
　　(1942.1.21.)가 실린 날도 마찬가지다. 新嘉坡敵瓮中鼠化 / 馬來半島 最後의 大包圍殲滅戰
　　展開 // 마락카市 掃蕩完了 / 印度와 海上 連絡遮斷 // 敵船舶의損失 / 擊沈十九萬噸 拿
　　捕十七萬噸 // 바타안에 敵前上陸/南方에戰果擴大中 / 第一線陣地를 突破 등의 기사 제
　　목이 그렇다. '싱가포르의 적이 독안의 쥐(新嘉坡敵瓮中鼠化)이고, 마래반도를 大包圍하고
　　최후의 섬멸전을 전개'한다는 것이 탑 기사이다. 나머지 기사도 전부 싸우는 소식이다. 세
　　계정복에 나선 일본의 광기가 신문을 뒤덮고 있다. 「生命의書 三 生命의 書」가 발표된 날
　　은 "日獨伊軍事協定成立/斷乎! 三國共通의 敵에 鐵槌/協同作戰指導決定 / 十八日 伯林에

기사와 나란히 신문지면을 매우고 있다. 한쪽에서는 반인간적 현장이 전쟁의 논리로 정당화되고 있고, 다른 한 쪽에서는 산의 분노를 빌려 생명을 능멸하는 살육의 세상과 맞서고 있다. 역설의 인간사이다. 그래서 이 시의 화자는 '사람은 오히려 우르러 하늘을 僧惡'한다. 이 대문의 외연은 일몰 속의 산의 형상화지만 그 함축된 의미는 인간의 생명이 능멸당하는 전쟁에 대한 분노이다. 주검이 산같이 쌓인 기사 옆에 유치환은 원한경怨恨經을 매달고 호소한다. "그 寒天에 구디 접어주지 말고 잇스라"고. 이런 호소는 결국 인간의 명제가 무엇인가에 대한 되물음이다. 아귀같이 싸워서 죽고, 불타는 세상 속에서 시의 화자는 침묵하는 하늘을 원망한다. 비참한 전쟁을 방관하고 있기 때문이다.

흑토의 황야, 볕이 사라진 하늘, 음산하고 삭막한 광야에 산은 돌아앉았다. 저자거리의 탐람하는 사람들은 그런 냉혹한 산을 증오한다. 그렇지만 화자 '내'는 그런 증오로 삶을 소진시키며 슬퍼하지 않는다. 모진 목숨 때문이고, 약한 것은 죄가 되는 세계인 까닭이다. 그래서 '내'는 눈을 품은 검은 구름이 쫙 내려앉는 해거름, 불끈 솟은 산을 향해 앙버티고 마주선다. 지금 '내' 삶은 고통뿐, 그것이 미래에 대한 전망을 차단한다. 하지만 그 차단으로 인한 절망이 오히려 그런 상황에 반항을 부추긴다. 절망과 고통이 두려워 물러서는 것이 아니다. 거꾸로 그것에 저돌적으로 달려든다. '산이여 너는 노피 노하여 / 그 한천에 구디 접어주지 말고 잇스라.'는 절망에 대한 반기다. '잇스라'고 외침으로써 자신감이 생성된다. 이것은 화자의 잠자던 의식을 깨우쳐 절망을 초월하는 의지에 찬 존재로 만든다. 긴장이 극대화되면서 생명의지가 발현하는 상황이다. 이 작품의 힘의 형상화가 조화로운 비장미를 형성하는 것은 이런 점에 있다. 그리고 그것이 유치

서 調印式"을 한 이튿날이다.

환 시의 한 극점을 형성한다.

생명을 압도하는 현실과의 힘겨운 대결, 그런 위협에 대한 초연한 의지, 더 이상 유보가 불가능한 상황으로 내몰린 운명, 그렇기에 반항한다. 그럼으로써 살아있는 인간이 된다. 이 모순과 역설, 이것이 바로 유치환이 '산'을 '蒼穹의 저쪽에서 오는 외롬이라'(「산」) 했고, '아아 산이여 신의 干城이여'라며 산에서 신(「산·1」)을 발견한 뒤, 드디어 '노피 노하여 그 한천에 구디 접어주지 말고 잇스라.'(「노한 산」)는 그 절박한 실존의 상황에 도달한다. 기댈 데 하나 없는 고독한 생명의 순차적 재활이다.

화자 '내'는 이런 허무와 절망의 현실이 삶을 가로막지만 그 고통을 긍정하고 향유한다. 절망의 자의식을 극복하고 자신의 힘의 의지에 따라 새로운 가치를 주체적으로 창조하는 실존적 존재다. 마지막 행의 단호한 결단의 이면에 이런 부조리한 삶과의 투쟁의지가 내장되어 있다. 정황이 이렇기에 이 시의 화자 '내'는 니체가 이상적인 인간으로 내세운 위버멘쉬 Übermensch超人, 그 '인간Mensch을 초극Über하는 자'와 다르지 않은 존재, 초인이 된다. 초인은 니힐리스트이다. 그러나 초인은 절망으로 고통을 받지 않는다. 초인은 자신의 삶을 포용하고 자신의 운명을 사랑한다. 그리고 허무감에 찬 삶이 반복한다 할지라도 자신의 운명을 포기하지 않는다. 「노한 산」의 화자는 이렇게 인간을 능멸하는 상황을 초극한다.

유치환이 「노한 산」을 발표할 무렵 그는 궁핍, 전쟁의 공포, 거친 자연에 싸였고, 야수와 마적까지 수시로 출몰하여 생명을 위협하는 극한 상황에 놓여 있었다. 충분히 실존문제가 자생할 조건이다. 삶의 허망함, 수동적 운명, 자연과 인간 사이의 장벽, 예측이 불가능한 미래, 삶이 당장 파멸될 극한상황이다. 맞서지 않으면 모든 것이 끝나는 세계다. 그러나 그런 현실에 내몰려 몰락할 수는 없다. 시의 화자가 놓여있는 공간은 이렇게 절박하다. 노기가 치솟는 세계와 맞서는 것은 이런 절망을 초극하려는 의지 때문이다. 유치환의 북만 체험이 시적 화자의 가면을 쓰고 보여주는 삶의 실체다. 「생명의 서」 화자들이 자생적 실존성의 존재라는 것은 이런 점에 근거한다.

시의 독해가 이렇지만 유치환은 자신의 작품에 대하여 이런 맥락과 무관한 발언을 한다.

> 나는 출발에 있어서도 그랬거니와 오늘에 이르러서도 내가 문학을 전문하기 위하여! 그러한 태도로 시를 쓴다든지 그 길을 예찬한다든지 하고는 결단코 있지 않는 때문입니다. 사실로 나는 시를 쓰기 위해서 방법을 골몰하여 연구한다든지 이론을 따진다든지 하기에는 나의 인생의 발밑이 항상 너무나 중요했고 거기에서 나의 몸짓과 관심을 다른 무엇으로 돌리기에는 너무나 시간이 애석한 것입니다. 이러한 고백은 시 예술을 모독하는 소리요 시인으로서의 자격 이하의 태도임에 틀림없을 것입니다. 그러기에 나는 스스로 시인임을 포기하러드는 것인지 모릅니다. …( )… 어디에서 내가 역시 말한 바와 같이 나의 작품은 인생이란 숫돌에다 나의 생활의 칼을 갈므로 생기는 그 숫돌물에 지나지 않는다.[62]

인용문의 요지는 나는 시론 공부를 안 했다. 살기에 바빠서 시 공부에 시간을 뺏길 수 없었다. 이 말은 오만, 또는 시 예술에 대한 모독으로 들린다. 나는 '시인임을 포기한다.'이다. '숫돌에 생활의 칼을 간 숫돌물이 시'라는 말은 심각한 체험의 결과가 시라는 뜻이다. 이런 발언은 「생명의 서」를 '자생적 실존주의 문학'으로 독해하는 것과는 관계가 없는 뉘앙스를 풍긴다. 그렇다면 지금까지의 논의는 어떻게 되는가. 맥락을 잘못 짚은 것

---

62   유치환, 「나의 시 나의 인생」 자작시 해설, 『구름에 그린다』, 신흥출판사, 1959. 30~31쪽.

인가. 그렇지 않다. 유치환은 자신도 모르게, 들은 바도 없고 본 바도 없는 '자생적 실존사상을 시'로 구현했다는 말이다. 그런데 연구자는 시인의 의도와는 무관하게[63] 그의 시에서 '자생적 실존사상'을 발견한 것이다. 시 연구가 작가의 의도를 밝히는 것이 아니란 것은 상식이다.

　　유치환은 거제에서 태어나 통영, 안의, 일본, 평양 등지로 옮겨 다니며 삶을 영위하던 외톨이 아나키스트였다. 그래서 차라리 '한번 뜬 白日이 不死身같이 灼熱하고 / 一切가 모래 속에 死滅한 永劫의 虛寂에 / 오직 아라의 神만이 / 밤마다 苦悶하고 彷徨하는 熱沙의 끝', 그렇게 삶이 벅찬 '저 머나먼 西剌比亞의 沙漠으로 나는 가자'며 탈출을 꿈꾸었다. 구용하지 않은 삶을 위해 차라리 어느 사구沙丘에서 백골白骨을 쪼이더라도 회한悔恨 없는 삶을 살려 했다. 이것이 북만행의 심리적 배경이다. 그러나 그는 거기서 아들을 잃었고,[64] 잃어버린 혈육인 양 「생명의 서」 세 편을 탄생시키고,[65] '슬픈 계절 / 이 거리 / 저 광야에 / 불멸의 빛을 드리우다 // 어둠의

63　시의 의도는 크게 보면 시인의 사상, 감정이라 할 수 있다. 시를 사상, 감정에 따라 해석하려는 것은 표현론의 기본 입장이다. 그러나 의도가 곧 詩는 아니다. 의도는 시의 원인이고, 결과다. 하지만 원인과 결과가 일치하는 것은 아니다. 의도(원인)가 시인의 애당초의 의도와 다른 결과를 만들 수 있다. 사정이 이러함에도 불구하고 표현론은 시를 의도에 따라 해석하려 한다. 이런 태도를 W. K. 윔셋은 '의도의 오류Intentional Fallacy라 했다. 표현론이 본질적으로 오류를 범할 수 있다는 말이다.

64　「兒喪-P누님께」(『여성』, 1940.8.)과 「6년 후」의 테마가 된 첫아들의 죽음, 죽은 아들의 생모 伊蘭. 이란은 유치환이 만주로 떠날 때 부산 모 여관에서 아이(일향)를 건네주었다고 한다. '지금은 생사조차 모를 伊蘭!'(『구름에 그린다』, 신흥출판사, 1959. 47쪽)의 그 숨겨진 여자다. 박철석, 한국현대시인연구-18 『유치환』, 문학세계사, 1999. 193쪽 참조.

65　「생명의 서」는 『동아일보』(1938.10.19.)에 실린 것이 첫 작품이다. 그러나 이 작품은 1939년에 출판한 『청마시초』에 수록하지 않았다. 그 작품이 미완성이라는 의미다. 이런 해석만이 「생명의 서」라는 이름을 단 첫 작품이 첫 시집에서 빠진 것을 설명할 수 있다. 오양호, 「'청마시초'의 사상적 배경고찰」, 『인문학연구』 32호, 인천대학교 인문학연구소, 2019. 참조

홍수가 구비치는 우주의 한 복판에 / 홀로 선 나도 / 한낱의 푸른 별이어니!'(「북두성」, 『조광』, 1944.3.)라며 실존의 고독과 애끓는 생명애를 노래하면서 귀향했다.[66] 그런 실존의 고독이 끝나는 전쟁을 예견이라도 한 듯이.

유치환 시의 실존적 사유는 이렇게 자신을 묶는 올가미를 끊고 나오려는 삶의 반응이다. '나에게는 확신이 있다. 나 자신에 대한, 모든 것에 대한, 그것은 운명보다 강하다. 어디 한번 맞서보자'는 삶에 대해 도전장을 내걸고 덤벼든 삶의 진상이다. 그러나 그런 삶의 실체가 무엇인가를 시인 자신도 몰랐다. 들은 바도 없는 형상물인 까닭이다. 하지만 그것은 『소제부 제1시집』부터 문제 삼던 무강권주의자anarchist의 자유, 평등, 권위부정 의식이 마침내 실존적 생리로 숙성, 변용한 것에 다름 아니다. 그러나 누구도 그런 철학적 사유와 문학적 사유가 하나가 된 시의 정체를 읽지 못했다. 우리의 근대시에서 경험한 바가 없기 때문이다.

유치환의 신, 「음수」

「陰獸」는 '「生命의 書」 二'이다. 이 작품은 첫 행이 '神도 怒여워 하시기를 그만 두섯나니'로 신의 부재를 전제한다. 「음수」는 이 대문이 문제적이다. 실존주의는 유신론적 실존주의와 무신론적 실존주의가 있는데 '생명'을 말하면서 신의 존재를 부정하기 때문이다.

神도 怒여워 하시기를 그만 두섯나니
한 나제도 오히려 어두운 樹陰에 숨어

---

66 『조광』 1944년 3월호에 발표한 「북두성」을 친일시로 독해하는 사람들은 '東方'을 그런 해석의 근거로 삼는데 '동방'의 의미자질은 그런 논리와 거리가 멀다. "제4장 4절 「대륙을 횡단한 조선시의 기수-김조규」"의 「귀족」 해석 참조.

劫罪인양 昏昏한 懶思의 思念을 먹는者!

너 열 두번 일러도 열 두번 깨치려지 안코

드디어 마음속 暗鬼에 벙어리 되여

하늘 푸르른 福音을 끗내 바더드리지 못하여

항시 보이잔는 怨讐에게 쪼기어 쩔며 넉싁 치위가튼

骨수에 사모치는 怨恨에 줄을상 하나니 하여

밤

萬象이 太古의 靜謐에 돌아가 쉬일 째

地獄의 惡靈가튼 주린 그림자를 끌고

因果인양 피의 復讐를 헤이는

아아 너이 슬픈 陰獸!

生命의 書·2, 「二, 陰獸」 전문[67]

'음수陰獸'라는 말은 개념이 잘 잡히지 않는다. 굳이 풀이를 한다면 '짐승, 그늘에 사는 짐승'의 의미가 되겠다. 유치환의 시에는 어릴 때부터 공부한 한문의 영향 때문인지 한자조어가 많이 등장한다. 이런 한자어의 사용은 그의 말대로 치면 사색의 결과이지만 시학의 논리로 보면, 언술상황이 관념적이라 당장 '시=노래'라는 일반론을 거역한다. 이런 특성은 습작기부터 나타났고, 유치환 자신도 이런 것을 한자투성이요, 사투리가 활보하는, 부끄러운 노릇[68]이라 했다.

'陰獸'를 음양이원론으로 보면 양陽의 반대 극이다. '陽'이 '긍정적, 능

<hr />

67　『만선일보』, 1942.1.19. 유치환, 「생명의 서(2). 二, 陰 獸」, 『재만조선시인집』 142~143쪽에서는 행갈이 표기, 띄어쓰기 등이 다른 데가 있다.

68　조연현 편, 「나는 우연히 시인이 되었다」, 『作家修業-문단인이 걸어온 길』, 수도문화사, 1951. 117쪽.

동적, 남성적, 낮, 온기, 여름'을 표상한다면 '陰'은 '여성적, 수동적, 부정적, 흑색, 밤, 어둠, 겨울'을 표상한다.[69] 여기서는 '짐승'이라고 말하는 것보다 '음수'라는 어휘가 더 많은 의미를 투사한다. 유치환이 당시에 처해있던 삶의 조건을 다 포괄한다고 할 만하다. 실제로 한시를 지을 수 있는 유치환 정도라야[70] 부릴 수 있는 말이다. 음산한 북쪽의 흐린 하늘, 침묵 속의 검은 땅, 거친 대지의 이미지를 상징하는 효과가 강하다. 이런 효과에 호응하여 시상은 어둡고, 톤은 무겁고, 분위기는 원귀가 나도는 듯하다. 악령이 눈을 번뜩이고, 죽음의 그림자가 그늘에서 하늘이 복음을 내릴까 저주하는 듯하다.

한참 뒤에 유치환은 이런 상황을 '짐승처럼 방황'한 '고절孤絶'의 시대라 했다. 신이 부재하는 동물적 공간을 함의한다. 신을 거부하는 화자는 쫓기면서도 오만한 독존으로 맞선다. 하지만 화자는 결국 '인과인양 피의 복수를 헤이는 / 아아 너이 슬픈 음수'로 자학과 허무에 몸이 싸인다. 허무의 띠가 굶주린 화자를 싸맨다. 실존주의는 전쟁을 경험하고 만나는 허무, 절망, 고독의 세계에서 잉태했다. 니체, 까뮈, 사르트르 등의 인간주의적 사상이 전쟁을 겪는 허무·절망·고독 속에서 배태했고, 그것이 심화하여 실존주의 사상으로 구축된 데서 이런 성격을 확인할 수 있다. 유치환이 만난 전쟁은 남의 전쟁에 총알받이로 나가야 하는 처지였기에 니체, 사르트르, 까뮈의 그것보다 더 비인간적이고, 더 절망적이고, 더 허무했을 것이다.

니체의 시대는 리얼리즘의 시대다. 그는 마르크스의 사상과 활동이 전성기를 이룰 때 태어나 노동자들의 봉기가 연속되는 사회를 보면서 자랐다. 그는 고통 받는 모든 존재자는 살려고 하고, 그런 존재자의 삶은 모

---

69   R. L. Wing. The I Ching Workbook, Doubleday & Compay, 1979. 13쪽 참조.

70   柳致環, 五月의 詩歌 「어느 갈매기」의 첫 연은 '猖狂不知所求 / 浮游不知所住'이다. 『朝光』 5월호, 1937. 345쪽.

두 권력에의 의지로 간주했다. 한때 나폴레옹을 숭상했던 초인의 철리가 이런 사유를 유발했다. 이런 논리로 보면 삶은 고통이며 인간은 거기서 벗어날 수 없다. 사정이 이러했기에 그는 문학을 고전적 규범이나 낭만적 아름다움으로서가 아니라 고통스런 삶의 증인으로 인식했다.[71]

까뮈는 사르트르와 같은 무신론적 실존주의 계열에 속하는 사상가이자 문인이다. 이들은 신의 죽음 혹은 절대자의 존재를 거부하는 것을 기본 사상으로 삼는다는 점에서 니체와 함께 묶인다. 이들은 인간이 자신의 주체적 의지로 자신과 세계를 끌어안는 것을 본질로 간주한다. 이들은 또한 실존이 본질에 앞선다며 무엇보다 개개의 인간으로 존재하는 실존이 우선이며, 본질은 존재양식의 개념에 지나지 않는 것으로 본다. 그리고 이것이 가능하려면 먼저 신이 없어야 한다고 주장한다.

신이 없으면 본성도 없다. 본성이 없다면 인간은 실존 다음에 인간 스스로 모든 것을 계획하고 원하는 것을 창출해야 한다. 다시 말해서 인간은 자기의 정체를 주체적으로 창조하지 않으면 안 된다. 이런 점에서 실존은 주체성, '나'라는 인간, '너'라는 인간 그 자체다. 인간이 주인이라 자유롭고, 스스로 행동을 선택하며, 자신의 실존을 자신이 책임진다.

유치환은 어떠한가. 그에게 신의 존재는 뚜렷하지 않다. 그는 인간의 생명은 무릇 온갖 생명과 함께 무량광대한 우주가 영원한 질서와 조화 속에 창생하고, 또한 운행되는 그 불가지론적 신비와 마찬가지[72]로 존재한다고 인식한다. 「노한 산」에서는 초극의지로 존재하고, 「음수」에서는 '하늘 푸르른 福音을 끝내 바더드리지 못하여 / 항시 보이잔는 원수怨讐에게 쪼기어 쩔며 넉식(넋의) 치위'로 존재한다. 이때의 하늘이란 무엇인가. '짐승'

---

71 김주연, 「니체의 문학 비평 연구」, 『독일문학』 36권 1호 통권 55집 참조.

72 유치환, 「신과 인간의 고독」, 『나의 창에 마지막 겨울 달빛이』, 문학세계사, 1979. 202쪽.

의 하늘이다. 하늘도 무심한 그런 하늘이고, 빌어도 못 본 체하는 비정의 하늘이다. 그 하늘은 '曠野갓치 외로운 이 北쪽거리', 또는 '人車의 흘러가는 거리의 먼 陰天'(「합이빈도리공원」)이고 '먼 寒天에 山은 홀로이 돌아앉아' 있는, 혹은 '陰寒이 雪意를 품'은(「노한 산」) 분노에 찬 하늘이다.

유치환은 일찍부터 니힐리즘이 그의 시세계를 지배했다. 그리고 그 유전인자는, 개체발생은 계통발생을 되풀이 한다는 유전법칙을 증명이라도 하듯이 후기 시로 오면서도 지속된다. 이것은 서양의 실존주의와 태생, 내림이 다르지 않다. 결과가 일치하니 개체와 계통이 동일해야 하겠지만 유치환의 초기 시의 그것과 니체의 그것 사이에는 동일 유전인자가 발견되지 않는다. 이런 점은 다음과 같은 니체의 비판에서 확인할 수 있다.

일찌기 서구의 한 뛰어난 지식인이 현대의 입구에 서서 신은 죽었다고 절규 선언하였다. 그러나 우주와 함께 존재하고, 우주와 함께 영원할 신이 결단코 사멸할 리 없으므로 이 선언이야말로 실상은 그들이 굴종하고 절대 숭봉하던 그들의 신을 그들 자신의 손아귀로써 마침내 교살하였음을 의미한 데 지나지 않는다.[73]

생명의 위협에 대항하는 자세는 니체와 같지만, 신은 '오직 무량광대에 존재'한다는 관점에서는 니체와 다르다. 이런 에세이가 「음수」와 같은 시간에 쓴 것은 아니다. 그러나 이런 글이 니체적 실존주의와의 '차이'를 분명하게 알리는 정보를 제공한다는 점에서 쓴 시간이 문제가 되지 않는다.

유치환의 이런 사유는 그의 출생과 성장 내력과 관련된다. 그는 '번문욕례 사대부의 욕된 후예로 세상에 떨어져'(「출생기」), '마을 가엔 복사꽃

73   유치환, 「신과 인간의 고독」, 『나의 창에 마지막 겨울 달빛이』, 문학세계사, 1979.
      200~201쪽.

개나리 / 숨결인양 이야긴양 감기'(「편지」)는, '내가 크던 돌다리와 집들이 / 소리 높이 창가하고 돌아가던 / 저녁놀이 사라진 채 남아 있는'(「귀고」), 남쪽 먼 포구에서 유생儒生인 한의원 아들로 태어나 유가적 분위기 속에서 자랐다. 그렇지만 그는 평생을 같이 한 아내(권재순)를 만난 건 주일학교였고, 그도 그 주일학교에서 세례를 받았다. 이것이 운명을 바꾸기라도 하듯이 유치환의 사춘기 이후의 삶은 기독교가 실제로 삶을 지배했다. 중도에 자퇴했지만 미션계 스쿨 연희전문에 진학한 것, 신학교 입학을 목적으로 평양에 간 것, 늘 압박해오는 크리스천 아내의 시선, 이렇게 유치환의 일상은 기독교의 자장 안에 머물러 있었다.

그러나 그가 그 종교에서 얻은 것은 아무것도 없다. 늘 불안했고, 늘 무언지 모를 강박관념에 쫓기었다. 새파란 나이에 광야에 내몰려 생명에의 무도無道한 위협에 항거해야 했고, 흑토의 대지를 휩쓰는 바람에 시달리면서도 빨갛게 피어오르는 자신의 목숨을 오한처럼 느껴야 했다. 그곳은 신이 버린 땅인지 어린 아들을 잃었다. 하늘은 무심했고, 삶은 가도 가도 아득했다. 그러나 그는 생명을 걸면서 생명을 지켜야 하는 모순 속에서 구원의 존재탐색을 포기하지 않았다. 그러나 구원의 신은 만날 수 없고, 거기 있는 것은 이름뿐인 하늘이었다. 그 하늘은 그에게 아무것도 베풀지 않았다. 인간이 짐승이 되는 현장을 목격하면서도 모른 체했다. 그 대지의 하늘은 인간의 하늘이 아니었다.

「음수」가 서있는 자리가 바로 그런 공간이다. 이런 점에서 「음수」는 유치환의 신, 오직 무량광대에 존재하는 신 가운데 무심히 존재하는, 그래서 후세 문인들의 문학적 상상을 촉구하는 유치한 시의 갑골문자로 남아 있다.

3.5. 맺음말

유치환의 「생명의 서」 연작 세 편은 공간적 배경이 북만주이고, 시간적 배경은 1940년대 전반기라는 점에서 특별하다. 그 시간 우리시는 순수 서정시로 돌아갔거나 형식signifiant에 갇혀 있고, 만주국에서는 2등 국민이라지만 소수 민족으로 불안한 상태에 놓여 있을 때 인간의 외면(형식)이 아닌 내면(본질)으로 들어가 생명부재의 세계를 만나 인간의 실존을 문제로 삼았다. 실존주의가 원래 전쟁, 절망, 고독, 허무를 체험한 철학자들이 거기서 사상을 잉태, 발전시킨 인간주의 철학이고, 실존주의 문학 역시 그러한 논리가 바탕에 깔린 인간주의 문학이다. 그런데 유치환은 「생명의 서」를 통하여 그것을 자생적 실존주의 언술상황으로 형상화시켰다. 이런 점에서 「생명의 서」 세 작품은 우리의 근대 시문학에서 가장 비인간적인 시공간에서 창작된 가장 인간주의적인 작품이다.

유치환은 세계대전, 북만주라는 역경의 시공간을 혼자 맞서며 인간의 실존성을 초인Übermensch의 철리로 구현했다. 초인은 니힐리스트이지만 절망으로 인해 고통을 받지 않고, 오히려 자신의 운명을 사랑하며, 허무한 삶을 살지라도 결코 식지 않는 힘의 의지를 소유하고 있는 존재다. 절망과 허무와 길항하는 고독한 투쟁이 실존이고, 역경과 맞섬으로써 숭고한 삶의 가치를 확인하는 인간이 초인이다. 이런 점에서 「생명의 서」는 비생명적 시공간을 향에 띄우는 생명선언, 생명백서이다.

만주를 체험공간으로 한 유치환의 초기 시는 그의 많은 작품과 대비할 때 아주 작은 양이다. 그러나 삶의 기준을 적군의 시체수로 가늠하는 태평양전쟁의 틈새에서 그런 상황을 초극하며 생명에 절대가치를 부여하는 생철학적 사유는 서정시의 한계를 넘어선다. 한편 이런 성격은 당시 대부분의 재만조선인 시를 친일협력의 소산으로 평가하는 논리를 정면에서 부정한다. 「생명의 서」 연작 세 편은 인간의 보편적 본성인 인간주의지만 그 내포는 우리 민족의 자존의지를 실존의지로 승화시키는 까닭이다.

지금까지 논의한 내용을 다음과 같이 정리한다.

첫째, 「생명의 서」는 등단기의 아나키즘적 사유를 잇는 인간주의가 그 본질이고, 이 본질은 1938년 10월 『동아일보』의 「생명의 서」에서부터 시작하여 1942년 1월 『만선일보』의 '生命의 書·一 「怒한 山」', '生命의 書·二 「陰獸」', '生命의 書·三 「生命의 書」'로 그 테마가 심화, 확대된 사실을 확인했다.

둘째, 「생명의 서」 세 편의 실존주의적 성격이 니체의 인간주의와 유사하다는 사실이 「生命의 書.一章」(『생명의 서』)과 니체의 「신비로운 조각배Der geheimnisvolle Nachen」와의 대비에서 드러났다. 그러나 니체와 영향관계에 있는 것은 아니고, 유치환이 열악한 삶의 조건을 극복하려는 의지가 그런 상황과 맞서다가 스스로 획득한 철학적 사유의 결과가 '實存 Existentialism'임을 확인하였다. 이런 점에서 「생명의 서」 세 편은 한국 근현대시에서 문학과 철학이 지향하는 인간문제를 함께 아우르는 예가 드문 작품이다.

셋째, '生命의 書·一', 「怒한 山」의 화자는 허무와 고독에 싸여 있지만 자신의 힘의 의지에 따라 새로운 가치를 주체적으로 창조하는 실존적 존재임이 밝혀졌다. 이런 점에서 이 시의 화자는 니체의 이상적인 인간상 위버멘쉬Übermensch 超人를 연상시킨다. 그러나 이 초인은 유치환의 경우, 생명주의가 자생시킨 존재다.

넷째, '生命의 書·二', 「陰獸」의 화자는 신이 돌보지 않는 생명의 위협에 저항한다. 이런 시적 화자는 광야에 내몰려 생명에의 無道한 위협에 시달리면서도 빨갛게 타오르는 생명애를 느낄 때 무신론적 사유를 하고, 또 생명을 걸면서 생명을 지켜야 하는 모순 속에서, 그리고 부조리하고 허무한 세상에서 그 허무마저 긍정하고 나만의 세계를 구축하고 극복하려고 전력을 다한다. 절대자에 대한 유치환의 사유는 '오직 무량광대에 존재'한다는 믿음의 결과이다.

다섯째, '生命의 書·三', 「生命의 書」의 화자는 원시의 공간에서 절대 고립으로 생명자체를 압박받는다. 그러나 죽음이 생명을 위협하는 모순된 운명과 직면하는 순간도 삶의 희열 속에 실존을 확인한다. 또 신도 강림을 안 하는 부조리한 상황과 대면할 때도 생명의 존립을 위해 절대자의 힘에 매달리지 않고, 생명에 대한 강한 갈구로 자신을 지킨다.

여섯째, 재만조선인 문학은 「생명의 서·3」으로 마감되었다. 1942년이 되면서 만주국도 전시체제로 바뀌면서 『만선일보』의 문예란은 전쟁기사에 밀려 문학작품은 발표지면을 잃어버렸다. 그뿐만 아니라 경색된 사회 분위기가 문학은 물론 예술 자체를 삼켜 버렸다. 「생명의 서」 연작 세 편이 발표된 직후부터 이런 분위기가 급속하게 조성되었다. 이런 결과 「생명의 서」 연작 세 편은 1940년대 전반기 비인간적인 상황에서 인간주의를 외친 재만조선인 시문학의 마지막 작품이 되는 자리에 있다.

4. 대륙을 횡단한 조선시의 기수-김조규

4.1. 문제의 제기

김조규金朝奎(1914~1990)의 문학 활동은 평양문학기(1931~1939), 재만문학기(1939~1945), 제2평양문학기(1945~1990)로 대별할 수 있다. 평양문학기, 재만문학기에 창작한 시는 약 130여 편이다. 1931년의 「戀心」(『조선일보』, 1931.10.5.)에서 「귀족」(『조광』, 1944.4.)까지다. 지금까지 김조규 작품을 연구한 논문은 2편의 박사 논문을 비롯하여 10여 편의 석사논문, 그 외 연구논문이 25편 가량이다. 이러한 실태는 김조규 작품의 양과 작품이 가지고 있는 문제로 보면 이제 시작단계에 있다. 작품의 양이 많고, 식민지 지식인으로서 체험한 삶에 대한 반응이 확연히 다른 존재outlier이기 때문이다. 특히 재만문학기 작품 중 초현실주의 기법을 빌려 태평양전쟁 속의 현실을 조응하는 몇 편의 작품이 그렇다. 김조규의 시는 성격이 각기 다르다. 사회적 모순에 직면하여 그것을 민족적 열망으로 형상화하던 등단기, 거대한 식민지 세력에 부딪쳐 대항할 방법을 못 찾고 이향에의 고독과 신산함을 토로하던 1930년대 전반기, 만주의 현실을 초현실주의적 기법으로 담아내던 재만문학기, 그리고 제2평양문학기의 송가류는 성격이 각기 다르다. 그의 삶의 행로가 바뀌는 데 따른 변화다.

이 가운데 이 글이 집중 논의하는 재만문학기 작품이 문제적이다. 시인의 체험 자체가 심각하고, 시에의 몰입도가 진지할 수밖에 없는 열악한 이산의 환경에서 생산되었기 때문이다. 그러나 그런 작품을 창작하던 시간에 그는 작품집을 간행한 바 없어 작품이 흩어져 있다. 해방 이듬해에 출판된 『關西詩人集』(1946.1.)에 "侮蔑속을 거러온 어느詩人의 遺稿抄"에 6편을 확인할 수 있고, 『김조규시선집』(조선작가동맹출판사, 1960)에 등단작 「검은 구름이 모일 때」, 「리별」, 「누이야 고향 가며는」 등이 수록되어 있다. 그러나 『김조규시선집』의 작품들은 사회주의 이념에 의해 원작이 크게 훼손되었다. 제2평양문학기에 출판한 북한 최초의 개인 시집인 『東方』(조선신문사, 1947)에 몇 편 있는 듯하나 확인이 불가능하다.

김조규의 해방이전 작품은 '1937년부터 1945년 사이'의 김조규 시를 연구할 목적으로 자료를 발굴해온 구마끼쓰또무(熊木勉)의 소장 자료와 김조규의 동생 김홍규(재미 목사)가 1991년 평양을 방문했을 때 건네받았다는 김조규의 친필원고를 근거로 숭실대학교 출판부에서 1996년에 출판한 『金朝奎詩集』이 처음이다. 그 뒤 연변대학 조선언어문학연구소가 『김조규시전집』(흑룡강조선민족출판사, 2002)을 출판했고, 허경진, 허휘훈, 채미화가 주편하여 『김조규·윤동주·리욱』(보고사, 2006)의 시를 함께 묶은 바 있다. 또 연변대학교 조선문학연구소에서 만든 『김조규 윤동주 리욱 현대시』(연변대학교조선문학연구소, 박이정, 2013)라는 시집이 있다. 이런 시집 출판으로 산일되었던 그의 시가 거의 확인되었으나 대부분의 작품이 원본확정을 거치지 않은 개작들이다. 해방이 되었을 때 김조규는 자신의 이상적 사회주의 노선을 바꾸지 않고 북한을 택했고, 그 뒤 주체사상이 대두할 때 재만문학기 작품에 손을 대어 시를 더 다듬었다. 그의 재만문학기 작품의 시공간적 배경이 김일성의 주체문예이론을 백업할 수 있는 성격 때문이다. 이런 이유로 1940년대 전반기 그의 많은 작품이 원본과 크게 달라졌다. 그런데 위의 시집들은 그런 점을 전혀 고려하지 않고 개작본을 원본으로 간주했다. 따라서 재만조선인 시 연구를 위해서 원본이 확보되어야 한다. 이것이 김조규 시 연구에서 가장 큰 문제점이다.

숭실대『金朝奎詩集』은 김조규의 해방 전 시를 거의 다 수록하고 있다는 점에서 의의가 있다. 그러나 이 시집은 영인본이 아니다. 당장 모든 작품을 현대철자법으로 표기하고 있어 원본과는 거리가 멀다. 연변대학 편『김조규시전집』의 제1편「암야행로」[1]에 수록된 재만문학기 작품도 출전出典은 발표 당시로 해놓고, 모든 작품을 현대철자법으로 표기하고 있다. 출전이 불분명한 작품은 "발표지 미상, 육필원고"라고만 했다. 숭실대 판『김조규시집』 체제와 똑같다. 김조규의 동생 김홍규가 1991년 평양 방문 때 받았다는 이미 손을 본 그 원고를, 저자로부터 받았기에 원본으로 간주하고, 숭실대와 연변대학이 각각 출판한 것으로 판단된다.

이런 결과 지금 김조규의 재만문학기 작품 연구는 모두 개작본을 텍스트로 삼아 본격적인 논문을 생산하는 상태에 놓여 있다.[2] 이런 현상은 북한에서 개작된 '발표지 미상, 육필원고'를 연구하여 '항일무장투쟁의 영웅적인 현실을 반영한 작품'[3]으로 평가하는 것과 다르지 않다. 사정이 이런 까닭에 김조규의 재만문학기 작품은 거의 민족의식을 형상화시킨 저항시로 평가된다. 조은주의「디아스포라 정체성과 탈식민주의적 계보학 연구-

---

1   『김조규시전집』, 연변대학조선언어문학연구소편, 흑룡강조선민족출판사, 2002. 제1편「暗夜行路」, 1~140쪽.

2   金永奎,「金朝奎 詩 硏究」, 한국학중앙연구원 박사, 2010. 이 논문은 김조규 시의 시어에 대한 계량적 연구이다. 조은주,「디아스포라 정체성과 탈식민주의적 계보학 연구-일제말기 만주관련 시를 중심으로」, 서울대 대학원 박사, 2010. 신주철,「김조규의 이중적 시 쓰기의 양상과 의미-만주이주 후~해방전 작품을 중심으로」,『우리문학연구』32집, 경인문화사, 2011. 최현식,「'청년들의 운명', '동방'(들)의 장소성」,『한국학연구』제54집, 2019; 김정훈,「김조규 시 연구」,『한국시학연구』제13호, 한국시학회, 2008. 등이다.

3   사회과학원 주체문학연구소 근대문학연구실,「항일무장투쟁의 영웅적 현실을 반영한 광복전 김조규의 시」,『조선문학』2004.12월호, 46~49쪽. 허왕진,「시인 김조규와 산문시 '전선주'」,『조선문학』2009.9월호 78~80쪽 참조.

일제말기 만주관련 시를 중심으로」가 대표적인 예다. 논의가 진행되면서 밝혀지겠지만 재만문학기 김조규의 시 가운데는 '발표지 미상', 혹은 '육필원고'를 포함시키지 않더라도 식민지 체험을 민족문학적 시각에서 형상화시키는 작품이 허다하다. 따라서 '발표지 미상, 육필원고'까지 추인 ratification after the fact하여 학술논문의 텍스트로 삼을 필요가 없다.

　　김조규의 작품이 처음 활자화된 것은 「戀心」(1931.10.5.)이다.[4] 그러나 이런 연문은 바로 민족주의적 이념시로 바뀌었다. 「新詩.붉은 해가 나래를 펼째-濃霧 속에 보내는 노래」[5]가 그런 작품이다. 김조규는 『東光』이 공모하는 제1회 학생작품경기에 구작인 「新詩.붉은 해가 나래를 펼 째-濃霧 속에 보내는 노래」를 재투고하여 선외 2석으로 당선하여 시단에 나갔다.[6] 이 작품의 화자는 겨레의 잠든 생명을 일깨우는 '우렁찬 XX의 노래'를 부른다. 김조규의 이런 열렬한 비판적 시의식은 '새벽을 찢으며 달리는 우리들의 行軍 앞엔 / 卑怯도 없다 哀憐도 感傷도 모두 죽엇다. / 보라, 平原萬里에 붉은 情熱이 太陽덩어리가 불숙 머리를 내밀엇고'[7]라는 불패의 의지로

4　김조규, 「戀心」, 『조선일보』, 1931.10.5. 趙相俊은 「김광균과 김조규 시의 비교연구」(성균관대 대학원 박사논문. 2008. 37쪽)에서 김조규가 「연심」을 발표하고 1931년 10월 16일에 잡지 『동방』에 현상공모한 「검은 구름이 모일 때」가 등단작이라 했다. 『東光』을 『동방』으로 알고 있다. 金永奎는 「김조규 시 연구」에서 「연심」이 1931년 10월 5일 발표되고 같은 해 『동광』 현상공모에 1등으로 당선한 「검은 구름이 모일 때」가 등단작이라 했다. 그러나 「붉은 해가 나래를 펼 때-濃霧 속에 보내는」 발표지는 1932년 2월호 『東光』이다.

5　金朝奎, 「新詩. 붉은 해가 나래를 펼 때-濃霧 속에 보내는 노래」, 『조선중앙일보』, 1931.12.23.

6　崇實中學四年 金朝奎, '詩 選外' 「붉은 해가 나래를 펼 때-濃霧 속에 보내는 노래」, 『동광』, 1932년 2월호, 99쪽. 이 대회에서 '新詩와 時調' 부문의 1등은 靑年學館 薛貞植의 「조선의 아들아 네게로 오너라」이고, 2등은 境城高普 咸亨洙의 「오늘 생긴 일」이고, 숭실중학 황순원은 '시와 시조에서 선외로 당선했다. 그런데 설정식 작품은 "略"으로 비어 있다. 검열에서 문제가 된 듯하다. 『東光』 1932년 1월 신년특대호(통권 제29호) 102쪽 참조.

7　김조규, 「기차는 지금 이슬에 젖은 아침 평원을 달린다」, 『동아일보』, 1934.5.12. 조간.

거듭났다.

김조규가 일찍부터 몰입한 이런 이상적 사회주의 현실관[8]은 그 뒤 조양천 농업학교 교사가 되어 '나는 誠實하고 훌륭한 선생이 안이요 게으른 知識勞動者다. 내가 學生에게 가르칠 것이 무엇인가? 諸君에게 할말은 至極히 만타. 그러나 쏘한 한마디도 없도다.'[9]라며 자신을 '페스탈롯찌'며 '탈무-드'에 빗대어 교사로서의 도리를 제대로 못하는 것을 자책한다. 사회주의에 대한 이상적 신념이 만주에서도 지속되었다. 김조규는 6·25가 발발했을 때 가족들이 모두 월남했으나 혼자 북한에 남은 것도 이런 이상적 사회주의에 대한 기대감 때문이다.

이런 점에서 김조규의 재만문학기 작품을 고찰하기 위해서는 먼저 원본확정이 이루어져야 한다. 원작은 간고한 식민지 체험이 압축되었는데 개작은 김일성 유일사상에 복무하는 목적문학이기 때문이다. 원작이 일제 통치가 가장 엄혹하던 1940년대 전반기 작품이라면 개작된 작품은 김일성 주체사상, 혹은 김일성 주체문예이론의 자장 안에 있다. 따라서 개작은 1940년대 전반기 재만조선인 시 연구의 텍스트가 될 수 없다. 문학논문은 현존하는 문서들(원고, 초간본, 수정본, 이본 등) 가운데 가장 순수하고 정확한 것이 1차 자료가 되어야 한다는 원칙에 어긋나기 때문이다.

김조규 시집 중에는 아직 영인본facsimileedh도, 교열본critical text도, 결정

8　김조규의 등단시 「新詩, 붉은 해가 나래를 펼 쌔-濃霧 속에 보내는 노래」를 발표한 『조선중앙일보』는 여운형이 주도하던 사회주의 신문이다. 1936년 8월 베를린 올림픽에서 손기정의 가슴에 달린 일장기를 지워버린 것이 문제가 되어 무기 정간 되었다가 폐간되었다. 『東光』은 흥사단 민족주의의 영향 아래 탄생되어 서북지역 민족주의가 강하게 반영되었다. 가령 大倧敎의 연원을 「朝鮮古代史硏究의 一端」이란 특집으로 다룬 1926년 11월호에 잡지의 성격이 단적으로 드러난다. 이 특집은 단군왕검 연구를 통하여 우리가 천황의 신민이 아님을 밝히고 있다. 『東光』 제3호는 검열에 걸려 발행되지 못했다. 이런 점에서 김조규 詩의 뿌리는 이상적 사회주의이고, 문학으로는 민족주의다.

9　김조규, 「어두운 정신」, 『만선일보』, 1940.11.19.

제4장 시인의 번민과 모색 ——— 379

판definitive edition도 없다. 해방 전 작품을 묶은 연변대의 『김조규시전집』의 「暗行夜路」, 또 숭실대의 『金朝奎詩集』의 모든 작품은 원본확정을 거치지 않았다. 대학의 이름을 걸고 위서僞書를 출판하는 결과가 되었고 지금 김조규 재만문학기 시 연구는 그런 시집을 텍스트로 삼아 연구가 시작되는 단계에 있다. 본고는 이런 시집에 수록된 작품이 원본을 얼마나 심각하게 훼손시키고 있는가를 『김조규시집』에 수록된 개작본 고찰을 통하여 그 실상을 먼저 예시한 뒤 본론에 들어가겠다. 김조규의 해방 전 작품 연구가 원본을 근거로 이루어지지 않으면 도로가 된다는 사실을 반면 교사로 삼기 위해서이다.

4.2. 개작의 실태

김조규의 재만문학기 작품을 역사주의 관점에서 고찰할 때 선결문제가 되는 것은 역사주의 연구방법의 요체인 원본비평textual criticism의 원칙이다. 역사주의 연구는 제일 먼저 활자화되어 있는 작품이 진본이냐 아니냐를 문제 삼는다. 그래서 확실한 원본을 마련하기 전에는 한 작품에 대하여 결정적인 논의를 보류한다.

김조규가 문학을 시작할 때부터 끝날 때까지 몰입한 테마는 현실문제이다. 그래서 그의 작품에는 당대 시대상이 강하게 반영되는데 그 시니피앙·signifiant이 가늠하기 어렵고 복잡하다. 시의 내포를 감추면서 시적 진실을 실현해야 하는 현실주의 시의 성격 때문이다. 하지만 이런 성격이 뒤에 원본을 크게 훼손시키는 원인이 되었다. 식민지 사회와 맞서던 시정신이 김일성 문예이론으로 변용되었기 때문이다. 김조규 시연구에서 인용빈도수가 높은 작품 가운데 원본이 크게 훼손된 작품을, '등단기, 1930년대 중기, 재만문학기로' 3분하여 표집 예시한다.

첫째, 등단작, 「붉은 해가 나래를 펼 때-濃霧 속에 보내는 노래」(이하 「붉은 해가 나래를 펼 때」:인용자 주)를 보자. 김조규에게는 이 작품은 시단에 나오면서 『조선중앙일보』와 『東光』지에 거듭 발표했고, 제2평양문학기에 는 다른 듯하지만 동일한 「검은 구름이 모일 때」로 개작을 할 만큼 특별하 다. 이 작품은 식민지 현실의 극복과 해방을 노래한다는 점에서, 하층계급 이 동의할 만한 계급의식과 투쟁의식이 작품을 지배한다는 점에서, 또 카 프계열의 '단편서사시'의 영향이 강하게 감지된다는 점에서 그렇다. 그뿐 만 아니라 해방 후 북한문학이 추구하던 사회주의리얼리즘 시학과 거의 동일한 내용과 형식을 확보하고 있다. 이런 점에서 「붉은 해가 나래를 펼 때-濃霧 속에 보내는 노래」와 「검은 구름이 모일 때」를 함께 인용하고 대 비해 볼 필요가 있다.

미끈미끈한안개가 누리를 더푼이아츰에
터질듯한 가슴을 아츰 안개속에 플어헤치고
붉은火焰이 오르는듯한 눈瞳子를 하날로向하야
핏줄이 서리어 피덩이가툭툭 튀어나오도록
나는 힘찬노래를 이겨래의 잠든生命을 向하야 부르나니
친구여 노래와함께 鍵盤에손구락을 눌러라

안개끼인 오날아츰 나의聲帶에서 떨치는노래는
屍體를 옴기는者의 부르는구슬픈 輓歌가아니며
오날아츰 이겨레의 잠든生命을 向하야 부르는노래는
내음새나는 頹廢詩人이부르는 데까단의 노래가아니다.
이는 가슴속에서 깊이깊이 끌어나오는 우렁찬 XX의노래
鎔鑛爐붉은 쇠물같이 뜨겁고도 씩씩한웨침이니
친구여 그대들도 이불을박차고 沈黙을깨치리라.

靈氣를잃은 눈瞳子와같이 몽농한 이아츰에

濃霧속으로 보내는 이노래는

비록 伴奏없는 외마디소리가 흘러나와도

구름장너머로 남모르게 먼동이틀때에는

사나운 즘생의 發惡같은 싸이렌이 이를伴奏하려니—-

오늘아츰 부르는노래는 여름밤 모기소리같이 가느다란소리가 흘
러나와도

동녁하늘에 붉은 해가 나래를 펼때에는

濃霧속에서니러날 아우성소리가 이와合唱하리니

친구여 고개를 들고이러나 拍子와마추워 노래를불러라

　　　　「붉은 해가 나래를 펼 때-濃霧 속에 보내는 노래」 전문[10]

폭풍은 뭉게 뭉게 일어나는 검은 구름을 몰아

임종하는 사람의 찌프린 얼굴처럼,

가슴 답답한 잿빛 하늘로 성큼성큼 몰려 오나니

친우여 소낙비 쏟아지는 가두(街頭)로 뛰여 나오라

암흑색으로 서린 뭉치

봄 하늘에 끼는 비단 같은 구름이 아니며

가을 하늘에 떠오르는 솜 같은 구름이 아니다.

그는 거친 바람과 굵은 비를 끼고 오는 검은 구름쪽

음산한 분위기를 품고 북으로 북으로 달려 가나니

친우여 폭풍우 맞으며 가두로 뛰여 나오라

10　崇實中學四年 金朝奎, '詩 選外' 「붉은 해가 나래를 펼때-濃霧 속에 보내는 노래」, 『東光』,
　　1932.2. 99쪽.

개미떼가 이곳저곳에서 슬금슬금 기여 오르듯
몇 세기 동안을 뭉치고 쌓인
검은 구름의 커다란 진군(進軍)이
멀리 저 멀리 검은 산마락에서 머리를 들고 움직일 때
가슴에 얽힌 붉은 핏줄이
급한 조자로 용솟음치나니
친우여 우렁찬 노래 부르러 가두로 뛰여 나오라,

험한 바람 거친 비가 산천을 휩쓸 때에는
가난한 무리가 삶의 뿌리를
깨뜨러진 력사 우에 박으려 하고
사나운 짐승의 부르짖음 같은 우레 소리가 나는 곳에서
헐벗은 우리의 잠든 생명이
싸움의 터전으로 행진하려니
친우여 새 X X 건설하러 가두로 뛰여 나오라. - 一九三一. 十
「검은 구름이 모일 때」 전문[11]

「검은 구름이 모일 때」가 「붉은 해가 나래를 펼 때」의 개작본이라는
것은 설명이 필요 없다. 당장 두 작품의 창작 시간이 일치하고, 호방한 명
령형 서술어로 매연을 끝내는 것이 같다. '新詩'「붉은 해가 나래를 펼 째」
는 1931년 12월 23일 『조선중앙일보』에 발표되었는데 작품 끝에 '1931.10'
이라는 날짜가 있고, 1960년에 간행된 김조규 첫 시집에 수록된 「검은 구

---

11   김조규, 「검은 구름이 모일 때」, 『김조규시선집』, 조선작가동맹출판사(평양), 1960.
202~204쪽.

름이 모일 때」 끝에도 '1931.10'[12]이라는 날짜가 있다. 무엇보다 두 작품이 낭만적 혁명의지로 독해된다는 점이 같다. 또 시상의 발상, 전개, 서술어의 종결형태, 취의, 어조 등도 거의 동일하다. 그러나 『조선중앙일보』 원본은 연 구분이 없는 산문체 구철자법이고, 「검은 구름이 모일 때」의 제2행 '터질듯한 가슴을 아츰 안개속에 플어헤치고'와 같은 구절이 없다. 내용이 다르게 바뀐 데도 많다. 「검은 구름이 모일 때」가 1960년대에 재등장하는 데 따른 차이겠다.

『동광』은 왜 『조선중앙일보』에 이미 발표된 이 작품을 "靑年諸君의 創作力을 鍊磨케하고 朝鮮語文에 對한 趣味를 養成하며 技能을 發揮케함을 目的으로하야 이에 第1回 男女中等學生 誌上競技大會를 開催한[13]" 「제1회 중등학생경기대회」에 選外 二席으로 뽑았을까. 그리고 해방 뒤 평양으로 간 김조규는 '신시'라지만 감상적 혁명의식이 생경한 「붉은 해가 나래를 펼 째」를 왜 「검은 구름이 모일 때」로 개작하여 1960년대에 또 재등장시켰을까. 이 작품에 등천하는 혁명의지 때문일 것이고, 『동광』의 창간 정신과 동행하는 민족주의 정신이 김일성 주체사상 형성에 일조를 한다는 판단 때문일 것이다.

김조규가 「붉은 해가 나래를 펼 때」로 문단에 진출하고, 이 땅의 생명들에게 따뜻한 밥 한 그릇이나마 먹을 수 있게 하는 것이 나의 소원이라[14]고 하던 그 시간은 볼세비키 혁명 이후 새로운 창작 방법이 논의되는 과

---

12 김조규, 『김조규시선집』, 조선작가동맹출판사(평양), 1960. 204쪽.

13 『동광』 1932년 1월호. 통권 제29호 신년특대호, 101쪽 참조. 東光社 주최 제1회 남녀중학생 지상문예경기대회 '新詩와 時調' 합격발표에서 詩 二等은 鏡城高普 二年 咸亨洙의 「오늘 생긴 일」이고, 선외 2석은 平壤崇實 金朝奎의 「붉은 해가 나래를 펼 때」이다. 함형수와 김조규는 『동광』를 통해 함께 문단에 나와 만주에서 같은 성격의 작품을 쓰며 함께 문단활동을 했다.

14 金朝奎, 「따뜻한 한 그릇 밥이나마」, 『東光』, 1932.1. 77쪽. 「젊은이의 꿈-學生諸君의 新

정에서 형성된 능동적 변혁의지가 문학으로 구현되던 카프문학의 기류가 지속되고 있었고[15], 「검은 구름이 모일 때」로 개작되던 시간은 김일성 주체사상이 형성되기 시작하고 있었다. 따라서 그 두 정신은 상통한다. 그래서 「붉은 해가 나래를 펼 때」의 '동녘 하늘에 붉은 해가 나래를 펼 때에는 / 濃霧속에서 니러날 아우성소리가 이와 습창하리니 / 친구여 고개를 들고 이러나 拍子와 마추워 노래를 불러라.'가 '헐벗은 우리의 잠든 생명이 / 싸움의 터전으로 행진하려니 / 친우여 새 XX 건설하러 가두로 뛰여 나오라.'로 바뀌었을 것이다. 다 같이 사회주의의 본질인 혁명적 낭만이 공통분모를 이룬다.

정황이 이러하지만 「검은 구름이 모릴 때」를 지배하는 시의식은 혁명적 낭만성에서 한 발 나아간 혁명의지가 구현되는 세계이다. 외연은 「붉은 해가 나래를 펼 때」처럼 낭만적 분위기를 연출하나 그 내포는 혁명의식이 지배한다. 마지막 행에서 '친구여 새 나라 건설하러 가두로 뛰여 나오라'라고 외치는 것이 그렇다. 1930년대 초기에 '헐벗은 우리의 잠든 생명이 / 싸움의 터전으로 행진하려니 / 친우여 새 XX 건설하러 가두로 뛰여 나오라.'는 시구는 활자화되기 어렵다. '친우여 새 XX 건설하러 가두로 뛰여 나오라.'는 것은 남의 나라가 아니라 내 나라에 대한 축원인 까닭이다. '새 XX'가 '새 나라' 건설일 테니 문맥이 이러면 이 말 속에 일본은 없다. 막연한 기대의 세계가 확신에 찬 투쟁의 공간으로 바뀌고 있다. 『김조규시선집』에 이 작품이 게재되던 시간 김조규는 이태준과 친하다는 이유로 집

年氣焰」이라는 글이 흥미롭다. 東星商業의 김용만은 잡지 왕, 휘문고보 이상돈은 농촌사업, 진주농업 박인아는 한 손에 펜을 들고 한 손에는 망치를 든 '色다른 文人'이 되겠다고 했다. 모두 민족의 현실 문제이다.

15 1925년 8월에 결성된 카프는 1934년 5월에 그들의 극단 '신건설사 사건'으로 이기영, 한설야, 윤기정, 송영 등 23명이 체포되고 박영희 일파가 탈퇴한 뒤 1935년 5월에 해산되었다.

필금지를 당했다가 막 해제되었다. 재기의 흥분 속에서 그는 조국을 새롭게 건설하려는 의욕으로 가득 차 있었고 조선의 사회주의 건설을 중심으로 자기의 조국과 당과 수령에 대한 충성을 다짐하면서 근로자들의 보람찬 노력투쟁에 대한 송가 창작에 몰입하던 때라 그랬을 것이다.

『김조규시선집』이 출판되던 1960년경의 북한문학은 주체문예이론의 형성기로 그 배경에는 당시 동구권의 공산주의 몰락과 소련의 스탈린 시대 퇴장과 고르바쵸프 시대의 권력 재편에 따른 해빙무드가 놓여 있다. 하지만 북한은 그런 분위기의 확산으로 그들의 체제가 위험할 것이라는 판단을 했고, 그에 따라 맑스, 레닌주의를 기반으로 하되 민족의 주체성을 세우는 정책을 수립하여 인민들을 통치하려 했다. 바로 김일성 주체사상의 등장이다. 「붉은 해가 나래를 펼 때」가 같은 듯하면서 다른 「검은 구름이 모일 때」로 바뀐 것은 이런 문화정치와 관련된다.

둘째, 1930년대 중반기 작품 한 편을 더 살펴보자. 김조규는 1934년 4월 『조선중앙일보』에 「離別-宋 朴을 보내며」를 발표했는데 이 작품이 1960년 평양에서 출판된 『김조규시선집』에는 「리별 -떠나는 송,박에게」라는 제목으로 수록되어 있다.

쭈루루 쭈루루 구슬픈 소리,
밤비는 애스팔트우에 哀愁의 詩篇을 그리고
눈물어린 燈불은 비오는 驛頭에 홀로 넋잃고섯을때
분홍빛 三等票에 빈주먹든 나그내,
동무는 지금 비젖는 밤의平原을 지나 東쪽으로달린다.

「故鄕은 파리한 얼골로 나를 불은다.
故鄕은 우름섞인 노래로 하소연한다」

都下의 뒷골목은 물흘의 긴歲月--
동무는 해맑은 술잔우에 이렇게 배앗지 않았든가
창백한 노스탈쟈, 노-란 幻想에 아른 거리며…‥

하거든 그한울 그바위에 피올으는 진달래 만 보고
비나리는 이밤, 東쪽거리로 굴러감은 웬일인가
昇降台우에 나그내의그림자들마저 살어지니
동무야 旅費나 充分한가 점심값이나 있는가
아하 離別, 다리떠러진 네안경이 빗물에 흐렸고나

出發의 汽笛이 가슴속에 긁어든고
여윈 얼골우에 비물이 흘러나린다
그러면 동무야 잘가거라, 뭍길(陸路) 千里, 물길 千里
東쪽거리는 太陽의 거세인 合唱으로 새벽이 움즉이리라
버들꽃 날으는 애쓰팔트에 동무들의 발소리 가득찻으리라
(하나 동무야, 子正넘은 밤거리 돌아오는 내발소리가 넘우나 외롭구나)

　　　　　-1934,浿城에서-「離別 -宋朴을 보내며-」전문[16]

쭈르르 쭈르르 구슬픈 소리
밤비는 거리 우에 거리 우에 내리고
눈물 어린 등불은 비 오는 역두에 홀로 넋 잃고 섰을 때
분홍빛 三등표에 빈주먹 든 길손
동무는 지금 비젖은 밤의 평원을 지나 북쪽으로 떠난다.

16　　金朝奎, 「離別-宋 朴을 보내며」, 『조선중앙일보』, 1934.4.4.

「고향은 수척한 얼골로 나를 부른다.
고향은 울음 섞인 소리로 하소연한다」
도시의 골목을 오고 가면서
동무는 눈동자를 붉히며 이렇게 말하지 않았던가
고향 사람들과 일하겠노라고.

하거든 그 하늘
그 바위에 피는 진달래 보지 못하고
비나리는 이밤
쫓기어 북쪽으로 떠남은 왠 일인가?
昇降台 우에 분주한 그림자들마저 사라졌다.
동무야 점심 값이나 있는가?
아하 리별, 다리 떨어진 네 안경이 빗물에 흐렸고나.

출발의 기적이 가슴속에 긁어든다.
여윈 얼굴 우에 비물이 흘러 내린다.
그러면 동무야 잘가라
물길 천리 뭍길(陸路) 천리
북쪽은 너를 맞는 동무들로 가득하리라.
거리에선 어께 걸고 노래하며 나가리라.
(하나 동무야, 자정 넘은 이 거리엔
돌아가는 내 자국 소리만이 울린다)
―一九三四.五―

「리별-떠나는 송,박에게-」 전문[17]

---

17   김조규, 「리별-떠나는 송,박에게」, 『김조규시선집』, 조선작가동맹출판사(평양), 1960.
      205~207쪽.

「離別」과 「리별」은 같은 작품이다. 「이별」이 『조선중앙일보』에 발표된 시간은 1934년 4월 4일인데 『김조규시선집』의 「리별」은 창작 일시가 1934년 5월이다. 시차가 겨우 한 달인 것은 창작 시간이 같다는 말이다. 그러나 작품 내용은 같지 않다. 큰 것만 지적한다. 제1연은 '동무는 지금 비젖는 밤의 平原을 지나 東쪽으로 달린다.'가 '동무는 지금 비젖은 밤의 평원을 지나 북쪽으로 떠난다.'로, 제2연에서는 '창백한 노스탈쟈, 노-란 幻想에 아른 거리며……'가 '고향 사람들과 일하겠노라고.'로, 제3연의 '東쪽거리로 굴러감은 웬일인가'가 '쫓기어 북쪽으로 떠남은 왠 일인가?'로, 제4연은 '東쪽거리는 太陽의 거세인 合唱으로 새벽이 움즉이리라'가 '북쪽은 너를 맞는 동무들로 가득하리라.'로 바뀌었다.

특히 「이별」의 '東쪽'이 「리별」에서는 전부 '북쪽'으로 바뀐 점이다. 왜 "東쪽"이 "북쪽"이 되었을까. 또 "북쪽"과 호응하는 표현이 왜 강화되었을까. 원작의 시적 진실이 아주 달라지기에 간과할 문제가 아니다. 일반적으로 '동쪽'은 희망을 암시한다. 그러나 '북쪽'은 엄혹한 분위기를 투사한다. 여기서는 북쪽의 공화국, 곧 북한을 가리킨다. 한 연구는 이렇게 동쪽이 북쪽으로 바뀐 것을 사회주의 소련을 이미지화한 것이라 했다.[18] 그러나 우리의 일반적 정서로는 '북쪽'이 '사회주의 소련'을 지칭하기보다 '북한'을 지칭한다.

이런 큰 문제만 아니고 언어의 역사성이 문제가 되는 경우도 있다. 「北으로 띠우는 便紙-破波에게」라는 작품은 김조규의 시가 얼마나 편의적으로 편집, 제작되었는가를 단적으로 보여주는 예다. 이 작품은 1935년 10월 『崇實活泉·The soongsillwallchun』 15호에(昭和 十年 三月)「午後 두 時의 山谷」과 함께 발표되었다. 그런데 '숭실대 출판부판 『김조규시집』에는 이 작

18   大村益夫, 「한국문학의 동아시아적 지평」(소명출판, 2017) 360쪽 '주·4' 참조

품의 발표시간은 1937년 10월이고, 「오후 두시의 산곡」은 '발표지 미상'이라고 적시했다. 원본에는 시의 제목이 목차에는 「北으로씨우는 便紙」이고, 본문에서는 「北으로 띠우는 便紙-破波에게-」로 조금 다른데 『김조규시집』에는 「北으로 띄우는 便紙-破波에게-」로 바뀌었다. 두 작품이 『崇實活泉』 15호에 수록되어 있고, 숭실대학 출판부와 숭실대학의 '한국기독교박물관'은 옆 건물인데 그 원본을 모르고 다른 정보를 적시하고 있다. 그러나 이것이 시비의 대상이 아니고 중요한 문제는 원본을 마음대로 손을 본 점이다.

南쪽이 그리우면 黃昏을 더부리고 먼-松花江ㅅ가으로 逍遙해라
노래가 그리우면 아아 흘러오는 胡弓의 旋律을 조용이 어루만지거라
바람과 季節과 疲勞와 네나히밖에 너를 쌓안는 아무것도 없지?
異域의 胡弓소리는 미칠듯한 鄕愁를 눈물겨운 寂寞으로 이끈다드라
　　　　　　　　　　　　　　「北으로 띠우는 便紙-破波에게」 제5연[19]

南쪽이 그리우면 黃昏을 데리고 먼-松花江가으로 逍遙해라
노래가 그리우면 아아 흘러오는 胡弓의 旋律을 조용히 어루만지거라
바람과 季節과 疲勞와 네 나이밖에 너를 싸 안는 아무것도 없지?
異域의 胡弓소리는 미칠듯한 鄕愁를 눈물겨운 寂寞으로 이끈다더라.
　　　　　　　　　　　　　　「北으로 띄우는 便紙-破波에게」 제5연[20]

　『김조규시집』에서는 원작原作 한 연의 어휘 여섯 개가 바뀌었다. '더

19　김조규, 「北으로 띠우는 便紙-破波에게」, 『崇實活泉The soongsilwaullchun』 NO. 15(편집겸 발행인 尹山溫, 平壤崇實學校 學生, YMCA文藝部. 平壤), 1935.10. 82~83쪽. 『崇實活泉』 NO. 15는 숭실대 '한국기독교박물관'에 사본이 있고, 원본은 숭실고등학교에 소장되어 있다.

20　　김조규, 「北으로 띄우는 便紙-破波에게」, 崇實語文學會 편, 『金朝奎詩集』, 숭실대출판부, 1996. 100쪽.

부리고’가 ‘데리고’로, ‘松花江ㅅ가으로’ ‘松花江가으로’로, ‘조용이’가 ‘조
용히’로, ‘네 나히’가 ‘네 나이’로, ‘쌓안는’이 ‘싸 안는’으로, ‘드라’를 ‘더라’
로 달리 표기하는 것이 그렇다. 사투리를 표준어로 바꾸고, 소유격 의미로
쓰이는 ‘사이 ㅅ’을 없애 버렸다. 말의 역사성이 무시되고, 맛이 달라졌다.
철자법을 현대 철자법으로 바꾸는 것은, 가령 ‘불휘 기픈 남ᄀ 부ᄅ매 아니
뮐씨’를 ‘뿌리 깊은 남근 바람에 아니 뮐새’로 바꾸는 것과 같다. 말의 역사
성을 소거시킨 원본 훼손이다.

　　『김조규시선집』 ‘저자 략력’에는 만주 이력이 빠져 있다. 그는 관동
군이 관리하는 『만선일보』 기자였지만 반민족적 행위는 결코 하지 않았
다. 그런데 왜 뺐을까. 『재만조선시인집』 서문에서 ‘건국십주년의 성전’이
라 했기 때문일까. 그러나 그것은 의례적인 수사이고, 작품에선 ‘머얼리 停
車場에선 汽笛이 울었는데 나는 어데로 가야하노!’(「연길역 가는 길」)라며 망
국민의 슬픔을 읊었기에 두려울 게 없다. 하지만 그가 근무한 『만선일보』
는 백두산 밀림에 숨어 관동군과 싸우던 김일성을 ‘首匪’라 불렀다. 김조규
의 만주 이력에는 자칫하면 그런 자취가 따라 나올 수 있다. 그래서 만주
이력은 덮어 두었을 것이다. 이런 행위는 만주에 살다가 북한으로 간 모든
문인이 다 그러했다.

　　셋째, 1940년대 전반기 재만문학기 작품 가운데 「그 밤의 생명을」,
「찢어진 포스타가 바람에 날리는 풍경」과 「삼등대합실」, 「전선주」를 검토
하겠다. 재만문학기는 개작된 작품이 더욱 많기에 그 이전 시기는 한 편만
검토했는데 표집 대상을 4배수로 늘인다. 만주국 정책에 대한 비협력을 넘
어서 적극적 저항의 성격이 확연하게 드러나는 작품들을 『김조규시집』이
나 『김조규시선집』에서 1940년대 전반기 작품으로 적시하고 있기 때문이
다. 먼저 「그 밤의 생명을」을 보자.

죽음의 靜寂에 묻힌 듯한
분묘의 지붕 밑
女人은 말이 없고
나도 침묵하고…

永遠한 時間
오직 하나 벽시계의 초침만이
―살아있다
살아야 한다.
마치로 心臟을 내려치듯
그 밤의 생명을
지켜주고 있습니다.

「그 밤의 생명을」 6, 7연, 『貘』 1942.12.[21]

이 작품은 일제와 만주국 사이에 낀 2등국민, 혹은 협력자로 경원시
되던 재만조선인의 자화상이 감지되고 그것이 저항적 문맥으로 굴절된다
는 점에서 특별하다. 그러나 창작 시간을 "『貘』 1942.12"라 적시하고 있다.
그런 시간에 이런 작품을 썼다면 「그 밤의 생명을」은 대단한 작품이다. 하
지만 창작 시간과 출처는 믿을 수 없다. 『맥』은 1939년 11월 6집으로 종간
되었고, 이 작품의 원작도 확인할 수 없기 때문이다. 「찢어진 포스타가 바
람에 날리는 풍경」을 보자. 이 작품은 『김조규시집』이 '1941년 8월 盧土溝
에서' 쓴 작품이라 적시하고 있다. 그런데 다음과 같은 구절이 당장 독자의

---

21   김조규, 「그 밤의 생명을」, 崇實語文學會 편, 『金朝奎詩集』, 숭실대학교출판부, 1996.
       163~164쪽. 연변대학조선언어문학연구소 편 『김조규시전집』, 흑룡강조선민족출판사,
       2002.8. 133~134쪽의 「그 밤의 생명을」은 숭실대출판부판과 동일하다.

의아심을 불러일으킨다.

> 오늘도 또 한 사람의 '통비분자'
> 묶이어 성문 밖을 나오는데
> 「王道樂土」 찢어진 포스타가
> 바람에 喪章처럼 펄럭이고 있었다.
> 1941.8 老土溝에서 (발표지 미상)
>
> 「찢어진 포스타가 바람에 날리는 風景」[22]

만주를 왕도낙토라고 선전하는 포스타를 상장喪章에 비유하고, 그것이 '통비분자'에 의해 고의적으로 찢겨졌다면 그것은 만주국과 일제에 대한 노골적인 반항이다. 이 시가 창작되었다는 1941년 8월의 일본은 대동아공영권건설 성명을 내면서 만주가 복지만리라고 선전하던 때인데 "「王道樂土」 찢어진 포스타가 / 바람에 喪章처럼 펄럭이고 있다."는 것이다. 당시의 정황으로 봐서 이런 표현은 불가능하다. 그런데 "발표지 미상"이다. 이것은 김조규가 이 작품을 비장해 두었다는 말이다. 그렇다면 김조규가 어떻게 원고를 비장하고 있었는지 밝히고, 원본을 공개하고 서지적 검토를 거쳐 영인본으로 시각화해야 한다. 윤동주尹東柱는 물론 심연수沈連洙도 영인본 육필시고집이 출판되었다. 그러나 김조규는 그렇지 않을 뿐 아니라 그런 움직임 자체가 없다.

---

22 김조규, 「찢어진 포스타가 바람에 날리는 風景」, 崇實語文學會, 『金朝奎詩集』, 숭실대출판부, 1996. 151쪽. 연변대학조선언어문학연구소 편 『김조규시전집』(115~116쪽)에는 제목이 「찌저진 포스타…」이고 제1연 제2행이 '뼈만 남은 古木 한 그루'일 뿐 다른 것은 전부 동일하다. 『조선문학』 2004년 12월호에는 「찢어진 포스타가 바람에 날리는 풍경」으로 전문이 수록되어 있는데 제목만 '찢어진…'이고, 다른 것은 연변대학조선언어문학연구소 편 『김조규시전집』과 동일하다.

김조규의 재만문학기는 『재만조선시인집』 '서'에서 '建國十周年의 聖典'이라 함으로써 식민주의의 자발성으로 의심을 받는다. 그러나 그는 그 시집의 「연길역 가는 길」에서는 '나는 어데로 가야 하노!'라고 했다. 서문과 이런 대문을 합하면 소극적 협력과 수동적 비협력[23]을 동시에 드러낸다고 할 수 있으나 뒤에서 상론하는 「신춘집」 8수 「남풍」, 「남방소식」, 「귀족」 등의 작품 등에 나타나는 시의식을 고려하면 그는 분명히 비협력의 길을 간 시인이다. 그런 그가 애써 자신의 작품을 개작하고 있다. 이것은 북한이 문학도 조국과 당과 수령에 대한 충성을 다해야 강고한 사회주의 국가를 건설한다는 그 문화정치의 결과물이다. 사정이 이렇다면 이런 작품을 1940년대 전반기 작품으로 독해하는 것은 심각한 문제가 된다.

　　「大肚川驛에서」(1941.4.)[24], 「가야금에 붙이어」(1940.3.), 「한 交叉驛에서」(1941.10.), 「電線柱」(1941.12.), 「北行列車」(1941), 「三等待合室」(1941), 「火爐를 안고」(1941.7.), 「새들은 날아가는데」(1941.9.)와 같은 작품도 같은 맥락에 있다. 시대기류와 권력의 향배에 발맞추어 혁명문예의 구성과 실천에 협조한 개작의 혐의로부터 결코 자유롭지 않은 작품들이다. 김조규의 자의만이 아니고, 김일성 주체사상의 필요에 따른 협조관계 속에 개작이 이루어졌을 것이다. 만약 반일정신이 직방으로 토로되는 이런 작품들이 1940~1941년에 창작되었다는 사실이 확인된다면 1940년대 전반기의 우리 문학은 치욕의 친일문학기가 아니라 자랑스러운 저항문학기가 된다. 일제의 식민지 정책에 휘말려 영혼을 팔아넘긴 시대가 아니라 민족의 자존과

23　김재용, 「중일전쟁 이후 재일본 및 재만주 조선인문학의 분화와 식민주의 협력」, 김재용 외, 『재일본 및 재만주 친일문학의 논리』, 역락, 2002.4. 56쪽.

24　「大肚川驛에서」 끝에는 '『만선일보』, 1941년 4월'이란 창작 시간이 명시되어 있다. 그러나 『만선일보』는 두 번 출판되었는데 어느 영인본에서도 이 기간의 신문이 없어 확인이 불가능하다.

건재를 김조규의 작품만으로도 논증이 가능한 까닭이다. 그러나 김조규의
경우는 딱하게도 다만 "발표지 미상. 육필원고"라 할 뿐 믿을 만한 서지적
증거를 제시하지 못하고 있다. 이런 작품이 1940년대 초기에만 17편이다.
사정이 이렇지만 이런 작품을 텍스트로 본격적인 논문이 근래에 하나 둘
나타나고 있다. 특히 「三等待合室」, 「電線柱」, 「찢어진 포스타가 바람에 날
리는 풍경」, 「大肚川驛에서」, 「다점 '알라도' 2장」 같은 작품이 자주 연구
텍스트로 채택된다. 위에 열거한 작품을 다 검토할 수는 없고, 인용빈도가
높은 「三等待合室」, 「電線柱」를 통해 원본이 훼손된 문제를 조금 더 밝히
겠다.

『김조규시집』에는 「삼등대합실」이 "1941. 가을 조양천에서. 『新撰詩
人集, 現代文學選』(金大出版)"라는 주가 달려 있다. 이것은 『關西詩人集-解
放紀念特輯』이 이 작품 창작 시간을 '一九四一年 十月於間島'라고 밝힌 것
과 일치한다. 그러나 작품 내용은 일치하지 않는다. 그렇다면 어느 작품이
원본일까. 『관서시인집』의 「삼등대합실」일 것이다. 그것은 『신찬시인집』
에는 이 작품은 없고, 김조규의 다른 작품이 수록되어 있으며,[25] 『관서시인
집』은 해방의 열기가 아직 뜨거운 1946년 1월 '해방기념 특집'라는 부제를
단, 곧 김일성의 주체문예이론이 형성될 시간이 아닌 시간에 출판되었기
때문이다. 『관서시인집』에 수록된 35편 가운데 어느 작품도 김일성을 찬
양하거나 북한에 진주한 소련군에 대해서는 단 한마디의 언급도 없이 해
방의 감격만 노래했다. 이 시집은 그 뒤 황순원, 박남수, 양명문 등이 월남

---

25 『新撰詩人集』(詩學社, 1940)에 수록된 김조규 시는 「피곤한 오후」, 「해안촌의 기억」, 「猫」,
「素描' 中의 一節」이다. 53~63쪽, 『新撰詩人集』은 김기림, 김광균, 김광섭, 김영랑, 유치
환, 이육사, 임화, 서정주, 오장환 등 조선의 대표시인들의 작품을 묶은 엔솔로지로 1940
년대 초기 독자에게 향수되었는데, 그런 시집에 「삼등대합실」이 수록되었다면 『신찬시인
집』의 문학사적 가치는 더욱 크다. 수록된 어떤 작품도 「삼등대합실」만큼 식민지 현실을
직접 문제삼지 않기 때문이다.

하자 필화사건으로 비화한 데서 이 작품집의 성격이 잘 드러난다.[26] 박남수, 양명문 등의 시가 필화사건이 되었다는 것은 이 시집의 작품들이 훼손 안 된 원작이라는 말이다. 따라서 『관서시인집』의 「삼등대합실」은 원본이다. 그런데 어떻게 훼손되었는지 대비해 보자.

고향 사투리가 듣고 싶어
오 가는 사람들로 붐비는
저녁 停車場으로
내 踵跟이 나아오다.

예서 고향이
몇 천 몇 백리이뇨?
南行列車에 탄 길손이 부러워라
보내는 사람도 없는데 손을 들어
멀리 사라지는
푸른 신호등을 바래주노라.

人生은 뭇자욱 어지러운
三等待合室
행복보다도 不幸으로 가득찬
三等待合室

(할머니 그 늙으신 몸에

---

26 유성호, 「해방직후 북한문단 형성기의 시적 형상-'관서시인집'을 중심으로」, 『인문학연구』 제46집, 조선대학교 인문학연구원, 2013.8. 345쪽 참조.

北行列車를 타시렵니까?)
눈물의 북쪽 만리 아하하
쫓기우는 족속이여

조막발 異邦의 아가씨가
人形처럼 아장아장
문을 열고 들어선다.

슬픈 石膏像처럼 창턱에 기대어
낯선 거리의 저무는 風景을
失神한 듯 내다보는 젊은이도 있다.

아, 언제 닥칠지도 모를
그 무서운 폭압의 채찍이 내리기 전
나도 어디든지 떠나야 할 것 아닌가.
한마디 고별의 인사도 없이
밤차에 숨어
밤차에 홀로…..
-1941. 가을. 조양천에서-

『新撰詩人集, 現代文學選』(金大 出版)[27]

---

27 김조규, 「三等待合室」, 崇實語文學會 編, 『金朝奎詩集』, 숭실대학교출판부, 2000.
127~128쪽. 이 작품과 동일한 작품이 같은 「三等待合室」이란 이름으로 연변대학조선언
어문학연구소 편 『김조규시전집』(122~123쪽)에 수록되어 있다. 그런데 끝에 "1941. 가을
조양천에서(『現代文學選』) 김일성종합대학출판사"로 되어 있다. 전부 같은 원고로 책을 만
들며 치장만 근사하게 했다.

떠나가고 오는사람들이 갑작이 보고싶어
내 蹌踉히 저녁 停車場으로 나아가다.

예서 故鄕이 몇里이뇨?
南行列車에 탄 손이 부러워라 아하하
보내는 이도 없는데 帽子를 벗어
머얼리 사라지는 파아란 燈불을 바래고 있노라

人生은 雜沓하는 三等待合室
幸福보다는 不幸이 더많은 三等待合室

(할머니! 北行列車를 또 타실렵니까?
쫓기우는 族屬 아하하)

쪼막발 異國의 아가씨가 작난감처럼 거러온다
슬픈 偶像처럼 窓가에 기대어
어두워오는 낯선風景을 내여다보는 젊은이도 있다.

여기는 祖國을 떠나 머언 異邦의나라
쫓기우는 百姓들이 다리쉬는 三等待合室

오오 그무서운 季節의 채찍이 오기전
나도 어데든지 떠나가리라
한마디 告別의 人事도 없이 밤車에 홀로

(一九四一年 十月 於 間島)[28]

---

28   金朝奎, 「三等待合室」, 『關西詩人集-解放紀念特輯』, 平壤市里門里人民文化社, 1946.1.

두 작품은 단락과 문맥은 같은데 표현이 조금씩 다르다. 그러나 마지막 연에서 결정적으로 차이가 난다. '오오 그 무서운 季節의 채찍이 오기 전 / 나도 어데든지 떠나가리라 / 한마디 告別의 人事도 없이 밤車에 홀로'라는 대문이, '아, 언제 닥칠지도 모를 / 그 무서운 폭압의 채찍이 내리기 전 / 나도 어디든지 떠나야 할 것 아닌가. / 한마디 고별의 인사도 없이 / 밤차에 숨어'로 바뀌었다. 『관서시인집』의 시적 화자는 혹독한 겨울이 오기 전에 어디든지 떠나야 하겠다는 것이고, 『김조규시집』의 시적 화자는 폭압의 채찍이 내리기 전에 피신을 하겠다는 것이다. 전자는 '무서운 계절의 채찍'이 떠나는 원인인데 후자는 '무서운 폭압의 채찍'이 떠나야 하는 원인이다. 「삼등대합실」이 1941년 10월에 발표한 지면은 알 수 없으나 어딘가에 발표되었다고 한다면 발표 가능성이 높은 표현이 어느 것일까. 당연히 '무서운 계절의 채찍'이다. '무서운 폭압의 채찍'은 그 시간 절대로 활자화될 수 없다. 식민지 파쇼정치를 지칭하기 때문이다. 「삼등대합실」이 개작되었다는 것은 이 하나의 사실만으로도 분명하다.

『김조규시집』이 「삼등대합실」을 '『新撰詩人集, 現代文學選』, 金大 出版'이라고 한 것이 사실이라면 김일성종합대학의 권위가 신뢰를 보장할 수 있다. 그러나 그 시집에 이 작품이 없기에 결과적으로 신뢰가 조작되었다. 김조규의 「現代修身」 등도 퇴폐적인 작품이라고 비판을 받았으나 자기비판으로 그것을 넘겼다. 이런 점에서 「삼등대합실」은 주체문예이론 형성기의 정치적 이념이 시를 훼손시킨 사실을 명시적으로 보여주는 또 하나

16~18쪽.
『관서시인집』 책임 편집자 柳龍翰은 일제 강점기에 '동행회'라는 조직을 이끌었고, 『無窮』이라는 이름의 기관지를 발행하여 문학을 통해 농민들의 민족의식과 조선독립 의지를 높이려다 1945년 4월 체포되어 치안 유지법 위반으로 재판을 받은 항일 투사다.

의 사례다.[29]

'발표지 미상의 육필원고'가 김조규의 재만문학기 작품을 '가상의 기호물'로 판단하게 만드는 또 다른 작품이 있다. 「전선주」[30]이다.

겨울이면 늙은 네 얼굴에 주름살이 더 깊어지고 눈 내리는 날이면 너 혼자 길거리에 장승처럼 우뚝 서 있다. 전선주, 너는 땅 속에 다리가 묻혀 걸을 수 없는 고정한 너의 '로고스'를 슬퍼함이냐? 아니면 세상 더럽고 추악한 모든 것 휩쓸며 내닫는 바람을 부러워함이냐? 한밤에도 너는 잠들지 않고 윙윙거리는 뜻 모를 소리를 창문 덧문 굳게 빗장한 내 사색의 城砦 안에서도 들을 수 있었다.

눈보라 기승치는 이런 밤이면 으레 밀림에선 총소리가 울리고 우등불이 타올랐으니 매맞아 죽은 아버지와 굶어 죽은 어머니와 불타 죽은 동생의 원한이 그 불길 속에 황황 타고 있음을 말없는 천년 원시림인들 어찌 모르랴? 巨木들은 어깨를 비비며 불길을 일으키고 말라 시들은 落葉은 그 몸을 불에 던지고 나무 가지들은 하늘 높이 불꽃을 내뿜는 그 소리를 전선주 너는 통신하며 밤새 윙윙거리는 게 아니냐?

총을 맨 그의 아들딸들이 잃어버린 고향 땅의 한줌 흙을 가슴 깊이 소중히 간직하고 조상네 옛 기억을 찾아 鮮血로 흰 눈을 물들이

---

29 『관서시인집』의 황순원, 박남수, 양명문 등은 월남으로 위기에 처했으나, 용하게 김조규는 평양예술문화협회에 참여하여 초기의 북한 문단을 선도함으로써 북한 최초의 개인시집 『東方』(조선문학사, 1947.12.)을 출판하였다. 그 뒤 김조규는 「조선신문」, 「소비에트신문」을 주제하며 1954년 3월부터 같은 해 12월까지 조선작가동맹 중앙위원회 기관지 『조선문학』 책임주필로 공산당에 공헌했다. 그러나 1956년 이태준과 관련된 반종파투쟁에 연루되어 흥남지구, 혜산진으로 하방되었다.

30 김조규, 「電線柱」, 숭실어문학회 편, 『金朝奎詩集』, 160쪽. 허왕진, 「시인 김조규와 산문시 '전선주'」, 『조선문학』 2009년 9월호, 78~80쪽 참조.

며 백두산 밀림 속을 걸어가고 있으니 전선주, 너는 그 속 전하려 大
陸을 바느질하며 강과 언덕 건너고 넘어 끝없이 뻗어가는 것이구나.
-1941.12-

「電線柱」 전문(발표지 미상)[31]

북한에서는 이 작품을 '항일유격대원들의 영용한 모습이 방불하게
그려져 있으며 그들의 간고하고도 영웅적인 투쟁'이 형상화되고 있다고
했다. 김조규의 이런 시 정신은 1930년대에 김일성이 조양천을 방문했을
때 '봉춘당 약방의사 림춘추동지'를 만나 귀중한 가르침을 주신 것이 영향
이라고 했다.[32] 김조규 시의 성향으로 보면 「전선주」 같은 성격의 시가 존
재하지 않았다고 단정할 수는 없다. 그러나 방방곡곡으로 뻗어나간 전선
주에 의탁하여 항일혁명 소식을 전하는 시적 화자의 절절한 심정토로, 거
기다가 '매맞아 죽은 아버지와 굶어 죽은 어머니와 불타죽은 동생의 원한',
또 '鮮血로 흰 눈을 물들이며 백두산밀림 속을 걸어간다.'와 같은 표현이
1941년 12월에 절대로 활자화될 수 없다. 활자화는 안되어도 만약 김조규
가 비장해둔 게 확실히 증명된다면 이 작품은 이상화의 「빼앗긴 들에도 봄
은 오는가」를 능가한다. 「빼앗긴 들에도 봄은 오는가」는 1926년에 쓰여졌
고, 「전선주」는 1941년에 창작되었기 때문이다.

1941년 12월은 하와이 진주만 기습공격으로 태평양전쟁이 시작되던
무서운 시간이다. 그런 시간 '잃어버린 고향 땅의 한줌 흙을 가슴 깊이 소
중히 간직하고 조상네 옛 기억을 찾아 선혈로 흰 눈을 물들이며 백두산 밀

---

31   숭실어문학회 편, 『金朝奎詩集』 숭실대출판부, 1996. 160쪽. 연변대학조선언어문학연구
      소 편 『김조규시전집』(121~122쪽)에도 「電線柱」가 수록되어 있는데 '로고쓰'가 '로고스'일
      뿐 똑같다.

32   허왕진, 「시인 김조규와 산문시 '전선주'」, 『조선문학』, 2009.9, 78쪽.

립 속을 걸어가고 있다.'라는 사무치는 원한 토로는 현실이 아니라도 가슴
이 펑 뚫리게 한다. 「삼등대합실」에서 '무서운 계절의 채찍'이 '무서운 폭
압의 채찍'으로 바뀐 것과 정황이 같은 저항성을 이루어 시를 펄펄 뛰게
만든다. 사회과학원 주체문화연구소 근대문학연구실이 「새들은 날아가는
데」, 「찢어진 포스타가 바람에 날리는 풍경」을 「항일무장투쟁의 영웅적 현
실을 반영한 광복 전 김조규의 시」라고 평가한[33] 그 주체문화이론의 구현
에 다름 아니다.

정황이 이러하기에 최현식은 「찢어진 포스타가 바람에 날리는 風
景」, 「전선주」를 두고 "사후에 만들어진 예비재나 어떤 불행한 사태를 피
하기 위해 고안된 예방재로 비축된 기호물이 아니기를 바란다." 혹은 "그
실재성을 증명하기 어렵다는 뜻에서 '가상의 기호물'이라 했다.[34] 그러나
김조규의 시업을 열개한 「붉은 해가 나래를 펼째-濃霧 속에 보내는 노래」,
그리고 그 뒤 「이별」(1934), 「北으로 띠우는 便紙-破波에게」(1935) 등의 작품
이 1930년대 시사 전반을 관통하는 낭만적 혁명의지와 국권 상실에 따른
원한의 구조화로 독해되는 것을 전제할 때 '가상의 기호물'로 판단하는 것
은 다소 지나친 감이 있다. 표현의 강도, 수사상 차이는 있을지 모르나 전
혀 없는 이야기를 날조했다고 단정할 수는 없기 때문이다.

이상에 논의한 작품과 다른 경우가 있다. 「카페-미쓰朝鮮記」(『만선
일보』, 1942.2.15.)와 「카페 '미스조선'에서」(1940.10. -도문에서 소설가 현경준을
만나-.발표지 미상, 『김조규시집』, 131쪽)이다. 이 두 작품은 같은 작품이고, 원
작 「카페-미쓰朝鮮記」가 분명히 존재하는데 「카페 '미스조선'에서」가 원

---

33   사회과학원주체문화연구소근대문학연구실, 「새들은 날아가는데」 외, 『조선문학』,
      2004.12. 46쪽.

34   최현식, 「청년들의 운명, '동방'(들)의 장소성-김조규의 만주국~해방기 북한시편 재론-」,
      『한국학연구』 제54집, 2019. 29~30쪽 참조.

작 행세를 한다. 또 「胡弓」(『만선일보』, 1942.2.16.)과 「가야금에 붙이어」는 동일한 작품인데 뒤의 작품이 앞의 작품 행세를 한다. 「가야금에 붙이어」(1940.3, 『김조규시집』, 129~130쪽)가 민족과의 친연성이 훨씬 강하기 때문이다. 모두 김일성 주체사상의 소산이다. 이 문제는 뒤에서 상론한다.

문학연구 대상이 반드시 한 시대에 활자화되고 향수된 작품만은 아니다. 작가의 육필원고도 연구 대상이 된다. 우리는 이런 예를 윤동주에게서 발견한다. 그러나 윤동주의 그런 작품은 생생한 육필원고로 남아있고, 교열본, 영인본도 존재한다. 김조규의 시는 그렇지 않다. 이상에서 논의한 작품을 추인하고 싶지만 서지적 근거가 성립되지 않는다. 문학 연구는 객관적인 자료가 생명인데 당대의 매체에 발표하였으나 발표지를 알 수 없고 '육필원고'라는 말만 하고 근거 자료를 제시하는 바도 없다. 사정이 이런데 '발표지 미상, 육필원고'라는 말을 믿고 그것을 텍스트로 연구를 수행하고 있다. 그러면서 때로는 견강부회로 논리를 합리화한다.

시의 연구 대상은 『김조규시전집』으로 잡았고 원전비평을 위해서는 당시 발표된 발표지(원본)도 참조를 하여 연구 자료로 활용했다. 그 결과 연구 대상인 '전집'의 오류가 발견되었다.[35]

『김조규시전집』이 오류가 발견되는 것을 알면서도 제1차 연구 자료로 삼고, 원본을 참조자료로 활용했단다. 김영규는 이 논문에 「김조규 시의 텍스트 검토와 확정」이라는 항을 설정하고 그 문제를 위해 30여 쪽에 달하는 지면을 할애하고 있다. 그러나 핵심어key word에 대한 계량적 분석을 통해 시적 변모 과정을 고찰한다면서 실제는 개작으로 인한 핵심어 오

---

35   김영규, 「김조규 시 연구」, 한국학중앙연구원, 박사, 2010.8. 국문초록 참조.

류 문제는 거론도 하지 않아 시 해석이 고공비행을 한다. 일일이 지적하기에는 너무 많아 다음과 같은 예를 하나만 든다.

> 아, 슬프면 술을 불러 주먹 치던
> 그 통곡도 하나 感傷이였나
> 싸움에서 卑怯하지 말라던 그 座右銘도
> 하나 철없던 군사놀이 구령이였나
>
> 삶이여 대답하라
> 굴종이냐? 죽음이냐?
> 창문에 별빛 한 점 비쳐들지 않고
> 질화로에 타버린 숯덩이만 남았다면
>
> 「火爐를 안고」에서

상실한 조국이나 잃어버린 내 고향의 현실을 보여준 작품이다. '창문'에 별빛 한 점 비쳐들지 않으면 어떤 상황일까? 다름 아닌 캄캄한 밤이기 때문이다. 밤이, 그것도 칠흑 같은 밤이 되어야 빛이 보이지 않는다. 밤하늘에 총총한 별들이 보이지 않는 상황이라면 공포도 함께 몰려오는 밤이다.[36]

인용에서 꼭 지적할 문제는 이 작품의 출처를 명시하고, 창작된 시간을 밝히는 일이다. 왜냐하면, 당장 시의 내용이 "삶이여 대답하라 / 굴종이냐? 죽음이냐?"처럼 아주 격렬하다. 이런 표현의 시가 언제 어떤 지면에 활자화되었는가를 밝혀야 한다. 1940년대 전반기에 창작하고 읽힌 작품으

---

36   김영규, 「김조규 시 연구」, 한국학중앙연구원, 박사, 2010. 141쪽.

로 볼 수 없다. 이 작품은 『金朝奎詩集』『김조규시전집』 양쪽에 다 수록되어 있고 작품 끝에 동일하게 "1941.7. 발표지 미상"이라는 주가 달려 있다. 이 논문은 그런 중요한 사실을 의도적으로 간과하는 듯하다. 그것은 인용한 시의 바로 앞 연을 인용하지 않았기 때문이다. 인용된 연보다 앞 연의 시의식이 훨씬 강하다.

> 한번도 소리쳐 불러보지 못할
> 어머니 조국의 이름이여
> 빼앗긴 강토
> 깨어진 반만년의 歷史여
> -자네는 이 슬픔을 참을 수 있단 말인가
> -자네는 이 壓力에 숨 쉴 수 있단 말인가.
>
> 「火爐를 안고」에서 [37]

이 작품이 실제로 1941년 7월에 활자화되었다면 이 시는 말할 것도 없이 일제 강점기 최고의 저항시가 된다. "빼앗긴 강토 /깨어진 반만년의 歷史여"는 불러야 할 노래지만 부를 수 없는 노래다. 정황이 이러한데 이 시를 연구하면서 시적 긴장미가 약한 부분은 인용하면서 이 시의 진짜 시적 진실인 저항성은 거론하지 않은 채 슬쩍 지나가 버렸다. 이런 정황은 결국 이 작품이 1941년 7월의 작품이 아니라는 말이다.

이런 연구 태도는 「디아스포라 정체성과 탈식민주의적 계보학 연구」를 다룬 조은주의 논문도 동일하다. 이 논문도 자료의 출처를 밝히지 않고 작품을 편의적으로 활용한다. 예를 들면 『김조규시집』에서 인용한 산문시

---

37 숭실어문학회 편, 『김조규시집』 숭실대학교출판부, 1996, 147~148. 연변대학조선언어문학연구소 편, 『김조규시전집』, 흑룡강조선민족출판사, 2002. 114쪽.

「카페 '미스조선'에서」 전문을 인용한 뒤 다음과 같은 논리를 전개한다.

> 「카페-'미스'조선에서」는 시인이 현경준과 함께 찾아간 도문의 카페 '미스조선'에서 만난 여급 '하나꼬'에 대해 노래한 시이다…(중략)…그녀의 검은 머리채 속에서 "잃어버린 것 그러나 잊을 수 없는 모든 것"이 응축되어 있다고 보고 그것들을 하나 둘 불러낸다.[38]

인용한 작품이 1940년 시라면 당연히 출처를 밝히고 철자법 문제도 언급해야 한다. 인용한 자료는 앞의 「화로를 안고」에서처럼 1940년대 초기에는 표현이 불가능한 내용이 수두룩하다. 그러나 이 논문은 그런 문제는 따지지 않고 논의를 전개한다. 원작 「카페-미쓰朝鮮記」(『만선일보』, 1942.2.15.)가 있고, 그 작품이 「新春集」이라는 이름 밑에 김조규가 『만선일보』에 연재한 8편의 작품 중의 하나인 세 번째 작품으로 문제적이라는 사실은 인식하지 못하고 가짜 작품을 진짜인 양 논하고 있다. 이렇게 기초적인 사실판단부터 오류를 범하고 있으니 저자의 탈식민지 시학의 논리는 마침내 다음과 같은 비논리로 논리를 도모하는 지경에 이르렀다.

> 지금까지 항일무장투쟁에 대한 지지와 공감을 노래한 작품이 적지 않게 창작되었는데 여기에 더하여 이번에 산문시 「전선주」가 알려짐으로써 항일투사들을 '민족의 총아'로 내세우고 찬양한 진보적 시문학의 유산은 더욱 빛나고 풍부하게 되었다. 특히 산문시 「전선주」는 그 어느 작품보다도 영웅적인 항일무장투쟁현실과 항일유격대를 직접 노래한 작품인 것으로 하여 광복 전 진보적 시문학의 높은

---

38   조은주, 『디아스포라 정체성과 탈식민주의 시학』, 국학자료원, 2015. 245~246쪽.

경지를 보여주며 문학사적으로 가치가 크다.[39]

「전선주」를 "'민족의 총아'로 내세우고 찬양한 진보적 시문학의 유산"으로 평가할 의도라면 김조규를 디아스포라의 정체성 시각에서 접근하기보다 저항시인으로 논의를 전개한다면 논문이 더욱 빛날 것이다. 그러나 이 논문은 논의를 그렇게 전개하지 않는다. 이것은 자료에 절대적인 결점이 있는 것을 인정하거나 논문의 텍스트로 삼기엔 뭔가 신뢰감이 안 가는 데가 있다는 의미다. 결과적으로 북한에서 「전선주」를 김일성의 회고록 『세기와 더불어』에 대입시킨 평가와 다르지 않는 평가를 한다.

> 카프출신의 문인들이 감옥에 끌려가거나 산간벽지로 쫓겨가고 있을 때 항일혁명대오안의 지식인들과 함께 북부국경지대의 작가들과 중국 본토의 적색구역, 사회주의 쏘련에서 활동하던 우리나라의 망명작가들은 조선공산주의운동과 민족해방위업에 적극적으로 이바지하는 참신하고 전투적인 혁명문학을 창조하였다."[40]

북한의 주체문화연구는 자료의 객관적 해석보다 주체문예이론에 맞는 작품의 외적 사실을 끌어와 작품을 평가한다. 김조규의 '발표지 미상. 육필원고'의 경우는 김일성이 만주에서 항일 게릴라전을 전개하던 시간과 일치하기에 주체문예이론의 입장에서 보면 최적의 성격을 지닌 문인이고 작품이다. 사정이 이렇기에 「전선주」나 「삼등대합실」, 「대두천역에서」 또

---

39 김영규, 「김조규 시 연구」, 한국학중앙연구원, 박사, 2010. 3쪽. 김지형 「김조규 시의 리얼리즘에 대한 일 고찰」(『한국어문학연구』 23집. 2006. 한국외국어대학교)도 이런 자료를 텍스트로 삼는다.

40 허왕진, 「시인 김조규와 산문시 '전선주'」, 『조선문학』, 2009.9월호, 78쪽.

「카페 '미스조선'에서」, 「가야금에 붙이어」, 「찢어진 포스타가 바람에 날리는 風景」 등을 "가상의 기호물", 또는 "어떤 불행한 사태를 피하기 위해 고안된 예방재로 비축된 기호물"로 독해할 수있다.

이상에서 논의한 사실을 기준으로 삼을 때 숭실어문학회 편 『김조규시집』, 연변대학조선언어문화연구소 편 『김조규시전집』, 조선작가동맹출판사 『김조규시선집』(로동신문출판인쇄소평양, 1960) 등은 학술연구의 제1차 자료가 될 수 없다.

정황이 이러하기에 본 저술은 김조규가 활동하던 바로 그 당대에 창작되고 읽힌 원작을 기본 자료로 삼아 연구를 수행한다. "발표지 미상, 육필원고"가 아닌 작품만으로도 1940년대 전반기 김조규 시가 거둔 문학적 성취를 충분히 논증할 수 있기 때문이다. 해당 지지紙誌는 다음과 같다. 「滿鮮日報」, 「朝鮮中央日報」, 「朝鮮日報」, 「東亞日報」, 「每日申報」와 『批判』, 『朝光』, 『斷層』, 『貘』 『在滿朝鮮詩人集』, 『滿洲詩人集』, 『關西詩人集』 (1946.1.)이다.

4.3. 작품의 실상

김조규의 재만문학기 작품 가운데 가장 문제적인 작품은 「南風」, 「南方消息」, 「貴族」이다. 오무라 마스오는 「남풍」을 임종국이 『친일문학론』에서 참고문헌으로 문제 삼았던 「귀족」보다도 위험수준이 높다고 했다.[41] 신주철은 「남방소식」을 '동남아와 남양군도에 대한 일제의 공략과 승전에 대한 기대를 표명한 것으로 읽힐 여지'[42]가 있다고 했고, 구마끼 스또무는

---

41 大村益夫, 『식민주의와 문학』, 소명출판, 2017. 65쪽.

42 신주철, 「김조규의 이중적 시쓰기의 양상과 의미」, 『우리문학연구』 32집, 경인문화사, 2011.2. 356쪽.

'친일시라는 이름을 붙이기란 그리 어렵지 않을 수도 있다'[43]며 임종국의 말을 인용했다. 임종국과 최삼용은 「귀족」을 친일 작품으로 규정했다.[44] 이러한 독해는 모두 문제가 있다. 이하에서 이 문제적인 세 작품을 먼저 집중 논의한다.

「南風」·「남방소식」의 의미자질

> 앵글로·색손의 太陽이 바다의 階段을 나린다.
> 露臺우에는 비인木椅子가 기울고
> 午前의設計 압헤 끌어 올으는 바다의情熱
> 풀은 湖水우에 靑燕이 날고 날고
> 오늘도 南海에서는 컴패스를 돌리며
> 피의弧線 바다의 幾何學은 壯熱하거니
> 이제 빌딍 가튼 無表情을 버려야한다.
> 풀은한을아레 한 마리 白鷗여도 조타
> 三月
> 氾濫하는 南風속에 가슴을 벗고
> 深呼吸을 하자.
>
> 「南風」 전문[45]

김조규는 이 시를 1942년 3월 7일자 『매일신보』에 발표를 하고, 자신

43　구마끼 쓰또무熊木勉, 「1937년부터 1945년까지의 김조규시에 대해서-김조규연구·하」, 숭실대학교대학원논문집 제17집, 1999. 23쪽.

44　임종국, 『친일문학론』, 평화출판사, 1966. 472쪽. 최삼용, 『재만조선인친일문학작품집』, 보고사 2008. 78쪽.

45　金朝奎, 「南風」, 『每日申報』, 1942.3.7.

이 편집한 『재만조선시인집』(1942.10.)에 수록하였는데 철자법이 '압헤 쓸어'가 '앞에 끌어'로, '빌딩 가튼'이 '삘딩 같은'으로 바뀌었을 뿐 다른 데는 똑 같다. 『재만조선시인집』을 편집하던 때의 김조규는 공식적으로는 '建國十年의 聖典. 우리는 敬虔한 世紀의 奇蹟을 가지고 있다.' 와 같은 시대 편승의 자세를 '서문'에 썼으나 그것은 형식적인 빈말이고 실제 시는 그렇지 않고 다른 생각을 했다. 자신이 편집한 그 시집에 실은 「연길역 가는 길」에 그것이 나타난다.[46]

오무라 마스오는 「남풍」을 '일본의 전투를 노래하고 있는 것처럼도 읽을 수 있다'[47]고 하면서 '「남풍」이 게재된 1942년 3월 7일의 『매일신보』는 「전시아동문제」가 논해지고, 목양(이석훈)의 「국민문학 문제」가 연재되고 있던 시기였다.'는 주변 사실을 근거로 친일시의 혐의가 있다고 했다. 한국어가 모국어가 아닌 연구자로서는 행간의 의미까지 파악하는 것은 한계가 있어 그런지 모르겠으나 그렇게 작품 밖의 문제를 끌어와서 펴는 주장은 설득력이 약하다. 당장 '앵글로·색손의 太陽이 바다의 階段을 나린다'의 의미와 대립된다.

「남풍」의 주인공 화자는 앵글로·색슨이다. 서술어 '나린다'의 주어가 앵글로·색슨이니 그렇다. 이 시가 친일시라면 앵글로·색슨이 일본이 되어야 한다. 앵글로·색슨은 '앵글족+색슨족'으로서 로마제국이 붕괴하던 서기 4세기 무렵 지금의 영국 남부인 브리타니아를 침공하여 장악한 전투종족인 그 앵글로 색슨, 영국의 조상이다. 이 민족이 태평양을 건너가 세운 나라가 미국이고 다른 하나가 캐나다이다. 곧 앵글로·색슨은 일본과 제2차 세계대전을 벌이는 영국이고 미국이다. 따라서 「남풍」을 친일과 관련시

---

46   조동일, 제4판 『한국문학통사·5』, 지식산업사, 2005. 525쪽.

47   大村益夫, 『식민주의와 문학』, 소명출판, 2017. 66쪽.

키는 해석은 근거가 없다.

이 작품은 세 문장으로 이루어져 있다. 주어가 생략되어 주술관계가 가늠하기 어렵지만 시의 의미가 거의 다 진술되는 둘째 문장에서 확인할 수 있다. "버려야 한다."는 서술어와 호응을 이루는 명사가 '앵글로 색슨'인 까닭이다. 그렇다면 이 구절은 앵글로 색슨, 그 바이킹 족의 늠름한 모습에 대한 묘사이자 찬양이다. 그러니까 1942년 3월을 기준으로 할 때 '앵글로 색슨'은 일본과 제2차 세계대전을 치르는 연합군이다. 따라서 이 시는 앵글로 색슨족이 맞이하는 오전의 시간으로 읽어야 한다. 대화민족大和民族, 일본의 승전과는 관계가 없다.

"오늘도 南海에서는 컴패스를 돌리며 / 피의 호선 바다의 기하학은 장열하다." 같은 구절, "남해", "피의 호선"과 같은 표현은 당시 일본이 벌이던 태평양 전쟁을 연상시킨다고 할 수 있다. 그래서 한 연구는 「남풍」과 「남방소식」을 '식민주의에 대한 소극적 협력과 수동적 비협력[48]이라는 기존의 견해에 동의하면서 친일시로 독해한다.

> 「남풍」, 「남방소식」 모두에 "남방의 향수" "오늘도 남해에서는" "남방손님" "남쪽소식" 같은 '남양(南洋)'이미지가 곳곳에 박혀 있다. 이것들이 '영미귀축(英美鬼畜)'과 맞서 싸우는 태평양 일대의 '대동아 전쟁'을 뜻함은, 비록 추상적이고 관념적인 면모가 적잖으나, "앵글로 색슨의 태양" "피의 호선(弧線) 바다의 기하학"(「남풍」), "누계(累計) 천년 흘러온 태평양의 경륜 / 태양을 더부린 우주의 여행"(「남방소식」) 등의 시구에서 어렵잖게 확인된다.[49]

---

48   최현식, 「청년들의 운명, '동방'(들)의 장소성-김조규의 만주국~해방기 북한시편 재론-」, 『한국학연구』 제54집, 2019. 31쪽.

49   최현식, 「청년들의 운명, '동방'(들)의 장소성-김조규의 만주국~해방기 북한시편 재론-」,

어떤 고정관념에 빠진 듯 '남양' 이미지를 일제의 남방전투로 인식하고 있다. 어째서 '남양'이 '대동아전쟁에서 영미귀축과 싸우는 일본군인가를 따지지 않는다. "남방의 향수" "오늘도 남해에서는" "남방손님" "남쪽소식" 같은 키워드가 어떻게 문맥을 형성시키는가를 구명하고, 그 의미자질을 규정해야 할 텐데 그것을 생략하고 논리를 비약시키고 있다. 이런 생략과 비약으로도 '대동아전쟁에서 영미귀축과 싸우는 일본군'을 찬양하는 작품이 없는 것은 아니다. 김조규가 이런 작품을 발표하던 시간, 재만조선인 시의 최악의 풍경을 연출하는 단 하나의 작품, 만주에 살던 한 시인이 태평양전쟁의 일본군을 기린 시가 그런 예이다.

> 赤道아래에는
> 遠狂의 隊伍와 隊伍의行列에 스치어
> 決戰의 아우성
> 太平洋의 섬과 섬은
> 軍陣의깃에 그늘지고
> 푸른 海水우에
> 두세 白鷗가 물똥을처
> 오돌진 꿈이 물몽오리 되어 풍겨온다.
>
> 李鶴城 「捷報」에서[50]

시가 쉽다. 쉬워야 일제에 대한 찬양과 협력의 뜻을 누구나 알 수 있어 시를 쓴 효과가 나타난다. 그런데 김조규 시는 주제가 쉽게 잡히지 않는다.

『한국학연구』 제54집, 2019. 32~33쪽.

50   李鶴城, 「捷報」, 만선일보, 1942.8.17. 이 시를 발표하기 전에 李鶴城은 『朝光』 제7권 제6호(1941.6.)의 '만주특집'에 「東滿과 朝鮮人:李鶴城」이라는 장문의 친일 논설을 발표했다.

김조규는 동인지 『맥』에서 가장 주목받던 시인[51]으로 그는 이성 이전의 의식의 심층에서 나온 일련의 이미지를 포착하여 형상화는 초현실주의적 기법으로 식민지 조응을 꾀했다. 시 해석이 모두 그렇지만 김조규의 시에서는 먼저 주술관계를 규명해야 한다. 초현실주의 시적 발상이 시의 통사구조를 의식적으로 흘리기 때문이다. 그런데 최현식은 그런 분석은 하지 않고 「남풍」과 「남방소식」을 그냥 '남양(南洋) 이미지가 곳곳에 박혀 있다.'고 했다. 그리고 그런 논리를 논증 없이 막연하게 주장한다. 편의적인 주장의 전개는 오무라마스오, 구마끼쓰또무, 임종국과 다르지 않다. 신진학자의 최근 연구도 이러하기에 「남풍」과 「남방소식」은 아직도 친일시로 우리 문학을 해찰한다.

친일시도 하나의 참여시다. 참여시는 의미가 쉽게 잡혀야 민중선동 기능을 할 수 있는데 「남풍」은 주제가 어디로 숨어 보이지 않는다. 은폐되어 있는 영감의 원천들에 의거해 있기 때문이다. '풀은 한을 아래 한 마리 白鷗', '氾濫하는 南風속에 가슴을 벗고', '심호흡'···. 이런 표현이 남방에서 미국함대를 공격하는 일본의 조종사가 되려면 상상력을 그렇게 자극해야 할 텐데 그런 상상력이 작동되지 않는다. 문제의 구절, 곧 "이제 빌딩 가튼 無表情을 버려야한다."는 화자가 도시의 한복판에서 봄의 새 기운을 만끽하려는 것으로 읽히는 까닭이다. '무표정을 버려야 한다.'는 봄날 남풍으로 기분을 전환시키자는 말이다.

"피의 호선 바다의 기하학은 장열하다"는 전도와 역설, 직관의 이미지를 동원하여 겉으로는 바다의 전쟁을 연상시켜 시대편승의 분위기를 형성하지만 속으로는 딴전을 편 것이 된다. 오무라 마스오가 읽은 것처럼 "일본의 전투를 노래하고 있는 것처럼 읽을 수"도 있게 양동작전을 펴고

---

51   나민애, 「'맥'지와 함북 경성의 모더니즘」, 한국시학연구 41호, 한국시학회, 2014. 237쪽.

있다. 이 작품을 일본 전투기가 남양에서 싸우는 것을 찬미한다는 것은 그런 '전략에 제대로 걸려든 해석'이다. 이 작품을 '시인이 전하려는 관념의 정체도 거의 파악할 수 없다는 점에서 이들 작품은 상당히 난해한 부분을 지니고 있다.'[52]고 하는 해석, 그러니까 정독하는 듯하나 사실은 오독하는 연구에서도 이런 사실을 확인할 수 있다. 이 경우도 은폐되어 있는 영감의 원천들에 의거한 초현실주의적 기법의 전략에 제대로 걸려든 해석이다.

왜 김조규가 이런 전략을 쓸까. 첫째는 시대와의 화합하는 자세를 보이기 위해서일 것이고, 둘째는 김조규가 추구하는 민족의식을 포장하지 않으면 작품 발표 자체가 불가능하기 때문일 것이며, 셋째는 초현실주의 기법을 활용하여 하고 싶은 말을 자유롭게 하기 위해서일 것이다. 「남풍」, 「남방소식」, 「귀족」은 초현실주의 시 기법을 활용하여 주제를 이면에 숨기고 있다. 김조규는 시인의 길로 들어설 때부터 민족의식의 형상화를 글쓰기의 목표로 삼았다. 등단작 「붉은 해가 나래를 펼 때」 「따뜻한 한그릇 밥이나마」 그리고 「北으로 띠우는 便紙-破波에게」 등에 나타나는 작가의식이 모두 같은 맥락에 있다.

「남풍」을 지배하는 이미지는 "南"이다. 이상의 논의에서 드러난 것과 같이 시의 통사구조를 따라 들어가면 "풀은 湖水우에 靑燕"이 따라 나오기 때문이다. 그리고 이 "청연" 이미지를 역추적하면 그 끝에 일본에 반동하던 카프계 시인들의 작품에 들끓던 그 "제비"가 나타난다. 김조규는 『조선중앙일보』에 발표한 「제비」에서 柳京에 '봄을 몰고 온' 제비를 '追放當한 南國의 亡命客'이라 했고, 「北으로 띠우는 便紙-破波에게」에서는 '계절의 보푸른 消息'[53]을 전하는 전령사로 묘사했다.

---

52 구마끼 쓰또무熊木勉, 「1937년부터 1945년까지의 김조규시에 대해서-김조규연구·하」, 숭실대학교대학원논문집 제17집, 1999. 23쪽.

53 김조규, 「北으로 띠우는 便紙-破波에게」, 『崇實活泉The soongsillwuallchun』 15호,

나어린 집씨-
火色을 것는 외로운 放浪群-

오날도 비저즌 쌜래줄우에 나라니 안저
항해의 시달린 죽찌를 고요히 덥고잇다.
파리한 鄕愁-
漂迫의 悲哀-

조잘거림은 쪼기운 南國의 푸른 이야기
공중에 그리고잇슴은 漂迫의 옳은記憶
椰子樹빗 가득한 두누농자-
(아아 나는 제비의 풀은날개를 읊을수업다)

그는 봄을 몰고온 追放當한 南國의亡命客
나는 봄을우는 슮은 배속에서
떨어진 世紀의 私生兒-
(친구여 제비 나 一脈通함이 있지안혼가)
- 一九三四.봄 柳京에서 -

「제비」 전문[54]

'쌜래 줄 우에 나라니 안저' 있는 제비는 결국 작자 김조규의 다른 자
아일 수밖에 없는데 그 다른 자아는 '추방당한 남국의 망명객', '세기의 사
생아'이다. 표박과 비애의 주인공이다. 「남풍」에서 감지되는 전쟁연상의

1935.10. 82쪽.

54   김조규, 「제비」, 『조선중앙일보』, 1934.5.4.

이미지와는 전혀 다른 제비다. 1934년 유경柳京에 온 봄을 맞이하면서 그 봄이 봄 같지 않단다. 유경이 어떤 곳인가. 개화바람을 타고, 기독교의 영향 아래 자유주의 사상, 민족의식이 서북인 특유의 강고한 기질로 육성되던 공간, 평양이다. 그 유경에 봄을 따라 날아온 제비를 '남국의 망명객'이라 했다. '망명객'은 제비에 이입된 시인 자신이니 「남풍」의 '청연'과 무관하지 않다.

1935년 『崇實活泉』에 발표한 「北으로 띠우는 便紙—破波에게」에 나타나는 쪽빛 날개의 제비도 북쪽으로 간 망명객이다. 시가 세계의 자아화이고, 시적 화자는 결국 시인 자신이기에 "제비=나라 잃은 망명객=김조규"가 성립한다. 이것은 자신이 살고 있는 평양이 자기 땅이 아니라는 말이다. 국토 상실의 고통이 원망스러운 정신적 상처로 변용되는 현상이다.

그렇다면 「남풍」의 제비를 태평양전쟁과 연관된 이미지로 읽는 문제를 다시 따져 보자. '피의 弧線 바다의 幾何學은 壯熱하거니'에서 비행기의 전투하는 모양을 제비의 나는 모양에 오버랩시켜 '靑燕=일본 비행기'로 상상하는 것은 절체절명의 공중전을 치르는 전투기에 대한 적절한 비유가 못 된다. 전투기가 호선을 그릴 때는 적탄에 맞아 떨어질 때이고, 전투 중에는 불을 뿜으며 직진한다. 공중전을 벌이는 비행기는 급박하게 선회하는 예각의 호선이기에 제비가 그리는 유연한 호선과 다르다. 「남풍」의 청연의 호선은 완곡하여 자연스럽고, 평화스럽다. 물을 차고 오르는 푸른 빛깔의 제비다.

작품 밖의 사실을 기준으로 삼으면 '청연'은 일본 비행기가 되고도 남는다. 그 시간 일본은 태평양전쟁에서 승리를 확신할 만큼 도처에서 전쟁의 기선을 잡고 있었기 때문이다. 「남풍」이 게재된 1942년 3월 7일자 『매일신보』는 일본 비행기가 미국 비행기를 73대나 격추시켰다는 등 무시

무시한 승전보로 전 지면을 도배했다.[55] 그러나 사정이 그렇더라도 「남풍」
은 일본군의 승전보 묘사일 수는 없다. 이 작품의 주체는 분명히 "앵글로·
색손"이기 때문이다.

　　남풍이 부는 봄소식을 전하는 서정시가 친일시로 읽히는 작품이 또
있다. 「남방 소식」이다.

　　　　南쪽으로 쏠린 들窓 넘어로
　　　　머얼리 바다의 손님이 찾어온다

　　　　太陽이 水平線 밋을 기인다
　　　　蒼空을 덥는 嚴肅한 바다의 構圖

　　　　한줄기 흘으는 거리의 感傷이 안이다
　　　　한덩이 밋트로 쌀어안는 茶盞의 倫理도 아니다

　　　　累累千年 흘러온 太平洋의 經綸
　　　　太陽을 더부린 宇宙의 旅行

　　　　작고만 南方손님이 들窓가에 설레인다
　　　　아이야 布帳을들어라 우리 正坐하고
　　　　南쪽消息을듯기로하자

　　　　　　　　　　　　　　　　　　「南方消息」[56]

55　蘭印首都 바타비아 完全攻略 / 皇軍자바市에無血入城 / 抵抗敵을 擊破進擊, 쟈바島孤立
　　無援. 敵機七十三機擊墜破.裝甲車等三十輛擊破.魯西大平原에殲滅戰.南總督今日東上'…
　　『매일신보』, 1942.3.7.

56　김조규, 「南方消息」, 『매일신보』, 1942.3.19.

이 시의 '남방손님'이란 누구인가. "작고만 南方손님이 들窓가에 설레"이는 존재다. 그렇다면 그것은 남쪽으로부터 오는 봄소식이다. 그런데 「남풍」처럼 「남방소식」의 "남쪽" 이미지를 당시 일본이 치르고 있던 남방전투와 연계시켜 이 작품을 친일시로 규정하려 한다.

임종국, 최삼룡으로 대표되는 이런 독해는 이 작품을 둘러싼 주변 상황이 그 근거다. 이 시가 발표되던 시간 『매일신보』, 『매신사진순보』, 『만선일보』는 "신가파함락新嘉坡陷落 , 적군무조건항복敵軍無條件降伏'이라는 기사를 연일 탑으로 뽑았고, 라디오 역시 그것만 알리며 잔치판을 벌였다. 그 뒤도 연일 일본군이 남방에서 연전연승한다는 승전보가 신문과 라디오를 뒤덮었다. 이런 사실을 염두에 둘 때 '南方손님' '南쪽消息'은 일본군과 관련될 수 있다.

앞에서 언급한 바와 같이 김조규 시에 나타나는 '南'은 안주의 땅, 고향의 개념이기에 남쪽 소식을 그렇게만 읽는 것은 이치에 맞지 않다. 고향을 떠나 북쪽으로 흘러간 이민들이 북쪽은 더 이상 밀려날 곳이 없는 신산고초의 땅이고, 거기서 생각하는 행복 고착지가 "남쪽"이란 것이 "남쪽"의 원관념이다. 「남방소식」의 시적 화자기 '南方손님이 들窓가에 설레인다.'고 한 것은 그런 행복 고착지로부터 오는 봄소식이기에 '설레인다'. 북쪽의 긴 겨울이 드디어 끝나고 봄소식이 오니 마음이 설렐 수밖에 없다. '한줄기 흘으는 거리의 感傷'이라는 구절 역시 '茶盞의 倫理'와 호응되어 발산하는 봄기운이다. '南쪽으로 쏠린 들窓 넘어로 / 머얼리 바다의 손님이 찾어온다.'는 봄이 되어 제비가 먼 남쪽에서 오는 것의 비유다. 김조규 시에서 '남쪽'의 심상이 행복한 고향으로 표상되는 것은 「남풍」, 「남방소식」 이전의 작품에서부터 나타난다.

네가 저녁이면 南쪽 바라지를 연다지
그렇게 검든 네 얼골이 파리하지나 않었니?

大陸의 여름은 몹시 뜨겁다드라

들판의 氣候는 몹시 거츨다드라

웬일인지 들창에 턱을 고인 네얼골이 햇쓱해만 보인다.

뜰ㅅ가에 높이자란 高粱잎파리가 네풀은 노스탈쟈를 어지럽히 지나 않니

(한밤에 세치(三寸)나 여름은 자란다는데-)

제비의 쪽빛날개가 네들창을 두드리면

季節의 부푸른 消息에 고달픈 네 마음은 운다지

뭉게 뭉게 모깃불의 하-얀 煙氣가 追憶을 그리며 天井으로 기여 올은다.

밤-煙氣속 네얼골이 또다시 파리하다.

南쪽이 그리우면 黃昏을 더부리고 먼-松花江ㅅ가으로 逍遙해라

노래가 그리우면 아아 흘러오는 胡弓의 旋律을 조용이 어루만지거라

바람과 季節과 疲勞와 네나히밖에 너를 쌓안는 아무것도 없지?

異域의 胡弓소리는 미칠듯한 鄕愁를 눈물겨운 寂寞으로 이끈다드라

아아 저녁마다 네 마음의 徘徊는 南녁 하늘에 이른다지

그렇게 굵던 네 목소리가 가느러지지나 않었니

子正- 풀은 寢室을 두드리는 이슬ㅅ소리에 밤이 깊다

-乙亥 六月-[57]

---

57 김조규, 「北으로 띠우는 便紙-破波에게」, 『崇實活泉The soongsillwuallchun』 NO. 15. 1935. (平壤崇實學校 學生 YMCA文藝部) 82~83쪽.

「北으로 띠우는 便紙―破波에게」는 김조규가 숭실전문 3학년 때 쓴 작품이다. 이 시는 고향을 떠나 북쪽으로 간 파파에 대한 문안이다. 파파는 밤이면 南쪽 바라지를 열고, 마음은 南녘 하늘에 이른다는 말을 듣고, 시의 화자는 그런 파파에게 南쪽이 그리우면 松花江ㅅ가으로 逍遙하며 그리움을 달래라고 말하고 있다.

김조규는 「北으로 띠우는 便紙-破波에게」를 『숭실활천』에 발표하였다. 이런 사실은 이 시가 숭실전문 학생과 직원, 선후배 또는 그들의 가족, 그러니까 최소한 수백 명을 독자로 삼는 잡지의 정서를 등에 업겠다는 의미다. 당시 숭실전문은 일제의 신사참배 거부로 자주 일경과 충돌하던 사실을 전제하면 파파가 북으로 떠나 "南쪽"을 그리워하는 것은 숭실가족의 그 민족정서의 다른 모습이다. "네가 저녁이면 南쪽 바라지를 연다지.", "네 마음의 徘徊는 南녘 하늘에 이른다지."와 같은 구절의 "南"은 남쪽에 두고 간 고향에 대한 그리움이자, 일제에 대한 반감을 표상하는 숭실가족의 감정이다.

이 작품 말고 다른 작품에서도 '남'은 고향, 혹은 민족의 의미로 표상된다. 1936년 3월에 발표한 「다시 北으로-破波에게」라는 시에 나타나는 "南쪽", "南方"의 의미자질도 「北으로 띠우는 便紙-破波에게」의 그것과 동일하다. 가난에 찌든 고향을 버리고 살기 좋다는 북쪽으로 왔지만 북쪽은 노스탈쟈가 백양목 가지에 걸려 얼고, 호궁 소리까지 얼어붙는 이방이라 고초가 막심하다. 그러나 '남쪽'은 그런 북쪽과 달리 햇볕 따스한 생명의 공간으로 표상된다. 이런 시의식은 그 정도로 끝나지 않고, 「仙人掌」(1941.11.) 등에 지속되다가 「귀족」에 이르러서는 1940년대 초기 김조규 시의 정점으로 심화된다.

「貴族」과 반달족

1944년 4월 『조광』지에 발표된 「귀족」은 우선 발표시간, 발표지의 성격이 이 작품을 구속한다. 채만식이 「보도특별정신대귀환보고좌담회」에 나와서 끔찍한 정신대 탐방 귀환보고를 하고,[58] 「결전정총대정담회決戰町總代鼎談會」, 「統帥强化와 비상조치」 등의 무서운 글과 함께 「귀족」이 발표되었기 때문이다. 그뿐 아니라 "「데모그라시」의 騷動을 拒否한다", "神의 冒瀆을 저들 「近代」의 群衆으로 부터 奪還한다", "「自由」의 賤民들의 跳梁을 抗拒한다."는 구절이 「보도특별정신대귀환보고좌담회」, 「결전정총대정담회」와 같은 맥락을 형성하는 분위기 때문이다.

정황이 이렇지만 이런 군국주의와 야합을 선언하는 듯한 표현과 정면으로 부딪치는 어구가 작품의 중앙을 통과한다.

> 神話는 歲月과함께 늙어 歲月처럼 새로운 東方의 이야기
> 힌구름을 타고 東方에 나려왔노라
> 祭壇을 쌓고 나뭇가지를 꺾어 한울에게 焚香했노라

이런 시행이 분사하는 시적 진실은 분명히 이질적이다. 곧 "동방", "한울", "제단"이라는 어휘는 우리 민족의 단군, 大倧敎 사상을 연상시키는데 "귀족", "데모그라시의 騷動"과 같은 시구는 일본을 연상시킨다. 이런 점에서 「귀족」이 분사하는 시적 진실은 복잡하고 심각하다. 독립성을 띠는 이미지가 제 각각 따로 놀고, 시인의 주관성이 메타포를 형성한다. 이

---

58 蔡萬植, 「報道特別挺身隊歸遷報告座談會」, 『조광』, 1944.4., 48쪽. 이 좌담회에 김기진도 참석했다

런 기법은 김조규가 『맥』 동인시절부터 익힌 그 초현실주의 시의 기법이
부리는 조화로 판단된다. 작품 자체를 정독해 보자.

맑게 개인 蒼空이었고
언제나 푸른 바다이었다.
이가운데서 마음은 머언 宇宙를 생각하며 살어왔다

오오 우러러 모시기에 高貴한 民族의 古典
信念은 물줄기로 흘러 永劫에 다었고
神話는 歲月과 함께 늙어 歲月처럼 새로운 東方의 이야기
힌구름을 타고 東方에 나려왔노라
祭壇을 쌓고 나뭇가지를 꺾어 한울에게 焚香했노라

「데모그라시」의 騷動을 拒否한다
神의 冒瀆을 저들「近代」의 群衆으로 부터 奪還한다
「自由」의 賤民들의 跳梁을 抗拒한다.

맑게 개인 蒼空이였고
淸澄을 자랑하는 天帝의 後裔이다
그러므로 지금 東方은 손을 들었노니
「高貴의 破壞를 물리쳐라」
「東方을 擁護한다. 반달族의 闖入을 否定한다」

(昭和 十八年 十月)

「貴族」 전문[59]

---

59   金朝奎, 「貴族」, 『朝光』, 제10권 제4호, 1944.4. 121쪽.

'귀족'이라는 어휘가 고약한 의미를 투사한다. 사람은 귀천이 있다는 뜻을 풍기고, 이 작품이 창작된 시간을 고려하면, 존귀한 어떤 존재(일제)가 그렇지 못한 다른 존재(조선)을 다스리면서 이끈다는 뉘앙스를 발산한다. 이런 독해는 식민지를 체험한 우리의 트라우마 때문인지 모른다. 그래서 이 작품은 일찍부터 '친일 시'로 읽혔다. 임종국이다. 그러나 당장 '반달족' 이라는 어휘가 이런 독해에 길항拮抗한다. 「귀족」의 결구가 "「東方을 擁護 한다. 반달族의 闖入을 否定한다」"라는 구절이 이 작품의 주제로 판단되기 때문이다. 반달족이라는 존재는 2세기 말부터 로마제국을 파괴한 점령군 이었기에 보통 침략자로 통한다. 이것이 일제말기 문학에서는 '반달리즘= 파시즘'이라는 의미[60]로 쓰였다. 그렇다면 「귀족」에서 파시즘의 주체가 누 구인가. 다시 말해서 누가 침략자인가. 일본인가 미국인가 영국인가. 김조 규가 일본의 신민이라는 처지에서 보면 침략자는 미국과 영국이 되겠다. 하지만 김조규의 심상지리에 일본은 존재하지 않는다. 일본은 조선을 식 민지로 만들고 만주까지 먹으려고 중일전쟁을 일으켰고, 하와이 진주만을 선전포고도 없이 일요일에 기습 공격하여 태평양전쟁을 일으켰다. 일본이 침략자다. 그렇다면 반달족은 일본이다.

김조규에게 '침략자=반달족'은 일찍부터 그의 글에 나타나는 추방의 대상이다. 「어두운 精神」에 등장하는 그 반달족이다.

"바-바리즘"에 對한 抗拒 學園에서 "반달"族을 追放하라訓戒의 國境을넘어선 "사-디즘의排擊
"바-바리즘의 敎育的 解釋을 몰으는 나는 그러기에 "페스탈롯 치"는 안이다. "페스탈롯치"가 되려고도안한다. 그러므로 나는 勤實

---

60   김윤식, 『일제말기 한국작가 일본어 글쓰기』, 서울대학교출판부, 2003. 181쪽.

하고 훌륭한先生이 안이요게으른 知識勞動者다. 내가學生에게가르
칠것이무엇인가? "알파벳"과 簡單한 綴字박게 내가무엇을 말할것인
가? (十一月十一日 於朝陽川)[61]

김조규가 조양천농업학교 교사가 되어 쓴 일기의 한 대문이다. 교육
자로서의 소임을 제대로 하지 못하는 것에 대한 자책이 심각하다. 그 가운
데 진리의 전당, 학교에 침략자가 들어와 있는데 그것을 축출하지 못하는
것을 고민하고 있다. '學園에서 "반달"族을 追放하라'라는 '훈계'는 국경을
초월하는데 그것을 실행하지 못한다는 것이다. 그래서 "八百餘의 눈瞳子
눈瞳子 나에게 가르쳐주기를 말하는 마음과 마음 그러라 諸君에게 할말은
至極히만타 그러나 또한 한마디도 업다."며 자책한다. 이 비허구산문의 "반
달족"이 누굴 지칭할까. 말할 것도 없이 일본이다. 어릴 때부터 민족의식이
유별나고, 숭실전문을 졸업한 뒤는 불령선인으로 찍혀 일본 유학도 못하고
만주로 간 김조규에게 일본은 민족감정 운운하기 전에 이미 원수다.

역사상의 반달족은 영미의 조상이다. 그러나 「어두운 정신」의 '반달
족'을 따지고 들어가면 바-바리즘이 나타난다. 바-바리즘barbarism은 미개라
는 말이고, 그 미개한 반달족은 민족 대이동 때 게르만의 한 부족으로 로
마를 침략한 중심 세력 동게르만 민족을 지칭한다. 동게르만 민족이 세운
대표적인 나라가 독일, 네델란드, 덴마크, 스웨덴인데 그 중에 게르만 민족
임을 크게 내세우며 민족국가의 틀을 단단히 세운 나라가 독일이다. 범게
르만German주의라는 말은 게르만 국민국가와 동의어 개념이다. 범게르만
은 독일제국을 중심으로 전 게르만 민족이 단결하여 세계제패를 달성하려
는 국가사회주의로 발전하였다. 그러니까 반달족의 배후에는 범게르만주

61   김조규, 「어두운 精神」, 『만선일보』, 1940.11.19.

의가 자리 잡고 있고, 일본과 독일, 이태리는 군사동맹을 맺은 추축국이니 김조규가 어느 편인가는 자명하다. 그렇다면 '반달족 追放'은 '反帝運動 추방' 곧 일본의 추방이다. 그러나 외연은 '침략자 추방'이기에 이런 내포의 정체는 쉽게 드러나지 않는다.

정서와 감각의 발현이라는 서정적 특질 외에도 시적 화자는 곧 시인이라는 원리에 기댄 '자아 대 서사'의 구성, 그리고 고백에의 관여라는 서사적 관점으로 시를 이해한다면, 그때의 시는 사실이든 허구든 서사narrative가 특정 목표에 맞춰 인간의 삶의 방향을 지시하거나 바꾸는 기능을 한다. 그렇기에 서술자는 이야기하는 현재의 시점에서 과거 가운데 특정의 사건을 선택해 기억하고 이를 미래의 기획으로 재조직하는 과정을 필연적으로 거치기 마련이다.[62] 김조규의 경우 「귀족」과 「어두운 정신」이 이런 관계에 있다. 그러나 우리의 건국신화 같기도 하고, 일본의 건국신화 같기도 한 모티프가 이리저리 얽혀 서사의 행방이 꼬여, 사실은 일본이 반달족이고, 침략자인 것을 독자는 눈치를 챌 수 없는 통사구조가 되었다. 이것은 이 글의 표현 미숙이 아니라 반달족의 정체를 사실대로 발설하기 어려운 상황을 고려한 글쓰기 전략에 다름 아니다. 바로 나치정권 하의 브레히트B.Brecht가 "진실을 쓰는 다섯 가지 어려움Fünf Schwierigkeiten beim Schreiben der Wahrheit"에서 말한 그 노예언어Sklavensprache 기법이다.

「귀족」에서 따옴표로 처리한 "반달족"은 「어두운 精神」의 그 따옴표로 묶인 "반달족"과 의미가 다른 데가 없다. '東方을 擁護한다. 반달族의 闖入을 否定한다'도 「어두운 정신」의 "바-바리즘에 對한 抗拒 學園에서 반달族을 追放하라 訓戒의 國境을넘어선 사-디즘의 排擊"과 맥락이 닿

---

62   최종렬, 『복학왕의 사회학: 지방청년들의 우짖는 소리』, 오월의 봄, 2018. 432~433쪽.

는다. 왜냐하면 '동방을 옹호한다.'고 할 때의 '東方'[63]이라는 어휘는 김조규의 시를 표상하는 객관적 상관물로 기능하기 때문이다. 그러니까 「붉은 해가 나래를 펼 때-濃霧 속에 보내는 노래」의 그 '동녘', 「이별」(『조선중앙일보』, 1934.4.4.)의 '동쪽', 「新年頌」(『조선중앙일보』, 1935.1.16.)의 '東方', 「東方序詞」(1946.4.14.)[64]의 '東方'과 맥락을 같이 한다. 또 김조규의 첫 시집이자 북한 당국이 최초로 출판한 개인시집 『東方』(『조선신문사』, 1947)의 그 '동방'이다. 시집 이름이 『동방』인 것은 주체 19년(1930) 김일성이 조양천을 방문하여 주체사상 기층망 조직의 씨를 뿌릴 때[65] 김조규가 조양천농업학교 교사로 김일성의 교시를 받았기에 그걸 기념하여 주체사상의 한 징표로 삼기 위해 붙인 이름이다. 이렇게 김조규에게 "동방"은 민족의 자존정신을 압축하는 원관념이다.

그가 '동양'이라는 어휘를 써야할 경우, 옛날부터 조선이 중국과 함

---

63 '東方'은 '東洋'과 다르게 옛날부터 우리 민족을 지칭해 온 말이다. '東方禮義之國. 三千甲子東方朔' 등이 그런 예이다. '동방삭'은 중국의 역사에 나오는 인물 이름이지만 우리나라에서는 삼천갑자가 수명이 긴 인물을 상징하는 설화로 변이되었다. 이때 '東'은 반드시 '東方'이지 '東洋'은 아니다. 김조규가 '동방'이라는 어휘가 숱하게 들어가는 시를 쓰던 그 시간, 변절한 33의 한 사람 朴熙道가 창간한 친일잡지 『東洋之光』도 이름이 '동양'이지 '동방'은 아니다. 그리고 『동양지광』 창간호(1939년 1월호)에서 종간호(1945년 5월호)까지 이 잡지에 게재된 제목에 "東方"이라는 어휘가 쓰인 예는 없다. 「東洋文化と日本精神」(金漢鄉, 1939.2월호), 「東洋文化の發展と日本の使命」(井上哲次郎, 1939.6월호), 「東洋農業と水」(山本武南, 1939.10월호), 「東洋の教育と師道」(乙竹岩造, 1943.11월호)가 그렇다. 사희영, 「잡지 『東洋之光』으로 본 東洋과 西洋-아시아중심주의 모색과 좌절」(대한일어일문학회, 2018) 참조. 일본은 서양에 대한 대립개념 '동양의 섬나라 일본'의 개념이다. 그러나 서양은 애초부터 그런 대립개념이 없었다. 가령 『신약성경』에 '동방으로부터 박사들이 예루살렘에 이르러'(마태복음, 2장일절)라 했다.

64 김조규, 「東方序詞-歷史의 聖山牡丹峯을 노래함」, 『東方』(『조선신문사』, 1947). 『김조규시선집』(1960)에는 「모란봉」이라 개제했고 내용도 많이 개작되었다.

65 사회과학원 주체문화연구소 근대문학연구실, 「항일무장투쟁의 영웅적 현실을 반영한 광복전 김조규의 시」, 『조선문학』 2004년 12월호, 46쪽 참조.

께 쓰던 "東方"을 쓴다. 이런 관점은 동양은 서양의 외부이자 대립물로서, 서구와는 구별되는 본질을 갖는 타자로서 서양이 이성적이고 물질적인 반면에 동양은 감성적이고 정신적이라는 우열관계로 해석하는 것과 관련된다.[66] 그리고 이런 정서가 김조규에게는 일본이 여차하면 꺼내는 동양평화 어쩌고 하는 것에 대한 반감의 징표다. 우리에게 '동양'이라는 어휘는 토지를 수탈하고 온갖 악행을 저지르던 동양척식회사의 그 '동양'을 연상시킨다. 그래서 김조규 시에는 "동방"이라는 어휘만 나타나고 "동양"이라는 어휘는 거의 발견할 수 없다.

「귀족」의 이런 독해는 같은 시간에 쓴 『관서시인집』에 수록된 「侮蔑 속을 거러온 어느詩人의 遺稿抄」에 묶인 「삼등대합실」, 「남호에서」, 「장군 입영하던 날」과 작가의식이 상통한다.

오오 그무서운 季節의 채찍이 오기전 / 나도 어데든지 떠나가리라 / 한마디 告別의 人事도 없이 밤車에 홀로 / (一九四一年 十月 於 間島)[67]

湖水가에 앉으면 / 湖水처럼 停止한 나의 思想이였다 // 조약돌 주어 湖心을 向해 던져 보노니 / 水紋 이여 水紋이여 / 오오 깨여지는 나의 하늘이여 // 가다간 蒼天이 서러워 길가에 주저 앉은때도 있었노 라 / 나의 이웃이 슬퍼 홀로 祖上에게 瞑目할 때도 있었노라 // 언제 머언後日 / 湖水가 가을처럼 맑게 개이는날 / 나는 나의 턴

---

66 Prakash, G.(1990), 'Writing Post-Orientalist Histories of the Third Word: Perspective from Indian Historiography', Comparative Studies in Society and History, Vol.32, p.385.

67 金朝奎, 「三等待合室」, 『關西詩人集-解放紀念特輯』, 平壤市里門里人民文化社, 1946.1. 18쪽.

진돌을 찾어 다시 나아오리라. (一九四三年 四月)[68]

구비 구비 외솔길 고개턱에 닿을 무렵 / 숲속에서는 뻐꾹새 뻐꾹
뻐꾹 슬피 울고 있었다. (一九四五年 六月 於多壽山房)[69]

세 작품이 모두 민족에 대한 애정이 곡진하다. 「삼등대합실」은 1941
년 10월, 「남호에서」는 1943년 4월, 「장군 입영하던 날」은 1945년 6월 작품
이다. 『관서시인집』이 1946년 1월에 나온 해방기념 특집이라는 사실을 전
제하면 이 세 작품은 해방 전 작품이 맞다. 1945년 해방이 되자마자 만든
시집이라 달리 손볼 시간적 여유가 없었고, 이 시집은 필화사건이 되어 양
명문 등이 월남의 계기가 된 북한 문단에서 펴낸 가장 문제적인 시집이기
때문이다.[70] 앞에서 한 말로 다시 말하면 김조규는 숭실전문 시절부터 민족
의 장래를 축원하며 문학의 길에 들어섰고(「붉은 해가 나래를 펼 때」) 굶주린
동포에 대한 애정을 쏟아 부으며 문인으로 자랐으니(「따뜻한 한 그릇 밥이나
마」) 「귀족」, 「삼등대합실」, 「남호에서」, 「장군입영하던 날」의 시의식이 같
은 맥락을 형성하는 것은 당연하다.
　시의 실상이 이러함에도 불구하고, 이 시를 친일시로 규정한 임종국
의 견해는 수정되지 않고 있다. 어떤 연구자는 「귀족」을 '맑고 푸른 이미지

68　金朝奎, 「南湖에서」, 『關西詩人集-解放紀念特輯』 23~24쪽. 숭실대 『김조규시집』과 연변
　　대 『김조규시전집』에는 「南湖에서·1」, 「南湖에서·2」 나누어져 있다. 그러나 이 작품은
　　하나이다. 『관서시인집』이 1946년 1월에 출판된 사실을 고려하면 「南湖에서·1」, 「南湖
　　에서·2」는 개작된 작품인 듯하다.

69　金朝奎, 「張君 入營하든 날」, 『關西詩人集-解放紀念特輯』, 25쪽.

70　유성호, 「해방 직후 북한문단 형성기의 시적 형상-'관서시인집'을 중심으로」, 『인문학연
　　구』 제46집. 2013.8. 조선대학교 인문학연구원, 346쪽.

를 결합하고, 고귀하고 희망찬 분위기를 구성하여 천황을 옹호'[71]한다고 했고, 최근에 발표한 한 논문은 다음과 같은 논리로 「귀족」을 친일 시로 읽는다.

> 서구발(發) "데모그라시의 소동"을 거부하고 "지금 동방의 손을" 든다는 것은 명백하게 파시즘의 동양적 첨단으로서 일제 군국주의에 대한 찬미와 야합으로 돌아서겠다는 선언이나 마찬가지다[72].

이런 해석은 「귀족」을 편의적으로 독해하여 시적 진실을 왜곡하는 행위다. 이유가 뭔가. 작품에 명시된 문장은 "지금 동방의 손을 든다"가 아니라 "지금 東方은 손을 들었노니"이다. "지금 동방의 손을 든다"와 "지금 東方은 손을 들었노니"는 의미가 반대다. "동방의 손을 든다"는 소유격은 "일제 군국주의의 편을 든다는 의미가 되기에 일본에 대한 찬미와 야합이"이 된다. 그러나 "東方은 손을 들었노니"는 "동방이 손을 들었다"는 의미다. "들다"의 주체가 "동방"이고, 동방은 일본이다. 결국 "일본은 손을 들었노니"가 된다. 김조규가 교묘한 의사진술擬似陳述로 내포를 포장한 전략에 걸려든 해석이다. 주격 "東方은"을 소유격 "東方의"로 해석하게 기교를 부림으로써 그때까지 앞의 시적 진실을 일거에 뒤집어 작품의 주제를 감춰 버렸다.

이런 전략이 아니면 제2연의 "힌구름을 타고 東方에 나려왔노라. 祭壇을 쌓고"와 같은 대문은 해석할 방법이 없다. 시는 하나의 유기체로 모든 어휘가 긴장관계에 있는 까닭이다. 맥락이 이렇다면 「高貴의 破壞를

---

71 신주철, 「김조규의 이중적 시 쓰기의 양상과 의미-만주 이주 후~해방전 작품을 중심으로」, 『우리문학연구』 32집, 경인문화사, 2011.2. 341~342쪽.

72 최현식, 「'청년들의 운명', '동방'(들)의 장소성」, 『한국학연구』 제54집, 2019. 35쪽.

물리쳐라,'는 의미는 거꾸로 된다. '高貴'한 존재, 곧 '귀족'이 일본이 아닌 까닭이다. '고귀'는 우리 민족과 관련되는 어떤 것을 암시한다. 신단수 아래 제단을 쌓아 하늘에 제사를 지냈다는 우리의 단군신화에 얽힌 그 "고귀"이다. 이런 점에서 '祭壇'이란 어휘가 또한 문제적이다.

> 神話는 歲月과함께 늙어 歲月처럼 새로운 東方의 이야기
> 힌구름을 타고 東方에 나려왔노라
> 祭壇을 쌓고 나뭇가지를 꺾어 한울에게 焚香했노라

'제단'은 우리 민족이 신단수 아래 제단을 쌓아 하늘에 제사를 지낸 우리의 천신제天神祭의 그 '제단'이다. 지금도 개천절이면 민족의 성적聖蹟인 강화도 마니산 참성단 소사나무 아래에서 이런 천신제가 치러지고 있다. 일본은 제단을 쌓고 나뭇가지를 꺾어 하늘에 제사지내지 않는다. '한울'은 우리의 단군을 가리킨다. 삼랑성三郎城을 쌓고 '한울'을 섬긴 천신숭배사상은 우리 민족의 전통문화이다.

정황이 이러함에도 불구하고 「귀족」의 이런 문화현상을 일본 황실의 천조대신天照大神 신화를 상기시킨다고 하면서 '맑고 푸른 이미지를 결합하고, 고귀하고 희망찬 분위기를 구성하여 천황을 옹호한다.'는 해석을 한다. 이와 같은 인식을 이광수의 「전망」과 대비하여 "이광수의 저 南半球의 女王 오스트레일리아도 / 그 곁에 헤엄치는 뉴질랜드도 / 그만큼 아름다운 하와이도 / 모두 아시아 대륙의 아이들이다 // 한편으로 아시아의 大陸을 정복하며 / 한편으로 太平洋의 섬들을 키우며 / 우리日本은 君臨 한다 / 神의 나라 皇의 나라, 후지산의 나라, 美와 사랑의 나라"[73]라는 시와 동

---

73   이광수, 「전망」 3-4연, 『녹기』 1943.1: 이경훈, 「친일문학의 몇몇 계기들에 대한 고찰」,

일한 궤적 위에 있다고 평가한다."[74] 이광수의 「전망」을 편의적으로 인용해 놓고, 거기에 「귀족」을 분석, 검토하지도 않은 채 천황을 옹호한다는 주장은 비약이다. 그뿐 아니라 일제말기의 문학작품은 문학적 자유를 포기하고 식민지 정치에 순응했다는 고정 관념에 대입되어 작품 해석이 고공비행을 한다. 두 작품의 공통점은 창작 시간은 비슷한 것뿐이다. 그렇지만 「귀족」을 창작하던 시간의 김조규는 초심을 잃지 않고 여전히 자신의 길을 가고 있었다. 『관서시인집』의 「侮蔑속을 거러온 어느 詩人의 遺稿抄」에서 이것을 확인했다.

「귀족」의 성격을 가늠할 수 있는 세 번째 문제는 '나뭇가지를 꺾어 한울에게 焚香했노라' 할 때의 "한울"이 투사하는 의미다. 이 시의 "한울"은 보통명사 하늘이 아니다. 김조규 시에서 '하늘'을 '한울'이라고 할 때는 특별한 의미, 즉 주체적 존재의 상징이다. 大倧敎에서 단군을 지칭할 때 쓰는 그런 "한울"이다. 대종교大倧敎에 「한울집(天宮歌)」이라는 신가神歌가 있다.

화한 바람 불어 오는 한울집
검의 풍악 소리 나는 거기라
빛기둥과 꽃섬돌에 돋는 해
나를 곱게 물들이어 주련다
내몸이 가달에 도리키는 날-
환의즐검 늘 누릴지로다

고운 노을 둘러 있는 한울집

『20세기 한국문학의 반성과 쟁점』, 소명출판, 1992, 222쪽 참조.

74   신주철, 「김조규의 이중적 시 쓰기의 양상과 의미—만주 이주 후~해방전 작품을 중심으로」, 『우리문학연구』 32집, 경인문화사, 2011.2. 342쪽.

복의 샘물 소리 나는 거기라

…(이하 생략)…

「한울집(天宮歌)」에서[75]

『한얼 노래』는 대종교의 신가神歌이다. '믿는 마음을 굳게 하며 사는 기운을 펴게 하는 거룩하고 아름다운 노래'가 신가이다.[76] '곡조 『한얼노 래』'를 편집하고, 「신가」를 지어 책을 만든 사람은 강고한 민족주의자 이 극로李克魯이다. 그렇다면 '한울'은 '한얼'이다. 김조규가 대종교 신도는 아 니다. 그러나 일제말기 만주의 많은 우국지사들이 대종교 신도였고, 대종 교는 발해농장을 경영하면서 독립군의 군자금을 대어 주었던 것을 생각할 때, 김조규도 조양천 등에서 이민들의 간난신고를 체험한 것을 생각하면 그가 기독교 신자라 할지라도 대종교의 정신을 내치지는 않았을 것이다. 그가 대종교를 받드는 잡지[77] 『東光』 출신이라는 사실을 고려하면 더욱 그 렇다.

김조규가 『동광』에 글을 발표하던 시간, 그 잡지는 대종교를 특집으 로 편집하는 등 단군사상을 널리 보급했다. 1926년 11월호 권두에 "한배 檀君像"을 싣고, 「조선고대사연구 일단」라는 제목으로 대종교를 집중 조 명했다.

75　編輯人 李克魯, 「한울집(天宮歌)」, 『곡조 한얼노래(神歌)』, 大倧敎 總本司, 發行人 安熙濟, 滿洲國 牡丹江省 寧安縣 東京城 街東區 第十九牌 三號, 康德九年 六月 十日, 11쪽.

76　『곡조 한얼노래(神歌)』 「머리 ㅅ 말」 ; 개천 4399년 3월 3일 이극로.

77　『동광』이 대종교 잡지인 것은 다음과 같은 현상모집에서 확인할 수 있다.
　　懸賞募集. 課題. 「단군」
　　나신 해. 나신 날. 나신 곳. 즉위 하신 해. 즉위하신 날. 즉위하신 곳. 당신은 어떻게 긔념하
　　였음니까. 이상 일곱 가지를 규정한 서식대로 엄중추첨하여 좌기상을 들임. 1등 현금 10
　　원. 이등 현금 5원. 『동광』 통권 제1권 제7호. 1926.11., 108쪽 참조.

우리는 먼저 우리 自身을 알아야 하겠다. 우리의 현재를 아는 동시에 우리의 과거를 알아야 하겠다. 陰十月三日(十月三日)은 우리의 한배님의 開天하신 날로 정한 날이다. 이째를 당하여 古代史를 한 번 더 돌아봄은 無益한 일이 아닌 줄 안다. -편자 [78]

여기 '한배'는 「귀족」 '한울'이고, 『한얼노래』 「한울집」의 '한울'이다. 그리고 최남선의 「'상ㅅ달'과 開天節의 宗敎的 意義」, 장도빈張道斌의 「檀君史料 一 小發見과 余의 喜悅」, 황의돈黃義敦의 「檀君考證에 對한 新記錄의 發見」, 안자산安自山의 「古朝鮮民族의 二大別」, 정일우鄭一雨의 「한겨레의 피줄」, 김도태金道泰의 「十月 三日을 當하여 檀君을 追慕함」, 이윤재李允宰의 「開天日의 追感」 등의 글은 전부 단군사상 문제인데 전부 천황제를 섬기는 식민지민으로 바뀐 겨레의 처지를 부정하는 논설들이다.

그런가 하면 『동광』은 만주로 떠나는 이민을 위해 「재만동포 조위가」를 가곡으로 작곡하여 실었다. 동포들의 만주이주가 우리가 생각하는 것과 다르다. "따뜻한 내고향을 떠나서 가실적에/ 그 눈물 씻어줄이 없엇네 그 눈물을/거기 거기 그 바람찬 데를/ 어이못해 찾아간 내형제// 멀고 먼 고향하늘 바라고"[79]라고 했다. 희망해서 가는 땅이 아니라 가지 않을 수 없어 가는 길이 만주행이라는 것이다. 이런 『동광』 1932년 1월 신년특집호에 김조규는 「따뜻한 한 그릇 밥이나마」라는 산문을 발표했다. 김조규의 문학이 대종교의 자장 속에서 싹이 트고 자란 원적지 내력이다. 그래서 「귀족」에는 원적지 냄새가 곳곳에 배어있다.

---

78   『동광』 통권 제1권 제7호. 1926.11. 86쪽.
79   李殷相, 「在滿同胞 弔慰歌」, 『동광』, 1932년 2월호, 2쪽.

맑게 개인 蒼空이였고
淸澄을 자랑하는 天帝의 後裔

　'청징을 자랑하는 천제의 후예'와 같은 표현은 「천궁가」의 '화한 바람 불어 오는 한울집', '고운 노을 둘러 있는 한울집'과 정서가 같다. 이런 사실을 근거로 할 때 「귀족」의 "한울"은 배달민족의 객관적 징표다. 따라서 「귀족」은 우리 배달민족에 대한 송축이다.

「林檎園의 午後」와 「馬」와 상상력의 권리

　김조규가 「남풍」, 「남방소식」, 「귀족」에서 핵심어를 초현실주의적 시각에서 접근하는 것은 『단층』『맥』 동인으로 활동하면서 터득했다. 특히 『단층』 제4책에 「馬」, 「실내」, 「壺.1」, 「호.2」, 「벽壁」, 「林檎園의 오후」 6편을 한꺼번에 발표했는데 이 가운데 「마」 「임금원의 오후」가 초현실주의 기법으로 현실을 문제 삼았다. 「마」는 이질적 이미지들이 무질서하게 충돌하는데 거기에다 띄어쓰기 구두점 등이 무시되어 어휘들이 다닥다닥 붙어 있어 시 자체가 무슨 문제로 폭발할 듯하다. 「임금원의 오후」는 그런 구조는 아니지만 시적 화자가 '祖國의 한울이 나려 덮이는' 길손이 되어 떠돌다가 잘 자란 청년으로 '조국'으로 돌아오는데 그 서사에 심상치 않은 무엇이 어른거린다. 그러나 논리나 구문, 미학적인 형상을 거부하는 모호한 문장이 시적 진실을 숨기고 있다. 「임금원의 오후」부터 보자.

붉은 庭園은 풀은 天井을 이고
바다가에서는 少年이 白馬를 戱弄하고

바람이 풀피리를 불며 散策하는데 거울속에서는 붉은 裸像의女
人이 午睡를 滿喫하고 있다.

내가 좋아하는 氷酸의 味覺이 어느 헤바닥에 구으느뇨? 疏林사
이로 기일게 뻗친 힌손手巾이 머언 記憶을 실고 櫓를 저어 櫓를 저
어 찾어온다. 바다 가까운 果樹園의 戀愛를 검은 思索으로 덮든 그
날의構圖.

옷는 草字의 얼골
端雅한 楷書의 모습

어느 가을날 붉은 만도링있는 海邊의 風景과 함께
온하로 그려놓은 少年의落書를 물결이 싫어갔다.

길손은 祖國의 한울이 나려덮이는 船室의圓窓에서 밤마다 時計
盤과 地圖를 드려다 보았고 園丁은 길손이 돌아오면 붉게 爛熟한 열
매 열매를 고이려 하였는데…… 오오 네의 풀은잎새는 네의 엷은 歎
息이었드뇨? 붉은 肉體가 젖어드는밤, 길손이 오기前 讀本의試饌은
물결소리 유달리 처량한밤 바다가였다.

지금 少年은 少年이 않이다.
언덕을 背景하고 少女들은 陳列되는데
林檎園의 午後에 돌아온 길손은
異國製 담배를 피우며 木馬의 表情을 짓고 있다.

　　　　　　　　　　　　　　　　　　　　「林檎園의 午後」 전문[80]

80　김조규, 「林檎園의 午後」, 『斷層』 第四冊, 博文書館, 1940.6. 116~117쪽. 이용악의 시에
　　도 「林檎園의 午後」(1935년 鏡城에 돌아와서)가 있다. 발상이 비슷하다. 이런 사실은 주제

이 작품은 시인의 의식이 현실과 가상세계를 드나들고 있는 이질적인 어휘가 충돌하고 결합함으로써 의미추출이 만만치 않다.

제1연은 청운의 꿈의 표상이다. 화자 소년이 바다 가까운 해변의 과수원 '붉은 정원'에 돌아왔는데 그 정원은 '풀은(푸른) 천정·하늘을 이고, 소년은 바닷가에서 '백마'를 희롱한다. 이성 이전의 의식의 심층에서 나온 일련의 이미지가 자동기술에 의해 은폐되어 의미 파악이 어렵다 하지만 모든 이미지의 회감이 신비하면서 희망적이다.

제2연의 포에지는 제1연과 반대이다. 첫 행은 환상의 자동기술이다. 여인의 나상이 오감을 자극한다. 둘째 문장과 셋째 문장은 섬찟한 이미지가 지배한다. '빙산의 미각, 흰 손수건, 검은 사색'이 노를 저어 온다. 불길함의 예보다.

제3연은 시적 화자의 인상이다. 단아한 모습이다.

제4연은 소년의 현재이다. 그런데 물결이 온 하루 생각한 푸른 꿈을 쓸어가 버린다.

제5연은 길손이 된 소년의 모습이다. 그는 언제나 조국의 '한울'을 생각하며 배를 타고 떠돌았다. 과수원을 지키는 원정은 주인 소년이 돌아오면 숙성한 사과를 바치려고 준비하고 있었다. 그러나 그런 기다림은 탄식이 되고 말았다. '祖國'과 묶이는 '한울'이 「귀족」에서 '祭壇을 쌓고 나뭇가지를 꺾어 한울에게 焚香했노라'의 그 주체적 사유의 시상 전개와 같다.

제6연은 돌아온 길손, 소년과 과수원의 변한 모습이다. 소년은 소녀들이 줄을 서 있는데 외국산 담배를 피우며 '목마의 표정'을 짓는다. 소녀들도 마네킹처럼 진열되어 있고, 말도 목마이다. 길손이 되어 떠돌다가 돌아온 과수원, 그러나 그 과수원은 오전이 아닌 오후, 일상의 번민이 일어나

론 면에서 흥미로운 과제가 된다.

는 시간이다.

이 작품을 난해하게 만드는 첫째 요인은 이미지의 느닷없는 충돌과 이성 이전의 의식의 심층에서 나온 이미지들의 자동기술인데 그것은 시인의 의도적 언술로 판단된다. 가령 '붉은, 풀은, 흰, 검은'과 같은 수식어는 다음에 오는 명사를 제어하려 든다. 그래서 정원, 천정, 소년, 백마, 과수원과 같은 명사의 밝은 언어자질이 의미 실현에 제한을 받는다. 이런 수사형식figure of speech의 중앙에서 여러 이미지와 팽팽한 관계를 맺고 있는 어휘가 "조국"이다. 이 어휘는 지나가는 말처럼 끼여 있다. 그러나 시의 맥락으로 보면 다른 어휘와 역할이 많이 다르다. 제5연의 화자 길손(소년)은 '선실의 원창에서 밤마다 시계반과 지도를 드려다 보았고', '원정은 길손이 돌아오면 붉게 난숙한 열매를 고이려했다'와 관계가 밀접하다.

'네의 엷은 歎息, 붉은 肉體가 젖어드는 밤, 길손이 오기전 독본의 시찬'같은 대문은 의미가 이미지에 가려 있다. 시찬은 남에게 음식을 권하기에 앞서 음식을 점검하는 것인데 그것이 '독본의 시찬'이 되면서 이해하기 어려운 복잡한 의미의 말뭉치가 된다. 그런데 그 말뭉치가 "조국"과 충돌하면서 무엇이 무위로 끝난 것을 아쉬워하는 여운을 형성한다. 결국 이 시의 의미는 '아쉬운 여운'에서 멈춘다. '아쉬운 여운'이 무엇일까. 길손으로 떠난 소년의 귀환이 허사라는 의미다. 이것은 현실에 대한 우회된 부정이다. '임금원의 오후'는 밝은 현실의 시간이나 화자의 의식에 투사된 그것은 미래 부재의 공간이다. 이 시가 특징 있는 이미지들을 동원하여 인간의 본성도 슬쩍 집어내는 표현주의적 작품이지만 현실비판의 시로 독해되는 것은 이런 기법 때문이다.

상상력의 권리로 현실을 오지게 문제 삼는 작품이 「馬」이다. 이 작품의 형식은 낯설지 않다. 이상의 「오감도」 같은 시를 닮아 눈에 익다. 그러나 이런 초현실주의 기법의 시는 이미 한 차례 문단을 거쳐 갔고, 그것도 수입품으로서 상당한 한계를 남긴 시 쓰기로 평가 받는다. 이런 점에서 김조규의 이런 작품은 시의성이 없다. 그런데도 김조규는 이런 작품을 여러 편 창작했다. 『단층』 4책의 「壺.1」, 「壺.2」, 「壁」이 그런 예이다. 그렇다면 그럴 만한 이유가 있을 것이다.

1

내가魚族이되여보풀은여름밤을헤염칠때나는네의華美를슬퍼할줄을모르는나를슬퍼하였다너는네皮膚를欺瞞하며네의肝線을異國産品으로封鎖하나네가먹는冷性飼料는花瓣과같은高熱을낯출수는있을망정레-쓰실같은네의血管을속일수는없다密生한羊齒類植物의불타오르는意慾.너는버얼서휘파람부는魚族일수는없다

2

날맑은날너는雨傘을들고채송花핀꽃밭을걸으며침묵한것은네의四葉클로버를슬퍼함이냐네의裝飾한뒷발통이클로버의軟한잎새잎새를문질으며移動될때슈미-즈와바요렛프레스를입은젊은馬네의얼골은魚族을닮으려하나네의옷고롬엔家具가記錄되였다너는네의四葉클로버의풀은血痕을디오니쑈스의思想이라하느뇨?

3

네가林間호텔의花崗石베란다에앉어꿈꾸는비이너쓰를조잘거릴때다리와다리속으로보이는달과驢馬의컴포지숀아카시아花香이昇華할려는네의脂粉을侮蔑하는밤樹木이흔들릴때마다움직이는縞馬.머얼리구부러진외로운아베뉴를걸어도네의기다리는思想은누어있지않었고네의뿌론드속에선誇張된종다리도울지않었다.

4

달빛속에너를두고달빛속을旅行할때너는달빛보다시원한여름
밤을가졌었다해가우리의思想을忘却한너는밤과낮을꺾우로사는動
物.칼피쓰를빠는네주둥이와수박의붉은살을깨무는힌이빨을너는보
았니?한오리두오리天井에올을사이도없이파잎의구름은흐터지고흐
터지고芭蕉의설음음을同情하는너는그實芭蕉보다슬프다

(뮤-즈여椅子와芭蕉잎사이에넘어진저馬의慾望은누구의것이뇨)

「馬」 전문[81]

제목을 '馬'라 했으니 '말'에 대한 구체적인 사물의 윤곽이 드러나야
할 텐데 그렇지 않다. 겨우 '려마·驪馬', '호마·縞馬'라는 어휘가 '馬'와 공
통분모를 이룰 정도이다. 어떤 인과나 논리도 없이 무의미한 이미지들과
구절의 연속이 통문단을 이루고 있다. 시간과 공간을 초월하고 현실과 비
현실을 초월하는 가상의 세계이다.

시가 왜 이렇게 정서의 형상화도 아니고, 사물의 묘사도 아닌 형태가
되었을까. 시인의 사유가 어떤 통제도 받지 않고 떠오르는 대로 받아쓰는
초현실주의 시의 그 자동기술`ecriture automatique의 형상화 방식을 따르기
때문일 것이다. 내용이 무엇인지 파악하려고 하면 행 구분 무시, 이성 이
전의 이질적 이미지들의 비합리적인 결합이 그것을 방해한다. 기하학적인
통문단 형태는 시인의 내면 풍경을 가학적으로 드러낸다. 초현실주의 기
법은 물론 다양한 형식을 통해 이상理想이나 이념理念을 거부함으로써 꿈
과 현실사이의 경계를 허문다. 이런 자유연상들의 연속과 나열이 시의 인
식영역을 확대한다.

독자에게는 '馬'가 시인의 의식을 퍼 나르는 도구일 뿐 다른 무엇도

81   金朝奎,「馬」,『斷層』第四冊, 博文書館, 1940.6., 111~112쪽(고려대본).

아니다. 그렇지만 「馬」는 '魚族이고, 四葉클로버이고, 꿈꾸는 비너쓰이고, 려마, 호마…'이다. 그리고 다른 무엇이라고 하더라도 그것은 작자의 자유에 속하는 일로 허용된다. 말[馬]을 힘이 세고 달리는 존재로 고정시켜 버리면 이 시의 특징인 비논리의 상상력은 거기서 정지된다. 또 이 시의 다른 어휘들은 굳어버린 화석 같은 관념을 진술하는 산문이 되고 말 것이다. 이 시는 그런 상상의 열림과 닫힘을 전제하고 나서 접근해야 시의 내면으로 들어갈 문이 열린다. 그러나 이 시의 내포를 이루는 무언가 심각한 실체를 이질적 이미지가 뒤엉켜 독해를 방해한다.

정황이 이렇지만 「마」는 시적 화자가 빠져있는 우울한 심경, 절망의 내면을 탈출의 이미지에 실어 시의식을 분사한다. "뮤-즈여 椅子와 芭蕉잎 사이에 넘어진 저 馬의 慾望", 곧 "말의 욕망"으로 시의 끝을 마무리하는 것이 그렇다. 암담한 현실에 갇힌 피식민지민의 내면풍경의 조응이고, 추출이다. 네 개의 통문단 수사형식은 초현실주의 시인 트리스탄 짜라가 「고함치다」라는 시에서 행 구분 띄어쓰기를 무시하면서 '고함치다'라는 단어를 147회 반복함으로써 생명과 자유를 표상한 그 기하학적 상상력, 혹은 메마른 단단함을 연상시킨다.

김조규의 이런 글쓰기는 재만조선인 시단에 영향을 끼친 김기림이 '詩를 感情에게 마껴두는 것은 危險한 일이다. 感情은 混沌하려고하고 肥滿하려고하는 傾向을 가지고 있다. 시를 이러한 肥大症에서 건져내서 그것에게 스파르타인과 같은 健康한 肉體를 賦與하는 것'[82]이라고 하는 그 논리를 연상시킨다. 시를 감정이나 의지의 자발적 표현으로 보는 자연발생설은 워즈워드 이후 범 낭만주의 시나 역사주의 시의 금과옥조였는데 그것과 성향이 맞선다. 그런 작품들은 민족, 역사, 이데올로기, 사상 등을 자연

---

82   김기림, 「現代詩의 肉體-感傷性과 明朗性에 대하야」, 『시원』 제2호, 1935년 4월호, 36쪽.

발생적 방법으로 형상화시켰고, 우리시의 경우 3·1운동 전후의 범낭만주의 시, 그 뒤 카프계열의 시가 그러했다. 그런데 김조규도 그런 육체적 사유를 통해 현실에 내재된 본질적 문제로 바짝 다가가고 있는 형국이다.

김조규는『貘』동인으로 활동하던 시절부터 시의 자연발생적 방법에 쐐기를 박고 의식적 방법을 활용한 시를 창작하기 시작했다. 그 첫 작품이「夜獸-第二節」이다.

밤이 흰낮을 裝飾한다. 芭蕉잎이 시드는 것은 밤이 너무 아름다운 연고다. 네 아버지가 몰핀 中毒이고 네가 充實한 相續을 받았다는 게 얼마나 華麗한 風景이냐. 이地方의 傳說은 말 엉덩이와 殺生과 붉은 慾望. 偉大한 네 엉덩이에도 몰핀注射의 傷痕으로 가득 찼다더라. 네가 熟練한 寡婦이냐. 새빨간 處女이냐. 비오는 날 나는 雙頭馬車를 달리면서 네 血管 속에 흐르는 毒素와 淋菌과 붉어진 네 콧잔등의 腫氣를 빨고 싶은 衝動에 내 鼻汁을 핥았다. 흙탕 속에 박히어 허우적 거리는 말. 말. 말. 차륜. 밤과 내 心臟을 蚕食하며 延命하는 내가 지금 깊은 쏘파에 묻히어 雙頭馬車의 記憶을 파먹음은 밤이 너무 華美한 연고다. 透明한 '안다루자'의 夜曲보다는 內臟이 썩어지는 惡臭가 氣流 속에 가득한 이 거리의 밤이 나는 좋다.

(戊寅 中秋)[83]

이 시의 형식은 「馬」와 같다. 그러나 「馬」만큼 말의 연결이 비합리적이고, 구문이 비정상적으로 급박하지 않다. 밤의 수성적獸性的 기질을 다른 무엇으로 드러내려 한다. 이런 시가 본격적인 초현실주의 시라고 할 수는 없다. 그렇지만 시의 모든 표현이 상투형에 예속을 거부하는 자세는 초현

---

83   김조규, 「夜獸-第二節」, 『貘』第三輯, 貘社, 1938. 15쪽.

실주의 시의 기법과 같다. 김조규가 이런 형태의 시로 진로를 수정한 것은 그의 시가 민족, 역사, 현실 문제를 좀 다른 시각에서 탐색하던 시간이다.

「夜獸-第二節」을 발표하던 시간은 카프가 해산 당한 뒤 현실주의 문학이 맥을 못 추고 지하로 숨고, 『탐구』(1936), 『창작』(1936), 『시건설』(1936.11.), 『단층』(1937.4.), 『자오선』(1937.11.), 『맥』(1938.6.) 등의 동인지가 창간되면서부터 문학은 시대와 거리를 두었다. 김조규가 동인으로 활동하던 『단층』과 『맥』은 파시즘과 식민지 상황의 강화에 따른 절망감과 미래 부재의 현실을 초현실주의 기법을 통하여 극복하려 했다. 이 두 동인지는 특히 휴머니즘 정신의 회복을 꾀했다. 그러나 시대는 일본의 군국주의 천하로 급변해 갔기에 대부분의 시인들은 초현실주의적 창의력 해방으로 '새로운 정신esprit nouveau'을 추구하기보다 시대의 대세를 탔고, 그런 기류에 따라 우리말과 일본말로 작품을 쓰는 이중적 글쓰기를 하거나, 아예 일본어를 모국어로 삼는 문인까지 나타났다.

문단 사정이 이렇게 변할 때 모더니즘계 선두 주자 김기림과 정지용은 시에서 내용과 형식의 대등론을 제기하고 나왔다. 앞에서 말한 김기림의 '詩를 感情에게 마껴두는 것은 危險한 일이다.'와 『조선일보』에 연재한 '비밀을 가장하는 일종의 의태擬態'[84]라 한 것이 그런 예다. 그리고 정지용은 「이른 봄 아침에」 같은 작품에서 확인할 수 있듯이 감정노출을 극도로 제한하는 작품을 썼다. 이런 분위기는 마침내 시의 패러다임이 '감정·정서 / 지성'의 대립관계를 형성했다. 이때 제일 먼저 문제된 것이 지성의 감정 조절, 곧 감상성의 배제였다. 그러나 운문에서 감정 배제는 한계가 있었고, 1940년대의 시 역시 자연친화적인 정서를 읊거나, 혹은 시대와의 불화를 감상성으로 포장하며 엄혹한 현실 문제를 피했다.

---

84   김기림, 「의미와 주제」, 『조선일보』, 1935.10.1.~10.4.

「마」는 이런 시대에 대한 김조규의 시적 반응이다. 외연만 보면 현실을 외면한 반이데올로기적이고, 심지어 문학이 추구해야 할 대명제인 인문주의 정신에서 떠난 테크니션의 글쓰기로 인식된다. 첫 구절, '내가魚族이되여보풀은여름밤을헤염칠때나는네의華美를슬퍼할줄을모르는나를슬퍼하였다.'라는 시행은 형식을 기준으로 보면 감정이나 의지의 노출이 없다. 행과 행 사이에 논리공간이 좀 벌어지기는 하나 일반 산문과 다를 바가 없다. 그러나 '내가 魚族이 되어 보풀은 여름밤을 헤염칠 때 / 나는 네의 華美를 슬퍼할 줄 모르는 나를 슬퍼하였다.'라는 대문을 행 구분을 하고 띄어쓰기를 하면 시상에 '외로운 말馬'의 모습이 잡힌다. 그렇다면 「마」는 단지 형식적으로만 감정의 자연발생을 배제하는 초현실주의 기법을 차용하였을 뿐 그 내포에는 무엇이 숨 쉬고 있다.

김조규는 근본이 인문주의자이다. 그는 생래적으로 인간애를 근본으로 삼는 기독인으로 자랐고, 그의 뼈를 굳힌 토양은 민족자존을 지킨 반골의 서북지역이고, 사상적으로 단군을 섬기는 대종교의 자장 안에서 태어난 문인이다. 하지만 제2차 세계대전이 발발하고 일본이 독일, 이태리와 손을 잡은 추축국으로 연합군과 맞서는 1940년대에 오면 그의 시도 형식 조절을 한다. 그는 정서나 의미를 시화하기보다는 감정 억제의 즉물시 형태를 취하고, 내포는 사상, 신념을 역사와 연계시키는 사유를 했다. 당시 그의 시는 민족이나 이데올로기 문제를 직설적으로 토로하지는 않는다. 하지만 그의 시는 시를 쓰면서부터 현실을 문제로 삼은 그의 문학의 고유 명제인 인본주의를 실현하려 한 동일한 상황 안에 그대로 앉아 있었다. 그때 선택한 초현실주의 기법은 현실을 초월한 것이 아니다. 단지 현실을 초월한 듯한 자세를 취했을 뿐이다.

절망적 현실을 힘의 상징 '馬'를 슬픈 '馬'로 위장하여 시대와 동행하는 자세를 취하고, 일반 독자가 아닌 독자에게는 쇠락해가는 민족에 재활

욕구를 말의 힘을 상징으로 자극하려는 것이 「마」의 실체다. 「마」에는 「임금원의 오후」 같은 창이 없다. 시적 화자는 방안에서 잔뜩 호강을 누리는 듯하다. 하지만 사실은 방안의 파초보다 슬픈 존재이다. 그리고 그곳은 '아베뉴를 걸어도 네의 기다리는 思想은 누어있지 않었고 네의 뿌론드 속에선 誇張된 종다리도 울지 않는' 비정의 닫힌 공간이다. 이미지가 뒤엉켜 공통성을 찾을 수 없으나 그것이 형성하는 내포는 철학적 언술을 빌려 무엇을 검증한다.

「마」 3연의 '기다리는 思想'이 무엇일까. 정체가 잡힐 듯하나 잡히지 않는다. 「마」가 1940년 6월에 발표되어 검열로부터[85] 자유롭다고 할 수는 없다. 또 수상쩍은 여운을 남긴다. 「마」가 가상공간에서 작가가 하고 싶은 말을 방언方言[86]처럼 내쏟는 것이 그렇다. 독자와 무관한 시인만 아는 말을 한다. 방언은 주술이고 그 주술은 영험을 동반한다. 따라서 이런 작품에 대한 독해는 상상력을 통해 탐색할 수밖에 없다. 정황이 이렇기에 「마」는 감상을 배제하고 시대의식과 유관한 지성, 사상적 사유로 그 내포 추출을 시도하는 것이 맞다. 이런 이해는 당시 『단층』을 이론적으로 뒷받침하던 양운한楊雲閒의 논리가 시사한다.

今日의 詩는 確實히 知的傾向이다. 내가 知的傾向이라고 하는
것은 今日의 시가 무엇보다도 思考的이라는 것이다. 그래서 今日의
詩의 特徵은 思考를 喚起시키는 것이 價値的이다.

---

85 오장환의 「전쟁」에 '삭제' 도장을 찍은 경성제대 법문학부 출신 金聲均이 1940년대 초까지 검열업무에 종사했다. 총독부 도서와 사무관으로 사상문제를 전문적으로 검열하는 쿠사부카소지草深常治는 그의 제일고보 제자 이효석을 끌어넣어 전문 인력으로 충원했다. 그러나 이효석은 그 일을 곧 그만두었다. 정근식, 「일제하 검열기구와 검열관의 변동」, 『대동문화연구』 제51집, 성균관대, 2005. 31쪽 참조.

86 성령을 받은 신자가 습득한 일이 없는 언어를 무아의 상태에서 하는 말.

思考를 置重한다면 今日의 詩를 哲學的이라고 볼수있다. 또 哲
學的이라고 할지경이면 今日의 詩는 또 抽象的이다.[87]

『단층』에 발표한 이 글은 김조규가 1940년 중반의 시점에서 「馬」와
같은 산문도 아니고 운문도 아닌 외연은 '지적경향'이면서 내포는 '철학
적·추상적'인 시를 쓰는 이유를 암시받을 수 있는 평론이다. 암시인즉슨
1940년 6월, '今日의 詩의 特徵은 思考를 喚起시키는 것이 價値的이다.'라
는 말이다. 「마」 제4연에서 이런 점을 확인할 수 있다. 먼저 행 구분, 띄어
쓰기, 구두점을 조금 바꾸어도 이런 특징을 감지한다.

　　달빛 속에 너를 두고 달빛 속을 旅行할 때 너는 달빛보다 시원한
여름밤을 가졌었다.
　　해가 우리의 思想을 忘却한 너는 밤과 낮을 꺾우로 사는 動物.
　　칼피쓰를 빠는 네 주둥이와 수박의 붉은 살을 깨무는 흰 이빨을
너는 보았니?
　　한오리 두오리 天井에 올을 사이도 없이 파잎의 구룸은 흐터지고
흐터지고 芭蕉의 설음을 同情하는 너는 그實 芭蕉보다 슬프다
　　(뮤-즈여 椅子와 芭蕉잎 사이에 넘어진 저 馬의 慾望은 누구의 것이뇨)

'너'가 머무는 공간은 밀폐되어 있다. 천정을 쳐다볼 사이가 없다. 희
망이 없다. 너는 '슈미-즈, 칼피쓰를 빠는 네 주둥이' 등의 어휘를 동원하여
말[馬]을 사상을 망각한 동물이라 말한다. 탈출이 차단당한 공간이다. 이런
차단된 공간은 「馬」와 함께 발표한 「室內」, 「壺」도 동일하다. 「실내」의 화
자는 벽에 갇힌 방안에 갇혀 있고, 「호」는 아예 항아리다. 그래서 파초처럼

87　　楊雲閉, 「詩의 附近」, 『斷層』 第四冊, 博文書館, 1940.6., 126쪽.

슬프다. 양운한이 「시의 부근」에서 '금일의 시가 지적경향이라고 하는 것은 무엇보다도 사고적이라는 것'이라는 바로 그런 글쓰기다.

「마」가 이렇게 독해된다고 하면 이 시는 절망적 현실에 대한 검증이다. "芭蕉잎 사이에 넘어진 저 馬의 慾望"이 누구의 것이냐고 "뮤-즈"에게 묻는 이 시의 마지막 행에 그런 의미가 숨어 있다. "뮤-즈"가 누구인가. 예술의 영감이나 재능을 불어넣는 여신이다. 그런데 「마」는 갇혀서 뮤-즈가 거두어 주기를 바란다. '너'는 구원되기를 염원한다. 이런 의장은 '너'의 시적 상관물이 '마'가 아니라 다른 무엇임을 암시한다. 다른 무엇이 무엇일까. 당시의 현실일 수 있다. 그러나 알 수 없다. 시인의 가상공간과 독자의 가상공간이 일치되는 것을 시가 막고 있기 때문이다.

왜 이런 알 수 없는 작품이 나타났을까. 1940년대 전기의 문학을 에워싼 시대의식, 정치적 상황과 함께 이 작품이 수록된 『단층』이 지향하던 문학의 가치와 관련될 것이다. 그러나 그렇게 깊게 읽을 당시의 자료가 흔치 않다. 양운한이 「馬」, 「壺」 등을 철학적 시로 읽는 「詩의 附近」 정도이다. '시는 설명을 要하지 않는다. 시는 설명을 요할 때 不完全을 意味한다. 시는 설명의 극한極限이고, 시는 시 외에 아무것도 아니며, 시를 설명할 때 우리는 시 밖에 서 있다.'[88]며 시의 역할을 둘러 말했다. 1940년대 초기의 조선 시를 이렇게 시 자체만 읽으라는 말은 다른 무엇, 그러니까 터놓고 말할 수 없는 무엇을 찾아 자기 나름으로 읽으라는 의미이다. 왜 시가 시 이외의 것은 아무것도 아닌지, 왜 자기 나름으로 이해하라는 것인지, 왜 1940년대 초기라는 시점에 그런 것을 유독 강조하는 것인지 그 이유는 '시의 부근'에 숨어있다.

「마」는 시대를 따라가는 것도 아니고 어떤 절대적 힘을 옹호하지도

88　楊雲閒, 「詩의 附近」, 『斷層』 4冊, 博文書館, 1940.6. 125~127쪽.

않는다. 지나치게 낯설어 기호분해가 안 되지만 시의 보편적이고 영원한 과제인 예술로서의 시의 위의威儀 a dignified mien을 지키는 자유를 누리고 있다. 이런 점에서 「마」는 1940년 6월이라는 시점에서 시가 예술로서 수행할 수 있는 최대치라 하겠다.

「新春集」 6수의 역사의식

김조규는 일본이 하와이 진주만을 기습 공격하여 태평양전쟁이 발발한 이듬해인 1942년 2월 『만선일보』에 「新春集」이라는 이름으로 시 8수를 발표했다. 그 가운데 확인되는 작품은 「1.獸神」(1942.2.14.), 「2.室內」(1942.2.14.), 「3.카페-미쓰朝鮮記」(1942.2.15.), 「4.胡弓」(1942.2.16.), 「7.밤의 倫理」(1942.2.19.), 「8.病記의 一節」(1942.2.19.)이다. '5, 6번 작품은 발견할 수 없다. 구마끼 스또무熊木勉는 「신춘집」 5는 「함형수 프로필」이고, 6은 「葬列」이라 한다.[89] 그러나 「신춘집」 5, 6이 게재되어야 할 1942년 2월 17일 날짜 신문에는 이 두 작품이 게재되어 있지 않고, 『만선일보』는 영인본에서 2월 18일자 신문은 공교롭게도 결본이다.

만약 구마끼 스또무의 주장이 사실이라 한다면 이 두 작품은 검열에 문제가 되어 발표되지 못했을 것이다. 김조규는 1942년에 자신이 편집한 『재만조선시인집』에 「장열」을 수록했는데 시의식이 상당히 심각하여 걸면 걸릴 만한 작품이다.

---

89 구마끼 쓰또무熊木勉, 「1937년부터 1945년까지의 金朝奎의 詩에 대해서」 숭실대학교대학원 논문집 제17집, 1999. 18쪽. 『김조규시집』과 『김조규시전집』에 「함형수 프로필」이라는 시는 없고, 「한 시인의 프로필」이라는 시가 있는데 이 작품에 '1940년 10월 함형수를 만나. 발표지 미상'이라는 주가 달려있다. 그런데 두 시집의 시는 같은 작품이다. 「장열」은 『재만조선시인집』에 수록되어 있으니 시간상으로 보면 신춘집 8수가 연재되던 그 1942년과 일치한다.

原始的인 風樂소리가 흘러가고 素服한 여인이 늦기며 지나가고
갓가운 記憶도 머얼리 黃昏처럼 떠올으고
枯木과 驢馬와 말과 造花의 晚饌 기인 行列이 흐느길때
나는 나의 位置를 슬퍼하고있었다.

「葬列」 전문[90]

　　이 작품은 조선인의 장례 행렬을 묘사하고 있다. 흐느끼며 장례 행렬을 따르는 '소복한 여인', 그 여인은 조선인이다. 중국인은 장례식에 주로 검은 옷을 입거나 우중충한 일상복을 입지 소복단장은 안 한다. 그리고 이 시가 문제적인 것은 장례 행렬이 흐느낄 때 시적 화자는 자신의 '위치를 슬퍼하고 있다'는 것이다. 이것은 자신의 가족 장례, 또는 아주 가까운 사람의 장례이지만 함께 슬픔을 나눌 수 없다는 것, 혹은 누가 죽었는데 미안하지만 그 죽음은 슬퍼해줄 수 없는 성격이라는 의미로 읽힌다. 어쨌든지 이 작품은 조선인의 죽음·장례가 모티프다.

　　그런데 이 작품을 「신춘집」 8수가 연재되던 1942년 2월에 대입하면 큰 사달이 난다. 바로 그때 일제는 싱가포르를 함락했다(1942.2.10.)고 잔치판을 벌였고, 신춘집 5, 6번이 발표될 날짜인 2월 1942년 2월 17일의 『만선일보』 사설 제목은 "신가파함락新嘉坡陷落"이고, 1면은 "英東亞侵略의牙城覆滅", "新嘉坡陷落 敵無條件降伏" "市內에 堂堂進駐開始 政廳等에 大日章旗揭揚"이라는 기사로 차 있다. 다른 면도 같다. 그리고 학예면 문학작품 난에는 「滿洲鮮系開拓歌」 모집에 당선한 작품들을 실었다. 이런 판에 장의 행렬은 가당치도 않다. 그것도 모자라 그 죽음을 향해 '나는 나의 위치를 슬퍼한다.'고 한다면 어떻게 되겠는가. 그럴 때 노천명은 싱가포르 함락 축

90　　金朝奎 편, 『在滿朝鮮詩人集』, 藝文堂(間島省延吉), 1942. 49쪽.

시를 썼고, 김안서는 「씽가포어 뿐이랴」 했으며, 김용제金村龍濟는 '백년의 宿怨 개여서 新嘉坡가 함락한 이날'[91]이라고 한 것을 생각하면 「장렬」은 잔치판 가운데로 운구행렬이 지나가는 형국이다.

「한 시인의 프로필」은 당시 원본이 존재하지 않기에 "屈辱의 분함이 / 그대로 땅바닥에 썩는데도 / 창문은 민족의 얼을 지키고 있는가 / 부뚜막 가엔 東方의 家族들이 / 배고파 웅크리고 있는데"[92] 같은 대문은 논의할 대상이 못된다. 그때 활자화된 사실을 증명할 수 없기 때문이다. "발표지 미상"이 아니라 "발표 불가"의 수준이라 발표될 수 없다. 그러나 「장열」만으로도 파쇼 일제에 대한 김조규의 심리상태가 어느 지경에 가 있는가를 짐작할 수 있다.

「신춘집」 6수는 현실배제의 포즈를 기법으로 장치하고 시의 행간에 시의식을 숨겼다. 『만선일보』가 신문사 자체검열인 데다가 인력부족, 시간부족으로 검열이 제대로 이뤄지지 않기에 그 틈새를 비집고 들어가 글쓰기 목적을 달성하려는 전략이다. 재만 선계문학은 5족의 하나로 조선인 몫의 역할이 존재했으니 그 명분으로 민족의식을 밀포장하여 민족의 존재감을 구현하려 한 결과이다. 그래서 신춘집 6 수에는 당대 어떤 시인의 작품에서도 발견할 수 없는 시적 진실을 발견할 수 있다. 그것은 망명성 역사의식이다.

1942년이란 시간에 관동군이 관리하는 『만선일보』에 「신춘집」 6수와 같은 현실주의 시가 발표되고 읽혔다는 사실은 믿기 어렵다. 만약 『김조규시집』이나 『김조규시전집』대로 김조규가 함형수를 만나, "창문은 민

---

91   金村龍濟. 「눈물 아름다워라」, 『춘추』 제3권 제3호. 1942.3. 75쪽.

92   김조규, 「한 시인의 프로필」, 『김조규시집』, 1996. 숭실대출판부, 132쪽. 이 작품 끝에 "1940.10 함형수를 만나-발표지 미상"이라는 주가 붙어 있으나 이 작품은 시의 내용상 원본일 수 없다.

족의 얼을 지키고 있는가 / 부뚜막 가엔 東方의 家族들이 / 배고파 웅크리고 있는"이라는 「한 시인의 프로필」이 『만선일보』에 발표되었다면 1940년대 전반기 재만조선인 시의 시적 성취는 그것으로 끝난다. 이 작품 한편으로 재만조선인 문학의 성격은 명백해질 것이고 김조규는 저항 시인이 될 것이기 때문이다. 김조규는 당시 『만선일보』 학예면 편집부 기자로 시 게재 권한을 쥐고 있었지만, 「장열」과 「한 시인의 프로필」은 현실주의 시로 그 성격이 너무 강해 문제가 될 것 같아 발표를 보류한 듯하다. 「한 시인의 프로필」은 아주 빠졌다가 뒤에 개작하여 '발표지 미상'으로 처리했고, 그 작품보다 시의식이 약한 「장열」은 김조규 자신이 편집한 『재만조선시인집』에 슬쩍 끼워 넣은 듯하다. 이 두 작품은 여기서 논의하지 않는다. 「신춘집」 6수와 함께 발표되지 않았고, 원본확정이 안되어 함께 묶일 자격이 없기 때문이다.

「신춘집」 1, 「獸神」부터 고찰한다.

이 작품 원본은 1942년 2월 14일자 『만선일보』에 수록되어 있고, 1945년에 편집하고 출판은 1946년 1월에 한 평양 인민문화사판 『關西詩人集』에 '侮蔑속에 거러온 어느詩人의 遺稿抄'라는 제목으로 묶인 김조규의 여섯 작품 가운데 첫 작품으로 수록되어 있다. 김조규 자신이 재만시기를 '모멸 속에 산 삶'으로 규정하는 첫 작품이다.

계집은 疲困하엿습니다
허면서도 오라고 손질을 합니다

公園路의 午後에도 꼿은 업섯습니다
바다ㅅ가에도
南쪽으로 쏠린 들窓 넘어도

계집을 할는 習性을 배웠습니다
金曜日의 밤
계집은 勿論 女人은 안입니다.

붉은'우크레레'風景과
어두운 寢臺의 華麗한 精神과

말이 업고 나도 默하고
개와가치 즐길줄만 아는것입니다

「獸神」 전문[93]

유곽의 현장이 리얼하게 드러나 있다. '개와 가치 즐길 줄만 아는' 짐승의 세계이다. 계집은 피곤하였지만 남자를 오라고 손질하여 불러, 러시아식 화려한 우크레레 풍으로 장식한 방에서, 여자는 말이 없고 남자는 침묵하면서 개처럼 그 짓을 한다. 본능만 꿈틀거린다. 그래서 짐승, 수신獸神이다. 1940년 당대를 야만의 세상으로 인식하고 있다. "공원로, 꽃, 바다ㅅ가, 남쪽, 들창" 같은 밝은 이미지가 이 시의 이런 서사와 역설적으로 얽혀 수신의 세계가 더욱 예각화된다. 얼른 보면 짐승 이야기 같은데 자세히 읽으면 사람 이야기이고 겉은 밝은데 꼼꼼하게 읽으면 속이 썩어가는 세계이다. 행간에 역사의식이 눈을 번뜩이고 있다. 왕도낙토, 도의의 나라라는 만주국의 이면이 짐승의 세계로 응축되고 있다.

「신춘집」 2, 「室內」는 모멸 속을 걸어온 어느 시인의 다른 하나의 모습을 부각시킨다.

---

93   金朝奎, 新春集(1). 1, 「獸神」, 『만선일보』, 1942.2.14. 『關西詩人集』(人民文化社, 檀紀 4279.1.)에는 창작시간이 '1941년 12월'(14쪽)로 되어 있다.

파아란 煙環 속엔 天使가 산다
天使는 憂愁를 宿命진엿다

오늘밤도 말업이
나의 室內로 조용히 天使를 불러들이다.

天井으로 올으는 煙氣는 외로운 憂愁의 舞라한다.

회오리 落葉도 안인
휘파람도 안인
天井과 벗하는 쓸쓸한 思想이라 한다.

가슴을 쿡쿡 쑤신다 오란다卓上時計
손을 드니 열손가락이 透明타

고양이도 안산다 花盆도 업다
외롭지도 안을련다 울지도 안을련다

室內
우리 슬픈 天使는 숨소리 하나업는 室內만이 조타한다.-庚辰 11
월-

「室內」 전문[94]

---

94 金朝奎, 新春集(1). 2, 「室內」, 『만선일보』, 1942.2.14, 『斷層』 第四冊(박문서관, 1940)에도
   「室內」라는 작품이 있다. 그러나 두 작품이 제목은 같으나 다른 시다. '古風한 椅子가 한
   臺 / 庭園에는 달빛이 氾濫허고… // 네얼골이 湖面위에 떠오를때면 / 쏘-다수의 설음을
   깔아앉는다. 달빛이 찬 밤…'(이하 생략) 113쪽.

시적 화자는 천사와 함께 '실내'에서만 산다. 실내는 고양이도 안 살고, 화분도 없고, 감정이나 의지에 대한 통제도 없다. 이 시의 화자는 생명활동이 소실되어가는 유폐된 공간에서 미래에 대한 전망을 포기해 버린 존재다. 더 이상 현실을 이야기하지 않으면서 자신의 절망적 심리를 읊고 있다. 「마」의 화자만큼 메마르고 견고한 존재는 아니다. 지성에 의한 의식이 지배하는 형태는 「마」에 표상되는 이성적 분위기와 다르고 정서가 그래도 자유롭게 토로되는 셈이다. 시의 표면에 흐르는 감상적 분위기는 3·1운동 직후의 절망 탄주의 시를 닮았다. 그러나 「실내」가 그것으로 시적 완성도가 높아지는 게 아니고, 시적 화자가 천사와 동거하는 긴장된 공간에서 완성된다.

천사란 무엇인가. 행복, 희망, 선의 다른 이름이다. 천사는 절대로 비참해지지 않고, 절망하지 않고, 죽지도 않는다. 불행을 행복으로 바꾸고 죽음이 없는 영원한 행복을 보장하는 존재다. 「실내」의 주 문장은 '天井으로 올으는 煙氣는 외로운 憂愁의 舞' 같은데 그렇지 않고 '우리 슬픈 天使는 숨소리 하나 업는 室內만이 조타한다.'는 마지막 행이다. 시적 화자가 고독한 존재지만 그의 도반은 천사다. 이 시의 주제는 여기서 완성된다. 유맹의 처지로 전락한 재만 동포에게 천사의 동거를 알리기 때문이다. 행복의 예보, 또는 기원이다.

「신춘집」 3, 「카페-미쓰朝鮮記」는 아우라가 「실내」와 비슷하나 화자의 처지는 더 심각하다.

너는 물쓰럼이 天井을 바라보며 쓴물을 微笑를 짓고 잇섯고 水族館은 煙氣의 習性으로 저저들고 부풀고 피어올으고 잇섯다. 네의 衣裳이 忘却한네의 일홈을 슬퍼함을 너는 僞善할수업다.네의 옷고름에 家具와 白×이 깃드리기前 네의 "쌀론드"속에서는 煙氣에 醉

한 종달새가 포득거리며 廻天의 意慾에 불타고잇스나 너는 영영 煙
氣에 窒息한 한마리 아름다운 金붕어 그러나 너는 불상한 네의 宿命
을 美化할줄도 몰으고 觀念할줄도 몰으고 醜한 化粧으로 珊瑚를 代
身하려하니 슬프다 琉璃窓은 흐려서 琉璃窓은 흐려서 窓박은 주룩
주룩 밤ㅅ비쌜어지는데 술盞을든 네의 白手가 유달리히고 여윈것은
내가 默하여 담배를 피우는 탓이엇다.

「카페- 미쓰 朝鮮記」 전문[95]

이 시의 화자는 지금 천장을 '물ㅅ럼이' 바라보고 있다. 고독하고 근
심이 가득찬 모습이 「실내」의 화자와 흡사하다. 김조규 시의 화자들은 걱
정, 말 못할 사정이 있을 때 담배를 피워 물고 연기를 내 뿜으며 위를 쳐다
본다. '天井으로 올으는 煙氣는 외로운 憂愁의 舞.'(「실내」)라 하고, '孤獨한
海岸路의 午後가 / 나의 思考를 풀은 天井으로 이끈다.'(「오후」)[96]고 한 그런
천장이다. 화자는 지금 '네의 衣裳이 忘却한 네의 일홈을 슬퍼함을 너는 僞
善할수업다.'며 '카페-미쓰 조선'을 물끄러미 쳐다보고 있다. 너는 왜 조선
인의 의상과 조선인의 이름을 망각하고 이런 카페에서 일을 하는가라는
의미다. 팔려온 동포여성에 대한 연민이다.

이런 우울한 시의식은 '미쓰-조선'이 한 마리 아름다운 '金붕어'로 표
상됨으로써 식민지 타자로서의 메타포가 성립된다. 수족관 속에서 꼬리를
치며 맴을 도는 금붕어는 넓고 자유로운 세상을 갈망하는 객관적 정황을
표상하기 위한 대체물이다. 「실내」의 '천사'와 같다. 수족관은 자유를 구속
하는 환경, 혹은 식민지 지식인들이 자신을 어항에 갇힌 금붕어로 인식하

---

95   金朝奎, 新春集(2). 3, 「카페-미쓰朝鮮記」, 『만선일보』, 1942.2.15. 『김조규시집』과 『김조
      규시전집』에 「카페-'미스'조선에서」라는 비슷한 내용의 산문 장시가 있다.

96   金朝奎, 「午後」, 『단층』 제3책, 1938.3.

게 하는 객관물이며, 그것으로부터 탈출을 꿈꾸게 만드는 심상, 혹은 좌절하는 가련한 영혼을 상징한다.[97] 이런 정황의 언술이 '煙氣에 窒息한 한 마리 아름다운 金붕어', '醜한 化粧으로', '밤ㅅ비 쩔어지는데 술盞을든 네의 白手'와 같은 대문에 이르러서는 식민지 하의 가장 슬픈 존재로 부조된다. 집안의 굶주림을 막으려고, 아니 집안의 평화와 안녕을 위해 싼 값에 팔려온 조선여자이다. 당시 국경을 초월하고, 일신을 집어던지지 않으면 하루 먹을 양식도 구하기 어려운 현실의 한가운데 서 있던 그런 존재에 다름 아니다.

이런 비참한 현실 묘사는 당시 만주국 홍보처가 「예문지도요강」(1941.3.23.)의 창작지침을 위반한다. 만주국은 "사랑이 넘치고 증오가 없는 (只有親愛竝無怨仇)" 것을 만주국 건국가에 넣을 만큼 '유친애有親愛'는 중요한 사안인데 우울과 비애, 퇴폐적 애수는 그 자체로 탈제국주의적인 언어 행위가 될 수 있다. 1941년 2월 21일자 「만주일일신문」에 게재된 「최근의 금지사항-검열에 대해서」[98]를 참고하면 '건국 전후에 있어서의 암흑면의 묘사만을 목적으로 삼는 것, 퇴폐적 사상을 주제로 하는 것' 등은 "주의를 환기"할 8개의 항목에 들어가는 금기사항이다. 만주국의 문학은 명랑하고 건전하게 시국을 따를 것을 지도요강으로 삼았다. 사정이 이러한데 「카페-

---

97 이런 정서가 극단화된 실례가 있다. 시인 李章熙는 大邱府 西城町 一丁目에 일가인 이상화 집과 가까운 거리에 살았다. 이상화가 「빼앗긴 들에도 봄은 오는가」를 쓰던 그 시간, 이장희는 친일 지주 아버지와 불화가 극에 달한 상태였다. 그래서 그는 외출도 하지 않고 온종일 방 안에 들어앉아 어항 속에 갇힌 금붕어만 빈 종이에 그렸다. 그러다가 해가 저물 녘이면 인근 남산동의 성모당 풀밭에 나가 겨우 바람만 쐬고 돌아왔다. 그러던 어느 날 그는 다량의 수면제를 먹고 29세 나이에 자살했다. 지주 아들 이상화가 「빼앗긴 들에도 봄은 오는가」로 시대와 맞섰는데 같은 지주의 아들 이장희는 자신의 처지를 어항의 금붕어나 다름없다고 인식하고 삶을 마감했다.

98 「만주일일신문」 1941.2.21. 오가다 히데키岡田英樹, 최정옥 옮김, 『문학에서 본 '만주국'의 위상』, 역락, 2008. 341쪽.

「미쓰朝鮮記」의 미쓰 조선은 암흑가에서 타락해 가는 여성의 전형으로 묘사되고 있다. 그러나 감정을 통제하는 구두점 무시의 산문체에, 다양한 이미지들이 부딪치는 기법이 그런 의식의 감식을 방해한다. 그래서 시와 시인을 보호한다. 만주국을 비튼 이수형의 「장부의 명령적 해양도」, 함형수의 「정오의 모랄」과 같은 반열의 현실주의 시다.

『김조규시집』과 『김조규시전집』에는 「카페-'미스'조선에서」라는 거의 동일한 이름의 다른 산문 장시가 있다. 이 시는 「카페-미쓰朝鮮記」가 주체문예이론 형성기에 김조규의 다른 작품처럼 김일성 주체사상에 맞춰 개작되어 원작 행세를 하는 작품으로 판단된다. 그러니까 가짜 「카페-미쓰조선기」이다. 대비고찰이 필요하다.

> 너는 '모나리자'의 알 수 없는 미소로 나를 끌어당기고 있었고 불타는 水族館은 毒草煙氣에 취하여 흔들리고 있는데 나는 나라 잃은 젊은이의 설움과 버림받은 나의 인생을 슬퍼하며 술상을 마주하고 있었다. 너의 양 길손 흰 저고리와 다홍치마는 '하나꼬'라는 낯선 異邦 이름과 조화되지 않았으니 너의 검은 머리채 속에는 네가 잃어버린 것 그러나 잊을 수 없는 모든 것이 그대로 숨쉬고 있는 것이 아니냐? 어머니의 자장가와 네가 뜯던 봄나물과 흙냄새, 처마 밑의 지지배배 제비둥지, 밭머리의 돌각담, 아침저녁 물동이에 넘쳐나던 물방울과 싸리비자 담모퉁이 두엄무지, 처마 끝의 빨간 고추, 배추쌈의 된장 맛…그리고 그리고 한마디 물음에도 빨개지던 네 얼골을 후려갈기던 집달리의 욕설, 끌려가던 돼지의 悲鳴, 아버지의 긴 한숨과 어머니의 통곡소리…아아 채 여물지도 못한 비둘기 할딱이는 네 젖가슴을 우악스런 검은 손에 내맡기고 너의 貞操를 동전 몇 닢으로 희롱해도 너는 울지도 반항도 못하고 있고나.
>
> 술상 건너 깨어지는 유리잔과 정력의 浪費와 난폭한 辱說, 순간

에서 永遠한 快樂을 찾는 歡樂의 一大狂亂 속에서 시드는 너의 청춘을 구제할 생각도 없이 웃음과 애교로 生存을 구걸하고 있으니 슬프다 유리창은 어둡고 밤은 깊어가고 거리에는 궂은비 주룩주룩 서럽게 내리는데 "누나가 보고 싶어 누나가 보고 싶어"네 어린 동생의 영양실조의 눈동자가 창문에 매달려 들여다보는데도 너는 등을 돌려대고 내게 술잔을 권하고 있으니

　　아아 버림받은 인생은 내가 아니라 '하나꼬' 너였고나. '미쓰 조선' 너엿고나.

　　1940.10. 도문에서 소설가 현경준을 만나. (발표지 미상)

「카페-'미스'조선에서」 전문[99]

두 작품의 주인공 화자가 똑 같이 '미쓰 조선'인데 「카페-미쓰朝鮮記」는 '忘却한 네 일흠'으로 '미쓰 조선'이고, 「카페-'미스'조선에서」는 '하나꼬'다. 앞의 여자는 이름을 잃어버렸고, 뒤의 여자는 일본 이름이다. 두 여인이 고향을 버리고 북쪽까지 흘러온 조선인 신세인 것은 같다. 그 시절 이용악이 호곡하듯 부르던 조선 여자, '싸늘한 웃음이 소리 없이 새기는 보조개 / 가시내 / 울 듯 울 듯 울지 않는' 그 「절라도 가시내」(1940.8.)와 다르지 않은 여성이다.

「카페-'미스'조선에서」에는 나라 잃은 젊은이의 설움과 버림받은 인생 내력이 리얼하게 표현되지만 「카페-미쓰朝鮮記」는 그렇지 않고 암시되어 있다. 전자는 주제를 강조하느라 산문 장시가 되었고, 후자는 미학적 형상화가 상징이라 단시가 되었다. 「카페-'미스'조선에서」의 '하나꼬'는 '나라 잃은 젊은이의 설움과 버림받은 나의 인생', '집달리의 욕설', '아버지의 긴 한숨과 어머니의 통곡소리, 채 여물지도 못한 비둘기 할딱이는 젖가슴

99　　김조규, 「카페-'미스'조선에서」, 『金朝奎詩集』, 숭실대학교 출판부, 2000. 131쪽.

을 우악스런 검은 손에 내맡기고 정조를 동전 몇 닢으로 희롱해도 너는 울지도 반항도 못하'는 식민지 백성의 고통과 치욕이 직설적으로 토로되고 있다. 거룩한 작가의식과 엄정한 역사의식의 유감없는 토로이다. 「카페-미쓰朝鮮記」는 그렇지 않다. 1940년 10월에 그런 표현의 시가 신문에 게재될 수 없었기 때문이다. 다시 말하면 김조규는 주체문예이론 형성기에 『만선일보』에 발표된 원본 「카페-미쓰朝鮮記」를 수정, 삭제, 보완함으로써 이런 유사품이 되었고, 그것이 '발표지 미상'이 되어 『김조규시전집』, 『김조규시집』에 원본 행세를 하게 되었었을 것이다. '순간에서 永遠한 快樂을 찾는 歡樂의 一大狂亂 속에서 시드는 너의 청춘을 구제할 생각도 없이 웃음과 애교로 生存을 구걸하고…' 사설이 원작과 너무 다르다. 원작의 암시와 압축을 노동당의 혁명이념과 김일성 주체사상의 기반 다지기에 대입하다가 보니 시대를 무시한 저항시가 되고, 사설도 늘어났을 것이다.

이런 번다한 대비고찰이 왜 필요한가. 첫째는 「카페-미쓰朝鮮記」를 연구 텍스트로 삼아도 김조규의 비판적 작가의식을 확인하는 데는 정황이 조금도 달라지지 않기 때문이고, 둘째는 본 저술은 1940년대 전반기 조선시의 실체를 어디까지나 그 당대에 발표하고 읽힌 원작을 연구의 대상으로 삼는 것이 목적이기 때문이다. 셋째는 남겨둔 문화유산이 많은데 그걸 모르고 유사품으로 작품 연구를 함으로써 결과적으로 도로가 되는 것을 막아야 하기 때문이다. 네 번째는 문학연구는 자국의 자랑스러운 작품을 충실하게 고찰하여 문학의 최종가치를 평가하는 것이 목적이기 때문이다. 한편 식민지 치하의 우리 문학 가운데는 작품 자체가 아닌 대중적 인기에 편승하여 고평하는 경우가 있고, 드디어 그것이 전혀 다른 품격으로 평가되는 경우가 있기 때문이다. 「선구자」의 작사자 시인 윤해영이 그런 예다.[100]

---

100 김영수의 『몽상의 시인 윤해영』(우신출판사, 2006)은 「아리랑 만주」, 「척토기」, 「낙토만주」

「카페-미쓰朝鮮記」가 발표되던 시간 『만선일보』에는 "미쓰 半島 / 新人스타-麗人歌手의 花園/ 流線型 カフエ' / 哈爾濱北買買街"[101] 같은 주점 광고가 자주 신문에 떴다. 특히 하르빈에는 카페와 술집이 많았고, 거기 종업원 가운데는 조선에서 온 젊은 여자들이 많았다고 한다. 그 시절의 유행가, '푸른등 꿈을 꾸는 하르빈 차방에 / 담뱃불 피워물고 추억을 안고 / 눈 오는 겨울밤을 눈 오는 겨울밤을 / 조용히 보내면' 하는 「할빈 茶房」(조영암 작사, 김해송 작곡, 이난영 노래, 오케레코드, 1942.3.)이 그런 사정을 잘 알린다. 또 다음과 같은 르포도 있다.

> 카페의 한 구석 안에 손님들의 노는 모양을 보앗다. 알콜의 勢威를 비러 言 壯語하면서 억개 체쭉을 치는 사람 頹廢하고 挑發的인 低級한 流行歌를 스테지에 올라선 歌手나 된 格으로 눈을 스르르 감고 우슴이 나올 地境으로 眞實한 姿態를하고 부르는 사람(이런 사람은 아마 나는 孤獨하고 슬픈 鄕愁때문에 이러케 할수업시 刹那的 陶醉의 方法도 取치 아니치 못한다는 포즈다) 싸닭업시 트집을잡어 自己의 鬱積한 心思를 남에게 轉嫁하려는 사람….
>
> 맥주의 거품과 女給의 팁을 目標로한 우슴에 '노스타르지아'를 씨슬수가 잇슬가?[102]

염상섭의 뒤를 이어 『만선일보』 편집국장을 맡은 홍양명이 목단강성 牡丹江省 전역을 다 돌아다니며 선계鮮系 이주민의 생활상을 보고하는 기행문 가운데 한 대문이다. 이런 사실과 「카페-미쓰朝鮮記」를 염두에 둘 때 김

등으로 친일한 윤해영을 '저항시인'으로 평가한다.

101 『만선일보』, 1942.2.6.

102 洪陽明, 歡樂과 生活 「哈市東滿間島瞥見記」, 『만선일보』, 1940.7.18.

조규는 등단기 문학의 초심을 그 오족협화의 틈새에서도 잃지 않고 한결같이 지킨 시인이다.

「胡弓」의 亡命性 정서

1942년 2월 16일자 『만선일보』에 발표된 「신춘집」 4, 「胡弓」은 『김조규시집』, 『김조규시선집』에 "1940.3. 在滿朝鮮詩人集"이라는 주가 달린 「가야금에 붙이어」와 동일 작품으로 판단된다. 시의 내용이 흡사하고 「호궁」 말미에 '舊稿'라는 주가 그런 추론을 하게 만든다.

왜 "「호궁」=「가야금에 붙이어」"을 문제 삼아야 하는가. 당장 『在滿朝鮮詩人集』에 수록된 시는 「호궁」이지 「가야금에 붙이어」는 아니고 「가야금에 붙이어」라는 이름의 시는 작품 자체가 없기 때문이다. 또 "1940년 3월"이란 창작시간도 근거가 없다. 1940년 3월이란 시간에 "전해오는 이 땅의 슬픈 역사/오늘에 울리어 줄을 튕기느냐?/나라 망하니", "잃었기에 찾아야할/조국의 노래란다."라는 표현의 활자화는 불가능하다. 그런데 그런 시가 관동군의 천하인 만주에서 1942년 10월에 출판된 『재만조선시인집』에 게재되었다고 명시하고 있다. 다시 말하지만 문제는 『재만조선시인집』에 그런 시, 「가야금에 붙이어」가 수록되어 있지 않다. 그렇다면 김조규는 해방 뒤 북한에서 김일성 주체문예이론에 맞춰 시를 개작했고, 그 개작을 원작으로 삼기 위해 "1940.3. 在滿朝鮮詩人集"이라고 처리한 것이 된다. 특히 『재만조선인시인집』을 김조규가 편집한 사실을 전제하면 『김조규시집』과 『김조규시전집』은 위서僞書의 수준에 가 있다.

그러나 「호궁」을 「가야금에 붙이어」로 개작한 것을 나무라거나 그것을 문제 삼을 필요가 없다. 「가야금에 붙이어」가 「호궁」의 위작인 것만 알면 된다. 「호궁」으로도 1940년대 전반기 김조규의 도저한 민족의식을 논증할 수 있기 때문이다. 그렇다면 1942년 2월, 일제가 연합군으로부터 싱가포르를 함락(1942.2.10.)했다고 승리감에 도취해 있던 바로 그 시간인 1942년 2월 16일에 『만선일보』에 발표한 「호궁」이 무엇을 문제 삼고 있고, 그것을 어떻게 말하고 있는가를 확인할 필요가 있다. 「가야금에 붙이어」와 대비 고찰하겠다.

이 거리의 등불꺼진 창문과 함께
너도 슬픈 오늘의 심정이냐?
가야금!

산 하나 없다
둘러보아야 그름 덮인 地平線
슬픈 葬列처럼 黃昏이 흐느낀다.
저녁이 되어도 눈 못 뜨는 창문 안에서
가야금의 줄만 고르는 마음….

가야금아
전해오는 이 땅의 슬픈 역사
오늘에 울리어 줄을 튕기느냐?
나라 망하니 가야산 깊은 산 속에서
마디마디 울리던 애연한 가락

울면서 타는 소리냐?
타면서 우는 마음이냐?

그 소리에 움직여

집집마다 소리 없이 창문을 열고
그 가락에 취하여
길 가던 젊은이들 발길 멈추네

여인아
불러도 오지 못할 옛 기억보다도
저녁이면 등잔에 심지 돋구고
사람들 불러 열두 줄 튕겨야 한다.

자라서도 그리운
어머니의 자장노래
잃었기에 찾아야할
조국의 노래란다

밤새 흐느끼려느냐? 가야금
울지 말고 가거라 저기 산으로,
조종의 슬기가 밀림에서 꽃이 핀다.

가야금 겨레의 마음
아픈 상처 감싸주는
어머니 손길이여
이 밤이 지새도록 튕기고 튕기여라
그 소리에 실려 새벽이 찾아오리
어둠을 타고 앉아 노을이 비치오리
-1940.3-『在滿朝鮮詩人集』

「가야금에 붙이어」 전문[103]

胡弓
어두운 늬의들窓과 함께 영 슬프다

山하나 업다. 둘러보아야 기인地平線
슬픈 葬列처럼 黃昏이 흐느낀다.
저녁이 되어도 눈을 못쓰는 이마을의 들窓과
胡弓의 줄만 골으는 瞑目한 이마을의 思想과

胡弓
아픈 전설의 마디 마디 불상한曲調
기집애야 웨 등잔을 고일줄몰으느뇨?
늬노래 듯고 어둠이 점점 걸어오는데 오호

胡弓 어두운 들窓을 그리는 記憶보다도
저녁이면 燈불을 밧드는 風俗을 배워야 한다.

어머니의 자장노래란다.
잃어버린 南方에의 鄕愁란다

金朝奎, 「가야금에 붙이어」, 『金朝奎詩集』, 숭실대학교출판부, 2000. 130쪽. 『김조규시집』은 다음과 같은 주를 달았다. '작자는 『在滿朝鮮詩人集』에 수록된 것으로 알고 있으나 그 시집에는 없고 발표지를 확인할 수 없음'. '발표지 미상'이라는 말이다. 『在滿朝鮮詩人集』에는 「가야금에 붙이어」가 아닌 「胡弓」(45~46쪽)이라는 이름으로 수록되어 있다. 이것은 「가야금에 붙이어」와 「호궁」이 어떤 관계에 있는지 전혀 몰랐다는 것을 의미한다. 『김조규시집』이 문제가 많다는 사실이 여기서도 드러난다.

4장 시인의 번민과 모색 ——— **463**

밤새 늦길려느뇨? 胡弓

(저기 山으로 가거라 바다로 나려라 黃河로 나려라)

어두운 늬의들窓과 함께 영 슬프다. (舊稿)

「胡弓」 전문[104]

두 작품이 제목은 다르나 발상, 문맥, 이미지의 전개 등이 흡사한 것이 금방 드러난다. '가야금'과 '호궁'이란 악기 이름만 바뀌었을 뿐이다. 「호궁」은 생략과 압축이 심하여 시의 주제 파악이 어려운 편인데 「가야금에 붙이어」는 그 반대이다.

「호궁」을 문제 삼는 것은 5연과 6연에서 '망명성'의 정서를 발견하기 때문이다. 어떤 점이 그러한가.

'어두운 늬의들 窓과 함께', '저기 山으로 가거라 바다로 나려라 黃河로 나려라'라고 읊는 것은 '호궁' 소리가 슬프다는 말이다. 왜 슬픈가. 늬의들이 산으로 가고, 바다로 나리기 때문이고, 호궁 소리가 어머니의 자장가이고, 남쪽에 두고 온 고향을 떠올리지만 갈 수 없기 때문이다. 그런데 이런 '남방'이 태평양전쟁이 겁나게 진행되는 시간과 겹치는 것은 이런 해석을 배반할 수 있다. 일제가 연전연승한다는 태평양전쟁의 '남방전투'를 연상시키기 때문이다. 하지만 이 '남방'은 일제가 자랑하는 그 '남방'과 유사하나 그 남방은 아니다. 남방이 작품 밖의 사실일 뿐만 아니라 이 남방은 같은 시간에『春秋』에 발표한 「선인장」의 남방과 같은 맥락을 형성하기 때문이다.

샤보뎅

---

104   金朝奎, 新春集·3, 「胡弓」, 『만선일보』, 1942.2.16. 『재만조선시인집』, 예문당, 1942.
      45~46쪽.

빗방울 소리난다
샤보뎅속엔 어린 鄕愁가 산다
鳥籠속 보리밭이 머얼듯
샤보뎅의 鄕愁는 머얼다

한낮에도 꿈을 사랑하여
샤보뎅은 그저 외롭단다
年齡을 헤이며 한층더 외롭단다

꽃피면 꿈을 잃는―

그러기에 남모을래 피는 샤보뎅의꽃은 남모을래 잃은
샤보뎅의 꿈이란다.

샤보뎅
午后의 샤보뎅은 불상도 하다. (辛巳八月)

「仙人掌」 전문[105]

　　시의 화자는 시인 자신이다. 즉 '선인장'은 김조규 자신이다. 그런데
화자는 샤보뎅이 '불상'하단다. 샤보뎅의 꽃이 남 몰래 꿈을 잃었기 때문이
다. 잃은 꿈이 뭘까. 선인장이 남국의 식물인 것을 감안하면 잃어버린 꿈은
고향 상실이 된다. 그래서 샤보뎅은 외롭게 나이를 세며 한낮에도 돌아갈
꿈을 꾼다. 북만주에서 나이를 세며 남쪽으로 귀향을 꿈꾸는 존재가 누구
일까. 남쪽의 따뜻한 고향을 잃고 북쪽으로 밀려났던 존재다. "南쪽이 그

105　金朝奎, 「仙人掌」, 『春秋』 제2권 제10호. 1941.11. 121쪽.

리우면 黃昏을 더부리고 먼-松花江ㅅ가으로 逍遙해라 / …( )… / 바람과 季節과 疲勞와 네 나히밖에 너를 쌓안는 아무것도 없지?"[106]라며 「北으로 띄우는 便紙-破波에게」의 그 파파이다. 같은 시간에 쓴 「선인장」의 시의식이 이렇다면 「호궁」의 "잃어버린 南方에의 鄕愁"의 "남방"의 의미자질도 같다고 보는 것이 순리다.

「호궁」은 1942년 2월이라는 시간에 『만선일보』에 발표한 작품이니 압축과 생략으로 시적 의장을 포장할 수밖에 없다. 그런데 「가야금에 붙이어」는 민족의 고유 악기에 기대어 하고 싶은 말을 마음대로 하고 있다. 이것은 "1940년 3월"에 쓴 작품이 아니라는 말이다. "업다. 흐느씬다." 등의 철자법이 "없다. 흐느끼려느냐?"로 바뀐 것 등이 어떤 이유인지 모르나 「호궁」이 원본이라는 사실을 전제할 때 당장 이 작품의 현대철자법을 설명할 수 없다. 시의식 역시 그렇다. 왜 이런 일이 일어났을까. 앞에서 한 말을 되풀이한다. 김일성 유일사상 형성기에 주체문예이론에 복무한 결과이다.

「호궁」의 첫 행은 '胡弓 / 어두운 늬의들窓과 함께 영 슬프다'이고, 「가야금에 붙이어」의 그것은 '이 거리의 등불꺼진 창문과 함께 / 너도 슬픈 오늘의 심정이냐? / 가야금!' 이다. '어두운'이 '등불 꺼진'으로 바뀌고 표현이 더 강화되었다. 주어 '가야금'이 도치되어 그런 기능을 한다. 「호궁」의 '山하나 업다. 둘러보아야 기인 地平線 / 슬픈 葬列처럼 黃昏이 흐느낀다.'는 구절이 「가야금에 붙이어」에서는 '山'이 '산'으로, '업다'가 '없다'로 표기만 바뀌었을 뿐이다. 우리 민족의 전통악기인 가야금이 만주국 국민인 한족漢族의 전통악기 '胡弓'으로 대체된 것 말고는 다른 데가 없다. 다

106　김조규, 「北으로 띄우는 便紙-破波에게」, 『崇實活泉The soongsilwaullchun』 NO. 15, 1935. 83쪽.

르다면 「가야금에 붙이어」는 9연이고, 「호궁」은 6연이다. 개작은 수정 보완이기에 양이 늘어나게 마련이다. 「가야금에 붙이어」가 「호궁」의 자리에 있고, 가야금이 「호궁」 역할을 한다. 이런 현상이 마침내 다음과 같은 논리를 개진하게 만든다.

> 「가야금에 붙이여」는 조선인에게 전승되어온 고유한 악기인 가야금 곡조를 나라 잃은 슬픔과 연결한 후 시적 변환을 거쳐 그것이 어머니의 노래이고 조국의 노래이며 겨레의 마음이고 어머니의 손길이라는 의미를 부여한다. 그런데 이러한 의미 부여와 그에 실려 새벽이 찾아오리라는 시적 진술은 일제 식민지의 시선으로 볼 때 당장 문제될 수밖에 없는 수준의 것이다. 피지배 민족의 전통과 내면 정서를 환기하고 그것의 역설적 심화를 통해 조국의 독립에 대한 의지를 암시하는 것으로 읽히기 때문이다.[107]

이러한 평가가 재만조선인 시 연구에 기여하는 것은 아무것도 없다. 원본확정이 안된 텍스트를 근거로 역사의식과 민족의식을 도출하여 그것을 민족문학의 한 전범이라 하기 때문이다. 1940년대 전반기 재만조선인 문학의 본질 규명은 당시에 활자화되고 읽힌 원작을 통해 이루어져야 한다. 가령 "원작과 개작에 표상된 작가의식의 차이 양상 고찰"과 같은 연구일 때 의미를 지닌다. 그렇다면 이런 사실을 어떻게 설명해야 할까. 이런 추론은 가능하다. "북한이 주체문예이론 형성기에 「호궁」을 김일성 주체사상에 대입하여 개작하면서 '호궁'을 '가야금'으로 대체하였다. 호궁은 중국악기이고, 가야금은 우리 민족의 전통악기라 주체사상 형상화에 더 효

---

107 신주철, 「김조규의 이중적 시쓰기의 양상과 의미-만주 이주 후~해방 전 작품을 중심으로-」, 『우리문학연구』 32집, 경인문화사, 2011.2. 349~350쪽.

과적이기 때문이다."라고.

결론적으로 이런 작품을 텍스트로 삼아 연구를 수행하는 연구는 도로徒勞에 지나지 않는다. 왜 그런가? 「호궁」만으로도 김조규의 도저한 민족의식이 1942년 2월, 그 무서운 싱가포르 함락의 시간에도 지속되는 것을 위에서 확인했기 때문이다.

「病記의 一節」과 「밤의 윤리」를 두른 검은 색대

「신춘집」 7과 8은 「밤의 倫理」(1942.2.19.)와 「病記의 一節」(1942.2.19.)이다. 이 두 작품을 지배하는 정서도 「호궁」과 맥락을 같이 한다.

寂寞한 들을 건너포풀라길에 여름이오면 외로움 보다도 무서움이 압서는 墓地갓가운 언덕아래 사는 賢이 도라갈줄을 몰은다 지금黃昏이 지터 거리거리 지붕들은 부-현 布帳을 쓰고조고만 들窓들이 눈을 뜨기비롯하는데도 賢은 黙하여안저잇다

김흔 湖水와 가튼 눈瞳子가 衰殘한나를 지키며 沈默함은 슬퍼서아니요 외로워서도 아니요 그저 괴로움을 논우고 시퍼서란다 그러지못할진댄 고요히 자는 얼골만이라도 지키고 시퍼서란다 사연이 그윽이 크고 기플사록 여윈 나는 슬프다

(오오 머언 市外路에 人跡이 끈허지기 前

빨리 당신은 歸路에 올으세요

기인 鋪道에 '슬리퍼-소리 조심이 돌아간 후도

아예 나는 외로워 안흘태여니…黃昏, 黃昏)

「新春集(完)」, 「病記의 一節」 전문[108]

---

108   金朝奎, 新春集(完), 8, 「病記의 一節」, 『만선일보』, 1942.2.19.

술을 불으고 돌아오는 밤은
노상 히틀러-의 時間도 가진다

와-샤 검은 薔薇송이를 쑤려라
꼿다발과 노래와 춤의 饗宴

充血된 나의욕망은 피곤을 이즐수도 잇다
밤하늘이너무 푸르고 맑어서

슬픈 마음이기에
웃을줄을 안단다

그러기에 나는 오늘밤을 幸福할련다
華麗한 밤의倫理로 잠시 幸福할련다

「밤의 倫理」전문[109]

「병기의 일절」은 우울한 정서로 가득 차 있다. '墓地 갓가운 언덕아래', '黃昏이 지터 거리거리 지붕들', '부-현 布帳'이 우울한 분위기를 조성한다. 다만 날아오르는 듯한 꿈의 표상, '포풀라 길에 여름이오면'이라는 감성적 문맥이 잠시 그런 정서의 낙차를 막는다. '외로움보다도 무서움이 압서'는 것은 삶이 속절없는 죽음으로 끝나버린다는 것에 대한 공포 때문이다. 삶을 절망적으로 인식하고 있다. 음산하리만큼 싸늘한 이성이 인간사를 전쟁으로 결단내려는 제2차 세계대전을 상징적으로 비판한다. 2연에서 화자가 '괴로움을 논우고 시퍼서'라며 고통을 호소하는 것은 사람들이

109　金朝奎, 新春集(完), 8,「밤의 倫理」,『만선일보』, 1942.2.19.

여한을 남기고 세상을 떠나는데 그 두려운 운명이 자신에게도 육박한다는 호소다. 이 시가 창작되던 시간, 끝을 모르고 치닫던 제2차 세계대전, 특히 피를 튀기는 태평양전쟁에 대한 두려움을 이성 이전의 의식의 심층을 통해 분출시키고 있다. 시 제목은 '병기의 일절'이라 했지만 그 내포는 비수 匕首를 품고 있다.

괄호로 묶은 3연은 그런 현실의 침강이다. 이 시의 화자는 '오오 머언 市外路에 人跡이 끈허지기 前/빨리 당신은 歸路에 올으세요. 황혼, 황혼'이라고 말하는 것이 그렇다. 절망적 세계의 도래에 대한 준비다. 어떤 거대한 존재에게 종말이 도래하고 있음을 암시한다. 그런데 종말을 맞을 존재가 누구일까. '우리'는 아닐 것이다. 그때 '우리'는 '없어진 나라'였기 때문이다.

「밤의 윤리」는 좀 다르다. '노상 히틀러-의 時間도 가진다 / 와-샤 검은 薔薇송이를 뿌려라.'와 같은 구절이 獨·日·伊 삼국 군사동맹(1940.9.)을 연상시키는 것이 절망의 표상은 아니다. 이런 점을 염두에 두면 이 시의 외연은 태평양전쟁에서 감히 미국을 조지겠다고 설치던 일본에 대한 찬미란 해석이 가능하다. 술, 꽃다발, 춤의 향연이 있는 밤, 시적 화자는 검은 장미송이를 뿌리고 히틀러를 이야기한다는 것이 그렇게 읽힐 수 있다. 그러나 시적 화자는 '슬픈 마음이기에 / 웃을 줄을 안단다 / 그러기에 나는 오늘 밤을 幸福할련다.'라고 말하고 있다. 그가 웃는 것은 슬프기 때문이다. 역설이다. 행복하지 않지만 행복해질 수 있는 것은 밤의 윤리 때문이다. 이것도 역설이다. 밤의 다른 윤리, 모든 윤리로부터의 해방이 자신을 위로한다는 고백이다.

밤은 욕망충족으로 피곤을 잊을 수 있다. 이런 점에서 '히틀러-의 時間'은 이 시를 형식적으로 변곡점에 이르게 하는 구문에 지나지 않는다. 그것이 결과적으로 이 시의 주제를 다른 성격, 곧 현실의 두려운 상황에 대한 비판적 검증 기능을 한다. 제2차 세계대전과 절대적인 힘의 상징, '히틀러-

의 시간'이 일제의 파쇼와 일단 묶였다. 그러나 그것이 후속되는 의미를 부정의 통사구조, 곧 '華麗한 밤의 倫理로 "잠시" 幸福할련다.'라고 함으로써 서로 상반되는 두 개의 가치를 동시에 긍정하는 양가성ambivalence으로 의미가 굴절되었다. 그렇게 친일 이미지가 소환되었으나 그것은 '밤의 倫理로 잠시 幸福'하였다가 뒤집혀 버린다.

김조규가 이런 기법의 시를 쓰던 시간, 해방이 되어도 귀향하지 않고 중국에 남아 있다가 국공내전 때 모택동 홍군으로 싸운 사회주의 민족주의자 함형수도 그런 보호막 안으로 들어갔다. 1940년 5월에 발표한 그의 시 「이상국통신」이 일제를 야유할 때 그는 초현실주의 기법의 보호막을 쳤다. 또 그는 「詩와 東洋精神-哲學的 序言.上·下」에서 동양정신은 서양의 육체 중심의 사유에 대립하는 정신개념이라고 말하면서 초현실주의 시가 그런 글쓰기라고 했다. 태평양전쟁이 극에 달하고 일제가 '新嘉坡遂陷落(1942.2.)'이라며 소동을 벌이던 바로 그 시간이다.

> 西洋에서 가장 近代的이라고 하는 詩派 슈-레아리즘은 이러한
> 시점에 잇서서 그 구라파 文化의 最後的 發惡을 表現 하고 잇스나
> 東洋的精神에 對한 鄕愁를 숨쑤엇다는 點에잇서서 重大한 歷史的
> 意味를 그들에게 보여주엇다고 볼수잇다. 現實과 모든 人間的 苦悶
> 에서의 解脫 純粹理性과 永遠性에의 希求에⋯..超現實主義詩人 에
> 류알이 東洋的인 것에 대한 憧憬을 表現한 만흔 詩句節에 잇서서도
> 충분히 察知할 수 잇는⋯[110]

슈-레아리즘은 서양이 동양정신에 대한 희구라고 하면서 이백, 두보

---

110   咸亨洙, 「詩와 東洋精神-哲學的 序言.下」, 『만선일보』, 1942.5.18.

를 그 정점에 두고, 그것이 서양의 물질 중심 사유보다 우월한 정신문화라는 것이다. 이런 논리는 초현실주의 시에 대한 오해라는 평가를 피하기 어렵다. 하지만 이런 논리는 민족주의자 함형수가 1942년 5월이라는 무서운 시간에 일제가 강요하는 동양주의에 대한 보호막 역할을 했을 것이다. '동양정신'이 당시 일제가 내세우던 그 '東洋'과 닮은 듯하여 당장 「대동아전쟁과 문필가의 각오」와 같은 글로 협조를 해야 하는 압력으로부터 자유로울 수 있었을 것이다. 「암야」, 「절필사」로 시대와 맞선 김창걸金昌傑도, 광야를 향해 생명의 실존을 외친 유치환도 그 압력으로부터 자유롭지 못하였는데 진골 사회주의 민족주의자는 그런 위장의 포즈를 취했기에 자신을 지켰을 것이다. 김조규 역시 그렇다. 그러니까 「밤의 윤리」의 양가성은 현실주의 시로서의 한계가 아니라 문학이 친일친만의 길을 택할 것이냐 아니면 민족의 보호막 역할을 할 것인가의 상황에서 후자의 소임을 다하려는 전략의 결과이다.

4.4. 마무리

김조규가 「戀心」(『조선일보』, 1931.10.5.), 「붉은 해가 나래를 펼 째-濃霧 속에 보내는 노래」(1931.12.23.)에서 「귀족」(1944.4.)까지 약 13년간 발표한 시는 130여 편이다. 그는 해방 전에 시집을 출판하지 않았다. 그런 사정으로 김조규의 많은 작품이 산일된 상태에 있다. 그러나 『金朝奎詩集』(숭실대학교출판부, 1996), 『김조규시전집』(연변대학 조선언어문학연구소, 2002)이 산일되었던 작품을 거의 묶었다. 그러나 그 작품들은 김일성 주체문예이론 형성기에 대부분 개작되어 원작이 크게 훼손되었다. 김조규의 시가 크게 개작된 이유는 그의 시가 김일성 주체문예이론으로 보면 작품의 공간적 배경, 창작 시간이 김일성의 항일활동과 거의 일치함으로써 그 문예이론을 백업할 수 있는 최적의 조건을 갖추고 있기 때문이다. 그리고 그의 재만문학기 작품이 김일성의 항일투쟁과 동행한 흔적이 확인될 경우, 김조규 자신의 위상은 물론 주체문예이론도 귀납적 논리로 객관성을 크게 확보하는 효과가 있다.

김조규가 재만문학기 작품을 '육필원고'로 보관하고 있었다고 함으로써 그것은 공화국의 주체문예이론 형성에 기여하는 결과가 되었다. 이런 예는 사회과학원 주체문학연구소가 「새들은 날아가는데」, 「찢어진 포스타가 바람에 날리는 풍경」, 「電線柱」 등을 신 발굴 자료라 소개하며 그 작품을 김일성 주체사상과 같은 맥락에서 평가하는 데서 확인할 수 있다.

주체문예이론에 대입되어 정교하게 개작된 대표적인 작품은 「北으로 띠우는 便紙-破波에게」(『崇實活泉』, 1935.10.)와 같은 듯하나 다른 「北으로 띄우는 便紙-破波에게」, 「離別-宋 朴을 보내며」(1934.4.4.)와 「리별-떠나는 송,박에게」, 그리고 「카페-미쓰朝鮮記」와 「카페 '미스조선'에서」, 「胡弓」과 「가야금에 붙이어」, 「삼등대합실」 등이다. 김조규의 재만문학기 작품 가운데 이런 처지에 있는 작품은 확인된 것만 17편이다. 이런 점에서 숭실어문학회 편 『金朝奎詩集』과 연변대학조선어문화연구소편 『김조규시전집』은 학술적 자료로서 가치를 인정하기에는 문제점이 많다. 정황이 이러하기에 본 저술은 이 두 시집은 '참고 보조자료'로 활용했다. 두 시집은 편집 형식은 원본을 수록하는 자세를 취했으나 개작본을 그대로 수록했고, 『김조규시전집』의 해방 전 작품을 묶은 제1편 '暗夜行路'와 『金朝奎詩集』의 작품은 똑같은 형태이기 때문이다. 이 두 시집에 수록된 작품 가운데는 원작이 비판적, 저항적, 민족적 정서가 엿보이는 작품일 경우, 주체문예이론의 논리에 맞춰 그 작품의 시적 진실이 크게 강화된 작품이 원작 형태로 수록되어 있다. 이런 결과 『김조규시집』『김조규시전집』을 텍스트로 삼아 연구한 논문은 모두 김조규는 저항시인이고, 민족시인이고, 그의 시는 현실을 비판적으로 응축한 참여시로 평가된다. 따라서 『김조규시집』『김조규시전집』은 학술적 자료로서의 가치는 인정할 수 없다.

김조규의 재만 문학기 시는 개작본이 아닌 원본으로도 1940년대 전반기 민족문학으로 거둔 시적 성취를 충분히 확인할 수 있다. 이런 점을 근거로 본고는 그가 당시 각종 지지紙誌에 발표한 원본을 자료로 삼아 그가 1940년대 재만 조선 시로서 거둔 성과를 고찰했다. 그 결과를 다음과 같이 정리한다.

첫째, 「남풍」과 「남방소식」에 나타나는 "남쪽" 이미지는 일본을 상징하는 것으로 해석되어 왔다. 그러나 "남쪽"은 당시 일제의 남방전투의 승전보를 상징하는 이미지가 아니라, "남쪽"은 김조규 시에 빈번하게 나타나는 남쪽 한반도에서 북쪽으로 밀려난 시적 화자가 북쪽은 더 이상 밀려날 곳이 없는 신산고초의 땅이고, 거기서 생각하는 행복 고착지 안주의 고향인 그 "남쪽"을 상징한다는 사실을 확인하였다.

둘째, 「귀족」은 1944년 4월, 태평양전쟁이 절체절명으로 전개되던 시간에 발표되고, '우러러 모시기에 高貴한 民族', '새로운 東方', '東方을 擁護하라'와 같은 표현이 동양의 맹주로 연합군과 맞서던 일제를 연상시킨다. 또 '데모그라시의 소동을 거부하고' 등의 표현 역시 일제군국주의에 대한 찬미로 해석될 수 있다. 그러나 「귀족」의 통사구조는 그렇지 않다. '東方'이라는 핵심어keyword가 '동방은 손을 든다'를 '동방의 손을 든다'로 읽히게 친일적 사유를 유도하는 기묘한 언술에 의해 민족지향의 시적 진실을 의사진술擬似陳述로 오독하게 만든 결과, 그런 해석은 절대로 성립하지 않는다. 그리고 '祭壇을 쌓고 나뭇가지를 꺾어 한울에게 焚香했노라'라 할 때의 제단은 일본 제단이 아니라 우리 민족의 천신제(개천절)의 제단이고, "한울"은 보통명사 하늘이 아니라 대종교大倧教에서 단군을 지칭할 때의 그 "한울"임이 논증되었다.

셋째, 「馬」는 '말'이라는 힘의 이미지를 차용해 약속된 미래를 암시하는 초현실주의 기법의 시다. 그러나 이미지의 역접, 직관의 도치, 합리적 관계를 무시하는 이성 이전의 의식의 심층에서 나오는 이미지의 받아쓰기 기법으로 현실 비판의 주제를 의도적으로 희석시켰다.

넷째, 김조규는 1942년 초 『만선일보』에 「新春集」 8수를 연재했다. 그러나 5, 6번의 작품은 문제가 되었는지 확인이 불가능하고, 발표된 작품은 「1.獸神」(1942.2.14.), 「2.室內」(1942.2.14.), 「3.카페-미쓰朝鮮記」(1942.2.15.), 「4.胡弓」(1942.2.16.), 「7.밤의倫理」(1942.2.19.), 「8.病記의一節」(1942.2.19.) 6편이다. 이 작품들의 행간에 망명성, 혹은 민족정서가 잠복해 있는데 그것이 초현실주의 시의 보호막을 쓰고 존재하는 사실이 드러났다. 「신춘집」의 이런 특성은 민족성이 거의 절종絶種된 1942년이란 시간, 관동군의 신문인 『만선일보』에 은밀히 주제를 형상화하고 있다는 점에서 민족문학사적 의의가 특별하다.

「獸神」의 시적 화자는 자신의 시간을 짐승의 세계로 인식하고, 작가는 그런 작품을 뒤에 '侮蔑 속을 걸어온 어느 詩人의 遺稿抄'로 규정했다.

「室內」는 감정과잉의 퇴영적 어조가 현실주의 시의 성격을 약화시키나 천사의 강림으로 시의 결말은 미래지향적 세계로 마감된다.

「카페-미쓰朝鮮記」에서는 유맹의 신세가 된 존재를 금붕어로 빗댄 대역을 통해 당대 현실을 미래부재의 폐쇄된 사회로 응축한다. 산문체, 구두점 무시 등의 기법과 이질적 이미지의 혼용으로 그런 시의식의 감식을 방해한다. 이 작품이 온전할 수 있었던 것은 이런 기법 덕택이고 뒤에 개작된 것도 이런 시의식 때문이다.

「호궁」은 한족漢族의 전통 악기 호궁胡弓에 기탁하여 나라 없는 민족의 처지를 슬퍼한다. 이런 역사의식이 주체문예이론 형성기에 '호궁'이 '가야금'으로 바뀌어 「가야금에 붙이어」로 개작되면서 역사의식이 강화되었고, 그것은 김일성 주체사상 형성에 기여하는 역할을 했다.

「病記의 一節」은 제2차 세계대전 속의 절망적 삶을 비판적으로 응축하고, 「밤의 윤리」의 시적 외연은 '히틀러의 시간'과 같이 시대와 동행한다. 그러나 시적 진실은 양가성으로 굴절됨으로써 시인을 시대의 대세로부터 분리시킨다.

제5장

주체의 발견

1. 익명의 한국인 얼-한 얼 生

1.1. 머리말

1940년 『만선일보』에 '한 얼 生'(생몰연대 미상)[1]이라는 시인이 「孤獨」
(1940.7.14.), 「雪衣」(1940.7.24.), 「高麗墓子-쩌우리무-스」(1940.8.7.), 「아짜시야」
(1940.11.21.)라는 작품을 발표했다. 「過去」라는 시도 있다는데 제목만 나타
나고 작품 자체는 확인할 수 없다.[2] 한얼生의 작품은 몇 개의 특징이 있다.
논의가 진행되면서 드러나겠지만 그의 시는 사물을 관찰해서 사상과 감정
을 작품 외적 세계의 개입에 의한, 자아와 세계화로 형상화된다. 그리고 작
품이 사실이나 사상에 관한 내용을 교훈의 수사를 갖춰 직설적으로 서술
하는 확장된 문체다. 그런가 하면 삶이란 무엇이고 어떻게 살아야 하는가
에 대한 관념을 작품 밖에 실제로 존재하는 사물과 연결하는 산문체 통사
구조로 표현한다.

1940년대 재만조선인 시는 감상적 실향시가 대세인데 한얼生의 시는
그런 디아스포라의 정서에 싸인 시가 아니다. 사상과 감정이 이념적 사유

---

1   이 시인은 자신의 이름을 꼭 '한 얼 生'으로 표기한다. '한 얼'이라는 말의 용례는 "『한얼노
     래』(神歌). 大倧敎 總本司 滿洲國 牡丹江省 寧安縣 東京城 街東區 第十九牌 三號 康德 九
     年. 개천 4399년(1942년)/『대종교 한얼글』 대종교출판사. 1992" 등에 나타난다. 이하에
     서는 특별한 경우 외에는 띄어쓰기를 하지 않고 '한얼生'으로 표기한다.

2   金友哲, 「今年度 詩壇의 回顧와 展望」, 『만선일보』, 1940.12.17.

로 굴절됨으로써 그것이 교훈적 기능을 수행한다. 예를 들면 "옛님이 지나신 발자취 그 누가 알랴 속비인 古木 너는 아느냐 / 째째로 너를 처저와 / 쉬어가고 울다가는 저-郭公이나 아는가?(쩌우리무-스 쩌우리무-스 네 이름만이남엇다)"고 읊는다. 이 시의 화자의 의식은 과거에 가 있고, 그 과거가 행복했음을 알리며, 그런 사실이 곽공의 전설과 호응하여 교술적 수사를 형성한다. 고려시대의 무덤, 사물을 통해 확장된 문체를 이루어 시의 심상영역이 확대되는 것이 그렇다. 이상과 같은 성격을 전제할 때, 한얼生의 작품 네 편은 서정적 교술시라 하겠다.[3]

「고독」, 「설의」, 「고려묘자-쩌우리무-스」, 「아짜시야」를 극서정시를 기준으로 삼을 때, 수준미달의 시라 할지도 모른다. 그것은 "교술시가 시인가? 시로 평가할 수 있는 근거가 무엇인가?"라는 논리와 만나기 때문이다. 가령, 한국의 교술시 집성인 『草堂問答歌』의 「治産歌」 같은 작품이 부녀자들이 집안 살림을 잘 하라고 이르고, 최제우가 『용담유사』에서 "하원갑 지내거든 상원갑 호시절에 / 만고 없는 무극 대도 이 세상에 날 것이니" 같은 이념적 요청을 시로 간주할 수 없다는 견해이다. 이런 견해는 서구의 3분법 문학갈래로 문학을 평가하는 데서 오는 한계이다. 왜 한계인

---

3 '교술'의 개념은 조동일의 「가사의 장르규정」(『한국문학의 갈래 이론』, 집문당, 2011)을 따랐고, '교술시'의 개념은 조동일의 유튜브 강의 '민족어 교술시'의 논리가 기준이며, '서정적 교술시'는 필자가 교술시의 장르종의 개념으로 만든 용어이다. 교술시는 위로는 교술민요가 있고 지금도 창작되고 있다. 윤동재의 「퇴계 화났다」를 보자. "아동방 군자지국 진군자 퇴계 화났다 / 안동의 퇴계 문도들 가운데 한 분이 / 한국은행에 항의를 했다는 거라 / 우리나라 지폐에 퇴계의 초상을 넣었는데 / 하필이면 천 원짜리 지폐에다 넣었느냐고 / 율곡의 초상은 떡하니 오천 원짜리에 넣어주면서 / 한국은행에서는 일언이폐지왈 / 더 훌륭한 분을 더 많은 사람이 더 자주 뵈야 하기 때문에 / 천 원짜리에 넣었다고 했다나…(이하 3연 생략)". 이 시에 대해 설파는 "액수가 작은 위조지폐는 만들지 않고 / 비싸지 않은 술에는 가짜랄 것이 없다 // 아래로 흐르는 물에는 산불이 나지 않고 / 만백성 자리는 빼앗길 염려가 전연 없다…(이하생략)"라는 댓글을 달았다. 2020년 12월 카페 「한국신명나라」에서.

가. 이런 분류에 따르면 「광복절 노래」, 「3·1절 노래」, 「개천절 노래」, 또 우리가 학창시절에 부르던 교가는 문학의 갈래에 포괄될 수 없다. 그런 교술시에는 민족의 역사가 반영되어 있고 그 역사는 감동과 교훈과 자부심을 심어 준다.

한얼生은 주체와 객체를 밀착하여 융화시키면서 사실이나 사상에 관한 설명을 수식을 갖춘 시로 대등하게 표현한다. 이런 점은 일제말기 대부분의 시가, 시 그 자체를 목적으로 삼다가 마침내 시의 범위가 미문학으로 축소되어 왜소해지던 것과 다르다. 단순한 이념적 요청에 의한 글쓰기가 아니다. 5족협화와 "한 얼"이라는 두 가지 가치관 사이에서 "한 얼"을 숨기는 서정성과 5족협화와 길항하는 포즈를 취하는 전략으로 교술시의 성격을 수행한다.

이런 특성은 1940년대 전반기라는 시간으로 보면 확장된 문체로 주장하기 어렵다. 이것은 이 시인이 얼굴이 없다는 데서 드러난다. '한 얼 生'이라는 이름은 "한·한국, 얼·정신"으로 다른 무엇, 곧 한민족의 정체를 표상한다. 굳이 글자를 띄워 쓰는 것이 그렇다. 이것은 '한 얼 生'이 필명이 아니라 가명이라는 의미다. 필명은 누군지 알 만한 사람이 친근감을 주거나 잘 기억하도록 짓는다. 가명은 작가가 성명을 감추어 알지 못하게 하여 속마음을 세상에 알리기 위해 쓰는 이름이다. 세상에 불만이 있거나 못마땅한 세태를 말하려고 본명을 숨긴다. 그러니까 한얼生은 자신의 정체를 숨기면서 할 수 없는 말을 하기 위한 작전을 썼다. 5족협화의 나라에서 협화보다 자기주장을 선언하는 행위다.

재만 조선시인들은 직업이 없이 떠돈 경우도 있지만 대개 일자리가 있었다. 이 책이 고찰의 대상으로 삼는 시인들은 제2차 세계대전, 태평양전쟁이 전개되던 시간 협화회 회원, 『만선일보』 기자, 세무공무원, 회사사원, 농장관리인 등의 신분으로 살았다. 그런 직업은 1940년대의 대동아주의, 왕도낙토 건설이라는 일제의 식민지 정책을 따르고 수행해야 하는 자리다. 그런데 한얼生의 시에는 그런 정서가 없다. 그의 시는 시대가 비장함으로써 시가 위대하고, 삶이 어렵기에 시가 대단하다는 사실을 증명할 만한 이념을 지니고 있다. 이 시인의 심상지리에는 조선이라는 국가는 아직 망하지 않았고, 만주가 남의 땅도 아니다. 이런 점은 대종교大倧敎 교도 이극로李克魯가 북만주로 옮긴 대종교총본사에서 곡조 『한얼노래』를 펴낼 때 새로 27편의 신가神歌를 지어 보태면서 "봄이 왔네 봄이 왔네 겨울가고 봄이 왔네 / 천지간에 화기돈다 집집마다 기쁘구나 / 바위밑에 눌린풀도 싹이터서 올라오네 / 한얼님이 주신생명 대자연의 힘이로다"라고 하면서 "힘과 기쁨을 주는"[4] 그런 글쓰기와 맥락을 같이 한다. 망한 나라도 망한 민족도 없는 것이 서로 같다.

정황이 이러하지만 한얼生의 작품은 몇 가지 한계가 있다. 당장 시적 형상미가 크게 떨어진다. 그리고 한자어가 많아 정서 표현이 생생하지 못하다. 또 작품의 절대량이 너무 적다. 그러나 한얼生의 작품은 간과할 수 없는 문제를 가지고 있다.

첫째, '한 얼 生'의 작품 세 편이 '白石'의 시로 평가되는 문제다. 어떤 연구자는 그의 작품 네 편 가운데 「아까시야」만 백석의 작품으로 평가한다. 둘째, 이 문제는 필자 자신도 관련된 문제이기에 사실판단을 다시 해야 할 책임이 있다. 셋째, 사정이 이럼에도 불구하고 한얼生은 1940년대 초기 일본의 괴뢰 만주국 하에서는 구현하기 어려운 민족문학의 소임을 수행하고 있다는 평가를 한다.[5]

---

4   편집인 李克魯, 발행인 安熙濟, 곡조 『한얼노래(神歌)』, 大倧敎 總本司 滿洲國 牡丹江省 寧安縣 東京城 街東區 第十九牌 三號 康德 九年(개천 4399년, 서기 1942년), 28쪽 「봄이 왔네」와 '머리ㅅ말' 참조.

5   박주택은 박사학위 논문에서 한얼생의 「고독」을 백석의 시로 해석하면서 그 작품을 '공동

무엇보다 한얼生의 작품이 백석의 작품으로 평가되는 것은 더 이상 방치할 수 없다. 작가와 작품에 대한 사실판단을 정확하게 하지 않고 문학연구를 수행하는 것은 문학연구의 본질과 어긋난다. 이제 사실판단을 바로 하여 한얼生의 시는 한얼生의 몫으로 돌려주고, 한얼生의 시가 1940년대 전반기 재만조선인 시에서 수행한 매우 개성적인 성격을 규명하겠다.

1.2. 문제의 발단

시집 『사슴』(선광인쇄주식회사, 1936)이 있으나 백석의 산일된 작품을 수집하여 문단과 학계의 주목을 받던 송준宋俊(1962~)[6]이 또 백석의 문혀있던 작품 「고독」, 「설의」, 「고려묘자」, 「아짜시야」를 발굴했다며 1995년 한 일간지가 대서특필했다. 당시 백석은 우리 민족의 민속 모티프를 함경도 방언으로 표현한 독특한 시인으로 시단과 학계로부터 집중 조명을 받고 있었다.

송준이 새로 발굴했다는 네 편의 시는 백석의 시와 대비를 한다면 다른 것은 그만두고, 우선 이 작품들의 문체의 특징, 언어행위가 백석의 그 것과 크게 달랐다. 정황이 그러했지만 송준은 「고독」, 「설의」, 「고려묘자」, 「아짜시야」를 '백석의 만주시절을 추적하여' 새로 발굴한 시라고 분명히

의 존재에서 떨어져 나온 단독자로서의 근원상실감이다'라고 했다. 『낙원회복의 꿈과 민족정서의 복원』, 시와시학사, 1999. 66쪽.

6　송준은 분단으로 묻혀있던 백석의 작품 발굴에 남 먼저 뛰어들어 「詩人白石 일대기」(지나. 1994)를 출판하여 문단과 학계에 백석을 화려하게 부활시키는 계기를 만들었다. 한양대 경제학과를 졸업하고, 시사주간지 기자 등의 일을 하다가 백석 시에 매혹되어 『사슴』에 수록되지 않은 작품을 많이 발굴하였다. 그는 일본어, 중국어, 러시아어까지 공부한 뒤 백석이 유학한 아오야마학원, 백석이 살던 新京, 연변, 러시아 등지를 여러 차례 답사했다고 한다.

말했다. 그리고 『만선일보』 학예부 편집기자로 활동하다가 해방 뒤 귀향하여 전남대학교 상대 교수가 된 고재기高在驥(1917~2008), 또 『만선일보』 기자로 활동을 한 신영철申瑩澈의 아들, 문학평론가 신동한申東漢(1928~2011)의 증언을 내세우며 네 편의 시가 백석의 작품임을 거듭 주장했다.

만선일보에 실린 "나는 고독과 나라니 걸어간다. 희파람 호이호이 불며 郊外로 풀밭길의 이슬을 찬다. 문득 내일이 生覺키움은-- 그 時節이 조앗젓슴이라 뒷山 솔밭 속에 늙은 무덤하나 밤마다 우리를 맞어 주엇지만 엇더냐! 그때 우리는…"(시 「孤獨」 중에서)를 비롯해 「雪衣」, 「高麗墓子」 등에는 白石의 쓸쓸한 詩魂이 드러난다.[7]

백석의 작품 중에서 『만선일보』에 소개된 시들은 「고독」, 「설의」, 「고려묘자」, 「아카시아」 등 네 편이다. 이들은 필자가 백석의 만주시절을 추적하면서 얻은 시들이었다. 백석의 만주시절을 알기 위해서 제일 먼저 해야 했던 일은 『만선일보』에서 편집자로 있었던 고재기 선생을 만나는 일이었으며 역시 만주에서 『만선일보』를 보면서 청소년기를 보냈던 신동한 선생을 만나는 일이었다.

이들을 통해서 "한얼생"으로 백석이 발표를 한 네 편의 시들이 결국 백석의 작품임을 알게 되었다. 또한 백석은 스스로 다짐을 한 일은 『만선일보』에는 자신의 이름으로 시를 발표하지 않는다는 것이었다. 그것은 조선의 시인이었기 때문에 만주국의 『만선일보』에는 비록 한글로 나오는 신문이었지만 백석이라는 이름으로 시를 발표하지 않고 대신 한얼생이라는 필명을 사용했으며 그런 필명도 당시 『만선일보』 편집자들의 시를 게재해 달라는 집요한 요청에 의해서 백석이

---

7   '30~40년대 최고 명성의 월북시인 「백석작품 발굴 소개」', 한국일보, 1995.1.19.

마지못해서 그런 필명을 사용했다는 사실을 알게 되었다.[8]

「고독」, 「고려묘자」, 「설의」, 「아짜시야」가 백석의 시로 바뀌는 현장이다. 송준의 이런 잘못된 사실판단은 그만의 오류로 끝나지 않고, 오양호, 이동순, 박주택 등으로 확산되었다. 부끄럽게도 필자는 송준의 판단을 그대로 믿고 '한얼생=白石'으로 간주하여 한얼生의 작품 네 편을 백석의 시로 독해했다.[9] 이동순은 그가 처음으로 엮어 학계에 기여한『백석시전집』(창작과비평사, 2010)에서 한얼生의 「아짜시야」를 백석의 「아카시아」로 수록하더니, 『백석시 선집』(지식을 만드는 지식, 2013)에서도 똑같이 「아짜시야」를 백석의 작품으로 수록했다. 이런 결과 박주택은 그의 학위논문에서 한얼生의 「고독」을 백석의 시로 고찰하는 데까지 이르렀다.[10]

이 문제의 사단은 무엇보다 백석의 시에 대하여 너나없이 보인 지나친 관심 때문이다. 송준은 '시인 백석 일대기'『남신의주 유동 박시봉 방』(지나, 1994)의 속표지의 부제를 '세계 최고의 시인 백석 일대기'라 했고, 그 뒤에는 '한국이 낳은 세계최고의 시인이자 수필가요, 소설가이며 번역가인 천재 작가'라 했다. 그뿐 아니라 시집『사슴』에 수록된 시가 삼십삼 편인 것은 독립선언서의 33인을 상징하는 것으로 해석했다. 그러나 이런 주장을 점검하거나 비판하는 사람은 아무도 없었다. 시비를 가릴 수준을 넘어 손댈 데가 없어 그러했겠지만 침묵은 동의를 의미한다는 점에서 학계

---

8   송준, 「다시 백석을 생각하며」, 백석 탄생 100주년 기념판『백석시 전집』, 흰당나귀, 2012. 659쪽.

9   오양호, 『그들의 문학과 생애, 백석』, 한길사, 2008.

10   박주택, 『낙원회복의 꿈과 민족정서의 회복』, 시와시학사, 1999. 63~66쪽. "책머리에"에 박이도, 김재홍, 조해룡, 최동호 선생의 지도에 감사한다는 헌사가 있다. 그러니까 「고독」은 백석의 작품으로 공인된 셈이다.

의 책임도 있다. 이동순이 한얼生의 작품이 백석의 작품이 아니라고 송준, 박주택, 오양호를 싸잡아 나무라고 나온 것은 한참 뒤다.[11]

송준의 '한얼생=백석'의 관계 설정은 다음과 같은 이유에서 신빙성이 없다.

첫째 주장은 주장의 근거가 성립되지 않는다. 그것은 작품 네 편의 작가 이름이 모두 분명하게 '한 얼 生'으로 되어 있기 때문이다. 이 사실이 '한얼생=백석'이 되려면 사실관계를 분명하게 밝힐 증거를 제시해야 한다. 둘째, 「다시 백석을 생각하며」에서 주장의 근로 삼은 사람이 『만선일보』 기자 출신 고재기高在驥(1917~2008)[12]라는 것은 형식상으로는 명분이 선다. 그러나 증언한 장소, 시간, 증언 내용이 구체적으로 나타나지 않는다. 그런 사안은 당연히 육하원칙의 대상이다. 하지만 그렇지 않다. 송준은 앞의 인용문에 나타나듯이 그냥 두 사람을 '만나는 일이었다.'고만 했다.[13]

---

11 이동순, 『잃어버린 문학사의 복원과 현장』, 소명출판, 2005. '백석 시 연구에서의 왜곡 사실 바로잡기', 355~362쪽 참조.

12 高在驥는 1917년 담양군 창평 출생으로 광주공립고등보통학교(1934.3.), 보성전문 (1937.3.)을 졸업하고 만주로 가서 『만선일보』 기자가 되었다. 사회부에서 문화부로 옮긴 뒤 문학기사를 여러 편 썼다. 대표적인 것이 「금년도 창작계의 회고와 전망·상·중·하」(만선일보, 1940.12.24.~12.27.), 「環境과 人間性-協和美談募集에 寄하야」(『만선일보』, 1940.5.11.) 이다. 그는 '오족협화의 전체주의국가 안에서 타민족과 공존공영'해야 하고, '五族中의 一 構成分子로써의 鮮系大衆의 使命'이 크기에 '百千의 協和美談'이라야 激浪을 헤쳐 나 갈 수 잇다.'고 했다. 해방 뒤 귀향하여 광주고등 교사(1948~1952) 서강실업전문대 학장 (1980.6.~1990.8.), 전남대 상과대 교수, 상과대학학장 서리를 역임했다. 귀국 뒤 만주시절 에 대한 언급은 입에 올리지도 않았고, 문학과 관계없는 분야의 교수로 활동하였다. 고재 기의 광주고 제자로 문순태, 윤삼하 등이 있다.

13 정황이 이러함에도 불구하고 나는 '한얼생=백석'으로 처리하여 『그들의 문학과 생애, 백 석』(한길사, 2008)을 출판했다. 이런 큰 오류는 전적으로 내 책임이다. 변명이 허락된다면 송준의 말을 과신한 탓이다. 당시 나 역시 송준처럼 백석에 너무 몰입하여 분별력을 상실 한 상태에 있었다. 내 저서 목록에서 이제 『그들의 문학과 생애, 백석』은 삭제한다.

고재기가 '백석만주시대복원. 육필원고 발견의 의의와 5년간의 행적'[14]이란 신문기사에서 자신이 비장하고 있던 백석의 친필 자료를 소개하고『만선일보』시절의 문학 활동을 소개한 바 있다. 그러나 그 기사의 내용은 송준이 주장하는 것과 다르다. 곧, "만선일보가 한글로 나오는 신문이었지만 백석이라는 이름으로 시를 발표하지 않고, 대신 한얼生이라는 필명을 사용했으며 그런 필명도 당시 만선일보 편집자들의 시를 게재해 달라는 집요한 요청에 의해서 백석이 마지못해서 그런 필명을 사용했다."는 내용은 「경향신문」 기사에는 단 한마디도 없다. 그 기사는, 고재기가 백석을 신경新京 시내 러시아 다방에서 만났고 친필 원고를 자신이 가지고 있는 것을 자랑하며 자신을 은근히 백석과 연결시키며『만선일보』시절의 자신을 실재와 다르게 소개하고 있다. 고재기가 어떤 성향의 인물이었던가는 「環境과 人間性-協和美談募集에 寄하야」(『만선일보』, 1940.5.11.) 같은 글에 잘 나타난다. 그리고 그는 1942년 6월『신만주』지에서 만주 조선인 문학의 상황을 체계적으로 소개하면서 "명랑하고 건설적인 작품이 나타나지 못하는 것이 하나의 유감[15]이라 했다. 당시 만주국은 퇴폐적 비애, 우울과 애수는 건국정신과 위배된다면서 검열로 금지하고, 명랑성 강조는 만주국 홍보처가 「예술지도요강」으로 적극 장려하던 문예창작 덕목이다. 설사 이런 사실을 무시하고 고재기가 「경향신문」과의 인터뷰가 이루어진 1998년 뒤, 2012년에 송준과 극히 개인적인 관계에서 증언이 이루어졌다 하더라도 송준의 증언은 성립되지 않는다. 송준이 백석 탄생 100주년 기념판『백석시 전집』(흰당나귀, 2012)을 출판하던 시간, 고재기는 2008년에 이미 세상을 떠났기 때문이다. 또 한얼生이 백석의 필명이고『만선일보』에는 본명으

---

14   「백석 만주시대복원. 육필원고 발견의 의의와 5년간의 행적」,『경향신문』, 1998.2.5.
15   고재기, 「在滿鮮系文學」,『신만주』, 1942.6. 김장선의『만주문학연구』(역락, 2009) 105쪽에서 재인용.

로 글을 쓰지 않았다고 했는데 이것도 사실과 다르다. 백석은 당시 협화회 중앙회 간부이던 박팔양의 『麗水詩抄』(박문서관, 1940)에 대한 서평 「슬픔과 眞實.上·下」(『만선일보』, 1940.5.9.~5.10.)를 본명으로 발표했고, 「朝鮮人과 饒舌.上·下」(『만선일보』, 1940.5.25.~5.26.)도 백석이라는 이름으로 발표했다.

고재기가 1941년경 『만선일보』 사회부 기자에서 학예부 기자로 자리를 옮겨 활동한 것은 사실이다. 하지만 당시 학예부는 안수길, 김조규, 손소희가 문화부 편집 기자였기에 시 한 편 쓴 일 없는 고재기가 이미 그때 유명한 시인이고, 국무원 관리인 백석에게 이런저런 부탁을 할 위치는 못된다. 『재만조선시인집』을 편집발행할 만큼 재만시단의 실세 김조규가 『만선일보』 학예면 전담 편집 기자였기에 그가 편집권을 행사할 위치는 아니었다. 그때 백석이 번역하여 『만선일보』에 연재하던 럼아드·키플링의 『리스페스』(뒤에 「헛새벽」으로 개제)의 원고를 받아오는 일은 고재기가 했을지 모른다. 그러나 '기벽奇癖'을 가졌고[16], 가랑잎에 불같은 까탈 많은 시인 백석이 고재기 같은 사람과 이런저런 사담을 나눌 가능성은 아주 희박하다. 고재기가 「금년도 창작계의 회고와 전망」(1940.12.24.~27.)을 쓴 것은 사실이다. 그러나 백석이 『리스페스』 번역 외에는 작품을 『만선일보』에 게재한 일은 없기에 백석과 그 글과는 무관하다. 백석의 번역원고를 고재기가 버리지 않고 소장하고 있었던 것은 용하다. 그러나 그 원고가 당시 백석이 어떤 정황에 놓여 있었던가를 알리는 자료는 아니다. 만일 그런 자료라면 그것은 '백석 만주시대복원. 육필원고 발견의 의의와 5년간의 행적'이라는 밋밋한 성격의 기사로 끝날 문제가 아니다.

고재기는 해방이 되어 신경新京에서 귀향한 뒤 자신의 『만선일보』 이력은 입에 올리지도 않았고, 박영준처럼 대학교수로 자리를 잡고 조용히

---

16 李甲基(楚荊)는 「尋家記」(『만선일보』, 1940.4.16.~23.)에서 백석의 성격을 '奇癖'하다 했다.

살았다. 그러던 차에 백석이 뜨고, 송준과의 만남을 계기로 자신과 백석의
관계를 백석의 친필 원고를 근거로 사실과 다르게 포장했을 수 있다. 이미
반세기 가까운 시간이 지났고, 사람은 자신의 과거를 미화시키는 본능이
있기 때문이다. 그러나 실제는 다르다. 그리고 무엇보다 『만선일보』를 아
무리 뒤져도 '한얼생=백석'으로 단정할 근거가 없다. 따라서 고재기의 재만
시절 증언을 토대로 '백석=한얼생'이라는 송준의 주장은 성립되지 않는다.

다른 한 사람, 신영철申瑩澈의 아들 신동한申東漢의 증언도 성립되지
않는다. 신영철이 『만선일보』를 주름잡던 기자였고, 그 아들 신동한이 신
경에서 태어났으니 형식적으로는 근거가 성립한다. 하지만 이것도 사실과
어긋난다. 한얼生의 「고독」 등의 작품이 『만선일보』에 발표되던 1940년의
신동한(1928~2011)은 열 살을 갓 넘긴 아이였기 때문이다. 또 신동한의 아버
지 신영철申瑩澈[17]이 『만선일보』에서 많은 활동을 했으나 시인 백석과 개
인친분이 이루어질 위치에 있지 않았다. 백석이 비록 만주국 공무원 신분
이지만 그의 근본은 그 시절 발표한 만주시편에 나타나듯이 가장 민족적

---

17 申瑩澈(1895~1945)은 서울에서 출생하였고, 호는 若林이다. 일본 동양대학 철학과를 졸업
한 후, 동경 유학생들의 동아리 '색동회' 간사를 맡으면서 조선문단에 진입하였다. 1919년
『매일신보』에 '每申文壇을 평함'이라는 시평 이후 『어린이』, 『별건곤』의 편집주간을 맡았
다. 『매일신보』에 「소년문예독본」 연재(1936.4.19.~1936.10.25. 申瑩澈 文, 李用雨 畵). 1938년
10월 新京으로 가서 『만선일보』 기자가 되고, 그 신문에 발표된 학생들의 글을 모아 『學
生書翰』이라는 단행본을 발행하면서 만주 조선인문단에 참여하기 시작했다. 신영철의 중
요한 문단활동은 1941년 11월 재만조선인 수필집 『만주조선문예선』을 필경으로 제작 발
행하고, 같은 해 같은 달 재만조선인 작품집 『싹트는 대지』를 편집하고 발문 '싹트는 대지
뒤에'를 썼다. 1943년에는 平山瑩澈이라는 이름으로 『반도사화와 낙토만주』의 편집인이
되어 그 책을 간행하고, '재만조선인 교육의 과거와 현재'라는 장편논문을 그 책에 발표하
면서 그는 친일친만을 선도했다. 그 뒤 『만선일보』 기자로 길림의 강밀봉조선인 개척훈련
소 등을 방문한 르뽀기사 「개척·눈·나」(『만선일보』, 1940.3.17.~3.20.) 같은 기행문을 쓰고,
조선의 인천, 경기도 수원, 화성, 군포까지 특파원으로 와서 독농가 보고문을 쓰는 등 맹
활약을 하다가 1945년 6월 新京에서 50세의 나이로 사망하였다.

인 사유를 하던 사람이고, 신동한의 아버지 신영철은 평산영철平山塋澈이라는 창씨명으로 가히 친일백서라 할 수 있는 『반도사화와 낙토만주』[18]를 편집했고, 조선의 제물포, 군포까지 와서 취재한 기사도 일제의 동아경영 정책을 선전하는 독농가 성공사례 보고였다.

필자는 신동한과 한때 가까운 사이였고, 그에게 의도적으로 접근했다. 재만조선인 문학 관계 자료나 정보를 얻기 위해서였다. 그러나 그는 그의 아버지에 대한 이야기를 절대로 하지 않았다.[19] 아버지의 만주시절이 자랑스럽지 못하다고 판단한 결과일 것이다. 이런 사실을 전제할 때 송준이 신동한의 증언을 내세우는 것은 신빙성이 전혀 없다. 노회한 신동한이 부지 초면의 젊은 사람에게 선친의 과거 만주행적을 말할 사람이 아니다.

백석에 관한 저술로 가장 늦은 것이 안도현의 『백석평전』[20]이다. 안도현은 그 책에서 「고독」, 「설의」, 「고려묘자」, 「아짜시야」를 둘러싼 그간

---

18 『半島史話와 樂土滿洲』(新京特別市, 滿鮮學海, 1943) 4·6배판 전 690쪽의 큰 책이다. 발행인은 쇼우오가常岡炳哲(洪炳哲), 編輯人은 페이야마平山塋澈(申塋澈). 조선총독 '諭告'가 서문 역할을 하고, 滿洲國 國務總理大臣 張景惠가 '王道樂土'라는 휘호를 썼다. 민요가락에 민족 배반을 노래하는 尹海榮의 「樂土滿洲」가 마지막 쪽에서 「皇國國民의 誓詞」와 함께 실려 있다. 연희전문 교장 윤치호, 보성전문 법과과장 유진오, 이병도의 논문이 수록되어 있다. 天台山人, 安廓, 李秉岐 등의 논문도 있기에 이 책을 한 마디로 평가하기 어렵다. 그러나 『조선시가사강』의 저자 趙潤濟의 글은 없다는 점에서 이 책의 성격이 드러난다.

19 나는 2004년 2월~2010년 3월까지 한국문인협회 평론분과회장으로 활동하면서 申東漢과 가깝게 지냈다. 당시 신동한은 은퇴한 신문기자로 평론분과 소속 한국문협 이사였기에 자주 만났다. 특히 그의 선친이 신영철이기에 나는 만주 관계 문학 자료를 좀 구할까 하여 애주가인 그에게 가끔 술대접을 하며 자료 열람을 간청했다. 그러나 번번이 '없어. 나는 어려서 몰라!'라고 잘라 말하고 술만 마시고 가끔 너털웃음을 웃으며 담배만 피웠다. 신동한은 원래 말수가 아주 적고 무뚝뚝하다. 선친에 대한 말은 단 한 마디도 하지 않았고 아버지에 대한 질문은 들은 체 만 체했다. 선친의 친일이력 때문일 것이다. 애주, 애연이 병이 되어 세상을 떠났다. 송준이 이런 사람에게 접근하여 백석 정보를 얻었다는 것은 허위다.

20 안도현, 『백석평전』, 다산책방, 2014.

의 사정을 밝혔다. 그러나 작품 자체를 근거로 한얼生 시와 백석 시의 차이를 밝혀 작품 네 편이 백석의 것이 아니라는 결론은 내리지 않았다. '평전'인 까닭이다. 그 결과 송준이 백석시집의 결정판definitive edition으로 출판한 『백석시 전집』(흰당나귀, 2012)에 한얼生의 「孤獨」, 「雪衣」, 「高麗墓子」, 「아짜시야」를 백석의 '만주시초' 편에 포함시킨 것을 인정하는 형태가 되었다. 『백석평전』의 이런 현상은 '흰 당나귀사'의 『백석시전집』이 문화상품으로서 그 나름의 몫을 하는 것을 긍정하는 결과가 되기에 이런 오류가 학계에 계속 영향을 미칠 수 있다. 이동순이 『잃어버린 문학사의 복원과 현장』(소명출판, 2005)에서 오류의 실태를 질타하고 바로잡는다고 했으나 그역시 한얼生의 「아짜시야」를 백석의 「아카시아」로 처리하는 오류를 범했다. 그러니까 한얼生 작품의 원본오류는 아직 완벽하게 바로 잡힌 상태가 아니다. 여기서 원본비평textual criticism을 전제하고 그간의 사정을 소상하게 밝히는 것은 이렇게 문제점이 마무리되지 않은 상태로 남아있기 때문이다.[21] 특히 필자로서는 이런 사태에 대한 책임도 있기에 차제에 한얼生의 시는 한얼生 몫으로 바로잡아 그의 시적 성취를 가늠하려 한다.

1.3. 한 얼 生 시의 양식적 특징

한얼生의 작품이 가지고 있는 특징은 시의 발화방식이 이야기시의 형태라는 점이다. 「고독」은 회상체이고, 「고려묘자」와 「설의」는 대화체 이야기다. 우리의 근대 시문학사에서 이야기시의 등장은 임화林和의 「우리 옵바와 火爐」부터이다. 사건이 있고 등장인물이 있는 단편서사시를 이야

---

21 송준은 원본에 적시된 '한 얼 生'이라는 시인에 대해서는 단 한 마디의 언급도 없이 네 편의 시를 백석의 작품이라 했다. 이것은 사실 자체의 은폐다.

기시라 했는데[22] 한얼生의 시는 그런 조건까지 갖추지 못하였으나 시적 화자가 독자에게 이야기를 들려주고 있는 것은 분명하다. 「고독」의 시적 화자는 혼자 풀밧길을 걸어가며 인생의 제1과 제2과를 배우던 과거를 회상하고, 「고려묘자」는 고총과의 대화이며, 「설의」의 의문종지형 언술은 시적 화자가 '그'에게 이야기를 거는 구조이다. 「아짜시야」는 시인의 감정이 이입된 이야기 형태이다. 그리고 이런 이야기는 있었던 일을 확장된 문체로 일러주어서 주장하는 기능을 한다.

어려운 세상과 길항하는 얼

한얼生의 작품은 '얼'이 주체다. '韓民族의 얼'을 상징하는 '한 얼'부터 그렇다. 「고독」의 시적 화자는 혼자 '풀밧길'을 걸으며 지나온 지취를 회상하는데 자신은 바닷가 조개껍질처럼 밀려나는 존재라고 했다. 세상살이에 패배하여 초라한 신세가 된 하나의 '얼'을 회상체 발화형식으로 들려준다.

> 나는 孤獨과 나라니 걸어간다
> 희파람 호이 호이 불며
> 郊外로 풀밧길의 이슬을 찬다
>
> 문득 넷일이 生覺키움은 ―

---

22   林和의 「우리옵바와 火爐」(『朝鮮之光』, 1929.2.)에 대해 金基鎭이 '우리들의 詩가 短篇叙事詩의 길로-或은프로레타리아主題詩의 길로-, 諸君의 길은 打開되여잇다.'고 하면서 비롯된 용어이다. 金基鎭, 「短篇叙事詩의 길로-우리詩의 樣式問題에 對하야」, 『조선문예』 창간호, 1929.5., 43~48쪽 참조.

그 時節이 조앗젓슴이라
뒷山 솔밧속에 늙은 무덤하나
밤마다 우리를 맞어 주엇지 안엇더냐!

그째 우리는 單 한번도
무덤속에 무엇이 무처는가를 알라고 해본적도 늣겨 본적도 업섯다
썩갈나무 숩에서 부헝이가 울어도 겁나지 안엇다

그무렵 나는 人生의 第一課를 질겁고 幸福한 것으로 배웟섯다
나는 孤獨과 나라니 걸어간다
하늘 놉히 短杖 횃횃 내두르며
郊外 풀밧길의 이슬을 찬다

그 날밤
星座도 곱거니와 개고리소리 유난유난 하엿다
우리는 아모런 警戒도 必要업시 金모래 구르는 淸流水에 몸을
담것다
별안간 雷聲霹靂이 울부짓고 번개불이 어둠을 채질했다
다음 瞬間 나는 내가 몸에 피를 흘리며 發惡햇던것을 새달엇고
내 周圍에서모든것이서 써나려 갓슴을 알앗다

그째 나는 人生의 第二課를 슬픔과 孤寂과 哀愁를 배웟나니
나는 孤獨과 나라니 걸어간다
旗ㅅ폭이냥 옷자락 펄펄 날리며
郊外 풀밧길의 이슬을 찬다

絡絲娘의 잣는 실 가늘게 가늘게 풀린다
무엇이 나를 寂寞의 바다 한가온대로 쪄박지른다
나는 속절업시 부서진 배(船)쪼각인가?

나는 대고 밀린다
寂寞의 바다 ㄱㅆㅌ로
나는 바다ㅅ가 沙場으로 밀여 밀여 나가는조개 쎕질인가?
오! 하늘가에 홀로 팔장세고 우-쭉선 저-거므리는 그림자여⋯⋯

「孤獨」[23] 전문

　　시적 화자는 인생 제1과를 뒷산 솔밭 속의 무덤도, 부엉이 울음도 겁
나지 않던, '金모래 구르는 淸流水에 몸을 담근' 행복한 시절로 회상한다.
그러나 '뇌성벽력이 울부짓고 번개불이 어둠을 채질'하는 밤을 지나면서
인생의 슬픔과 고적과 애수를 배워 지금은 바닷가의 조개껍질 같은 처지
란다. 인생살이가 험악하다는 이야기를 현재의 한 위기 체험으로 깨닫고
그것을 형상화시킨다. 시간개념으로 규정한다면 과거형 진술 방식인 이야
기와 현재형 진술 방식의 혼합이다. 시간은 흐르고, 그것은 과거, 현재, 미
래로 존재하나 중심은 현재이다. 현재는 과거가 쌓인 것이고, 도래할 미래
를 향해 열려 있다. 그렇다면 이 작품의 시적 화자가 조개껍질처럼 밀리지
만 도래할 세계에 대한 어떤 암시다.
　　이 시에서 '고독'은 의인화된 존재이다. '나는 고독과 나란히 걸어간
다.'가 하나의 '사건'인 것이 그렇다. 이 시가 이야기시 형태인 것은 이런
의인화와 서사성 때문이다. 「고독」이 화소를 과거로 삼고 있는 것은 이야

23　한 얼 生, 「孤獨」, 『만선일보』, 1940.7.14.

기의 본질에 맞다. 그런데 「고독」은 시적 진실의 형상화가 이루어질 만한 내포가 결여된 느낌을 준다. 일상적 용법으로 진술되는 이야기 형태의 사건이 긴장을 이루지 못하고 느슨하게 마무리되기 때문이다. 형상화란 모양을 지니지 못한 것이 구체적인 형태로 나타남을 가르치는데 「고독」에는 그런 언어의 압축미가 약하다. 시적 화자가 '부서진 배(船)쪼각'에서, '바다ㅅ가 沙場으로 밀여 밀여 나가는 조개껍질'이다가, 결국 '하늘가에 홀로 팔장찌고 우-쭉선 저-거므리는 그림자'를 만난다는 서술이 그런 진단을 내리게 한다.

그러나 이런 표현이 언어의 정서적 용법emotive use of language으로는 문제가 없다. 우리가 일상생활에서 사용하는 언어의 진술과는 다르게 절망적 현실을 표상하는 의사진술pseudo statement로 읽히는 까닭이다. 언어의 긴장미, 압축미가 제대로 형성되지 못한 상태이다. 하지만 I.A.리처즈가 시적 진술의 키워드로 규정하는 '정서적 참·True'[24], 곧 '수긍convincing', '진실한sincere', '아름다운beautiful' 등의 의미로 읽히는 정서가 중심 시상을 이루고 있다. 이런 점을 고려하고 그런 논리에 「고독」을 대입하면 이 작품의 언어 용법은 기억의 회상, 단순한 과거사의 소환을 넘어 주체와 대상 사이의 대립이 없는 세계의 자아화이다.

시의 내면세계가 과거지향적일 경우, 여러 이론이 있지만, 시적 표현이 回感Lyrischer stil·Erinnerung된다. 곧 주체와 객체가 밀착하여 융화한다

---

24 C.K.Ogden and I.A.Richards, 『The Meaning of Meaning.- A Study of The Influence of Language upon Thought and of The Science of Symbolism』, Routledge and Kegan Paul Ltd. 1956. p.151. 참조. Corresponding in some degree to the strict sense of true and false for symbolic statements(True), there are senses which apply to emotive utterances (True). Critics often use True of works of art, where alternative symbols would be 'convincing' in some case, 'sincere' in others, 'beautiful' in others, and so on.

는 게 시학의 일반적 논리다. 물론 이 때, 시는 서정적 양식을 대상으로 삼는다.[25] 「고독」은 서정적 이야기시이다. 따라서 그 표현의 언술은 회감이라기보다 기억으로 재현되는 회상에 가깝다. 문맥이 이야기의 통사구조 속에서 시적 긴장미를 뿜어내는 단계에 이르지 못하는 게 원인이다. 회감은 주체와 객체 사이에 대립이 없고, 밀착하기에 시적 향기가 있다. 그러나 「고독」의 회상으로서의 기억은 주체와 객체가 유기적 관계 속에 과거, 현재, 미래가 순차적으로 연결된다. 「고독」의 시적 화자는 과거의 흔적을 어디에선가 찾으려고만 하고 회감으로 승화시키지 못한다. 화자가 과거의 인생 제1과, 인생 제2과를 회상하지만 그런 기억을 불행한 현재의 대안으로만 인식한다. 회상은 기억에 의존하고, 기억은 의지적이고 논리적인 연속성을 지닌다. 이런 점에서 회상은 '정서적 참'이 형상화되기 이전의 감정이다. 그래서 시적 진정성이 단단하게 형상화될 수 없다.

1940년대 재만조선인 시단의 경우 이런 갈래의 시를 대표하는 존재가 백석이다. 백석은 식민지 시대 남의 나라에 살면서 우리의 전통적 문화 소재를 이야기시로 갈무리하면서 그것을 형상화시켜 우리의 정체성을 민족어로 지키는 역할을 했다. 「北方에서」(1940), 「木具」(1940), 「許俊」(1940) 등이 그런 작품이다. 그러나 이런 작품의 진정성이 독자의 감성을 직접적으로 자극하지 않는다. 엄혹한 현실의 압력 때문이다. 한얼生의 「고독」의 경우도 백석처럼 이방에서 일제 강점으로 훼손되어가는 민족의 현실을 이야기시로 에두른다. 과거가 현재의 절망을 위무하는 회상으로 진술되고, 시적 진실, 아름다움이 민족의 정서복원으로 형상화되기보다 일상적인 차원에서 삶의 진리를 사유하는 용법으로 기능하고 있다. 이런 점에서 백석의

25　Emil Staiger, 『Grudbegriffe der Poetik』 Atlantis Verlag. 1968. P.13~82. 李裕榮·吳賢一 역, 『시학의 근본개념』(삼중당. 1978) 17~127쪽 참조.

이야기시와 별로 다르지 않다.

　그러나 결과적으로는 다르다. 「고독」은 제목에서부터 '행복', '고적', '애수' 등 관념적 한자어가 많고, 상투적 표현 등이 시적 성취도를 깎지만 이런 세련되지 못한 언술 뒤에 약하나마 살아 움직이는 인간적 정서가 감지되고, 그것이 민족의 가장 지난한 한 시기를 의사진술로 드러내는 역할을 한다. 이런 점은 당시의 재만조선인 시에서는 발견하기 어려운 시의식이다. 디아스포라의 모국지향성이 민족의식으로 승화되는 긴장미가 강한 것이 그렇다. 시적 화자가 마침내 만나는 존재는 '팔장찌고 우-쭉선 저-거미리는 그림자'인데 이 섬찟한 존재와의 대면은 행복했던 과거를 현재와 맞서 미래를 여는 분위기를 형성한다. 이런 성격은 1940년대 초기 재만조선인 시의 한 특성, 민족적 존재감이 선조들의 영광이 쌓인 과거에서 민족의 얼·정신을 지키는 정서를 교훈으로 삼겠다는 것을 암시한다. 그것은 민족의 집단적 기억, 화려한 과거의 복원일 수 있다. 한얼生은 이렇게 쉬 발설할 수 없는 민족의 욕망을 쉬운 이야기 발화형태에 담아 형상화시키고 있다. 이런 점에서 이 시는 서정적 교술시의 기능을 한다.

고구려 유민으로 소환되는 韓民族의 혼

　「高麗墓子」는 고려국의 한 고총을 테마로 삼은 문답체 이야기시다. 이야기 전체가 역사의 반영이기에 감동과 교훈을 자극한다.

> 옛님이 지나신 발자취 그 누가 알랴 속비인 古木 너는 아느냐
> 째째로 너를 처저와
> 쉬어가고 울다가는 저-郭公이나 아는가?
> (쌔우리무-스 쌔우리무-스 네 이름만이남엇다)

비 바람 모질고

흘러간 歲月의 물결 거칠어웟슴을알네라

髑髏들이 코 골든

씩집(墓)마저 살아젓스니

무엇이 이 뒤의 빈터를 마트리?

(쟤우리무-스 쟤우리무-스 네 이름만이남엇다)

分明 님 이곳에서

저믈도록 씨 너흐시다

그리다 이곳 변죽을 億萬年 두고 직히리

자랑스러운 歷史의 旗幟 쏩어두고

스스로 씩집속에 몸을 숨기신지 그몃해?

(쟤우리무-스 쟤우리무-스 네 이름만이남엇다)

「高麗墓子」(쟤우리무-스)[26] 전문

구문이 순탄치 않고 억지스러운 데가 있다. '촉루髑髏, 억만년億萬年, 역사의 기치旗幟' 등과 같은 관념적인 한자어가 문장을 부자연스럽게 만드는 게 원인이다. 그러나 이 시의 문답형식은 짧은 문답으로 장황한 역사적 진술을 압축하는 효과가 있고, 독자에게 말 걸기는 상대를 글 속으로 유인하여 글에 활기를 불어넣는 역할을 한다. 그리고 매연마다 반복되는 '쟤우리무-스 쟤우리무-스 네 이름만이남엇다.'가 역사의 무상함을 투사하지만 시적 리듬을 형성하기에 시상의 페이소스를 걷어내어 한때 대륙을 지배했던 민족사, 고구려를 복원시키는 역할을 한다.

시적 화자의 시간은, 무너진 고구려와 그 왕국에 다시 선 조선 사이

---

26   한 얼 生, 「高麗墓子」(쟤우리무-스), 『만선일보』, 1940.8.7.

이고, 처지는 서러운 고려유민이다. 무덤을 향해 '쎄우리무-스 쎄우리무-스'라며 고려인을 부르다가 '네 이름만이 남엇다.'는 후렴의 여운은 화려하나 서럽다. 육사가 유고로 남긴 "북쪽 '쓴도라'에도 찬 새벽은 / 눈속 깁히 꽃 맹아리가 옴작어려 / 제비떼 까맣게 나라오길 기다리나니 / 마츰내 저 버리지못할 約束이여!"라 한 「꽃」을 연상시킨다. 「꽃」의 화자가 고구려나 고려를 호명하지는 않았지만 풍찬노숙하던 북만에서 '저버리지 못할 약속'을 기억하는 것은 「고려묘자」의 화자가 저버리지 못한 정서로 '쎄우리무-스'를 연호하는 것과 같다. 이런 민족정서는 지금도 우리에게는 '커가는 나라'[27]로 후세에게 교술시의 기능을 한다. 이런 현상을 감안할 때 시적 화자가 '쎄우리무-스'를 연호하는 것은 고구려의 자랑스러운 후손으로 민족의 영화를 재구성하려는 의도를 알려주면서 주장한다. 이런 점에서 이 시는 탈식민지적, 혹은 저항적이다.[28]

제1연의 중심 이미지는 '옛님'과 '郭公'이다. 이 둘은 의미상 등치의 관계에 있고, 곽공이 옛님의 객관적 상관물 역할을 한다. 곽공은 의인화된 뻐꾸기다. 전해오는 우리의 민담 가운데는 뻐꾸기의 유래에 관한 전통설

---

27 고구려의 엄마는 / 아이가 말을 배울 때면 / 맨 먼저 / 「고구려」라는 말을 가르쳤다. / 다음으로 / 「송화강」이란 말을 가르쳤다. // 아이가 꾀가 들어 / 이야기를 조르면 / 고구려의 엄마는 세상의 온갖 이야기 중에서 / 살수싸움 이야기를 들려주었다. / 세상의 많은 장수 중에서 / 을지문덕 이야기를 들려주었다. / 세상의 여러 임금 중에서 / 광개토왕 이야기를 들려주었다. / …(중략)… / 고구려 사람은 / 겁내지 않고 / 물러서지 않는다는 걸 가르쳐 주었다 / …(하략)… 申鉉得, 동시집 『고구려의 아이』, 형설출판사, 1964. 117~118쪽.

28 탈식민지 문학은 일반적으로 모든 식민지적 기제에 저항하는 이념적 글쓰기로 규정한다. 윤정화는 「재일한인작가의 디아스포라 글쓰기 연구」에서 '탈식민주의 문학은 제국이 자신을 열등한 노예로 규정하는 모든 식민지적 기제와 맞서 싸우는(최강민, 『탈식민과 디아스포라문학』, 제이앤씨, 2009. 100쪽) 이념적 방법이므로 투쟁의 글쓰기와 존재해방의 글쓰기로 귀결된다.'로 정의한다. 이화여자대학교대학원(박사), 2010. 24쪽. 이런 논리로 보면 탈식민주의 문학은 저항문학과 동의어이다.

화가 많다. 여러 개가 있지만 그 가운데 가장 많이 알려진 것은 원한을 품고 죽은 사람의 혼이 새로 환생한 것이 뻐꾸기란 것이다. 곽공을 두견새라고도 하고, 두견새가 우는 봄날 피는 진달래가 붉은 것은 촉나라 망제의 피가 꽃잎을 물들였기 때문이라고 한다. 여기서는 그 원한의 사실이 수식을 갖춘 이야기시로 형상화되고 있다.

이런 원한의 존재를 향해 이 시의 주인공 화자는 '옛님이 지나신 발자취 그 누가 알랴. 속 비인 古木 너는 아느냐 / 째째로 너를 처저와 / 쉬어 가고 울다가는 저-郭公이나 아는가?'가 라고 묻는다. 역사의 기억을 하소연할 데가 없고 지난날의 영화를 알아주는 이 하나 없는 정황이다. 고목은 오래 살았으니 알 듯한데 속이 비었으니 어찌 알겠느냐. 곽공이 알지도 모른다며 그에게서 님의 흔적을 찾으려 한다. 사물을 관찰해서 사상과 감정을 대등하게 표현하려 하는 교술적 언술이다. 그러나 그 교술적 언술은 '쎄우리무-스 쎄우리무-스 네 이름만' 남은 슬픈 상황이다. 후렴구가 기대를 지워 안타까움을 가중시킨다. 수사 기법은 널리 알려진 민간 전설에 이야기를 가탁했기에 호소력이 떨어진다. 그러나 민족의 집단적 기억을 재구성하려는 교훈적 의도가 그런 관습적 한계를 보완한다.

제2연의 키워드는 '띄집'이다. 비정한 세월 속에 화려한 님의 시대는 띄집으로만 남아있다. 이제는 화려한 님의 자취가 재현될 수 없어 안타깝다. 그런데 띄집마저 사라지면 그 뒤를 무엇으로 채우겠느냐며 슬퍼한다. 1, 2행과 3, 4, 5행의 시상이 대조를 이룬다. 고구려의 화려한 시절을 소환하여 그것이 세월의 흐름 속에 속절없음을 안타까워하는 양이 민족이 당면한 처지를 암시하는 구문, 즉 '郭公이나 아는가?', '빈터를 마트리?', '몸을 숨기신지 그 몇해?'와 맞서 있다. 화려했던 역사의 현장을 찾은 비감이 현재의 비극과 오버랩된다.

제3연은 '역사'가 지배한다. 역사란 있었던 사실의 기록이 아니라 현재와 과거의 끊임없는 대화라 할 때, 제3연의 역사는 후자이다. '分明 님 이 곳에서 / 저믈도록 씨 너흐시다'에서 역사를 '씨'로 남긴 님의 분명한 자취와, '그리다 이곳 변죽을 億萬年 두고 직히리 / 자랑스러운 歷史의 旗幟 싶어두고'라며 과거를 미래와 소통하는 사유가 그렇다. '스스로 씌집 속에 몸을 숨기신지 그 몃해?'는 '歷史의 旗幟'와 맞물려 화려했던 역사의 부활을 예고한다. 민족이 당면한 처지와 정서를 호출하여 그것을 민족의 화려했던 역사로 치환하고 확대하는 사유이다.

추방된 망명자의 記意

「雪衣」는 작가 정신의 몰입과 영혼의 서정적 압축이 이야기 형태로 구성된 산문시다. 산문의 첫째 개념과 시의 둘째 개념이 합해진 것이 산문시라 한다면 「설의」는 표상적 사유presentative thinking와 추론적 사유discursive thinking가 혼합된 형태다. 시는 말하는 방식 記票signifiant보다 말하는 것, 記意 signifié가 더 중요한데 「설의」가 바로 그런 작품이다.

> 雪衣는
> 邪念업는 꽃입피런가?
> 오직 神仙이 사는 東方에서만 피고
> 그 젊은 女人은 달을 부끄릴만큼 玲瓏한
> 眞珠알을 품은 이바다가 가장 애끼여마지안는 貝類로다
> 眞紅錦帛 발가득 펴 울장에 너는 한 女人이 잇도다
>
> 그는 元來 우리와 種族이 다르냐?
> 그의 마음은 언제나 손에 든 비단빗처럼 활활타며잇지만

그의 넉슨 녹지도 變치도 안는 雪色의 鑛物質이로다

짐짓 그의 등뒤에 심지를 불쓴 도두고
華美한 女心을 산넘어로 홈처보는 太陽의 戀情을 나는 同情해
도 좃타.

「雪衣」[29] 전문

이 작품은 세 단락의 문답형으로 되어 있는데 질문이 있고 답이 있
다. 알려주기 문학양식이다. 첫 단락은 '雪衣가 곳입피런가?'라 묻는데 그
답은 '진홍백금眞紅錦帛 발가득 펴 울장에 너는 한 女人'이라 한다. 둘째 단
락은 '설의가 원래 우리와 種族이 다르냐?'고 묻는데 그 답은 '설의의 넉슨
녹지도 변치도 안는 雪色의 광물질'이라 한다. 셋째 단락은 첫째와 둘째 단
락에서 제기된 문제를 총괄 정리한다. 즉 '짐짓' 생각해 보니 '설의'는 '女
心을 홈처보는 太陽의 戀情'이라는 것이다. 이것은 교술을 자아의 세계화
로 정의할 때, 자아는 인식과 행동의 주체이고, 세계는 그 대상이 되어 깨
달음과 앎을 실천하고 표현하는 활동을 동반하는 그런 글쓰기 양식, 곧 교
술로 '설의'의 존재를 알린다. 그런데 무엇보다 이 작품에서 눈여겨볼 대목
은 '설의'가 東方에서만 피고, '설의'가 원래 다른 종족이고, '설의'가 설색
의 광물질이라는 것이다. 어떤 귀한 존재에 대한 헌사로 읽힌다. 발설하기
힘든 무엇을 암시한다.

이 작품에는 제목 '설의'처럼 조어한 한자어가 있고, 사용하지 않은
한자어도 많다. 이런 점은 시가 언어예술이라는 것을 전제하면 약점이다.
그러나 이 시의 한자어는 자아와 세계의 관계에서 작품 속에 다루어지는

---

29   한 얼 生, 「雪衣」, 『만선일보』, 1940.7.24.

무게 중심이 세계 쪽인 '설의'로 쏠리게 하는 역할을 한다. 개념어인 한자를 적절하게 삽입해 의미를 강화하고 사고의 차원을 높인다. 언어의 이런 용법은 예술적 의장이라기보다 대상이나 세계에 대한 깨달음을 자극, 서술하는 기능을 한다. 세상살이를 시비하고, 역사를 회고하고, 강토와 고향을 사랑하고, 나라를 염려하고, 삶에 대해 성찰하는 문학이면서 철학인 시조[30]의 그 지혜, 가령 퇴계의 「도산십이곡」, 율곡의 「고산구곡가」, 정철의 「훈민가」처럼 대상을 받든다. 당시 만주에도 근대화 바람이 불어 수입품 서구어가 시에 자주 등장하는데 한얼生의 작품에는 그런 어휘는 전혀 없다. 한자어가 중심이고 순우리말은 어미도 '~런가.' '~도다.' '~로다' 식으로 고어 형태로 활용하고 있다.

「설의」의 시적 화자의 눈에 잡히는 풍경은 눈옷으로 갈아입은 세상이다. 이것은 만주국의 실상이 아니다. 일제의 괴뢰 만주국의 실제는 눈으로 덮어 버렸다. 실제는 안 보겠다는 것이다. 이유가 무엇일까. 시의 역할 때문이다. 시는 무엇인가. 시는 이치 탐구를 두고 철학과 경쟁을 하면서 통상적인 논리를 넘어서는 표현으로 인간이란 존재의 자기반성을 자극한다. 자신이 속한 집단이 불행을 당했을 때, 시는 투쟁의 무기이고, 그 불행을 축복이게 하는 힘이다. 시인은 세상의 아픔에 괴로워하고, 나라가 망하면 그 시비에 생명을 바친다. 한얼生이 이런 작품을 쓰던 시간 심훈이 그러하다. 심훈의 「그날이 오면」은 검열에 걸려 발표하지는 못했지만, 광복을 이룩하는 날이 오면 '드는 칼로 이 몸의 가죽이라도 벗겨서 / 커다란 북을 만들어 들쳐 메고는' 춤을 추겠다고 했다.

'한 얼 生'은 추방된 망명자가 분명하다. 추방당한 땅에서 강압적인 권력에 의해 실현되지 못하고 유린된 이상인 '한민족의 얼·정신'의 실현

---

30   조동일, 『시조의 넓이와 깊이』, 푸른사상, 2019. 604쪽 참조.

을 꿈꾼다. 시의 독립군이다. 「설의」는 이렇게 말하는 방식, 記票sigifiant와 말하는 개념, 記意signifié가 호응하며 시적 진실을 구현한다. 첫 연에서 '설의'가 '오직 神仙이 사는 東方에서만 피고'라 함으로써 그 '東方'이 당시 시대와 맞물려 오해될 소지가 있다. 구체적으로 말하면 일본 총리 고노에近衛文磨가 1938년에 두 차례나 외친 '동아시아의 영원한 안정을 확보할 신질서를 건설'한다는 '동아신질서론'이 1940년 무렵에는 '대동아공영권'이라는 슬로건으로 바뀌던 그 '東亞'와 연결될 소지가 없지 않다.

사정이 그러한데 이 시의 화자는 그 '東方'을 향하여 '邪念업는 곶입 피런가?'라고 반문한다. '사념 업는 곶입'은 '신선이 사는 동방에서만 핀다.'는 뉘앙스를 풍긴다. 그렇다면 이 '곶입'은 신성한 존재다. 정황이 이렇게 되면 '한 얼 生'이라는 존재가 중일전쟁을 벌여 일시에 30만 명을 학살한(난징대학살) 사악한 일제를 향해 '邪念업는 곶입'이라고 말하는 형태이다. 일제가 '邪念업는 곶입'이 되면 '한 얼 生'이란 존재는 설 자리가 없다. 그런 독해는 시가 하나의 유기체란 원리로 볼 때 이치에 맞지 않다. 따라서 첫 연의 記意signifié는 우리 민족을 상징한다. 이 시의 주인공 화자는 '눈이 온 하얀 풍경'에서 '玲瓏한 眞珠알'을 발견한다. 맥락이 이렇다면 '雪衣는 / 邪念업는 곶입피런가?'라는 의인화의 실체는 우리 민족의 '白衣의 하얀 혼'을 표상하는 객관적 상관물일 수 있다.

둘째 연의 첫 행, '그는 元來 우리와 種族이 다르냐?'는 '그(雪衣)'와 '우리(만주국 국민)'를 차별화하는 의미이다. '그는 元來 우리와 種族이 다르냐?'는 의문문은 '그는 원래 우리와 종족이 다르다.'는 뜻이다. 비유의 한 갈래인 의인법은 한 사물을 다른 사물에 견주어 단어의 의미에 변화를 주어 새로운 의미를 창출한다. 그렇다면 둘째 연의 내포는 조선인은 원래부터 귀한 종족이라는 것을 묻고 답하는 형식이다.

이런 시적 의장은 종교라기보다 사상체계에 가까운 대종교大倧教가 당시 놓여 있던 정황을 연상시킨다. 당시 대종교는 일제의 압제를 피해 총 본산을 '만주국 牡丹江省'으로 옮기면서 영토개념을 풀어버렸다. 대종교에 있어서 만주는 그 전신이라 할 신교神敎의 발상지면서 역사적 활동무대인 동시에 대종교 중광의 계기를 만든 성지다. 그것이 이 작품에서는 '雪衣는 / …/ 오직 神仙이 사는 東方에서만 피고'처럼 민족이 당면한 처지를 위무 하며 그것을 새로운 미래의 역사로 승화시키는 이상화된 공간개념으로 형 상화되었다. 가령 대종교 교도 이극로李克魯가 "동방에는 밝은 빛이 비치 었다."고 하면서 "직접으로는 만주대륙과 조선반도를 중심하여 여러 천만 사람이 대종교의 신앙을 저도 모르는 사이에 아니 믿는 사람이 없고 간접 적으로는 이웃 겨레들도 이 종교의 덕화를 받지 아니한 이가 없다"[31]고 한 것과 맥락을 같이한다. 이것은 일제말기 대륙으로 망명한 신채호, 박은식, 이시영, 이상용, 김승학, 정인보, 김교헌 등 대종교 교도들의 역사인식을 지배한 정신이, 신라-고려-조선으로 이어지는 반도적인 관점을 벗어나, 고 조선-부여-고구려-발해·요·금·청 등으로 엮이던 그 대륙중심주의적 사 유에 다름 아니다.

그런 시간 이극로李克魯로 추정되는 '한 얼 生'이 「한얼노래」(神歌), 「開天歌」를 썼다. 그리고 그것을 대종교의 『한얼노래』에 실어 세상에 그 뜻을 알렸는데 그 「한얼노래」(神歌)와 한국을 연다는 의미의 「개천가」에 이 런 이상화된 민족개념이 잡힌다.

어아 어아 우리 한배검 가마고 이 배달나라 우리들이 골 잘 해로 잊지 마세

31　이극로, 「널리펴는말」(開天 4399년 9월 5일). 개천 4399년은 서기1942년(4399-(2333+124) 이다. 대종교종경사편수위원회 편 『大倧敎重光六十年史(稿)』, 개천4428년, 459~461쪽.

어아 어아 차 맘은 활이 되고 거 맘은 설데로다.[32]

늘 흰메 빛구름 속 한-울 노래 울어나도다
고운 아기 맑은 소리로 높이 부른다. 별이 받도다 웃는다.
한배 한배 한-배 우리 한배시니 빛과 목숨의 임이시로다.

「開天歌」 2절[33]

'한 얼 生', '한얼노래', '한배검', '한울'이란 어휘는 공통분모가 '한'이
다. '한'의 어원을 정확하게 고증할 길은 없지만 '한××'의 언술형태가 '한
민족韓民族'의 그 '한', 곧, '크다. 높다'는 개념이다. 이런 한배검, 배달민족
정서는 「개천절 노래」에 '이 나라 한 아버님은 단군이시니'에도 나타난다.
'한 아버님'의 '한'이 '하나'로도 읽히지만 '한 얼 生', '한얼노래', '한배검',
'한울'과 의미자질이 다르지 않다. 이런 언술이 발산하는 민족적 정서는 신
채호를 필두로 한 대종교와 연결된다.[34] 정인보는 「개천절 노래」의 작사자
이다. '한 아버님'이 '한 얼 生', '한얼노래', '한배검', '한울'과 묶이는 연유
이다. '민족복원의 꿈을 꾼 익명의 혼, 한 얼 生'이 가능한 것은 이런 시의
식 때문이다.
　　셋째 연은 제1연과 제2연으로 전개되던 시상의 마무리다. '꽃입', '眞
珠알', '元來 다른 種族', '雪色의 鑛物質'로 의인화된 그 시적 화자는 '雪衣'

32　한얼노래(神歌). 곡조 『한얼노래』(神歌), 大倧敎 總本司. 滿洲國 牡丹江省 寧安縣 東京城 街
　　東區 第十九牌 三號 康德 九年(개천 4399년, 서기 1942년), 1~2쪽.

33　開天歌. 곡조 『한얼노래』(神歌), 大倧敎 總本司 滿洲國 牡丹江省 寧安縣 東京城 街東區 第
　　十九牌 三號 康德 九年(개천 4399년, 서기 1942년), 6쪽.

34　임시정부의 박은식, 신규식, 이동녕, 이시영, 李相龍, 金東三, 또 김좌진, 이범석 장군이 모
　　두 대종교 교도이고, 한글 연구가 주시경, 金科奉, 安自山, 최현배, 이윤재, 정인보, 이병
　　기, 신명균 등이 모두 대종교 신자이다.

를 '산넘어로 훔처' 본다. '눈 온 풍경', '설의'의 세계가 '太陽의 戀情'으로 회감되는 구조다. 태양의 사랑과 의로움이 원래 다른 종족, 너희를 돌볼 것 이란 축원이다. 이렇게 언어행위가 크게 확대된다는 점에서 「설의」는 단순 한 서경시가 아니다. 눈빛으로 상징되는 백색과 태양을 사모하는 연정으 로 표상하는 언어행위는 경험의 형상화인 문학이라기보다 가설 없이 본질 과 근본을 탐구하는 철학적 사유에 가깝고, 작품의 의도가 교훈적 이념의 변통으로 독해되기 때문이다. 「설의」에 대한 이러한 독해 발상, 혹은 이해 의 시각은 한용운의 작품을 불교사상의 관점에서 접근하면서, '문학과 사 상은 서로 대립하는 위치에 있기도 하고, 서로 보조하는 관계에 있기도 하 다. 작품의 형식이 요구하는 통일성은 사상을 배척하여 물리치지만 작품 의 내용이 요구하는 다양성은 사상의 특정국면을 포섭하여 받아들인다.'[35] 는 논리 등에서도 발견된다. 그리고 우리의 시조를 유교적 사유로 독해하 는 것도 관습화되었다. 따라서 이런 접근은 일반성을 지닌다.

알려주기 양식과 역사 유토피아

「설의」에서 발견하는 이런 말하는 내용, 記意signifié는 「아샤시야」에 도 같은 양식으로 나타난다.

서리에 傷해 쩔어진 제 입사귀로 발치를 뭇고 쉴새 업시 찬바람
을 吐해내는 蒼空과마주처 죽은 듯이 우쑥 선 아샤시야
아무런 假飾도 虛勢도 쑤미지안은 검은몸이로다. 그러나 몸에
굿거니 武裝하기를 게을리아니하고 가슴패기 노란 누룸치기 몃마리

---

35   김인환, 「문학과사상」, 『비평의 원리』, 나남출판, 1999년, 80~81쪽 참조.

날러와 가지에 머므르고 少女갓흔 맵시로 哀憐한 목소리 내여 찍-찍
- 울지만그는 오직 바위갓치 鈍感하다.

　　既往 萬年을 足히살어왓고
　　將次 億年을!
　　將次 億年을 더살리라는 듯
　　둔덕위의 錚錚한 아짜시야 한그루 時空을 헤집고 그 한복판에
　서서 生과 歷史를오늘도
　　어제도 諦念하다

「아짜시야」[36] 전문

　　표현매체를 언어로 삼는 시 예술은 극서정시가 아니라도 대상을 독
특한 개성적 정서로 형상화하는 것을 가치기준으로 삼는다. 그런데 「아
짜시야」의 언어용법은 일상어가 알려주기 양식으로 전개되기에 시적 긴
장tension 형성도가 낮다. 이 시의 이런 언어용법을 I. A. 리처즈의 의사진술
Pseudo-statement, 즉 시와 시어의 성격을 규정하는 논리에 대입하면 사정이
조금 달라질 수는 있겠다. 하지만 그것은 일반론이기에 「아짜시야」의 시적
특징이라 할 수 없다. '가슴패기 노란 누룸치기 몃마리 날러와 가지에 머
므르고 少女갓흔 맵시로 哀憐한 목소리 내여 찍-찍- 울지만 그는 오직 바
위갓치 鈍感하다.'는 의사진술의 수준이다. 의사진술이 과학적인 차원에서
진위를 따지지 않고 상상력과 정서에 의거한 말이지만 문자적 의미extension
를 비유적 의미intention로 전환시키는 수준이기에 시적 긴장감을 극대화
하지는 못한다. 말하는 방식, 記票sigifiant는 일상어 용법의 산문체이고, 말
하는 것, 記意signifié만 시의 주제를 겨냥하기에 서정시로서의 긴장미가 떨

36　한 얼 生, 「아짜시야」, 『만선일보』, 1940.11.21.

어진다.

하지만 「아싸시야」는 주제를 의인화로 강화함으로써 말하는 방식, 記票sigifiant의 약점을 보완한다. 첫째 연 둘째 행의 '아싸시야'는 감정이 이입된 인격체로 말하고 느끼고 행동한다. 시적 화자 '그'는 지금, '時空을 헤집고 그 한복판에 서서 生과 歷史를 오늘도 어제도 諦念'한다. 이것은 의인화 기법으로 주체와 대상을 미적 공감으로 형상화하는 글쓰기가 아닌, 진술statement이다. 예술로서 정서의 형상상화라기보다 서사로서의 '生과 歷史'를 알려주고 설명한다. '시인 한 얼 生'은 잠들어있는 정서에 영혼을 몰입시켜 세계를 응축하기보다 민족만 있고 국가는 없는 시대를 사는 독자를 향해 '기왕 만년旣往 萬年', '장차 억년將次 億年'이라며 현재를 과거로 치환하며 미래의 영속을 예보한다. 말의 긴장도가 떨어지지만 조선유민들의 탈기한 현실을 목도하고 상구보리上求菩提의 거창한 장래목표를 포기하지 말라며 독자를 일깨우며 가르친다.

「아싸시야」의 이런 성격은 식민지 시기 우리 민족의 존재감을 표상할 수 있는 마지막 방법, 유토피아, 곧 이상세계의 형상화에 다름 아니다. 「雪衣」와 「아싸시야」는 그것을 흰빛으로 구현하려 한다. "雪衣는 / 邪念업는 꼿입피런가?"라 할 때의 「雪衣」는 '白衣', '백의민족'의 이미지를 연상시키고, 「아싸시야」의 흰빛은 '백의'의 숭고·순결의 대체물로 기능한다. 눈 덮인 산, 결혼하는 신부의 하얀 드레스가 상징하는 그 숭고·순결이다.

'숭고'란 현실을 자신이 바라는 이상과 일치시키려는 고고한 미의식으로 그것과 견줄 만한 것은 더 이상 없다는 미적 정서이다. 숭고의 바탕에는 순결하고 높은, 무엇과도 비교할 수 없는 경외감이 깔려 있다. 숭고는 인간의 미적 감식 능력을 초과하는 알 수 없는 것, 몸으로 가 닿을 수 없는 신비한 대상에서 비롯한다. 그것은 우리 안에 깃든 속악함, 구실구질한 것, 불길함을 정화시킨다. 또한 숭고는 우리가 얼마나 작고 지질한 존재인가를 깨우치고, 자기 성찰과 함께 사유의 메마름, 인간의 현실적 욕망, 인간의 한계를 극복할 수 있는 정서를 자극한다.

한얼生이 이 「설의」나 「아짜시야」를 쓰던 시간 모든 조선인들은 만성적 울분상태에 빠져 그것으로부터 탈출을 꿈꾸었다. '있는 것-현실'과 '있어야 할 것-이상'의 괴리가 너무 심하여 자신의 소망을 자기 방식으로 실현하지 않고는 견딜 수가 없었다. 그러니까 「설의」나 「아짜시야」는 한얼生이란 얼굴 없는 시인의 이상 실현이 역사 유토피아로 형상화된 한 구체적인 사례다.

만주국은 재만조선인을 일본인 다음으로 우대한다고 했지만 그것은 타민족으로부터 비난받는 원인이 되었고, 만주는 우리 민족의 고토지만 유맹으로 전락한 처지였다. 그 많던 독립군은 자취가 없고, 오랑캐로 경원시하던 족속 속에서 시적 화자가 자신의 뿌리를 찾는 것이 이런 진단을 내리게 한다. 그런데 오족의 일원으로 남은 만주 땅에서 이런 역사 유토피아를 꿈꾸는 존재, 얼굴 없는 '한 얼 生'은 누구일까.

대종교 교도일 가능성이 높다. 가령, 신채호, 이동휘, 홍범도, 이범석, 이상용 휘하에서 독립투쟁을 하던 이극로李克魯[37]로 추정된다. 이극로는 일

---

37 이극로는 경술년에 한일합방과 중국 신해혁명이 터지면서 동양정국이 요동을 칠 때 큰 뜻을 품고 단신 단봇짐을 싸서 지고 서간도를 향해 마산의 昌信學校를 떠났다. 뜻을 세우고 힘쓰면 그것을 이룬다는 미신 같은 자신감에 따라 여비 한 푼 없이 장도에 오른 것이다. 대구까지 와서 대구 부자 李一雨에게 차비 보조를 받아 김천까지 갔다. 이일우는 독립군 이상정 장군, 민족시인 이상화의 아버지 李時雨의 친형이다. 이일우가 세운 큰 서점 友弦書樓는 대구 대륜중고등의 전신인 교남학교(1921)이다. 우현서루는 책방이 아니라 수천 권의 장서를 소유한 도서관이었다. 이 도서관에서 공부를 한 인물이 「是日也放聲大哭」의 張志淵, 제2대 대통령을 역임한 朴殷植, 임시정부 초대 국무령 李東輝 등이다. 모두 대종교 신도이다. 이극로는 만주에서 신채호를 만나면서 대종교에 입문했다. 일본대학 정치과에 유학한 安廓(安自山)도 창신학교 교사로 근무하면서 대구에 가서 그곳 유력인사들을 상대로 南亨祐, 李潤등과 강연회를 개최하며 대종교의 문명적 민족주의를 설파했다.

제가 조선인들을 그들의 매트릭스에 가둬놓기 위해 벌이던 온갖 술책과 압박을 가하는 것에 대하여 대종교를 등에 업고 국권회복에 대한 이념을 전달하는 글쓰기에 매진해온 존재다. 그런 성격은 「吉敦事件 진상조사와 재만동포위문」, 「水陸二十萬里 두루 도라 放浪二十年」, 「조선어학회와 나의 반생」 등에 극명하게 나타난다.[38] 그리고 '旣往 萬年을 足히살어왔고 / 將次 億年을!'이라며 미래를 축원하는 표현자질은 그 시절 그곳 '牡丹江省 寧安縣'에서 이극로가 '머리ㅅ말'을 써서 발행한 대종교大倧敎의 『한얼노래』에서 "바위 밑에 눌린 풀도 싹이 터서 올라오네."(「봄이 왔네」)라며 우리 민족의 장래를 축원하는 그 의식과 같다. 또 대종교가 1940년대 초까지 민족종교로서 소임을 다하다가 「임오교변壬午敎變」(1942)을 당할 때, 이극로는 기존의 대종교大倧敎 신가神歌에 새로운 노래 가사를 교술시로 지어 보태면서[39], 조선어학회 간사로 활동했고, 임오교변의 발단이 되는 「널리 펴는 말」을 썼다. 이런 점을 감안하면 '한 얼 生'은 이극로의 가명일 수 있다.

그뿐 아니라 '한얼노래'가 '한국인의 얼·정신의 노래'이고, '한글'이 '한국의 정체의 압축'이기에 이극로는 이 양자에 다 관계된다. 조선어학회 간사 이극로가 만주의 대종교 교주 윤세복에게 보낸 「널리 펴는 말」을 일

---

38 오양호, 『한국근대수필의 행방』, 소명출판, 2020. 「기행수필과 서사적 교술」 참조.

39 곡조 『한얼노래』 '머리ㅅ말'은 다음과 같다. "한얼 노래는 대종교의 정신을 나타내어, 믿는 마음을 굳게 하며 사는 기운을 펴게 하는 거룩하고 아름다운 노래다. 이 노래는 원로와 함께 믿는 이에게 큰 힘과 기쁨을 주는 것이다. 한얼 노래는 돌아가신 스승님들이 지으신 것을 본을 받아, 새로 스물 일곱 장을 더 지어 보태어, 번호를 매지 아니한 얼노래 한 장을 빼고, 모두 설흔 여섯 장으로 되었다. 이것으로도 신앙과 수양과 예식에 관한 여러 가지 노래가 다 갖추어 있다. 노래 곡조는 조선의 작곡가로 이름이 높은 여덟 분의 노력으로 써 이루어진 것이다. 진실로 그 예술의 값은 부르는 이나 듣는 이의 마음의 거문고를 울리어 기쁘고 엄숙하고 원대한 느낌을 준다. 개천 4399년 3월 3일. 이극로.", 『한얼노래』(神歌), 大倧敎 總本司 滿洲國 牡丹江省 寧安縣 東京城 街東區 第十九牌 三號 康德 九年(개천 4399년은 (2333년+124년)=서기 1942년이다.).

제가 '독립선언서'라면서 '또 하나의 3·1운동'으로 규정하고 대종교 교도들을 구속하고, 그 중 10명을 옥사하게[40] 만들 때, 이극로는 그런 사건의 한가운데 서 있었다. 그렇다면 '旣往 萬年', '將次 億年', '生과 歷史' 같은 표현은 이극로라야 가능하다. 그 시간 「널리 펴는 말」처럼 망국민의 원한이 담긴 글은 달리 없기 때문이다. 사정이 이렇더라도 꼭 '한 얼 生=이극로'라야 「아짜시야」의 성취도가 높아지는 것은 아니다. '한 얼 生=이극로'라는 가정만으로도 이 작품의 내포는 우리의 기대에 값한다.

시는 1차적으로 언어예술로서 언어가 형상화시키는 의미의 결과이다. 작품에 나타나는 사상, 이념은 2차적 요소로 1차적 요소를 보완한다. 「아짜시야」는 형식적으로는 설경이 테마인 서경시다. 그러나 그 내포(記意, signifié)는 민족 이념의 형상화다. 이런 점에서 「아짜시야」는 '한 얼 生'이라는 얼굴 없는 시인이 1940년대 전반기 재만 한민족韓民族의 삶에 존재했던 실상을 알려주는 객관적 상관물이다.

1.4. 마무리

백석의 작품으로 평가된 바 있는 한 얼 生의 「고독」, 「고려묘자」, 「설의」, 「아짜시야」는 그 문체가 백석과 판이한 것이 확인되었다. 관념적 한자어가 많고, 구문에 억지가 있으며 자연스럽지 않은 것이 백석의 문체와 다르다. 또 감탄조 수사에 생략이 심한 어색한 문장은 백석의 세련된 문장과 큰 차이가 난다. 그리고 무엇보다 작자 이름이 '한 얼 生'으로 명시되어

---

40   33) 1942년 9월 조선어학회 간사 이극로가 만주의 대종교 교주 윤세복에게 보낸 「널리 펴는 말」이 독립선언서로 일역됨으로써 만주의 대종교 교주 이하 신도 25명이 검거되고 열 사람이 옥사하는 임오십현 사건이 발생했다. 大倧敎倧經倧史編修委員會, 『大倧敎重光六十年史·稿』, 大倧敎總本部, 開天 4428.10월, 456~463쪽 참조. 개천 4428은 서기 1971년이다.(4428-(2333+124)=1971)

있다. 송준宋俊은 이 네 편의 작품을 백석의 작품이라고 주장했지 논증은 못했다. 오양호 역시 '한 얼 生=백석'을 논증하지 않고, 송준의 견해를 따름으로써 작품평가를 크게 그르쳤다.

「고독」, 「고려묘자」, 「설의」, 「아싸시야」는 세계의 자아화가 기본인 문학 갈래지만 그에 못지않게 작품 외적 자아의 개입으로 이루어지는 자아의 세계화가 강하다. 이런 성격을 근거로 네 편의 작품을 고찰한 결과를 다음과 같이 정리한다.

첫째, 「고독」의 시적 화자는 현재의 '고독'을 행복했던 과거의 회상과 길항시켜 그것을 극복한다. 이런 특성은 1940년대 초기 재만조선인의 역사의식, 곧 민족적 존재감을 역사적 진실로 형상화시킨 '얼'로 독해하게 한다. 민족의 숨은 정서를 쉬운 이야기 발화형태에 담아 현실주의 시로 형상화하기 때문이다.

둘째, 「고려묘자」의 주인공 화자가 '곽공'을 나라 잃은 원혼으로 사유한다. 이것은 그 새에게서 자신을 발견하고, 민족이 당면한 유맹의 처지를 화려했던 과거의 집단적 기억을 현재의 역사로 치환하여 그 불운과 맞서려는 작가의식에 다름 아님을 확인하였다.

셋째, 「설의」는 갈등이 많은 현실에서 감지하는 갈등을 문답체로 표현한다. 삶의 현장을 '눈 온 풍경'(雪衣)으로 싸고, '사념 없는' 세계로 성찰한 뒤, 인간사의 내력을 캐고, 그것을 뒤집으며 앞날을 염려한다. '한 얼 生'이 추방당한 망명자, 얼굴이 없는 시인인 것은 이렇게 집단의 불행을 축복이게 하고, 투쟁의 무기로 사유하는 글쓰기가 원인으로 판단된다. 말하는 방식, 記票sigifiant가 다분히 교술적 특징을 지닌 시조[41]를 닮은 것도 맥락이 같다.

---

[41] 李滉의 「도산십이곡」, 李珥의 「고산구곡가」, 鄭澈의 「훈민가」가 대표적인 작품이다.

넷째, 「아싸시야」는 시가 대상을 개성적 언어로 형상화하는 예술인데 이야기체인 일상어로 테마를 서술한다. 그 결과 시적 긴장tension을 형성하지 못한다. 그러나 작가의 민족주의적 사유가 문자적 의미extension를 비유적 의미intention로 전환시킴으로써 역사 유토피아를 겨냥하는 숭고한 주제의식이 민족주의자와 호응을 이루게 한다. 이런 점 역시 '한 얼 生'의 시를 현실주의 시로 독해하게 만든다.

2. 五族과 민족 혼-백석

2.1. 머리말

백석白石(白夔行, 1912~1996)의 문학은 그가 산 내력을 기준으로 할 때 경성京城문학기(1940년 2월 이전), 신경新京문학기(1940~1945), 평양平壤문학기(1945~1996)기로 나눌 수 있다.

백석은 작고 문인의 작품집이 베스트셀러가 된[1] 희귀한 시인이라 지금까지 백석의 시에 대한 연구는 서정주, 한용운, 김소월 등과 비슷한 수준이지만[2] 장차 백석연구가 더 활성화될 듯하다. 활동공간이 경성京城, 신경新京, 평양平壤으로 넓고, 일본의 다나카 후유지田中冬二의 시와는 비교문학적 관점에서 논의가 예상되며 문학 갈래도 시만 아니고, 소설번역[3], 평양문학기에는 산문창작도 했기 때문이다. 여기서 고찰의 대상이 되는 작품은

---

1   李東洵 편, 『백석시전집』, 創作社, 1987. 2004년 기준 20쇄를 넘는 발행부수를 발행했다고 함.

2   국립중앙도서관 검색 창에 2020년 9월 현재, '백석시 연구'를 입력하면 학위논문이 116건이다. 그 중 '백석시 연구'와 다른 시인과 백석의 시를 묶어 연구한 논문이 약 40편이다. '서정주시 연구'는 학위논문 154건, '김소월시 연구'는 학위논문 106건, 한용운 연구는 학위논문이 95건이다.

3   백석은 럼아드·키플링의 『리스페스』를 「홋새벽」, 「헛새벽」이라는 제목으로 번역하여 『만선일보』에 연재했고(1940.12.24.~28.), 토마스 하디의 『테스』도 번역하여 경성의 조광사朝光社에서 출판했다

신경문학기 시詩다.

백석은 1940년 초에 신경新京으로 가서, 윤치호尹致昊의 조카로 만주
국 국무원 자료과장으로 근무한 윤모의 주선으로[4] 만주국 국무원 경제부
서기로 일하다가 1941년에 그만두고, 안동세관으로 직장을 옮긴 뒤[5] 한족
漢族의 농촌에 거처를 정했다. 그때 백석은 「귀농」(1941.4.), 「힌 바람벽이 있
어」(1941.4.), 「北方에서」(1940.7.), 「許浚」(1940.11.), 「국수」(1941.4.), 「촌에서 온
아이」(1941.4.) 같은 농경적, 혹은 유교적 인륜정서가 강한 작품을 썼다. 여
기서는 「힌 바람벽이 있어」(『문장』, 1941.4.), 「歸農」(『조광』, 1941.4.), 「朝鮮人과
饒舌.-西七馬路 斷想의 하나」(『만선일보』, 1940.5.25.~26.), 「당나귀」(『每新寫眞旬
報』, 1942.4.11.)를 고찰한다. 왜 이 네 작품만 문제로 삼는가.

「힌 바람벽이 있어」는 다나카 후유지田中冬二의 「ふるさとの家の壁」
과 상호텍스트 관계가 성립되고, 「귀농」은 민족적인 정서와 친만적 정서
가 양립하는 생활시로 독해된다는 가설 때문이다. 「조선인과 요설」은 백석
이 시라무라 기코(白村夔行)로 창씨개명을 했고, 만주국 국무원 경제부 서기
로 산 내력과 관련되기에 백석의 만주 시편을 해찰하는 분위기를 만든다
는 혐의 때문이다. 또 「당나귀」는 절체절명의 미드웨이해전이 벌어지던 바
로 그 1942년 8월, 『每新寫眞旬報』에 발표한(1942.8.10.) 작품인데 발표지면
이 조선총독부 기관지 『매일신보』가 발행하던 순보로 제2차 세계대전을
천연색 화보로 선전하던 신문에 발표되었기 때문이다. 「당나귀」가 놓인 자
리가 이렇다면 이 작품은 절대로 간과할 수 없다. 발표지면만으로도 문제
가 된다.

---

4   白石 '방랑의 만주시대 복원'. 『만선일보』 기자였던 高在驥의 증언. 『경향신문』, 1998.2.5
5   고재기는 『경향신문』 '방랑의 만주시대 복원'에서 백석은 만주에서 방랑생활을 하면서 洪
     陽明의 도움을 많이 받았고, 안동으로 간 것은 『만선일보』 편집국장이던 염상섭이 안동세
     관에 있었기 때문이라 했다.

2.2. 세상살이의 조응

白石의 「흰 바람벽이 있어」와 田中冬二의 「ふるさとの家の壁」 비교고찰

「흰 바람벽이 있어」는 우리 민족의 북방정서가 유독 곡진하게 형상화된 정서를 발견하기에 백석 시 연구에서 늘 앞자리에 오르내리는 작품이다. 그런데 이 작품은 다나카 후유지(田中冬二)의 「ふるさとの家の壁」과 발상, 테마, 표현이 너무 흡사하다.

필자가 백석의 만주시편에 몰입해 있던 시간에 경험한 한 충격적인 사건이 있다. 그것은 서정주가 타계하기 직전 무슨 비밀스런 이야기를 털어놓듯 '白石을 알려면 일본의 전중동이를 알아야 해'라고 하는 말을 직접 들었다는 시인 두 사람을 같은 날 같은 장소, 그러니까 3자가 대면하는 사건이 있었다.[6] 나는 그때 두 시인의 증언을 서정주가 백석의 시를 좀 비판적으로 읽으라는 의미로 이해했다. 해금에서 풀린 백석의 시를 대부분의 연구가 '母國語를 回生시킴으로써 민족 정서의 합일, 주체적 의지, 자아복원을 실현한 시인' 등 경쟁이라도 하듯이 칭찬만 했기 때문이다. 서정주 말의 진의는 백석의 시는 그가 아오야마 가쿠인靑山學院대학에 유학할 당시 일본 최고의 시인으로 평가받던 '다나카 후유지田中冬二' 시를 보면 평가가 달라질 것이라는 의미다. 서정주의 그런 발언이 동업자의 시기일 수도 있

---

6 나는 중국 長江 삼협댐 건설 직전인 2002년 7월 13일, 장강 상류로 김윤식, 홍상화, 이근배, 문정희, 이경자, 강신애 등 문인과 유람선 여행을 하였다. 그때 선상에서 백석과 서정주 이야기가 무슨 이야기 끝에 나왔는데 이근배가 서정주가 '백석을 알려면 전중동이를 알아야 해'라고 하는 말을 하더라고 하자, 문정희도 그런 말을 들었다고 했다. 나는 여행에서 돌아와 국립중앙도서관에서 田中冬二의 여러 시집을 읽었다. 그 가운데 『靑い夜道』(1929)에 수록된 「ふるさとの家の壁」가 백석의 「흰 바람벽이 있어」와 너무나 흡사한 사실을 발견했다.

지만 백석의 작품에도 독창성이 의심스러운 데가 있는데 연구자들은 그것을 간과하고 있다는 충고로 들렸다.

다나카 후유지(田中冬二, 1894~1980)는 1930년대에 『青い夜道』(第一書房, 1929), 『海の견える石段』(第一書房, 1930), 『山鴫』(第一書房, 1935), 『故園の歌』(アオイ書房, 1940) 등의 시집을 출판하여 일본 시단에 이름이 크게 떨쳤다. 일본 문학사는 이 시인을 가장 일본적인 정서를 명징한 언어로 형상화한 서정시인으로 평가한다. 첫 시집 『푸른 밤길·青い夜道』이 간행되자 일본 시단은 산촌山村과 북향北鄕의 일상에 대한 애착심을 그윽하고 투명한 감각으로 옮겨놓은 서정시집, 밝은 향수鄕愁, 명증明證한 시정이라는 평가를 내렸다.[7] 두 번째 시집 『바다가 보이는 돌층계』를 간행한 뒤에는 신시정신 운동의 중심지인 『시와 시론』과 교류하면서 모더니즘의 시법을 흡수하여 시단을 빛낸 최고의 시인으로 평가되었다. 『고원의 노래』에 이르러서는 자연과 함께하는 일본의 전통적인 생활을 동양인 특유의 풍물들을 상징적으로 또는 수채화를 그리듯 섬세하게 묘사한다고 했다. 이런 시풍은 당시 일본시단을 풍미하던 프롤레타리아적 참여성, 모더니즘적 도시성과는 많이 다른 신선함, 참신함, 가장 일본적인 특징으로 평가된다.

다나카 후유지 시의 이런 특징은 백석 시에 나타나는 짙은 북방정서와 흡사하다. 그런데 다나카 후유지의 그것이 가장 일본적인 것이 되는 것처럼 백석의 북방정서는 가장 조선적인 것으로 평가된다. 백석 시와 다나카 후유지 시의 이런 관계는 백석이 아오야마학원에 유학하여 영문학을 공부하였고, 그때 다나카 후유지 시가 일본시단에서 참신한 신인으로 크

---

7   長谷川巳之吉, 「『青い夜道』 あとかき」, 『青い夜道』, 第一書房, 1929. 203~206쪽 참조.
    다나카 후유지는 福島市에서 태어나 은행원인 아버지를 따라 전원도시 秋田市로 갔다가
    7살에 아버지를 잃고 외롭게 성장했는데 그의 시가 그런 유년체험이 가장 일본적인 정서
    로 형상화되었다고 했다.

게 주목받았으니 백석의 시가 다나카 후유지의 시와 흡사한 것은 우연이라고 할 수 없다.

다나카 후유지의 「ふるさとの家の壁」과 백석의 「흰 바람벽이 있어」를 나란히 놓고 이 문제를 구체적으로 대비해 보자. 우선 두 시인의 작품에 발현되는 장소애Topophilia가 흡사하다. 백석의 「흰 바람벽이 있어」에서 형상화되는 장소애는 다나카 후유지의 「고향집의 벽·ふるさとの家の壁)」과 발상, 시상, 표현이 거의 일치한다.

> (1) ふるさとの家の壁
> すすけた壁----
> 廚のあかりとりを下りた光りが
> 魚のかたちとなつてきえる
> ふるさとは刈麥の匂ふ頃
> そしてまたそろそろ氷水をの頃である
> ふるさとの家の壁
> 石班魚に似た魚の
> いまもつめたくはしるか
> ふるさとの家の廚の壁
> 「ふるさとの家の壁」전문[8]
> 고향집의 벽
> 때가 묻어 검은 바람벽
> 부엌의 등잔에서 내려온 빛이
> 물고기 모양이 되어 사라진다
> 고향은 보리 냄새가 날 무렵

8   田中冬二, 「ふるさとの家の壁」, 『靑い夜道』, 第一書房(東京), 1929. 52~53쪽.

그리고 이제 곧 빙수를 마실 무렵이다.

고향집의 벽

송어를 닮을 물고기가

지금도 차갑게 달릴까

「고향집의 벽」(번역:오양호)

(2) 오늘 저녁 이 좁다란 방의 흰 바람벽에

어쩐지 쓸쓸한 것만이 오고간다

이 흰 바람벽에

히미한 十五 燭 전등이 지치운 불빛을 내어던지고

때글은 다 낡은 무명 샤쯔가 어두운 그림자를 쉬이고

그리고 또 달디단 따끈한 감주나 한잔 먹고 싶다고 생각하는

내 가지가지

외로운 생각이 헤매인다.

그런데 이것은 또 어인일인가

이 흰 바람벽에

내 가난한 늙은 어머니가 있다.

내 가난한 늙은 어머니가

이렇게 시퍼러둥둥하니 추운 날인데 차디찬 물에 손은 담그고

무이며 배추를

씻고 있다.

백석 「흰 바람벽이 있어」 전반 부분

첫째, 작품 (1)과 (2)는 제목이 거의 동일하다. 바람벽은 집 방안의 안쪽 벽인데 (1)에는 물고기 모양의 그림자(かたち: 모양. 그림자)가 뜨고, (2)에는 이런저런 그림자가 뜬다. 그러니까 (1)과 (2)의 고향집 안방의 벽이 똑

같이 회상의 스크린 역할을 하며 유년의 기억을 소환한다.

둘째, (1)과 (2)에는 똑같은 '×××벽, ○○○벽'으로 벽의 시상이 반복되다가 희미한 불빛의 이미지가 시를 관통한다. (1)에서는 '등잔'이고, (2)에서는 15촉짜리 전등이다.

셋째, 두 시가 다 같이 벽에 환영이 나타난다. (1)에서는 물고기가 나타나고, (2)에서는 어머니, 사랑하는 사람, 글자가 나타난다. 두 시가 모두 흰 바람벽에 어른거리는 그림자이다. 환영을 통해 외롭고 쓸쓸한 삶을 압축한다. 찬 이미지가 달리는 것도 같다. 주체와 대상 사이에 대립이 없다. 회감Erinnerung이 서정의 강도를 높여 고향정서를 더욱 애틋하게 만든다.

넷째, (1)에서 'すすけた壁'은 '때가 묻어 검게 된 벽'이다. 서 (2)의 '때글은…어두운 그림자'와 시상이 같다. (1)의 '그리고 이제 곧 빙수를 마실 무렵이다.'와 (2)의 '그리고 또 달디 단 따끈한 감주나 한잔 먹고 싶다.'는 통사구조가 거의 동일하다. (1)에서는 '지금도 그 물고기가 차갑게 달릴까(いまも つめたく はしるか)'라고 표현했고, (2)에서는 '차디찬 물에 손은 담그고 무이며 배추를 씻고 있다'이다. 장소애를 승화시키는 정서가 거의 일치한다. 두 작품이 연결사 '그리고'를 활용하는 것도 같다.

다른 점은 (1)은 짧은 서정시이고, (2)는 같은 서정시로 진술이 좀 길지만 회감이 서정의 강도를 높이는 것은 동일하다. 이렇게 표절, 혹은 패러디 지경에 가 있는 작품은 다나카 후유지의 「かしはの葉をさげた家」와 백석의 「南新義州 柳洞 朴時逢 方」에서도 발견한다.

(3) …(3행 생략)…
　　夜になり洋燈をともすと
　　かしはの葉はだきあつて泣いてゐる
　　そしてすこしの風に

かれらはみんなかさかさとささやさ

家中いつぱいかしはのにほひとなる

かしはの葉は山をこひしかつてゐる

をりから障子にうすく月のさせば

なにかしら山からかれらのともだちでもくる

やうな氣がする

奥相模の村にて

「かしはの葉をさげた家」一部[9]

밤이 되어서 초롱(洋燈)을 켜면

떡갈나무 잎들은 서로 껴안고 울음을 운다

그리고 약한 바람에도

그들은 모두 소곤소곤 속삭여

집안을 떡갈나무의 향기로 가득 채운다.

떡갈나무 잎은 산을 그리워한다.

마침 미닫이에 옅은 달빛이 찾아들면

왠지 산에서 그들의 친구가 찾아올 듯도 하다.

「떡갈나무 잎을 아는 집」(번역: 오양호)

(4) 더러 나줏손에 쌀랑쌀랑 싸락눈이 와서 문창을 치기도하는

때도 있는데,

나는 이런 저녁에는 화로를 더욱 다가끼며, 무릎을 꿀어보며,

어니 먼 산 뒷 옆에 바우 섶에 따로 외로이 서서,

어두어 오는데 하이야니 눈을 맞을, 그 마른 잎새에는,

---

9 田中冬二, 「かしはの葉をさげた家」, 『青い夜道』, 第一書房(東京), 1929. 186~187쪽.

쌀랑쌀랑 소리도 나며 눈을 맞을

그 드물다는 곧고 정한 갈매나무라는 나무를 생각하는 것이었다.

「南新義州 柳洞 朴時逢 方」[10] 일부

두 작품은 거의 같은 소재가 흡사하게 활용되고 있다. '미닫이(障子)' 와 '문창', '떡갈나무(かしはの葉)'와 '갈매나무', '서로 껴안고'와 '다가 끼며' 가 서로 호응한다. 이런 언술이 일모의 박명 속에 몸을 부비며 체온과 밀어 를 나누며 명징한 분위기를 조성하는 것도 같다.

(3)과 (4)의 배경은 집이고, 방이다. (3)은 밤이 되면, 떡갈나무는 떡 갈나무끼리 소곤소곤 속삭이고, 미닫이에 달빛이 찾아들면 주인공 화자는 친구의 환영을 보는 세계, 집이다. (3)은 떡갈나무가 초롱·양등洋燈과 정담 을 나누며 밤을 세는 침정沈靜한 세계, 방이다. (4)의 화자는 싸락눈이 쌀랑 쌀랑 내리는 밤이면, 그런 눈을 맞는 바위틈의 갈매나무가 된다. 그 화자가 맞는 저녁은 저녁이지만 아침처럼 명징한 기운이 가득한 세계이다. 곧고 정하고 드문 갈매나무, 하이야니 눈을 맞는 갈매나무, 그 흰빛의 초월성이 그런 정서를 만든다. 어느 작품이든 사향정서가 독자를 매혹하는 것도 동 일하다. (3)과 (4)는 의태어 'かさかさとささやき'와 '쌀랑쌀랑'이 유사한 활음조 분위기를 조성한다.

이것이 영향인가, 모방인가. 혹은 우연한 일치인가. 가장 한국적이라 는 백석의 시가 가장 일본적인 시와 혹사酷似하다면 그것은 아이러니다. 그 러나 실상이 이렇다. 이것을 어떻게 설명해야 할까. 백석 시가 다나카 후유 지의 시를 닮은 흔적은 1930년대 중반부터 나타난다. 다나까의 「야맥가도野 麥街道」와 백석의 「고성가도固城街道」와의 관계에서 이것을 확인할 수 있다.

---

10   백석, 「南新義州 柳洞 朴時逢 方」, 『학풍』 창간호, 1948.10.

(5) 日さかりを

　　しろい障子をたてつめ　みんな野良や山へでた大さな家

　　艾にするょもざを軒にさげた家

　　筧の水があふれ　されいな虹をつくり

　　いんげん豆の花に黄蜂が三つ四つとんでゐる

　　麻畑の中　仔馬とゐる雪袴の娘ょ

　　野麥街道は山で啄木鳥のあの橡量りのきこえるしづけさ
だ

「野麥街道」전문[11]

쨍쨍한 대낮인데

하얀 장지문을 닫아걸고 다들 들과 산으로 나간 큼직한 집

약으로 쓸 쑥을 처마에 걸어놓은 집

홈통의 물이 넘쳐 아롱진 무지개를 이루고

강낭콩 꽃에 노랑벌 서너 마리 날고 있다.

삼밭 속 망아지와 함께 있는 겨울치마의 소녀여

노무기가도는 산에서 딱다구리가 도토리를 저울질하는 소리가
들려오는 정적이다

「野麥街道」(번역;오양호)

(6) 고성(固城)장 가는 길

　　해는 둥둥 높고

　　개한아 얼린하지 않는 마을은

11　　田中冬二,「野麥街道」,『青い夜道』(第一書房, 1929, 東京), 116~117쪽.

해발은 마당귀에 맷방석하나
밝아코 노락코
눈이 시울은 곱기도한 건반밥
아 진달래
개나리 한창퓌엿구나
가까이 잔치가 잇서서
곱디고흔 건반밥을 말리우는 마을은
얼마나 즐거운 마을인가

어쩐지 당홍치마 노란 저고리 입은 새악시들이
웃고 살은 것만가튼 마을이다.

「고성가도」[12] 전문

(5)와 (6)은 시 제목이 '××街道'라는 점이 같고, 두 시의 길가 풍경 묘사, 곧 초여름 전원가도를 적막하게 꿈꾸는 듯 부조시키는 기법은 시적 발상의 유사성을 넘어선다. 정적이 감도는 한낮의 정일이 시의 분위기를 지배하는 것, '노랑'이라는 색채어가 조성하는 분위기며, '겨울치마의 소녀雪袴の娘ょ'와 '저고리 입은 새악시' 같은 어휘가 환기하는 밝고 명랑한 톤도 동일하다.

다나카 후유지가 '흰색'을 효과적으로 구사하여 계절의 변화와 함께 전개되는 산촌과 시골의 풍경을 투명하고 순박한 감각으로 옮겨 놓는 기법은 백석의 시에서도 동일하게 나타난다. 그리고 백석이 「고성가도」를 쓸 무렵 단시短詩를 많이 쓴 것도 그때 일본에서 단가短歌가 성행한 것과도 무관하지 않을 것이다. 이렇게 백석이 다나카 후유지를 닮았다면, 그것은 백

---

12   백석, 「고성가도」, 『조선일보』, 1936.3.7.

석의 시가 일찍부터 일본적인 것과의 영향관계 속에 시 세계가 형성되었다는 평가가 성립한다. 나아가 백석의 시가 한국시의 한 정점을 찍는다는 평가는 재고해야 할 문제라는 논리도 가능하다. 서정주가 타계하기 직전 어떤 비밀을 고백하듯 '白石을 알려면 일본의 전중동이를 알아야 해'라는 말은 이런 맥락일 것이다.

모든 문화는 선진한 것에서 후진한 것으로 흐른다. 따라서 백석을 다나카 후유지와 영향관계로 해석함으로써 백석의 시를, 만약 그 아류로 이해하거나 접근한다면 그것은 선진이 후진이 되고, 후진이 선진이 되는 숱한 문학현상을 무시하는 행위다. 백석이 설사 다나카 후유지의 시에 큰 영향을 받았다 하더라도 그것이 단순히 다나카 후유지적 모티프를 백석의 모티프로 문화번역을 한 것이라는 평가를 내릴 문제가 아니다. 백석 시에 나타나는 다나카 후유지의 영향은 그 자체가 문제가 아니라 그것이 백석 시에서 얼마나 그 나름의 시적 성취를 이루었는가가 문제이다. 논리가 이렇지 않으면 지금까지 이루어진 숱한 백석 연구의 절반은 덜어내어야 한다. 그러나 이런 가정은 논문의 본질이 과학적 글쓰기라는 사실을 전제할 때 성립될 수 없다.

이상의 논의에서 드러난 사실 외에 백석의 시가 다나카 후유지의 시와 닮은 점이 또 있다. 시 제목에 나타나는 고유명사이다. 다나카 후유지의 첫 시집 『靑い夜道』에는 고유명사가 시의 제목으로 된 작품이 이십사 편이다. 총 팔십팔 편 중 이십사 편이니 빈도수가 매우 높다. 그런데 백석의 해방 전 작품 구십팔 편을 대상으로 할 때 그 중 이십육 편이 고유명사가 시의 제목으로 나타난다.

다나카 후유지의 『푸른 밤길』에는 온천 이름이 시의 제목이 된 작품이 많고, 촌 이름, 거리 이름 등이 시 제목이 된 작품도 많다. 이를테면 「타차와온센(田澤溫泉)」, 「호우시온센(法師溫泉)」, 「하꼬츠온센(白骨溫泉)」, 「오타

니온센(小谷溫泉)」, 「가와구찌무라(河口村)」, 「모도수무라(本栖村)」, 「내하라무라(根原村)」 등이 그런 예이다. 이런 점은 백석이 남행시초, 서행시초 등의 이름 밑에 「통영」, 「심천포」, 「구장로」, 「팔원」과 같은 기행시에 단시 형태 제목을 붙이고, 「정문촌」, 「정주성」, 「창의문외」와 같은 시 제목을 단 것이 다나카 후유지 시와 흡사하다.

고유명사를 시제로 썼을 때 그 고유명사가 가지고 있는 고정관념이 시의 자유로운 상상력을 차단한다. 이런 점은 시가 자유로운 상상의 소산이라는 면에서 문제가 된다. 이런 점을 「흰 바람벽이 있어」와 「ふるさとの家の壁」, 「남신의주 유동 박시봉 방」과 「かしはの葉をさげた家」, 「固城街道」와 「野麥街道」 등의 작품에 대입할 때 그 유사성을 어떻게 설명해야 할까. 문화번역으로 해석될 소지가 없지 않다. 그러나 백석이 다나카 후유지를 그저 닮았을 뿐이다. 이런 말은 지금까지 논의해온 문제를 나 자신이 스스로 부정하는 언술이다. 그렇다. 나로서는 그 이상의 논리전개는 불가능하다. 그것은 지금까지 백석의 시를 고찰한 수없이 많은 논문이 나의 이런 견해와 맞서기 때문이다.

「귀농」의 외톨이 화자

백석이 1940년대 초기 만주에서 발표한 작품 가운데 산문시 「歸農」(1940.4.)을 주목하는 것은 대부분의 연구자들이 '주인공 화자=백석'으로 간주하여 백석이 실제 귀농한 것으로 재구성하는 것이 가장 큰 이유이다. 연구자들은 이 시를 근거로 삼아 백석이 1941년에 실재로 한족漢族의 소작인이 되었다고 말한다. 사실 화자란 궁극적으로 시인 자신일 수밖에 없기에 잘못된 논리라 할 수는 없지만 백석의 만주생활을 친일친만 추문으로부터 자유롭지 못하게 만든다. 이런 정황은 「귀농」의 시적 화자가 '虫王廟에 虫

王을 찾어뵈려 가는 길이다. / 土神廟에 土神도 찾어뵈려 가는 길이다.'라고 말하기에 그렇다.

지금까지 「귀농」에 대한 평가는 다음 네 논문으로 대표된다.

(1) 대체 무슨 일로 이들은 땅을 주고받는 것일까. 더군다나 화자는 이주해온 지 1년이 채 못 된 이방인이다. 노왕은 자선가인가, 밭을 아주 준 것인가, 아니면 사실은 소작을 얻은 것인데 시인이 이를 의도적으로 숨기고 한바탕 자신의 꿈을 적어본 것인가, 등 일련의 의문이 생긴다.[13]

(2) 만주 시편 중에서 이 작품만큼 시인의 즐거운 흥취를 표현한 작품을 찾아보기 어렵다. '귀농'의 홀가분함과 중국인과 시인, 인간과 자연 사이의 서정적 교감과, 두 사람 모두의 만족감에서 저절로 흘러나오는 흥취가 중국 대륙의 자연의 아름다움과 서로 뒤섞여 있는 시이다. 한해의 농사가 잘 되게 해달라고 두 사람이 함께 '충왕묘, 토신묘'로 향하는 대문에서는 중국인, 중국문화, 토착신앙'에 대한 그의 격의 없는 관심이 잘 드러나 있다.[14]

(3) 백석이 만주국 국무원 경제부 일을 그만 두고 백구둔(白拘屯)이라는 곳으로 농사를 지으러 갔을 때를 그리고 있다. 중국인 노인에게 경작할 땅을 얻은 후 그와 함께 한 해의 농사에 대한 풍작을 기원하러 사당에 참배를 하러 가는 모습을 보여준다. 이것은 백석이 중국인들의 토착신앙에까지 격의 없이 참여했

---

13 이희중, 「백석의 북방시편 연구」, 『우리말글』 32집, 우리말글학회, 2004. 330쪽.
14 서준섭, 「백석과 만주-1940년대의 백석시 재론」, 『한중인문학연구』 19집, 한중인문학회, 2006, 280쪽.

음을 뜻한다.[15]

(4) 별다른 준비 없이 '만주'에 이주한 것처럼 백석은 '귀농'생활도 너무 쉽게 생각했던 것이었다. 백구둔 현지 주민들에게 백석과 같은 조선인에 대한 기억이 별로 없는 것을 비추어보면 그가 분명히 소작인 생활을 하지 못하고 그냥 가버린 것을 알 수 있다.[16]

(1)에서는 「귀농」을 '현실 문제를 시로 쓰면서 이 시처럼 시종 명랑함을 유지한 시詩는 백석에게 이례적'이라는 것이다. 백석의 많은 작품과는 다른 작품, '한바탕 자신의 꿈을 적어본' 작품인 것이 그 증거라는 말이다. 이런 해석은 만주국이 유독 '명랑함'을 정책적으로 강조하던 사실을 전제하면 빗나간 견해라 할 수는 없다. 그러나 '한 바탕 꿈'을 외연으로만 읽는 것은 이 시의 반만 보는 것이다. 백석이 만주드림에 실패하고 주변인으로 전락하는 것은 읽지 못하기 때문이다.

(2)는 백석의 귀농을 중국의 토착적 농본의식과 연계시키고 있다. 이 것은 중국 시詩와의 비교검토는 하지 않고 내린 결론이기에 설득력이 없다. 해석 (3)은 (2)의 견해와 같다. 백석을 (2)와 (3)처럼 평가하는 것은 비약이다. 백석은 민족정서를 토착적인 시어로 구현한다는 것이 보편적인 견해인데 그런 평가에 대한 비판적 논쟁은 일절 없이 내린 주장인 까닭이다.

(4)는 백구둔을 실제 답사를 한 결과보고이다. 백석이 소작인 생활을 했지만 현지 사람들이 백석, 혹은 조선 사람이 농사를 지은 기억을 못하는

15   신주철, 「백석의 만주체류기 작품에 드러난 가치지향」, 『국제어문』 45집, 2009.국제어문학회, 270쪽.
16   王艶麗, 「백석의 만주체험 고찰」, 『민족문학사 연구』 43집. 민족문학사학회, 2010. 431쪽.

것을 보면, 백석이 농사를 지으러 갔다가 실패를 했다는 것이다. 「귀농」에 대한 해석이 (1), (2), (3)처럼 갈리기에 현장까지 답사한 것이란다. 그러나 시가 작가의 체험이 씨가 되지만 그 체험이란 것이 재인식의 경험이기에 답사에서 얻은 결과라 하더라도 그것이 작품에 대한 정답이 될 수는 없다. 거듭되는 말이지만 시의 화자는 창조된 인물이다. 시의 정답은 시 자체에서 찾아야 한다.

이상의 논문이 가지고 있는 공통점은 첫째, 백석이 실제로 '귀농'했다는 것이고, 둘째는 「귀농」이 백석의 다른 작품과 다른 성격을 가지고 있다는 것이며, 셋째는 한국적인 것과 중국적인 토속성을 함께 아우른다는 것이다. 이런 주장이 범하고 있는 한계점은 「귀농」의 공간적 배경의 성격을 간과하고 있다는 것이다. 특히 한국적인 것과 중국적인 것을 함께 아우른다는 견해는 「귀농」의 심상공간이 '萬寶山事件'의 발생지 인근, 백구둔이라는 점에서 설득력이 없다. '만보산사건'은 민족의 자존심을 심하게 훼손시켜, 당시 인천지역에서는 그 소식을 듣고 중국인에게 폭력을 행사하는 일까지 발생했다. 그런 정서가 백구둔에까지 퍼졌다는 것이 아니라 한족漢族 노왕老王이 조선족에게 땅을 무상으로 준다는 것은 개연성이 없다. 시적 진실은 재인식된 진실이다. 그렇다면 「귀농」은 현실이 아닌 허구이다. 작품 전문을 인용하고 살펴보자.

> 白狗屯의 눈 녹이는 밭가운데 땅풀리는 밭가운데
> 촌부자 老王하고 같이 서서
> 밭최둑에 즘부러진 땅버들의 버들개지 피여나는데서
> 볕은 장글장글 따사롭고 바람은 솔솔 보드라운데
> 나는 땅임자 老王한테 석상디기 밭을 얻는다.

老王은 집에 말과 나귀며 오리에 닭도 우울거리고
고방엔 그득히 감자에 콩곡석도 들여 쌓이고
노왕은 채매도 힘이 들고 하루종일 百鈴鳥 소리나 들으려고
밭을 오늘 나한테 주는 것이고.
나는 이젠 귀치않은 測量도 文書도 실증이 나고
낮에는 마음놓고 낮잠도 한잠 자고 싶어서.
아전노릇을 그만두고 밭을 老王한테 얻는 것이다.

날은 챙챙 좋기도 좋은데
눈도 녹으며 술렁거리고 버들도 잎트며 수선거리고
저한쪽 마을에는 마돗에 닭개즘생도 들떠들고
또 아이어른 행길에 뜰악에 사람도 웅성웅성 흥성거려
나는 가슴이 이무슨흥에 벅차오며
이봄에는 이밭에 감자 강냉이 수박에 오이며 당콩에 마눌과 파도
심그리라 생각한다.

수박이 열면 수박을 먹으며 팔며
감자가 앉으면 감자를 먹으며 팔며
까막까치나 두더쥐 돗벌기가 와서 먹으면 먹는대로 두어두고
도적이 조금 걷어가도 걷어가는대로 두어두고
아, 老王, 나는 이렇게 생각하노라
나는 老王을 보고 웃어 말한다.

이리하여 老王은 밭을 주어 마음이 한가하고
나는 밭을 얻어 마음이 편안하고
디퍽디퍽 눈을 밟으며 터벅터벅 흙도 덮으며

사물사물 햇볕은 목덜미에 간지로워서
老王은 팔짱을 끼고 이랑을 걸어
나는 뒤짐을 지고 고랑을 걸어
밭을 나와 밭뚝을 돌아 도랑을 건너 행길을 돌아
집웅에 바람벽에 울바주에 볕살 쇠리쇠리한 마을을 가르치며
老王은 나귀를 타고 앞에 가고
나는 노새를 타고 뒤에 따르고
마을끝 虫王廟에 虫王을 찾어뵈려 가는 길이다
土神廟에 土神도 찾어뵈려 가는 길이다.

「歸農」 전문[17]

이 시는 자연과 농촌풍경을 언어로 그리고 있다는 점에서 서경시
descriptive poem이고, 농촌 들녘의 황홀한 풍경에 사로잡힌 정조를 회감시
키고 있다는 점에서는 서정시다. 서정시가 작가의 체험과 정조로 형성되
고, 정조Stimmung라는 것이 어떤 영적인 상황의 현존을 의미하는 것이 아
니라 예술적인 관조의 대상이라 할 때[18], 시 작품을 통해, 혹은 앞에 인용한
네 편의 논문처럼 「귀농」을 통해 백석의 실제생활을 재구성하는 것은 불
가능하다. 「귀농」을 발표하던 시간, 백석의 여의치 못한 재혼생활과 거처
를 옮기는 등 여러 가지 어렵고 복잡한 가정사정이[19] 이 시의 정조로 기능

---

17   白石, 「歸農」, 『조광』 제7권 제4호, 1941.4. 118~119쪽.

18   'stimmung' bedeutet nicht das Vorfinden einer seelischen Situation. Als seelische
      Situation ist eine Stimmung bereits begriffen, kÜnstlicher Gegenstand der
      Beobachtung. Emil Staiger. Grundbegriffe der Poetik. Atlantis verlag. ZÜrich und
      Freiburg I.Br. Achte Auflage. 1968. 61쪽.

19   백석은 안동에 살 때 평양의 부유한 변호사의 딸 文鏡玉과 결혼하였다. 그러나 1년 남짓
      결혼생활을 하면서 아이를 유산시키고 이혼했다. 문경옥의 동생 문경란과 평양 서문고녀

하는 것을 논증할 수는 없는 까닭이다. 이때 정조란 이를테면 우리가 봄의 황홀함에 사로잡히는 그런 '감정'이다.[20]

「귀농」의 테마는 백석이 잠시 체험한 사실의 형상화이거나 또는 낭만적 예인인 시인과 후덕한 생활인 노왕老王 사이에 이루어진 우정의 형상화일 수 있다. 지주와 소작인 사이의 갈등은 없고, 양자의 관계가 너무나 친밀하고, 넉넉하고, 평화로운 것이 이런 해석의 근거다. '눈 녹이는 밭, 땅 풀리는 밭, 볕은 장글장글 따사롭고 바람은 솔솔, 귀치않은 측량도 문서도 실증이 나고, 아전 노릇을 그만두고'와 같은 장귀는 태고적 농경사회를 소환하는 정서다. 이런 정조는 생활인의 시선에 잡힌 농경사회의 평화스러운 정조, 생활공간으로서의 농경생활의 묘사이다.

앞의 논문(4)이 주장하듯이 백석이 실제로 귀농했다면, 백석이 '소작인 생활을 하지 못하고 그냥 가버린 것'인가를 설명해야 한다. 백석이 왜 대단한 직장 국무원을 사직했는지 모른다.[21] 가랑잎에 불같은 성격에 '일종

(평양여고보) 시절 단짝인 金兹林은 그의 자서전(『부르지 못한 이름 당신에게』, 학원사, 1986)에서 문경란이, '말 마. 얼마나 신경질인데. 가랑잎에 불이야. 시인은 다 그렇다나. 우리 언니가 가엾어. 저런 병적인 남자하고 어떻게 사누. 나 같으면 하루도 못 살아. 빽빽 파랗게 소리만 지르구'라고 증언했다. 안도현, 『백석평전』(다산북스, 2014) 263쪽. 王艷麗, 「백석의 만주 체험 고찰」(『민족문학사연구』 43집, 2010) 430쪽 참조.

20 Wir sind gestimmt, das heißt durchwaltet vom Entzücken des Frühlings oder verloren an die Angst des Dunkels, liebestrunken oder beklommen,immer aber'eigenommen'von dem, was uns als körperliches Wesen-in Raum oder Zeit-gegenübersteht. Emil Staiger. Grundbegriffe der Poetik. Atlantis verlag. Zürich und Freiburg I.Br. Achte Auflage. 1968, 61쪽.

21 일인들의 압력 때문이란 주장이 있지만 그것은 추론이고, 당시 일본이 미국에 밀리고 있다는 소문에 따른 결단이었을지 모른다. 편집국장 염상섭이 말없이 安東大東港建設 회사로 직장을 옮겼고, 최남선이 강영훈 등 제자들에게 일본은 곧 망할 테니 군에 입대하여 경험을 쌓아 장차 나라 경영에 쓰라고 한 것 등을 보면 당시 재만조선인은 모종의 첩보라인을 가지고 있었는지 모른다. 李鶴城이 「捷報」(『만선일보』, 1942.8.17.)를 쓴 것이 그런 정황을

의 奇癖'을 가졌고[22] 자긍심이 유별난 백석으로서는 국무원 서기든 안동세
관원이든 구용을 해야 하기에, 한족漢族 속으로 들어가 '향내 노픈 취향梨
돌배 움퍽움퍽 씹으며 머리채 츠렁츠렁 발굽을 차는 꾸냥과 가즈런히 쌍
마차를 몰아가'(「安東」)며 살려는 욕구가 사직의 동기일 수도 있다. 그러나
이것은 막연한 추론이다. 하지만 시가 불행한 현실을 향해 대들고 비판하
기도 하나, 사정이 그렇지 못할 때는 그런 현실을 위장하거나 가상의 세계
를 설정하여 하고 싶은 말을 하는 예술행위임을 고려할 때 「귀농」은 허구
일 수 있다.

'저 한쪽 마을에는 마돗에 닭 개 즘생도 들떠들고 / 또 아이 어른 행
길에 뜰악에 사람도 웅성웅성 홍성거려 / 나는 가슴이 이 무슨 홍에 벅차
오며' 라는 현실만족의 정서, 또 제4연의 '수박이 열면 수박을 먹으며 팔며
/ 감자가 앉으면 감자를 먹으며 팔며 / 까막까치나 두더쥐 돗벌기가 와서
먹으면 먹는 대로 두어두고 / 도적이 조금 걷어가도 걷어가는 대로 두어두
고'에도 불화라곤 없다. 유족하고, 평화로운 세계이다. 시인은 자신을 둘러
싸고 있는 세계를 단지 상상만으로 재구성할 수 있다. 그렇다면 백석은 자
신을 둘러싸고 있는 불안과 결핍으로 가득 찬 현실을 평안한 세계로 재창
조한 것인가. 현실이 너무 엄혹하다고 말하는 대신 행복한 다른 세상을 그
림으로써 현실을 비판한 것인가. 그렇지 않다. 백석의 시의 언술상황context
은 그것을 넘어선다. 그게 무슨 의미인가.

「귀농」의 정서는 한민족韓民族과 한민족漢民族의 정서가 합일하는 세
계이다. 동양적 농경사회의 인간주의가 진동하는 화평의 공간이다. 「귀농」

암시한다.

22 '奇癖'은 李甲基(楚荊)가 『만선일보』에 연재한 「尋家記」(1940.4.16.~23.) 17일자에서 한 말이
     다. 이갑기는 백석과 같이 살았는데 「심가기」는 고향 대구에서 처가 온다고 살 집을 찾는
     이야기다.

(1941.4.)과 같은 시간에 발표한 「흰 바람벽이 있어」(1941.4.), 「촌에서 온 아이」(1941.4.) 등과는 테마와 시의식이 아주 다르고, 「澡塘에서」(1941.4.)와는 표출양상만 차이가 난다. 「澡塘에서」의 화자는 다인종사회의 타자가 되어 무슨 은이며, 상이며, 월이며 하는 나라 사람들의 후손과 함께 목욕을 한다. 그리고 중국의 역사를 생각하며 그들의 얼굴에서 도연명, 양자楊子와 같은 대단한 인물들의 자취를 발견하고 기뻐한다. 마치 도연명이 하급관리직을 그만두고 「귀거래사」를 읊으며 고향으로 돌아갔듯이 백석도 국무원 서기를 그만두고 「귀농」을 한 언술상황이다. 「귀거래사」가 생활시로 독해된다면 「귀농」도 생활시다. 「두보나 이백 같이」, 「수박씨 호박씨」에도 생활인의 일상 정서가 지배한다. 이질적 중화문화에 동화될 수 있는 것은 우리와 중국의 긴 친연관계 때문일 것이고, 1940년대의 경우 같은 처지로 일제와 맞서야 했던 운명 때문일 것이다. 그래서 수박씨 호박씨를 까먹는 이상한 짓거리도 어진 사람이 많은 나라의 어진 사람의 풍속으로 표상된다.

이런 사유는 5족협화라는 제국주의적 담론과 다른 차원에서 상이한 것들을 갈등 없이 공인하는 태도이다. 「귀농」에 시대에 편승하는 정서는 없다. 하지만 그 정서는 노왕과 시적 화자의 정서가 합일하는 세계, 인종의 우열이 없는 대등한 세계라는 점에서 이런 정서는 결과적으로 범휴머니즘이다. 민족 사이의 대립이나 정치로부터 자유로운 정서의 발현이라는 점에서도 그렇다. 재만조선인 시에 이런 갈등이 없는 정서는 다른 유수한 시인의 작품에서도 발견할 수 있다. 유치환의 만주시편 「들녘」이다.

> 골고루 골고루
> 잎새는 빛나고
> 골고루 골고루
> 이삭은 영글어

勤勞의 이룩과
기름진 祝福에
메뚜기 해빛에 뛰고
잠자리 바람에 날고

아아 豐饒하여 다시 願할바 없도다.

「들녘」 부분[23]

이 작품은 유치환이 재만 시절 농장관리를 할 때 쓴 작품으로 추정
되는데 해방 뒤에 『생명의 서』에 수록했다. 이 작품을 한 연구자는 '풍년
에 대한 개인적 희원보다 만주낙토의 이념성이 과잉 반영된 시편'으로 해
석한다. 이 시에 넘치는 풍요와 명랑성을 유치환이 농장관리인으로 일한
사실을 근거로 일제의 수탈정책을 숨기면서 만주국의 풍요로운 생산을 예
찬한다는 것이다.[24] 이런 논리를 「귀농」에 대입하면 어떻게 될까. 「귀농」의
"사물사물 햇볕은 목덜미에 간지로워서"와 「들녘」의 "골고루 골고루 / 잎
새는 빛나고 / 골고루 골고루 / 이삭은 영글어"에 명랑성에 차이가 있을
까. 또 「귀농」의 화자가 "아, 老王, 나는 이렇게 생각하노라 / 나는 老王을
보고 웃어 말한다. / 이리하여 老王은 밭을 주어 마음이 한가하고 / 나는
밭을 얻어 마음이 편안하고"라고 말하는 만족한 현실과 「들녘」의 "아아 풍
요豐饒하여 다시 원할 바 없도다."가 어떻게 다른가를 설명할 수 있을까.

설명이 불가능하다면 「들녘」과 「귀농」은 성격이 같다. 그렇다면 백
석의 만주시편은 '만주낙토의 이념성이 과잉 반영된 시편'으로 읽지 않는

23   柳致環, 『生命의 書』, 行文社, 1947, 78~79쪽.
24   최현식, 「만주의 서정, 해방의 감각-유치환의 '만주시편' 선택과 배치의 문화정치학」, 『민
      족문학사연구』 제57호, 민족문학사학회민족문학사연구소, 2015, 287~289쪽 참조.

데 유치환의 만주시편은 왜 그렇게 읽을까. 그것은 유치환의 만주행은 치정관계에 얽힌 개인적 도피였으며 형 유치진과 그의 사돈의 재력, 만선척식회사 관리였던 동향선배(김욱주)의 도움으로 대농장의 관리직을 맡았으니 생계형 이주가 아니라는 견해가 작품 해독에 대입된 결과일 것이다. 일제말기 재만조선인은 거의 다 이념과 무관한 생계형 이주자들이다. 오족협화 정책을 준수해서가 아니라 잡종사회 만주의 생리대로 보통사람들이 사는 공간에서 보통사람들로 살았다. 「귀농」과 「들녘」의 화자가 사는 그런 공간이다. 그곳은 민족과 민족 사이의 중간지대, 생존의 공간, 생활공간이다. 친일親日은 나쁘고, 친한親漢은 좋다는 양면정서가 아닌 또 하나의 정서가 생성되는 삼중 공간이다. 이분법으로는 설명할 수 없는 세계다. 재만조선인 시를 디아스포라의 시각에서 이해할 때 그 디아스포라의 의미자질의 '틈새'이다. 이런 점에서 「귀농」을 문화주권의 발현으로 이해하면 민족시이고, 삶의 공간에서 시적 화자와 노왕의 인간관계를 고려하면 생활시고, 역사의식이 소거한 서정시로 간주하면 친일시다.

「조선인과 요설」의 진실

「朝鮮人과 饒舌-西七馬路 斷想의 하나」(1940.5.25.~5.26.)는 좀 수상쩍은 데가 있다. 백석은 만주국 국무원 경제부 서기로 근무할 때 『만선일보』 예능부 부장 이갑기李甲基[25]와 함께 신경新京 '西七馬路'에 잠시 같이 살았다.

---

25 李甲基는 카프맹원이었다. 이효석이 총독부 독서과에 취직한 것을 맹비난했는데 만주로 가서 『만선일보』에서 예능부장을 했다. 당시 대구고보 출신으로 만주에서 크게 활동한 사람이 몇 사람 있다. 만주국행시 합격자 申基碩(영남대 총장역임), 신춘문예 「광려」 당선 및 「이민의 아들」로 제1회 소설 콩쿠르에 입상한 金鎭泰(金鎭泰), 만주를 유랑했고, 뒤에 『방랑기』(1947)를 출판한 李雪舟 등이다. 이갑기는 「심가기」에서 新京 인구가 40만이고 평양 인구가 23만, 大邱 인구가 17만이라며 고향 대구를 자랑했다. 楚荊(李甲基), 「尋家記·1」,

그 서칠마로는 다른 동네보다 그래도 형편이 좀 나은 사람들이 살았고, 그 중에는 조선 사람도 많았다고 한다. 백석은 그 동네에 사는 조선인들이 유세하는 듯한 언행을 '요설'이라며 나무란다. 이 비허구산문은 그 동네 조선인들이 '무슨 허튼 수작'을 하며 산다고 못마땅해 한다. 본문 인용은 생략하고, 2회로 분재된 6개 단락의 내용을 요약한다.

첫 단락: '요설'이란 '말의 진실한 연원'에서 말미암은 바인데 조선인은 그것이 '잇는 줄도 모르고' '가막까치처럼 짓걸이고 참새 새끼가티 조잘대'며 '실업는 우슴'을 날리고 있다는 것이다. 백석은 '나는 조선인이 말만흔 것을 미워한다.'고 대놓고 말한다. 그것도 성이 안 찼는지 '요설에 빠진 모습에 차라리 구역질까지 일으키기에 눈을 가리고 귀를 막고 싶다'며 흥분한다.

둘째 단락: '조선인은 그 무거운 자성自省과 회오悔悟와 속죄贖罪의 염念으로 해서라도 오늘 누구를 계몽한다 할 것인가. 무엇을 개명開明하고 어쩌케 비판한다 할 것인가.' '조선인이 진실로 光明의 大道를 바라본다면 이 큰 광명과 희열喜悅로 해서라도 어쩌케 이렇게 요설饒舌일 수 잇슬 것인가.' '멸망의 구극究極을 생각하면 그것은 無感한데 잇는데 어찌 밤낮으로 시시덕 걸여서야 되겠는가'라며 나무라고 있다. '광명의 대도', '이 큰 광명과 희열'이 우리 민족을 겨냥한다 하더라도 뒤따르는 말은 아무래도 지나치다.

셋째 단락: 요설에 대한 비판을 더 강화시킨다. 요설이란 '사술詐術'이고, '실천궁행實踐躬行'과 먼 '개으른 놈'의 변명이며 '가장 비굴한' '아첨'의 방편이라 했다.

넷째 단락: 요설과 민족의 관계를 규정한다. 요설은 마치 개가 보는 사람마다 '실업시 쏘리를 저어 조타'하는 것과 같아 '불쾌하야 증오스럽

『만선일보』, 1940.4.16.

다' 했다. 요설을 '민족의 경중'이나 '그 혼의' 깊고 얕음, '존멸의 운명까지도' 가늠할 수 있는 잣대로 규정한다.

다섯째 단락: 다른 나라 사람과 조선인을 대비하면서 요설의 문제점을 말하고 있다. 조선인은 '印度의 빗도 蒙古의 무게도 다 일허벌엇다. 본래부터 업섯는지도 모른다. 조선인이 스스로 말하야 천만가지 자랑이 잇다한들 헛된 말이다.'라 했다.

여섯째 단락: 요설을 벗어날 방도에 대한 언급이다. '입을 담을고 생각하고 노하고 슬퍼'하며, '진지한 모색'을 거듭하라는 것이다. '남루襤褸를 걸치고, 안색이 창백'하더라도 '천근의 무게로 입을 담을고 감격할 광명'을 바라보자고 했다.

이상의 요약에서 드러나는 「朝鮮人과 饒舌」의 특징은 내용이 긍정적으로 마무리되는 것은 여섯째 단락뿐이다. 이런 사실은 조선인은 장점이 하나도 없고 요설만 늘어놓는다는 논조가 되어 우리 민족을 한심한 존재로 규정하는 형국이 되었다. 흡사 이광수가 「民族改造論」(1921)에서 '한 민족은 허위되고 공상과 공론만을 즐겨 나타내고 신의·충성이 없고, 일에 용기가 없고, 빈궁하는 등 약점투성이기에 그것을 극복하기 위해서는 민족성의 개조가 필요하다.'고 주장하던 것과 유사하다. 이광수가 자기모순이라면 백석도 그런 혐의가 든다.

백석은 「조선인과 요설」을 발표하기 한 달 전 '滿日文化協會常務主事, 滿洲文話會' 소속 일계, 만계, 선계 측 작가, 곧 신경파新京派 멤버들과 함께 내선만문화좌담회內鮮滿文化座談會에 '國務院經濟部 白石'이라는 자격으로 참석했다. 그런데 백석은 그 자리에서 좌담회 참석자답지 않게 계속 침묵했다. 그러다가 좌담회가 종료될 순간에, '지금 滿洲人文壇의 現狀을 말하자면 現勢나 文學傾向이 엇덧습니까.'라는 단지 한 마디 말로 참석의 소임을 마쳤다. 이 질문은 결국 만주국 문단의 대세가 어떠한가라는 것이고, 그 대세를 따라야 하지 않겠는가라는 뉘앙스를 풍긴다. 그런데 바로 그 시간 『만선일보』(1940.4.5.~4.9.)에 우연의 일치겠지만, 이광수李光洙의 변절이 드디어 재만조선인 사회에까지 다다른 「內鮮一體와 朝鮮文學」(1940.4.5.~4.9.)이 연재되고 있었다. 이런 점은 백석이 이광수와 우연히 묶여 우리를 난감하게 만든다.

백석이 다섯 단락에 걸쳐 나무라는 조선인의 요설은 이광수가 「민족 개조론」에서 지적하는 조선인의 단점, '허위, 비사회적 이기심, 나태, 무신 無信, 사회성의 결핍' 등과 공교롭게도 거의 일치한다. 특히 우리 민족이 멸 망에 빠지기 전에 살아남으려면 이런 민족성을 개조해야 한다는 발상 역 시 흡사하다. 이런 언행은 백석이 시적 화자를 내세워 '아, 나의 조상은 형 제는 일가친척은 정다운 이웃은 그리운 것은 사랑하는 것은 우럴으는 것 은 나의 자랑은'(「北方에서」) 하는 시의식과는 판이하다. 「조선인과 요설」을 국무원 경제부 서기 백석과 관련지을 만한 사안이다. 그러나 「조선인과 요 설」을 그런 맥락에서만 이해하는 것은 비약이다. 이 글 마지막의 느슨한 듯한 문맥 속에 숨어있는 '입을 담을고 感激할 光明의 날을 바라보고' 참으 라는 결론 때문이다.

「조선인과 요설」은 글의 구조가 엄격히 6개 단락이고, 그 단락은 유 기적 관계를 형성한다. 첫째 단락에서 다섯째 단락까지는 조선인이 말이 많은 것이 문제라는 것이고, 여섯째 단락은 그런 문제점을 고쳐야 한다는 구조로 논리가 역접관계로 물려있다. 단점을 분명히 지적한 뒤 거기에 대 한 대안이 여섯째 단락이다. 그러니까 앞의 다섯 단락은 마지막 단락을 말 하기 위한 근거 제시다. 나라를 잃은 민족으로 언행이 좀 신중해지라는 충 고인데 그것이 다소 과하여 자긍심을 해치는 데가 없지 않지만 글의 바닥 에 흐르는 정서는 그렇지 않다. 여섯 번째 단락은, "비록 몸에 남루를 걸치 고 굶주려 안색이 창백한" 민족을 위해 "생각하고 노하고 슬퍼하라." "감격할 광명을 바로 보라"는 것이다. 글의 구성으로 보면 「조선인과 요설」의 결론은 "감격할 광명을 바로 보라"는 것이다. 백석은 하고 싶은 말을 하려고 듣기 거북한 말을 먼저 했다. 듣기 거북한 말은 하고 싶은 말을 숨기기 위한 하나의 전략이다. "감격할 광명을 바로 보라"는 말을 앞에 내세우면 '날 잡아 가소.'라는 말과 다름없다. 그리고 여섯째 단락이 미래지향적 결론이라는 점에서도 앞의 다섯 단락의 진술을 부정한다.

1940년대 초기 신경新京의 서칠마로西七馬路 조선인은 '五族協和'의 주체, 만주국의 제2국민으로 일본인 다음의 우대받는 존재이다. 그러나 그들 역시 조선의 유민인데 '어떻게 그런 처지를 잊고, 떠들고 시시덕거리며, 웃고 사느냐. 그런 태도를 좀 자제하라.' 이것이 「조선인과 요설」의 요지다. 이런 언술은 동족에 대한 자학적 비판으로 인식될 소지가 없지 않고 글의 외연만 읽으면 자기모순이다. 이광수의 「민족개조론」도 시각을 조금만 달리하면 다른 해석이 가능하다. 그러나 백석은 춘원春園처럼 선을 넘지 않았고, 파우스트처럼 영혼을 팔아 영화를 누리지 않고, 이내 서칠마로를 떠났다. 「조선인과 요설」은 이렇게 재만조선인에 대한 애증을 민족애와 그것을 심하게 나무라는 언술, 그러니까 후자가 반면교사로 기능하는 글쓰기 전략으로 동포애를 실현하는 희귀한 에세이다. 민족의 약점을 나무랐지만 그 반면교사가 민족으로부터 따돌림을 막았다. 백석은 그렇게 두 갈등을 겪으면서 슬프고 진실한 시인의 길을 갔다. 다음 두 항에서 상론할 「당나귀」가 가는 길이 그런 길이다.

東亞主義 街道를 걷는 외로운 혼

백석은 동아주의를 타고 만주로 진출한 지식인 가운데 한 사람이다. 당시 일제는 국가의식이 없는 중국인에게는 안거낙업安居樂業의 나라라 선전하고, 일본인에게는 만주로 가면 10정보(3만평)의 대지주가 될 수 있다고 했다. 조선 사람도 이런 말을 믿고, 만주를 희망과 기회의 땅으로 알고 남부여대하고 그곳으로 몰려갔다. 그때 일본은 만주국이 '漢·滿·蒙·日·朝' 5족이 평등한 민본주의 국가이니 곧 모든 사람은 춘대에 오를 것이라고 선전했다. 이런 정신은 만주국 국가에도 나타난다. 그러나 이런 도의제국의 꿈은 태평양전쟁이 발발하면서 깡그리 사라지고 집단부락과 보갑제가 실시되어 국민이 서로 감시하게 하고, 심지어 군인이 임진격살臨陣格殺까지 감행하는 무서운 병영국가(garrison state)로 변했다.

백석의 「당나귀」는 이렇게 변한 만주드림에 속에 산 삶의 실체를 상징적 기법으로 형상화한 작품이다. 1942년 8월 『每新寫眞旬報』에 발표한 이 작품은 산문시 같기도 하고, 서정수필 같기도 하다. 『매신사진순보』가 어떤 성격의 출판물인지 학계에 보고된 바가 전혀 없기에 소개가 필요하다. 『매신사진순보』는 『매일신보』가 발행하던 '반도유일의 사진화보'로 '사진은 국내국외의 최신 뉴-쓰, 기사는 실익實益과 취미의 시국독본時局讀本'이라 했다.[26] 주로 태평양전쟁 기사를 화보로 보도하는 이 순보는 매호마다 한글 시, 수필을 한두 편씩 게재했다. 지금까지 드러난 『매신사진순보』에 글을 쓴 문인은 백석白石, 이용악李庸岳, 오장환, 김상용, 모윤숙, 최정희, 박태원, 계용묵, 채만식 등이다. 이 가운데 이용악의 작품이 제일 많다.[27] 그런데 이용악의 시 세 편 가운데 두 편, 곧 「거울 속에서」와 「북으로 간다」는 총후문학의 성격이 적나라하게 그대로 드러난다. 이용악은 「절라

---

26 『國民新報』, 1942.1.11, '광고' 참조.

27 이용악의 시는 「다리 우에서」, 『每新寫眞旬報』 통권 제282호, 1942.4.11. 「거울 속에서」, 『每新寫眞旬報』 통권 제283호, 1942.4.21. 「북으로 간다」, 『每新寫眞旬報』 통권 제285호. 1942.5.11.이다. 그런데 「거울 속에서」, 「북으로 간다」는 이용악의 어느 시집에도 게재되어 있지 않다. 친일시라 뺏을 것이다.

도 가시내」로 대표되듯이 한만 국경지대에서 유맹으로 전락한 조선인의 처참한 처지를 비극미로 형상화시키는 북방파 시인인데 그런 시인의 시가 믿기 어려운 지경에 가 있다. 백석의 「당나귀」를 객관적으로 평가하기 위해 역시 '당나귀'가 모티프로 등장하는 이용악의 「거울 속에서」를 검토해 볼 필요가 있다.

> 푸른 잉크를 나의 얼굴에 뿌려
> 이름 모를 섬들을 차저보지않으려느냐
> 먼 참으로 머언 남쪽바다에선
> 우리편이 자꾸만 익인다는데
>
> 두메에 나 두메에서 자란
> 눈이 맑어 귀여운 아히야
> 나는 서울살다온 사람이래서 얼굴이 하이얄까
>
> 석유등잔이 흔들리는 낡은 거울속에서
> 너와 나와 가주런히
> 우스면서 듯는 바람소리에 당나귀 우는데
>
> 「거울 속에서」 전문[28]

---

28 이용악, 「거울 속에서」, 『每新寫眞旬報』 통권 제283호, 1942.4.21. 15쪽. 이 작품 외에 「눈 나리는 거리에서」가 「거울 속에서」와 같은 성향의 작품이고, 「길」, 「죽음」, 「불」도 친일시의 혐의가 있다. 그러나 『매신사진순보』 282호(1942.4.11.)의 「다리 우에서」는 「거울 속에서」, 「북으로 간다」의 시의식과 다르다. 1947년의 출판한 『오랑캐 꽃』에 「거울 속에서」, 「북으로 간다」는 빼고 「다리 우에서」는 수록한 것은 이런 다르게 해석될 수 있는 시적 진실 때문일 것이다.

지금 시적 화자는 얼굴에 푸른 잉크를 확 뿌리면 그것이 튀어 생기는 무수히 많은 반점처럼 많은 동남아시아의 섬에서 우리 편이 자꾸만 이기는 환영을 거울 속에서 본다. '너'는 두메에서 나 두메에서 자란 눈이 맑은 귀여운 '아히'이고, '나'는 서울내기라 얼굴이 하얗다. '나'는 석유등잔이 흔들리는 거울 속에서 '너'와 당나귀의 우는 소리를 '우스면서' 들으면서 '너'에게 태평양전쟁에서 우리 편이 이긴 섬들을 찾아보지 않겠느냐고 말한다. 우리 편이 이기려면 전쟁이 치열할 텐데 작품에는 막상 전쟁의 긴장감은 없다. 바람소리에 당나귀가 운다. 전쟁에 무수히 등장하는 힘세고 용감한 말에 비하면 당나귀는 어중이다. 말은 당당하고 거센데 당나귀는 순하고 착하다. 이렇게 보면 이 작품은 비유도 적절하지 못한 대수롭지 않은 서정시다. 그런데 지금 화자가 들여다보는 것은 거울이다. 곧 거울에서 전쟁을 본다. 이렇다면 이 시는 총후문학의 역할을 수행한다. 거울은 나르시즘의 산물인데 거기서 끔찍한 전쟁을 보는 것이 그렇다.

이 작품이 발표된 시간(1942.4.)의 일본군은 싱가포르를 함락(1942.2.15.) 했다고 기마대를 앞세운 축하 퍼레이드를 거국적으로 벌렸다.[29] 그때 일본은 자기들이 태평양전쟁의 승기를 잡았다고 판단했고, 그런 승리감에 도취해 있었다. 그러나 미드웨이해전에서 미국에 밀리면서 전세는 역전되기 시작했다. 그러니까 「거울 속에서」의 '당나귀'는 그 잠깐의 틈새에 내린 평화의 환영일 뿐이다. '바람소리에 당나귀 우는데'라면 그 소리는 '우스면서 듯는' 소리는 될 수 없다. 당나귀와 당나귀의 울음이 결합하여 발산하는 분위기는 아무래도 쓸쓸하다. 그런데 '너'와 '나'가 웃으면서 당나귀의 울음을 듣는 것은 '우리 편이 자꾸 이겨' 전쟁이 끝나면 곧 평화로운 세상이 도

---

29 '歡呼に搖ぐ旗の波 / 世紀の大戰果 壽壽 / 新加坡陷落祝日' 『매신사진순보』 통권 제279 호, 1942.3.11. 『만선일보』는 며칠간 '新加坡陷落' 기사로 신문을 도배했다.

래할 것이라는 환상 때문일 것이다.

이용악은 국권을 상실하고 만주를 표랑하는 조선인들의 비극적 삶을 문제 삼은 많은 작품을 썼다. 식민지정책에 유린당한 삶을 '선지피'를 흘리는 강물에 빗댄 「천치의 강아」, 또 유랑의 길에 올라 '너의 언덕을 달리는 찻간에 / 조그마한 자랑도 자유도 없이 앉은' 화자가 눈물을 글썽이며 보고 떠나는 「두만강 너 우리의 강아」, 그리고 적지 동경東京에서 출판한 첫 시집 『분수령』의 첫 장에 '북쪽은 고향 / 그 북쪽은 여인이 팔려간 나라'라는 시구가 이용악의 시의 원적이 어딘가를 상징적으로 말한다. 그런데 「거울 속에서」의 화자의 심리가 서 있는 자리는 북쪽이 아니라 남쪽이고, 그 남쪽도 '먼 참으로 머언 남쪽 바다에선 / 우리 편이 자꾸만 익인다.'는 남쪽이다. 우리 편이 누구인가 일본군이고, 그 남쪽은 침략전쟁을 성전이라며 빼앗은 땅이다. 그러나 같은 지면에 쓴 「다리 우에서」(282호)의 시의식은 다른 해석이 가능하다. "아버지의 제사 ㅅ날만 / 일을 쉬고 / 어른처럼 곡을 한다." 이용악의 갈등이 감지된다.[30]

정황이 이러한데 백석의 「당나귀」는 어떨까. 백석의 당나귀도 머리를 남방으로 돌렸을까. 그렇지 않다. 『매신사진순보』가 조선의 여러 문인에게 원고청탁을 하였듯이[31] 백석에게도 원고 청탁을 했을 것이고, 그때

---

30 오양호. 「새로 발굴된 이용악과 노천명의 시」, 『월간문학』 통권 628호. 2021.6. 362~363쪽 참조.

31 『每新寫眞旬報』에 글을 쓴 문인 가운데 이용악과 노천명의 작품이 제일 많다. 이용악은 시만 세 편이고 노천명은 시 2편 수필 두 편이다. 오장환, 모윤숙, 최정희는 각각 수필 한 편이고, 朴泰遠은 단편 「이발소」(통권 제294호. 1942.8.10.), 계용묵은 단편 「苗裔」(통권 제280호. 1942.3.21.) 채만식은 「소년포수」(통권 제301호. 1942.10.21.)를 발표했다. 이용악의 「북으로 간다」(통권 제285호. 1942.5.11.)는 '싱가포르 함락'찬양이고, 노천명의 「자망나비」(『매신사진순보』, (통권 제281호. 1942.4.1.)는 태평양전쟁에서 전사한 학도병에게 바치는 시고, 「작별은 아름다워」(통권 제283호. 1942.4.21.)는 출정하는 학도병 찬양이다. 金尙鎔의 「亞細亞의 黎明」은 (『매신사진순보』, 통권 284호. 1942.5.1.) '우리 강토'를 아예 '꽃송이 이냥 十億同胞의

백석도 문화권력이 뜨르르한 『매일신보』의 원고청탁을 순순히 받아들였을 것이다. 그리고 순하여 더 만만한 짐승 「당나귀」 한 마리를 내세워 시대와 호응하는 자세를 취하고, 조응하며 자신의 자리를 지켰을 것이다.

「당나귀」의 당나귀는 지친 모습으로 고개를 끄덕이며 그냥 길만 간다. 이용악의 '우스면서 듯는 바람소리에 당나귀'와는 다르다. '마른나무에 사지를 동여매이고, 발바닥에 아푼 못을 들여 백씨우면서도 천연하야 움지기지 안코, 아이들이 돌을 던지고 어른들이 비웃음과 욕사설을 퍼부어도 점잔하야 어지러히 하지안코, 모든 것을 다 가엽시 녁이며 모든 것을 다 벗어들이며 모든 것을 다 허물하거나 탓하지 안으며' 먼 길을 간다.

당나귀로 표상되는 백석과 이용악의 현실인식이 판이한 것이 흥미롭다. 이 두 시인은 북방시를 많이 쓴 공통점이 있어 문학관이 상통한다. 그런데 같은 시간, 동일한 지면에 쓴 글에 나타나는 작가의식이 현저하게 차이가 난다. 작품의 배경으로 보면 작가의식이 다를 이유보다 같을 이유가 더 많다. 이용악이 「거울 속에서」를 쓸 때는 주을읍 총무과장 자리에 앉아서 회전의자의 쾌미를 만끽하고 있었고,[32] 백석이 「당나귀」를 쓸 때는 안동 세관원이었다. 이용악은 일제 식민지 조선의 공무원이고, 백석은 일제 식민지 만주국의 공무원이니 신분이 같다. 그리고 『매신사진순보』는 『조선일보』와 『동아일보』가 없어진 경성京城에서 조선총독부 기관지인 『매일신보』가 발행하던 순보다.

공무원은 국가의 녹을 먹으니 국가의 정책을 따르고, 그것을 실천해야 한다. 이런 이치로 보면 이용악은 회전의자에 앉은 값을 해야 한다. 그러나 그가 「절라도 가시내」 같은 작품을 쓴 것을 감안하면 「거울 속에서」

기쓰린곳이 되엿도다.'라 읇는다. 이런 작품은 작가들의 작품 연보에서 빠져 있다.

32 李活, 「역사의 물살에 흘러간 문학」, 『鄭芝溶·金起林의 世界』, 明文堂, 1991, 219쪽. 시인 이활은 이용악과 鏡城高普 동기동창이다.

는 혼이 나갔다. 변절 혐의가 드는 것이 아니라 변절이다. 이것이 이용악만 아니고, 이찬, 주요한, 김종한도 그런 것을 생각하면 변절 어쩌고 할 일이 못 된다. 이용악이 단순한 문학주의자로 처신하지 않고 민족을 해방시키려는 혁명운동에 참가하여 여덟 번이나 경찰서를 드나들며 고문에 시달렸지만[33] 세상이 일본판이니 어쩔 수 없었던 것 같다. 그러나 백석은 놀랍다. 꼼짝없이 이용악처럼 돌아설 상황인데 자세가 꼿꼿하다. 「당나귀」를 둘러싼 모든 문화조건은 조선을 배반한다. 무엇보다 『매신사진순보』라는 매체의 성격이 그렇다. 하지만 창조된 자아, 당나귀는 조선의 시골길을 타박타박 걸어간다. 『매신사진순보』는 오직 일제의 파쇼정책을 선전 선동하며 태평양전쟁의 승리를 알리고 계몽하는데 「당나귀」는 그런 것을 알 수 없는 짐승이다. 그래서 한눈팔지 않고 짐을 진 채 자기 길만 간다.

이용악이 창조한 화자가 '귤이며 콩이랑 정답게 나눠먹으면서 / 북으로 간다.'고 할 때[34] 백석의 당나귀는 콩도 먹지 못하고 혼자 길을 간다. '싸리단을 질머진' 당나귀가 '긴 귀와 샘언 눈과 쌀분 네다리를 하고, 그 발에는 검푸른 쇠자박을 대의고' 외롭게 길을 간다. 일체의 진술이 사라진 묘사체가 삶의 고통을 압축하는 한 컷 팬터마임으로 당나귀를 부조한다. 백석의 창조된 자아creative self로서의 이 당나귀는, 그러나 수상쩍은 데가 많다. 이런 「당나귀」의 정체 규명을 위해 당나귀에 대한 문학의 소재사素材史 stoffgeschichte 검토가 필요하다. 문학작품에 반영된 당나귀의 보편적 성격을 알아야 「당나귀」의 당나귀 정체를 말할 수 있을 것이기 때문이다.

우리 문학에서는 시의 종가 고시조에 당나귀가 흔히 나타난다. 백석의 시가 민담이나 전설에서 모티프를 많이 차용하는 것을 고려하면 「당나

---

33 金光現, 「내가 본 시인-정지용·이용악 편」, 『민성』, 1948.10. 73~74쪽 참조.
34 이용악, 「북으로 간다」, '아끼다에서 온다는 사람들과 / 자무스로 간다는 사람들과 / 귤이며 콩이랑 정답게 나눠먹으면서 / 북으로 간다. // 싱가폴 떠러진 이야기를 하면서 / 밤내 / 북으로 간다.' 『매신사진순보』 통권 제285호, 1942.5.11. 16쪽.

귀」의 당나귀가 고시조의 나귀와 관련될지 모른다. 먼저 조선조의 한 일사逸士 나위소羅緯素의 시조를 보자.

> 1) 전나귀 바삐 몰아 다 저문 날 오신 손님
>   보리 피 궂은 메에 饌物이 아주 없다
>   아이야 배 내어 띄워라 그물 놓아 보리라[35]

이 시조의 나귀는 다리를 저는 전나귀다. 고시조에 등장하는 나귀 가운데는 전나귀가 많다. 그러나 이런 전나귀는 주인을 지극히 섬긴다. 저문 날에 온 손님에게 대접할 것이 보리와 피로 지은 험한 밥뿐이고 반찬이 아무것도 없기에 찬거리를 장만하려는 주인을 태우고 바삐 나서야 하는 이 나귀도 그런 전나귀다.

정황이 이렇지만 백석에게는 다른 삶의 내력이 있다. 그는 미션스쿨 오산학교를 졸업하고 일본으로 유학을 가서 개신교 감리교 계통인 아오야마를 다녔고, 그 학교 교회에서 세례를 받았다(1931). 귀국한 뒤 몇 년간 선교사가 세운 영생고보에서 교편을 잡았다. 이런 사실을 감안하면 「당나귀」의 나귀는 고시조의 나귀와 무관하고 예수가 먼 갈릴리 외곽에서 예루살렘에 입성할 때 탄 나귀와 유관할 수 있다. 구약과 신약에 당나귀가 예수를 태우고 나타나는 장면이 있다.

> 2) 딸 시온아, 한껏 기뻐하여라. 딸 예루살렘아, 환성을 올려라.
>   보라, 너의 임금님이 너에게 오신 다. 그분은 의로우시며 승리
>   하는 분이시다. 그분은 겸손하여 나귀를, 어린 나귀를 타고 오

---

35   羅緯素, 「전나귀 바삐 몰아」, 조동일, 『시조의 넓이와 깊이』, 푸른사상, 2018, 570쪽.

신다.

구약성경, 「즈카르야서」 9장 9절에서

3) 딸 시온에게 말하여라. 보라, 너의 임금님이 너에게 오신다. 그
   분은 겸손하시어 암나귀를, 짐바리 짐승의 새끼, 어린 나귀를
   타고 오신다.

신약성경, 「마테오」 21장 5절에서

　　신학에서 이 나귀는 일반적으로 '평화를 가져오는 겸손한 메시아'로
해석한다. 수많은 군중이 자기들의 겉옷을 길에 깔고, 어떤 사람은 나뭇가
지를 꺾어다가 길에 깔아 당나귀를 타고 오는 예수를 향해 '지극히 높은
곳에 호산나!'라고 외친다. 당나귀가 갈릴리 외곽에서 예수를 모시고 온 존
재라서 그렇다.

　　당나귀 모티프는 프랑스 시에도 나타난다. 프랑시스 잠(France Jammes)
은 일생 동안 피레네 산록에서 살다가 말년에 '오, 주여 내가 당신께로 가
야 할 때에는 축제에 싸인 것 같은 들판에 먼지가 이는 날로 해 주소서'
라고 했다. 후안 라모스 히메네스(Juan Ramo`n Jimé nez)는 『플라테로와 나』
(Platero y yo.1914)에서 '가엾은 당나귀! 너는 그처럼 친절하고, 그처럼 고귀하
고, 그처럼 명민한데⋯' 라고 읊었다. 당나귀가 성자의 반열에 가 있다. 나
귀와 함께 천국에 가고, 나귀가 하는 말로 시를 짓는 것이 그렇다.

　　우리의 근대시에도 당나귀 모티프가 나타난다. 「거울 속에서」의 당
나귀 말고, 이용악의 다른 시에도 당나귀가 나온다.

4) 재를 넘어 무곡을 다니던 당나귀
　　항구로 가는 콩실이에 늙은 둥글소
　　모두가 없어진지 오랜

외양간엔 아직 초라한 내음새 그윽하다만

털보네 간 곳은 아무도 몰은다.

「낡은 집」에서[36]

이 당나귀는 소와 함께 한만 국경지대를 넘나들며 콩이며 농산물을 나르는 일을 한다. 그러나 험악한 세상을 만나 목숨을 보전하기 위해 피난을 떠나는 주인의 이삿짐을 힘들게 날라야 한다. 2)와 3)의 당나귀와는 다르다. 주인과 그 가족을 위해 자신을 바쳐야 하는 처지다. 「거울 속에서」의 당나귀가 행복한 당나귀라면 「낡은 집」의 당나귀는 가난을 피해 살길을 찾아 떠난 주인을 따라가는 불행한 당나귀다. 착한 것은 같은데 소임은 다르다.

백석 자신이 창조한 당나귀상도 있다. 「귀농」에 등장하는 그 당나귀다.

5) 老王은 나귀를 타고 앞에 가고

　나는 노새를 타고 뒤에 따르고.

이 당나귀는 지주의 나귀로 행복하다. 기껏 주인을 태우고 들길을 나다니는 일뿐이다. 소작인인 '나'가 탄 노새는 당나귀의 피가 반이라 반쯤 행복하다. 노새는 엄마가 말이고 아버지가 당나귀라 그렇다.

당나귀 1)은 전나귀다. 그러나 주인을 극진히 섬긴다. 2)와 3)의 나귀는 평화를 가져오는 겸손한 메시아이다. 4)의 나귀는 희생과 헌신이다. 5)의 당나귀는 행복한 나귀와 그런 나귀를 따라가는 반쪽의 '事物'[37]이다.

문학의 소재사에 나타는 이 당나귀들은 모두 본성이 착한 사물이다.

36　이용악, 「낡은 집」에서, 『낡은 집』, 三文社(東京), 1938, 73쪽.

37　'언어가 시가 되는 순간 그 언어는 사상, 관념과는 무관한 제3의 실체가 된다'. 김용직, 『현대시원론』, 학연사, 1988, 84쪽 참조.

섬김과 헌신의 전형으로 의인화되어 있거나 또는 지친 고행자의 모습이며, 그리고 희생의 대상으로 형상화된 것이 그러하다. 이런 사실을 전제하면 「당나귀」의 '당나귀'는 사상이나 관념의 진술이 아니라 어떤 특별한 정서를 나타낼 때 공식이 되는 사물, 정황, 일련의 사건이라는 그 객관적 상관물 objective correlative이 환기시키는 대체물[38]이라는 논리가 성립한다. 이런 견해는 어떤 대상에 대해 직접 감정을 토로하는 것은 예술이 될 수 없다는 반낭만주의적 정서에 근거를 두고 있다. 「당나귀」에 동원된 어휘들이 발산하는 정서는 작가의 사상, 관념, 의미에 봉사하는 차원이면서 다른 차원의 세계를 구축한다. 다시 말하면 「당나귀」의 언어나 이미지들은 백석의 정신세계가 어떤 사물, 정황, 또는 일련의 사건으로 대체되어 있는 것을 의미한다.

「당나귀」가 가는 심상지리

백석의 「당나귀」는 아직 학계에 분명한 서지적 사항과 함께 원본이 소개된 바 없기에 전문을 인용한다. 이 작품은 경성京城의 학생들이 '진검 백병전의 맹훈련을 한다.'며 파쇼 군국주의를 성전으로 호도하는 1942년 8월의 『매신사진순보』 한 귀퉁이에 엎드려 있다.

날은 맑고 바람은 짜사한 어늬 아츰 날 마을에는 집집이 개가 짓
고 행길에는 한 물컨이 아이들이 달리고 이리하야 조용하든 마을은

---

38   T.S. Eliot. Hamlet and His Problem, The Sacred Wood(London,1969), p.100.
The only way of expressing emotion in the form of art is by finding an 'objective correlative'; in other words, a set of objects, a situation, a chain of events which shall be the formula of that particular emotion; such that when the external facts, which must terminate in sensory experience, are given, the emotion is immediately evoked.

갑자기 흥성걸이엇다.

이 아츰 마을 어구의 다 낡은 대장간에 그마당귀 까치짓는 마른 들메나무 아래 어쩐 길손이 하나 잇섯다. 길손은 긴 귀와 쩜언 눈과 쌀분 네다리를 하고 잇서서 조릅하니 신을 신기우고 잇섯다.

조용하니 그 발에 모양이 자못 손바닥과갓흔 검푸른 쇠자박을 대의고잇섯다.

그는 어늬 고장으로부터오는 마을이 하도 조용한 손이든가. 싸리단을 나려노코 갈기에 즉넙새를 날리는 그는 어늬 산골로부터 오는 손이든가. 그는 어늬 먼 산골 가난하나 평안한집 흰 하니 먼동이 터오는 으스스하니 추운 외양간에서 조집페 푸른콩을 삶어먹고 오는길 이든가 그는 안개 어린 멀고 가짜운 산과내에 동네방네에 쌕국이소리 닭의소리를 느껴웁게 들으며 오는길이든가.

마른나무에 사지를 동여매이고 그발바닥에 아푼 못을 들여 백지우면서도 천연하야 움지기지안코 아이들이 돌을 던지고어른들이 비웃음과 욕사설을 퍼부어도 점잔하야 어지러히하지안코 모든것을 다 가엽시 녁이며 모든것을 다 벗어들이며 모든것을 다 허물하거나 탓하지 안흐며 다만 홀로 넓다란 비인 벌판에 잇듯시 쓸쓸하나 그러나 그 마음이 무엇에 넉넉하니 차잇는 이손은 이 아츰 싸리단을 팔어 량식을 사려고 먼 장으로 가는것이엇다.

날은 맑고 바람은 싸사한 이아츰날 길손은 쏘 새로히 욕된 신을 신고 다시 싸리단을 질머지고 예대로 조용히 마을을 나서서 다리를 건너서 벌에서는 종달새도 일쿠고 눕에서는 오리쩨도 날리며 홀로 제쏨과 팔자를 즐기는듯이 쏘 설어하는듯이 그는 타박타박 아즈랑이 씬 먼 행길에 작어저갓다.

「당나귀」 전문[39]

39 白石, 「당나귀」, 『每新寫眞旬報』 통권 제294호, 1942.8.10., 17쪽.

「당나귀」는 미드웨이해전에서 전세가 기울어져 가는 태평양전쟁이 승리로 전개된다는 가짜 뉴스 틈새에 당나귀 한 마리가 나타나 한판 펜터마임을 연출한다. 시인가 하면 서정수필 같고, 수필인가 하면 압축된 언술이 발산하는 긴장미가 문맥을 압도하는 산문시다. 태평양전쟁의 귀기가 득시글거리는 신문이니 전몰 영령의 명복이며 전쟁의 정당성, 승리 기원을 어딘가에 깔아 놓을 만한데 「당나귀」는 전혀 그렇지 않다. 그 시절 일제가 즐겨 쓰는 문화용어가 등장할 자리에 고졸한 조선어가 자리를 메우고 있다. 「당나귀」 전편에 단 한 개의 한자어가 없고, 일본이 차자借字한 한자어도 하나 없다.

그 시절 우리는, 일본 말이 '국어'가 되어 일본말을 집에서도 쓰면 그 집 대문에 '國語常用의 집'이라는 팻말을 달아 선민의식을 조장했고, 국민학교國民學校에서도 우리말을 밀어내기 위해 학생들에게 '딱지'를 나눠줘서 딱지를 서로 빼앗아 벌을 받게 하는 비교육적인 짓을 하고 있었다.[40] 그때 백석은 그런 일제를 향해서 "이 못된 놈의 세상을 욕할 것이다."[41] 했는데 「당나귀」에는 그 귀신같이 가려쓰는 '가무래기 약'과 같은 죽어가던 조

---

40 일제 강점기 조선에서는 조선총독부가 조선어 사용자와 일본어 사용자로 갈라서 일본어 사용자를 조선어 사용자 위에 군림하도록 하려 했다. 아동이 학교에 입학해서 일본어를 배워 그 일본어를 학교에서는 물론 집에서도 쓰도록 종용하여 그것이 잘 이루어지는 가정은 그 집 대문에 '國語常用'이라는 팻말을 붙여주었다. 또 초등학교에서는 조선말을 못 쓰게 하려고 아침에 모든 학생에게 일정한 수의 '딱지'를 나눠주고 누가 조선말을 하는 것을 발견하면 발견한 학생이 조선말을 한 학생의 딱지를 빼앗게 했다. 종례 때 선생은 딱지를 많이 가진 학생은 상을 주고, 적게 가진 학생은 벌을 주었다. 이런 일이 전국적으로 이루어졌는가는 조사된 바 없다. 1938~1943년 안동에서 초등학교를 다닌 김용직 교수의 증언. 조동일, 『대등한 화합』, 지식산업사, 2020. 151~152쪽. 일본이 오키나와(유구)를 점령하고 유구어를 쓰는 사람에게 '方言札ホウゲンフダ'을 목에 걸게 한 그 지배언어 정책을 조선에도 썼다는 것을 증명한다.

41 백석, 「가무래기의 약」, 『여성』 제3권 제10호, 1938.10, 292쪽.

선말이 태평스럽고 고아하게 되살아나고 있다. 학습된 문법이 아닌 원본 문법으로 꽉 짜인 모국어의 통사구조가 "국어상용"과 "딱지"의 정책을 비웃는다. 고슴도치가 가시털로 자신을 보호하듯 순 우리말이 이 글을 해찰하려는 사람, 가령 뭔가 수상쩍다고 여기는 검열관의 접근을 방해한다. 주어가 모호하고 이념어가 전무하여 걸고넘어지기도 난감하다.

「당나귀」는 장르가 모호하고, 편집자의 편집 방향을 따르는 듯 거역한다. 백석이 자기에게 온 원고청탁을 형태는 산문으로, 내포는 시로 대응한 이 말 못하는 "당나귀"가 의미하는 것은 무엇일까. 그것은 앞에서 내비친 가설, 곧, 엄혹한 시대를 당나귀처럼 살아가는 피학의 존재, 여차하면 "바보ばか"로 취급당하는 조선인에 대한 대체 사물이다. 당나귀가 피압박적 존재의 객관적 상관물에 다름 아니란 말이다.[42] 형상화가 너무 압축되는 서정시면 시적 아포리아가 주제파악을 어렵게 만들어 독자에게 외면당할 것이고, 내포가 쉬 드러나는 산문이면 주제가 의심스러워 게재 불가가 될 수 있기에 시 같고 수필 같은 기법으로 편집자의 요구를 따르면서 자기실현을 도모한 의사진술이다. 글 뒤에 묻어둔 의미를 아는 사람은 알고 모르는 사람은 모르는 대로 두고, 백석은 자신을 닮았으나 다른, '자아개입적 시self-interventional poetry'로 피압박적 존재를 문제 삼고 있다.

지금 당나귀는 '발바닥에 아푼 못을 들여 백찌우면서도' 주인이 싸리단을 팔아 '량식'을 사야 하기에 먼 장으로 간다. '조집페 푸른 콩을 삶어먹고, 산과 내에 동네방네에 쌕국이 소리 닭의 소리를 들으며' 밤 세워 걸어온 작은 체구가 하마 바스러질 듯하다. 그러나 묵묵히 길을 간다. 시적 화자는 당나귀란 사물에 대한 논평은 단 한마디도 하지 않고, 당나귀가 먼 장으로 가는 모습만 보여주고 있다.

---

42   李庸岳의 「거울 속에서」의 '당나귀', 「낡은 집」의 '당나귀'에서도 같은 성격이 감지된다.

이런 당나귀상은 앞에서 프랑시스 잠이 시집 『밤의 노래』 '서문'에서 '나는 지금 장난꾸러기들의 조롱을 받고 고개를 숙이는, 무거운 짐을 진 당나귀처럼 길을 가고 있습니다.'라고 한 그 당나귀를 연상시킨다. 그러나 닮은 듯하지만 닮지 않았다. 『밤의 노래』의 당나귀는 「당나귀」의 당나귀만큼 학대받는 존재가 아닌 까닭이다. 그렇다고 히메네스의 당나귀 같지도 않다. 히메네스의 당나귀 '플라테로'는 영리하여 소년소녀와 친한 지적이고 고귀한 동물로 사랑을 받는다. 그런데 「당나귀」의 당나귀는 노역자로 끌려나가 바보가 된 어떤 존재, 가령 태평양전쟁으로 혹사당하는 조선인을 떠올리게 한다. 이런 독해가 비약이라 한다면, 문학작품은 작가의 체험의 소산이고, 시인이 창조하는 화자는 시인의 분신이며, 그 분신은 시인이 세계를 자아화한 또 하나의 자아라는 창작원론을 설명할 방법이 없다.

이런 해석을 위하여 1942년 8월의 세상이 어떠했는지, 그리고 「당나귀」가 게재된 『매신사진순보』의 다른 기사가 어떠했는지 함께 살펴볼 필요가 있다. 그리고 한때 그런 세상을 만주국 국무원 관리로, 안동 세관원으로 살던 백석의 실상이 어떠했는가를 점검하는 것도 참고할 만하다. 「당나귀」가 워낙 두꺼운 보호막 속에 숨어 있기에 그 내포를 추출하기 위해서다. 백석은 「당나귀」를 신경, 안동, 백구둔을 오가던 시간에 창작했고, 그 「당나귀」 뒤에는 만주국의 문예정책이 있다.

유토피아의 길

만주국이 건국정신을 기조로 한 문예작품의 창조를 국민사상을 앙양 강화하기 위하여 '만주문예가협회'를 설립한 때가 1941년(康德8년) 7월이다[43].

---

43 『滿洲國現勢』, 滿洲國通信社編纂, 昭和十八年. 康德十年(1943), 593쪽 참조. 만주문예가

그 위원으로 고정古丁, 오랑吳廊 등이 임명되었는데 이 두 인물은 1940년 4월 '내선문화좌담회'에서 박팔양과 백석에게 만주문학 창작을 은근히 압박했다. '만주문예가협회'가 설립되던 시간 재만 조선문인의 대부 염상섭은 『싹 트는 大地』(1941.11.) "서"에서 입만 이후 침묵으로 일관하던 입을 열고, 그 창작집 간행을 '전 조선문학의 큰 수확이며 자랑'이라 했다. 염상섭의 이런 언행은 고정古丁, 오랑吳廊의 언행과 같은 맥락으로 이해될 소지도 없지 않다. 그때 염상섭이 안동시청에 공무원으로 일했다는 증언도 있기 때문이다.[44] 일 년 뒤쯤 박팔양도 『반도사화와 낙토만주』(1943.1.) "서"에서 '만선양지역滿鮮兩地域의 문화에 관심을 갖는 자 누구나 감사의 일념'이라 했다. 재만 조선문인을 대표하는 이 두 문인이 이렇게 시대 편승의 포즈를 취할 때 그들과 가장 가까이 있던 백석은 노새를 타고 지주 노왕老王이 탄 당나귀 뒤를 따라가고(「귀농」1941.4.) 있었다. 태평양전쟁이 바야흐로 정점으로 치닫던 바로 그 시간 백석은 염상섭이나 박팔양을 따르는 시늉을 하면서 그 무서운 시대를 건넜던 것이다.

1942년의 조선은 어떠했는가. 「당나귀」가 게재된 8월10일자 『매신사진순보』에는 '대륙건설에는 조선을 알아야'라며 '흥아연성소생반도학생興亞鍊成所生半島學生의 간담회懇談會', 징병제를 실시하기 전 '청년학도의 맹훈련'이라는 제목 아래 배제중학, 양정중학, 중앙중학 학생들이 육탄돌격훈련, 대공사격훈련, 사격 연습하는 화보가 실렸다.[45] 그리고 일본이 점령

협회는 '만주국 건국정신을 문예작품에 실현하기 위한 기구'이다. 작가, 시인, 문예평론가 칠십여 명을 준비위원으로 위촉하여 위원장에 일계 문인 山田淸三郞, 위원에 만계 문인 古丁, 吳廊, 爵靑 宮川靖 등 11명을 뽑아 각 부문별 연구 활동을 하고, 작품발표를 중개하고 도와 만주국 문화에 기여하는 사업을 크게 펼치려 하였다.

44 『만선일보』기자였던 高在驪가 '백석 만주시대복원. 육필원고 발견의 의의와 5년간의 행적'(『경향신문』, 1998.2.5.)에서 증언한 말.

45 大陸建設に朝鮮を知る, '徵兵制を前に靑年徒猛練少學の訓!', 『매신사진순보』 통권 제

한 타이를 '맹방타이국盟邦タィ國'이라며 국민정부를 승인했다.

1942년 8월 11일자 『만선일보』1면 탑 기사는 '精銳, 破竹의進擊開始. 斷末魔의適에鐵槌. 突然, 江山南方에 新作戰'이다. 1면의 남은 지면은 '開戰以來의 海戰戰果 適戰艦 十六雙果 空母八雙擊沈破', '아류산列島方面部隊 適有力部隊를 擊破' 등 태평양전쟁의 승전보로 채워졌다. 그날 '사설'은 경성京城에서 입만하는 제2차 개척민이 대일본제국의 만주개척을 성공시키기를 당부하는 「朝鮮開拓民第二次五個年計劃」[46]이다. 재만조선인도 만주국 신민이니 이런 전쟁의 당사자로 현실을 감당하라고 압박했다.

이런 세상 사정과 「당나귀」가 무슨 관계가 있는가. 아무 관계가 없다. 「당나귀」는 주인이 시키는 대로 짐만 나른다. 어중이 당나귀가 피비린내 나는 세상 사정을 어찌 알겠는가. 방향만 대충 잡고 길을 가는, 눈을 떴으나 눈에 보이는 것을 분별할 수 없는 존재다. 맹인의 지팡이처럼 세상을 더듬는다. '다만 홀로 넓다란 비인 벌판에 잇듯시 쓸쓸하나' 꾸벅꾸벅 걸어갈 뿐이다. 백석이 창조한 이 제2의 자아, 「당나귀」 앞에는 무서운 전쟁 소식이 얼굴을 내밀지 않는다. 설사 시국이 얼굴을 내밀고 당나귀에게 말을 해도 말귀를 못 알아듣고 응앙응앙 울기나 할 것이다. 세상을 말할 수 없는 짐승이니 세상 이야기를 알아들을 수 없다. 이런 정황을 고려하면 「당나귀」의 당나귀는 다른 무엇이다. 당나귀로 상징되는 불행한 존재를 당나귀로 형상화시켜 하고 싶은 말을 하려는 전략의 피조물이다.

당나귀에는 사람 냄새가 진동한다. 「당나귀」가 나귀 자체를 문제 삼는다면, 군이 대상을 의인화시켜 소재를 다룰 필요가 없다. 그러나 당나귀를 의인화시키지 않는다면 인간적 정황 표상은 불가능하다. 「당나귀」라는 제

294호, 1942.8.10., 21~23쪽 참조.

46   「朝鮮開拓民第二次五個年計劃」, 『만선일보』, 1942.8.11.

목을 지우고 「당나귀」를 읽는다면, 「당나귀」는 '어쩐 길손'의 여행담으로 읽힐 것이다. 이 작품에는 그렇게 사람 냄새가 진동한다. 사람의 혼이 이입된 사물인 까닭이다. 이런 점에서 「당나귀」의 당나귀는 짐승이 아니다. 당나귀를 일제의 식민지민의 객관적 상관물로 독해하는 근거가 이런 점에 있다.

백석의 '당나귀'를 이렇게 독해할 때 대립되는 이미지가 있다. 백석의 다른 작품 「나와 나타샤와 흰 당나귀」의 '당나귀'이다. 그러나 이때 당나귀는 대체 사물인 「당나귀」의 당나귀와 다르다. 「당나귀」의 당나귀는 1942년 8월, 긴박한 태평양전쟁의 산물이고, 「나와 나타샤와 흰 당나귀」는 사랑의 시간의 산물이다. 흰 당나귀는 실재하지 않는다. 백석이 함흥에서 만난 기생 진향(子夜)과의 운명적인 사랑을 신비한 이미지 흰 당나귀, 흰 눈, 이국정조의 나타샤와 포개어 승화시킴으로써 이룰 수 없는 사랑의 고통에서 벗어나려 한 것이 「나와 나타샤와 흰 당나귀」이다. 백석이 이 작품을 창작하던 시간에는 문청의 낭만적 정서가 그를 다스렸다. 만주 공간에서 낙백한 영혼으로 떠돌던 곤비한 처지에 있던 백석이 아니다. 따라서 「당나귀」의 당나귀와 「나와 나타샤와 흰 당나귀」의 당나귀는 같을 수 없다.

작가의 체험의 형상화가 작품이라 한다면 지금 백석은 당나귀를 타고 자신의 유토피아를 찾아가고 있다. 그 유토피아가 어디인가. '친일, 친만, 항일, 저항, 반민족, 민족'과 무관한 만주국의 외곽이다. 일백 오십만 재만조선인의 절대다수가 사는 그 생활공간이다. 협력이냐 저항이냐 그런 것과는 무관한 공간이다. 「당나귀」가 『매신사진순보』에 발표되었고, 『매신사진순보』가 일등 친일담론지라는 사실을 전제할 때, 그리고 그런 사실에 「당나귀」를 대입할 때 추출되는 의미는 협력이냐 저항이냐 둘 가운데 하나가 될 수밖에 없다. 그러나 재만조선인으로 살던 백석의 심상지리에는 협력과 저항의 세계가 아닌 다른 공간이 존재한다. 그곳은 조선반도에서 생활을 이어나가지 못하고 쫓겨났기에 적극적으로 만주국을 지지하지 않으면서도 거기서 살 수밖에 없는 사람들이 사는 공간이다. 「당나귀」의 나귀는 지금 그곳을 찾아가고 있다. '老王은 나귀를 타고, 나는 노새를 타고 뒤를 따르던 그 생활공간이다. 그런데 시인은 짐바리를 진 당나귀가 묵묵히 길을 가는 것만 보여줄 뿐이다.

당나귀는 왜 침묵할까. 세상을 향해 히힝 콧소리라도 한 번 지를 만한데 왜 "산과 내에 동네방네에 뻐꾹이 소리 닭의 소리를 느껴웁게" 들으며 길만 갈까. 1942년 8월의 세상이 소름끼치게 무섭기 때문일 것이고, 여차하면 목이 달아날 판이기 때문일 것이다. 멀고 아득한, 그러나 평온한 곳으로 가는 자신의 천기가 누설될까 두려워 침묵할 것이다. 「당나귀」의 다음과 같은 마지막 구절이 이것을 암시한다.

> 날은 맑고 바람은 짜사한 이아츰날 길손은 또 새로히 욕된 신을 신고 다시 싸리단을 질머지고 예대로 조용히 마을을 나서서 다리를 건너서 벌에서는 종달새도 일쿠고 눕에서는 오리쎄도 날리며 홀로 제쓈과 팔자를 즐기는듯이 또 설어하는듯이 그는 타박타박 아즈랑이 씬 먼 행길에 작어저갓다.

「당나귀」의 이 결구는 1942년 1월 일본이 싱가포르를 점령하고 태평양전쟁에서 승리할 것이라 믿고, 돌아올 기름이 없는 비행기를 태워 가미카제 특공대를 미드웨이해전으로 날아가게 하던 그런 현실의 역설적 압축이다. 인용된 문장에 나타나는 세상은 무고하다. 종달새가 울고, 오리 떼도 난다. 다만 정적이 감돌 뿐이다. 그 정적이 풍선처럼 부풀어 곧 터질 듯하다. 그러나 이 길손은 아무 일 없이 행길에서 아득히 사라져 간다. 그 당나귀는 지금 조선인이 "감격할 광명"[47]을 볼 수 있는 곳을 향해 가고 있을지

---

47 백석의 「조선인과 요설」(1940.5.25.~5.26.)의 결론. 곧 재만조선인들에게 '입을 담을고 感激

모른다.

　이상과 같은 독해를 전제할 때 「당나귀」는 1940년대 초기의 거대한 공포와 억압의 질서를 침묵으로 맞서는 행위에 다름 아니다. 모든 문화현상이 민족으로부터 떠나던 시간, 그런 문화를 앞서서 수행하던 매체를 통해 섬김, 온순, 희생의 전형인 '당나귀'란 대역을 통해 그것을 형상화시키고 있다는 점에서 그 맞섬은 의미가 심대하다. 『매신사진순보』에 글 게재는 민족의 배반이다. 그러나 글은 당나귀 이야기뿐이고, 그 당나귀는 청맹과니다. 경성京城의 조선문학은 일본문학으로 흡수당해 '芥川賞, 直木賞, 菊池寬賞'을 '我國文學賞'이라(『삼천리』, 1940.5.) 부르는 판인데 재만조선인 시 한 편은 당나귀 등을 타고 어디론가 떠나고 있다. 그 행차가 "날은 맑고 바람은 짜사한 이 아츰날"이고, "아즈랑이 씬 먼 행길"이니 그 끝에 그 지친 당나귀가 살 안거낙업의 땅이 하마 나타날 듯하다.

2.3. 마무리

　「흰 바람벽이 있어」는 다나카 후유지田中冬二의 「ふるさとの家の壁・고향집의 벽」의 영향을 받은 것이 확인되었다. 이런 점에서 백석의 시가 한국시의 한 정점을 찍는다는 평가는 비교문학적 시각에서 보면 재고해야 할 문제이다. 「남신의주 유동 박시봉 방」과 「かしはの葉をさげた家」, 「固城街道」와 「野麥街道」도 정황이 다르지 않다. 그러나 다나카 후유지의 장소애 모티프를 백석이 문화번역한 것이 아니라 백석은 자기의 정서로 향수를 회감回感하고 있다는 점에서 차이가 있다.

　「귀농」은 복잡하고 힘든 현실을 떠나 생활인으로 살고 싶은 희망, 욕구의 한 표상이라는 점에서 생활시다. 이 작품은 민족 사이의 갈등이 없

할 光明의 날을 바라보고' 하고 싶은 말을 참으라고 했다.

고, 시상이 밝을 뿐 아니라 현실이탈의 정서가 지배한다. 이것은 역사의식이나 이념으로부터 떠나 상이한 가치를 동시에 공인한다는 의미이다. 「귀농」의 이런 성격은 열린 정서, 곧 친만親滿 정서가 아니라 생활공간의 정서가 양면성으로 형상화된 것임을 확인하였다.

「조선인과 요설」에는 백석이 유맹으로서가 아니라 오족협화의 한 주체, 또는 동아주의자로서 산 내력의 그늘이 드리워져 있다. 그러나 조선인이 그 정체를 지키며 '感激할 光明'을 맞이할 때를 기다리는 것을 결론으로 삼는다. 따라서 백석의 「조선인과 요설」의 전반부에 나타나는 조선인에 대한 폄하는 반면교사의 성격을 지닌다.

「당나귀」는 모든 문화조건이 반민족적인 매체인 『매신사진순보』에 엄혹한 시대를 당나귀처럼 살아가는 순종의 사물 창조를 통하여 1940년대 우리 민족의 암담한 상황을 형상화시킨 작품임이 드러났다. 이런 점에서 「당나귀」는 1940년대 초기의 군국주의와 태평양전쟁기의 재만조선인의 삶을 문제 삼는 현실주의 시로서 의의를 지닌다. 따라서 「당나귀」는 침묵의 저항으로 1940년대 전반기의 민족문학을 지킨 작품으로서 가지는 가치는 독특하다. 「당나귀」를 에워싼 모든 문화조건이 반민족적인데 그걸 침묵으로 극복하려는 자세가 그렇다.

3. 양면의 진실—박팔양

3.1. 머리말

박팔양朴八陽(1905~1988)의 문학은 경성京城문학기(1937년 이전), 신경新京문학기(1937년~1945년), 평양平壤문학기(1945년 이후)로 나눌 수 있다. 여기서는 신경문학기 작품을 고찰한다. 박팔양의 경성문학기 작품에 대한 연구는 상당히 이루어졌으나 신경문학기 작품에 대한 연구는 이루진 바가 없다. 그때 쓴 시詩는 단지 세 편뿐이고, 그 중 두 편이 『만주시인집』에 실렸는데 『만주시인집』이 길림시吉林市 제일협화구락부第一協和俱樂部에서 발행되었고, 박팔양은 관동군이 세운 『만선일보』 문화부 기자를 하다가 협화회 홍보과로 직장을 옮겼고, 일본 천황도 만났다고 하니, 박팔양의 신경문학기 작품은 진작부터 연구할 대상이 못된다고 판단된 듯하다. 그러나그의 신경문학기 시詩가 비록 세 편이지만 그 시의 내포가 민족 초월적 사유를 하고, 그런 발상의 문제적인 산문 여러 편이 있으며 그의 유일한 시집 『麗水詩抄』가 1940년 6월 경성京城에서 발간되어 신경新京에서 구작이 신작으로 각광을 받고, 읽히며 재만조선인 시단에 활기를 불어넣고, 위상을 재고시킨 점은 문학사적 의미가 크다. 따라서 박팔양은 1940년대 전반기 재만조선인 시단에서 결코 간과할 수 없는 존재다.

박팔양은 5족이 각축을 벌리는 1940년 봄, 경성新京에서 『麗水詩抄』 출판기념회를 거창하게 개최하여 자신의 카프시절의 현실주의 시를 화려하게 재탄생시켰다. 백석白石은 이 시집을 「슬픔과 진실」(『만선일보』 1940.5.9.~5.10.)이라고 읽었다. 시집 출판기념회를 5족협화를 외치는 일계日系문학에도 없기에 만주국 예문단에 선계시鮮系詩의 위의威儀와 성격을 광포하고 유세하는 결과가 되었다. 또 박팔양은 처음으로 재만조선인 합동시집 『만주시인집』을 편집 발행함으로써 존재감이 미미하던 재만조선인 시단을 결속시켰고, 그것은 또 하나의 합동시집 『재만조선시인집』이 발행되는 계기를 만들어 재만조선시인들의 창작욕을 자극하는 역할을 했다.

박팔양은 서양의 신문예사조가 젊은 문인들을 사로잡을 때 신경향파, 다다이즘, 아나키즘, 모더니즘을 넘나들며 식민지의 궁핍과 황폐함을 문제 삼거나 혹은 저항하면서 '김고흔물, 김니콜라이, Rococo, 麗水學人, 金麗水, 麗水, 朴勝萬, 朴太陽, 김준일[1]' 등의 필명으로 활발하게 작품 활동을 했다. 그러나 식민지 문화정책이 지식인을 더욱 옥죄고 문학이 맥을 못 추게 되자 아나키즘에 몰입하여 활로를 찾다가 그 끝에 조선을 떠났다. 그런 정황을 잘 보여주는 작품이 「仁川港」이다.

> 朝鮮의 西便港口 濟物浦 埠頭.
> 稅關의 旗는 바닷바람에 퍼덕거린다.
> 젓빛하늘, 푸른 물결, 湖水내음새
> 오오, 잊을 수 없는 이 港口의 情景이여
>
> 上海로 가는 배가 떠난다.
> 低音의 汽笛, 그 餘韻을 길게 남기고
> 流浪과 追放과 亡命의

---

1   1933년 7월 23일자 『조선중앙일보』에 발표한 「곡마단 풍경」은 '김준일'인데 『여수시초』에 수록되어 있다.

많은 목숨을 싣고 떠나는 배다.

어제는 Hongkong, 오늘은 Chemulpo, 또 來日은 Yokohama,
世界를 流浪하는 코스모포리탄
帽子 삐딱하게 쓰고, 이 埠頭에 발을 나릴제.

築港 카페에로 부터는
술취한 佛蘭西 水兵의 노래
"오-말쎄이유! 말쎄이유!"
멀리두고 와 잊을 수 없는 故鄕의 노래를 부른다.

「仁川港」1~4연[2]

　　이 시의 한가운데를 '세계를 유랑하는 코스모폴리탄'이 지나가고 있
다. 인류가 모두 대등하다는 그 '국제사회의 일원'이다. 그래서 「인천항」
은 평화와 낭만을 깃발로 내 걸고, 화자는 지금 '流浪과 追放과 亡命'의 길
을 떠나며 고향의 노래를 부른다. 박팔양의 경우 이런 시의식은 1920년대
의 그 민족주의 운동의 지지부진함에 실망하여 '이 나라 거리가 왜 이리
쓸쓸하냐 / 젊은이 죽어 초상 치르고 난 집 같고나'(「거리로 나와 해를 겨누
라」, 1925)라고 읊조리던 그 패배의식의 후일담으로 읽힌다. '모자 삐딱하게
쓰고, 이 부두에 발을 나린' 수병이 '어제는 Hongkong, 오늘은 Chemulpo,
또 來日은 Yokohama'로 끝없이 떠도는 취의趣意sense는 3·1운동 실패 후 조
선 지식인을 사로잡던 공감적 정서인 허무, 감상적 정조가 사해동포주의

2　　朴八陽, 「仁川港」, 『朝鮮之光』, 1928.8. 『麗水詩抄』(博文書舘, 1940.6.) 61~62쪽. 이 시집은
　　一百部 限定版으로 출판되었다. 「抄後에」에 '昭和十五年 一月 於 新京 朴八陽 識'이라 했
　　다. 당시 新京에 살던 박팔양이 1940년 1월 京城의 박문서관으로 원고를 보내 같은 해 6
　　월에 출판했다.

Cosmopolitanism, 세계주의로 굴절되던 그것에 다름 아니다.

「인천항」에 나타나는 이런 사해동포주의적 현실인식은 그가 시의 화자를 내세워 "길손—그는 한 니힐리스트/ 그의 슬픈 옷자락이 바람에 나부낀다./쓰디쓴 과거여 탐탁할 것 없는 현재여/그는 장래할 '꿈'마자 물우에 떠보내더니[3]"라고 읊조리게 하다가, 드디어 시인 자신이 나그네가 되어 길고 험난한 길을 거쳐 1937년 3월[4] 신경新京에 도착하여 마침내 자리를 잡은 그 민족초월적 행보와 다르지 않다. '옛다 받아라! 증오의 화살 / 네집 뒤에는 윤전기가 / 죽어 넘어져 신음한다.'(「輪轉機 四層집」, 1927)며 계급투쟁에 뛰어들던 현실주의 문학관을 고려하면 믿기 어려운 변신이다. 그러나 그는 재만조선인문단에서 어떤 문인도 할 수 없는 일을 했다.

3.2. 協和會의 조선문인들

신경新京시절 시인 박팔양을 평가할 때 제일 먼저 문제가 되는 것은 그가 협화회協和會 홍보과가 직장이라는 사실이다. 이런 이력 때문에 그는 북한문학사에서 경성문학기의 치열한 민족주의자의 이력과 무관하게 한때 친일문인으로 몰려 고초를 겪었다. 북한문학에서 그를 시대를 앞당겨 가는 선구자, 참다운 애국자의 위훈을 노래한 우수한 작품을 쓴 시인[5]으로 평가한 것은 한 차례 수난을 격고난 뒤다.

협화회란 무엇인가. 협화회는 '民族協和를 바르게 하고 民意를 反映

---

3   朴八陽,「길손」,『조선중앙일보』, 1934.7.30.
4   朴八陽, 同人隨筆,「붓 가는 대로」,『만몽일보』, 1937.7.28. '내가 처음新京에 왓슬째는 今年三月初旬…'『매일신보』에는 박팔양이 1937년 3월 10일 京城을 떠났다고 함.『매일신보』, 1937.3.10.
5   『문예상식』, 문학예술종합출판사, 1994, 평양, 218쪽.

하여 官民一途의 獨創的 王道政治 實現'이 本質이고, "만주국의 건국이념을 體得하고 護持하는 사상적, 문화적, 정치적 실천조직체"다.[6] 협화회가 이렇게 규정될 때 『만선일보』사설은 협화회를 '絶對多數를 占有하고잇는 漢滿人에 比하야 中心的인 存在가 못되고 日本國民으로서의 一部分임은 틀림업지마는 協和會가 接合劑가 되야…民族協和의 國是를 실현시킬 莫重한 責任'[7]이 있는 기관이라 했다. 그런가 하면 봉천奉天의 흥아협회興亞協會에서 발행하던 잡지 『在滿朝鮮人通信』은 협화회의 성격을 대담 형식으로 국가의 정책을 홍보했다.

李. 簡單히 지금까지하신말슴을 綜合하여주실수없습니가?
張. 綜合하여 말하면 協和精神이라는 것은 道義世界의 建設, 民族協和의 實現, 獨創的王道政治의實踐을 一貫한그根底의存한理念이며 사람의親和的性質을發揚하고 爭鬪的本能을抑制하야 사람사람이서로 協力하야 價値를創造하는일노 말미암아 團體的完成을期하는것을닐음니다 이것을알기쉬웁게말하면 다사이조게힘을合하야 조흔世上을만들자하는것입니다
李. 協和會는 政治的組織體라는것을들엇는데 이것은 어떠한것입니가.
張. 먼저協和精神에依한 政治라는것에서부터 말하겟습니다. 協和精神이 我滿洲國의根本精神의하나인以上政治도 이精神에서 나온것이아니면 안되겟습니다. 말하자면 共産黨과갓히

6   大同元年(1932) 滿洲國이 건국되고 康德三年 協和會가 설립할 때(1936.9.18.), 關東軍司令官 植田은 "滿洲帝國協和會의 根本精神"는 '民族協和し正しさ民意를反映せる官民一途の獨創の王道政治實現'이라 했다. 滿洲國通信社編纂, 『滿洲國現勢』, 建國-大同二年(1933)度版, 106쪽 참조.
7   「民族協和에 在한 朝鮮人의 責任」, 『만선일보』, 1940.5.25. 社說 참조.

鬪爭理論上에 서는것도안될것이며 又國內에二,三個의政黨
이서서 이것이서로對立抗爭하야 政治를行하야 간다하는것
도 協和精神에合致하지안습니다 또 一個의人間이 獨斷專行
으로 나라를다사린다고하는것은 勿論안될것입니다.[8]

　5족이 평화롭게 서로 도우는 것이 협화協和라는 것이고, 그 본질은 도
의세계道義世界 건설이며 그것을 기반으로 민족협화, 독창적 왕도정치를
실현하려는 것이 목적이라는 것이다. 만주국의 건국이념을 권력과 언론을
동원하여 특정방향으로 강제하여 문화와 사회의 정체성을 구현하려는 것
이 협화회의 목적이다.

　1940년대 초기 만주국 협화회에서 일을 한 문인은 박팔양만은 아니
다. 소설가 박영준朴榮濬(木下榮濬), 김진수金鎭秀(金鎭泰)가 있고, 시인으로는
윤해영尹海榮이 있다. 유치환도 협화회에 근무한 일이 있다고 하는 말이 있
으나 근거가 없다.

　박영준은 『만선일보』에 장편 「雙影」 연재를 시작할 때 사고社告에서
'協和會에서 일하는 朴榮濬氏의 야심찬 신작', '이 시대의 신인간상을 창조
할 것'이라는 평가를 받았다.[9] 박영준은 친일 변절자 김동한金東漢을 "滿洲
國에서 이즐수업는 鬪士 金東漢氏"[10]라 했다. 김진수金鎭秀도 협화회에서 일
했고,[11] 1940년 『만선일보』 제1회 '소설콩쿨'에 「移民의 아들」이 김진수金鎭
秀라는 이름으로 당선되고, 1941년에는 신춘문예에 김진태金鎭泰라는 이름
으로 「光麗」가 당선되었다. 두 작품 모두 만주국 통치이념을 지지한다. 특

8　「協和會란 무엇이며 協和運動은 어더케」, 『在滿朝鮮人通信』, 1938.12. 39쪽.

9　장편소설 「雙影」 연재예고, 『만선일보』, 1939.12.1. 참조.

10　朴榮濬. 「金東漢 讀後感.上」, 『만선일보』, 1940.2.22.

11　이수남, 『대구문단이야기』, 고문당, 2008. 47쪽.

히 「광려」가 그렇다.

윤해영尹海榮(1909~1956)은 한 때 가곡 「선구자」로 인해 독립투사로 알려졌고 그런 평가가 근래에도 나타난다.[12] 윤해영은 흑룡강성 무단강牡丹江에서 협화회 지부의 선전업무를 하던 인물로 알려져 있다.[13] 그는 1941년 『만선일보』 신춘문예에 「아리랑 滿洲」가 민요民謠 '一席'으로, 「拓土記」는 시조부에 선외가작으로 당선되었다. 「아리랑 만주」는 '만주에 잇슴직한 노래요 조선노래의 調子에 어그러짐이 업다.' '3절의 豊年祭 북소래 가을도 깁퍼 / 기러기 還故鄕 님消息 가네' 그 한 마디는 실로 더욱 조타."[14]는 평을 받았다. 「척토기」는 '뜻이 壯하다'고 했다.[15] 윤해영은 이렇게 신춘문예 2관왕이 된 뒤 『半島史話와 樂土滿洲』(1943)에 조선총독의 글과 맞먹는 자리에 '五色旗 너울너울' 춤춘다는 「樂土滿洲」를 게재하면서 일급 시인의 반열에 올랐다.[16]

3.3. 박팔양, 그 키메라의 생리

한 연구자는 재만 시절의 박팔양을 두 얼굴의 시인[17]이라 했다. '두 얼굴'이라는 말은 이중이라는 말이고, 이중성은 하나의 사물에 겹쳐있는

---

12   김영수, 『몽상의 시인 윤해영』, 우신출판사, 2005.

13   류연산, 『만주 아리랑』, 돌베개, 2003, 88쪽. '친일단체 협화회의 윤해영' 참조. 「선구자」 작곡자 조두남과 '신안진 악단'을 3년간 같이 하고, 1944년 윤해영을 직접 만난 연변의 김종화의 증언.

14   신춘현상문예작품, 「選後感」, 民謠, 『만선일보』, 1941.1.14.

15   신춘현상문예작품, 「選後感」, 時調, 『만선일보』, 1941.1.12.

16   윤해영의 시의식 문제는 「한 선구자의 안타까운 종말」 참조. 『일제강점기 만주조선인 문학연구』, 문예출판사, 1996.

17   최삼용, 「박팔양의 두 얼굴과 표현」, 『해방전 조선족문학연구』, 연변인민출판사, 2014. 33쪽.

서로 다른 두 가지 성질로 하나를 말할 때 다른 하나를 부정하는 표리가 다른 성격이다. 그러나 박팔양은 둘을 함께 말하며, 둘을 다 긍정한다.

> (1) 나는 哲學을 이더버리고 사는 사람이다. 내가 오늘까지 글을 쓰지 안흔 理由도 이곳에 잇다. 勿論 이곳에서 말하는 것은 내게 文筆的技巧가 썩훌륭하다든지 그런 意味의 것이아니라 眞實한意味의 生活精神을 일허버린사람으로서 엇더케眞理를말하겟는가하는말이다. 小說도詩도모다 잇는그대로의生活의描寫가 아니라 生活의理想을爲하야 逼迫한現實的運命에 對하야 解說하려는者의 受難과熱戰하는 모양을보라. 더높은 創造的生活의 우에서 觀照하는것이다. 그럼으로眞實한 生活精神을일허버린 나와가튼 것은到底히 글을쓸래야쓸수가업지 안흘것이事實이아닌가. 「되는대로」살지 이것이 最近의 나이다. 그러니 이러한나에게 쏘나와가튼 조선의현실에도 세가지 絕對와 眞理가잇다. 그것은 실턴조턴사람으로태어난以上엔 사러야된다는것과 쏘죽어야한다는것과 그리고 子息들에게生命의道源을바치어야한다는 것이다. …(중략)… 내가萬若今後에글을쓴다면이세가지絕對와眞理를認定할 것이다.
>
> 金如水, 「세 絕對의 眞理」에서[18]

김여수金如水는 '金麗水'이다. '金麗水'가 '金如水'인 것은 다른 글에서도 확인할 수 있지만 글의 내용으로 봐서 '金如水=金麗水'가 맞다. 그런데 '哲學을 이더버린 사람', '逼迫한 現實的 運命에 對하야 解說하려는者의 受難과 熱戰하는', '眞實한 生活精神을 일허버린 나', '되는 대로' 사는 사람

---

18   金如水, '隨想', 「세 絕對의 眞理」(상·하), 『만선일보』, 1940.10.26.~10.27.

등의 표현은 그 당시 아무나 입에 올릴 수 없다. 현실에 대한 비판적 언술로 화근이 될 내용이다. 하지만 협화회의 권력자인 박팔양=金如水라면 가능할 것이다. 박팔양은 협화회의 마당발로 그 친화력으로 많은 조선인의 뒤를 많이 봐 주었다고 한다. 그는 백석을 만주국 국무원에 취직시키고 그의 후견인 노릇을 했다.[19] 당시 만주국 선계사회에서 박팔양의 위상은 대단했다. 그가 몸살이 나도 신문기사가 되고,[20] 창씨개명을 했을 때는 "千마리 닭보담도 한 마리 鶴이라고 大物巨物로 어쨌든 대성공"[21]이라 했다. 사정이 이렇지만 '金麗水'라 하지 않고 '金如水'라며 정체를 살짝 숨겼다. 글 쓴 사람이 누구인지 헷갈리게 하는 것은 자기 이름을 내놓고 말하기에는 곤란한 말을 하려는 작전이다.

'내가 오늘까지 글을 쓰지 안흔 理由'는 "세 가지 絶對와 眞理" 때문이고, 그것은 '실턴조턴 사람으로 태어난 以上엔 사러야된다는 것, 쪼 죽어야 한다는 것, 그리고 子息들에게 生命의 道源을 바치어야한다는 것'이다. 이 말은 내놓고 하기에는 곤란하다. 일본의 정책을 앞서서 선전하는 협화회 홍보과 직원의 처지로는 문제가 될 말인 까닭이다.

'조선사람'이란 전제 없이 생존 문제, 죽음 문제, '생명의 도원道源'이 모든 인간이 짊어지고 가야 할 절대 진리라 한다면 문제가 될 게 없다. 그러나 그런 3가지 문제가 조선사람과 관련된다는 의미이기에 이 말은 신상이 위태로워질 수 있다. 1940년 10월은 창씨제도가 가속화되고, 국민총력연맹을 조직하여 황국신민화운동이 전개되는 한반도의 식민지 정책이 재만조선인 사회에도 영향을 미치던 때인데 박팔양의 언행에는 그런 분위기

---

19 김응교, 「신경에서 지낸 시인 백석-만주국 경제부, 백석 거주지, 조선인의 요설지역 창씨개명」, 외국문학연구 제65호, 외국어대학교 외국문학연구소, 2017.2. 153쪽 참조.

20 『만선일보』, 1940.11.20. '話題' 참조.

21 『만선일보』, 1940.9.10. 칼럼 "話題" 참조.

를 전혀 감지할 수 없다. 특히 자식子息들에게 생명生命의 道源을 바치는 것을 조선사람과 연계시키는 것은 놀랍다. 이것은 일제가 모진 전쟁을 하면서 자신들의 생명을 천황을 위해 바쳐야 한다는 황국신민화 운동을 정면에서 거스르는 발언이다. 협화회 박팔양이 아닌 경성京城시절의 카프맹원 '김고흔물'이 할 말이다. 후술하는 「계절의 환상」에서 본명을 숨기고 작가 명을 '방랑아'라고 한 그 의식과 닿는다. '세 가지 절대의 진리'를 쓰기 직전 박팔양은 풍신수길과 그의 다사茶師 이휴利休 사이의 일화를 소개하며 도요토미 히데요시豐臣秀吉를 찬양했는데[22] 그런 박팔양이 '되는대로' 살겠단다. 이런 이해할 수 없는 말을 「歲月이 薄如紗」에서는 더 진지하게 개진한다.

> (2) 嚴命에依한題 「送年賦」三字를쓰고보니 일은바「歲色이 薄如紗」한感이 새삼스럽습니다그려. …(중략)…그날그날의 喜怒哀樂을그대로바더서 營爲하여나아가는곳에 사람의所謂生의 妙味가잇는것이안입니까? 이른바「生의無常」을 諦觀한然後에도 밥먹고물마시고 팔을베고누워자는곳에 쏘한人間다운 조흔배가 잇는것이아니겟습니까?
> 却說 어쩌튼 이해도갑니다. 새해면 헛되이먹은붓그러운나이가 설흔하고도일곱입니다. 37×2=74 이러케 計算하여노코보니 古來에드물다는 稀年고개를 넘고도 쏘四年을 더生存한다치드라도 벌서나의生의 完全한半을徒然히 虛費햇습니다그려 寒心한일입니다.
> 昔日의 賢人들은 「아츰에道를듯고 저녁에죽어도恨이업다」고싸지 道를渴求하는緊張한生活을하엿건만 그러치도못하고 갑업는 區區한歲月을 半넘어보냇스니 엇지 歎息할일이안입

---

22   박팔양, 「독서여담」, 『만선일보』, 1940.5.14.

니까? 그러나 絶對로 落心은 아니합니다. 꾸준히 더듬어걸어
가겟습니다. 가도가도 끗업는길이겟지요. 그러나 더듬어 더듬
어서라도 가기는가겟습니다. 무슨길을?하고물으십니까? 別것
이겟습니까! 그저사람이걸어야할 사람다운 길이겟지요. 反省
하고뉘우치고그리고 다시용기를내여 걸어갈끗업는길입니다.
마지막날 마지막시각까지노력할것을다시한번스스로 盟誓하
렵니다. 無窮한永劫의一刹那이나마 永遠히도라오지안을千
金의시刻을 좀더意義잇게지내고십흔 强烈한衝動을느낄싸름
입니다.

麗水, 「歲色이 薄如紗」에서[23]

　박팔양의 글로 믿기 어렵다. '벌서 나의 生의 完全한 半을 徒然히 虛
費햇습니다그려 寒心한 일입니다.'라 했다. 이 말이 '昔日의 賢人들은 「아
츰에 道를 듯고 저녁에 죽어도 恨이 업다」'는 도道의 일반론의 흉내라 하
더라도 만주국의 민정정책을 책임지고 수행해야 할 직책에 있는 사람으로
서는 여차하면 모함에 몰릴 만한 언동이다. 그런데 묘하게 말의 맥락을 굴
절시켜 진의 파악을 방해하고 있다. 설사 이 글의 도道가 성리학적性理學的
도道를 지칭하는 인격수양의 의미라 하더라도 문제가 없는 것은 아니다.
　'生의 無常을 諦觀한 然後에도 밥먹고 물마시고 팔을 베고 누워자는
곳에 쏘한 人間다운' 인간의 삶이 있는데 그 '完全한 半을 徒然히 虛費햇습
니다그려.'라는 것은 결국 자신은 헛된 삶을 살고 있다는 말이다. 그렇다
면 그 반생에 협화회 홍보직원의 현재 삶은 포함되지 않는다는 말인가. 그
렇게 되어야 이 말은 면책될 수 있다. 그러나 그런 의미는 문맥에서 발견할
수 없다.

23　麗水, '送年賦', 「歲色이 薄如紗」, 『만선일보』, 1940.12.19.

이것만이 아니다. '무슨 길을? 하고 물으십니까? 별것이겟습니까! 그저 사람이 걸어야할 사람다운 길이겟지요. 반성하고 뉘우치고.'라 했다. '반성한다'고 하는데 무엇을 반성한다는 말인가. 주어가 없는 문장이라 의미가 헷갈린다. 그러나 답이 바로 뒤에 나온다. '사람다운 길'을 걸어오지 않은 것을 반성한다는 말이다. 옛 현인들이 '아츰에 道를 듯고 저녁에 죽어도 恨이업다.'라 했는데 박팔양은 그런 '道, 사람의 도리'에 이르지 못했음을 반성한다는 뜻이다. 사람다운 길은 고뇌와 번민도 있고 의리와 충절도 있고 인간적인 아름다움도 있는데 그렇게 살지 못했다는 것이다. 이런 언동은 지금 협화회중앙본부 일로 바쁘게 사는 삶을 회의懷疑한다는 의미로 이해된다.

> (3) 朝鮮社會의 環境은 조선사람의정신세계를 자연히 규정하는
> 所이다. 나는이러한 조선사람의 社會的環境에依한 정신세계
> 를 작품에의하야 表現하랴면 두가지의 性格의所有者를 그릴
> 것이다. 또내가 만약 작품을쓴다면 꼭 이런성격의 소유자를
> 그리는것으로서 現在의朝鮮人의 社會的性格을 象徵하는 것
> 이 되리라.
>
> 金如水, 「두 性格의 魅力」에서[24]

소설을 쓴다면 이중적 성격을 창조하겠다는 것이다. 특히 조선의 젊은이들은 일본 내지의 청년들과 비교할 때 이상과 활동의 세계가 좁아 갈등이 많은데 그런 걸 테마로 다루겠단다. 이 말의 외연은 조선 청년들도 일본의 청년들과 다를 바 없다는 말이다. 그러나 내포는 조선 청년들이 피식

---

24   金如水, 「두 性格의 魅力」, 『만선일보』, 1940.10.27.

민지민으로서 제약을 받기에 대등하지 못하다는 것이다. 그의 소임과는 다른 뉘앙스, 민족주의 냄새가 난다. 그런데 놀랍게도 박팔양의 이런 정서 표출은 더 확장된다.

> (4) 첫재는 거짓말로 남을속이지안는 진실한 사람. 둘재는 남을 위하야 조흔일하기를 깁버하며 결단코 제생각만하거나제욕 심만을 차리지 안는 사람. 셋재는 나라임금님의 하늘가튼은혜 를 알고 부모님의 태산가튼 은혜 사람되기위하여주시는 선생 님의은혜 그 외의 모든 어른과 이웃사람들의은혜까지라도 자 기가바든 크고작은 모든은혜를 마음에색여잇지안코 나중에 반드시바든 은혜
>
> 朴八陽,「우리가 힘써 배울 세 가지 일」에서[25]

정직할 것, 덕행을 베풀 것, 임금님 은혜를 알 것 등은 지당한 말이다. 그러나 이런 유가적 발언은 박팔양의 직책과 무관한 인생관, 세계관의 강론이다. 이 수필이 발표되던 1941년 11월 23일, 『만선일보』탑 기사는 '「一億國民總進軍體制確立 / 皆勞精神으로奉仕 / 國民勤勞報國協力令公布」이다. 제2차 세계대전이 숨 가쁘게 전개되는데 박팔양은 느긋하게 딴소리를 하고 있다.

중일전쟁이나 추축국 일본이 수행하는 제2차 세계대전에 대해 의례적이라 하더라도 한마디 언급이 있을 법한데 전혀 그렇지 않다. 박팔양의 어느 글에도 일본이 치르는 전쟁 이야기는 없다. 이 글 역시 시사성이 생명인 신문기사의 상식을 거스른다. 무서운 전쟁을 치르는 긴장감은 그림

25　朴八陽,「우리가 힘써 배울 세 가지 일」, 『만선일보』, 1941.11.23.

자도 없고, 전통적 유가에서 이루어지는 조손祖孫간의 훈화를 느긋하게 개진하고 있는 형국이다. '나라임금'이라는 말은 아찔하게 들린다. 이 어휘가 놓일 자리는 당연히 '천황'이라 말할 자리다. 그러나 '나라임금의 하늘 가튼 은혜'라 했다. 조선의 유생儒生을 연상시키는 어투다. '은혜'는 동양의 윤리도덕이니 도의국가 만주국의 이념을 벗어나지 않는다. 그렇더라도 그것은 군사부일체, 곧 유교적 전제군주 국가의 이념이지 파쇼 일제의 이념이 될 수 없다. 무사의 나라임을 자랑하며 여차하면 백성의 목을 베는 관동군이 지배하는 나라에서 박팔양은 인륜사상을 강론하고 있다. 이것은 분명히 이단이다.

> (5) 선생이 최근 읽으신 책. 마음내키는대로 아모것이나 읽습니다. 각금 佛經도 읽습니다.
> 가정부인에게 독서함이 조타면 엇던책이 좃슴니까. 新約聖書, 育兒常識에 關한指導 等 만주잇는부인들에게일너주고십흔부탁. 健實한 우리二世國民을 責任지고길러주소
>
> 朴八陽, 「指南石」에서[26]

양서 추천에 '佛經', '新約聖書'를 말하는 것은 놀랍다. 특히 서구의 정신사를 꿰는 신약성서를 추천하는 것이 그렇다. 신약성서는 연합군이 전쟁 중에도 야전 교회에서 예배를 보면서 읽는 복음이다. 「세 絶對의 眞理」(下)에서도 카톨릭 신자의 진실한 생활정신에 빗댄 비유가 나타난다. '천황'을 신으로 모시는 일제식민지 만주국에서 '교황'을 신처럼 모시는 카톨릭을 들먹이고, 성경이 양서이기에 읽으라는 것은 국시와 어긋난다.

---

26   協和會弘報課 朴八陽, 「指南石」, 『만선일보』, 1940.6.23.

이런 현상은 박팔양이 기독교와 어떤 관계가 있는가의 문제가 아니라 그가 늘 문학과 인간의 본질문제로 고뇌하며 살았다는 것을 암시한다. 성경이 인간주의를 근본으로 삼는 책이고, 그 인간주의는 문학이 과제로 삼는 영원한 테마인 까닭이다.

위에서 인용한 (1), (2), (3), (4), (5)는 박팔양의 공식적 직책, 곧 재만 조선인을 대표하는 협화회 홍보과 직원이라는 신분과 분명히 대립한다. 이런 사실을 근거로 하면 박팔양의 정체는 가늠하기 어렵다. 겉과 속이 다르고, 표리부동하며, 몇 개의 얼굴을 가진 인물이다. 이런 사실을 어떻게 설명해야 할까.

위에 인용한 글에는 협화회 박팔양은 없다. 진의가 의심스러운 양면적 정서가 글을 감싸고 돈다. 그런데 그 양면적 정서의 한 축은 그가 카프의 맹원으로서 활동한 이력과 은밀히 닿아있는 듯하다. 박팔양이 직책을 걸고 행한 말 가운데 가장 험악한 말은 『만주시인집』 '서'에서 '만주는 우리를 길러준 어버이요 사랑하여 안어준 아내다'란 표현과 『반도사화와 낙토만주』 「서」에서 '洪炳哲씨의 순교적 정열의 소산인 이 한 권의 서책'이라고 칭찬한 말일 것이다. 그러나 그 말은 의례적인 인사이다. 위에 인용한 글 다섯 편 어디에도 그런 수준의 표현은 없다.

박팔양의 이런 언행은 그가 만주제국 협화회중앙본부 '靑木一夫'로 살지만 자신의 뿌리는 다르다는 의미다. 이를테면 코스모폴리턴, 아나키스트, 다다이스트란 것이다. 이런 말을 역추적하면 그 끝에 「인천항」에서 배를 타던 박팔양이 창조한 코즈모폴리티언이 나타나기 때문이다. 이런 점에서 박팔양을 친일시인, 혹은 이중성의 문인, 혹은 양가적 문인으로 평가하는 것은 바른 평가가 될 수 없다. 신경新京문학기 작품이 경성京城문학기의 연장선상에 있다는 사실이 성립하는 까닭이다. 그렇다면 박팔양은 일제를 등에 업고, 만주국 신민으로 살면서, 재만조선인의 뒤를 봐준 정체가 모호한 키메라Chimera[27]다.

이런 키메라의 생리는 도문세관에 근무하는 김귀의 비허구산문 「亭子二十樹의 誘惑」(1940.8.3.)의 유혹에도 나타난다.

> 二十樹中에 三十客하니
> 四十家中에 五十食이라
> ····(중략)····
> 이 圖們에선 스무나무亭子가 잇다는 것이 지옥히 兄의 旅行을 誘惑하고 남는 조흔 武器입니다.
> R兄!
>
> 金貴, 「亭子二十樹의 誘惑·完」에서[28]

김립金笠시집 걸식乞食 편 첫째 작품의 패러디다. '스무나무 아래 설은 손이요 / 마흔 집 가운데 쉰밥이라.'[29] 세상의 각박한 인심을 한자 동음이의어를 흉내 내어 부자의 나쁜 짓을 비판하고 있다. 부자가 누구인가. 그뿐만 아니라 그런 정치를 하는 위정자의 학정을 풍자한 김립金笠의 「樂民樓」, 곧, '함경도 백성이 다 놀라 달아나니 / 조기영의 집안이 어찌 오래 가리오'를 연상시킨다.[30] 차등사회에 대한 신랄한 야유다.

27　그리스 신화에 나오는 머리는 사자, 몸통은 산양, 꼬리는 용인 괴수.

28　金貴, 「亭子 二十樹의 誘惑·完」, 『만선일보』, 1940.8.3.

29　二十樹는 느릅나무과에 속하는 나무 이름. 三十客은 '서른'이니 '서러운'의 뜻. 서러운 나그네. 四十家는 '마흔'이니 '망할 놈의 집', 五十은 '쉰'이니 '쉰 밥'이라는 뜻.

30　金炳淵, 「樂民樓」 宣化堂上宣火當 / 樂民樓下落民淚 / 咸鏡道民咸驚逃 / 趙岐泳家兆豈永 (선정을 펴야할 선화당에서 화적 같은 정치를 펴니 / 낙민루 아래에서 백성들이 눈물 흘리네 / 함경도 백성이 다 놀라 달아나니 / 조기영의 집안이 어찌 오래 가리오). '宣化堂'은 관찰사가 집무를 보는 관아이고, '宣火當'은 화적 같은 도적떼이다. '樂民樓'는 백성들이 즐거워하는 집이고, '落民淚'는 백성이 눈물을 흘린다는 말이다. '함경도'라고 읽는 두 말, '咸鏡道'는 지방 이름이고

홍양명의 "圖們의 문인들"(1940.7.20.)과 현경준의 「신홍만주풍토기」의 "정서빈곤의 도시 圖們"(1940.10.5.)을 근거로 할 때 김귀가 찾는 R형은 이수형일 것이다. 이 두 기행문에 의하면 이수형, 함형수, 김귀가 절친한 사이로 늘 붙어 다니는 사이다. 도원결의 관계나 다름없는 친구의 이름을 부르며 이럴 수도 없고 저럴 수도 없는 양면 갈등을 해소하려 한다. 그런 이수형이 누구인가. 맑시스트 함형수와 동지인 골수 사회주의자이고, 일본과는 앙숙인 민족주의자이다. 이런 점에서 「정자이십수의 유혹」은 김삿갓 시이면서 R형의 시이고, 김귀의 시다.

재만조선인 문단의 이면에 흐르고 있는 이런 정서를 근거로 할 때 박팔양의 심상지리가 양면에 걸쳐있는 것은 특이하다고 할 수 있지만 그렇지 않다. 당시 재만 조선지식인들, 그러니까 만주국 국무원 서기 백석의 「조선인과 요설」과 「귀농」, 간도무역주식회사 사원 이수형의 「창부의 명령적 해양도」, 우급학교 교사 함형수의 「이상국통신」, 도문 세관원 김귀의 「亭子二十樹의 誘惑」가 같은 맥락을 형성하기 때문이다. 이런 작가의식의 축이 재만조선인 시의 이면에 존재하기에 『1940년대 전반기 재만 조선시 연구』가 가능하다.

'咸驚逃'는 모두 놀라 달아난다는 말이다. '조기영'이라고 하는 두 말, '趙岐泳'은 함경도 관찰사이고, '兆豈永'은 어찌 오래 가겠는가라는 말이다. 관찰사가 백성을 괴롭히는 도둑 노릇을 해서 원망이 자자하니 어찌 망하지 않겠는가를 비유로 비꼬고 있다. 조동일, 서정시 동서고금 모두 하나·6, 『항변의 노래』, 내 마음의 바다. 2016. 140쪽.

3.4. 작품의 실상

구작의 재탄생

박팔양의 신경문학기 8년간(1937.3.~1945.8.) 문학의 결산은 첫 시집 『여수시초』를 출판하고, 신작 「소복닙은 손님이 오시다」, 「사랑함」, 「계절의 환상」 세 편으로 정리된다. 그렇다면 신경문학기는 작품의 절대양이 너무 적다고 할 수 있다. 그러나 구작을 화려하게 재탄생시킨 시집 『여수시초』가 있고, 「소복닙은 손님이 오시다」, 「사랑함」, 「계절의 환상」의 내포가 복잡한 문제를 제기하기에 작품 수와 관계없다. 먼저 「소복닙은 손님이 오시다」를 보자.

나는 아모 말슴도 하고십지 않습니다
이리 꾸미고 저리꾸미는 아름다운 말
그 말의 뒤에 따를 거짓이 싫여서
차라리 나는 아모 말슴도 않하렵니다

또 나에게 지금 무슨 할말슴이 있읍니까
모든것은 나보다도 그대가 더잘아시고
또 모든 것은 하눌땅의 신명이 아시고
그뿐입니다---드릴 말슴이 없습니다

락엽이 헛되히 거리위로 궁그러 가더니
전이나 다름없이 소복닙은손님-겨울이
고독에 우는 나의 들창문을 흔듭니다.

나는 또 헛되이 이밤을 탄식만하고 있습니다

종희우에가 아니라 나는 지금
마음속에 긔록 하고 있습니다
방안에는 무거운 침묵이 떠돌고
거리위에는 지금도 눈보라가 치고 있습니다.
「소복님은 손님이 오시다」[31] 전문

이 시는 1939년 『三千里』 신년 특별호, 그러니까 '내선일체에 대한 구체화 문제', '동아협동체의 신건설 문제' 등을 놓고 원탁회의를 하고, 「동아재편성과 조선민중」, 「동아신질서의 혁신」, 「아세아개조론」 등의 글로 가득 찬 틈새에 실려 있다.

작품에 가공을 하지 않아 시가 쉽다. 시적 화자는 '소복님은 손님-겨울이 고독에 우는 나의 들창문을 흔드는' 방에서 눈보라치는 거리를 바라보며 밤을 지세고 있다. 그런데 '방안에는 무거운 침묵이 떠돌고 / 거리위에는 지금도 눈보라가 치고'가 다른 무엇을 상징시킨다. 달리 말하면 '식민지에 대한 통치적 합리성을 확보하고 지배이데올로기의 형식으로 채우려는 일제의 의도가 통용되지 않는 장소로서 방'[32]을 암시한다. 이 작품은 박팔양이 만주에 가서 쓴 첫 작품이고, 『여수시초』를 출판하기 직전에 『삼천리』에 발표하였다. 이런 시간을 고려하면 '소복님은 손님이 오시다'는 단순히 겨울이 오는 풍경을 문자적 심상으로 묘사하는 서경시는 아니다. 당

---

31   麗水, 「소복님은 손님이 오시다」, 『三千里』 1939년 1월호, 281~282쪽. 『여수시초』에는 제목이 「소복입은 손이 오다」로 바뀌고 일부 표기가 달라졌다. 여기서는 『三千里』 본이 텍스트다.

32   조현아, 「박팔양 시 연구」, 공주대학교 대학원(박사), 2016, 108쪽.

장 겨울의 눈을 소복으로 인식하는 사유가 섬찟한 분위기를 형성하는 것이 그렇다. 그리고 이 작품이 『여수시초』에 수록된 위치가 예사롭지 않다.

『여수시초』는 '近作, 자연·생명, 도회, 사색, 애상, 청춘·사랑, 舊作' 7부로 구성되어 있고, 제일 앞자리에 놓인 근작近作 10편 가운데 신작 「소복입은 손이 오다」가 놓여 있는데 그런 작품 배치가 시인의 치밀한 계산의 결과로 판단된다. 「선죽교」, 「시냇물」, 「봄」, 「바다의 팔월」, 「사월」, 「새해」는 1936년에 발표된 작품이며, 다른 작품은 전부 그 이전인데 그런 작품 배열은 카프맹원 등으로 활동할 때부터 창작한 작품 가운데 작가가 임의 선별하여 그것을 근작과 함께 묶음으로써 과거와 현재를 불분명하게 만든 결과가 되기 때문이다. 모든 문학작품은 그 작품이 발표된 시간과 절대적 관계를 맺는다는 원리로 볼 때 구작이 신작과 함께 묶인다면, 그 구작들을 신작으로 재탄생하는 기능을 한다. 「소복닙은 손님이 오시다」가 그런 역할을 한다.

제1연은 주인공 화자의 침묵 선언이다. 듣기 좋은 말을 해야 하겠지만 그것은 이리저리 꾸민 말, 결국 거짓말이기에 그만두겠다는 것이다. 진실은 마음속에 숨긴다. 제2연에서 주인공 화자는 내가 하고 싶은 말이 무엇인지는 그대가 잘 알고 하늘땅 신명이 알기에 굳이 말할 필요가 없다는 것이다. 제3연에서는 낙엽이 딩굴더니 하얀 겨울, 모든 것이 얼고 죽는 시간이 온다고 한다. 제4연은 기승전결로 전개되던 시상의 '결'이고, 그게 '밤'이다. 밤은 침묵이고, 침묵은 저항을 함의한다면 그것은 주인공 화자를 은근히 압박한다.

제2연의 '하늘땅의 신명이 아시고 그뿐입니다.'와 제3연의 '소복 입은 손님'이라는 대문이 이 시의 주문 역할을 한다. '하늘땅의 신명이 아시고'는 한민족韓民族의 '신명사상神明思想'을 연상시키고, '소복 입은 손님'은 하얀 눈이 내린 것은 '死者의 강림'을 암시한다. 신명神明이 '해원解寃'을 함의한다면[33], 여기 신명은 '하늘과 땅의 뜻'이 된다. 그렇다면 신명은 절대적이고, 한민족韓民族이 외경시하는 그 신명사상의 잔영, 하늘과 땅, 즉 우주의 생성운화, 생명작용과 닿는 정서라 하겠다.[34]

제3연은 물론 겨울이 되어 눈이 하얗게 온 것을 말한다. 그러나 그 눈이 '소복 입은 손님'이 됨으로써 흰빛의 깨끗함, 신비함이 섬찟하게 하얀 죽음의 이미지로 바뀐다. 박팔양으로 보면 카프도 해산당하고, 민족주의자들도 지하로 숨던 사실과 묶이는 시의식이다. 당시 우리시의 흰빛은 죽음의 객관적 상관물로 인식되었다. 『시원』지를 창간하여 암울한 시대를 건너는 시인들에게 지면을 제공하던 오일도吳一島가 눈을 "死骸의 寒枝우에 / 까마귀 운다."고 한 표현이 그런 경우다.[35]

우리 풍속에 상을 당하면 흰옷을 지붕에 던진다. 죽음의 사자가 온 것을 알리는 행위다. 조선조 국장 때 백성이 모두 흰옷을 입어 나라가 온통 하얗게 되었다. 상주가 장례 때 검은 옷을 입는 것은 들어온 풍속이다. 이런 점에서 제3연의 소복이 겉으로는 겨울이 온 것을 알리지만 '소복'이라는 어휘가 내쏘는 강한 이미지는 이 시를 죽음의 정서로 감싸는 효과를 준다. '또 헛되이 이 밤을 탄식하고 있습니다.'는 제4연, '거리 위에는 지금도 눈보라가 치고 있습니다.'와 호응되면서 현실을 냉기가 가득 찬 세계로 만든다. 그런 심상이 드디어 밤으로 전환된다.

---

33 神明은 神秘顯現theophany에 직접 참여하는 춤과 노래, 그리고 그에 따르는 환희공약이다. '신명'이라 할 때는 흥겨운 멋이나 기분으로, '신명나다'라는 의미로, '神明'은 하늘과 땅의 신령으로 '신명하다. 곧 신령스럽고 이치에 밝다.'라는 의미로 쓰인다. 신명풀이는 解寃이다

34 한국철학회 편, 『한국철학사·하』, 동명사, 1987, 266~274쪽 참조.

35 吳一島의 「눈이여! 어서나려다오」가 예다. 『詩苑』2호, 1935년 4월호, '눈이여! 어서나려다오 / 저-앙상한 앞산을 고이 덮어다오. 死骸의 寒枝우에 / 까마귀 운다 / 錦繡의옷과 青春의 肉體를 다 빼앗기고 / 寒威에 쭈그리는 검은 얼굴을, 「눈이여! 어서나려다오」 3, 4연, 24~25쪽.

박팔양은 일찍부터 '禪味 다분한 麗水'로 평가받던 인물이다.[36] 그런데 그런 박팔양이 『만선일보』 사회부장으로 거의 매일 적군의 시체 몇 백구, 치열한 전투 현장 사진 등 제2차 세계대전 기사를 데스크에 앉아 체크한 것을 생각하면, 하얀 눈에서 소복 입은 손, 곧 죽은 자의 환영을 보는 것이 시적 진실 표상만일 수는 없다. '신년 특별호'라는 이름이 붙은 『삼천리』의 그 '동아협동체의 신건설', '동아재편성과 조선민중', '동아신질서의 혁신', '아세아개조론' 등의 논리에 재를 뿌리는 '死骸'의 싸늘한 기운으로 그런 세상을 거역한다. 광분한 세상 틈새에 시적 화자가 소복단장을 하고 귀기를 내쏜다. 이런 분위기가 다른 구작과 함께 현재를 검증하는 분위기를 형성한다. 가령 「밤 車」와 같은 시와 묶이면서 구작이 현재를 재구성하려 한다. 시집 『여수시초』가 겉은 만주국 국민으로 속은 조선인으로 부리는 조화다.

流浪하는 백성의 고달픈 魂을 실고
밤차는 헐레벌떡거리며 달아난다.
도망군이 짐 싸가지고 솔밭길을 빠지듯
夜半 國境의 들길을 달리는 이 怪物이여!

車窓밖 하늘은 내 답답한 마음을 닮았느냐?
숨매킬 듯 가슴터질 듯 몹시도 캄캄하고나
流浪의 짐우에 고개비스듬이 눕히고 생각한다.
오오 故鄕의 아름답던 꿈이 어디로 갔느냐?
비둘기집 비둘기장같이 오붓하던 내 동리,

---

36   이태준이 「장마」에서 박팔양을 평한 말. 한국문학전집 21. 이태준 단편선 『까마귀』, 문학과지성사. 2006. 67쪽. 이태준과 박팔양은 『조선중앙일보』에서 함께 근무한 적이 있다.

그것은 지금 무엇이 되엇는가?
車바퀴소리 諧調맞혀 들리는 중에
히미하게 벌려지는 뒤숭숭한 꿈자리여!

北方 高原의 밤바람이 車窓을 흔든다.
(사람들은 모다 疲困히 잠들었는데)
이 寂寞한 訪問者여! 문 두드리지 마라.
의지할곳 없는 우리의 마음은 지금 울고 있다.

그러나 기관차는 야음을 뚫고 나가면서
「돌진! 돌진! 돌진!」 소리를 질른다.
아아 털끝만치라도 의롭게 할 일이 있느냐?
피로한 백성의 몸우에
무섭게 나려 덮인 이 지리한 밤아,
언제나 새이려나? 언제나 걷히려나?
아아 언제나 이 답답함에서 깨워 일으키려느냐?

--昭和 二年. 「밤 車」 전문[37]

박팔양이 「仁川港」에서 '上海로 가는 배가 떠난다.'고 읊은 해가 大正 15년(1926)이고, 「밤 車」는 소화昭和 2년(1927)의 작품이니 이 작품은 박팔양이 고향을 떠나게 된 사정을 재구성시킨다. 시적 화자는 '비둘기 집 비둘기 장같이 오붓하던 내 동리'가 다른 사람의 동네가 되자 밤차를 타고 도망가듯 고향을 떠났다고 한다. 영탄이 많고 직설적이라 형상미가 떨어지는 점이 있으나 일제의 수탈과 억압으로 고향을 버려야 했던 실태가 생생하게

---

37   朴八陽, 『麗水詩抄』, 博文書舘(京城), 1940. 91~93쪽.

드러난다. 그런데 문제는 이런 시가 1940년 현재 재탄생되고 있다는 것이다. 구작이지만 구작이 아니다.

'무섭게 나려 덮인 이 지리한 밤아, / 언제나 새이려나? 언제나 걷히려나? / 아아 언제나 이 답답함에서 깨워 일으키려느냐?'와 같은 표현은 1920년대이기에 가능했다. 그러나 '구작'이라 1940년이라도 문제가 안 된다. 그러나 아무도 '지루한 밤이 언제 새고 언제 걷혀 이 답답함에서 깨어날 것인가'를 과거 이야기로만 읽지 않을 것이다. '어둡고 괴로우나 밤도 길더니 삼천리 이 강산에 먼동이 텄네!'라고 한 것은 일제가 물러난 뒤에야 부를 수 있던 노래이다. 하지만 박팔양은 일제가 동양재패를 넘어 세계재패를 꿈꾸던 그 시간에 '이 지리한 밤아, 언제나 새이려나.'라고 노래하고 있다. 『여수시초』 출판기념회에 재만 조선지식인들이 함께 축하한[38] 이유가 이런 시가 수행하는 신기한 착각 때문일 것이다.

이렇다면 『여수시초』는 박팔양을 만주국에서 청년 카프맹원으로 화려하게 재탄생시키는 것과 다르지 않다. '동포여 / 나는 그대의 棺 위에 노흘 / 아모 선물도 업노라 / 그러나 나는 그대의 찬 입술에 / 永遠한 勝利者여! 하고 / 입마친 후 / 쓰거운 나의 눈물을 바치겟노라.'(「요람시대의 추억」, 1936)고 '동포'를 걱정하던 그 젊은 박팔양이 1940년에 만주국에 등장하고 있다. 비뚤어진 세상을 향해 불만을 표상하던 카프시를 만주국 수도에 살포하는 형국이다. '「돌진! 돌진! 돌진!」 소리를 질른다.'는 기차소리는 단순

---

38 朴八陽氏 著, 『麗水詩抄』 記念 來 二十七日 大和호텔에서./ 朝鮮文壇이 가진 情熱의 詩人 麗水朴八陽氏는 그동안의詩作을모아서 京城 鋪路博文書館에서 麗水詩抄를刊行하야 지난五月初旬에 市井에나오게된바 이제在新京의文化同好人으로서 氏의文壇적業蹟을讚美하며 다시그出版을祝賀하는意味에서 다음과가튼規定으로 出版記念會를行하게되엿는데 新京在留하는사람으로서 널리參與함을간곡히바란다고한다. 日時 五月二十七日/場所 大和호텔/會費 參圓(當日持參)/發起人. 申基碩 孫吉湘 崔昌國 李台雨 金永八 洪陽明 申彦龍 申瑩澈 李甲基 白石. 『만선일보』, 1940.5.24.

한 의성어가 아니다. 매듭 많은 화자의 인생유전이 밤차를 타고 또 한 번 요동을 치며 다른 어떤 곳을 겨냥하고 힘차게 달려가고 있는데 그것이 고 난 속에 사는 동포들을 겨냥하고 있다.

박팔양이 『滿洲詩人集』을 길림吉林의 협화구락부協和俱樂部에서 출판한 것을 보면, 또 그가 신경新京에서 처한 위치를 고려할 때, 자신의 시집을 경성京城에서 출판할 이유가 없다. 박문서관이 당시로서는 조선제일의 출판사인 것이 이유라 할 수 있겠으나 그것보다 문청시절과 카프시절의 꿈이 서린 경성京城에서 찍어 신경新京으로 가져가 잔치를 하는 것은 '불운의 아들 짓밟힌 무궁화를 가슴에 안고 / 비애의 길을 걷는 나의 친구여 / 씨를 뿌리자 / 기름진 이 땅을 북돋우자.'(「씨를 뿌리자」, 1923)던 열정을 당당하게 재현하려는 마음 때문일 것이다. 이런 점을 근거로 삼으면 박팔양의 심상지리 한쪽에는 여전히 전시대의 민족주의 정서가 자리를 잡고 있다.

『여수시초』의 다른 풍경

『여수시초』에 수록된 작품은 1940년 이전 작품이니 이 시인이 몸담고 있던 1940년대 초기의 만주와는 무관하다. 박팔양의 고향 수원의 인정세태를 떨치고 나오며 외치던 치열한 세상사 검증이나 무국적자로, 아나키스트로서의 세상과의 불화는 감추고, 식민지 치하 척박한 대지 위의 지친 지식인의 초상, 혹은 자연과 동행하려는 시적 화자들의 은밀한 정담이 시집을 채우고 있다. 「너무도 슬픈 사실-봄의 先驅者 진달래를 노래함」, 「그 누가 저 시냇가에서」와 같은 작품에서 『여수시초』의 이런 특성이 극명하게 드러난다.

날더러 진달래 꽃을 노래하라 하십니까?

이 가난한 詩人더러 그 寂寞하고도 가냘픈 꽃을.
이른 봄, 산골째기에 소문도 없이 피었다가
하루아침 비바람에 속절없이 떨어진 꽃을,
무슨 말로 노래하라 하십니까?

노래하기에는 너무도 슬픈 사실이외다.
百日紅 같이 붉게붉게 피지도 못하는 꽃을,
모진 비바람 만나 흩어지는 가엾은 꽃을,
노래하느니 차라리 부뜰고 울것이외다.

친구께서도 이미 그 꽃을 보셨으리라.
화려한 꽃들이 하나도 피기도 전에
찬바람 오고가는 산허리에 쓸쓸하게 피어있는
봄의 선구자! 연분홍 진달래꽃을 보셨으리라.

진달래꽃은 봄의 先驅者외다
그는 봄의 消息을 먼저 傳하는 豫言者이며
봄의 모양을 먼저 그리는 先驅者외다.
비바람에 속절없이 지는 그 엷은 꽃닢은
先驅者의 不幸한 受難이외다

어찌하야 이 가난한 詩人이
이 같이도 그 꽃을 부뜰고 우는지 아십니까?
그것은 우리들 先驅者들 受難의 모양이
너무도 많이 나의 머릿속에 있는 까닭이외다.

노래하기에는 너무도 슬픈 사실이외다.

百日紅같이 붉게붉게 피지도 못하는 꽃을

국화같이 오래오래 피지도 못하는 꽃을

모진 비바람 만나 흩어지는 가엾은 꽃을

노래하느니 차라리 부뜰고 울것이외다.

그러나 진달래꽃은 오랴는 봄의 모양을 그 머릿속에 그리면서

찬바람 오고가는 산허리에서 오히려 웃으며 말할 것이외다.

"오래오래 피는 것이 꽃이 아니라,

봄철을 먼저 아는 것이 정말 꽃이라"고-

---昭和五年

「너무도 슬픈 사실-봄의 先驅者 진달래를 노래함」 전문[39]

이른 봄 제일 먼저 온 산을 뒤덮는 진달래를 봄의 선구자라며 찬양하고 있다. 이 시를 외연만 읽으면 순수 서경시다. 진달래를 봄의 전령사로 묘사하는 것이 그렇다. 그러나 오래 피는 꽃이 아니라, 봄이 오는 것을 알리고 금방 사라지는 희망 예언의 전령 역할만 한다. 이런 결구結句를 고려하면 「너무도 슬픈 사실」은 서경시가 아니라 현실주의 시다.

『여수시초』가 발행되던 1940년은 이미 일제가 태평양전쟁을 남모르게 준비하던 시간이라 박팔양이 카프시대에 쓴 작품은 대부분 빠질 수밖에 없었는데 이 작품은 살아 삭막한 시대, 비정의 공간에 사는 사람들의 정서를 데운다. 순수 서경시 형태인 것이 그런 기능을 한다. 이 작품의 진달래꽃은 역사의 새 장을 열기 위해 고난의 길을 가는 어떤 상징적 상관물이다. 곧 「여명이전」 등의 작품에 나타나던 계층의식이 형태면에서가 아니라

---

39   朴八陽, 「너무도 슬픈 사실」, 『麗水詩抄』, 博文書舘, 1940., 76~79쪽.

내포로 차등의 사회, 질곡의 식민지 현실을 표상하려 한다. 진달래를 불행의 수난자로 사유하며 그 진달래에 '우리들 선구자들 수난'을 포개고 있다. 이렇게 이 작품은 서경시 형태 안에 민족의 현실을 품고, 그 현실의 고통을 승화시킨다.

박팔양이 해방 뒤에 북한으로 가서 신경新京시절의 행적이 문제되어 숙청의 대상이 된 때가 있었다.[40] 그러나 그가 '진달래 시인'이라는 이름이 널리 알려짐으로써 위기를 벗어날 수 있었다. 만약 「너무도 슬픈 사실」이 인구에 회자되지 않았으면 그의 재기는 불가능했을지 모른다. 북한 산야에 지천으로 피는 참꽃, 진달래를 사람들은 일제하의 조선인을 상징하는 존재로 그 꽃을 사랑하였는데 그런 우리 동포의 정서를 박팔양은 너무도 절실하게 형상화시켰기에 구제받았을 것이다. 카프 초기의 맹원 박팔양의, 청춘을 바치고, 생명을 걸어 떨치고 나선 체험의 형상화로 해석된 것이다. 이런 시각은 굳이 작가의 삶의 내력과 연결시키지 않더라도 진달래가 '百日紅 같이 붉게 붉게 피지도 못하는 꽃', '모진 비바람 만나 흩어지는 가엾은 꽃'이라는 묘사로도 수난을 받는 우리 민족의 객관적 상관물이 된다.

이런 「너무도 슬픈 사실」이 1940년 5월 『여수시초』를 통해 재탄생하고 있다. 주인공 화자는 진달래를 잡고 우는데 그것이 '우리 先驅者들 受難의 모양이 너무도 많이 나의 머릿속에 있는 까닭'이라고 한다. '진달래=선구자의 수난'이다. 이것은 '삭제'의 대상이 될 법한 대문이다. 그러나 구작으로 묶여있기에 그런 문제는 발생하지 않고, 협화회중앙회에서 일제의 정책을 수행하는 박팔양의 힘에 의해 재독되어 '진달래'가 재만조선인의 가슴을 데웠을 것이다. 아이러니이다. 그러나 이런 역설은 박팔양이 협화

---

40 박팔양이 신경시절 천황을 만난 것이 문제되어 숙청되었지만 그의 實弟의 애족행위가 고려되어 복권되었다고 함.

회에 강한 영향력을 끼칠 수 있는 존재였기에 가능하다. 이상화가 대구 갑부의 아들이기에 「빼앗긴 들에도 봄은 오는가」를 쓸 수 있었고, 이육사가 안동 명문가의 후손이기에 「광야」나 「청포도」를 쓸 수 있었던 정황과 다르지 않다. 힘과 힘의 길항이 상생의 원리로 기능한 결과라 하겠다.

「너무도 슬픈 사실」을 서정시로 음미할 때, 우리가 언제 들어도 가슴이 뭉클해지는 '지금은 남의 땅 빼앗긴 들에도 봄은 오는가.'와 유사한 정서를 체험한다. '하루아침 비바람에 속절없이 떨어진 꽃을 / 무슨 말로 노래하라 하십니까? // 노래하기에는 너무도 슬픈 사실이외다.'라는 시구가 내뿜는 우국정서가 '지금은 들을 빼앗겨 봄조차 빼앗기겠네'의 그것과 무게가 같다. 박팔양은 『여수시초』를 상자한 이태 뒤 '만주는 우리를 길러준 어버이요 사랑하여 안어 준 안해이다.'라는 『만주시인집』(1942)의 '서'를 썼다. 어째서 이런 상반된 언행이 가능할까. 시집 서문을 쓸 때의 박팔양은 만주국의 국책을 따라야 하는 신분 때문이고, '第一協和俱樂部文化部'가 시집을 출판해준 것에 대한 인사를 해야 했기 때문이다.

박팔양이기에 협화회의 도움을 받았을 것이고, 경제력과 힘이 있는 협화회이기에 재만 조선시인들의 합동시집을 출판해 줄 수 있었을 것이다. 왜 시집 출판을 거절하지 않았냐라고 할 것인가. 왜 피해를 가해로 맞서지 못했는가라고 할 것인가. 그렇게 되받아 칠 문제가 아니다. 박팔양은 척박한 이민지에서 최초로 동포들의 시를 함께 묶은 시집을 출판함으로써 우리 문학의 가장 어려운 시기를 가늠할 수 있는 문학유산을 남기는 의의 있는 일을 했다. 『만주시인집』의 실체는 이런 협화회의 도움으로 탄생한 배경과 무관하다. 유치환, 김조규, 함형수의 시만으로도 『만주시인집』의 시사적 의의는 차고 넘친다.

「너무도 슬픈 사실」에서 "이른 봄 산골째기에 소문도 없이 피었다가 / 하루아침 비바람에 속절없이 떨어진 꽃"과 같은 대문을 낭만적 예인 박팔양의 감성적 현실 반응으로 판단한다면 그것은 시의 껍데기만 보는 것이다. 박팔양의 카프시대는 많은 사람들이 고통을 받았고, 지식인들이 일제에 항거하다가 쓰러진 삶이 있다. 그 시절 박팔양은 프로레타리아 시의 일반적 방향과는 달리 그런 사실을 진한 서정으로 형상화했다. 「너무도 슬픈 사실」은 그런 사실을 진달래의 심상으로 제시하면서 하나의 비장미로 승화시켰다. 나라는 망했는데 초목만 무성하다는, 그 '국파산하재 산천초목심國破山河在 山川草木深(杜甫「春望」)'을 떠올리게 한다. 진달래는 한국의 산야에 피는 흔한 꽃이지만 여기서는 그런 꽃이 아니다. 이른 봄, 추위 속에 피어 희망의 봄소식을 전하고, 정작 꽃의 세상이 오면 자취도 없이 사라지는 존재다. 이런 꽃이 1940년대 일본의 괴뢰국 수도에서 화려하게 재탄생하고 있다. 카프맹원으로 시대와 맞서던 작품이 적진에 다시 등장하여 자신의 존재감을 확인시킨다. 이런 언행은 결과적으로 재만조선인의 위상을 재고시키고, 나아가 박팔양이라는 존재의 성격이 어떤가를 알려준다.

박팔양의 이런 의사진술을 증명할 수 있는 사건이 그때 있었다. 다름 아닌 「내선만문화좌담회」[41]이다. 이 좌담회는 內(내지=일계), 滿(만계), 鮮(선계)가 대등한 자격으로 서로 힘을 모아 '내만선문화'를 잘 가꿔보자는 취지로 열렸다. 그러나 좌담회 실제 내용을 보면 소위 '內地文化'가 다른 둘을 흡수하여 '內滿鮮文化'를 만들어야 한다는 의도가 바닥에 깔려 있다. 그런데 그것을 박팔양이 뒤엎었다.

좌담의 중심 사안인 창작언어를 어떻게 할 것인가의 문제가 제기되자 카프 출신 이갑기李甲基는 조선문학은 조선어로 작품을 써야 한다고 주

---

41 주최: 『만선일보』 학예부. 장소: 大興삘딩 滿洲文化協會. 일시: 1940.3.22. 오후 4시반. 좌담회 기사: 1940.4.5~4.11. 참석자: 內地人側(3인) / 滿系側(2인) / 鮮系側: 협화회 홍보과 (시인) 朴八陽 / 국무원 경제부(시인) 白石 / 방송국(극작가) 金永八 / 만주문화회(작가) 今村英治 / 『만선일보』 李甲基, 申彦龍.

장했다. 박팔양은 그 주장에 대한 동조를 언어는 '政治的 系統보담도 문화
적 意味'를 띤다며 둘러서 표현했다. 그러면서 현재 조선문학은 '原體 純諺
文으로 쓴다.'고 하면서 '이번 金史良이 『朝光』이라는 雜誌에 漢彦混文을
試險하는 모양인데 아주 小說을 對하는 것 갓지 안어요.'[42]라고 했다. 이 말
에 대하여 만일문화협회 상무주사(杉村勇造)가 '滿日文化協會는 滿洲國의
各民族이 民族을 超越한 國家機關이니 그 點은 걱정할 필요가 업지요.'라
말하자, 내지인측 협화회 작가(仲賢禮)는 이 말을 받아 '朝鮮의 文壇이나 문
화에 對하야 一言半句의 紹介가 업스니 그건 엇전일인가.' 했다. 그때 박팔
양은 두 사람의 견해를 함께 되받아친다.

> 原體 文壇이란 것은 特殊世界니만큼 그 潮流안에서 살지 안는
> 사람으로서 남에게 紹介할만큼 기픈 知識을 가지기는 어렵겟죠.[43]

남의 나라 문단을 잘 모르면서 쉽게 말하지 말라는 뜻이다. 이런 말
은 만일문화협회 상무주사(杉村勇造)가 '만주인문단' 진출문제를 놓고 '그
편(선계작가측)에서 적극적으로 진출할 의사가 업다.'고 하자 박팔양은 '그
關係는 微妙합니다.'(1940.4.6.일자 속기록)라 한 말과 같은 맥락에 있다. 선계
측 문단이 만일문화협회에서 수평적 관계 속에서 교류하여야 한다는 선계
문학 보호론이다. 어디까지나 조선인문학의 정체성을 전제한 내선만문화
라야 성립된다는 논리다. 민족에 대한 자긍심이 은근하나 집요하다. 박팔
양의 이런 태도와는 달리 이마무라 에이지(今村英治·張喚基)나 김영팔은 내
지인측의 견해에 전적으로 동의했고, 백석은 좌담회 내내 침묵을 지키다

---

42 「內鮮滿文化左談會·4」, 『만선일보』, 1940.4.9.
43 「내선만문화좌담회·3」, 『만선일보』, 1940.4.8.

가 마지막에 '지금 滿洲人文壇의 現狀을 말하자면 現勢나 文學傾向이 엇덧습니까.'라는 질문을 했다. 박팔양의 견해에 대한 잠정적 동의다. 이런 사실을 감안할 때 시인 박팔양의 의식이 어떠한가는 자명해진다. 박팔양의 이런 태도에 대해 만일문화협회 상무주사(杉村勇造)는 '滿語文壇의 傾向은 方向 업는 方面이 傾向'이라고 대답했다. 박팔양의 주장에 동조한 셈이다. 결국 박팔양은 조선어, 언문의 보호자 역할을 했다. 박팔양의 이런 문화민족주의자로 산 작가의식은 「그 누가 저 시냇가에서」에서 확인할 수 있다.

> 그 누가 저 시냇가에서
> 저렇게 쓸쓸한 횟파람을 붑니까?
> 그도 아마 나와 같이 근심이 많아
> 밤하늘 우러러 보며 슬프게 부나봅니다.
>
> 그리고 또 저 언덕 우에서는
> 누가 저렇게 슬픈 노래를 부릅니까?
> 그도 아마 나와 같이 이 밤이 외로워
> 이 별 많은 밤이 외로워 우나봅니다.
>
> 인생은 진실로 영원한 슬픔의 나그네
> 포도빛 어둠이 고요히 고요히 밀려 와서
> 별들이 총총, 하늘 우에 반짝일 때면
> 외로운 사람들의 슬픈 노래 여기 저기서 들립니다.
>
> 「그 누가 저 시냇가에서」 전문[44]

---

44   朴八陽, 『麗水詩抄』, 博文書館, 1940. 94~95쪽.

지금 시냇가에서 누가 휫파람을 불고 있다. 인가 근처 낮은 언덕에서 어두워오는 하늘을 바라보며 휘파람을 날리는 남자, 나와 같이 근심이 많아 휫파람을 분단다. '그대가 바람으로 생겨났으면 / 달 돋는 개여울의 빈 들 속에서 / 내 옷의 옷자락을 불기나 하지'라는 소월의 「개여울의 노래」를 연상시키는 우리 가락이다. 기교가 없는 진솔한 표현이 독자들의 마음을 보듬는다. 휫파람은 귀신을 감동시키고 잘 불면 만령이 안정을 얻는다는 그런 마력이 작동하고 있다.

제2연은 언덕, 밤, 별이 휫파람과 어우러져 쓸쓸한 정조가 더 깊어진다. 자연은 '영원한 수수꺼끼'라던 「여름밤 하늘 우에」의 그 자연과의 동화이다. '밤이 외로워 / 이 별 많은 밤이 외로워'서 그렇단다. 모두 떠나버린 빈 냇가, 빈 언덕, 땅거미 내리는 하늘 아래에 시적 화자 혼자 서 있다. 적막한 상실의 공간이다.

제3연은 '인생은 진실로 영원한 슬픔의 나그네'란다. 인생을 나그네로 비유하는 것은 새롭지 않다. 그러나 '포도빛 어둠'이라는 색채와 어우러진 나그네의 등장과 퇴장은 신비하다. 땅거미가 고요히 밀려오고, 하늘에 별이 총총 빛날 때 사람들은 엄숙해진다. 신비한 포도빛 때문이다. 인간의 숨소리가 빚어내는 신비한 휫파람과 어우러지는 고즈넉한 분위기가 인생을 나그네라 불러도 통속하지 않게 만든다. 어째서 그런가. 백석의 다음과 같은 평이 그것을 잘 설명한다.

일즉이 眞實로 높고 貴한 것이 무엇인지를 알고 이것에 마음을 재사들이 이어온 것이 아니면 安心하지 못하고 立命하지 못하고 이것이 아니면 즐겁지 안은 째에 박그로 얼마나 큰 艱難과 苦痛이 오는 것입니까. 俗된 세상에서 가난하고 핍박을 밧어 凄凉한 것도 이 째문입니다. 우리詩壇의 尊敬하는 先輩 麗水 朴八陽氏는 이러한 魂

입니다. 그의 말 맛다나 '오래고 險한 困難의 길'을 그는 걸어오는 것입니다. 그는 「그 누가 저 시냇가에서」에서 노래합니다. …(중략)…

높은 시름이 잇고 높은 슬픔이 잇는 魂은 福된 것이 아니겟습니까. 眞實로 人生을 사랑하고 生命을 아끼는 마음이라면 어쩌케 슬프고 시름차지 아니 하겟습니까. 詩人은 슬픈 사람입니다. 세상의 온갖 슬프지 안흔 것에 슬퍼할 줄 아는 魂입니다.[45]

박팔양은 '俗된 세상에서 가난하고 핍박'을 받고, '오래고 險한 困難의 길'을 걸었기에 「그 누가 저 시냇가에서」 같은 시를 쓸 수 있단다. 그는 다다이즘, 아나키즘, 카프를 체험하고 마침내 만주에 이르렀다. 이런 시인의 이력을 전제할 때 '인생은 나그네'이고, 그 나그네는 바로 박팔양 자신이 된다. 「그 누가 저 시냇가에서」가 낭만적 서정시임을 전제할 때, 낭만주의 시에서 시의 주인공 화자는 시인 자신이라는 논리를 끌어댈 것도 없다. 시는 체험의 소산인 까닭이다.

『여수시초』는 박팔양의 첫 시집이다. 시인에게 첫 시집이 지니는 의미는 특별하다. 박팔양의 경우는 경성京城 종로통에서 찍어 신경新京 대동대가大同大街에서 출판기념회를 치를 만큼 크다. 이 시집이 더욱 관심을 끄는 것은 시집 출간에 그렇게 공을 들여서가 아니라, 시집 갈피에 숨어있는 진실 때문이다. 백석은 『여수시초』를 '슬픔과 진실'이라 했다. 이때 '슬픔'이란 이 시집의 시가 서정시로서 가지는 현실에 대한 비극적 반응을 지칭한다. 그러니까 '진실'은 시집에 수록된 시가 빚어내는 '정서적인 효과로 생성된 참True'[46]이다. 이런 '정서적 참True'은 E. 슈타이거가 서정시 본질의

---

45   白石, 「슬픔과 眞實·上」, 『만선일보』, 1940.5.9.

46   C. K. Ogden and I. A. Richards, 『The Meaning of Meaning.- A Study of The Influence of Language upon Thought and of The Science of Symbolism』,

특징으로 규정한 회감回感Erinnerung의 결과물이다. 그렇다면 『여수시초』의 '진실'은 이상지향의 서정, 혹은 현실 도피적 낭만이 자아화된 순수 서정시다. 그리고 『여수시초』의 이면에는 감지하기 어려운 다른 무엇이 또 존재한다.

백석은 「그 누가 저 시냇가에서」에서 '슬픔'과 '진실'을 함께 발견하였다. 시그니피에의 충돌이다. 박팔양의 시가 피식민지민의 체험의 소산임을 감안할 때 그 시에서 슬픔을 발견하는 것은 자연스럽다. 하지만 『여수시초』의 화자가 시인은 슬픈 사람이고, 속된 세상에 가난하고 핍박 받고 처량한 존재로 안심하지 못하고 입명하지 못하여 즐겁지 아니하다고 한다면 그것은 의미가 다르다. 시적 화자가 떠도는 주체로 소속이 불분명한 존재로서 정신적인 무국적자가 되기 때문이다. 「인천항」의 시적 화자가 코즈모폴리턴이 되어 멀리 떠나던 그 인간상이다. 이런 시의식은 당시 재만조선인이 처한 정신이 일제 식민지 정책으로 멈춰선 시간일 뿐 여전히 민족의식에 뿌리를 내리고 있다는 사실을 암시한다. 원적은 조선인인데 국적은 만주국이고, 현실은 2등 국민인 그런 처지다. 이런 점을 감안하면 박팔양의 『여수시초』의 시적 진실은 무국적자의 정신의 회감이다. 『여수시초』가 재만조선인 사회의 관심을 끈 것은 이 시집의 이런 내포가 발산하는 감동적 정서 때문이다.

박팔양의 시를 「슬픔과 진실」로 읽는 백석의 관점은 당시 재만 지식인들의 내심을 작정하고 문제로 삼은 행위로 판단된다. '근작'도 있는데 '구작'을 텍스트로 하여 '슬픔과 진실'로 읽는 것이 그렇다. 백석白石은 만주국 공무원으로 살았지만 그때 쓴 몇 편의 시는 가장 민족적인 시로 평가

Routledge and Kegan Paul Ltd.1956. p.151. 참조. Corresponding in some degree to the strict sense of true and false for symbolic statements(True), there are senses which apply to emotive utterances (True).

받는다. 박팔양처럼 이율배반적이다. 이 두 시인의 실체는 만주국 신민이다. 그러나 백석은 모든 조선적인 것이 사라져가는 타국에서 모국의 방언으로 가장 조선적인 것을 소환했고, 박팔양은 구작을 신작으로 읽히는 전략을 구사함으로써 민족문학을 회복하는 효과를 가져왔으며, 자장을 확대시키는 역할을 했다. 두 사람 다 겉모습과 속마음이 다르다. 박팔양의 빛나는 재만조선인 시단 등장 배경에는 백석이 박팔양 시의 행간에 숨은 정서적 '참'을 '슬픔과 진실'로 추출한 독후감이 은밀하게 닿아 있다.

박팔양은 시공간이 전혀 다른 만주에서 조선 정서의 상수常數, 백석을 만남으로써 민족문화주의 영역으로 되돌아갈 수 있었다. 백석의 『여수시초』 독후감이 표면적으로는 구작에 대한 평가지만, 이면적으로는 1940년대 전반기 재만조선인 시를 5족 사이에서 확인시키는 역할을 했다. 백석은 5족협화의 건국이념을 어기지 않으면서 선계문학의 독자성을 재만 동포에게 알렸다. 이런 점에서 박팔양이나 백석이 만주국에서 산 이력은 그들의 만주시기 작품과 묶이지만 정신적으로는 무관하다.

「사랑함」과 위장된 화자

「사랑함」은 박팔양 자신이 편집한 『만주시인집』 마지막 페이지에 수록된 작품이다. 협화회 박팔양이 최초로 재만 조선시인들의 작품을 묶는 시집의 '序'에는 '만주는 우리를 길러준 어버이'라 했고, 시집 마지막 페이지에는 '나의 일본-조선과 만주를 사랑하며'라는 작품을 실어 길림吉林의 제일협화구락부第一協和俱樂部에서 출판했다. 전부 '協和'이다. 「사랑함」 끝에는 '康德九年'이 선명하다. 『만주시집』을 발행하던 그 1942년이다. 그러니까 '나의 일본-조선과 만주를 사랑하며'는 '서'와 대구를 이루는 시집의 결구結句인 셈이다.

1942년은 무서운 시간이다. 일본은 하와이 진주만 기습공격으로 태평양을 그들의 관할 지역으로 만든 뒤 1942년에는 파죽지세로 마닐라(1월), 싱가포르(2월), 랭군(3월)을 점령했다. 6월과 7월에는 산호해전, 미드웨이해전에서 가미카제 특공대가 미국 전함에 그냥 내리꽂히는 전투를 벌였다. 『만주시인집』이 '만주는 우리를 길러준 어버이'라 하고, '나의 일본-조선과 만주를 사랑하며'라 하는 것은 그런 일본과 호응한다. 「사랑함」의 화자가 하는 이야기를 외연대로 읽으면 이 시는 그런 시대와 연계된 사유의 결과라 하겠다. 그렇지만 이 시의 이면은 그런 시대와 연계된 심상지역이 아니다. 「사랑함」의 화자가 들려주는 이야기에서 시인 박팔양 자체와 성격이 다른 창조된 자아를 발견하기 때문이다. 「사랑함」의 실체가 이러하기에 먼저 시와 화자의 관계를 살펴보고 「사랑함」의 화자가 들려주는 이야기의 정체를 규명하겠다.

　　시의 화자란 누구인가. 서양문학에서는 이 문제가 플라톤의 「공화국」까지 올라간다. 이를 테면 "화자는 시인이다. 화자는 시인의 작품 속 인물이다. 화자는 시인 자신이기도 하고, 작품 속 인물이기도 하다."는 것이다. 그 뒤 시인과 화자의 관계를 고찰한 이런저런 견해가 많지만 시를 시인이 창조한 화자에 의해 말해지는 이야기로 간주하는 것은 달라지지 않았다.

　　시는 시인이 알고 있는 정보와 경험한 체험 가운데 그 어느 하나에 대한 말하기다. 시가 말하기 형식이라면 거기엔 반드시 화자가 있고, 청자는 화자의 목소리인 어조語調tone를 통해 시를 이해할 수밖에 없다. 문학의 수용은 청자·독자의 어조의 교감이다. 청자·독자가 작품을 읽음으로써 시의 내포를 발견해 가는 과정이 시의 이해다. 문학 작품의 이러한 '화자-화제-청자'라는 관계망은 작품 내의 인간 관계론이나 의사교환의 체제론과도 불과분의 관계를 지닌다. 시의 해석은 이러한 구조와 의미망에 포착

할 수 있는 인식적 장치거나 독해구조라고 할 수 있다.[47]

화자는 모든 문학이 이야기를 본질로 한다는 점에서 그 성격이 특별하다. 시도 그렇다. 시를 범박하게 '정서나 사상 따위를 운율을 지닌 함축적 언어로 표현한 문학의 한 갈래'라 말하고, 그것을 서정시, 서사시, 극시 등으로 분류한다고 할 때 이 갈래들 역시 모두 화자가 존재한다. 소월의 「진달래 꽃」에도 슬픈 이별의 이야기를 말하는 화자가 있고, 서정주의 「자화상」에도 시인을 빼닮은 화자가 있다. 시의 이런 점은 해즐리트Hazlit가 '시는 무한한 형상과 힘의 화합으로 빚어진 현상을 말하여 보이는 것', 또는 '시는 시인의 마음에 남긴 인상을 우리에게 전달하는 것'이라면서 시의 일차적 기능이 독자를 향한 이야기, 곧 말하기로 규정한 정의에 잘 나타난다. 극의 형식을 취하거나 극적 수법을 사용한 극시 또한 화자를 배제할 수 없다. 시의 이런 의사소통의 체제이론Theory of communication system의 성격은 '모든 시는 극적 구조를 가지며 한 편의 시는 작은 희곡little drama이라고 평하는 데서 드러난다.[48] 시를 한 편의 작은 희곡으로 간주하는 브룩스와 워랜의 입장은 시를 화자와 청자 사이에 이루어지는 하나의 유기적 구조로 파악한다. 이런 견해에 모든 사람이 동의를 하든 그렇지 않든 우리가 여기서 이 견해에 관심을 두는 것은 시에서 화자의 존재를 인정하고 시를 담화의 한 양식으로 인식하기 때문이다.

시에서 화자를 파악하는데 가장 유의할 사항은 시인과 화자를 동일시하는 문제다. 시를 외연denotation으로만 읽을 때 거개, '화자=시인'이 된다. 화자도 따지고 들어가면 시인의 소산이라는 논리다. 그러나 시를 예술적 창조행위로 간주할 때 그 화자는 시인의 다른 자아, 그러니까 창조된 자

---

47   노창수, 『한국현대시의 화자연구』, 푸른사상, 2007. 21쪽.
48   C, Brooks & R, P Warren, 『Understanding Poetry』Halt, Rinebart and Winston, 1976, 17쪽.

아creative self가 된다. 화자는 시인 자신의 상대적 관점에서 독립 분리된 가면을 쓴 다른 존재라는 의미다. 이것을 라이트G,T wright는 탈, 퍼소나의 개념으로 설명했고,[49] 브룩스와 워랜은 '퍼소나persona'라고 하였다.[50] 그 후 거개의 시론은 화자를 이 이름으로 부르게 되었다.

그렇다면 「사랑함」의 화자는 누구인가.

나는 나를 사랑하며
나와 안해와 자녀들을 사랑하며
나의 부모와 형제와 자매들을 사랑하며
나의 동리와 나의 고향을 사랑하며
거기사는 어른들과 아이들을 사랑하며
나의 일본-조선과 만주를 사랑하며
동양과 서양과 나의 세계를 사랑하며.

그뿐이랴 이모든 것을 길르시는
하누님을 공경하고 사랑하며
그분의뜻으로 일우어지는 인류와 모든생물
사자와 호랑이와 여호와 이리와 너구리와
소, 말, 개, 닭, 그 외의모든 즘생들과
조고마한 새와 버러지들 짜지라도 사랑하며.

그뿐이랴 푸른빗으로 자라나는 식물들과

---

49   김준오, 『가면의 해석학』, 이우출판사, 1985, 270쪽 참조.

50   C, Brooks & R, P Warren, 앞의 책, 14쪽 참조.
      심리학자 K, Jung은 이런 현상을 '외적 기제' 또는 '퍼소나'라고 했다.

산과 드을과 물과 돌과 흑과 그외에도

내눈으로 보며 쏘 못보는 모든물건을

한업시 앗기고 사랑하면서 한세상 살고십다.

그들이야 나를 돌아보든말든 그싸짓일 상관말고

내가 사랑아니할수업는 그런-

한을갓치 바다갓치 크고 널분마음으로 살고십다.

康德九年⁵¹, 「사랑함」 전문

이 시의 특징은 화자 '나'와 '내'가 사랑하지 않는 것은 아무것도 없다. 주변에 있는 모든 것을 사랑한다. 이런 점에서 이 작품은 화자의 정체 규명이 중요하다.

이 시는 "…하고 십다."는 기원형 통사구조로 시적 진실을 실현하려 한다. 그렇다면 화자는 현재가 그렇지 않기에 모든 것을 사랑하고, 사랑할 수 없는 처지에 있기에 그것을 실행하려 하는 것이 된다. 이것은 박팔양의 시가 애초부터 지향하던 세계이다. 그는 원래 아나키스트로, 코즈모폴리턴으로 세계시민을 꿈꾸었기 때문이다.

제1연의 '나의 일본-조선과 만주를 사랑하며'는 '나의 일본=조선·만주'를 전제로 한다. 그렇다면 이 구절은 '박팔양 시의 본질, 세계주의가 마침내 크게 발현하는 장구'라 할 수 있다. 협화회 홍보과 직책과 연결하면 친일로 읽히지만 인천항의 "世界를 流浪하는 코스모포리탄", 「밤차」의 "流浪하는 백성의 고달픈 魂을 실고 / 밤차는 헐레벌떡거리며 달아난다.", 또는 「그 누가 저 시냇가에서」의 "인생은 진실로 영원한 슬픔의 나그네"를 전제하면 코즈모폴리터니즘의 실현이다. 그런데 화자는 다시 '동양과 서

---

51   朴八陽, 「사랑함」, 『滿洲詩人集』, 第一協和俱樂部, 吉林市, 1942, 68~69쪽.

양과 나의 세계를 사랑하며'라 말하고 있다. 그렇다면 등식은 달라져 '일본
=조선=만주=동양=서양'이 된다. 그뿐만 아니다. '모든 것을 길르시는/하
누님을 공경하고 사랑하며'라 한다. 결국 '나의 일본-조선과 만주'는 '하누
님을 공경하고 사랑하며'에 포함된 사랑 가운데 하나라는 의미다. 정황이
이렇다면 「사랑함」의 정체는 기독교에서 코즈모폴리터니즘을 "종교적 세
계주의로서 모든 민족은 국가·혈통·빈부의 차별 없이 신 앞에 평등하다"[52]
는 그 세계관의 발현에 다름 아니다. 그러니까 화자의 사랑은 기독교의 사
랑과 성격이 같다. 그러나 「사랑함」의 화자가 천황의 선조가 다가마가하
라(高天ヶ原)라는 천계에서 내려왔다는 천손강림 신화를 믿고 천황을 살아
있는 신으로 받드는 나라의 신민이 창조한 제2의 자아란 것을 전제하면 이
작품의 박애정신, 사해동포주의 시의 진실은 일제 찬양이 된다. 하지만 전
자의 해석은 작품 자체에 따른 해석이고 후자의 해석은 작품 외적 문제를
근거로 삼기에 시적 진실은 기독교가 추구한 그 코즈모폴리터니즘의 박애
사상의 형상화가 된다.

다시 말한다면 「사랑함」이 "昔日의 賢人들은 '아츰에 道를 듯고 저
녁에 죽어도 恨이업다'고까지 道를 渴求하는 緊張한 生活"(「歲色이 薄如紗」,
1940.12.19.)일 수도 있고, "나라임금님의 하늘가튼 은혜를 알고 부모님의
태산가튼 은혜 사람되기 위하여주시는 선생님의 은혜 그 외의 모든 어른
과 이웃사람들의 은혜"(「우리가 힘써 배울 세 가지 일」, 1941.11.23.)일 수도 있으
며 그가 자주 읽는 "불경과 신약성경"(「指南石」, 1940.6.23.)일 수도 있다. 그러
나 세계인의 종교로 확산되는 기독교 정신에 기댄 이러한 언술은 지배언
어가 일본어인 만주국[53] 하에서 은밀한 시적 진실을 숨기기 위한 노예언어

---

52 金益達 편집 및 발행, 『哲學大事典』, 학원사, 1963, 1107쪽 '코즈머폴리터니즘' 참조.

53 康德 6년(1939)판 『만주국 현세』에 나타나는 재만일간신문 28개 가운데 만문신문 12, 일
문신문 11, 노문露文신문 2, 일만문日滿文신문 1, 언문諺文신문 1, 영문신문 1개 이다. 전부

Sklavensprache의 기법이고 그가 일찍부터 다다이스트, 아나키스트, 코즈모폴리턴cosmopolitan으로 꿈꾸던 그 이상세계, 곧 나의 시선이 나의 안에 머물지 않고 인간이라는 공통분모 하나만으로 타인에 대한 연대와 책임을 느껴 서로 사랑해야 한다는 그 박애사상의 형상화이다.

근대의 환상

「계절의 환상」은 1940년대 만주의 근대풍경으로 가득 차 있다. 신경 新京의 신문물과 세태를 묘사하는 이 작품의 화자는 그 도시에서 '오색의 쿰과 무지개'를 보며 즐거워한다. 박팔양 경성문학기의 「도회정조都會情調」 는 1920년대 중반 경성京城의 인정세태를 묘사하는 산문시이고, 「근영수제 近咏數題」에는 1930년대의 경성의 천변풍경이 배경으로 나타나는데 「계절의 환상」은 1940년대 초기의 신경新京 풍경을 묘사한다.

아츰저녁으로 다니는 나의 거리는
나에게잇서 한 개의 그윽한 密林이외다
沈默하며 것는 나의무거운 行進속에서
나는 五色의 쿰과 무지개를 봅니다.

白雪이 大同廣場우에 冥想을 발브며
世紀의 驚異속을 나는 移動합니다

만문신문과 일문신문이고, 로문신문만 2개일 뿐 다른 신문은 1개씩이다. 그러니까 만주 국의 지배언어는 만문과 일문이다. 그러나 만주국이 관동군에 의해 조종되는 꼭두각시 나 라인 것을 감안하면 만주국의 지배언어는 일본어다. 康德六年版『滿洲國現勢』滿洲國通 信社. 康德七年(昭和十五年). 457~460쪽 참조.

康德會館은 正히 中世紀의 城郭
海上「쉘딩」은 陸地우의 巨艦이외다.

「쨔스」는 궁둥이를 뒤흔드는 양도야지쎄
牧者도업시 툴툴거리며 몰려오고가고
「닉게」는 「스마-트」하게 洋裝한 아가씨
「오리지낼」香水 내음새가 물컥 몰려듭니다.

大陸의太陽이 兩便하눌우에 眞紅이 될째
나는째로 超滿員「쨔스」속에 雜木처럼 佇立하야
이나라 男女同胞의 體溫과重量을 堪耐하기도 합니다
窓外에는 建物들이 龍宮처럼 어른거립니다.

季節을타고 靑春이 逃亡간다는것은
「센치맨탈리스트」가 아니라도 歎息할일이지요
어느곳 壁畵에 褪色아니한 丹靑이 잇스릿가만은
罪업는 童心이 久遠의靑春을 꼼꼼니다.

曠野를 航行하는 이 思索하는 雜木이
째로는 行者와갓치 素朴한 바위를求하고
째로는 奔放한 舞女처럼 多彩와 恍惚을 그리며
沈黙과 饒舌속에 헛되이 季節을 送迎합니다.

「季節의 幻想」 전문[54]

---

54 放浪兒, 「季節의 幻想」, 『만선일보』, 1941.1.19. 이 작품의 원래 작자명은 '放浪兒'다. 그런
데 박팔양은 자신이 편한 『만주시인집』에서는 「계절의 환상」을 '朴八陽'의 이름으로 게재
했다. 『滿洲詩人集』, 第一協和俱樂部, 吉林市, 1942. 66~67쪽.

이 작품의 문제적 장귀는 '나는 五色의 꿈과 무지개를 봅니다.'이다. 1940년대 초기의 재만조선인 시를 고찰하는 대부분의 연구자들이 제기하는 공통적인 문제는 만주국 치하의 작품이기에 반민족적 정서가 작품을 지배하고 박팔양의 경우도 그런 처지에 있는데 이 시의 화자는 바로 '나는 五色의 꿈과 무지개를 봅니다.'라고 말한다. 그렇다면 이 작품은 친일친만 정서의 형상화가 된다. '오색'은 원래 아름다움을 상징하는 청, 적, 백, 흑, 황 다섯 빛깔이지만[55] 이 시에서는 '5족협화'를 연상시킨다. 박팔양이 협화회가 직장이라는 사실 때문이다. 그래서 '7색의 무지개를 5색의 무지개'라 하는 것으로 읽힌다.

제1, 제2 연은 젊은 남녀의 열기가 중세기의 성곽 같은 강덕회관, 용궁 같은 건물의 진홍빛과 호응하며 신경新京의 풍경을 환상적으로 부각시킨다. 제3, 제4 연의 양장한 아가씨가 지나고, 향수 냄새가 몰려오고, '쌔스'에서는 남녀가 체온과 체중을 감내한다는 세태는 바야흐로 만주국에 근대 도시문화의 도래를 알린다. 제5연은 청춘이 계절을 타고 도망가고, 탄식이 일고, 죄 없는 동심이 구원의 청춘을 꿈꾼단다. 초기자본주의 사회가 만드는 혼종사회의 들뜬 모습이다.

제6연은 제5연의 상승하는 시상을 받아 지금까지 전개되어온 그것을 타자의 풍경으로 변화시킨다. 그것은 '沈默과 饒舌속에 헛되이 季節을 送迎합니다.'는 마지막 행이 작품 외적 세계의 개입이 없는, 세계의 자아화 때문이다. '送迎합니다.'는 서술어는 '계절을' 그냥 보내버리는데 그런 통사구조는 순차적으로 전개되던 근대풍경을 반전시키면서 상승되던 시상을 하강시킨다. 이 시가 감상적 정조가 넘치는 낭만풍인 것을 고려하면, 그

---

55   강원도 인제 '五色藥水'는 신라 때부터 약수터에 '아름다운 5색 빛깔의 꽃'이 피어 붙여진 이름이라는 전설이 전해진다. 그곳에는 '오색구름, 오색영롱, 오색잡놈' 등의 말을 쓴다. 필자가 1965~1967년 사이 그곳에서 군복무를 할 때 들은 이야기다.

리고 낭만주의 시가 시적 화자를 시인과 동일시하는 것이 특징이라면[56] 이 것은 박팔양이 세계를 어떻게 자아화하고 있는가의 문제가 된다. 박팔양 은 신경新京의 근대를 방랑아, 혹은 나그네로 바라볼 뿐이고, 그것은 자신 과는 무관한 타자로 근대풍경을 바라본다. 만주국의 근대화가 박팔양 자 신과는 상관이 없다는 의미다. '나', 박팔양은 지나가는 길손이고, 바람처 럼 떠도는 나그네에 지나지 않는다는 것이다. 외연은 낭만적이나 내포는 현실 외면이다. 이 시의 작자가 '방랑아'인 것이 이런 사실을 증명한다. '오 색의 무지개'를 보지만 그는 협화회에 박팔양이 아니다. 나그네 방랑아다. 그렇다면 이 시는 박팔양과 형식적으로는 무관하다.

　　이런 화자를 박팔양의 시력에 대입하면 의미가 더욱 분명하게 잡힌 다. 신경新京의 근대풍경 속에 서 있는 화자가 식민지 근대도시 경성京城에 살던 그 허무주의자를 연상시키는 것이 그렇다. 가령 경성京城시절의 「無 題吟」, 「길손」 같은 작품의 시적 화자는 신경新京의 '방랑아'와 동일한 인 간상이다.

　　　　'보헤미안'이 부러워서
　　　　'코스모폴리턴'이 부러워서
　　　　'쩨일러-'가 부러워서
　　　　그들의 생활을 그리여 봅니다

　　　　永遠히 꿈꾸는 사람
　　　　浪漫主義者. 放浪主義者.
　　　　아니외다. 그것도 아니외다

56　　김준오, 제4판 『시론』, 삼지원, 2017. 326쪽 참조.

오직 '센티멘탈' 할뿐

「無題吟」 4, 5연[57]

길손-그대는 쓰디쓴 입맛을 다신다.
길손- 그대는 슬픈 대공의 자유로운 「새」다

「길손」 마지막 연

「무제음」의 중심 통사구조는 '부러워서… 그리여 봅니다.'이고, 「길손」의 키워드는 '새'다. '부러워서… 그리여 봅니다.'는 자기는 주체가 아니라 바라보는 존재라는 의미이고, '새'는 구속되지 않는 존재를 상징한다. 그렇다면 「무제음」이나 「길손」의 시의식은 「계절의 환상」의 화자가 '방랑아'인 것과 같다. 모두 방랑자, 길손이다. 작자와는 주객관계에 있다. 이런 점에서 박팔양은 영원한 코즈모폴리턴이다. 이 두 작품의 화자는 「계절의 환상」의 화자와 같이 바람처럼 떠도는 나그네상이다. 실제 박팔양의 삶도 수원, 경성, 상해, 신경으로 떠돌았고, 만주 땅 창씨개명의 와중에도 수원의 한 농부 아들로 회향을 꿈꾸며 수원일부水原一夫라 했다. 역마살이 낀 뜨내기다.

'보헤미안', '코즈모폴리턴', '세일러', '길손', '새'는 모두 떠도는 존재의 다른 이름이다. 「무제음」의 세일러sailer는 「인천항」에서 '帽子 삐딱하게 쓰고,' 부두에 내리던 그 인물이고, 「길손」의 시적 화자는 「계절의 환상」의 그 방랑아이다. 이런 존재의 원적지는 모두 일찍부터 코즈모폴리티언이 모여들던 경성이다. '오직 센티멘털'할 뿐 / '하잘것 없는 사람이외다'라 하던 그 사해동포주의자가 이제 근대도시 신경新京에 등장하고 있다. 그러

---

57   麗水, 無題吟, 『第1線』 3권 2호, 1933.2. 43쪽.

나 기약할 수 없는 세상이기에 침묵으로 혹은 가는 계절에 묶이어 묵묵히 흘러간다.

독해가 이렇지만 박팔양 시의 정체가 분명해졌다고 할 수는 없다. 문제의 장귀 "五色의 꿈과 무지개"는 '오족협화'와 등치될 수도 있고, 아름다운 5색 빛깔 그 자체의 꿈일 수도 있다. 그러나 전자의 주장에 대해서는 완벽한 방어가 어렵고, 후자의 주장은 박팔양이 카프의 맹원으로 사회주의자로 일제와 맞섰던 경력이 있기에 근거가 성립한다. 하지만 그 근거는 아쉽게도 작품 밖에 존재한다.

이런 난감한 성격을 보다 합리적으로 해석하기 위해서는 텍스트와 컨텍스트의 연계된 고찰이 요구된다. 박팔양이 재만조선인 문단에서 차지한 자리가 막중하여 그가 재만조선인 시단에 작품으로 남긴 자취가 없는 듯하지만, 사실은 너무나 큰 영향력을 행사했기에 논증해둘 필요가 있기 때문이다. 그러나 「사랑함」과 「계절의 환상」은 그것이 탄생한 시간이 엄혹하여 스스로 포장 속에 둥지를 틀고 앉아 화자를 내세워 모든 인간은 평등하다는 시적 진실의 직접 노출을 방해하고 있다.

3.5. 마무리

박팔양朴八陽의 신경新京시절은 주로 협화회 일을 했다는 점에서 반민족주의자로 평가된다. 그러나 시인으로서의 삶은 대륙의 험난한 민족사 속에서 생활인으로서의 산 내력과는 다르다는 사실을 확인했다.

박팔양은 협화회 홍보과에서 일제의 정책에 복무했지만 인생관은 양면적 가치관의 소지자임이 드러났다. 상반된 가치가 맞설 때 어느 하나를 긍정하고 다른 하나를 부정하는 것이 아니라 동시긍정으로 작가의식을 갈무리했다.

박팔양은 재만조선인 시를 최초로 묶은『만주시인집』을 간행하여 재만조선인 시단에 활기를 불어넣었고, 5족의 만주국 예문단에 선계시鮮系詩의 존재감을 과시했다. 시집『麗水詩抄』가 '슬픔과 진실'로 독해되면서 재만조선인 시와 시단의 위상을 선양시키는 역할을 했다.『여수시초』에 수록된 작품은 거의 다 경성문학기 작품이다. 그렇지만 그 구작이 시집으로 출판됨으로써 1940년대 전반기 만주국 치하의 처지에서 형상화할 수 없는 신작 역할을 했고, 그것은 민족정서를 재탄생시키는 기능으로 동포를 위무했다.

박팔양의 신경문학기 작품은 「소복님은 손님이 오시다」, 「사랑함」, 「계절의 환상」 세 편이다. 「소복님은 손님이 오시다」는 겉으로는 겨울이 왔다는 것을 알린다. 그러나 '素服'이라는 어휘가 시의 회감回感을 죽음의 환영으로 전환시키고, 그 환영은 현실로 확대되어 세계가 밤으로 인식된다. 이런 점에서 이 작품은 현실에 대한 의사疑死 선언이다. 「사랑함」은 외연으로는 천손강림 신화의 일본적 세계관의 표상으로 독해된다. 그러나 박애주의 보호막 속에 형상화된 시적 진실은 박팔양이 일찍부터 꿈꾸던 이상세계 에 대한 애정의 고백임이 드러났다.

「계절의 환상」은 신경新京의 근대화에 대한 찬미다. 그러나 시적 화자는 그 근대풍경을 주체로서 인식하지 않고, 방관자, 나그네로서 바라본다. 이런 점에서 이 작품은 시대의식과 민족의식이 양면으로 긍정되는 박팔양적인 작품이다. 박팔양의 이런 작가의식은 「세 絶對의 眞理」, 「歲色이 薄如紗」, 「우리가 힘써 배울 세 가지 일」,『만선일보』의 지남석指南石의 '설문' 등 비허구산문과 동행한다. 이런 점에서 박팔양의 신경문학기 작품 자체의 내포는 그가 협화회홍보과協和會弘報課에서 일제와 만주국의 국책을 수행한 이력과 무관하고, 양면성을 지닌다는 점에서는 유관하다.

4. 사로잡힌 鮮系詩人—조학래

4.1. 문제의 제기

조학래趙鶴來(생몰연대 미상)의 글 가운데 「事故」라는 비허구산문이 있다. 거기에 다음과 같은 흥미 있는 대문이 나온다.

> 「職業이 무엇이요」 하고 물으면
> 「난 運轉手요!」하고 對答할 것이요 「또 職場은 어대요」이러케 물으면 「네 滿洲國 交通部 올시다」하고 對答할 것이다. 그러나 흔히 交通部라고 하며는 적어도 滿洲國中央政府로서 當當한 官廳인줄은 모르고 곳잘 交通會社나 自動車會社로 역이는 이가만타. 交通部란 個人이나 株式으로된 會社는아니다. 틀님업는 滿洲國官廳이다.[1]

자기 직업을 운전수라고 당당하게 소개하고 있다. 특히 만주국 교통부가 관청임을 내세우는 게 흥미롭다. 운전수라고 무시하지 말라는 말이다. 조학래趙鶴來는 관북연락선이 오가는 부산에서 만주로 갔다. 「향수」(1940.2.13.)에 '스물아홉시간 路程이 二十九年 가는 길 가티 멀어'라는 표현

---

1 趙鶴來: 「事故」, 『만선일보』, 1940.8.25. 이 수필은 운전수 조학래가 고관을 회의가 있는 어느 식당에 데려다 주고 돌아오던 길에 滿人少年의 자전거가 조학래가 운전하는 차를 들이받아 파출소로 갔는데 소년의 사이다 8병 가운데 4병 값 1원을 물어주었다는 이야기다.

도 그렇고, 1950년 3월 평양에서 출판된 『한 깃발 아래에서』에 수록된 「내일은 가겠노라 그립던 네 가슴속으로」에 "부산항아 내 고향아"라는 말이 거듭 나오기 때문이다.[2] 일본의 영향이 관북연락선을 타고 날마다 밀어닥치는 부산에서 맥을 못 추는 조선인으로 살기보다 만주는 넓고, 비옥하여 살기 좋다는 소문 따라 많은 사람들이 몰려갈 때 그도 그런 사람들 따라간 듯하다.

조학래는 재만 조선시인들의 시를 처음으로 묶은 『滿洲詩人集』(1942.9.)에 네 편, 『在滿朝鮮詩人集』(1942.10.)에 다섯 편의 시를 수록했고, 「心紋」은 『시현실』 동인들의 시집인 『典型詩集』(1940)에 수록했다. 그 외 여러 편의 시[3]와 수필을 『만선일보』에 발표하며 해방이 될 때까지 만주에 살다가 북으로 갔다. 조학래는 재만조선인 가운데 친일시를 제일 많이 쓴 문인으로 분류된다.[4] 그러나 조학래는 칼럼 「대동아전쟁과 문필가의 각오」에서 필자 11인 가운데 유일하게 '대동아전쟁'이라는 말은 입에 담지도 않고, "하늘도 쳐다보고 땅도 바라보겠다."[5]며 칼럼의 성격에 어깃장을 놓

2   발행인 安含光, 종합시집 『한 깃발 아래서』, 「내일은 가겠노라 그립던 네 가슴속으로__부산항이 보이는 산마루에서」, 文化戰線社(평양), 1950.3. 137쪽.

3   조학래가 1939년 12월부터 1942년 10월까지 발표한 시는 전부 이십오 편인데 그중 『만주시인집』의 「만주에서」, 「역」과 『재만조선시인집』의 「憧憬」과 「街燈」을 제외한 모든 작품이 『만선일보』에 발표되었다. 작품목록과 발표일시를 적시한다. 「괴로운시인의 서」(1939.12.2.), 「여수」(1939.12.12.), 「향수」(1940.2.13.), 「海岸地帶」(1940.3.5.), 「候鳥」(1940.3.27.「園譜」(1940.4.27.), 「春詞」(1940.4.30.), 「憂愁」(1940.5.4.), 「孤淚苦」(1940.5.8.), 「봄밤」(1940.6.1.), 「風土記」(1940.8.16.), 「蒼原」(1940.9.19.), 「가을의시」(1940.10.8.), 「현대·시인」(1941.1.29.), 「고향을 버리다」(1941.3.21.), 「秋思詩」(1941.11.10.), 「春風第一章」(1942.3.30.) 등이다. 『만주시인집』에는 「驛」, 「心紋」(1940.10.29.), 「彷徨」(1941.2.5.), 「滿洲에서」, 『재만조선시인집』에는 「流域」(1941.2.9.), 「거리로가는마음」(1941.3.7.), 「憧憬」, 「街燈」, 「春詞」를 재수록다.

4   최삼룡, 『재만조선인친일문학작품집』, 보고사, 2008. 102~107쪽.

5   조학래, 「대동아전쟁과 문필가의 각오」, 『만선일보』, 1942.2.5.

앗다. 북한으로 간 뒤에도 작품 활동을 활발하게 하여 『조선문학사』에도 이름이 나타난다. 그의 만주이력이 북한에서 문제가 되지 않았다는 말이다. 그는 북한과 혈맹관계에 있는 베트남을 방문하여 그것을 『월남방문시초-한줌의 흙』(조선작가동맹출판사, 1956)으로 출판했다. 이런 행위는 호치민이 1957년 북한을 방문하고, 김일성이 그 뒤 두 차례 베트남을 방문한[6] 것과 같은 맥락에 있는 철저한 사회주의자임을 뜻한다. 이런 사실은 그의 만주시절의 글쓰기가 반민족적인 것이 아니라는 의미로 해석될 수 있다. 그가 설사 변절을 했다 하더라도 북한이 친일청산만은 철저했기에 변절이라면 결국은 들통이 났을 것이다. 그가 친일시를 제일 많이 썼다는 사실을 전제하고 논의를 시작하는 것은 이런 문제와 관련된다.

이상의 사실들을 근거로 조학래가 친일시를 많이 쓴 시인이 아니라고 평가할 수는 없다. 그러나 조학래가 반민족 행위를 한 시인으로 몰려 치욕을 당할 존재는 아니라는 사실만은 방증한다. 정황이 이러함에도 최삼룡은 임종국이 『친일문학론』(1966)에서 「만주국 예문작가회의」를 언급하면서 조학래를 친일시인이라 한 것을 재확인이라도 하듯이 조학래 작품 가운데 시적 성취도를 가장 높이 평가할 만한 「流域」의 한 대문을 인용해 놓고, 단 한마디의 평가도 없이 친일시라 했다.[7] 초현실주의 기법을 차용한 「현대·시인」, 또 시의 부제가 '헌시'일 뿐 시의 내포는 만주국과 무관한

---

6   호치민은 1957년 평양을 방문했고, 김일성은 1958년 답방을 했고, 1964년 또 베트남을 방문하여 사회주의 이념의 혈맹관계를 다졌다. 조학래는 2차 방문 때 동행한 듯하다. 북한과 베트남의 이런 관계는 지속되어 월남전쟁 때 무전감청요원과 심리전 담당부대원 약 300명이 참전했다. 심리전 담당요원은 한국말로 모월 모일 어느 전투에서 국방군 몇 명이 전사했다는 식의 방송을 마이크를 통해 방송했다. 이런 점에서 조학래의 『월남방문 시초-한줌의 흙』은 그의 공화국에 대한 충성도가 얼마나 깊은가를 말해준다.

7   최삼룡, 「재만조선인문학의 친일작가와 작품에 대하여」, 『재만조선인친일문학작품집』, 보고사, 2008. 69~70쪽.

「滿洲에서」도 친일시라 했다. 거기에 「春詞」, 「園譜」도 친일시로 규정함으로써 작품 다섯 편이 치명적인 평가를 받는 처지가 되었다.[8] 그의 작품 가운데는 친일시란 평가를 모면할 수 없는 작품도 있다. 그러나 1940년대 전반기 재만조선인 시단을 친일로 오염시킨 주범으로 조학래를 몰아가는 독단에는 동의할 수 없다. 다섯 편의 작품의 실상은 친일이라는 현실주의 시의 성격보다 오히려 디아스포라의 낭만의식이 더 강한 서정시로 읽힌다. 이 연구는 이런 가설을 논증하는 것이 목표다. 1940년대 전반기 재만조선인 시의 경우, 친일시 여부를 작품 자체를 통해 내려진 평가가 아니기에 누가 친일시를 많이 썼느냐를 문제 삼는 것은 무의미하다. 그렇더라도 친일시를 제일 많이 쓴 시인은 조학래가 아니라 윤해영尹海榮이다.

　　윤해영은 1941년도 신춘문예현상모집에 시조 「척토기」가 선외가작으로 당선되고, 민요 부분에서는 「아리랑 滿洲」가 당선되었는데 「척토기」에는 시조 형식에 친일 정서를 실었고, 「아리랑 만주」에는 민요에 친일 정서를 접붙였다. 이런 작품만 아니고 「만주 아리랑」, 「오랑캐 고개」, 「낙토 만주」 역시 친일 정서가 진동한다. 정황이 이러한데 한반도의 최남단 부산에서 남 따라 북만주로 가서 운전수로 살면서 시인이 된 조학래가 일등 친일시인이 되었다.[9] 이런 평가는 시인의 산 내력이나 수상쩍은 이력이 조금만 감지되면 그것을 근거로 작가를 매도하는 관행이 원인이다. 또 일제의 피식민지 체험이 우리에게 자학적 콤플렉스로 기능하는 것도 원인일 것이다. 일등 친일은 일등 민족배반이다. 우리에게 친일은 어떠한 경우도 용서

8　　최삼룡, 『재만조선인친일문학작품집』, 보고사, 2008. 102~107쪽.

9　　최삼룡의 견해에 따르면 조학래 다섯 편, 박팔양 다섯 편, 尹海榮 네 편, 李鶴城 세 편이다. 최삼룡, 『재만조선인친일문학작품집』, 보고사, 2008. 참조. 박팔양의 작품 다섯 편은 시집의 서문 2개, 에세이 1편이 포함되어 다섯 편이다. 이학성은 「첩보」, 「여명」, 「백년몽」 외에 평론 「동만과 조선인」(1941.6월호『조광』)이 있기에 네 편이 되겠다.

받을 수 없기에 시인에게도 친일은 최대의 불명예다. 이렇기에 조학래의 신원伸冤은 풀어줘야 한다.

　작품의 외적 조건을 문제 삼는다면 조학래가 이수형, 함형수 등과 함께 민족주의자들의 작품집인 『典型詩集』에 「心紋」을 수록하면서 활동한 시인의 이력도 당연히 고려되어야 한다. 조학래가 재만조선인 시단에 처음 발표한 작품부터 보자.

> 사슬을 찾는가!
> 묵어운 마음은 支向도 업시.
> 一萬가지 傷心을 들추고 들추고---
> 밤은 琉璃窓에 비치운낫빗짜지 蒼白하게 하는구나---
>
> ….(중략)….
>
> 한토막 쨟분 睡眠도 그리운 墓穴같은 이밤을!
> 머리맛 쪼각종히에
> 아! 返逆이만흔 歷史의 記錄이 비참쿠나.
>
> 　　　　　　　　　　　　「괴로운 詩人의 書」에서[10]

　이 시의 화자는 마음이 '묵업고(무겁고)' 일만 가지 걱정으로 토막잠을 잔다. 잠을 자지 못하는 이유가 '일만 가지 상심' 때문이다. 왜 상심하는가. '반역이 만흔 역사의 기록' 때문이다. 무엇이 '반역'일까. 어째서 또 '반역'이 많다고 할까. 더욱이 왜 그런 역사의 기록이 비참할까. 이런 의문에 1등 친일시인이라는 조학래의 '친일'을 대입하면 어떻게 될까. '친일은 반역이

10　　趙鶴來, 「괴로운 詩人의 書」, 『만선일보』, 1939.12.2.

다.'가 된다. 또 '친일은 역사의 기록이 비참'하다가 된다. 그렇다면 마음이 '묵업고', '일만 가지 상심을 들추는' 것은 조국을 섬길 수 없다는 사실과 관련된다. 그러니까 고향을 버린 자책감, 만주에서의 막연한 기대, 입만 행위가 조국에 대한 배반일 수 있다는 갈등 등이 마음이 무거운 원인이다. 이런 정서는 『전형시집』에 수록한 「心紋」(1940.10.29.)에서 곡진하게 표상된다.

> 바람에 불리워서 바람에 불리워서
> 아모런 나무가지에라도 안저보앗스면 좃켓다.
> 다갈색 나무 叉点에 안저서
> 비마즌 가마귀갓치 썰지라도
> 落葉만 지지 말엇스면 좃켓다.
>
> -7.9. 於 京城-「心紋」에서[11]

이 작품은 기행시다. 여행을 하며 체험하는 스산한 감정을 나무에 이입시키고 있다. 나무는 움직일 수 없는 존재인데 마음대로 움직이는 사람이 나무를 부러워한다. 조선 사람이 조선에 뿌리를 내리지 못하고 뿌리가 뽑혀 밀려나는 처지가 되었으니 그럴 수밖에 없다. 시적 화자의 정황이 급박하다. '바람에 불리워서 바람에 불리워서 / 아모런 나무가지에라도 안저보앗스면 좃켓다.'고 하더니, '비마즌 가마귀갓치 썰지라도 / 落葉만 지지 말엇스면 좃켓다.'고 말하는 데서 뿌리 뽑힌 처지가 더 절실하게 표상된다. 정처가 없는 삶, 무엇이 자꾸 떨어져 나가는 것에 대한 불안이다. 절박한 나그네의 처지가 선명하게 잡힌다.

거듭되는 말이지만 1940년대 전반기 재만조선인 문학이 가지고 있

---

11   조학래, 「心紋」, 『만선일보』, 1940.10.29.

는 문제점은 작가가 만주국 하의 문인이라는 사실이다. 그래서 대부분의 연구는 당시 시대상에 작가와 작품을 대입하려 한다. 이런 관점은 연변조선인 문학연구자들이 특히 선호하는데 그럴 수밖에 없는 것이 그들에게는 문학연구도 사회주의에 복무하는 사업의 하나이기 때문이다. 조학래가 친일시를 제일 많이 썼다며 이 시인을 문학사에서 가치평가를 절하하는 행위의 배경에는 이런 문학의 사회적 역할론이 깔려있다. 그런데 조학래의 경우, 작품 자체에 대한 연구는 전무하다. 따라서 그런 평가는 왈가왈부할 대상이 아니다. 하지만 이것이 작품연구 기능을 하여 우리 민족의 심층에 깔린 식민지 체험을 추인하고, 민족의식을 자학적으로 충동질함으로써 작품의 실상 파악을 방해할 뿐 아니라 그것이 문학자산을 아주 묻어버릴 위험이 있기에 간과할 수 없다.

조학래는 신경新京특별시 고관을 모시고 다니는 공무원 신분이고, 당시 만주국에도 시행된 창씨개명을 했다.[12] 관동군이 관리하는 『만선일보』를 무대로 문학 활동을 활발하게 전개했고, 『만주시인집』에 수록한 「滿洲에서」라는 시에는 '헌시'라는 부제를 붙였다. 이런 사실을 근거로 하면 조학래는 친일시를 안 쓸 조건보다 쓸 조건을 더 갖추었다. 그렇다면 그를 친일시인으로 규정하는 것은 그릇된 판단이 아니라고 할 수도 있겠다. 그러나 실제 작품이 그렇지 않다면 우리시의 한 실체를 문학사의 뒷길에 묻어버리는 결과가 된다. 따라서 작품 자체에 대한 정치한 연구가 이루어져야 한다. 문학작품은 목적론으로서만 평가되는 존재가 아니고 언어예술로서 다양한 의미를 투사하는 유기적 실체이기 때문이다.

---

12 趙鶴來의 창씨명은 豊田 穰이다. 1940년대 초기 만주에 살던 조선시인 중 창씨개명한 시인을 참고로 밝힌다. 朴八陽(金麗水): 靑木一夫, 水原一夫·백석: 白村夔行 ·서정주: 達城靜雄 ·許俊: 木下俊·朴榮濬: 木下榮濬·李旭(李鶴城): 東 震儀로 ·李豪男: 宮林 豪·宋鐵利: 石山靑苔 ·千靑松: 千山靑松

4.2. 조학래 시의 실상

조학래 시를 논의할 때 「春風 第一章」(1942.3.30.) 같은 작품은 고찰의 대상이 안 된다. "勇士들을 위하여! / 이 나라를 위하여!" 같은 구절은 그 시간 제2차 세계대전에서 일제가 연합군과 맞서던 전투를 칭송하는 것이 너무나 분명한 까닭이다[13]. 그러나 「滿洲에서」, 「流域」, 「園譜」, 「春詞」는 「春風 第一章」과 시의식이 많이 다르고, 「現代·詩人」은 의식은 물론 기법에서 차이가 난다. 그래서 다르다는 가설이 서는 다섯 편을 고찰한다. 먼저 제목에 '獻詩'라는 말이 붙은 「滿洲에서」를 보자.

가슴은 샛발간 장미로 얼켜
닙히 질가 두려워 대견히도 간직합니다.

언덕은 숨고
싸작나무 바람찬 벌판
쎠난대서 손수건 흔드는 당신들이어
고향도 집도 모두 버리엇습니다

언제든지 고웁고 아름다운
장미꽃 송이를 안고
먼-동산으로
시들지 안는 세월을 차저왓습니다.

---

13 「春風 第一章」이 게재된 날(1942.3.30.) 『만선일보』 1면 톱기사는 '佛大西洋岸에 上陸企圖 / 獨軍의猛擊에潰滅 / 可笑!英軍, 又復醜態暴露'이다. 또 '香港占領地區 取締令發布', '東部 쟈바에 軍政施行', '사마린다(보르네오)의 敵軍全面的 降伏' 등의 기사가 지면을 덮었다. 그 때 일본은 태평양전쟁의 승리를 확신했다

당신들이 항용조아하고
그리워하시든-.

「滿洲에서(獻詩)」 전문[14]

괄호에 묶어 붙인 '헌시'라는 말이 의미에 사달을 낸다. 「만주에서(헌시)」는 '당신들이 항용조아하고/그리워하시든' 땅에 온 것, "그 땅에 바치는 시"다. 제목을 제외하면 만주와 직접적으로 연결되어 그것을 받드는 문학정서는 없다. 화자는 손수건 흔들며 환송하는 당신들과 고향도 집도 모두 버리고, '시들지 안는 세월을 차저' 왔고, 그곳이 '만주'다. 그런데 이 작품이 수록된 데가 발행인(江川龍祚), 편집인(安田觀祐), 인쇄인(靑山茂夫)이 모두 만주에 사는 일본사람이고, 발행소도 길림시吉林市 제일협화구락부第一協和俱樂部다. 시집 이름도 『만주시인집』인데 '서'를 쓴 박팔양朴八陽은 '만주는 우리를 길러준 어버이'라 했다. '만주'가 공통분모다. 그래서 '만주'가 문제다. 「만주에서」의 '만주'를 '만주=만주국'으로 이해될 때 '친일'이 성립하는데 문제는 작품 자체는 그렇지 않다는 것이다.

우리 민족에게 만주란 무엇인가. 지금 그 땅은 중국 영토지만 원래는 우리 민족의 고토이다. 이런 사실은 고구려가 집안集安·輯安에 도읍을 정하고 국세를 떨친 역사가 광개토대왕의 비에 새겨진 역사로서 남아 증명한다. 정황이 이렇다면 이 작품의 화자가 만주에 간 것은 자기의 고토로 돌아간 것이 된다. 화자의 심상지리에는 '만주'가 여전히 우리 땅이기 때문이다. 이런 사실을 전제하면 고토는 다음과 같이 규정할 수 있다. 선조가 살던 땅이다. 영욕을 함께 겪는 일체감을 가진 땅이다. 이때 일체감은 나라가 치욕을 겪고 있을 때 더욱 강열하게 발현한다. 헌신하는 보람이 특별한 땅

---

14   조학래, 「滿洲에서」(獻詩), 『만주시인집』, 吉林 제일협화구락부, 1942. 36쪽.

이다. 고토가 이렇기에 모든 민족은 고토회복을 꿈꾼다.[15]

우리 민족에게 고토 '만주'는 지리개념이고, 만주국의 '만주'는 '만주국'이라는 나라가 갑자기 등장하면서 생긴 인위적인 개념이다. '만주'는 구체적인 실체이지 관념이 아니다. '만주'와 '만주국'은 본질이 다르다. 그렇다면 이 작품은 현실에 대한 부정을 고토를 회복하는 상상력을 통하여 현실 도피의 꿈을 실현한 낭만주의적 시의식의 역사적 발현이 된다. 낭만주의가 문화적 민족주의를 되살리고, 민족의 기원에 대하여 새로운 관심을 기울이게 하여 역사소설을 개척한 그런 글의 한 갈래가 시로 구현된 예다.

시 「만주에서」에는 '만주'는 있고, '만주국'은 없다. 「만주에서」를 지배하는 의식은 떠나온 고향을 그리워하고, 새로운 땅에서 삶을 걱정하는 디아스포라의 정서다. 지금 시적 화자는 현실에 대한 기대감으로 가득 차 있다. 가슴은 아름다운 장미로 얽혀 있고, 그 땅에서 시들지 않는 세월을 찾으려 한다. 이향이 인간에게는 비극인데 이 시의 화자는 그렇지 않다. 자작나무숲이 자라는 언덕은 바람도 자고, 장미의 잎이 질까봐 걱정한다. 웃으며 고향을 떠났고, 그리워서 찾아온 땅이라 그렇다. 왜 그런가. 만주가 고토이고, 그 고토가 기대를 저버리지 않을 것이기 때문이다.

이 시가 친일시가 되려면 이런 정서가 친일정서로 회감되는 것이 증명되어야 한다. 그러나 그런 해석을 할 만한 근거가 없다. '당신들이' '일본인'이면 그런 해석이 가능하다. 하지만 '당신'은 일본에게 나라를 빼앗기고 살길 찾아온 조선 사람이다. 만약 만주를 '항용 조아하고 / 그리워하는' 존재가 당시 만주를 받들던 일본을 연상시키기에 그런 정서와 관련짓는다

---

15 이스라엘과 팔레스타인이 70년 동안 계속해서 전쟁하는 이유는 고토수복 때문이다. 1947년 유엔은 영국 식민지였던 땅을 유대인(이스라엘), 아랍인(팔레스타인) 국가로 분할하는 결의안을 채택했다. 당시 이스라엘은 이 결의안에 찬성했으나 아랍권은 거부하면서 민족 간의 분쟁이 시작되었다.

면, 그 땅에 남아 있는 우리 민족과 얽힌 내력을 합리적으로 설명할 수 없다. 따라서 「만주에서」를 친일시로 이해하는 것은 '헌시'라는 말과 당시 일제와 만주국과의 관계에 시가 대입된 결과가 만든 오독에 다름 아니다.

조학래 시와 이상지향의 디아스포라

「만주에서」에 표상되던 디아스포라 정서는 그 뒤 「彷徨」, 「憧憬」, 「驛」 등의 작품에서 확대 심화된다.

> 언제 부터 자랏느뇨.
> 그널분하늘 그말근 바람에
>
> 가지와
> 시루에르.
>
> 맘대로 자라 맘대로 버더서
> 맘대로 얼킨
>
> 두셋 닙새가 종사릴 매달고
> 애달비 쩌는 가지에
> 안테나 라도 걸어다오.
> 아무나 말이라도 울려를 오게.
>
> 바람이 지내가면
> 한사코 울기만하는 가지 사히로
> 새파-란 하늘이 쪼각쪼각 부서젓다.

-八, 二, 長白에서-

- 「彷徨」 전문[16]

　시 끝에 달린 '八. 二. 長白에서'라는 주가 눈길을 끈다. 민족의 기원
인 백두산을 찾아 간 감회의 일단인 까닭이다. 이 시의 화자는 안정을 찾지
못하고 방황하고 있다. '항용 조와'서 찾아왔다는 「만주에서」의 정서와는
다른 구원의 정서가 작품을 지배한다.

　1, 2연에서는 장백의 나무가 누리는 자유를 찬미하며 부러워한다. 넓
은 하늘 아래 맑은 바람을 먹고 마음대로 자라 마음대로 뻗은 가지, 그런
가지가 얽히고 설킬 수 있는 자유를 동경한다. 제4연에서는 두 심상이 겹
쳐진다. 시적 화자가 잎이 진 가지에 매달린 종자를 애달픈 시선으로 바라
보는 순간 그 시의식은 내면을 향한다. 스산한 감정이 구원의 희구로 회감
된다. '안테나라도 걸어다오. / 아무나 말이라도 울려를 오게'는 무엇엔가
매달려 속마음을 털어놓지 않으면 안될 만큼 심정이 절박하다. 제5연의 둘
째 행에서 이 절박한 심정은 나뭇가지가 울음의 심상으로 전이됨으로써
해소된다. 전반부의 자유로운 분위기가 고양되다가 꺾이고, 무심한 하늘만
새파랗다. 이런 정서를 고려할 때, 조학래의 시의식이 뿌리 내리고 있는 공
간에는 어떤 비애가 똬리를 틀고 있다. 「憧憬」에서 이 의문에 대한 답을 찾
을 수 있다.

　　　光明을 못보는 生命體의 실없는 푸념은 않이란다.
　　　헐벗고 굶어서하는 싫은 소리는 더욱이않이란다.
　　　하늘이 뚫어저도 닿지못할 물결속같은 빛없는곳---

16　　조학래, 「彷徨」, 『滿洲詩人集』, 吉林市第一協和俱樂部, 1942. 35쪽.

꼬리를 치렁치렁 흔들거리면서
珊瑚林 속을 헤치고 흘러가는 海藻-야기 많은 친구들아
그런곳 저런곳 가리지않고 海藻같이 浪漫하고 싶다는 말이다.
「憧憬」에서[17]

이 시에는 도피의식, 비장의 장소애가 주제를 형성한다. '묽어저도 닳지 못할 물결 속 같은 빛 없는 곳'은 안주가 보장된 곳이다. 현실로부터 도피하려는 욕구라는 점에서 낭만시다. 이런 분위기는 '이슬진 역사의 밤, 차거운 침대 우에 맺는 옛 꿈', '가을날 철늦은 코스모스' 같은 이미지와 호응하여 더 강한 낭만적 정서를 발산시킨다. 낭만주의는 현실에서 좌절감을 느낄 때 초월을 꿈꾼다. 그렇다면 이 시는 현실부정이다. 「방황」에 표상되던 시의식의 심화. 만주가 기대의 세계가 아니라는 것이다. 「동경」처럼 '떠남'이 모티프인 「驛」은 어떤가.

마즈막으로 갈라진다해서 손수건을 흔든다.
너무도 슬퍼서 눈물을 쥐어도 짠다.
어찌하면 다시 만날쯧 십허서 울지안코 참기로 한다.

해당꽃치 피는 나라로 간다 해서 그게 당신들째는 좃소.
구진 눈송이 쏘다지는 나라로 간다해서 그게 자네들게는 실소.
그러나 차는 당나귀처럼 덜넝거리면서 만흔구비도 잣고가리다.

어미네를 어느 육실한 여석으게 쌧기고서는
쑥겨지고 너절한 봇싸리를 싸들고서 도망하듯이 써나간다.

---

17   趙鶴來, 「憧憬」, 『在滿朝鮮詩人集』, 間島省 藝文堂, 1942, 154~155쪽.

능금접이나 사이고 토시짝으로 콧물을 시츠면서
이마을 안악 네들은 품파리를 쩌나간다
서울가는 귀한 쌀자식이
나룻가로 팔여가는 색주가 영업자가 모두 쩌나간다.

- 「驛」 1, 2, 3연[18]

이 시의 인물들은 어디론가 떠난다. 에미네를 육실할 놈에게 빼앗기고 궂은 눈송이가 쏟아지는 나라로 너절한 보따리를 싸들고 도망치듯이 떠난다. 품팔이로 떠나고, 나룻가로 팔려가는 색주가 영업자가 떠난다. 당시 수없이 떠나던 이민의 실상이 선연하다. 돌아오는 사람은 아무도 없다. 모두 추방당하는 신세다. 어둡고 우울한 정서가 시를 지배한다. 해당화가 피지만, 굽이굽이 돌아가야 할 아득하고 먼 땅, 입술에 당초가루를 묻히고 살아야 할 궁핍한 세상이다. 생존자체가 어려운 세계이다. 그런데 이 시의 후반부에서는 전반부의 이런 포에지가 반대로 전환된다.

두셋오리 간장물에 씨워노흔 그놈의 국수가 그럿케도 맛조앗소.
어느 도야지 살믄물에 풀어논 장국밥이 그다지도 구수햇소.
두루마기 깃에서 휘파람소리나게 거러도
아무래도 당신네들 입술에는 당초가루가 붓터습니다.

쩌나가는 고동이 운다.
도라오는 시그낼이 쩌러진다.

젖먹이를 껴안은채 헛소문이 쩌들든

18   趙鶴來, 「驛」, 『滿洲詩人集』, 吉林市第一協和俱樂部, 1942. 30쪽.

내고장을버리고 절믄 아즈머니가 온다.

키-타를 쥐고 슬퍼서 울것처럼 상을 씨프리고

어느 서글픈 풍각쟁이들이 온다.

어잿밤 링에서 어더마즌 권투쟁이들이 시퍼런 쌤을 만지면서 도라온다.

버리려든 슬픔은 차라리 우서버리 면서도 그래도 다시 도라가고 십허서

조마조마하게 모도들 차저온다.

아직도 갓쓴 상투쟁이 할아버지

어느 먼-드메에 시집갓든 둘째딸이 모-두 도라온다.

-八,一二, 咸鏡線旅路에서

-「驛」4, 5, 6연[19]

2, 3연의 침강하던 시의식이 5, 6연에서는 상승한다. '절믄 아즈머니가' 돌아오고, '갓쓴 탕투쟁이 할아버지가' 찾아오고, '먼 드메로 시집간 딸'이 돌아온다. 이별의 세계가 만남의 세계로 전환하고 있다. 한적하던 마을이 생기 찬 마을로 변하고 있다. 1, 2, 3연은 현실이고, 6연은 마을의 미래다. 이런 전환이 이루어지는 통사구조를 점검해 보자.

4연의 조화 속에, 5연이 그런 일을 한다. 4연 첫 2행은 '맛 조앗소', '구수햇소'로 끝나고 있다. 시제가 '과거형'이다. 그리고 5연은 "쩌나가는 고동이 운다. / 도라오는 시그낼이 쩌러진다."이다. 1, 2, 3연의 마을의 '현재'와 6연의 마을의 '미래'가 이 5연에서 엇갈린다. 슬쩍 끼어든 4연의 과거시제가 시상전환의 역할을 한다. 결국 「역」의 통사구조는 모두가 떠나는 현재에서 모두가 만나는 미래를 동경하는 형태로 전환한다.

---

19   趙鶴來,「驛」,『滿洲詩人集』, 吉林市第一協和俱樂部, 1942. 31~32쪽.

독해가 이렇다면 「역」도 「동경」과 마찬가지로 창조된 자아, 화자가 바라는 다른 세계에 대한 동경이다. 2, 3연의 침강하던 시의식이 5, 6연에서 비약을 시도하는 까닭이다. 이런 구조는 낭만주의 시가 현실에서 가능하지 않은 세계를 꿈꾸는 그런 시의식의 발현이다. 이런 시의식은 「여수」, 「향수」, 「우수」와 같은 작품에 오면 아예 시의 제목이 되어 서정적 자아, 곧 시적 화자는 아주 딴 세상을 꿈꾼다.

> 님자도 가오
> 나도 간다오
> 南北으로 흐터지는 運命과 運命을
> 되마침 업는 生活의 아우성속에
> 파무치울 제
> 이제 쏘 다시 故鄕인들 그려서
> 무엇하리.
>
> - 「旅愁」에서[20]

> 客窓은 流浪 속에 묵근罪人을 쏘다시 묵거놋코
> 콧등짜지 샛쌜갓케 憤怒해두
> 스물아홉시간 路程이 二十九年 가는길가티멀어
> 故鄕은 항용 안개속에만 자저든다.
> 아득히 아득히--
>
> 오늘도 쌔무든 鄕愁는 나의 化身이되여
> 故鄕山 洞口압 냇쌰를 헤매기도 하고

---

20   趙鶴來, 「旅愁」, 『만선일보』, 1939.12.12.

燈盞불밋해 仙人가튼 아버지를 發見도 햇다.

--왓는야 갓는야--
말업는 어머니의 病床엔 藥탕만든 순행의 우름이
한묵음 소릿치고 너머간다.

-「향수」에서[21]

째는 임이 세월 속에
쏠째진 사슴이란다.
아하-
거두어라 거두어라
어두운 내방 영창쟈에 식검언 帳幕을 거두어라
終始 無關한 生活의 喪失
피-나래엔 한줄 月光도 업다
悠久히
憂愁만 안개처럼서리노라.

- 「우수」에서[22]

　　이런 시에 넘치는 상실감은 고향을 떠날 수밖에 없는 현실 때문이다.
이런 시의 특징을 역추적하면 그 끝에 낭만주의 시가 나타난다. 절망의 현
실에서 '즐거운 도피'를 하며 유토피아를 꿈꾸는 그 세계이다. 이런 점에서
「여수」, 「향수」, 「우수」는 상실감을 주조로 하는 낭만주의 시라 하겠다. 이
런 상실감은 어디서 오는 것일까. 「여수」에서는 고향 때문이고, 「향수」도

21　　조학래, 「향수」, 『만선일보』, 1940.2.13.

22　　조학래, 「우수」, 『만선일보』, 1940.5.4.

실향 때문이다. 모든 것을 잃고, 혹은 그냥 두고, 남북으로 서로 갈라서야 하는 절박한 상황에서 고향에 대한 미련은 부담이 되기에 차라리 잊어버리자는 게 좋아 이상의 공간으로 시상이 비상한다.

「우수」는 기대의 세계와는 단절된 상태다. 밀실의 서정적 자아는 자폐증적 증후가 도를 넘었다. 스스로를 뿔 빠진 사슴으로 비유하며 삶에 대한 마음의 끈을 놓아버린 상태이다. '님자도 가오 / 나도 간다오' '왔는야 갓는야'라를 뇐다. 현실도피이고, 현실외면이다. 역사의식의 상실이라기보다 소거다. 역경에 대한 도전도 극복의지도 없다. 이런 감상과잉은 그 시절 만주에서 크게 유행한 대중가요와 흡사하다.[23] 그러나 다행히 조학래는 절망적인 현실에서 벗어나 낭만의 세계로 도피하고 있다. 하지만 단순한 현실도피로 유토피아를 탐하는 것은 아니다.

낭만적 서정시라는 개념으로는 친일시라는 고정관념을 해체하기는 힘들 것이다. 그렇지만 슬픈 역사의 외연, 곧 디아스포라 의식의 확장이라는 점에서는 민족정서와 닿는다. 무력감에 대한 대안이 없다. 그러나 그것이 친일정서로 굴절되는 것은 아니다.

---

23 이런 정서는 1940년대 초기 재만조선인에게 일반화되어 있었다. 아직도 한국인이 만주가 배경인 「눈물 젖은 두만강」이나 「찔래꽃」 같은 유행가를 즐겨 부르며 '명곡'이라고 말하는 정서가 그렇다. 「눈물 젖은 두만강」은 장편서사시 『北間島』(文化戰線社(평양), 1948)의 저자 韓鳴泉이 비운의 혁명가 朴憲永이 독립운동으로 일경에 체포되어 고문을 받다가 병보석으로 풀려나 만삭의 아내(주세죽)와 두만강 하류를 통해 소련으로 탈출한 사건을 서사화했다. '연분홍 봄바람이 돌아드는 북간도 / 아름다운 찔래꽃이 피었습니다.'라는 「찔래꽃」은 만주천지를 유맹의 신세로 떠돌던 조선인을 연상시키고, 이 노래를 만든 작곡가와 가수가 만주공연을 마친 시기에 해당지역 독립군들과 비밀리에 만난 일이 있다고 한다(이동순, 『번지 없는 주막』, 도서출판 선, 2007. 366쪽). 이런 사연 때문인지 이 노래를 대중가요계에서는 '명곡'이라 부른다. 우리나라를 지배하며 못된 짓을 한 일제를 대중이 기억하게 하는 반일사상의 어떤 상징으로 간주되는 까닭이다.

「園譜」의 양면성

최삼룡은 조학래의 「원보」를 다른 작품이 그러하듯 작품 해석은 하지 않고 친일시라 했다. 이런 근거제시가 없어 논쟁이 성립되지 않는 무책임한 태도를 일일이 문제삼는 것도 문제이다. 그러나 간과하면 그것은 문학연구자의 직무유기다. 따라서 검토가 필요하다.

새로운 極光이 무지개처럼 버더난다
삶의 曲節은 田園에서 躍動한다.
白濁한 市井의 좀먹는 體臭를 잇고
진실은 여기 蜃氣樓처럼 피여나--
布穀새길-이 光明을물고 날리온다.
地軸을 파헤치고 무럭무럭 구수한흙香氣!
千里萬頃 구부러진 耕地!
…멀-리 海灘가튼 歡呼의 喊聲이 들리는구나.
薰風을 한아름마시고
이봄의 푸른 물결우에
마즈막 '노스탈쟈'를 싯으라.
쏘하나 細胞는 봄언덕에부푸러오른다.
大地의心臟속 우리의牧場에서安住하려니
오-
바람에 날려 바람에부서지는
旗쌀을 보라
거기서…
太古는 土地를물고왓고
태고는 흙을쩌밀고갓다

壯한숨이 지나가고

살진沃土 토실토실느리지

寶庫는 안-윽히 전개될째

展望 속엔 金빗太陽이 瀑布가티쏘다지나리니

情景은 너무도탐스럽고나

慈愛스런 어머니의 젓줄가티

大河는 沃野에 한幅의 氣流인듯 흐른다.

이제 地圖의 한복판에 새氣焰 솟아

燦爛한 黃金물결에 너는 폭은히잠들리니

오너라 모-두

모-두 오너라

왼갓農樂이 새숨결에 빗처서

蒼空에쓴 솔개미날개처럼

輓歌훗터지는 이짱에도….

이윽고 아름다운 天使는

우리를 마저

薔薇꼿닢파리가티 고운

曲譜를 펴칠 쎄시다. -(四月一日)-

「園譜」 전문[24]

이 작품을 읽을 때 제일 먼저 문제가 되는 것이 '이제 地圖의 한복판
에 새 氣焰 솟아 / 燦爛한 黃金물결에 너는 폭은히 잠들리니 / 오너라 모-
두 / 모-두 오너라.'와 같은 대문일 것이다. 왜 그런가. 지도의 한복판에 새
기운이 솟아오르는 데가 만주국을 지칭하고, '모-두 오너라'는 것이 그 나

---

24   조학래, 「園譜」, 『만선일보』, 1940.4.27.

라에 대한 찬양이라는 해석이 가능한 까닭이다. 그렇다면 '바람에 날려 바람에 부서지는 / 旗빨을 보라', 혹은 '이봄의 푸른 물결 우에 / 마즈막 노스탈쟈를 싯의라.' 같은 대문은 어떻게 해석해야 할까. 이런 대문은 음성 이미지가 시각 이미지로 바뀌고, 이념이 소거되었다는 점에서 순수 서정시다. 따라서 이런 시에서 순수 서정과 대립되는 현실 추수의 친일의식을 추출하는 것은 논리가 뒤틀린다.

설사 친만, 친민족의 양면 정서가 공존한다 하더라도 '왼갓 農樂이 새 숨결에 빗처서 / 蒼空에 뜬 솔개미 날개처럼'과 같은 구절은 친만정서와는 거리가 멀다. 농악은 조선인 고유의 마당놀이다. 한족漢族은 우리 민족의 농악 같은 놀이는 없다. 따라서 이 시는 한민족韓民族이 옥토에서 풍년을 맞아 삶이 풍요로운 것을 찬양하는 것이란 해석이 더 합리적이다. 이 시의 전반부는 옥야, 전원의 찬미이고, 그 땅이 만주국의 것이니 그것은 친만이 된다는 것은 서정시가 자연을 선택하여 찬미하는 것이 본질이기에 설득력이 없다.

조학래가 「원보」를 쓰던 1940년 4월, 같은 시간에 백석은 「귀농」(『조광』, 1940.4.)을 썼다. 그런데 「귀농」에는 한족漢族만 있고, 우리 한족韓族은 없다.

> 老王은 나귀를 타고 앞에 가고
> 나는 노새를 타고 뒤에 따르고
> 마을 끝 虫王廟에 虫王을 찾어뵈려 가는 길이다
> 土神廟에 土神도 찾어뵈려 가는 길이다.
>
> 「歸農」에서

「원보」의 독법대로 하면 「귀농」은 친만시다. 친만시는 친일시가 된다. 조학래가 만주국 교통부 소속의 공무원이라면 백석도 만주국 국무원 서기이고, 안동세관원 서기니 신분이 같다. 『만선일보』가 친일 신문이라면 「귀농」을 발표한 『조광』도 친일 잡지다. 이렇게 따지면 「귀농」의 시적 화자가 '마을 끝 虫王廟에 虫王을 찾어뵈려 가는 길이다. / 土神廟에 土神도 찾어뵈려 가는 길이다.'라고 말하는데 「원보」의 화자는 그렇지 않으니 「귀농」이 더 친만적이다. 저자의 신분도 신경특별시 소속 운전수인 조학래보다 만주국 국무원 경제부 서기인 백석이 훨씬 높다. 사정이 이렇지만 누구도 「귀농」 해석을 그렇게 하지 않는다. 왜 그럴까. 작품 자체에서 그런 근거 추출이 불가능하기 때문이다.

　　그렇다면 이런 작품을 어떻게 설명해야 할까. 무엇을 전제할 것도 없이 만주국 문학이다. 곧 우리 민족어로 우리 민족의 삶을 테마로 삼는 만주국의 선계鮮系문학이다. 1940년 3월 22일 『만선일보』학예부가 주최하고, 내지인측, 만계측, 선계측 문화관계 인사가 참여하여 장시간 「內鮮滿文化座談會」[25]를 개최할 때, 박팔양과 백석도 참가하여 논의한바 있는 그 선계문학이다. 선계문학은 만주국문학이면서 조선인문학이다. 그리고 일계문학과 다른 독자적 성격을 지닌다. 따라서 「원보」는 1940년대 전반기 재만 조선인 시를 민족시民族詩, 친일시親日詩, 생활시生活詩로 3대별할 때의 그 생활시[26]다. 이런 특성은 바로 그 시간에 나타난 '滿洲朝鮮人의 文學은 朝鮮內地文學의 延長도 되지 못하며 模倣도 아니다'라고 한 김귀金貴의 「滿

25　1940년 3월 22일 대흥쎌딩 만일문화협회에서 개최되고, 좌담회 내용은 『만선일보』 (1940.4.5.~4.10.)에 5회 연재되었다. 선계측 대표는 朴八陽(협화회), 白石(국무원경제부), 金永八(방송국), 今村榮治(滿洲文化會), 李甲基(『만선일보』), 申彦龍이다. '방송국'의 金永八은 친일 변절자 金東漢을 주인공으로 한 희곡 「金東漢-金三暮」으로 1940년 『만선일보』 신춘문예에 당산한 金寓石이다.

26　제2장 2절 '삶의 양식과 작품', '마지막 단락' 참조.

洲朝鮮文學建設新提唱」과 같은 평론에[27]그 성격이 선명하게 나타난다. 김 귀는 이 평론에서 만주가 일본과는 무관하고, 역사적으로 우리 민족과 인 연을 맺어온 장소라 했다. 만주국의 조선인은 일본인 다음의 2등 국민이지 만 문학은 일계문학과 대등하다는 논리다. 이런 점에서 재만조선인 문학 은 친일, 반일의 이분법으로 접근할 대상이 아니고, 삼분법, 혹은 1/n의 개 념으로 이해하는 것이 더 합리적이다.

1940년 말 현재, 만주에 거주하는 조선인 가구는 247,109호이고, 인 구는 1,350,922명(남자 733,565명, 여자 617,357명)이다.[28] 만주국 총인구 약 3천 만 명 중 만계滿系가 약 2천 890만 명인 것을 감안하면 만주의 조선인은 만 계를 뺀 1천만 인구의 약 2할이 된다.[29] 사정이 이렇다면 만주국은 신개지 에 세워진 제2의 조선이나 다름없다. 따라서 「원보」의 '大河는 沃野에 한 幅의 氣流인듯 흐른다. / 이제 地圖의 한복판에 새氣焰 솟아 / 燦爛한 黃金 물결에 너는 폭은히 잠들리니 / 오너라 모-두 / 모-두 오너라.'와 같은 표 현을 친일로만 독해할 수 없다. 1백 40만여 명에 이르는 조선인 전부를 친 일파로 규정할 논리가 성립해야 그런 독해가 가능하다. 그렇다면 이런 현 상을 어떻게 설명해야 이치에 맞을까.

양면적 관계다. 당시 재만 조선문인 가운데는 이런 양면적 성격이 나 타나는 문인이 조학래, 김귀 외에도 더 있다. 박팔양, 이학성, 백석이다. 박 팔양은 노골적으로 자신은 「두 性格의 魅力」(1940.10.27.)이라 했고, 이학성 은 민족애가 곡진한 「금붕어」(1938), 「봄꿈」(1940.4.9.), 「五月」을 쓰면서도 시 의식이 정반대인 「여명」(1942.5.11.), 「백년몽」(1942.5.25.), 「捷報」(1942.8.17.)를

---

27   金貴, 「滿洲朝鮮文學建設新提唱」, 「農民文學의 方向으로·上」, 『만선일보』, 1940.1.20.

28   滿洲國通信社編纂, 昭和十八年·康德 十年版 『滿洲國現勢』, 714쪽.

29   滿洲國通信社編纂, 昭和十八年·康德 十年版 『滿洲國現勢』, 148쪽 '躍進滿洲國勢一覽' 참 조.

썼다. 김귀는 '滿洲朝鮮文學建設에 대한 新提唱'을 하는 동일한 시간에 견해가 반대에 가까운 「文學擁護의 辯」(1940.6.12.)을 썼다. 백석의 경우는 앞에서 언급한 「귀농」 외에 「조당에서」, 「두보나 이백 같이」, 「수박씨, 호박씨」, 「북방에서」 등에도 양면적 정서를 작품외적 세계의 개입 없이 자아화했다.[30]

조학래의 양면적 정서는 「원보」(1940.4.27.)와 동일한 시간에 발표한 「春詞」(1940.4.30.)에서도 나타난다.

胡沙 훗날리는 千里平原 思春하는 都心!

葡萄빛 氣流 여울에

南國의 情操가 엑소틱한 波紋을 친다.

이 봄---

天使의 湖心 같이 맑은 마음씨는 白楊나무 가지마다 조으름깨다.

코발트빛 한울가에 季節의 體溫이 波動처 香氣로운 呼吸이 微風에 부서진다.

오---

이제는 후눅한 土香이 潮水같이 넘치고 넘치는 潮水 구수한 土香 속에

젊은 密語가 나비처럼 떠 돌려니,

이봄---

퍼덕이는 脈搏이

池塘에 핀 蓮꽃잎물고 잉어처럼 꼬리친다.

-「春詞」 전문[31]

---

30 이 문제는 제5장 2절 「五族과 민족 혼-백석」에서 상론했다.

31 趙鶴來, 「春詞」, 『재만조선시인집』, 162~163쪽.

시상이 활짝 열려 있다. 톤이 밝고 가벼울 뿐 아니라 시의식도 잔뜩 고양된 상태다. 어디에도 어두운 곳은 없다. 북국에 온 봄 풍경이 그림처럼 아름답다. 원관념과 보조관념을 직접 드러내는 '南國의 情操가 엑소틱한 波紋을 친다', '코발트빛 한울가에 季節의 體溫이 波動처 香氣로운 呼吸이 微風에 부서진다.', '池塘에 핀 蓮꽃잎물고 잉어처럼 꼬리친다.'와 같은 표현은 "천지안에 새로운 만주 · 天地內有了新滿洲 / 새로운 만주는 바로 신천지 · 新滿洲使是新天地 / 사랑이 넘치고 증오가 없는 · 只有親愛竝無怨仇"이라는 그 만주국의 국가國歌를 연상시킨다. 「춘사」가 문제라면 시에 심각한 데가 없고 너무 밝다는 것인데 그것은 북만주의 긴 겨울이 지나가고 봄이 와 숨죽이고 있던 세상의 만물이 살아나는 계절이기에 그럴 것이다. 그렇다면 '사랑이 넘치고 증오가 없다'는 국가國歌와 시의식을 연계하는 상상은 이치에 맞는 것 같지만 맞지 않다. 「춘사」는 자연의 조화를 찬양하는데 만주국 국가는 인위를 찬양하는 것이 그렇다. 만주국 국가國歌의 시품과 「춘사」의 시품은 격이 다르다.

「춘사」가 발산하는 밝은 정서가 만주국에 대한 찬양이기에 친일시가 된다면 찬양의 대상이 만주국이라는 근거를 밝힐 수 있어야 한다. 그리고 모든 예술이 지향하는 보편적 정서, 곧 희망의 포에지를 이 밝은 시상에 대입했을 때 합리적 해석이 불가능해야 한다. 그러니까 낭만주의 시가 동경하는 희망의 세계와 「춘사」의 밝은 시상이 달라야 한다. 「춘사」는 「彷徨」, 「憧憬」, 「驛」이 발산하는 그 낭만적 성격과 같고, 그것은 낭만주의, 또는 모든 서정시가 공유하는 낭만정서를 봄 풍경으로 형상화시키는 작품이다. 만약 시인의 의도가 그 "사랑이 넘치고 증오가 없는" 만주국의 건국가가 희구하는 세상을 겨냥했다 하더라도 「춘사」가 결과적으로 그런 시인의 의도와는 무관하게 예술의 보편적 정서를 형상화하는 작품으로 독해된다면 그것을 막을 수도 없고 막지도 못 한다. 이런 원리가 우리 시 독해에 공인된 것은 아주 오래 전부터이다.[32] 따라서 「춘사」의 밝은 정서를 작품 밖의 작가의 생활, 이를테면 직업과 연계하는 것은 설득력이 없다.

모더니즘의 잔영, 「現代·詩人」

「現代·詩人」은 모더니즘시의 한 잔영으로 읽힌다. 잔영이 남은 자취라고 한다면 이 작품을 대뜸 한 수 낮춰 보는 평가이다. 그러나 우리시의 경우, 1930년대에 이미 모더니즘이 꽃을 피웠는데 1940년대에 와서 새삼스럽게 '현대'를 소환하며 도회정조를 즐기는 정서는 아무래도 한참 늦다. 그러나 디아스포라의 정한을 전통적 서정시로만 갈무리하던 조학래로 보면 늦은 걸 폄하할 수만은 없다. 사유와 기법이 확장되고 그 나름의 시적 변용으로 다양한 시품을 형성시키기 때문이다.

> 눈송이가 배꽃닢처럼 훗날린다.
> 地球--
> 늙은이 배통갓치

---

32 우리 문학의 경우 이와 흡사한 예가 있다. 정철과 「사미인곡」이다. 정철은 서인의 대표로 己丑獄事를 주도한 인물이다. 곧 황해도 관찰사 등과 정여립이 大同契를 조직하여 역모를 한다고 선조에게 고변을 했을 때 정철이 형문을 담당한 위관이었다. 지금으로 말하면 특별검사가 되어 동인들을 대거 잡아 가두는 옥사가 일어났다. 그 옥사로 수백 명이 죽고 수백 명이 유배되었다. 정여립이 전라도로 낙향하고 그곳을 중심으로 활동했기에 전라도 인사들이 가장 큰 피해를 입었고, 그 이후 전라도를 叛逆鄕이라 하여 등용을 제한했다. 사정이 이렇지만 「사미인곡」과 「속미인곡」을 정치가 정철과 연계시키는 연구는 없다. 작품을 작가와 분리하여 지금도 「사미인곡」, 「속미인곡」은 고등학교 교과서에 오른다. 물론 조학래는 일본과의 관계이고 정철은 정치적 붕당 대립이라 다르지만 작품 평가에서 작품 밖의 문제를 제외하는 것은 같다. 이런 점은 서정주가 친일을 했지만 그의 시연구가 가장 많은 것도 동일하다.

起伏이 만흔 線우에
샨데리야 갓튼 太陽이
풋化粧한 城壁을 넘는다.

등심이 구든
슬음의 벌판.
傳說의 삿갓을쓴 진달내 꼿밧티
소낙비 오는 "푸로무나-드"가 되는
現代 現代 現代 現代 現代

詩人아--
너는全生涯를두고
버들밧 쇠쏘리처럼 울기만하고도
시집못간 女人이아니드냐?

詩人아--
눈송이가 배꼿처럼 훗날리는
등심이구든 슬음의벌판으로
五圓짜리 후와이바-추렁크를 들고
헤매면서 헤매면서
어제는 박장을치고 우서도 조타.
어제는 박장을치고 우서도 조타. 十二月一日作

「現代·詩人」전문 [33]

---

33   조학래, 「現代·詩人」, 『만선일보』, 1941.1.29.

이 작품은 조학래의 다른 작품과는 이질적이다. 「춘사」처럼 도회정 조가 모더니즘적 분위기를 형성하지만 기법은 같지 않다. 지금까지의 논의에서 확인할 수 있듯이 조학래의 시는 디아스포라의 정서가 주조를 이루는 전통적 서정시가 대세였다. 그러나 이 시는 '푸로무나-드, 후와이바-추렁크' 같은 외래어가 등장하고, '現代'라는 어휘를 반복하는 모양새는 모더니즘풍의 작품이다. 그리고 '어제는 박장을 치고 우서도 조타.'와 같은 표현은 비상사성 속에서 상사성을 인식하는 정서가 강하여 비논리적 문맥을 형성한다. 곧 모더니즘 시 제작으로서의 시다. 그래서 '진달내 솟밧은 소낙비 오는 푸로무나-드', '시인은 시집 못간 여인', '시인은 어제는 우서도 조타.'처럼 시의 의미를 가늠하기 어렵다. 이런 점에서 이 작품은 발상이 초현실적이다. 이런 발상은 조학래가 「심문」을 게재한 『전형시집』, 곧 『시현실』 동인들의 그 초현실주의 시와 닿는다.

제1연은 눈송이가 휘날리는 속에 대지에 황혼이 오는 풍경이다. 그것을 태양이 성벽을 넘는다고 했다. 제2연은 전설 속의 진달래 꽃밭이 산책로promenade가 되는 것이 현대란다. 제3연은 시인은 전생애를 두고 꾀꼬리처럼 울어도 시집 못간 여인이라 한다. 제4연에서는 시인은 눈송이가 배꽃처럼 날리는 설움의 벌판에 오원짜리 값싼 후와이바-추렁크(면 트렁크 · fiber trunk)를 들고 헤매면서 어제는 웃어도 좋단다.

여기서 의미가 논리적인 통사구조는 제1연 뿐이다. 나머지 3연, 그러니까 '진달내 솟밧은 소낙비 오는 푸로무나-드 · 산책로'이다. '시인은 시집 못간 여인'이다. '시인은 어제는 우서도 조타.'는 모두 비논리적인 문장이다. 시는 시적 진실을 구현하기에 초문법적인 특권을 누린다. 그래서 이 시에서처럼 "○○○은 ×××이다" 투의 표현이 성립한다. 그래서 대부분의 시는 은유隱喩의 통사구조로 대상을 형상화한다. 비유는 사물을 낯설게 하고 지각하는 데에 소요되는 시간을 증대시키며, 그렇게 함으로써 지각을 쇄

신시킨다. 비유에서 이미지 수령어는 대개 숨어 있으므로, 비유의 초점과 상호 작용하고 있는 이미지 제공어를 적절히 해석해 내어야 한다. 현대시는 유사성에 근거한 비유를 상호작용에 의한 비유로 확대함으로써 비유의 영역을 무한히 개방하였다.

「現代·詩人」의 경우는 주지主旨와 매체媒體의 상관관계를 맺으면서 주체主體Subjekt의 개념까지 등장시키는 은유를 형성한다. 그 결과 주지와 객체가 관계를 맺으면서 일치부합一致符合Einheit한 상태에 들어가는 직유와는 비교가 되지 않을 정도로 많은 양의 정서와 심상을 형성시켰다. 「현대·시인」은 놀랍게도 직유는 없다. 주문主文은 모두 "○○○은 ×××이다"의 구조이다. 그런데 앞의 ○○○과 뒤의 ×××는 비상사성 속에서 상사성을 인식하는 정신행위가 강한 데페이즈망dé paysemnt의 관계를 형성한다. 일상적인 관계에서 사물을 추방하여 경이적인 관계를 이루려 하기 때문이다. 초현실주의 시 기법을 선호하던 『시현실』 동인들의 『典型詩集』에 「心紋」을 수록하면서 익힌 기법의 활용이다. 「춘사」만 하더라도 '湖心 같이 맑은 마음씨', '土香이 潮水같이 넘치고', '젊은 密語가 나비처럼', '蓮꽃잎물고 잉어처럼' 같은 상사성이나 유사성을 토대로 두 사물을 직접 대비했는데 이 작품에는 그런 문맥은 씻은 듯 사라졌다. 이것을 어떻게 해석해야 할까.

이 시가 발표되던 바로 그 시간 『시현실』 동인들의 시가 재만 조선시단에 행사한 충격의 수용이자 조학래 나름의 반응이다. 외래어를 끌어오고, 유사성의 세계를 직유로 이해하던 사고가 상이성의 융합으로 모순과 대립의 해소를 시도하는 것이 『시현실』 동인들의 그 기법과 다른 데가 없다. 그런 기법으로 숨겨졌던 의미를 끌어내어 조학래 나름의 시적 진실을 낯설게 실현하려 한 글쓰기로 판단된다. '가장 먼 관계를 가진 개념의 결합'이란 그 초현실주의 시의 기법의 차용이다. 그러나 당대의 신진기법을 실현하는 언술이 '현대'를 5번씩 연호함으로써 관념에 빠지고, 사회에서의 시인의 위상을 '산책로promenade', '시집 못간 여인', '오원짜리 값싼 면 트렁크를 들고 헤매'는 존재로 인식하는 것은 『시현실』 동인이 가상공간을 설정하고 현실을 비판하고, 야유하는 수준에는 이르지 못했다. 하지만 그의 시가 상사성이나 유사성에 기대던 그 제한된 사유와는 비교가 되지 않을 정도로 다양한 정서가 시의 지평을 확대한다. 특히 마지막 두 행, '어제는 박장을 치고 우서도 조타'가 함의하는 바는 심상치 않은 정서를 낯설게 표상시켜 가독성을 자극한다. 어제까지는 청산해야 할 시간이고, 오늘부터는 그럴 수 없다는 의미로 이해되는데 그것이 조학래 시의 혐의, 곧 친일정서를 씻어내는 기능을 한다.

「現代·詩人」의 이런 성격은 이 시가 발표되던 시간 『시현실』 동인들의 작품론이 한 차례 재만 조선시단을 휩쓸고 간 사실과 관련될 것이다. 극언克彦의 「'시현실' 동인집평」(1940.8.31.~9.5.), 김우철金友哲의 「금년도 시단의 회고와 전망」(1940.12.14.~12.19.)이 『시현실』 동인들의 작품론이고, 함형수咸亨洙의 「나의 시론」(1940.12.22.~12.24.)은 젊은 시인들의 지적 호기심을 추동할 만한 신진이론이며, 동경東京의 김경린金璟麟이 기고한 「나의 시론」[34] 역시 초현실주의 시론으로 그런 역할을 할 때 그 나름으로 초현실주의 시 정신과 기법을 습득했다는 것을 의미한다.

이상과 같은 평가를 근거로 할 때 「현대·시인」은 조학래의 작품 가운데 가장 문제적인 작품이다. 반 시류적인 시의식 때문이다. 「유역」과 함께 이 작품이 자리한 심상지리는 '豊田 穰'으로 창씨개명을 하고, 신경특별시 고등관을 모시고 다니는 그의 신분과는 무관하다. 조학래 시의 정령이 사는 심상지리는 빼앗겼지만 그 심상지리 한구석에 빼앗기지 않은 우리의 영토가 있다.

---

34   金璟麟, 「나의 詩論, 上·下」, 『만선일보』, 1941.2.8.~2.9.

마침내 찾은 안주의 땅

조학래의 시가 마침내 다다른 곳은 「유역」이다. 「유역」은 종착지지만 그곳은 지금까지 그의 시가 살던 공간과 다르다. 「우수」, 「향수」, 「여수」를 거쳐, 또 「춘사」의 근대풍경을 보고, 그가 드디어 발견한 큰 강가, 안주의 땅이다. '유역'은 실재이기도 하고, 심상지리상의 가상공간이기도 하다.

그 옛날에는
수많은 호우적들이 몰려와서 불상한
백성들만 애꾸지 못살게 굴엇다는 이야기가 남엇다.
(마을에다는 불을 다려노코 糧食을 쌔아서가고 妻子는 拉去하고 사나히 大
丈夫는 죽여버리고-)
地圖를 펼치면
白頭山이 보이는 모퉁이 長白山系의 東쪽邊地에
長白 藥水 半截溝 독골 빠두골 帽兒山---
谷間에 찌여서 일흠이 업고,
진대밧헤 숨어서 일흠이 업는 邊地의都邑
甚히 고요한 流域이여---

하늘을 찌를 듯이 嶮한 山들은
山을 불러 놉히놉히 구름속에 마조안저
언제나 神秘로운 對話가 긋날줄 몰낫노라.

傳說과詩와 風俗과生活로 수노코,
쓰님업시 쉬임업시 支向업이 鴨綠江푸른물이
흘러서 흘럿노라.

햇님이 소사소사 歲月이 흘러가고
天池물이 넘처넘처 鴨綠江이 흘러갈제
商船도 오르나리고 쎄목내리고,
수만흔 호우적의 그現實도 이야기로 變해서 流域은 豊年頌이---
豊年頌이 無窮히들려진다오.

「流域」 전문[35]

「滿洲에서」가 만주의 내력에 대한 사유라면 「流域」은 압록 강변에 우리 민족이 터를 잡은 내력의 서사화다. 「유역」의 과거가 호적들의 약탈로 고통을 당했다면 「유역」의 현재는 풍년송이 넘쳐흐르고 미래 역시 그럴 것이라 축원한다. 호적胡狄은 누구인가. 옛날 두만강 일대의 만주지방에 살던 여진족이 아닌가. 민족과 역사를 아무리 몰각하더라도 이 장구에서 '호적'을 달리 해석할 수는 없다. 자비감이 문제가 아니라 실재한 역사, 또는 우리의 민족사를 부정하기 때문이다.

유역은 장백산 동쪽 변두리 땅, 반절구 독골, 빠두골 모아산 사이, 진대밭에 숨어서 일홈이 없는 변지다. 그곳은 구름 속에 앉아 신비로운 대화를 끝없이 나누는 시와 전설이 수놓인 계곡 사이 공간이다. 햇님이 솟아 양지를 만든 세월이 흐르고, 천지天池의 물이 넘쳐 마침내 기름진 땅이 되었단다.

장백산의 동쪽에 도읍을 세운 나라가 어느 나라인가. 우리 민족이 세운 고구려, 고려, 조선이다. 그런 나라 말고는 장백산 동쪽에 나라는 없다. 이런 서사는 당시 일제의 지배적 권력에 의한 기억(역사)의 왜곡과 도구화에 대항하는 대립적 회상Gegen-Erinnerung, 혹은 대항기억counter-memory이다.

---

35   조학래, 「流域」, 『만선일보』, 1941.2.9. 『재만조선시인집』에는 철자법과 표현 일부가 다르다.

온갖 환난을 극복하고 마침내 빛을 만나는 한민족韓民族 생존사가 전설처럼 승화되는 서사는 신채호, 최남선이 만주를 민족사의 화려한 고대사의 현장이자 역사로 인식하던 그 탈식민지적 사유와 다르지 않다. 이런 점에서 이 작품은 계보학genealogy적이다. 계보학은 확실한 진리로 통용되던 관념들과 관점들의 이면에 의문을 품고, 그것들이 어떠한 숨겨진 과정들을 거쳐서 현재의 의식에 중심 의미와 가치로 자리 잡게 되었는가를 파헤쳐 분석하는 작업이다.[36] 그런 계보학 속의 압록강과 백두산은 한민족韓民族의 메타포다. 이런 사유를 한 연구자는 당시 만주문단에서 자유개척민, 집단 개척민의 서사를 담은 농민문학의 논리를 끌어와 만주이주와 개척의 필요성을 강조하기 위해 고안된 일종의 정착 원리로 해석한다.[37] 그러나 작품 자체에서는 그런 의미를 발견할 수 없다.

이런 계보학적 글쓰기가 우리 문학의 종가인 시조로 형상화되는 예가 있다. 우리 민족의 흥망사를 상징적으로 압축하여 왜곡된 역사의식과 길항하는 다음과 같은 고시조이다.

> 백두산 내린 물이 압록강이 되었도다.
> 크고 큰 천지에 분계는 무삼일고
> 슬프다 요동 옛 땅을 뉘라서 찾을 쏘냐.

강응환姜膺煥(1735~1795)의 문집 『물기제집勿欺齊集』(1912)에 수록되어 있는 작품이다. 풀이를 한다면, '백두산에서 흘러내린 물이 압록강이 되었구나. 크고 큰 천지에 분계는 무슨 분계인가. 그러나 슬프다. 요동 옛 땅을

---

36   이창재, 『니체와 프로이드-계보학과 정신분석학』, 철학과현실사, 2000. 205쪽. 조은주,
      「디아스포라의 정체성과 탈식민주의 시학」, 국학자료원, 2015. 35쪽 재인용.

37   조은주, 「디아스포라의 정체성과 탈식민주의 시학」, 국학자료원, 2015. 93쪽.

누가 찾을 것인가.'가 되겠다. 저자는 백두산과 압록강의 관계를 소상하게 알고 있다. 그것도 백두산이며 압록강이 통째 우리 것이라는 생각을 한다. 백두산정계비를 두고 '분계는 무삼일고'라 읊는 것이 그렇다.

정계비를 세운 것이 1712년인데 그건 잘못된 것이고 전에는 우리 땅인 요동을 다시 찾아야 하는데 그 일을 누가 할까 걱정한다. 민족의 영광스런 역사 복원의 꿈이다. 이 시조의 저자 강응환은 함경도 회령 고령진첨사 高嶺鎭僉事를 지낸 무신이니 백두산 일대의 사적 내력을 잘 알기에 이런 노래를 읊을 수 있었을 것이다. 이 외에도 백두산이 우리의 땅으로 나오는 시조는 더 있다. '장검을 빼어들고 백두산에 올라 보니'라는 남이南怡 장군의 시조, 1958년에 편찬한 『잡지평주본雜誌平州本』에 수록된 '백두산 높은 봉은 천만년 변함없고' 등이 그런 작품이다.[38]

근현대문학의 시詩에는 이런 계보학적系譜學的 사유가 압록강을 통해 자주 표상된다. 유민시流民詩를 많이 쓴 이찬李燦의 「頌·아리나레」를 보자.

> 가을 깊은 강기슭에 낙엽을 주어
> 보랏빛 황혼을 물길에 띄우면
> 물결은 흘러 잎잎을 흘려
> 굽이굽이 아득한 옛일인양 강물은 흘러…
>
> 모든 것이 흐르도다 흘러가도다.
> 한 그루 초목의 多恨한 전설도
> 한낱 魚貝의 어설픈 역사도
> 蒼茫한 북방 하늘 검푸른 흐름 위에
> 세월이여 너도 함께 소리 없이 흘러가도다.

---

38   조동일, 『시조의 넓이와 깊이』, 푸른사상, 2017. 331~332쪽 참조.

흘러간 세월

沿邊의 榮枯星霜 몇백을 헤이고 또 헤여도

다만 너 호을로 항상 푸르러 늙을 줄 모르는 것

아리아레 칠백리 도도한 강아.

李燦 「頌·아리나레」³⁹

시상의 전개가 조학래의 「流域」과 유사하다. 강이 세월과 함께 흐르고 흐른다는 표현이 그렇고, 그런 강안에 '영고성상이 몇 백 년인가'라고 반문하는 시의식은 거의 동일하다. 이찬이 고향을 중심으로 국경과 변방 지역의 민족의 토착정서를 모티프로 삼는 것은 그의 고향이 함경남도 북청이라 압록강의 내력을 잘 알기 때문에 이런 계보학적 사유가 가능할 것이다. 공산당을 재건하려는 죄로 집행유예 1년의 선고를 받은 함형수가 고향 鏡城을 등지고 만주로 피신할 때도 "노을진 피빛 하늘에 / 貴로운 쌀 고추드러 사슴아 / 저므는 아리나리 江畔에 / 눈 나리감고 焦燥를 눌러라."[40] 라고 읊으며 압록강을 건넌 것 역시 계보학적이다.

무명 시인 김추형金秋瀅의 「얄루 갈 千里길」도 같은 시의식이 작품을 지배한다.

國境도 千里로다 戀歌도천리

버들피는 江변에는하소로도千里

어리서리구름센 내 마음은

---

39 李燦, 「頌·아리나레」, 이동순 엮음, 『초판본 이찬시선』, 지만지, 2014, 69쪽. '아리나레=압록강'.

40 함형수, 「黃昏의 아리나리곡」, 『삼천리』 1월호, 1937. '註 아리나리 鴨綠江의 古稱', 289~290쪽.

오늘도노저어 千里길가네

江물도 千里로다 넷고장千里
쏨길에아롱저즌 배길도 千里
꽃방울에 이슬지는 내마음은
울며가는기럭싸라 千里길에 시름잇네

追憶도千里로다 未練도千里
드놉흔하늘길엔 情恨도千里
넷님의그네줄에 傷한가슴은
철쭉길千里싸라 말을걸엇네

「얄루 갈 千里길」 전문[41]

이 시의 저자가 어떤 인물인지 알 수 없다. 그러나 '압록강'을 '얄루'
라 부르는 것을 보면 압록강과 얽힌 민족의 내력을 잘 알고 있는 인사로
판단된다. 그 연안을 낙백한 영혼으로 떠도는 정황도 이찬의 「아리나레」,
함형수의 「黃昏의 아리나리곡」의 화자와 다르지 않다. '아리나리'라는 어
휘에는 민족의 역사가 숨을 쉰다. '아리나레', '아니나리', '얄루길', 그리고
3·4조로 엮는 가락이 서로 닮았다. 「유역」과 이미지 활용 발상도 다르지
않다.

이렇게 압록강은 한민족韓民族의 한 권화이다. 조학래의 심상지리에
놓여있는 압록강도 이런 작품과 맥락을 같이한다. 이런 작품의 취의가 「유
역」의 그것과 공통분모를 이루기 때문이다. 우리 시문학에 나타나는 일반
현상이 이러한데 「유역」이 우리 민족의 시원을 호출하는 듯하지만 사실은

---

41   金秋澄, 「얄루 갈 千里길」, 『만선일보』, 1940.10.27.

만주국에 대한 송축이라고 독해한다면 어떤 문제가 발생할까. 압록강 유역의 고구려 400년 도읍지 집안集安(輯安)과 국토를 크게 넓히고 나라를 평안하게 한 훌륭한 대왕이라 새긴 "국강상광개토경평안호태왕"(國岡上廣開土境平安好太王)이라는 광개토대왕비를 설명할 수 없다. 높이 6미터가 넘는 우람한 자연석 사면에 고구려의 웅대한 기상을 유감없이 보여주는 비문, 건국시조의 내력을 만주국과 연결시키는 것은 상상 자체가 불가능하다. 동북공정의 논리를 끌어와도 고구려 수도 환도성 옛 터전인 남만주 집안集安에 건재하는 그 비의 비문은 어쩔 수 없다.

> 恩澤□于皇天 威武振被四海
> 掃除□□庶寧其業
> 國富民殷 五穀豊熟
> 은혜로운 혜택을 하늘에서 받고, 위엄 있는 무력을 사해에 떨쳤
> 노라.
> 나쁜 무리를 쓸어서 제거하고, 뭇사람이 편안히 생업에 종사하도
> 다.
> 나라 가멸고 백성이 잘살게 하는 온갖 곡식 풍성하게 익었도다.[42]

이 비문의 "歲月이 흘러가고 / 天池물이 넘처넘처 鴨綠江이 흘러갈제 / …(중략)… / 수만흔 호우적의 그 現實도 이야기로 變해서 流域은 豊年頌이--- / 豊年頌이 無窮히들려진다오."라고 하는 시상 전개가 「유역」과 거의 동일하다는 사실에서 두 작품은 계보학적 관계에 있다. 압록강 유역이 우리 고구려 임금 광개토대왕이 다스리던 영토임을 함께 확인시켜 준다.

---

42   조동일, 제4판 『한국문학통사·1』, 지식산업사, 2005, 120쪽 참조.

이런 성격을 근거로 할 때 「유역」은 한민족韓民族의 영광스러웠던 시절을 테마로 삼는 작품이다. 만주에서 일제의 왕도낙토王道樂土만 보는 사람에게는 위의 노래가 일제의 만주 지배를 찬양하는 노래로 들릴 수 있다. 그러나 작품 자체에서 그런 의미 추출을 가능하게 하는 말은 단 한마디도 없다. 혹자는 작가의 창작 의도가 그렇다고 할지 모른다. 하지만 시 해석은 작가의 창작 의도와 무관하고, 아는 만큼만 보이고 모르는 것은 모른다.

이 시의 특징인 반복법은 수식어와 피수식어의 단순한 반복이 아니다. 우리 민족의 면면이 이어져온 역사를 기표signifiant를 통해 독자를 위무하는 언술이다. 3·4조 또는 4·4조 율격은 우리 민족 고유의 가락으로 시에 윤기를 준다. 이런 언어구조는 우리 민족만이 구사한다. 야마토민족, 혹은 한족漢族 문화에서는 언어의 특성상 존재할 수 없다. 오랑캐에게 노략질을 당했지만 햇님이 솟고 솟아 다시 일어서고, 버티어 마침내 기름진 강역에서 창업했다는 서사는 우리 민족의 고대사, 신화, 전설과 직방으로 닿는다. '변지의 도읍', '천지의 곡간'이라는 표현이 풍기는 아우라는 압록강변의 집안集安·국내성國內城을 너무나 분명하게 연상시킨다.

땅이 존재하기에 강이 흐르고, 강은 인간이 살아갈 수 있는 기틀을 마련해 준다. 압록강도 이런 강으로 한민족韓民族에게 처음으로 세상을 열어 주었다. 압록강이 조·중 경계선이지만 그 강은 우리 민족의 시원인 백두산 천지에서 발원한다. 그리고 이런 땅, 강, 유역은 영원히 존재하는 무생명의 생명체다. 그렇다면 이 시는 결국 '韓民族 開天의 송축'이다.

강이 영원히 흐르고, 그 강역이 영원한 것처럼 우리 민족도 그 강 유역에서 오래오래 복락을 누리며 살아가라는 축원이다. "전설과 시와 풍속과 생활로 수놓고 / 끊임없이 지향 없이 압록강 푸른 물이 흘러서 흘렀노라 / 햇님이 솟아솟아 세월이 흘러 흘러…" 라는 문맥에 떠도는 정령에 대한 천우신조의 배려가 어렵지 않게 잡힌다. 이런 흐름 끝에 시의 정령은 드디어 안주의 땅을 발견했다.

시의 서사는 입체적 구조이다. 따라서 강의 흐름이 드디어 도달한 공간, 그곳은 다른 데가 아니라 우리 민족의 원적지다. 결국 시적 화자의 방황은 이곳에 이르기 위한 한 도정이다. 「유역」은 이렇게 우리 민족의 과거, 현재, 미래를 서사Epic적 구성으로 승화시키고 있다. 시상이 크고, 유원하다. 이런 점이 이 시를 서사시로까지 격상시킨다. 시의 외연은 서정적 분위기를 연출하지만, 그 서사의 아우라는 '신성한 근본, 고난의 도래와 그 극복, 풍요한 나라(도읍) 건설'이다.

4.3. 맺음말

조학래는 만주국 교통부 소속 신경특별시 운전수로 「괴로운 詩人의 書」(1939.12.)를 『만선일보』에 발표하면서 시인으로 활동을 시작하여 그 뒤 해방될 때까지 만주에서 창작한 작품은 이십오 편이다. 이 가운데 「春風第一章」 같이 시대 편승의 의식이 뚜렷한 작품도 있다. 그런데 시의식이 「춘풍제일장」과 다른 「유역」, 「만주에서」, 「춘사」, 「원보」, 「현대·시인」도 친일시로 규정한다. 이런 현상이 오독일 것이라는 가설 하에 본고는 「유역」 등 다섯 편의 시의 주제를 고찰하였다. 친일시를 제일 많이 썼다는 주장으로 문학사에서 매몰되는 조학래 작품을 표집 고찰함으로써 1940년대 전반기 재만조선인 시 연구의 문제점을 제기하기 위해서다. 그 결과를 다음과 같이 정리한다.

첫째, 「만주에서」는 '만주에 바치는 獻詩'라 했으나 그것은 1940년대 전반기 시국에 따르는 의례적인 언행이고, 시의식은 친일친만 정서와 무관한 실향정서를 형상화시킨 디아스포라 문학으로 독해되었다.

둘째, 「원보」는 만주국의 선계문학으로 만주의 비옥한 대지를 양가적 사유로 찬미하는 생활시임이 드러났다.

셋째, 「춘사」를 지배하는 밝은 정서는 모든 서정시가 지향하는 낭만성, 특히 낭만주의 시가 동경하는 희망 세계의 자아화임이 드러났다. 따라서 이 작품의 명랑성이 당시 만주국이 앞세우던 '새로운 만주, 도의국가'의 개념과는 무관하다.

넷째, 「現代·詩人」은 주지主旨와 매체媒體의 상관관계를 맺으면서 주체Subjekt의 개념까지 등장시키는 은유를 형성한다. 그 결과 주지와 객체가 관계를 맺으면서 일치 부합한Einheit 상태에 들어가는 직유와는 비교가 되지 않을 정도로 많은 양의 정서와 심상이 형성된다. 그리고 비상사성 속에서 상사성을 인식하는 정신행위가 데페이즈망dé paysemnt의 관계를 형성한다. 이런 점에서 「現代·詩人」은 초현실주의 시 기법으로 감상적 디아스포라의 정서로부터 탈출하여, 현실을 발견하려는 시의식을 실현하는 모더니즘 시다.

다섯째, 「유역」은 우리 민족이 역경을 극복하고 백두산 천지의 물이 강을 이룬 유역에 나라를 세워 그 미래가 영원할 것이란 축원이 중심 서사를 이룬다. 이런 현상은 우리의 역사와 시문학과 계보학적 관계에 있음을 확인하였고, 그것이 성취한 문학적 가치는 민족역사의 발견에 다름 아니다. 「유역」의 외연은 서정시의 형태를 띠고 있으나 주제는 웅혼, 심원한 서사시의 격을 갖추고 있다. 이런 점에서 「유역」의 위상은 재만조선인 문학을 대표한다.

이상과 같은 사실을 고려할 때 『만선일보』 학예면에 발표된 작품에 대한 면밀한 검토가 요망된다. 1940년대 전기의 재만조선인 시가 작품 외적 조건과 연계되어 시적 진실이 다르게 평가되는 사실을 조학래 시의 표집고찰로 드러났기 때문이다.

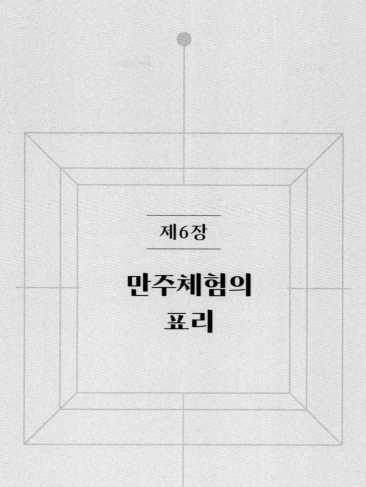

제6장

**만주체험의
표리**

1. 주체소멸의 만주체험-서정주

1.1. 서정주의 두 만주

서정주徐廷柱(1915~2000)는 만주에 간 시간을 몇 번 말했는데 각각 달라 입만 시기를 정확하게 알 수 없지만[1] 동아드림이 조선반도를 관통할 때 만주로 간 것만은 사실이다. 그 흔적은 시 「滿洲에서」(『인문평론』, 1941.2.), 「만주일기」(『매일신보』, 1941.1.15.~1.21.) 「문들레꽃」(『三千里』, 1941.4.), 「無題」[2]로 남아 있다. 서정주는 만주에서 6개월 정도 살았고 그때 창작한 작품은 이 4편뿐이다.[3] 이런 점을 기준으로 하면 서정주는 1940년대 전반기 재만조선인 시 연구가 문제삼을 대상이 못된다. 무엇보다 작품의 절대량이 적다. 그러나 간과할 수 없다. 서정주란 시인은 우리의 현대시사에 남긴 자취가 너

---

1   1940.11.~1941.2. 『늙은 떠돌이 시』, 민음사, 1993. 25쪽. 1940.9~1941.2. 『안 잊히는 일들』, 현대문학사, 1983. 68쪽. 『80소년 떠돌이 시』(시와시학사, 1997) '연보'에서는 만주로 간 때가 1939년 가을이라 했는데 『서정주전집·3』(일지사, 1972)에서는 1940년 가을로 되어 있다. 「만주일기」 첫 회가 1940년 10월 28일부터 시작하는 것을 감안하면 그가 만주에 체류한 것은 1940년 9월부터 1941년 2월까지인 듯하다.

2   서정주는 『월간문학』 1969년 2월호 「天地有情·Ⅳ-내 시의 편역」에서 「無題」를 만주에서 썼다고 술회하면서 작품을 인용했다.109쪽. 원작 발표지는 미상이고 『歸蜀道』(宣文社, 1948)의 40쪽에 「小曲」으로 改題되어 수록되어 있다. 최현식도 『미네르바』 2010. 여름호 통권 38호에서 「無題」, 「만주에서」, 「문들레꽃」이 1940년대 초기작이라 했다. 149쪽 참조.

3   「만주일기」는 '일기'다. 문학 갈래로 분류하면 수필이다. 「新婦」 원본text이 하루 일기로 수록되는 등 긴장미가 강한 비허구산문이다.

무나 뚜렷한 존재outlier이고, 반세기가 지난 뒤에 만주체험을 다시 소환하여 재생시키고 있기 때문이다. 곧 서정주는 1980년대 후반에 「만주에서」, 「滿洲에 와서」, 「큰 아들을 낳던 해」, 또 '구만주제국체류시旧滿洲帝國滯留詩'라는 이름으로 묶은 다섯 편의 시, 그리고 「만주일기」를 현재시제로 다시 썼다.

이런 현상은 그가 『화사집』(1941)에서 『80소년 떠돌이 시』(1997)까지 60년 동안 쓴 시가 천여 편이나 되지만 그는 '나의 정신적 실상에 관한 글을 아직 다 쓰지 못했다'고 하면서 세상을 뜨기 전에 꼭 글로 남기고 싶은 삶의 한 부분이 있는데 그게 만주국 시절이고, '만주국 시편'이 그런 작품이라 한 것[4]과 관련된다. 그러니까 '구만주제국체류시' 다섯 편 외 세 편의 시는 서정주의 여한의 소산이다. 따라서 이런 작품은 시인 자신의 처지로 보면 의미심장한 자리에 있다. 그러나 이런 작품이 서정주의 만주체험의 정신적 실상을 밝히기보다 오히려 여한餘恨을 가중시키는 역기능을 한다.[5]

서정주의 시는 역사의식과 관계가 멀다는 것이 일반적인 평가이다. 비허구산문 「만주일기」에 그런 성격이 엿보인다. 그는 「만주일기」에서 '어머니 기뻐하십시오 좀 감사히 우르십시요 三年만 忍苦鍛鍊하면 加俸이 九割에 賞與金이 六十割입니다 시스오(靜雄)는 그째 一次 歸鄉하겠습니다.'[6]라 했다. 시인 서정주가 아닌 생활인 서정주의 곤궁한 만주사정이 역력하다. 워낙 엄혹한 시대의 日記라 그렇겠지만 '좀 감사히 우르십시오'라는 말은,

---

4   대담 '시와 시인을 찾아서.1'-미당 서정주편, 『시와시학』 제5호, 1992, 봄호, 27쪽.

5   '나의 정신적 실상'이라 한 작품은 다음과 같다. 「滿洲에 와서」:『안 잊히는 일들』, 현대문학사, 1983./「큰 아들을 낳던 해」, 「만주에서」:『팔할이 바람』, 혜원, 1988./ 旧滿洲帝國滯留詩五篇:「滿洲帝國局子街의 1940년 가을」, 「日本憲兵 고 쌍 놈의 새끼」, 「間島 龍井村의 1941년 1월 어느 날」, 「北間島의 總角英語敎師 金鎭壽翁」, 「詩人咸亨洙小傳」:『시와시학』, 1992. 봄호.

6   徐廷柱, 「滿洲日記」, 『매일신보』, 1941.1.21.

비약인지 모르겠으나, "애비는 종이었다."를 연상시킨다. 그런데 구만주제
국체류시에는 그런 궁한 서정주는 없고 「일본헌병 고 쌍놈의 새끼」 같은
반항의식을 넘는 역사의식을 발견한다. 「滿洲에서」, 「문들레꽃」, 「無題」 등
당시 작품에서 감지되는 주변부적 삶의 감성적 정서와는 성격이 전혀 다
르다. 따라서 구만주제국체류시旧滿洲帝國滯留詩 다섯 편과 다른 시 세 편은
「滿洲에서」, 「문들레꽃」, 「無題」와 함께 묶일 수 없다. 창작 시간이 다른 것
은 차치하고, 시적 진실의 차이가 너무 큰 까닭이다.

　　서정주는 '나를 친일문인이라고 말하는 것을 부정하지 않는다. 친일
문제는 분명히 잘못된 일이며 깨끗하게 청산되어야 마땅하다고 하면서 젊
은 시절 살기 위해 어쩔 수 없었던 그것이 새삼 아픔으로 다가온다'고 했
다. 그러니까 만주시편 8수는 서정주의 이런 '깨끗하게 청산되어야 마땅
한' 일을 결산하려는 것이 집필의 의도이다. 하지만 그 작품들이 그의 의도
와는 달리 만주행적을 다시 추문 속으로 끌어넣는 작품으로 독해된다. 여
한을 풀기 위한 작품 여덟 편이 시인의 의도와는 다르게 해석되기 때문이
다. 서정주가 만주체험을 당대에 형상화시킨 작품을 고찰하면서 '나의 정
신적 실상'이라 한 작품을 함께 논의하는 것은 이런 문제 때문이다.

1.2. 주체의 소멸

　　『조선일보』, 『동아일보』가 폐간되고, 『매일신보』가 유일한 일간지 역
할을 할 때 만주에 사는 서정주는 『매일신보』에 일기를 연재했다. 우선 하
루 일기를 보자.

　　　十一月 一日. 汪淸縣糧穀會社出張所로 나는日間가게되리라
　　한다. 下宿料와빚을合하면 百圓은잇서야한다. …(중략)… 만주에 와

서 둥그는 동안에 이상하게도 돈을 모아볼 생각이 든다. 팔십원식 월급을 받으면 밥갑과 담배갑과 양말갑 재하고는 삼십원이건 사십원이건 쏙쏙 저금하리라. 상여금과 출장비를 모다 저축하면 일년에 천원 하나는 모울수잇지 안을쌰. 삼년이면 삼천원 오년이면 오천원이니 나는 삼년 안에 오천원 하나를 기어히 손에 잡을 작정이다. 그 뒤에는…… 그뒤에는 그걸로 카-페영업을 하든지 무얼하든지 쏘이년 그래 오년후엔 적어도멧만원 안포켓트에 느어가지고너이들압해 나 갈터이다 어머니여! 처여! 벗이여! 詩는? 시는 언제나 나의 뒷房에서 살고 잇겟지 秘密히 이건 나의 영원한 妻이니쌰.[7]

이 일기에 나타나는 서정주의 '정서적 참True'[8]은 "詩는? 시는 언제나 나의 뒷房에서 살고 잇겟지 秘密히 이건 나의 영원한 妻이니쌰"로 시 창작을 포기하고, 취직이 되어 '삼년 안에 오천원 하나를 기어히 손에 잡을 작정이다. 그뒤에는 그걸로 카-페영업을 하든지 무얼하든지, 오년후엔 적어도멧만원 안포켓트에 느어가지고너이들압해 나갈터이다 어머니여! 처여! 벗이여!'라고 외치고 있다. 시로 구현된 진실이 아니라 생활인 서정주가 어머니, 처, 벗을 향해 외치는 삶의 기쁨이 정서적 참이 되어 독자를 향해 달려든다. 당시의 절박했던 삶의 실상을 말하는 비허구산문이 시적 긴장미에 못지 않다. 그러나 "돈이 있으면 술(酒)을 먹고 돈이 없으면 자는 靑年이었다 / 씨허면 이(齒)를 보이며 웃을 때가 더 흉(凶)한 靑年"인[9] 서정주의 이

---

7   서정주, 「만주일기」, 『매일신보』, 1941.1.16.

8   C.K.Ogden and I.A.Richards, 『The Meaning of Meaning.- A Study of The Influence of Language upon Thought and of The Science of Symbolism』, Routledge and Kegan Paul Ltd.1956. p.151. 참조.

9   咸亨洙, 「서정주라는 靑年」, 『草原』, No.2, 1939.12.

런 만주드림은 무위로 끝나고 말았다.

> 참 이것은 너무 많은 하눌입니다. 내가 달린들 어데를 기겠읍니까.
> 紅布와같이 미치기는 쉽습니다. 몇千年을, 오- 몇千年을 혼자서
> 놀고온 사람들이겠읍니까.
>
> 鐘보단은 차라리 북이있습니다. 이는 멀리도
> 안들리는 어쩔수도없는 奢侈입니까. 마지막 부를
> 이름이 사실은 없었습니다. 어찌하여 자네는
> 나보고, 나는 자네보고 웃어야하는것입니까.
>
> 바로 말하면 하르삔市와 같은 것은 없었습니다.
> 자네도나도 그런것은 없었습니다. 무슨 처음
> 복숭아꽃내음새도, 말소리도 病도 아무것도 없었읍니다.
>
> 「滿洲에서」 전문[10]

주체와 현실이 소멸되고 있는 세계이다. 역사의식 같은 건 아예 없다. 실존으로서 생명문제가 엿보이지만 그것도 가물가물한다. 힘들게 달려와 찾은 땅인데 그 세계에는 '몇 千年'을 혼자서 놀고 온 사람들이 모여 산다. 희망이 소거된 신산한 세계이다. 마지막 부를 노래도 없고, 나는 자네보고 자네는 나 보고 헛웃음만 날리는 텅 빈 공간이다. '하눌'은 무엇인가. 희망이고 꿈이다. '참 많은 하눌'은 꿈 많은 세상, 기대의 세계라는 의미일 터인데 그 꿈 따라 온 세계가 텅 비어 있다. 빈 하눌, 그러니까 '참 너무 많은 빈 하눌' 뿐이다. 일제의 식민지 통치의 말을 믿고 만주에 왔다가 그 꿈

---

10   서정주, 「滿洲에서」, 『인문평론』 제3권 제2호, 1941.2, 30~31쪽.

이 허망한 것임을 깨닫고 허탈해하고 있다.

'하르삔시와 같은 것은 없었습니다'가 그런 사실을 확인시킨다. '하르삔'이란 무엇인가. 당시 하얼빈은 만주국에서 잘 나가던 신흥도시다. 흘러간 대중가요 속의 '노래하자 하루삔, 춤추는 하루삔'[11]이라는 그 만주드림의 도시다. 서정주의 하루삔은 안중근의 자취가 분노로 남아 있고, 사회주의 종주국 소련에 기댄 사회주의 민족세력이 끝까지 인민을 지원하던 공간으로서의 하루삔은 아닐 것이다. 기대의 공간이다. 그런데 그곳이 아편에 취한 사람들이 무리를 짓는 희망부재의 공간에서 빈 하늘로 있다. 창조된 자아는 만주천지가 뿜어내는 '구중중한 허무의 장기瘴氣를 견디지 못하고'[12] 어느 공동체에도 소속되지 못한 외톨이 신세가 되어 떠돈다. 분노도 모르고 슬픔도 모르는 존재다.

서정주의 이런 현실인식은 그의 단짝 함형수가 만주에 와서 "오-어디에서도/무수히 무수히 지절거리고/不平하고/싸히고/밀려드는/모-랄 모-랄…"하면서 도의의 국가임을 자랑하는 만주국이 사실은 속이 썩는 것을 야유하고, 같은 생명파 유치환이 "머리우에 가마귀쎄 終日을 바람에 우짓는/슬라브의 혼갓튼 鬱暗한 樹陰에는/懶怠한 사람들이 검은 想念을 망토갓치 입고/혹은 삔취에 눕고 혹은 나무에 기대어 섯도다"[13]라고 하면서 일제 식민지 통치에 적응하지 못하고 먼 북쪽으로 밀려온 처지를 은밀하게, 침통한 어조로 토로하던 것과 다르다. 이것은 무성생식포자처럼 내려앉는 자리가 뿌리 내리는 자리가 되는 은화식물隱花植物의 생리이다. 서정

---

11 반야월 작곡, 「꽃마차」(1939). 이 노래는 해방 뒤 '노래하자 꽃서울 춤추는 꽃서울', '송화강 출렁출렁'은 '한강물 출렁출렁'으로 바뀌었다. 이영미, 『한국대중가요사』, 시공사, 1999. 87~98쪽 참조.

12 서정주, 「뜻 아니 한 인기와 밥」, 『팔할이 바람』, 혜원, 1988. 107쪽.

13 유치환, 「哈爾濱道里公園」, 『滿洲詩人集』, 第一協和俱樂部文化部(吉林市), 1942. 5쪽.

주의 생래적 삶의 자세다.

서정주는 언제나 큰 힘에 귀속하며 살았다. 일제 때는 쓰라는 대로 쓸 수밖에 없었고, 모든 정보가 차단된 상태의 시기에 일본이 한 백년은 망하지 않을 줄 알고, 일찍 얼치기 사회주의자의 길을 접고 일제에 협력하였다.[14] 80년대에 신군부에 대한 밀착협력도 같다. 서정주의 그런 행위는 계산의 결과라기보다 생래적 본능인 듯하다. 상대가 막강한 힘을 가진 존재일 때는 그 힘에 귀속되지 않으면 불안한 심성 때문이다. 그는 스스로 '나는 어디에서도 쉽게 안정이 안 되었다'고 고백한 바 있다.[15]

> 1944년 여름에 와서부터는 그들의 승리를 불가피한 것으로 예상하기에 이르른 것이다. 이것은 인제 와서 보면 어이없는 일이 되었지만, 그때의 내 識見과 省察力으로는 그 이상이 될 수는 없었던 것이다.[16]

일본이 태평양전쟁에 승리할 것으로 믿었기에 일본 쪽에 서게 되었다는 것이다. 그는 이렇게 자신과 역사를 괴멸시키면서 민족의 각축장에서 민족의 비참한 현실을 외면하고 권력을 향해 허리를 굽혔다. 그러나 서정주의 그런 언행, 그러니까 지금 이 「만주에서」의 경우는, 엄혹한 반민족적 정서 속에서 민족어로, 강렬한 생명을 그 어떤 윤리적 도덕적인 제약을 받지 않는 미학적 차원으로 승화시킨 『화사집』(남만서고, 1941)을 상자하던 바로 그 시간에 나타났다. 따라서 「만주에서」의 텅 빈 시적 진실은 믿기 어렵다. 막강한 힘을 가진 존재에 귀속하지 않으면 불안한 그 심약한 시인의

---

14 대담 '시와 시인을 찾아서 1'-미당 서정주편, 『시와시학』 제5호, 1992, 봄, 27쪽.

15 서정주, 「天地有情·Ⅳ」, 『월간문학』, 1969년 2월호(통권 4호), 110쪽.

16 서정주, 「天地有情·Ⅺ」, 『월간문학』, 1969년 7월호(통권 9호), 200쪽.

생리가 만든 보호색保護色의 본능 때문일 것이다. 이렇게 서정주는 오직 환경에 적응하는 생존본능과 유희본능遊戲本能에 사로잡힌 존재기에 「만주에서」의 화자가 현실로부터 몸을 돌리는 행위는 안타깝지만 당연하다.

만주로 간 서정주의 후일담

만주로 간 뒤의 서정주는 『화사집』을 버렸다. 서정주와 같은 시간에 만주로 간 「시인부락」 동인 유치환이 가열 찬 생명애로 인간의 실존에 몰입할 때(「생명의 서」 연작 세 편) 서정주는 「滿洲에서」로 시의 긴장도를 늦추고 있었다. 「滿洲에서」의 시적 화자가 정처를 정하지 못하고 떠도는 것은 유치환의 「생명의 서」의 화자가 사생결단 생명에 매달린 데 비하면 대안 없는 생명의 소진이다. 「시인부락」파의 에스프리가 유치환에게는 생명문제로 심화되었다면 서정주의 그것은 텅 빈 공간의 주체소멸로 나타났다.

이런 정황은 반세기 넘어 서정주가 만주체험을 이야기 시로 다시 쓴 '구만주제국체류시 다섯 편' 외 세 편에 의해 '나의 정신적 실상의 회복'으로 시도되었다. 그 이야기 시 가운데 하나인 「北間島의 總角英語教師 金鎭壽翁」에서 이런 사실을 확인할 수 있다. 서정주는 "일본식민지시절의 우리나라에는 / 슬픔이 기쁨인 얼굴을 하고 / 사는 사람도 꾀나 많기는 많았지만 / 北間島라 恩津中學의 英語教師 金鎭壽처럼 / 그게 그 극치를 이루고 있는 사람은 / 나는 난생 처음 보았네."라며 김진수金鎭壽의 소주를 얻어먹으며 신산한 객고를 풀었다며 그를 그리워하는 것이 그렇다. 그러나 金鎭壽[17]는 서정주가 '나의 정신적 실상의 회복'을 위해 쓴 다른 작품 「일본헌

---

17 金鎭壽와 金鎭秀는 다르다. 金鎭壽는 희곡작가이고 金鎭秀는 『만선일보』 제1회 '소설콩쿨'에 「移民의 아들」(1940)이 당선되고 신춘문예에는 金鎭泰라는 이름으로 「光麗」(1941)가 당선된 소설가이다. 金鎭秀는 해방 뒤 귀국하여 金鎭泰로 아동문학가·수필가로 활동했다.

병 고 쌍놈의 새끼」처럼 자신의 정체를 달리 재구성시킬 수 없는 존재다. 「일본헌병 고 쌍놈의 새끼」는 "1940년 그 황량한 남만주가을의 어혈瘀血 빛 황혼을/여余는 사는 걸 되도록이면 좀더 자유롭게 하기위해서/ 도문역 圖們驛의한가한곳에서 한바탕 흔쾌히 오줌을 누고 계시다"가 일본헌병에 게 들켜 즈이들이 사는 곳에 끌려가 다짜고짜로 "고라! 시네! 시네!(이놈! 죽 어라! 죽어라!)"하며 정갱이가 녹초가 되도록 얻어맞은 이야기다. 웃을 수 없 는 이야기지만, 시원하고 재미있게 만주시절을 희화하는 그 입심은 서정 주 특유의 그 덜 익은 듯한 문체로 독자를 웃긴다. '나의 정신적 실상의 회 복'을 구현하는 역할을 한다.

「북간도의 총각영어교사 김진수옹」은 사정이 다르다. '金鎭壽'라는 인물은 '皇紀二千六〇〇年 경축기념', 그러니까 일본천황의 선조가 다카마 가하라高天ヶ原라는 천계에서 내려왔다는 그 천손강림 2600년을 축하하기 위해 은진국고학생恩津國高學生들이 막을 올린 연극을 지도하고 연출을 보 아 그 기념행사를 빛낸 희곡작가이다. 천황은 인간이면서 인간이 아니다. 김진수金鎭壽는 그런 천황의 천손강림을 연출했고, 「무대 뒤에서」라는 연 극 평을 썼다.[18] 김진수金鎭壽는 동극童劇 「세 발 자전거」[19]에서 「고향의 봄」 과 「오빠 생각」을 합창으로 연출했다. 그러나 동극의 스토리는 그런 노래

---

18 金鎭壽, 「무대 뒤에서 上,下」, 『만선일보』, 1940.12.18.~12.19.

19 金鎭壽는 童劇 「세발 자전거-全三景」를 『만선일보』(1940.11.3.~11.9.)에 연재했다. 이 동극 에는 이원수의 「고향의 봄」(홍난파곡)과 최순애의 「오빠생각」(박태준 곡)이 합창된다고 한다. 그러나 작품 자체를 볼 수 없고, 김진수가 '皇紀二千六〇〇年慶祝기념 恩津國高學生劇演 出을 맡아 대성공을 했다면 「고향의 봄」과 「오빠 생각」은 원작과 다르게 연출되었을 것이 다. 이런 인물을 서정주는 「北間島의 總角英語教師 金鎭壽翁」에서 "日本殖民地 시절의 우 리나라에는 / 슬픔이 기쁨인 얼굴을 하고 / 사는 사람도 꾀나 많기는 많았지만 / 北間島 라 恩津中學의 英語教師 金鎭壽처럼 / 그게 그 極致를 이루고 있는 사람은 / 나는 난생 처 음 보았네."라고 그리워하며 칭찬하고 있다. 『시와시학』 1992, 봄호, 35쪽.

가 조성하는 민족정서와는 거리가 멀다.

따라서 서정주의 「北間島의 總角英語敎師 金鎭壽翁」이 서정주의 정신적 실상의 회복이 되려면 김진수옹은 진짜 김진수가 아닌 다른 김진수라야 한다. 그는 식민지 지식인으로서 주체를 소멸시키고 산 실재인물이다. 서정주가 아득한 시절의 김진수며 함형수咸亨洙를 소환하며 「시인 함형수 소전」을 쓰고, 김진수를 기리는 것은 서정주의 만주가 한 번도 떳떳하게 살지 못한 공간이었기에 그걸 재소환하여 치욕을 해소하고, 자신의 실제 삶을 재구성하여 당당해지려는 의도일 것이다. 그리고 어딘가에 귀속하지 못해 불안했던 구차스런 자취를 지우고 그 자리에 덜 자란 서정주식 시의 흔쾌한 흔적을 남기려는 전략일 것이다. 「북간도의 총각영어교사 김진수옹」은 회고담에서 발견하는 과장이나 미화로 읽을 수도 있다. 그러나 그 과장과 미화의 실체가 절대로 그럴 수 없는 존재라고 하면 그때 시는 예술이기를 포기해야 한다.

서정주는 한 세월 지난 뒤에 만주시절을 회상하는 글에서 '내 배후엔 무슨 무서운 각하라도 하나 앉아있을 것이라고 쯤 상상했는지도 모르지'[20] 라고 했다. 큰 힘을 등에 업은 듯한 포즈로 순사부장 출신 일본인 상관의 기를 죽인 이야기다. 그리고 다시 한 세월 지난 뒤에 그때를 재구성하여 정신적 실상을 회복하려 했다.

> 零下 30度의 치운 벌판에 天地의 뼈다귀들처럼
> 큰 나무기둥들이 즐비하게 널려쌓여 있었는데,
> 巡査部長출신의 고 무식한 日本人所長놈은
> "그 나무기둥 마다

---

20   서정주, 「天地有情·IV」, 『월간문학』 2월호 통권 4호, 1969. 106쪽.

우리會社 마크의 쇠도장을 찍어넣어라!" 해서
나는 中國人 部下靑年 두사람을 데리고
그 쇠도장이 새겨진 쇠망치를 들고
땅! 땅! 땅! 땅!
…(중략)…
"센슌(先生님!) 찔렁찔렁(참 치워요)!" 했지만
나는 그들한텐 대답도 없이
"에잇! 빌어먹을 것!
나도 長白山 馬賊이나 되어갈까부다!"
그렇게 생각하며 찍어대고만 있었지.

「간도 용정촌의 1941년 1월 어느 날」에서[21]

이 이야기시의 내용은 「滿洲에서」에서와 다른 작품 「만주에서」[22]도 길게 다루어졌다. 그런데도 거듭 쓰는 것은 그 이야기가 서정주에게 '세상을 뜨기 전에 꼭 글로 남기고 싶은 글', 그러니까 주체소멸의 흔적을 지우기 위해서일 것이다. 정황이 이렇지만 '순사부장출신의 고 무식한 일본인 소장 놈'과 같은 철지난 울분풀이는 후일담 특유의 과장된 해석으로 자신을 변호하는 것으로 독해되지 않는다. 화법이 현재시제기에 시적 진실이 형성되지 않기 때문이다. 과거사의 재구성이 주는 한계이다.

정황이 이렇지만 이런 현상을 서정주식 수사로 간주하고 그냥 넘어갈 수 없는 장면이 있다. 개인정서에 밀착된 사적 고백이 도를 넘는 이 노

---

21   서정주, 「간도 용정촌의 1941년 1월 어느 날」, 『시와 시학』 제5호, 1992. 봄. 35쪽.
22   未堂 徐廷柱가 담시로 엮은 자서전 『팔할이 바람』(혜원출판사. 1988)에 수록된 「만주에서」와 1941년 『人文評論』 2월호에 발표한 「滿洲에서」는 제목이 같다. 같은 제목의 시를 거듭 창작하는 이유가 무엇일까. 결과적으로 뒤의 작품이 앞의 작품을 부정하는 의미가 된다.

회한 언술이 우리에게 허위의 충격을 가하는 까닭이다. 바로 "에잇! 빌어먹을 것! / 나도 長白山 馬賊이나 되어갈까부다!"이다. '장백산 마적'은 마적이 아니다. 독립군이다. 그때 일제와 만주국은 백두산에서 1940년 초까지 항일유격전을 벌이고 있던 김일성 부대를 '장백산 마적'이라 했다. 이 심각한 사실을 알리는 생생한 문건이 존재한다.

金日成等反國家者에게 勸告文
-在滿同胞百五十萬의 總意로-

「東滿一帶에 金日成을 爲始하야 相當한 數의 反國家武裝軍이 橫在하여서, 國內의 治安을 어지럽게하고 있음으로, 그네들에게 日滿軍警에 依한「今冬의 最終的인 大殲滅戰에」前期하야 反省歸順하도록, 在滿同胞百五十萬은 同胞의 愛情으로 蹶起하야, 이제 그대에게 勸告文삐라를 飛行機로서 多數히 뿌리었다. 이것은 그 勸告文의 全文이다.」

荒凉한 山野를 定處없이 徊徘하며 風餐露宿하는 諸君! 密林의 原始境에서 現代文化의 光明을 보지 못하고 不幸한 盲信때문에 貴重한 生命을 草芥같이 賭하고 있는 가엾은 諸君! 諸君의 咀呪된 運命을 깨끗이 淸算하여야될 最後의 날이 왔다! 生하느냐? 死하느냐? 百五十萬 白衣同胞 總意를 合하야 構成된 本委員會는 今冬의 展開될 警軍에 最終的인 大殲滅戰의 峻嚴한 現實 앞에 直面한 諸君들에게 마즈막으로 反省歸順할 길을 열어주기爲하야 이에 蹶起한 것이다. 諸君의 無意義한 浪死를 阻止하고 諸君을 新生의길로 救出하는것은 我等百五十萬에 賦與된 同胞愛의 至上命令으로 思惟하야 全滿坊坊谷谷에 散在한 百五十萬을 代表한 各地委員은 十月三十

日 國都新京에 會合하야 嚴肅하게 諸君의 歸順하기를 勸告하기로 宣言하고 玆에 그 總意의 執行을 本委員會에 命한것이다. 民族協和의 實現과 道義世界創成의 大理想을 把持하야 燦然히 躍進하고있는 我滿洲國에 있어서 百五十萬의 同胞가 忠實한 構成分子로써 國民의 義務를 다하야 光輝있는 繁榮의 길을 前進하고있는데 一部에 文明의 光明을 보지못하고 架空的인 盲信 때문에 國家施設의 惠澤과 法律保護에서 全然離脫된 不幸한 諸君들이 尙存하는 것은 民族的인 一大汚點이뿐만 아니라 피를 함께한 諸君으로 하여금 이世上 慘憺한 生活을 繼續케한다는것은 人道上座視할수없는 重大問題로서 생각하야 이에 本委員會는 百五十萬이 總意를 代表하야 諸君이 한사람도 남김없이 良民이되도록 卽時 歸順하야 同胞愛속에 도라오기를 嚴肅히 勸告하는바이다.

…(중략)…

東南地區特別工作後援會本部(新京特別市韓日通鷄林會內)

顧問;淸原範益 崔南善 中原鴻洵

總務;朴錫胤 伊原相弼 金應斗

常務委員;崔昌賢(新京) 朴準秉(新京) 李性在(新京) 金東昊(安東) 金子昌三郎(營口) 徐範錫(奉天) 金矯衡(撫順) 金仲三(鐵嶺) 外 六十名.[23]

인용이 너무 길다. 그런데 의고체 문장이 어딘가에 눈에 익고, 동남지구특별공작후원회본부에 최남선 이름이 들어 있으며 총무가 셋인데 그 둘이 박석윤과 김응두이고, 상무위원 명단 가운데 서범석徐範錫이 눈길을

---

23 「金日成等反國家者에게勸告文-在滿同胞 百五十萬의總意로」, 『三千里』 1월호, 1941. 206~209쪽.

끈다. '권고문'작성과 관련될 듯하기 때문이다.[24]

　　"그러나 김일성 등 반국가자에게 권고문"이 서범석이 주도하여 작성
했는지 아닌지는 알 수 없다. 또 '권고문'에 서정주가 「간도 용정촌의 1941
년 1월 어느 날」에서 쓴 '장백산 마적'이라는 표현이 그대로 나타나는 것
은 아니다. 하지만 당시 관동군과 만주국은 조선독립군을 '匪, 匪賊'이라
불렀고, 김일성을 匪首라 한 것을 전제하면 맥락이 통한다. 일제는 독립군
이 그들의 재산을 약탈하고 생명을 노리고 떼를 지어 다니며 살인과 약탈
을 일삼는다며 '비적'이라 불러 민심이반을 꾀했다.[25] 백두산을 근거로 한
독립 세력을 '백두산 마적'이라 부른 것은 동북항일연군을 만주의 원래 마
적 떼와 연계시켜 독립투쟁의 성격을 호도하려는 일제의 술책이다. 그렇

24　「金日成等反國家者에게 勸告文」의고체 문체가 「기미독립선언서」와 흡사하다. 그리고
'동남지구특별공작후원회본부' 고문 3인 명단에 최남선 이름이 들어있고, 총무 3인 중 그
둘이 朴錫胤과 金應斗이다. 박석윤은 민생단을 창단하고 만주국의 폴란드 바르샤바 주재
총영사를 역임했다. 1940년에는 항일무장 세력탄압과 귀순공작이 임무인 만주국 동남지
구특별공작후원회 총무를 하다가 1940년 그 직을 김응두에게 넘겼다. 김응두는 그 뒤 재
만조선인교육후원회 위원장으로 친일활동에 앞장섰다. 상무위원 서범석은 1925년 '赤旗
事件'에 가담하여 징역 8개월에 집행유예로 풀려났으나 박헌영과 함께 좌익이라는 이유
로 『조선일보』에서 해직되었다. 그러나 1934년에는 만주특수를 이용해 건설업체인 협동
공사를 설립하면서 친일로 돌아섰고, 1936년에는 봉천지역 친일단체인 興亞協會 발기인
이 되어 『在滿朝鮮人通信』 편집장을 맡았다. 1938년에는 협화회 봉천시본부 선계공작간
사회 실천부장, 1940년에는 신경특별시 동남지구특별공작후원회본부 상무위원이 되었
다. 정황이 이렇다면 「김일성등반국가자에게 권고문」은 서범석이 실무를 맡아 박석윤과
작성된 문건일 수 있다. 신문기자 출신으로 『재만조선인통신』을 통하여 다양한 논설과 기
사로 친일활동을 했고, '적기사건'에 가담한 경력이 김일성을 설득할 명분을 주었기 때문
일 것이다. 黃敏湖, 「만주지역 친일언론 '在滿朝鮮人通信'의 발행과 사상통제의 경향」, 『한
일민족문제연구』, 제10호. 2006. 참조.

25　이런 예는 당시 신문기사에서 확인할 수 있다. 『만선일보』 간도지사 崔武는 김일성부대와
관동군과의 전투를 다룬 1940년 8월 7일 기사에서 '前田警防隊武勇傳 匪首金日成部下의
紅旗河를 夜襲'이라 했고, 그 다음 날 기사에서는 '前田隊에게 쫓긴 金匪密林 속에 潛跡'이
라 했다. 김일성의 생장기(『만선일보』, 1940.4.16.~1940.4.24.)에서도 匪首 金日成이라 했다.

다면 서정주가 김일성이 이끄는 백두산의 동북항일연군을 '마적'이라 부르는 것은 '在滿同胞百五十萬의 總意'로 만든 「金日成等反國家者에게 勸告文」과 발상이 같은 것이 된다.

이런 사실을 전제하면 '에잇! 빌어먹을 것! / 나도 長白山 馬賊이나 되어갈까부다!'는 서정주식 수사로 간주하고 절대로 웃고 넘길 사안이 아니다. '장백산 마적'을 무슨 불평불만분자나 개인적 오기의 집단으로 규정하는 의미가 되는 까닭이다. 또 '장백산 마적'은 巡査部長출신의 고 무식한 日本人所長놈'이란 기발한 소재를 끌어와 유별난 표현을 통해 만주에서 당한 정신적 상처를 치유하려는 서정주식 재간이 도를 넘어 서정주 자신을 해찰하려 든다. 서정주를 영원한 친일로 옭아매는 「스무 살 된 벗에게」, 「최체부의 군속지망」, 「마스이오장송가松井伍長頌歌」를 연상시키기 때문이다.

여기서는 "~이나 되어갈까부다."에서와 같이 부사격 조사 "부다"로 부정적 의미를 형성한다. 이 말은 체언의 뒤에 붙어 앞말이 비교의 기준이 되는 대상임을 나타내거나 서로 차이가 있다는 어감과 분위기를 조성한다. 곧 비교의 대상이 되는 말에 붙어 '~에 비해서'의 '~보다 낫다.'의 뜻을 나타낸다. 그렇다면 '나도 長白山 馬賊이나 되어갈까부다!'는 관동군과 싸우는 독립군은 할 게 없어 '마적, 곧 독립군'이 되었다는 의미다. 이런 논리는 설령, 우리가 사회주의를 주적으로 간주한다 하더라도 용인할 수 없다. 일제 강점기 독립투쟁은 사상과 무관한 우리 민족이 극복해야 할 상수常數인 까닭이다.

주지하듯이 작품의 해석은 작가의 의도에 따른 의미 발견이 아니라 작품 자체에서 도출된 객관적 결과이다. 서정주주의자들은 "巡査部長출신의 고 무식한 日本人所長놈은 / 그 나무기둥 마다 / 우리會社 마크의 쇠도장을 찍어 넣어라! 해서 / 나는 中國人 部下青年 두 사람을 데리고 / 그 쇠도장이 새겨진 쇠망치를 들고 / 땅! 땅! 땅! 땅!" 같은 대문을 서정주다운 수사로 평가할 수 있다. 그러나 이런 말재간 뒤에는 독립군을 마적이라 부르는 피아를 구분하지 못하는 역사의식이 깔려있다. 이런 점에서 「간도 용정촌의 1941년 1월 어느 날」이 그의 말대로 '나의 정신적 실상의 회복'의 글쓰기라 하더라도 독자로서는 그것을 용인하기 어렵다. 당대 삶의 현장이 아니기에 형성될 수 없는 시적 진실이 독자의 상상력을 차단하여 시적 진실을 반대로 구현하기 때문이다. 정황이 이러하기에 서정주의 만주체험의 의미는 「滿洲에서」, 「문들레꽃」, 「무제」에서 찾을 수밖에 없다.

1.3. 바보의 생명잉태

서정주가 「滿洲에서」 말고, 만주에서 쓴 다른 두 편의 작품, 「문들레꽃」과 「무제」는 아주 짧은 작품이다. 그때문인지 「무제」의 경우, 서정주는 이 시를 대수롭지 않게 여겼는지 원제목 「무제」를 버리고 「소곡」으로 이름을 바꿨다.[26] '소곡'은 규모가 작은 초라한 작품이라는 의미. 그러나 우리는 이 두 작품에서 생활인 서정주가 아닌 회감을 독특하게 형상화시키는 서정시인 서정주를 만난다. 「문들레꽃」에서는 바보가 아닌 바보를 만나고, 「무제」에서는 짙푸른 하늘 아래에 사는 배고픈 '나', 화자가 서정주를 지킨다.

바보야 하이얀 문들레가 피였다
네눈섭을 적시우는 룡천의 하눌밑에
히히 바보야 히히 우숩다
사람들은 모두다 남사당派와같이
허리띄에 피가묻은 고이안에서

---

26   「無題」는 『歸蜀道』(宣文社, 1948) 40쪽에 「小曲」으로 改題되어 수록되어 있다.

들키면 큰일나는 숨들을 쉬고

그어디 보리밭에 자빠졌다가

눈도 코도 相思夢도 다없어진후

燒酒와같이, 燒酒와같이

나도 또한 나타나서 공중에 푸를리라.

「문들레꽃」 전문[27]

이 작품은 봄이 와 민들레가 하얀 꽃을 핀 것을 노래하는 서경시다. 1행 '바보야 하이얀 문들레가 피었다.'가 '바보1'이라 하고, '히히 바보야 히히 우습다'는 '바보2'라 하자. 바보1은 삶의 의욕을 잃고 기가 죽었고, 바보2는 바보상태에서 깨어난 바보다. 문들레꽃을 보는 바보1은 누구일까. 문들레·민들레는 아무데서나 자란다. 길가에 밟히면서도 자라고, 척박한 자갈땅에서도 자란다. 그러면서도 하이얀 고결한 화판으로 먼지 나는 봄 길에 봄이 온 것을 알리며 주위를 밝힌다. 봄의 전령사다.

2행, '네 눈섭을 적시우는 룡천의 하눌밑에'는 무슨 의미일까. '룡천'의 1차적 의미는 '마구 법석을 떨거나 꼴사납게 날뛰는 모습을 욕하여 이르는 말'이고, 2차적 의미는 '문둥병이나 간질병 따위의 몹쓸 병'을 의미한다. 그렇다면 '용천의 하눌밑'은 '사람들이 고질에 걸려 시달리듯 살아가는 세상', 또는 '머리 맞대고 함께 살기 어려운 세상'쯤 되겠다. 이런 의미를 이 시가 탄생한 1941년에 대입하면 서정주 시에서 감지할 수 없는 전혀 다른 시의식이 나타난다. 바로 당대 사회를 검증하는 역사의식이다.

'애비는 종이었다.', '손톱이 까만 애미의 아들', '갑오년이든가 바다에 나가서는 돌아오지 않는다 하는 외할아버지의 숱 많은 머리털'을 들

---

27   서정주, 「문들레 꽃」, 『三千里』 제13권 제4호, 1941.4. 258쪽.

먹이며 선대의 가난과 불운과의 관계에서 벗어나려 병든 수캐마냥 달려온 개인사와 다른 의식, 사회의식이 행간에 배어 있다. 그러니까 둘째 행은 '네'가 바보같이 눈물을 흘리며 살아야 하는 그 힘든 세상, 그 질곡의 세상을 은근히 나무란다. 그러나 그 세상에도 봄이 와 민들레가 꽃을 피웠으니 얼마나 기쁘냐는 것이다. 바보야 바보처럼 주저앉지 말고 일어서라는 충고다. '네'는 바보같이 눈시울만 적시는데 민들레꽃을 봐라. 민들레도 봄이 왔다고 저렇게 꽃을 피우며 봄을 맞이하지 않는가. 그래서 바보2의 '히히 바보야 히히 우습다.'는 바보가 아니다. 바보 흉내다. 용천 같은 세상에 휘말려 바보처럼 울었지만 이제 '네'는 삶의 이치를 깨닫고 털고 일어서는 양광佯狂의 존재다.

'사람들은 모두다 남사당派와 같이 / 허리띠에 피가 묻은 고이 안에서 / 들키면 큰일 나는 숨들을 쉬고'에서는 1, 2, 3행의 시상이 한 번 뒤집히는 언술이다. 사람들은 '들키면 큰일 날 일', 은밀한 정사를 치르는 게 그렇다. 바보도 생명잉태에 동참하며 세계를 자아화시킨다. 민들레꽃이 밝히는 그 세상에로의 진입이다.

'그 어디 보리밭에 자빠졌다가 / 눈도 코도 相思夢도 다 없어진 후 / 燒酒와같이, 燒酒와같이'는 무엇인가. 상사병이 들었으나 들키면 큰일나는 일을 소주 먹은 듯 치르고 난 뒤, 보리밭에 나자빠져 생명의 열기를 식히는 모습이다. 그러고는 바보1과 시적 화자는 함께 히히 웃는다. 그 둘은 '히히 바보야 히히 우습다.'며 눈을 맞춘다. 함께 바보 흉내를 내고 있다. 이 시의 정점이 형성되는 데가 여기다. 바보를 등장시켜 '룡천의 하눌밑' 같은 세상을 한번 비틀고, 육체의 향연을 보리밭의 향기와 버무리는 초통속적 언어 활용이 그러하다. 서정주가 아니고는 창조할 수 없는 놀라운 인간주의적 감성이 몇 개의 장면으로 포개지고 있다. 여러 가지 추문에도 불구하고 서정주의 시업이 결과적으로 예술성 탐구와 민족어의 완성에 닿는, 혹은 그것을 향한 도저한 예술로 평가될 수 있는 것은 이런 시적 성취에 근거할 것이다.

'나도 또한 나타나서 공중에 푸를리라.'는 마지막 행은 이 시의 주문이다. 1행의 시상과 2행의 시상이 손잡고 화창한 봄 하늘을 새처럼 날아오른다. '룡천의 하눌'이 푸른 봄날로 바뀌며 세상과의 불화가 끝난다. 이런 점에서 이 시는 생명의 찬가이다. 굳이 계보를 추적한다면 생명파의 그 생리가 북만주, 그 역경의 세계에서 실현되는 작품이라 하겠다. 이런 점에서 「문들레꽃」은 우리의 기대에 부응한다. 서정주는 이 시를 업고 그 땅을 떠나 질마재로 돌아왔다.

1.4. 「무제」와 역사의식

「무제」에는 '룡천의 하눌'도 없고, 들키면 큰일날 숨을 쉬는 살 냄새도 풍기지 않는다. 과도한 생략과 감성의 절제가 시의 주제를 모호하게 만든다. 시의 제목이 없기에 더욱 그렇다. 서정주는 「무제」라는 제목의 시를 9편 썼다.[28] 이 「無題」는 9편에 들어가지 않는다. 그렇다면 서정주의 '무제시'는 10편이다. 1930~40년대에는 '무제'라는 시는 아주 드문데 서정주는 그렇지 않다. 근래 시에는 '무제'라는 제목을 단 시는 거의 발견되지 않는다. 전작으로 '무제시'를 써서 단행본으로 출판한 사례가 있으나[29]그것은 특별한 경우다.

시인이 시를 창작하는 것은 말할 것도 없이 자기 확대 행위이다. 이런 이치로 보면 작품에 제목을 붙이지 않는 것은 적극적인 창작행위가 아니다. 그러나 창작의도를 무엇이라 명명하기 어려울 때, 또는 작품에 이름

---

28 『미당 서정주전집』(은행나무, 2015~2017) 제1권 참조.

29 고은, 『무제시편』, 창비, 2013. 이 시집에는 539수의 무제시가 수록되어 있다.

을 붙이면 작품이 분출하는 의미를 구속한다고 여길 때, 또는 유명을 넘어서는 무명의 경지를 기대하는 무명론無名論[30]을 펼 때 제목을 달지 않을 수 있다. 이 가운데 동방의 시인들은 세 번째를 가장 선호하는 듯하다. 유명有名에서 생기는 시비나 다툼을 무명無名으로 돌아가면 해결된다고 판단하는 가치관과 이름 없는 무명을 최고의 경지로 삼는 세계관 때문이다. 그래서 무명론無名論이라고 할 수 있는 글이 많다. 그렇다면 이 '무명론'을 아상我相이 강한 서정주에 대입하는 것은 가당치 않다. 그런데 묘한 것은 서정주가 '無題'란 시제가 '無名'은 '최하이므로 최고'인 걸 노리는 듯하다는 것이다. '無題=無名'은 아니지만 '無'라는 말이 이 작품에서 비슷한 사유를 자극한다.

독자가 시를 읽을 때 먼저 착목하는 데가 제목이라는 사실을 고려하면 제목은 작품으로 진입하는 문이다. 그런데 시에 제목이 없으면 독자는 자신이 읽고 있는 작품의 핵심을 무엇을 근거로 삼아 침투해야 할지 고심하게 될 것이다. 이런 점에서 시의 제목은 시 이해의 단초 역할을 한다. 그렇지만 제목이 없는 시는 독자에게 사전에 어떤 정보도 주지 않아 시적 진실의 인지를 자기 나름으로 할 수 있다는 점에서 독자의 몫이 더 크다.

무제시의 계보를 역추적하면 중국 만당시절의 이상은李商隱부터라고 한다.[31] 우리나라의 경우는 길재吉再, 권필權韠, 이순신李舜臣, 이승만李承晩 등이 한문으로 쓴 나랏일을 근심하고 염려하는 '무제시'가 있다. 그러

---

30 조동일, 『대등한 화합』, 지식산업사, 2020. 248쪽. 동방에서는 無名을 으뜸으로 삼는다. 有名에서 생기는 시비나 다툼을 無名으로 돌아가 해결해야 한다고 한다. 그래서 無名論이라고 할 수 있는 글이 많다. 이름 없는 무명을 최고의 경지로 삼기 때문이다. 그렇다면 이 '無名論'을 我相이 강한 서정주와 비교하는 것은 가당치 않다. 그런데 묘한 것은 서정주가 '無題'란 시제가 '無名'은 '최하이므로 최고'인 걸 노리는 듯하다. '無題=無名'은 아니지만 '無'라는 말이 비슷한 사유를 자극하기에 흥미롭다.

31 大木美乃, 「無題詩の系譜:忠通から家實へ」, 『和漢比較文學』52호, 2014. 19~34쪽 참조.

나 서정주의 「무제」는 나라와 민족을 고심하는 우국충정이 아니다. 그런 시와 제목이 같을 뿐이다. 하지만 서정주의 「무제」도 내포가 결코 가볍지 않고, 그것이 우리의 근대의 문제적 작가의 무제시와 닿는 데가 있어 가볍게 볼 작품이 아니다. 가령 조명희의 「無題」나 박팔양의 「無題吟」과 많이 닮았다. 세 시인의 무제시를 대비해 보자.

    (1) 뭐라 하느냐
       너무 앞에서
       아- 미치게
       짙푸른 하눌.
       나, 항상 나,
       배도 안 고파
       발 돋음하고
       돌이 되는데.

                      -서정주 「無題」 전문[32]

    (2) 올토다 우리는 땅에주린者
       사랑에 목마른者
       ×××목숨
       기나긴어둠이 우리의 뒤에 싸러섯다.
       쏘는 압흐로 널녀잇다
       그럴스록에 우리는 바다가 더 그리웁다

---

32   서정주, 「小曲」, 『귀촉도』, 선문사, 1948. 40쪽. 「天地有情·Ⅳ」(『월간문학』 통권4호, 1969.2.)
     에서는 제목이 「無題」이고, 4연으로 되어 있다. 서정주는 「무제」, 「민들레꽃」, 「滿洲에서」
     를 만주에서 썼다고 했다. 109쪽.

푸른한울이 더 그리웁다
흙냄새가, 햇빗이 더 그리웁다
사랑을 난호고 십구나
팡을 배불이고십구나
심심한팔다리를가지고, 씩씩한숨을 내드려쉬고십구나!

抱石 「無題」 3연[33]

(3) 사람이그리워서 울째가 잇습니다
넷꿈이그리워서 울째가 잇습니다
엇지하야 내가 이가치도
'쎈치멘탈'하여젓는지
그것은 나도 몰읍니다

엇던째는 바다가 그리워서
한업시 풀은 바다가 그리워서
물결만이 우는 바다가 그리워서
바다생각에 밤깁허가는째 잇습니다

街路燈이 눈물을 먹음은
비오는 여름저녁의 거리위를
고개숙이고 거러가는 사람이잇습니다
그것은 확실히 나의 '외로운 령혼'입니다.

麗水 「無題吟」 1,2,3연[34]

---

33   抱石, 「無題」, 『朝鮮文學』 1권 3호, 1933.10. 64~65쪽.
34   麗水, 「無題吟」, 『第1線』 3권 2호 2월호, 1933. 43쪽.

(1) (2) (3)에서 감지되는 공통적인 것은 첫째, 시적 화자가 모두 외톨이다. 둘째, 시를 지배하는 정서는 어디에도 안주하지 못하는 떠돌이의 슬픔이다. 셋째, 시적 화자가 모두 어둠을 벗어나 밝음을 지향한다.

(1)의 '아- 미치게 짙푸른 하눌', (2)의 화자가 그리워하는 '푸른 한울, 흙냄새, 햇빗', (3)의 화자가 울면서 그리워하는 '바다', 이것은 자유로운 세계, 자연의 복락을 평등하게 누리는 활기찬 세계에 대한 동경이고, 외톨이로 어디에도 안주 못하는 영혼이 외치는 소리다. (2)의 '기나긴 어둠이 우리의 뒤에 싸러섯다. / 쪼는 압흐로 널녀잇다 / 그럴스록에 우리는 바다가 더 그리웁다.' 는 어둠이 앞뒤를 막아선 현실로부터 탈출하고 싶은 간절한 소망이다. 어떤 구속도 없는 시인의 바다이다. 그리움과 소망의 다른 이름이다. (3)의 '바다생각에 밤 깁허가는째 잇습니다.' 역시 바다로 상징되는 자유롭고 밝은 세계에 대한 동경이다. 시 (1)의 '나, 항상 나 / 배도 안 고파'와 시 (2)의 '팡을 배불이고십구나'라고 둘러말한 식민지의 그 '어두운 빈궁'의 조응이다. (2) (3)의 이런 반응은 (2) (3)의 작자가 아나키스트 혹은 사해동포주의자로 자기세계를 확대하려는 의지 때문일 것이다. 이런 점에서 (2)와 (3)은 현실주의 시로서의 기능을 수행한다. 그렇지만 앞에서 논의한 무명론無名論으로서의 「무제」로 평가할 수 있는 의미자질은 못된다.

그러나 (1)은 그렇지 않다. 본인은 이 작품을 딱한 시대에 쓴 딱한 작품이라 했다.[35] 하지만 작가 자신의 그런 평가와 달리 작품의 실제는 「문들레꽃」에서 발견한 현실 회감의 정서적 참true이 시적 진실로 형상화된다는 점에서 '소품'이 아니다. 내포를 몇 마디의 역설로 드러내는 기법과 서정주의 시의 한계로 평가되어 온 '역사의식'이 이 작품에서 발견되기 때문이다.

제1연은 '무슨 말을 하고 있느냐. 나는 뭐가 뭔지 잘 모르겠다.'는 의

---

35   서정주, 「天地有情·Ⅳ」, 『월간문학』 2월호 통권 4호, 1969년. 109쪽.

미다. '너무'라는 부사는 부정적 서술부를 동반하기에 '모른다.'는 부정이 성립한다. 3, 4행은 '하늘이 정신을 못 차릴 만큼 푸르다.'고 감탄한다. 그런데 시적 화자는 제2연 첫 행에서 3, 4행의 시상과는 아주 다른, '나, 항상 나, / 배도 안 고파'라고 말한다. 이 말은 배가 고프지 않다는 사실을 소식의 형태로 묻는 것에 대한 대답이다.

소식이란 무엇인가. 만주 소식이다. 이 시의 공간적 배경, 시간적 배경이 모두 1940년의 만주인 까닭이다. 그렇다면 소식은 「만주일기」의 "기다리시지요. 찬란한 이 開拓地에 東方의 해가 소사오를 째 이 우렁찬 아침에 靜雄이는 오늘이야말로 人生다운 새 覺悟를 가젓습니다. 愉快하고 明朗하고 씩씩하게! 열렬한 주먹을 쥐고 前進하겠습니다."[36]라 한 그런 소식일 것이다.

그런데 그 심각한 사실을 '나, 항상 나, / 배도 안 고파'라고 슬쩍 전함으로써 사유의 경계를 허물어 독자를 어리둥절하게 만든다. 질곡의 세상, 식민지 학정에 쫓겨 만주에 갔다가 일본인 용역이 된 그런 삶의 형편을 몇 마디 말로 응축하고 있다. '나, 항상 나, / 배도 안 고파'는 너무 간결하다. 그러나 내포는 복잡하다. 누구나 이 구절을 만만하게 읽겠지만 주제파악은 만만치 않다. 귀신같이 부리는 역설 투의 말솜씨 때문이다.

이 시의 마지막 연의 '발 돋음하고 / 돌이 되는데.'와 '나 항상 나 / 배도 안 고파'는 길항한다. 하고 싶은 말을 억제하고, 반어법의 통사구조에 시적 진실을 내장시킨 언술이 서로 맞섬으로써 시적 긴장을 가중시킨다. 이 시의 진실이 이러하기에 「무제」라 했을 것이다. 거기에 어떤 제목을 단다면 그것은 이 시의 이런 장구가 분사하는 여러 의미를 구속하여 '최하이므로 최고'인 걸 노리는 '무명'에 이를 수 없기 때문이다. 이런 점에서 「무

---

36   서정주, 「만주일기」 『매일신보』, 1941.1.21

제」는 「문들레꽃」과 같은 격을 형성한다. 침묵과 응축의 기법 속에 역사의식, 사회의식이 숨 쉬고 있다는 평가가 가능한 까닭이다. 서정주는 「무제」를 「소곡」이라고 제목을 바꾸고 만주에서의 결코 당당할 수 없는 삶을 대수롭지 않은 흔적으로 기록해 두려 했지만 그 작품이 오히려 서정주를 지킨다. 굽은 소나무가 선조의 산소를 지키는 이치다.

1.5. 마무리

서정주가 만주에 산 시간은 약 반년이고, 남긴 작품은 「滿洲에서」, 「문들레꽃」, 「무제」, 「만주일기」이다. 그리고 약 반세기가 지난 뒤에 만주 체험을 테마로 삼은 이야기 시 '구만주제국체류시' 다섯 편 외 세 편을 발표했다. 이 작품들은 「滿洲에서」, 「문들레꽃」, 「무제」와 달리 일제와 만주국에 대한 반발의 정서가 시적 진실을 형성한다. 그러나 이런 정서가 서정주의 재만시기의 실상이 아닌 것이 「북간도의 총각영어교사 김진수옹」과 「간도 용정촌의 1941년 1월 어느 날」에서 드러났다. 서정주는 '나의 정신적 실상의 회복'을 '구만주제국체류시' 여덟 편으로 실현하려 했지만 그런 의도와는 달리 그의 재만시절을 오히려 호도糊塗하는 역기능을 했다.

「滿洲에서」, 「문들레꽃」, 「무제」를 다음과 같이 정리한다.

「滿洲에서」는 주체와 희망이 소거한 만주드림만 발견한다. 이런 텅 빈 시적 진실은 엄혹한 시대와 길항하는 서정주의 생래적 보호본능의 결과임을 확인하였다.

「문들레꽃」의 외연은 서경시다. 그러나 그 내포는 질곡의 세상을 인간주의적 감성으로 형상화시키는 생명의 찬가이다. 바보를 깨우치고, 세상을 밝히며 어두운 식민지 현실과 대거리를 하는 의지적 존재의 객관적 상관물로 읽히는 시의식 때문이다.

「無題」는 전문 8행의 소품이다. 그러나 이 작품은 서정주 시의 한계로 평가되는 역사의식이 극복되는 정서를 발산한다. 이런 특성은 「滿洲에서」의 시의식이 주체를 소멸시키는 것과 차이가 난다. 미당의 장인적 감수성과 심미안을 절제의 시학으로 회감시키는 기법, 곧 시란 다른 무엇이기 이전에 언어의 조직이며 민족어의 구성체라는 사실을 혼종의 만주공간에서 발현시킨 한 전범으로 평가할 수 있기 때문이다.

2. 배반의 변호-이학성·윤해영·송지영

지금까지 논의해온 1940년대 전반기 재만조선인 시 가운데 가장 험악한 작품이 어떤 것이냐고 말한다면 이학성李鶴城의 「여명」, 「백년몽」, 「첩보」, 송지영宋志泳의 「장행사」, 윤해영의 「아리랑 만주」, 「척토기」, 「낙토만주」이고, 산문의 경우는 시인 김동환金東煥이 만주까지 진출해서 "조히로 만든 탄환이란 전시하에 잇어 신문 잡지 출판물 등을 가르킨다."[1]라고 한 「필승신념하 나의결전체제」, 그리고 박영준朴榮濬의 「김동한金東漢 독후감」(1940.2.22.~2.24.), 천청송 외 10인의 문인이 돌아가며 쓴 「대동아전쟁과 문필가의 각오」이다.

『삼천리』 사장 김동환의 직함을 내걸고 쓴 「필승신념하 나의결전체제」는 『만선일보』가 태평양전쟁이 터지자 그걸 고무 찬양하기 위해 만든 칼럼인데 김동환의 글이 첫 번째다. 그 뒤 10회까지(1941.12.21.) 교육자, 사업가, 변호사, 의사가 돌아가며 원고지 한 장 반 분량으로 대동아전쟁을 응원, 고무, 찬양했다. 김동환의 "종이탄환" 발언은 『삼천리』에 "삼천리기밀실"을 설치하여 온갖 군사정보를 앞세워 승전 분위기를 조성하던 때, 탄환과 펜은 다 같은 금속으로 되어 전선에 있는 병사나 국경 안에서 붓대를 들고 있는 문인이나 임무가 같다[2]고 한 충격적인 말에서 비롯되었다. 그러

---

1   金東煥, 「必勝信念下. 나의決戰體制」, 『만선일보』, 1941.12.10.
2   金東煥, 「彈丸과 펜의 因緣」, 『삼천리』 제12권 제7호, 1940.7. 22쪽.

나 이 칼럼은 김동환 외의 필자는 문인이 아니기에 본 저술과 무관하다.

「필승신념하 나의결전체제」칼럼이 1942년 초에는 「대동아전쟁과 문필가의 각오」로 이름이 바뀌어 유치환, 안수길, 김창걸, 조학래 등 문인 11명이 번갈아가며 같은 성격의 글을 써야 했다. 박영준의 「김동한 독후감」은 일제가 만주에서 활동하는 독립군을 밀고한 김동한金東漢을 일제가 애국자라며 동상을 세워준 그 악질 변절자를 기념하기 위해 공모한 희곡 현상문예에서 1등 당선작인 김우석金寓石의 『김동한』[3]에 대한 작품 평이다. 박영준은 '匪首가 귀순하는 장면'을 왜 좀 더 현실감 있게 묘사하지 못했는가를 나무라며 '앞으로 구체적 토의'를 하여 결점을 보완하기를 바란다고 했다.[4]

우리로서는 이런 글을 논의할 문학적 논리는 없다. 자국 우선주의 국민국가의 관점이라서가 아니라 반인간적 전쟁을 독려하면서 그것을 애국심으로 호도하는 것은 예술과 인간에 대한 기만이고, 문학의 본질이 아닌 까닭이다. 그러나 이학성, 윤해영, 송지영은 다르다. 이학성李鶴城(李旭)은 중국 조선족 문학사에서 재만조선인의 망향의 정서를 처절하게 형상화하는 시인으로 평가되고, 윤해영은 한때 국민가요처럼 대접받던 「선구자」의 작사자로 알려져 있으며, 송지영은 우리 문학의 고향인 시조로 반민족적인 이별의 정한을 곡진하게 노래하는 의고체擬古體 작품이 여러 편 있고, 신경新京에서 남경南京으로 간 뒤에는 중경重慶 임시정부 지하조직원으로

---

3   金寓石, 「金東漢-전 3막」, 『만선일보』, 1940.1.10.~1.24. 김우석의 본명은 金永八이다. 김영팔(1902~1950)은 서울 출생으로 日本大를 중퇴하였고, 일본 도쿄의 조선유학생 연극단 "극예술협회" 동인, 염군사 동인, 카프창립회원이었다. 1932년 만주로 가서 신경방송국 조선말 아나운서로 활동하다가 신경조선인협화회 문화부 부장을 역임했다. 최삼용 『재만조선인 친일문학 작품집』 해제 「재만조선인 문학의 친일작가와 작품에 대하여」, 보고사, 2008, 60~61쪽 참조.

4   朴榮濬, 「金東漢讀後感·下」, 『만선일보』, 1940.2.24.

활동한 이력이 있기 때문이다.[5]

2.1. 이학성 시의 두 풍경

五月은
초록물결이 넘치는 한낮 牧場을 꾸몃다.
뜰 薔薇도 香氣품은 넓은 둔덕위
염소 등에 휘파람이 구운다.
연분홍빛 구름도 뭉기뭉기 피는데
종다리 그린 譜表를 처다보며
풀잎 피리라도 불리라.

「오월」 전문[6]

올빼미 넉이더냐
언제나 날카로운 솔개미 쓰면
지새는 안개처럼 꽁무니만 쩨고
웨–
앵도꼿발 발자국엔
悔恨의 눈물만 고엿드냐?
너는 오늘도
故鄕을 못니저
허무러진 녯돌담밋츨 몃번이나 돌드고나!

「봄쑴」 전문[7]

5   국사편찬위원회 한국사데이터베이스 '宋志英' 참조.

6   李鶴城, 「五月」, 『재만조선시인집』(藝文堂.間島省延吉. 1942.10.). 88~89쪽.

7   月村, 「봄쑴」, 『만선일보』, 1940.4.9. '월촌'은 李鶴城(李旭)의 아호이다. 이학성은 月村의

위의 두 작품을 북경대학 조선문화연구소가 편한 『문학사』는 '실향민, 이주민, 류민으로 불리우던 재만조선인의 망향의 정서가 처절하게 깔려있다.'[8]고 평가했다. 「오월」은 봄날의 평화로운 시골 풍경이 손에 잡힐 듯하고, "종다리 그린 譜表를 처다보며/풀잎 피리라도 불리라"와 같은 대문은 행복한 유년회상의 한 압권으로 독자의 심리를 정화시킨다. 「봄쑴」역시 몇 행의 소품인데 약동하는 생명애가 삶을 수놓는다. "허무러진 넷돌담밋흘 몃번이나 돌드고나!" 같은 대문이 1940년대 실향한 처지에 있던 이학성을 생각하면 그 망향의 정서가 얼마나 절실했는지 짐작할 수 있다.

이학성은 블라디보스토크의 신한촌 빈농의 아들로 태어나 농군, 신문배달 등 어려운 삶을 살면서 그것을 극복하고 공부를 하여 시인으로 일가를 이루었다. 「금붕어」(1938), 「월야범종」(1938), 「샘」(1938), 「혈흔에 핀 꽃」(1940), 「별」(1942) 등이 대표작이다. 특히 「별」은 제2차 세계대전이 겁나게 전개되던 그 시간에 "별은/함박꽃처럼 피여나는 호젓한 이밤에/만년몽에 파묻혀서/황홀한 신화를 속삭이느니"라는 간절한 향수로 전쟁의 공포를 묻고 잊게 만든다. 1943년에 지었다고 하고 1947년에 출판한 시집 『북두성』에 수록한 「모아산帽兒山」을 보면, 새로운 삶의 터전이 된 곳에 있는 산을 향하여 불굴의 자세를 찬양했다. "척촉의 꽃이 피거나/ 백설이 덮이거나/너 모얼산은 꿈만 꾸느냐?//오! 그러나 모얼산아/너는 여태 굴한 일이 없어/우리의 본보기가 되었다"며 산에 시인의 정신을 이입시켰다. 이학성의 작품은 이렇게 한민족韓民族이 국권 상실로 당하는 슬픔과 역경을 테마로 삼고, 민족의 생존상황에 눈길을 돌리면서 그것을 헤쳐 나오는 자유를 노래했다.

이름으로 발표한 隨想 「獨淸」(1940.2.16.)에서 기독교 신자인 친구의 입교권유를 받아들이지 못하는 것을 괴로워하고 있다. 「捷報」(1942.8.17.)의 정서와 반대다.

8   북경대학 조선문화연구소 편, 중국조선민족문학사대계 2, 『문학사』, 2006, 55쪽.

백공작이 날개 펴는

바다가 그립고 그리워

항상 칠색무지개를 그리며

련꽃 항아리에서

까무러진 상념에

툭-툭- 꼬리를 친다.

안타까운 운명에

애가 타고나서

까만 안공에 불을 켜고

자주 황금갑옷을 떨치나니

붉은 산호림 속에서

맘대로 진주를 굴리고 싶어

줄곧 창너머로

푸른 남천에

희망의 기폭을 날린다.

「금붕어」[9] 전문

이학성이 활동했던 중국 조선족문학사는 이 작품을 '바다로 가고 싶어 꼬리를 치는 금붕어의 이미지는 바로 객체와의 심각한 갈등에 처한 생명개체의 정신존재의 상징이며 자유를 갈망하는 의지의 은유이다. 시인은 이 금붕어의 이미지에 기탁하여 탈출의 꿈과 초월의 모지름을 표현하고 있다.'[10]고 했다. 이학성은 1930년대 재만조선인 시의 정점에 가 있는 민족

---

9   이학성, 「금붕어」(1938), 북경대학 조선문화연구소 편, 중국조선민족문학사대계 2, 『문학사』, 2006. 53쪽.

10   북경대학 조선문화연구소 편, 중국조선민족문학사대계 2, 『문학사』, 2006. 53쪽.

시인이라는 평가이다. 이런 점을 고려할 때 그가 창씨개명(東震儀)을 하고 시대에 편승하려 하려 했다든가 하는 태도는 문제가 되지 않는다. 그러나 다음과 같은 작품은 전혀 다르다.

푸른 意欲이
薔薇빗地圖에 번지어간다.
赤道아래에는
遠狂의 隊伍와 隊伍의行列에 스치어
決戰의 아우성
太平洋의 섬과 섬은
軍陣의깃에 그늘지고
푸른 海水우에
두세白鷗가 물똥을처
오돌진쏨이 물몽오리되어풍겨온다.
오직 하나인 祈願에머리를숙으리고
새론 歷史의 「이데-」를부르자
조심스러히 업드린 안데나도
世紀의 층층대를 구버본다.
이제 바다의 頌歌는 들려오나니
香氣로운 南風을 깃숯마시며
눈물이 철철흐르는 祝盃를 들자(숯)

李鶴城 「捷報」[11]

---

11 李鶴城, 「捷報」, 『만선일보』, 1942. 8.17. 이 시를 발표하기 전에 李鶴城은 『朝光』 제7권제6호(1941.6.)의 '만주특집'에 「東滿과 朝鮮人: 李鶴城」이라는 장문의 친일 논설을 발표했다.

이 시는 태평양전쟁을 치르는 일본에 바치는 헌사와 다름없다. 일제의 남태평양 전투, 그러니까 싱가포르 함락, 미드웨이해전 등을 승전이라며 축하하던 그런 맥락의 중앙에 서 있다. 작품의 시간적 배경과 공간적 배경이 일제의 태평양전쟁과 일치하기에 다른 해석이 용인될 수 없다. 시가 전쟁의 승리, 찬양을 홍보하는 도구 역할을 하고 있다. 일본의 편을 들고 그들의 승리를 찬양하는 것이 자기의 소임이라고 생각한다. 이학성의 돌변한 시의식과 인간을 전쟁터로 내모는 그 비인간적인 정신이 시적 진실 행세를 한다. 우리는 이런 문학정신을 어떤 논리로도 설명할 수 없다. 우리 문학의 별 하나가 떨어지며 문학의 본령을 벗어나는 참담한 모습이다. 이학성이 「첩보」를 쓰기 직전에 발표한 다음과 같은 믿기 어려운 작품이 또 있고, 또 그걸 거드는 평론 「東滿과 조선인」까지 있어 더욱 그렇다.

> (1) 우리는 太陽의 아들
> 오-로라를 등에지고
> 미래지를 가삼에안엇다.
> 啓示!
> 衝動!
> 創造!
> 碧血이 싱싱한 남역花壇에
> 亞細亞의 太古쩍神話가수미고
> 薰香이 풍기는東洋의構圖에
> 새世紀의 浪漫이 소용도리친다.
> 오! 東洋의 새봄
> 오! 東洋의 새아츰[12]

---

12   李鶴城, 「黎明」, 『만선일보』, 1942.5.11.

(2) 太陽이 첫우슴을 피는들산에

십억동포가 숯송이에서호흡한다.

---한쑠리다

---한씨다

祖國의 傳說은 이제푸른 江床에흐르고

兄弟의 碧血은 수만흔 ○座에 물드럿다

직히자 疆土를

사랑하자 同胞를

어제 자장가는 구성지며

聖스러운 百年夢은 이룩햇거니 半島山河도 軍裝한다.

東方民族은 ○○된다.[13]

(3) 東亞協同體의 據點-五族協和의 世界獨創的 道義國家인 滿
洲國內의 朝鮮人은 日本帝國의 忠良한 先驅的 國民으로서
政治 經濟 文化等 各般에 亘하여 重大使命을 다할 二重의
義務가 賦課되어잇다.[14]

(4) 王德林一派를 비롯하여 이러난 金日成 崔賢 匪 등은 間島奧
地 密林地帶에 根據를 두고 臨時 神出鬼沒하면서 治安을 擾
亂식혀 奧地部落民은 安堵樂業할수없이되어 軍, 警 당국은
不斷히 討伐함과共히 歸順工作을 倂行하여 거이 肅淸함에
이르렀다.[15]

13　李鶴城, 「百年夢」, 『만선일보』, 1942.5.25.

14　李鶴城, 「東滿과 朝鮮人」, 『朝光』 제7권 제6호, 1941.6., 306쪽.

15　李鶴城, 「東滿과 朝鮮人」, 『朝光』 제7권 제6호, 1941.6., 308쪽.

(5) 今般 滿鮮一如의 再强化에 拍車를 加한 南總督의 歷史的 訪
滿에 際하여 梅津關東軍司令官은 '在滿朝鮮人은 同時에 日
本人임으로 日本人인本質下에 滿洲國人民으로서 遺憾업도
록 指導하고있는바 참으로 滿洲國政府中에 녹여너어 거기에
서 安居를 얻게하는 것이 緊要합니다.'[16]

　시 (1)과 (2)에 대한 논의는 필요 없다. 시의식이 얼마나 반민족적인
것인가는 너무나 분명하고, 그런 민족배반의 시의식을 논증하는 것이 이
글의 목적이 아니기 때문이다. (3)은 「東滿과 朝鮮人」의 '서언'의 한 대문
이다. 관점이 '조선인＝일본인'이다. 이학성이 왜 「첩보」에서 '눈물이 철철
흐르는 祝盃를 들자'고 했는지 그 이유가 분명하게 드러난다. 우리민족과
일본은 "---한쑤리", "---한씨"인 까닭이다. (4)는 당시 관동군이 김일성 부
대와 싸우면서 다른 한편 「金日成等反國家者에게 勸告文」을 비행기로 살
포한 사건을 말한다. 그러나 '거의 숙청되었다'고 했다. 그러나 김일성 부
대는 그때까지 백두산 녹림을 근거지로 삼아 강고하게 관동군과 맞서고
있었다.[17] (5)는 시 (2)에서 "동포"라 한 그 의식, 곧 '재만조선인＝일본인＝만
주국인민'임을 증명한다.
　일제 강점기 재만조선인 시 가운데 「여명」, 「백년몽」, 「첩보」 만큼 직
설적으로 일제를 찬양하는 작품은 없다. 이 세 작품이 최악의 장면이다. 이
시 세 편은 이학성의 다른 작품, 곧 도저한 민족정서를 형상화시킨 그의 모
든 작품을 문학사에서 지워버릴 수 있다. "망향의 정서가 처절하게 깔려있
다"는 이학성의 시가 어쩌다가 이런 지경에 이르렀을까. 잘못된 '첩보' 때

16　李鶴城, 「東滿과 朝鮮人」, 『朝光』 제7권 제6호, 1941.6., 310쪽.
17　『滿鮮日報』, 「前田警防隊武勇傳―匪首金日成部下의 紅旗河를 夜襲」(一) 間島支社 崔武,
　　1940.8.7.

문일 것이다. 왜 이런 논리 비약, 어쩌면 희망사항을 추론하는가.

　이 시가 『매신사진순보』에 발표되던 1942년 8월, 그 신문은 권두에 "스파이와 전투-전시국민방첩운동에 붙여"[18]라는 화보가 떴고, 그 기사는 전시에는 피아彼我가 다 스파이를 활용한다고 했다. 그러니까 이학성은 어느 스파이의 잘못된 '첩보'를 믿고, "오! 東洋의 새 아츰" 혹은, "聖스러운 百年夢은 이룩햇거니 半島山河도 軍裝한다."며 일제를 찬양했을 수도 있다. 이것은 막연한 추론이다. 왜 이렇게 추론, 견강부회를 할까. 「첩보」를 발표하던 바로 그 시간, 이학성은 "염소 등에 휘파람이 구운다./연분홍빛 구름도 뭉기뭉기 피는데/종다리 그린 譜表를 처다보며"(「오월」)라며 평화를 노래했고, "별은/ 情답고/ 寂廖하고/ 幽遠하여/밤 하눌은 故鄕 같기도 하다."(「별」, 『재만조선시인집』, 1942)며 실향정서를 탄주했는데 그런 시의식은 온데간데없는 것을 도저히 설명할 방도가 없기 때문이다.

　한편 국내 경성京城문단에서도 이학성 현상과 같은 딱한 사태가 조용히, 그러나 안타깝게 나타났다. 경성문단의 일이라 이학성의 시와 함께 문제 삼을 대상이 아니다. 하지만 당해 시인은 이학성보다 더 넓고 깊게 나라 없는 우리민족의 애환을 북방정서로 승화시키던 시인인데 이학성과 같은 처지에 몰려 있기에 함께 논의하는 것이 마땅하다. 북방정서를 민족시의 전진과 좌절로 몰입시키는 이용악이다. 이용악은 다른 곳도 아닌 우리민족을 식민으로 지배하는 나라 수도인 동경에서 '북쪽은 고향/ 그 북쪽은 여인이 팔려간 나라'(「북쪽」)라 했는가 하면, "네가 흘러온/ 흘러온 山峽에 무슨 자랑이 잇섯드냐/ 흘러가는 바다에 무슨 榮光이 잇스랴/ 이 은혜롭지 못한 쏨의 饗宴을/傳統을 이어 남기려는가/江아/天痴의 江아"[19]라며

18　"スハイと鬪へ-戰時國民防諜運動に應へよ", 『每新寫眞旬報』 통권 제294호, 1942.8.11.

19　이용악, 「天痴의 江아」, 『分水嶺』, 三文社, 1937, 東京, 40쪽.

688 ──────　1940년대 전반기 재만조선인 시 연구

일제의 식민지 통치에 항거하는 말을 은밀하고 무겁고 침통한 어조로 노래했다. 그런데 그 시인도 이학성처럼 일제의 남방전투를 찬양하며 나타난 것이다. 태평양전쟁을 선전 홍보하는 『매신사진순보』에 "먼 참으로 머언 남쪽바다에선/ 우리편이 자꾸만 익인다는데"(「거울 속에서」, 1942.4.21.), 또 "싱가폴 떠러진 이야기를 하면서/밤새/북으로 간다."(「북으로 간다」, 1942.5.11.)는 믿을 수 없는 시를 발표했다.

이런 시의식은 "나라에 지극히 복된 기별이 있어 찬란한 밤마다/숱한 별 우러러 어찌야 즐거운 백성이 아니랴"는 「길」(『국민문학』, 1942.3.)과 동일한 맥락을 형성한다. 이런 변화는 그가 1939년 3월 조치대학 신문학과 별과 야간부를 졸업하고 최재서의 『인문평론』 편집기자로 2년간 근무하면서부터이다. 동경에서 등사판 『二人』 동인지를 함께 냈던 김종한金鍾漢이 제2의 최재서가 되어 『인문평론』을 편집하면서 일제가 싱가포르를 함락하자(1942.2.), "드디어 싱가포올도 陷落했습니다. 그날의 國民으로서의 感激을 率直히 作品한다는 것은 作家로서 當然한 일일 것입니다. 그러나 또한 싱가포올의 함락을 노래하기 때문에 古事記, 萬葉에서 비롯된 悠久하고 燦然한 日本詩史에 藝術的인 汚點을 남긴 시인이 있다면 그의 功罪는 相殺될 것입니다."[20]라고 한 그런 정보, 그런 문단의 선도 기류 때문일지 모른다. '조선민족을 해방시키려는 혁명운동에도 참가하여 여덟 번이나 악독한 일제의 경찰에 붙들리고, 그 무서운 고문'에 시달린 도저한 민족주의자[21]는 그림자도 없는 지경에 이르러 있다.

잘못된 첩보는 김종한의 글만 아니다. 가령 그가 일하던 인문사人文社에서 발행한 임학수林學洙의 『전선시집』이 "바야흐로 世界는 戰爭으로 化

---

20   金鍾漢, 「一枝의 倫理」, 『국민문학』, 1942.3., 30쪽.
21   윤영천 편, 『이용악시전집』, 창작과비평사.1988., 198쪽 참조.

햇다. 日米戰爭! 태평양의 노도는 충천하고 우리총후국민의 의분은 비등하고 잇는 이째 저자가 수개월동안 千兵萬馬가 달리는 전선에서 사나이답게 을픈 시편"[22] 같은 선전, 선동과도 무관하지 않을 것이다. 그의 다른 행적도 이런 사실과 동행한다. 이용악은 1941년 4월 『인문평론』이 폐간되자 인문사를 퇴사하고 경성 고향으로 낙향하여 일본어 신문 『청진일보』 기자로 근무하다가 주을 군수인, 시인 이봉래의 아버지의 주선으로 주을읍 사무소에 취직하여 총무과장 자리에 앉아 농민들에게 미곡공출 독려를 너무 심하게 하여 원성을 사고 있었다[23]는 증언이 그것이다. 그러니까 이용악은 '인문사'에서 일한 뒤부터는 대동아주의의 망상에 사로잡힌 일제가 줄기차게 내세워 조선인을 세뇌하던 '일시동인―視同仁의 기만적 정략'을 그대로 믿은 셈이다. 따라서 「길」 「거울 앞에서」 「북으로 간다」는 이용악의 이런 현실적인 삶과 유관할 것이다. 그래서 해방 직후 이용악은 문학노선이 첨예하게 대립되던 시기 쌍방으로부터 공격을 받다가 비교적 늦게 월북을 감행했다.

이용악이 "나라에 지극히 복된 기별"이 왔다(「길」)고 했고, 또 "먼 참으로 머언 남쪽바다에선/ 우리 편이 자꾸만 익인다"(「거울 속에서」, 1942.4.21.), 또 "싱가폴 떠러진 이야기를하면서/밤새/북으로 간다."(「북으로 간다」, 1942.5.11.)라고 하는 것은 결과적으로 우리민족과 일제를 "---한쑤리", "---한씨"다 라고 한 이학성의 그 사유와 다른 데가 없다.

정황이 이렇지만 이용악이 민족으로부터 몸을 완전히 확 돌렸다고 단정할 수 없는 면이 있다. 아주 짧게 '우리 편이 자꾸만 익인다', 혹은 '싱가폴 떠러진 이야기를 한다.'라는 단지 몇 마디 말로 일본 편을 드는 것

---

22   林學洙著(好評中), 『戰線詩集』, 『國民文學』, 1942.3., 30쪽.

23   李活, 『정지용·김기림의 세계』, 명문당, 1991, 219쪽. 이활은 이용악과 鏡城高普 동기동창이다.

이 그렇다. 이런 표현은 고통스런 시대를 살아가는 식민지 지식인이 어쩔 수 없이 검열제도라는 현실적 제약조건을 벗어나기 위한 언행으로 이해될 수 있기 때문이다. 한편 『매신사진순보』에 발표한 다른 작품 「다리 우에서」(1942.4.11.)가 「거울 속에서」, 「북으로 간다」와 같은 시간에 같은 매체에 발표했으나 "아버지의 제사ㅅ날만/ 일을 쉬고/ 어룬처럼 곡을 했다." 라는 구절이 투사하는 시적 진실이 「북쪽」이나 「두만강 너 우리의 강아」와 맥락을 같이 하는 해석이 가능하기 때문이다. 다시 말하면 "아버지의 제사ㅅ날만/ 일을 쉬고/ 어룬처럼 곡을 했다."가 대동아전쟁에 나가 싸우다 죽은 아버지의 입제 날, 근로보국도 않고, 거룩한 죽음을 애도했다는 것으로만 읽히지 않고, 어린 시절의 삶을 아무런 감정적 수식 없이 '아버지의 기일 그 자체를 애도하는 것으로도 해석이 가능한 까닭이다. 이런 해석은 「거울 속에서」와 「북으로 간다」는 지금까지 숨어 있었지만[24] 「다리 우에서」는 『오랑캐 꽃』(1947)에 수록되어 일찍부터 이용악의 다른 작품과 함께 독자의 사랑을 받은 사실로도 증명된다.

이런 결과 이 작품은 '아버지의 요절에 따른 가정적 결손, 국숫집에서 힘겹게 일하는 어머니를 밤늦게까지 기다리며 겪어야하는 심리적 불안과 극심한 경제적 결손'이라는 해석을 성립시켰다.[25] 나아가 이런 해석은 시인 자신이 당시의 검열제도라는 현실적 제약조건을 벗어나기 위해 그 조건을 일단 만족시키는 포즈로 위장하는 시적 장치를 의도적으로 마련한 결과가 거둔 효과라는 해석까지 가능하게 만든다. 결과적으로 이 작품의 화자의 말이 당시는 총독부의 기관지 『매신사진순보』의 정치 문화와 맥락을 같이 하는 통사구조로 읽혔고, 해방 뒤에는 아버지의 죽음 자체를 애도하는 통사구조로 읽히는 양면성을 띤다. 어쨌든 교묘한 시적 장치로 질곡

---

24   오양호, 「새로 발굴된 이용악과 노천명의 시」, 『월간문학』 통권 628호, 2021, 6월호.

25   윤영천 편, 『이용악시전집』 창작과 비평사.1988. 211쪽.

하는 억압적 체제에 저항하는 그 노예언어Sklavensprache의 기법으로 독해되는 구조이다. 이런 해석은 이현령비현령이 아니다. 우리가 익히 알듯이 시의 해석은 시인의 창작의도, 그러니까 의도의 오류intantional fallacy 어쩌고 할 것 없이, 독자가 시를 어떻게 읽던 그 발견하는 의미가 합리적 논리를 지니면 그것이 정답이 되는 까닭이다. 시의 해석이 다양한 것은 이런 이치에 근거한다. 이런 점에서 이용악도 영혼을 다 팔아버린 시인이 아니다. 그래서 이학성처럼 배반의 변호가 성립한다.

다른 한편 이용악의 배반에 대한 변호는 김동환이 "현대전쟁의 가장 중차대한 사상전, 신경전을 치르는 데는 출판물과 라디오"라 했는데, 그 라디오가 김춘인의 「라디오」처럼 "音波에 실려/ 日章旗의 歡聲이 들려온다/太平洋의 너울이 들려온다./아-感激의 아우성"[26]이 세상을 일본판 세상으로 만들어 이용악을 그런 시를 쓰게 충동질했을 것이란 가정을 성립시킨다. 온종일 라디오가 내지르는 그 '日章旗의 歡聲이 들려온다'는 감격의 아우성, 선동은 피식민지민의 심리지배를 압박하던 청년 이용악을 사로잡았을 것이다. 그런 선동이 히틀러의 입을 통해서는 수백만의 독일 청년들을 제 발로 싸움터로 향하게 했고, 일본에서는 돌아올 기름이 없는 비행기를 탄 새파란 젊은이가 '청황폐하 만세'를 외치며 연합군의 전함으로 뛰어들게 했다. 이용악 역시 부지불식간에, 불안한 현실 때문에 그런 선동을 향해 마침내 몸을 돌렸을 것이다. 이런 상상이 가능한 것은 이용악의 다른 작품, 그러니까 「북쪽」, 「제비같은 소녀야」, 「천치의 강아」, 「낡은 집」, 「우라지오 가까운 항구에서」, 「두만강 너 우리의 강아」 등 『분수령』과 『낡은 집』에 게재된 작품이 「길」, 「거울 속에서」, 「북으로 간다」의 가당찮은 시를 위해 길을 비켰고, 시집 『오랑캐 꽃』(아문각, 1947)과 『이용악집』(동지사,

---

26　李春人, 「라디오」, 『每新寫眞旬報』 통권 제287호. 1942.6.1., 16쪽.

1949)에 수록된 대부분의 도저한 민족적 사유의 시가 해방공간(1945~1950)에 창작된 작품인 까닭이다.

2.2. 윤해영의 교활한 배반

윤해영은 1941년 『만선일보』 신춘문예에 「아리랑 滿洲」가 民謠 '一席'으로, 「拓土記」는 시조부에 선외가작으로 당선되었다. 이 두 작품이 당선될 때 「아리랑 만주」는 '만주에 잇슴직한 노래요 조선노래의 調子에 어그러짐이 업다.'는 평을 받았고, 「척토기」는 '뜻이 壯하다'는 더 높은 평가를 받으며[27] 신춘문예 2관왕이 되었다. 그 뒤 『半島史話와 樂土滿洲』(1943)에 시조 형식으로 친일을 노래한 「樂土滿洲」를 게재했다. 이런 문제를 등단작 「아리랑 滿洲」부터 살펴보자.

興安嶺 마루에 瑞雲이 핀다.
四千萬 五族의 새로운 樂土
얼럴럴 상사야 우리는 拓土
아리랑 滿洲가 이쌍이 라네

松花江 千里에 어름이 풀려
기름진 大地에 새봄이 온다
얼럴럴 상사야 밧틀야 갈자
아리랑 滿洲가 이쌍이 라네

豊年祭 북소래 가을도 깁퍼

---

27   신춘현상문예작품, 「選後感」『만선일보』, 1941.1.12.

기러기 還故鄕 님消息 가네
얼럴럴 사사야 豊年이 로다
아리랑 滿洲가 이짱이 라네

「아리랑 滿洲」 전문[28]

'아리랑'은 우리나라를 대표하는 민요인데 그걸 만주와 결합시켜 독자의 의표를 찌른다. 고려가 망하자 그 충신들이 강원도 정선에 많이 은거하면서 망국의 한을 달래어 지은 한시漢詩를 가락에 얹어 부른 것이 「정선 아리랑」, 「강원도 아리랑」이고, 그것이 '아리랑'의 모태라고 한다. 조선조에는 경복궁을 중수하면서 「정선아리랑」이 한양으로 전파되었고, 을사조약과 한일합방이 되면서 많은 망명객이 간도, 연해주, 하와이 등지로 떠나면서 이 노래를 불러 국외로 확산되었다. 김산金山의 소설 『아리랑』에는 「밀양 아리랑」이 독립군가로 불리고, 임정 광복군이 창설되던 1940년에는 '광복군 아리랑'이 탄생했다. 이렇게 아리랑은 민초들과 민족의 한을 읊고, 푸는 지하방송 역할을 하던 민요다. 그런데 「아리랑 만주」의 아리랑은 우리의 그 아리랑이 일본과 붙었다. 사간私姦이다. 그러고는 '얼럴럴 상사야 우리는 척사'란다. '한'이 '충족'으로 바뀌며 민족의 정서가 대동아공영의 장단에 춤을 추고 있다.

제1연은 '四千萬 五族의 새로운 樂土'에 봄이 와서 흥안령 마루에 상서로운 구름이 피어난다며 만주국을 찬양한다. 제2연에서는 송화강에 새봄이 오고, 제3연에서는 풍년을 송축한다. 이렇게 이 시는 '4천만 5족'의 나라 만주국을 칭송한다. 만주국이 일본의 괴뢰로 그들이 벌린 제2차 세계대전의 자원의 생산과 보급처라는 사실을 전제할 때 이런 글쓰기는 우리

---

28   尹海榮, 新春文藝當選民謠 「아리랑 滿洲」, 『만선일보』, 1941.1.1.

를 배반하는 것을 넘어 민족문화 자체를 엎어버리는 행위다. 「아리랑」에 기대어 파쇼 일제의 만주개척을 찬양하는 것은 가락으로, 한으로 민족을 곱으로 배반한다. 이런 행태는 '아리랑'에 그치지 않는다. 우리 시문학의 종가인 시조에 그런 정서를 담아 배반한다. 「拓土記」이다.

> 故鄕 쩌나가는날 진달래 색거훗고
> 하룻밤 오구나니 눈이상기 싸혓구료
> 찬바람 滿洲벌판이 바로예가 거길네.
>
> 사나힌 城을쌋코 婦女들은 흙을날라
> 創世記 神話처럼 새部落은 이러젓다.
> 아들딸 代代孫孫이 이짱우에 사오리
>
> 휜-히 트인들은 널고쏘한 기름진데
> 우리야 소를모라 거친짱을 일구느니
> 地平線 저-넘어로 봄바람은 불어온다.
>
> 「拓土記」 전문[29]

1941년 『만선일보』 신춘현상문예 시조부에서 이 작품을 뽑은 심사자는 '一席인 「도소주屠蘇酒」(安村夫)와 二席인 「취적吹笛」(南政一)과 등급을 정하기가 난형난제였다'고 하면서 시조는 원래 '우리의 정서를 우리가 가진 固有한 그릇에 담아 이것을 넓히고 더욱 빗나게'[30] 하는데, 이 작품은 무엇보다 '그 뜻이 壯하다'고 했다. 여기서 '우리'가 '조선인'임을 고려할 때 '그

---

29   尹海榮, 選外佳作 「拓土記」, 『만선일보』, 1941.1.15.
30   신춘현상문예, 時調, 「選後感」, 『만선일보』, 1941.1.12.

뜻이 장하다'면 「척토기」도 우리를 두 번 배반한다. 시적 화자가 '아들 딸 代代孫孫이 이짱 우에 사오리'라 하는데 그 '우리'가 '조선+일본'인 까닭이다. '우리의 정서를 우리의 고유한 그릇에 담았다'고 할 때의 '우리' 역시 '조선+일본'이다. 통사형식으로 보면 우리는 조선으로 이해된다. 그러나 그 시간 우리는 조선이 아니다. 그때 우리는 이미 한일합방으로 없어졌고, 만주로 와서는 5족의 하나로 만주국의 신민이 되었다. 그러니까 윤해영은 민족문학의 원형을 빌려 민족의 뿌리를 뽑아내고 있다. 이런 글쓰기의 극점을 형성하고 있는 작품이 「樂土滿洲」이다.

> 一, 五色旗 너울너울 樂土滿洲 부른다.
> 百萬의 拓士들이 너도나도 모였네
> 우리는 이나라의 福을받은 百姓들
> 希望이 넘치누나 넓은땅에 살으리
>
> 二, 松花江 千里언덕 아지랑이 杏花村
> 江南의 제비들도 봄을따라 왔는데
> 우리는 이나라의 흙을맡은 일꾼들
> 荒蕪地 언덕우에 힘찬광이 두르자
>
> 三, 끝없는 地平線에 五穀金波 굼실렁
> 노래가 들리누나 아리랑도 興겨워
> 우리는 이나라의 터를닦는 先驅者
> 한千年 歲月後에 榮華萬世 빛나리
>
> 「樂土滿洲」 전문[31]

---

31 윤해영, 「낙토만주」, 平山瑩澈(申瑩澈) 편, 『半島史話와 樂土滿洲』, 滿鮮學海社, 1943. 690쪽.

이 작품은 율격이 3·4조인 민요 형태이다. 절을 나누어 노래로 부르게 아예 다듬어 놓았다. 윤해영의 이런 작품은 우리의 민요가락의 지평을 만주에까지 확장시키고 있다는 궁색한 의의를 부여할 수 있으나 '오색기 너울너울', '우리는 이 나라의 터를 닦는 先驅者 / 한千年 歲月後에 榮華萬世 빛나리'와 같은 대문은 우리민요의 정한과 정면으로 대립된다. 특히 '아리랑도 興겨워'에서 '아리랑'이 '五色旗'의 이미지와 결합되는 대문은 분노를 느낀다. '아리랑'이 상징하는 모든 정서와 의미를 싸잡아 내동댕이치기 때문이다.

조두남의 회고를 통해 윤해영은 한때 독립투사로[32]알려졌다. "일송정 푸른 솔은 늙어 늙어 갔어도/한줄기 해란강은 천년두고 흐른다./지난날 강가에서 말달리던 선구자/지금은 어느 곳에 거친 꿈이 깊었나"는 「선구자」가 민족의 애환과 독립의지를 장중한 시조 율격에 담아 갈무리한 명편으로 널리 향수되었기 때문이다. 그래서 가곡 「선구자」는 국민가곡의 반열에 올랐다. 그러나 「낙토만주」, 「척토기」, 「아리랑 만주」를 모르는 사람들은 윤해영의 배반을 알 수 없다. 하지만 「선구자」의 시조형식에 담긴 시적 진실이 사실은 가장 반민족적인 「낙토만주」와 조금도 다르지 않다는 사실을 확인[33]할 때 그 애정은 환멸감으로 바뀐다. 교활한 변용으로 민족을 본질적으로 부정하는 까닭이다.

---

32 '1933년 내가 만주 하얼빈에 살고 있을 때 한 청년이 나를 찾아왔다. 키가 작고 마른 체격에 함경도 말씨를 쓰는 그는 시 한 편을 내 놓으며 곡을 붙여달라고 하고는 표연히 사라져 버렸다. 그가 그 노래를 곧 찾으러 오겠다고 했기에 나는 작곡을 해놓고 기다렸으나 그 청년은 끝내 나타나지 않았다. 주고 간 시의 내용으로 보아 그는 독립군이었던 것으로 보이며 나에게 왔다 간 뒤 어쩌면 어디에선가 전사했을 것이다.' 조두남, 『그리움』, 「윤해영과의 상봉」, 세광출판사, 1982. 41~43쪽.

33 오양호, 「윤해영 시의 율격과 시대의식 고찰」, 『국어국문학』114호. 1995.5.

2.3. 新京의 송지영과 南京의 송지영

송지영宋志泳(1916~1989)[34]의 「장행사」는 친일정서가 진동하는 시조이다. "시조 장행사. 축 개척지 위문단 일행출발"이라는 거창한 수식어를 단 이 작품은 평시조 5수로 이루어져 있다. 송지영은 남경 중앙대학 재학 중이던 1943년에 독립운동 연락책 역할을 하다가 치안유지법 위반으로 2년 선고를 받고, 일본 나가사키 형무소로 이감되어 복역하던 중 해방을 맞이하여 함께 복역하던 호가장전투의 영웅 김학철과 함께 서울로 돌아왔고, 그런 공으로 사후에 '건국훈장 애국장'(1990)을 받았다. 그래서 문제 삼기가 조심스럽지만 이 시조가 자리 잡고 있는 심상영토는 분명히 일본 쪽이다. 더욱이 그것이 우리 문학의 종가인 시조 형식으로 발현되었기에 우리를 이중으로 배반한다.

> 安否를 뭇는길리 오며가며 壯하시라
> 장한길 간데족족 우슴奓을 피우시라
> 오는날 모다吉報를 선물삼아 주시소
>
> 遠野 거츤벌에 외로울손 흐린겨레
> 바람비가는날 시름인들 오죽하랴
> 얼사- 부여안은체 함째반겨 떨리다.
>
> 밤깁허 잠못이른 아득타故鄕꿈이

---

34 만주에서 송지영이 쓴 이름은 宋志泳이고 해방 후 서울에 온 뒤는 宋志英이다. 한자로는 "영"자가 다르니까 다른 사람 같으나 宋志泳과 宋志英은 동일 인물이다. 송지영은 『만선일보』에 여러 편의 시조를 발표한 시조 시인이다. 그러나 송지영의 이력에 新京에서의 활동은 모두 빠지고 없다. 南京에서 치안유지법 위반으로 2년형을 받은 것과 연계된 활동만 나타난다.

우슴이 情일러라 눈물마저 情일러라
어즈버 반가운낫치 익다서다 하리오

외진길 험한모통괴로움을 탓할손가
형제 두루차자 싸쯧할손 잡아지다
손잡아 얼킨情懷를 느게흘어지이다

어허! 반가울손 네아우며 내兄일다
三家村 서로불러 팔을벌려 마즈리라
이가을 豊年이라니 얼굴먼저 훤하리
(八月十七日 一行이 써나온날 새벽에)

「壯行餉」전문[35]

    이 작품은 일제가 그 즈음 내세우던 "신체제하의 문학의 활동방침"
이라 한 "계몽啓蒙, 총후銃後, 승전戰勝, 흥아의 문학興亞文學"[36]의 한 전범으
로 읽힌다. '개척지 위문단 일행의 출발'의 축하가 일제가 제1의 국책사업
으로 전개하던 그 만주개척을 계몽하는 흥아문학의 성격인 까닭이다. 일
제는 미개지 개척이 동아공영권의 신체제 건설을 위한 거룩한 사업이라며
많은 동포들을 군인처럼 부렸는데 송지영은 그런 일을 보고, 새벽에 시를
지으면서 "遠野 거친 벌에 외로울 손 흐린 겨레/바람비 가는 날 시름인들
오죽하랴/얼사- 부여 안은체 함께반겨"라며 송축하고 있다. 흥아문학이
아니라고 달리 해석할 근거가 없다.

宋志泳, 時調「壯行餉」, 祝開拓地慰問團一行出發, 『만선일보』, 1940.8.20.

이효석, 이기영, 채만식, 김동리, 박태원, 정인섭, 방인근, 정인택, 임학수, 「신체제하의 여
의 문학활동방침」, 『삼천리』 제13권 제1호, 1941.1., 246~259쪽. 참조.

그런 시간 『만선일보』에 다음과 같은 가십이 떴다.

　　신경밤거리를 거니르노라면 어느 어스므러한 골목에서 아래우이
힌 洋服에 지팽이를 무시무시하게 휘둘르며 닥아오는 사람을 만나
는 일이잇다. 이쪽은 무서운김에 피하여갈랴고하면 저쪽은 우스며더
닥아오는 것이다. 의아시픈 마음에 서서 자세히살펴보면 그 장본인
이 다름아닌 宋志泳氏임을 알수가잇다. '아 난 쏘 누구라구'. 어느편
이 할말인지를 몰은다. '거 지팽이 꾕장이무섭소'하면 宋 '어느새 들
구다니는게 버릇이돼서...'하는 것이다. 滿洲文壇人으로 小心臟파는
모름직이 宋志泳氏를 짤어다녀야할일.[37]

　　이 가십에 등장하는 송지영은 홍아의 모던보이 모습이다. 의고체로
개척지 위문단 출발을 축하하는 시조시인의 자태는 사라지고 없다. 가십
이라는 것이 기사의 대상을 흥미 위주로 가볍게 다루거나 비꼬는 것이 특
징이지만 송지영의 경우는 좀 심하다. 그때 겨우 20대 중반인 그가 흰 양복
에 개화장을 휘두르며 신경 밤거리를 활보하는 것은 아무래도 좀 과했던
것 같다. 그의 그런 복색과 개화장이 너무 나간 개화군, 혹은 시대에 편승
하는 아세阿世로 보였을 수도 있다. "만주문단인으로 소심장파는 모름직이
송지영씨를 짤어 다녀야 할 일"이라고 비아냥거리는 어투가 그렇다.
　　송지영의 다른 시조 「기회오장」은 「장행사」 쪽으로 가던 시의식이
방향을 조금 바꾼다.

　　새길두 大同大街 넓고 아니 시언한가
　　내대로 오고간들 어느뉘라 탓할가만

37　文壇 뒷골목, 「宋志泳氏와 지팽이」, 『만선일보』, 1940.8.27.

구태여 옛길을 차저 나는외로 예돔네

「기회오장」 제3연[38]

만주국의 수도 신경 국무원 앞, 대동대가의 그 넓은 거리를 칭찬하는가 했는데 종장에서 "구태여 옛길을 차저 나는외로 예돔네"라 함으로써 초, 중장의 시의식을 뒤집어 버린다. 시조 종장의 그 반전 기법이다. 연시조 「장행사」가 투사하던 불쾌한 분위기를 상당히 지워버린다. 그의 다른 작품, 「장별리將別離」(1941.3.)는 이별의 정한을 곡진하게 노래하는 연시조이고, 「정오서림형呈吳瑞林兄」(1941.2.)도 이별한 친구에게 바치는 인간애가 넘치는 작품이다.

정황이 이러한데 왜 「장행사」를 문제 삼는가. 그것은 송지영이 중경 임정 국무위원 박찬익朴贊翊이 조소앙趙素昻에게 보내는 "일시의 어려움에 좌절하지 말고 일치분투하자"는 비밀편지를 전달한 임정지하 조직원으로 활동한 이력[39]을 들추기 때문이다. 그리고 「장별리」나 「정오서림형」의 이면에 감지되는 인간적 신뢰가 「장행사」에 의해 해찰당하기 때문이다. 연변 조선인 문학에서 존경받는 이학성의 「첩보」 「여명」 「백년몽」과 송지영의 「장행사」를 문제 삼는 것은 이 두 시인이 우리의 기대를 이렇게 배반했다는 것이 아니라 1940년대 재만조선인 시의 최악의 모습이 이렇게 절반의 배반에 있다는 것이다.

『만선일보』의 이런 작품은 경성의 『삼천리』, 『매일신보』, 『매일사진순보』 『춘추』 등에 게재된 작품이 거의 다 넘어간 것에 견주면 반민족적 정서의 강도는 비교가 안 된다. 1940년대의 재만조선인 시의 민족배

---

38   宋志泳, 「寄懷五章」, 『만선일보』, 1941.1.22.
39   인터넷 '국사편찬위원회 한국사데이터베이스' '宋志英' 참조.

반은 서너 사람, 그러니까 「첩보」, 「여명」, 「백년몽」의 이학성, 「아리랑 만주」, 「척토기」, 「낙토만주」의 윤해영 그리고 「장행사」의 송지영 정도이다. 그러나 이런 작품은 노천명의 「싱가폴 함락」(『매일신보』, 1942.2.19.), 「노래하자 이날을」(『춘추』, 1942.3.), 김동환의 「美英 장송곡」(『매일신보』, 1942.1.13.) 「남국에서 오는 배」(『매일신보』, 1942.1.14.) 「남방 만리 새동무」(『매일신보』, 1942.1.15.), 모윤숙의 「여성도 전사다」(『대동아』, 1942.5.), 서정주의 「항공일에」(국민문학, 1943.10.), 「헌시」(매일신보, 1943.11.16.), 이광수의 「싱가폴 함락하다」(『신시대』, 1942.3.), 「진주만의 구국신」(『신시대』, 1942.4.), 주요한의 「靑年二題」(『춘추』, 1941.2.), 김안서의 「씽가포어뿐이랴」(『춘추』, 1942.3.) 등에 비하면 질과 양이 비교가 안 될 만큼 낮다.

　　김동환이 문학은 종이 탄환이라며 문인과 병사를 등치시킬 때 만주의 송철리宋鐵利는 「노변잡음」에서 시적 화자를 통해 심중에 화산의 마그마 같은 정열을 지니고 우주처럼 무한히 넓은 미래를 향해 저항의지를 투사시켰다.[40] 유치환이 「대동아전쟁과 문필가의 각오」를 썼지만 그것은 백철의 「천황폐하 어 친열관함식 배관근기」[41]에 미치지 못하고, 안재홍이 출전하는 청년학도를 향해 '반도청년학도제군! 제군이 흘리는 피는 대동아 건설의 가장 거룩한 초석이 되어 영원히 청사에 빛날 것'[42]이라며 「역사무대의 의무를 다하라」고 한 그것과 크게 다르다. 『삼천리』의 이런 부왜 분위기는 김동리에게까지 감염되어 "내가 가장 切實히 切實히 願하는 바는 저 近衛公이나 南總督같은 이를 조용히 맛나뵙고, 신체제, 아니 그보다 동

40　金晶晶, 「滿鮮日報と朝鮮人のモグニズム詩」, 『東アジア研究』 東アジア研究會, 16호, 2014.12., 30쪽 참조.

41　白鐵, 「天皇陛下御親閱觀艦式拜觀謹記」, 『삼천리』 제12권 제10호, 1940.12., 30쪽.

42　安在鴻, '出戰하는 靑年學徒에게 告함' 「歷史舞臺의 任務를 다하라」, 『삼천리』 제4권 제11호. 1943.12., 21쪽

아신질서문제의 근본원리에 대한 나의 의견을 피력하고 싶은 것이다."[43]라고 말하게 했다. 그때 박목월도 "앞 산 자락에/ 적은 松籟 일어, 잔잔하고/ 들 밖으로 달빛 감고 달빛 감고/ 사람 그림자 밤길 가고…// 아래 웃마을 휘영청 달밝다"[44]라며 너무 태평한 세월을 노래하는 의아한 시를 썼고, 이원조는 『조광』지의 '국난을 극복한 사람들' 특집에서 불문학 전공자답게 「구국의 여걸 잔느·다르크」(『조광』, 1944.7.) 이야기를 하며 일제에 협력했다. 이렇게 조선의 많은 문인이 민족으로부터 멀어져 갈 때 재만 조선시인들은 그렇지 않았다. 신경新京특별시장을 모시는 운전수 시인 조학래는 「대동아전쟁과 문필가의 각오」에서 "대동아전쟁"이라는 말은 입에 올리지도 않고 딴 소리로 자기 몫을 때웠다. 김동리가 '南總督같은 이를 조용히 맛나 뵙고 싶다'고 할 때, 뒷날 김동리와 부부의 인연을 맺은 손소희는 "주여"를 연호하며 어둠을 벗어나려 하다가(「어둠 속에서」, 1940.10.26.) 「타락의 시집」(1941.1.12.)이라는 글이 문제가 되어 『만선일보』를 그만두었다.

경성京城은 '조선문학=일본문학'이 되었으나 재만조선인 문학은 그렇게 되지 않았다. 만주국에서 '조선문학=일본문학'이 되면, '조선인=일본인'이 되어 5족협화의 원칙이 깨지기 때문이다. 그래서 관동군이 출자하여 세우고, 그들이 관리하는 『만선일보』보다 『매일신보』가 더 대동아건설에 기여했고, 『삼천리』가 주도하여 조선지식인과 문인을 배반의 공간으로 몰아갔으나 『만선일보』 관리자 관동군은 재만조선인 문학을 선계문학鮮系文學으로 그 정체성을 지키도록 놔두었다.

이학성의 「여명」 「백년몽」 「첩보」, 윤해영의 「아리랑 만주」, 「척토기」, 「낙토만주」, 송지영의 「장행사」가 『만선일보』 학예란을 오염시킬 때

---

43   金東里, 「新方針을 公開하기 前에」, 『삼천리』 제13권 제1호, 1941.1., 248쪽.
44   朴木月, 「月夜」, 『춘추』, 제5권 제5호, 1944.10., 60쪽.

이수형, 함형수, 김조규, 한 얼 生의 전혀 오염되지 않은 시가 그 난을 지켰다. 이수형은 「창부의 명령적 해양도」, 「풍경수술」로 『만선일보』의 학예란을 꽉 잡은 뒤, 경성京城 문단에는 시의 독립군 '玉伊'를 침투시켜 '만세'를 불렀고(「玉伊의 房」, 『조광』, 1943.10.), 함형수는 「정오의 모랄」로 『만선일보』를 흔들더니 경성京城 하늘에 '가상의 이상국'(「이상국통신」, 『삼천리』, 1940.5.)을 세웠다. 그런가 하면 유치환은 『만선일보』의 피비린내 나는 태평양전쟁 기사 틈새에서 생명의 실존을 외쳤다. 그뿐만 아니다. 김조규는 『만선일보』 편집부 기자로, 박팔양은 협화회 홍보과 마당발로, 백석은 국무원 경제부 서기로, 조학래는 신경특별시 고관을 모시는 운전수로 살았지만 그들의 작품은 그런 삶과 유관한 점도 있으나 무관하다. 지금까지 이 저술이 순조롭게 논의를 전개할 수 있었던 것은 1940년대 전반기 재만조선인 시의 실재實在가 이렇게 작품 자체로 존재했고, 예닐곱 편이 딴전을 폈지만 그것도 저마다 양팔을 벌리고 '그렇게만 평가할 수 없다'며 자신의 배반을 절반으로 변호할 수 있기 때문이다.

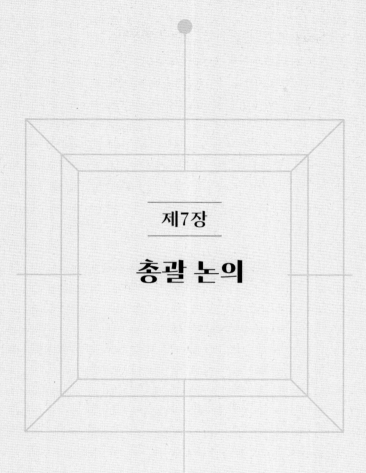

제7장

총괄 논의

1940년대 재만조선인 시를 고찰하는 힘든 작업이 끝났다. 작품의 성격을 살피는 일을 어렵게 발굴한 새로운 자료를 시대 여건과 관련시켜 왜 재만조선인 시가 문제인가라는 과제를 풀기 위해 여러 시인의 작품을 통하여 전개하느라고 논의가 복잡해졌다. 무엇을 얻었는지 간추리고, 얻은 것이 어떤 의미를 지니는지 생각해보자. 또 앞으로 해야 할 일도 가늠해본다.

재만조선인 시에 대한 고찰은 재만조선인 문학이 동아시아 5족의 문화가 각축하는 거대한 시대 여건 속에 일본이 인위적으로 세운 만주국 문학으로 존재했다는 사실에서부터 시작한다. 이런 사정 때문에 재만조선인 문학은 본질적으로 부정론이 존재한다. 1940년대 전반기 재만조선인 문학을 속지주의로 접근하고, 거기에 일제의 식민지 경험을 재구성한 문예이론, 친일청산 문학논리로 이해하는 태도 때문이다.

그 결과 재만조선인 문학, 특히 1940년대 전반기 문학은 우리 문학이 될 수 없다는 것이다. 조선은 이미 한 세대 전에 한일합방으로 없어졌고, 조선인의 신분도 일본인 신분으로 바뀌었으니 만주국의 조선인 문학은 우리 문학이 될 수 없는 조건이 배(倍)가 된다는 견해다. 그러나 일제 강점기 재만조선인 문학이 그런 논리로 우리 문학이 아니라는 것은 성립되지 않는다. 만주국에서 태어났으나 모국어로 시를 쓴 윤동주를 만주국 시인으로 평가하지 않는 것이 대표적인 예다. 나아가 이런 논리대로 한다면 일제 강점기의 모든 조선문학은 우리 문학이 될 수 없다. 문학의 존재양식은 속지주의 원칙보다 속문주의 원칙으로 규정하는 것이 더 합리적인데 그것을 속지주의로 규정함으로써 조선말로 쓴 문학의 정체성identity이 제외되는 까닭이다.

만주국은 다섯 민족이 함께 만든 나라이고, 그 나라의 선계鮮系문학은 그런 나라를 구성하는 민족의 하나인 한민족韓民族의 한글과 상수常數 관계에 있다. 왜 상수관계인가. 선계문인들의 조선어는 어머니에게서 배운 어머니 말, 어머니처럼 소중한 생명의 말이라 표현이 자연스럽고, 다채로우며, 삶의 실상을 충실하게 나타낼 수 있다. 따라서 만주국 국민이지만 모국어인 한글로 문학작품을 창작한다면 그 작품은 언어예술로서 획득할 수 있는 예술의 성취도를 크게 제고提高시킬 수 있기에 나타난 결과물이 재만조선인의 문학작품인 까닭이다.

1940년대 전반기 재만조선인 시를 탐구하면서 얻은 성과를 간추린다.

첫째는 『시현실』 동인들의 작품이다. 『시현실』 동인의 작품의 특징은 초현실주의 시 기법이다. 왜 그런 기법의 시를 썼는가. 하고 싶은 말을 자유롭게 하기 위해서이다. 작가는 같은 언어를 사용하는 동족들 사이에서 창작을 하고, 주위의 사람들과 광범위한 소통을 하는 것을 원하고 그게 바람직하다. 그러나 1940년대 전반기의 우리 문학은 총독부 경무국 도서과의 엄격한 검열 때문에 하고 싶은 말을 마음대로 할 수 없었다. 그래서 『시현실』 동인의 경우, 숨통이 트이는 만주로 진출했고, 동족이 밀집한 圖們에서 동인을 결성하고, 거기서 동인활동을 하며 『만선일보』 문예란을 통하여 소통을 도모했다. 함북 경성鏡城에 사는 신동철, 성진城津에 사는 황명이 도문圖們을 드나들며 『시현실』 동인으로 활동한 것은 이런 소통 때문이다. 그렇지만 만주국에서도 현실 문제를 마음대로 다룰 만큼 자유로운 환경을 허용한 것은 아니었다. 그래서 그들은 그런 조건에서 할 수 있는 길을 택했다. 그것은 가상공간에서 표현 불가능의 내용을 표현 가능으로 만드는 초현실주의 시의 기법의 글쓰기였다.

『만선일보』는 '만주국 거주 반도인 지도기관・滿洲國に於ける半島人
指導機關'으로 설립된 일간 신문으로 '諺文'으로 발행되기에 모든 기사는
일본어로 번역하여 기사화되기 전에 일본인 주간主幹이 검열했다. 그러나
조석간 8면 발행의 일간지라 시간에 쫓기고, 모든 기자가 그 일을 아주 싫
어해 기피하였으며 문학의 경우, 초현실주의 시의 기법으로 창작한 시는
번역이 어렵고, 일본어로 번역되더라도 난해함이 가중되어 조선말이 모국
어가 아닌 사람이 시적 진실을 파악하는 것은 거의 불가능했다. 『시현실』
동인은 이런 약점의 틈새를 비집고 들어가 시를 투쟁의 무기로 삼았다.

『시현실』 동인이 현실주의 시를 쓸 수 있었던 또 다른 하나의 이유는
만주국이 조선문학과 일본문학을 합한다면 5족협화라는 국시를 어겨 4족
의 개념이 되기에 선계문학은 만계滿系문학과 內地文學・일계문학과 구별
되는 독자성을 어느 정도 인정받을 수 있었던 사실과 관계된다.

이런 검열의 한계를 이용한 못할 말 하는 작전으로 경성鏡城의 신동
철은 「능금과 飛行機」, 「生活의 市街」를, 성진城津의 황민은 「금역의 수첩」
으로 국내에서 못하는 하고 싶은 말을 했다. 같은 시간에 발표한 신동철의
「作品」(『조선일보』, 1940.6.8.)과 황민의 「반가返歌」(『조선일보』, 1940.2.3.)와는 달
리 「능금과 비행기」는 도의의 나라라는 만주국의 근대도시 신경新京을 음
분淫奔에 찬 공간으로 은근히 비틀고, 데페이즈망dé paysemnt 기법으로 시의
식을 형식signifiant을 넘어 구원자의 도래를 암시하는 개념signifié으로 형상화
했다. 황민은 「返歌」에서 주저하던 말을 『만선일보』, 「금역의 수첩」에서는
왜곡된 역사, 그런 역사를 만든 왜곡된 근대의 음지를 가상공간을 드나들
며 말하는 자유를 누렸다.

이수형의 「창부의 명령적 해양도」, 「풍경수술」, 「소리」, 「기쁨」, 「玉
伊의 방」, 함형수의 「이상국통신」 역시 시인이 하고 싶은 말을 마음껏 자

유롭게 하는 문학의 권리를 누렸다. 이런 작품들의 시적 진실은 문학의 본질인 인간의 자유와 인권의 형상화이다. 그러나 그런 현실주의 시의식은 초현실주의 시의 기법에 의해 주제가 의사진술擬似陳述로 표현됨으로써 시인은 어떤 제재制裁나 불이익도 당하지 않으면서 자기 확대를 실현할 수 있었다.

『시현실』 동인이 거둔 이런 시적 성취는 김기림이 1930년대부터 1940년대 초기에 걸쳐 수행한 일련의 시론 및 시 쓰기와 지속적 관계에 있다. 그때 김기림은 '詩壇의 새 進路는 모더니즘과 社會性의 綜合이라는 뚜렷한 方向을 찾았고, 그것이 오직 하나인 바른길이고, 무슨 意味로던지 모더니즘으로부터의 發展이 아니면 아니 된다'(「모더니즘의 歷史的 位置」, 1939)는 현실주의 시의 논리였는데 그런 논리가 『시현실』과 닿는다.

이런 관계는 신동철의 초현실주의 시론 「시론메모—소화기의 해변」(1940)이 김기림의 『피에로』의 獨白-「포에시」에 對한 思索의 斷片」(1931)과 형식, 내용, 발상이 거의 동일한 데서 단적으로 드러난다. 김기림은 초현실주의 시의 성격을 32개로 나누어 조목조목 언급한 바 있는데 신동철은 24개로 요약했다. 김기림의 경성고보 교유 부임을 계기로 당시 김기림이 몰입해 있던 '모더니즘과 社會性의 綜合'이라는 현실주의 문학관을 신동철이 『맥』 동인으로 익힌 문학관과 접합하여 자기 나름으로 발전 보완시킨 현상이다. 이런 기법과 시의식을 신동철과 황민 등이 도문圖們으로 퍼 날랐고, 도문에서는 「백란의 수선화」(1940.3.13.)로 김장원金長原(金北原)과 초현실주의 시를 선언한 이수형이 이들과 함께 재만조선인 시단에 새로운 시의 지평을 열어 『시현실』 동인을 결성하여 초현실주의 시 창작을 본격화했다. 이수형은 이런 논리로 「조선시단의 재단면」(1941.2.12.~2.21.)을 『만선일보』에 연재하면서 1940년대 조선시단을 점검하며 『시현실』 동인의 지반을 다졌다.

이렇게 형성된 초현실주의 시는 너무 낯설어 기존의 작품들과 차이가 나고, 긴장미가 떨어지는 느슨한 작품이 창작되기도 했으나 소통에 힘쓰면서 일반 시인의 참여를 유도하여 『시현실』 동인의 합동시집 『典型詩集』(1940)을 도문圖們에서 발행했고, 식민지 현실의 차등, 부자유, 모순을 문제 삼으며 재만조선인 시단에 새 기풍을 일으켰다. 그리고 마침내 경성京城문단에 역진출하여 식민지 담론에 싸인 시단에 충격을 가했다. 이수형과 함형수가 대표적인 존재다.

이수형李琇馨(1914~?)의 시는 식민지 조선인의 삶을 성찰한다.

이수형의 재만문학기 작품은 우리가 주권과 영토를 빼앗기고 민족만 남았던 1940년대 초기, 민족의 모멸을 피해 이주해간 남의 땅에서 시인으로 살면서 인간의 보편적 가치와 조선인의 존재감을 시를 통하여 성찰했다. 그의 시는 파쇼 일제를 향해서 직접적인 대결의 자세를 취하지는 않았다. 그러나 절대 권력이 문학의 명제를 애국심, 민족주의를 앞세워 인간의 가치를 파괴하고, 자유를 구속할 때, 그것으로부터 인간을 해방시키려는 시적 진실을 데페이즈망dé paysemnt 기법으로 형상화시키면서 현실주의 시의 임무를 수행했다. 이런 주장은 이수형의 시 6편의 다음과 같은 성격에 근거한다.

「백란의 수선화」(『만선일보』, 1940.3.13.)는 수선화 신화로 인간애를 호출하여 그것을 인간부정의 현실을 비판하는 명제로 내세워 재만조선인 시단에 휴머니즘으로서의 초현실주의 시의 상륙을 선언했다. 「창부의 명령적 해양도」(『만선일보』, 1940.8.27.)는 인의와 예양을 존중하는 도덕국가를 표방하는 만주국의 건국정신을 인간의 육체까지 상품화하는 초기 신흥자본주의 사회현장을 비틀고 야유한다. 「풍경수술」(『만선일보』, 1941.12.10.)의 상이한 이미지들이 폭력적으로 충돌하여 형성하는 황홀한 세계는 상상적인 것과 현실적인 것이 모순되지 않는 경이의 세계를 창조하는데 이 경이는 그릇된 세태를 시비하다가 역부족임을 깨닫는다. 그래서 인간의 자유의지를 옹호하는 문학의 보편적 가치를 가상공간에서 형상화시키는 풍경을 형성하여 현실주의 시의 임무를 수행한다.

한편 대동아담론을 따르는 경성京城의 반민족적인 문학현장인 『조광』에 진출하여 조선말을 귀신같이 가려서 행복한 세계를 창조한 작품 세 편 역시 현실주의 시의 임무를 수행한다. 「소리」, 「기쁨」, 「玉伊의 房」이다.

「소리」(『조광』, 1942.9.)의 외연은 아버지의 주검과 장제葬祭 모티프가 시의 중심에 놓여 있는 진혼가다. 그러나 그 내포는 아버지의 주검을 통해 당시 죽음이 만연한 태평양전쟁을 비판하는 작품으로 삶을 성찰하게 한다. 「기쁨」(『조광』, 1943.3.)은 비인간적인 현실이 왕도낙토 실현으로 미화되던 만주국 하에서 민족의 자긍심과 모국어를 빛내는 기능을 수행했다. 「玉伊의 房」(『조광』, 1943.10.)은 이수형의 재만 문학기 작품이 다다른 최후의 성과이다. 시적 진실을 이야기 형태로 알리면서 '만세!'로 상징되는 민족의 희원을 초현실주의 기법의 소리무늬로 승화시켜 그 정체를 흘렸다. 그러나 '만세!'는 어머니란 사향思鄕의 메타포를 통해 민족의 열리는 미래를 예보하는 시인의 예언으로 독해되었다. 이런 점에서 이 시의 옥이玉伊는 경성京城에 잠입한 시詩를 투쟁의 무기로 삼는 시인 이수형의 화신이다. 시의 화자는 시인의 변형인 까닭이다.

「玉伊의 房」을 이렇게 분석하는 근거는 다음과 같은 사실과도 관계된다. 「1940년대 전반기 재만조선인 시 연구」의 자료집 '보론' 「이수형은 누구인가」의 "결론"을 인용한다. 그러나 이런 사실이 「옥이의 방」 해석에 필요충분조건은 아니다. 작품 자체로도 해명되었기 때문이다.

"1930년대의 李琇馨은 '李秀亨, 李秀炯'으로 활동한 인물로 추정된다. 李秀亨으로는 로서아 共大(東方勞力者共産大學) 출신 韓東赫과 太平洋勞動組合設立, 赤色農民組合建設을 주도하다가 피검되었고(『중앙일보』,

1933.1.8.), 그 뒤 李秀炯으로는『동아일보』鏡城지국장 출신 극렬 사회주의
자 姜煥植과 襄陽赤色勞農協議會를 조직하려다가 옥고를 치렀다.(『조선일
보』, 1935.8.24. 호외, '조선공산당재건동맹 / 산업별저색노동조합사건 전모' 참조) 이
수형의 고향은 함북 경성鏡城이고 강원도 양양에서는 도천면道川面 서기로
일했다. 양양에 적색농조건설을 위해 신분을 위장했다.

　　재만문학기「白卵의 水仙花」(『만선일보』, 1940.3.13.) 이후, 그러니까 시
인으로 활동하면서부터는 이수형李琇馨이라는 이름을 썼다. 도문圖們에서
함형수咸亨洙, 신동철申東哲 등과『시현실』동인을 결성하고「백란의 수선
화」,「창부의 명영적 해양도」,「풍경수술」등의 초현실주의 기법의 작품
을『만선일보』에 발표했고,「소리」,「기쁨」「玉伊의 房」과 같은 외연과 내
포가 아주 다른 시를『朝光』에 발표했다. 1941년에는 당대 조선시를 초현
실주의 관점에서 통시적으로 고찰한「朝鮮詩壇의 裁斷面」을『만선일보』
(1941.2.12.~22.)에 연재했다. 그 외「前衛의 魔笛은」(『만선일보』, 1940.11.15.~16.)
과 같은 문제적 에세이를 썼다.

　　해방기에도 이수형李琇馨으로 활동했다. 이 시기는 시인으로, 문화민
족주의자로 활동했는데 모든 언행의 기준이 사회주의 사상이다. 이것은
1930년대 태평양노동조합설립太平洋勞動組合設立, 적색농민조합건설赤色農
民組合建設을 주도하던 언행과 완전히 일치한다. 남로당 수장 박헌영을 칭
송하는「박헌영선생 오시어」(『문화일보』, 1947.6.22.), 제주 4·3사태를 테마로
삼는「산 사람들」, 새 시대에 대한 기대를 노래한「待望의 노래」등의 시,
또 민중미술론「繪畵藝術에 있어서의 大衆性 問題」와 여러 편의 수필 등이
그러하다. 또 일제적산 문제를 처리하는「조선섬유산업건설동맹회결성」
(1945.9.)에 집행위원의 한 사람으로 활동한 것, 학생들에게 외국어교육을
시켜 국가를 발전시키려는「외국어연구회」창립 때 맡은(1946.8.) 간사 역시
그렇다. 이상과 같은 사실을 근거로 '李秀亨=李秀炯=李琇馨'이라는 사실

판단을 내릴 수 있다.

함형수咸亨洙(1914~1946)는 1940년대 전반기 일제가 벌린 비인간적인 식민지 정책과 그 정책을 정당화시키는 모든 것을 본질적으로 혐오하는 정서를 시적 진실로 형상화시키려 했다. 그리고 그런 작가의식을 발현시 킨 대표작이 「이상국통신」이다. 「이상국통신」(『삼천리』, 1940.5.)은 일본의 천 하가 된 경성京城에서 이성 이전의 의식의 심층에서 투사되는 이미지를 통 하여 당대 식민지 현실을 야유하는 자유를 누렸다. 초현실주의 기법을 통 해 무슨 말이든지 할 수 있는 가상공간을 설정한 결과다. 말할 수 없는 때 와 자리에서 말할 수 없는 식민지 현실을 풍자, 야유, 조롱, 비판했다는 점 에서 이 작품은 그의 다른 많은 작품을 셈하지 않아도 우리 문학사에 남을 만큼 시적 성취도가 높다. 시적 진실의 발현 시간이 1940년대 전반기라는 점에서 더욱 그렇다.

「이상국통신」에서 질서전도의 이미지가 우연히 접근 충돌하여 재창 조하는 세계는 말의 해방을 통한 인간해방이다. 함형수는 이것을 데페이 즈망 기법으로 어길 수 없는 사물간의 인식을 깨뜨린 제2의 세계발견으로 그 목적을 실현한다. 작품이 발표되던 시간의 말로 표현한다면 「이상국통 신」은 도문圖們에서 경성京城 문단을 향해 날리는 종이탄환[1]이다. 이 작품 의 이런 성격은 함형수가 로시아共大(東方勞力者共産大學) 출신 장도명張道明

---

1   김동환은 "조히로 만든 탄환이란 전시하에 잇어 신문 잡지 출판물 등을 가르킨다."고 했
     다. 金東煥. 「彈丸과 펜의 因緣」, 『삼천리』 제12권 제7호, 1940.7., 92쪽. 함형수는 주의자
     아버지의 유언을 양복 안주머니에 넣고 다니고, 자신도 로시아共大(東方勞力者共産大學) 출
     신 장도명張道明이 중심이 되어 함북공산당을 재건하려 한 "咸北共産黨事件(1932.10.)"에
     연루되어 함흥경찰서에 검거되고, 다음 해에는 "太平洋勞組 秘密部를 國際共産黨과 연결
     하여 조직을 만드는데 鏡城高普 二學年"으로 참가하였다가 '咸北鏡城高普校檄文散布事
     件'으로 검거되어 집행유예 1년을 언도받고 풀려나(1933.11.) 만주로 갔다. 그러니까 김동
     환이 '친일의 종이탄환'을 날렸다면 함형수는 사회주의민족운동 이념의 종이탄환으로 맞
     섰다.

과 동지가 되어 함북공산당을 재건하려 한 함북공산당사건咸北共産黨事件 (1932.10.)과 경성고보鏡城高普 2학년 때 '咸北鏡城高普校檄文散布事件'으로 검거되어 집행유예 1년을 언도받았고, 그런 이력 때문에 만주로 갔고, 거기서 「정오의 모-랄」 같은 작품으로 현실을 비판한 자품을 창작한 사실과 관련된다. 이런 판단은 인권과 자유가 유린되고, 중일전쟁의 와중에 제2차 세계대전에까지 적극 개입하는 일제의 파쇼정권을 겨냥한 강력한 비판적 시정신에 근거한다.

함형수는 식민지 통치가 빚어낸 민족사의 진통을 외면하거나 자기 문제에만 몰입하지 않고 세상이 어떻게 되어야하는가의 문제에 대하여 깊이 고민하며 파격적인 상상력을 동원하여 침묵을 지키거나 변질되어가는 본국의 문단에 자극을 주고자 했다. 「이상국통신」의 마지막 부분, 곧 "獰惡하다는 獅子와 범과 이리들의 가슴에/새로운 神의 呼吸이 들어가는 날 / 그들은 거리에 몰려나와 / 牛乳를 팡을 과자를 乞食하리로다. / 그 우서운 궁뎅이춤과 그 멋없는 코노래를 부르면서. // 총을 거둘지니라. / 총을 거둘지니라."라는 구절이 그런 예다. 이 구절은 인간이 자기 욕심대로 타자를 짓밟는 세상에 대한 거부이고, 선의를 가지고 살아가는 세상의 도래에 대한 갈망이다. 「이상국통신」의 바닥에는 인간성 말살의 시대를 헤치고 나가려는 인본사상과 식민지 정책과 비인간적 전쟁으로 박탈당한 인간의 자유를 문학으로 회복하려는 정신이 깔려있다. 이런 시의식은 「나의 詩論— 엇던 詩人에게」(『만선일보』1940.12.22.~12.24.), 「滿洲의 鮮系知識人들에게, 唯物主義 思想의 淺薄性과 精神的 覺醒」(『만선일보』, 1941.11.8.~1941.11.20.)에도 나타난다. 「이상국통신」의 이런 시적 진실은 그 시간 『삼천리』의 김동환金東煥이 "三千里機密室", "三千里緊急揭示板"을 설치하고 파쇼 일제의 정책에 동참하던 문학행위와는 정반대라는 점에서 의미가 더 깊고 넓다.

유치환柳致環(1908~1967)이 재만 문학기에 창작한 작품은 「생명의 서」

세 편으로 대표된다. 「생명의 서」 세 편에서 유치환은 내면을 탐구하는 정신의 여행을 하면서 지식에 대해 회의를 하고, 합리적 사고를 불신한다. 유치환은 「生命의 書. 一章」에서 "병든 나무처럼 생명이 부대낀다"는 말로 자아 상실의 고통을 나타내고, 가상의 공간이나 다름없는 아라비아 사막으로 가는 결단을 내리고 있다. 아라비아 사막은 극한적인 시련과 고난의 장소이며, 기존관념의 때가 묻지 않은 원시 상태여서 삶의 본질을 탐구할 수 있는 공간이다. 상실된 자아를 거기서 만난다. 시간과 공간은 "永劫의 虛寂"이라고 하고, 다시 "밤마다 고민하고 방황하는 열사의 끝"이라고 했다. "그 열렬한 고독 가운데", "옷자락을 나부끼고 호올로 서면"이라는 말로 자기 모습을 그렸다. 거기서 마침내 "운명처럼 반드시 '나'와 對面케 될 지니"라는 믿음에 이른다.

생명의 무한한 심연을 "나의 생명", "그 원시의 본연한 자태"라 읊으며 본질 상실에서 회복으로 나아가고자 한 이 생명찬가가 1942년 1월 하와이 진주만이 일제의 예고 없는 기습공격으로 박살나고, 미군은 이듬해 초에 그 보복으로 도쿄, 요코하마 공습을 감행하던 시간에 관동군이 관리하던 신문에 발표되었다. 「생명의 서」(1942.1.18.~1.21.) 연작 세 편이 어떻게 그런 시간에 탄생될 수 있었는지 이해할 수 없다. 당장은 이 작품의 신기한 novelty 사유가 이해불가능 역할을 했을지 모른다. 그러나 곧 본색이 드러날 것이기에 유치환은 그 후환을 막기 위해 바로 그 시간에 「大東亞戰爭과 文筆家의 覺悟」(1942.2.6.)을 썼고, 그런 협조가 시인과 작품을 보호했을 것이다. 반시대적인 인간주의 시적 진실을 시대협조의 맞짝개념이 덮어 버릴 수 있었기 때문이다.

'生命의 書·一', 「怒한 山」의 화자는 허무와 고독에 싸여 있지만 자신의 힘의 의지에 따라 새로운 가치를 주체적으로 창조하는 실존적 존재이고, 生命의 書·二', 「陰獸」의 화자는 신이 돌보지 않는 생명의 위협에 저항하며 광야에 내몰려 생명에의 무도無道한 위협에 시달리면서도 빨갛게 타오르는 생명애를 느낀다. 화자는 부조리하고 허무한 세상에서 그 허무마저 긍정하고 나만의 세계를 구축하고 극복하려고 전력을 다한다. '生命의 書·三', 「生命의 書」의 화자는 원시의 공간에서 절대고립으로 생명자체를 압박받는다. 그러나 죽음이 생명을 위협하는 모순된 운명과 직면하는 순간도 삶의 희열 속에 실존을 확인한다. 이런 점에서 「생명의 서」 세 편은 한국 근현대시에서 문학과 철학이 인간문제를 '實存Existentialism'으로 아우르는 다른 예가 없는 특별한 작품이다.

유치환이 열악한 삶의 조건을 극복하려는 의지가 그런 상황과 맞서다가 스스로 획득한 철학적 사유의 결과가 '실존Existentialism'이라면 그것은 서구의 그것이 양차대전을 체험하면서 성숙된 것과 다르지 않다. 앞에서 거론한 이수형, 함형수의 시가 초현실주의 시의 기법 덕분에 상상을 자유롭게 펼치는 공중비행을 할 수 있어 성과가 크다면, 여기 유치환은 땅에 바짝 엎드려 현실주의 노선을 견지하면서 온갖 역경을 단신으로 대결한 탓에 겨우 시 세 편이다. 하지만 「생명의 서」 세 편이 함의하는 바가 위에서 기술한 바와 같이 비범하기에 유치환의 실존체험은 특별하다. 견디기 어려운 체험을 하고, 자신이 건넌 세계를 자생적 실존적 사유로 승화시킨 시적 진실은 우리의 근대 시문학을 심화시키는 역할을 한다.

김조규金朝奎(1914~1990)가 해방 이전까지 창작한 작품은 130여 수이다. 만주에서 해방을 맞아 북으로 간 김조규의 작품은 현재 『東方』(『조선신문사』, 1947), 『김조규시선집』(조선작가동맹출판사, 1960), 『김조규시전집』(흑룡강조선민족출판사, 2002), 『金朝奎詩集』(숭실대학교출판부, 1996)으로 존재한다. 이런 시집에 묶인 작품은 당장 철자법이 현대어로 되어 있는 등 대부분의 시가 원작과 크게 다르다. 해방 전에 출판한 시집이 없고, 겹친 난리통에 원작이 대부분 산일된 상태였기에 김일성주체문예이론 형성기에 그 이론에 맞춰 많이 개작된 까닭이다. 「전선주」, 「삼등대합실」, 「대두천역에서」, 「카페 '미스조선'에서」, 「가야금에 붙이어」, 「찢어진 포스타가 바람에 날리는 風景」 등이 대표적인 예다.

정황이 이렇기에 본 저술은 어렵게 원작을 발굴하여 그것을 텍스트로 그의 재만문학기(1939~1945) 작품을 고찰하였다. 그 결과 김조규의 재만문학기 시는 김일성주체문예이론에 대입되어 개작된 작품이 아닌 원작으로도 식민지문학에 맞서는 민족문학으로서 거둔 시적 성취를 충분히 확인할 수 있었다. 그 가운데 특히 중요한 결과를 다음과 같이 정리한다.

「남풍」과 「남방소식」에 나타나는 "남쪽" 이미지는 '일본을 상징하는 것'으로 평가되어 왔다. 그러나 「남풍」과 「남방소식」의 "남쪽"은 김조규 시에 빈번하게 나타나는 남쪽 한반도에서 북쪽으로 밀려난 시적 화자가 북쪽은 더 이상 밀려날 곳이 없는 신산고초의 땅이고, "남쪽"은 행복 고착지 안주의 고향을 상징한다는 사실이 드러났다.

시는 설명도 설교도 아니다. 식민지 시인은 모두 민족주의자가 되어야 하고 최상의 민족주의자는 시인이 되어야 한다는 명제는 바람직하지만 그런 명제는 성립될 수 없다. 김조규는 민족주의자를 흉내 내며 세상을 나무라지 않고, 남쪽에서 북쪽으로 간 친구에게 바치는 「北으로 띠우는 便紙-破波에게」에서 "南쪽이 그리우면 黃昏을 더부리고 먼-松花江ㅅ가으로 逍遙해라"라고 했다. 모든 것이 깨어져 파편화된 존재를 상징하는 "파파破波"가 누구일까. 삶이 파산된 동포일 것이다. 그러나 김조규는 동포나 민족을 앞세우지 않고, 구구한 설명이 필요 없는 "파파"라는 이름의 대역을 내세워 하고 싶은 이야기를 했다. "파파"라는 이름의 의미자질로, 파열음의 음성자질로 삶이 깨어졌다는 시적 진실을 인상적이고 신선하게 형상화하고 있다.

한편 김조규는 11명의 문인이 돌아가며 「대동아전쟁과 문필가의 각오」(1942.1.23.~2.19.)를 쓰던 바로 그 1942년 2월에 『만선일보』에 「新春集」 6수를 연재했다. 「신춘집」은 원래 8수이다. 그러나 5, 6번의 작품은 문제가 되었는지 확인이 불가능하고, 발표된 작품은 「1.獸神」(1942.2.14.), 「2.室內」(1942.2.14.), 「3.카페-미쓰朝鮮記」(1942.2.15.), 「4.胡弓」(1942.2.16.), 「7.밤의倫理」(1942.2.19.), 「8.病記의一節」(1942.2.19.) 6편이다. 이 작품들은 행간에 민족정서가 잠복해 있는데 그것이 심한 변형의 보호막을 쓰고 있다. 시가 원래 변형·은유의 다른 이름이라 하더라도 「신춘집」의 이런 특성은 모든 '민족적인 것'이 절종絶種되어 가던 시간에 「대동아전쟁과 문필가의 각오」와 대립되는 시적 진실을 형상화시키고 있다는 사실에서 간과할 수 없다.

　「獸神」의 시적 화자는 자신의 시간, 곧 1942년 2월을 짐승의 세계로 인식하는데 시인은 1946년 1월에 출판된 『관서시인집』에서 이 작품을 '侮蔑 속을 걸어온 어느 詩人의 遺稿抄'로 규정했다. 「室內」는 감정과잉의 퇴영적 어조가 현실주의 시의 성격을 약화시키나 결말에 천사가 강림함으로써 시적 진실은 미래지향적 세계로 마감된다. 「카페-미쓰朝鮮記」에서는 유맹의 신세가 된 존재를 금붕어로 빗댄 대역을 통해 당대 현실을 미래부재의 폐쇄된 사회로 응축한다. 그런데 산문체, 구두점 무시 등의 기법과 이질적 이미지의 혼용이 그런 시의식의 감식을 방해한다. 이 작품이 온전할 수 있었던 것은 이런 기법 덕택일 것이고, 뒤에 주체문예이론 형성기에 「카페 '미스조선'에서」로 개작된 것 역시 이런 시의식 때문일 것이다.

　「호궁」은 한족漢族의 전통 악기 호궁胡弓에 기탁하여 나라 없는 민족의 처지를 슬퍼한다. 이런 역사의식이 주체문예이론 형성기에 '호궁'이 '가야금'으로 바뀌어 「가야금에 붙이어」로 개작되면서 역사의식이 굴절되었고, 그것은 김일성 주체사상 형성에 기여하는 역할을 했다. 「病記의 一節」은 제2차 세계대전 속의 절망적 삶을 비판적으로 응축하고, 「밤의 윤리」는 시의 외연은 '히틀러의 시간'과 같이 시대와 동행한다. 그러나 시적 진실은 양가성으로 형상화시켜 시인을 시대의 대세로부터 분리시켰다.

김조규가 「신춘집」 여섯 수를 『만선일보』에 발표할 때 『재만조선인 시집』을 편집 출판했고(1942.10.), 그 시집 서문에서는 "建國 十週年의 聖典"이라 했다. 그러나 그 시집에 실린 詩에서는 "停車場에선 汽笛이 울었는데 나는 어데로 가야하노!"라 하며 서문과 작품을 '분리'했다. 이런 사유를 은근히, 그러나 단호하게 실현한 작품이 「신춘집」 여섯 수다. 그 시간 『만선일보』 학예면은 김조규가 실무·실세였다. 박팔양은 협화회로 갔고, 안수길은 학예면 시문詩文을 일역해서 일본인 주간主幹에게 바치는 것이 싫어 자원해서 용정 특파원으로 떠났기 때문이다. 실세는 주체다. 그런데 그 실세·주체가 「신춘집」 여섯 수의 실상이다. 「신춘집」의 이런 사유는 「붉은 해가 나래를 펼 때」(1931)의 그 작가의식의 지속이고 재현이다.

이런 점에서 김조규는 1940년대 전반기 재만 조선인 시를 밝히는 별이다. 관동군의 신문 『만선일보』 편집기자로서 일과 문학을 은밀히 분리하여 자기세계를 확대했다. 그런 '분리'를 유치환의 경우는 「생명의 서」 세 편(1942.1.18.~1.21.)과 「대동아전쟁과 문필가의 각오」(1942.2.5.)로 셈을 서로 비기는 전략으로 인간생명의 실존을 그 무서운 태평양전쟁의 와중에 문제 삼게 했으며, 이수형에게는 일제가 하와이 진주만을 기습당하던 그 절체 절명의 시간 이성 이전의 의식의 심층에서 분출하는 일련의 이미지를 통하여 인간의 자유와 수액樹液 같은 평화를 옹호하는 문학의 보편적 가치를 가상공간에서 형상화시키는 「풍경수술」(1941.12.10.)을 발표할 수 있는 자리를 펴 주었기 때문이다.

「남풍」과 「남방소식」에 나타나는 '남쪽'은 당시 일제의 남방전투의 승전보를 상징하는 이미지가 아니라, '남쪽' 한반도의 따뜻한 고향에서 북쪽으로 밀려난 시적 화자가 북쪽은 더 이상 밀려날 곳이 없는 신산고초의 땅이고, 거기서 생각하는 행복 고착지 안주의 고향을 상징한다는 사실이 드러났다.

　김조규의 재만문학기 작품 가운데 가장 문제적인 시가 「귀족」이다. 이 작품은 1944년 4월, 태평양전쟁이 절체절명으로 전개되던 시간에 발표되고, '우러러 모시기에 高貴한 民族', '새로운 東方', '東方을 擁護하라'와 같은 표현하며, 「귀족」이라는 시의 제목이 동양의 맹주로 추축국이 되어 연합군과 맞서던 일제를 연상시킨다. 또 '데모그라시의 소동을 거부하고'라는 표현 역시 일제군국주의에 대한 찬미로 읽힐 소지가 없지 않다.

　정황이 이렇지만 「귀족」의 통사구조는 그런 독해를 거부한다. '東方'이라는 핵심어keyword가 '동방은 손을 든다'를 '동방의 손을 든다'로 친일적 사유를 유도하는 기묘한 '소유격으로' 표현함으로써 민족지향의 시적 진실을 의사진술擬似陳述의 언술로 오독하게 만든다. 그 결과 그런 해석은 결코 성립할 수 없게 되었다. 그리고 '祭壇을 쌓고 나뭇가지를 꺾어 한울에게 焚香했노라'라 할 때의 제단은 일본의 제단이 아니라 우리 민족의 천신제(개천절)의 제단이고, "한울"은 보통명사 하늘이 아니라 대종교大倧敎에서 단군을 지칭하는 "한울"임이 논증되었다. 따라서 「귀족」의 주체는 일제가 아니라 "한울"을 섬기는 민족, 우리다.

　한 얼 生(생몰연대 미상)은 한때 백석으로 오인된 바 있는 '얼굴 없는 시인'이다. 얼굴이 없는 것은 '李秀亨·李秀炯'으로 추정되는 진골 사회주의자가 시인다운 이름, 이수형李琇馨이 되어 적진으로 변한 경성京城에서 옥이玉伊를 대역으로 내세워 '만세!'를 부르고(「玉伊의 房」), 박팔양朴八陽이 본명을 두고 '放浪兒, 麗水, 如水'라는 가명으로 겉과 속이 다른 글을 쓴 행위와 유사하다. 한 얼 生이 남긴 작품은 「고독」, 「고려묘자」, 「설의」, 「아까시야」이다. 이 네 편의 시는 일제말기 대부분의 시가, 시 그 자체를 목적으로 삼다가 마침내 시의 범위가 미문학으로 축소되던 것과 다르다. 주체와 객체를 밀착하여 융화시키면서 사실이나 사상에 관한 설명을 수식을 갖춘 시로 대등하게 표현하는 기법이 그렇다.

이 네 편의 시에는 조어한 한자어, 사용하지 않은 한자어도 많다. 이런 점은 시가 언어예술이라는 것을 전제하면 약점이다. 그러나 이 시의 한자어는 자아와 세계의 관계에서 작품 속에 다루어지는 무게와 중심을 작품으로 쏠리게 하는 역할을 한다. 개념어인 한자를 적절하게 삽입해 의미를 강화하고 사고의 차원을 높인다. 언어의 이런 용법은 예술적 의장이라기보다 대상이나 세계에 대한 깨달음을 자극하는 교술적 기능을 한다.

'한 얼 生'은 추방된 망명자가 분명하다. 추방당한 땅에서 강압적인 권력에 의해 실현되지 못하고 유린된 이상, 곧 말하는 방식, 記票sigifiant와 말하는 개념, 記意signifié를 호응시켜 '한민족의 얼·정신'의 실현을 꿈꾸는 존재다. '한 얼 生', '한얼노래', '한배검', '한울'이란 어휘는 공통분모가 '한'이다. '한민족韓民族'의 그 '한', 곧, '크다. 높다'는 개념이고, 대종교大倧教의 '한얼노래', '한배검', '한울'과 내통하는 숭고한 존재다.

'숭고'란 현실을 자신이 바라는 이상과 일치시키려는 고고한 미의식으로 그것과 견줄 만한 것은 더 이상 없다는 미적 정서이다. 숭고의 바탕에는 순결하고 높은, 무엇과도 비교할 수 없는 경외감이 깔려 있다. 숭고는 인간의 미적 감식 능력을 초과하는 알 수 없는 것, 몸으로 가 닿을 수 없는 신비한 대상에서 비롯한다. 그것은 우리 안에 깃든 속악함, 불길함을 정화시킨다. 또한 숭고는 우리가 얼마나 작고 지질한 존재인가를 깨우치고, 자기 성찰과 함께 사유의 메마름, 인간의 현실적 욕망, 인간의 한계를 극복할 수 있는 정서를 자극한다.

한 얼 生이 익명의 혼으로 시를 쓰던 시간, 모든 조선인들은 만성적 울분상태에 빠져 그것으로부터 탈출을 꿈꾸었다. '있는 것-현실'과 '있어야 할 것-理想'의 괴리가 너무 심하여 자신의 소망을 자기 방식으로 실현하지 않고는 견딜 수가 없었다. 그래서 세상에 대한 불만, 못마땅한 세태를 말하려고 본명을 숨기고, 할 수 없는 말을 하기 위해 작전상 가명을 썼을 것이다. 「고독」, 「고려묘자」, 「설의」, 「아짜시야」는 그런 한 익명의 한국인의 이상理想, 역사 유토피아가 교술시로 형상화된 한국 얼의 화신이다.

백석白石(白夔行, 1912~1996)은 1940년 『조광』지를 말없이 그만두고 신경新京으로 가서 만주국 국무원 경제부 서기로 취직했다. 유치환, 함형수, 김조규, 서정주, 이수형 등이 만주로 가던 그 시간이고 그들이 현공서 직원에서 농장관리로(靑馬), 교사로(함형수, 김조규), 일본인 용역으로(未堂), 만철 직원으로(이수형) 살던 것과 같은 삶이다.

백석이 만주에서 창작한 시는 「귀농」(1941), 「흰 바람벽이 있어」(1941), 「北方에서」(1940), 「許浚」(1940), 「국수」(1941), 「촌에서 온 아이」(1941), 「당나귀」(1942) 7편이다. 이런 작품 가운데 「흰 바람벽이 있어」는 다나카 후유지田中冬二의 「고향집의 벽ふるさとの家の壁」과 발상, 테마, 표현이 거의 동일하다. 그리고 「귀농」에는 친만정서가 진동한다. 이런 성격은 백석이 우리말을 귀신 같이 골라 쓰는 가장 민족적인 시인이라는 평가와 대립한다.

"밭최둑에 즘부러진 땅버들의 버들개지 피여나는데서/ 볕은 장글장글 따사롭고 바람은 솔솔 보드라운데/나는 땅임자 老王한테 석상디기 밭을 얻는다."는 「귀농」은 농장관리자가 된 유치환이 「들녘」에서 "여름의 들녘은 진실로 좋을시고//일찌기 일러진 아름다운 譬喩가/寂寂히 구름 흐르는 땅끝 까지 이루어져/ 이랑이 넘치고/ 두렁에 흐르고/골고루 골고루/잎새는 빛나고"라던 장구와 흡사하다. 유치환의 「들녘」은 시인을 친일추문으로 옭아매려는 작품인데 그것이 「귀농」과 친연성이 있다면 「귀농」이 놓인 자리는 백석의 다른 재만 시편과 달라 평가가 난감하다.

그러나 「귀농」과 「들녘」의 화자가 사는 공간은 보통사람들이 사는 생활공간이다. 그곳은 민족과 민족 사이의 중간지대, 생존·생활공간이다. 친일親日은 나쁘고, 친한親漢은 좋다는 양면정서가 아닌 또 하나의 정서가 생성되는 삼중 공간이다. 이분법으로는 설명할 수 없는 세계다. 재만조선인 시를 디아스포라의 시각에서 이해할 때 그 디아스포라의 의미자질의 틈새이다. 이런 점에서 「귀농」을 문화주권의 발현으로 이해하면 민족시이고, 삶의 공간에서 시적 화자와 노왕의 인간관계를 고려하면 생활시詩이고, 역사의식이 소거한 서정시로 간주하면 친만친일시詩며, 속지주의를 기준으로 삼으면 만주국시詩다.

정황이 이렇지만 백석의 만주 시편이 놓인 자리는 생존·생활공간만은 아니다. 백석이 가미카제 특공대가 돌아올 기름이 없는 비행기를 몰고 미군 함정으로 날아가는 기사가 줄을 잇는 『每新寫眞旬報』에 발표한 재만 문학기 마지막 작품 「당나귀」(1942.4.11.)의 결구가 그런 전쟁과는 오불관언이고, 그의 심상지리에는 생활현장이 아닌 미지의 안주의 땅이 자리 잡고 있는 까닭이다.

"날은 맑고 바람은 짜사한 이아츰날 길손은 또 새로히 욕된 신을 신고 다시 싸리단을 질머지고 예대로 조용히 마을을 나서서 다리를 건너서 벌에서는 종달새도 일쿠고 눕에서는 오리쎄도 날리며 홀로 제쉼과 팔자를 즐기는듯이 또 설어하는듯이 그는 타박타박 아즈랑이낀 먼 행길에 작어저 갓다."는 「당나귀」 마지막 구절의 이 당나귀는 백석의 대역이다. 그리고 지금 그 지친 당나귀가 살 안거낙업의 땅이 하마 나타날 듯하다.

박팔양朴八陽(1905~1988)은 경성京城시절에 카프의 맹장이었다. 그러나 신경新京시절에 주로 협화회 일을 했다는 점에서 카프그룹에서 따돌림을 당한다. 그러나 시인으로서의 삶은 대륙의 험난한 민족사 속에서 생활인으로서의 산 내력과는 다르다. 박팔양은 협화회 홍보과에서 일제의 정책에 복무했지만 글은 상반된 가치가 맞설 때 어느 하나를 긍정하고 다른 하나를 부정하는 것이 아니라 동시에 긍정하는 양면적 사유로 갈무리했다. 이것은 이중성이라 할 수 있다. 그러나 이중성은 상반된 두 요소가 맞설 때

하나를 부정하며 감추는 겉과 속이 다른 행위지만 양면성은 상반된 가치를 함께 긍정하고, 그 나름의 특성을 모두 인정하는 사고다. 박팔양의 이런 태도는 일제 군국주의에 맞서기 위해 인간주의를 내세우는 것이 불가능한 상황에서 자신의 사해동포주의Cosmopolitanism 문학정신을 구현하기 위한 전략이라는 것을 확인하였다.

박팔양의 신경新京문학기(1937~1945)는 재만조선인 시를 최초로 묶은 『만주시인집』을 간행하여 만주국 예문단에 선계시鮮系詩의 존재감을 과시하고, 첫 시집 『麗水詩抄』를 경성京城에서 출판하여 신경新京에서 성대한 출판기념회를 열어 재만조선인 시단에 활기를 불어넣은 것은 다른 문인들과 큰 차이가 난다. 『만주시인집』은 재만조선인 시를 최초로 묶은 합동시집으로 문학적 존재감을 확인시켰고, 『여수시초』는 구작이 시집으로 출판되어 신작 역할을 함으로써 그것은 결과적으로 1940년대 전반기 만주국 치하에서 형상화할 수 없는 민족정서를 재탄생시키는 역할을 했다. 박팔양의 이런 성격은 그가 협화회홍보과協和會弘報課에서 일제와 만주국의 국책을 수행한 삶의 양식과 무관하다. 그러나 그런 문화권력을 누릴 수 있는 자리에 있었기에 5족 속의 선계문학을 백업시킨 점은 그런 위치의 덕이고 유관하다.

박팔양의 신경문학기 작품은 「소복님은 손님이 오시다」, 「사랑함」, 「계절의 환상」 세 편이다. 「소복님은 손님이 오시다」는 '素服'이라는 이미지가 시의 회감回感을 죽음의 환영으로 전환시키고, 그 환영은 현실로 확대되어 세계가 밤으로 인식된다. 「사랑함」은 외연으로는 천손강림 신화의 일본적 세계관의 표상되나 내포는 박팔양이 일찍부터 꿈꾸던 이상세계 Cosmopolitanism에 대한 애정의 고백으로 독해된다. 「계절의 환상」은 신경新京의 근대화에 대한 찬미다. 그러나 시적 화자는 그 근대풍경을 시대의식과 민족의식의 양면으로 굴절시킨다. 박팔양의 이런 양면정서는 「세 絶

對의 眞理」, 「歲色이 薄如紗」, 「우리가 힘써 배울 세 가지 일」 비허구산문에도 나타난다.

조학래趙鶴來(생몰연대 미상)는 친일시를 제일 많이 쓴 시인으로 알려져 있다. 그러나 그는 11명의 문인이 돌려가며 쓴 「대동아전쟁과 문필가의 각오」에서 '대동아전쟁'이라는 말은 입에 담지도 않았고, 그 전쟁을 직접 지원하지도 않았다. 조학래 시를 대표하는 작품은 「滿洲에서(獻詩)」, 「역」, 「流域」이다. 「만주에서」는 '헌시'라는 말 때문에, 「역」은 영락해 가는 동포들의 삶을 문제 삼는 시의식 때문에, 「유역」은 역사의식 때문이다.

「만주에서」는 '헌시'라고 했으나 시적 화자는 "쩌난대서 손수건 흔드는 당신들이어 / 고향도 집도 모두 버리엇습니다 // 언제든지 고웁고 아름다운 장미꽃 송이를 안고 / 먼-동산으로 / 시들지 안는 세월을 차저왓습니다. / 당신들이 항용조아하고/그리워하시든"이라고 했다. 떠나고 찾아오는 디아스포라의 정서가 주조인 실향시이다. "항용 조아하고, 그리워하시던' '만주'는 있어도 일본의 괴뢰 '만주국'은 없으니 '헌시'라는 말은 의례적인 수사다. 「역」은 "어미네를 어느 육실한 여석으게 뺏기고서는 / 쑥겨지고 너절한 봇싸리를 싸들고서 도망하듯이 쩌나간다. / 능금접이나 사이고 토시짝으로 콧물을 시츠면서 / 이마을 안악 네들은 품파리를 쩌나간다 / 서울가는 귀한 쌀자식이 / 나룻가로 팔여가는 색주가 영업자가 모두 쩌나간다."다고 했다. 영락해가는 우리민족의 참상이 너무나 리얼하다. 이 작품이 1942년 『만주시인집』에 수록된 사실을 고려하면 신경특별시 시장을 모시는 운전수가 세상을 헤집고 비판하는 형국이다. 문학이란 차등을 대등으로 뒤집어엎는 사유인데 그것을 역설적이게도 운전수 시인 조학래의 시에서 발견한다.

「유역」은 "白頭山이 보이는 모퉁이 長白山系의 東쪽邊地에 / 長白 藥水 半截溝 독골 빠두골 帽兒山— / 谷間에 찌여서 일흠이 업고, / 진대밧혜 숨어서 일흠이 업는 邊地의都邑 / 甚히 고요한 流域"이다. 그리고 지금 그 유역에는 "수만흔 호우적의 그 現實도 이야기로 變해서 流域은 豊年頌이— / 豊年頌이 無窮히 들려진다." 이러한 서사는 우리의 역사와 시문학과 계보학적 관계에 있다는 사실을 확인하였다.

서정주徐廷柱(1915~2000)는 동아드림이 조선반도를 관통할 때 만주로 가서 약 반 년 간 살면서 남긴 작품은 「滿洲에서」, 「문들레꽃」, 「무제」, 「만주일기」이다. 그리고 약 반세기가 지난 뒤에 '나의 정신적 실상의 회복'을 한다며 '구만주제국체류시' 8편을 발표했다. 이런 작품들 가운데 「문들레꽃」과 「무제」에서는 서정주 시의 한계로 평가되는 역사의식이 극복되는 정서를 발산한다. 이런 특성은 만주공간에서의 서정주의 다른 작품이 주체를 소멸시키는 것과는 달리 미당 특유의 장인적 감수성과 심미안을 절제의 시학으로 회감시키고 있는 바, 그것은 시가 다른 무엇이기 이전에 언어의 조직이며 민족어의 구성체라는 사실을 반민족적 상황에서 성취한 한 전범으로 고평할 만하다. 그리고 이런 성과는 구 만주제국 체류 시詩가 반세기 전의 만주체험을 재호출한 노회한 언술의 허위의 충격, 곧 「북간도의 총각영어교사 金鎭壽옹」의 김진수는 일본 천황의 선조가 천계에서 내려왔다는 그 천손강림 2600년을 축하하기 위해 은진국고학생들이 막을 올린 연극을 연출한 친일파인데 그런 인물을 기리고 찬양한 죄업을 상쇄한다.

이학성李鶴城(1907~1984)과 송지영宋志泳(宋志英)(1916~1989)은 1940년대 전반기 만주에서 활동한 시인 가운데 혼을 민족에게 바치기도 하고 배반하기도 한 특이한 존재다. 이학성은 「오월」, 「봄꿈」, 「금붕어」에서 혼을 민족에 던졌는데 「첩보」, 「여명」, 「백년몽」에서는 일제를 노골적으로 찬양했다. 송지영은 「壯行飼」에서 일제의 만주개척을 우리 시문학의 종가인 시조로 선전, 응원하더니 남경南京에 가서는 민족운동을 하다가 옥고를 치렀다. 안타까운 절반의 배반이다. 그래서 '배반의 옹호'다. 1940년대 전반기 재만

조선인 시를 민족문학의 논리로 이해할 수 있는 것은 이런 예상 밖의 사실과 좋은 대조가 되기 때문이다. 윤해영의 「아리랑 만주」 「척토기」 「낙토만주」 「만주 아리랑」은 민요와 시조에 의탁하여 교활한 배반을 하였다. 그런데 그 배반이 형식은 시조, 민요이고, 내용은 친일이기에 민족정서를 곱으로 부정한다.

『시현실』 동인으로 대표되는 1940년대 전반기 재만조선인 시는 모더니즘 시의 영향을 받고, 초현실주의 시의 기법을 수용함으로써 재만조선인 시단을 기교면에서뿐만 아니라 세계의 인식에 대한 새로운 시야를 열어 시단을 선진으로 이끌었다. 그러나 다음과 같은 문제는 재검토해야 할 과제다.

먼저 『시현실』 동인의 창작기법, 시의식이 김기림 시학과 물리는 과제다. 곧 『시현실』 동인의 시와 시론은 김기림의 초현실주의 시 「슈-르레알리스트」, 「시체의 흐름」, 「詩論」과 닿는다. 『시현실』 동인은 이런 작품들을 그들이 『맥』 동인으로 익힌 기법과 그 시정신과 융화시켜 역사의 어두움에도 녹아들지 않고 어떠한 공격에도 굴복당하지 않는 그들만의 시의 성채를 재만 시단에 구축하려 했다. 그러나 이런 문제를 김기림이 모더니즘을 초극하고, 모더니즘으로부터 발전을 모색한 결과 마침내 이른 데가 초현실주의 시라는 논리와 대비된 연구로 확대 논의되지 못함으로써 재만조선인 시단의 시적 성취가 1930년대의 시와 지속적 관계에서 평가되지 못하는 결과가 되었다. 이 문제는 별고로 상론하겠다.

이수형의 「조선시의 재단면」(『만선일보』, 1941.2.12.~2.21.)은 1940년대 전반기 조선시를 모더니즘의 관점에서 통시적으로 고찰한다는 점에서 문제적인 평론이다. 특히 그것이 초현실주의적 시각이라는 점을 고려할 때, 그런 논리를 근거로 동질적이면서 이질적인 당대 시인들의 작품과 비교 검토를 하면 연구가 더욱 심화될 것이다.

「억압을 헤친 사회주의자-이수형」에서 李琇馨, 李秀亨, 李秀炯을 동일인물로 사실을 평가하는 문제는 이수형론의 필요충분조건은 아니다. 그러나 '李秀亨=李秀炯=李琇馨'이 성립된다면 이수형 시의 내포는 더욱 주체적인 시각에서 독해될 것이고, 그것이 1940년대 전반기라는 시간과 연계될 때 그의 시적 진실이 투사하는 문학의 보편성은 더욱 빛날 것이다. 이 문제는 보론, '이수형은 누구인가'에서 논의한다.

유치환의 재만 문학기 작품은 본 논문과 다른 시각에서 비교연구가 요망된다. 가령 R.릴케의 시와 비교연구를 하면 유치환 시의 보편성이 더 심화될 것이다. 그는 식민지 말기를 천지가 확 트인 공간에서 외톨이의 고독을 비정한 숙명으로 받아들이며 아세아 인으로 살았다. 이것은 R.릴케가 보헤미아 프라하에서 태어나고 자랐지만 러시아를 두 번이나 방문하면서 광활한 대지와 자연, 그 냉혹한 자연환경과 맞선 인간의 경건하고도 끈질긴 생명력을 시의 출발점으로 삼고 평생 무국적자인 유럽인으로 산 삶과 유사하다. 그리고 이 두 시인의 작품에는 그런 외톨이의 삶을 회감시키는 정서가 흡사하게 표상된다.

김조규의 재만 문학기 작품은 어렵게 찾은 원본을 텍스트로 그간 개작본을 텍스트로 삼은 연구논문의 한계를 넘는 연구가 이루어졌다고 할 수 있다. 그러나 원본 '김조규시집'은 아직 존재하지 않는다. 『1940년대 전반기 재만조선인 시 연구 자료집』을 출판하는 것은 이런 문제와 관련된다. 김조규의 재만문학기 작품은 서둘러 결정판definitive edition을 출판해야 하고, '발표지 미상, 육필원고'로 분류되는 작품은 영인본으로 원본을 확정지워야 한다. 원본확정이 안 된 자료를 텍스트로 삼아 이루어진 연구는 결국 도로에 그친다.

백석의 시 역시 본 저술과 다른 시각에서 비교연구가 요망된다. 다나카 후유지田中冬二의 시와 비교고찰을 할 때, 그의 시의 특성이 더욱 명확

해질 것이다. 사실 백석의 시는 고평된 감이 없지 않기 때문이다. 박팔양의 재만 시편은 비허구산문과 묶어 고찰한다면 그 실체가 더욱 분명하게 드러날 것으로 판단된다. 서정주의 구 만주국 체류시 8편은 서정주의 여한의 소산이라는 점에서 간과할 수 없다. 그러나 언어란 원래 차이의 체계인데 반세기 전의 체험을 재소환함으로써 언어의 자연스러운 차이를 파괴하는 의미자질이 형성되어 1940년대 전반기의 만주체험의 리얼한 재생에는 이르지 못했다.

지금까지 이 책이 1940년대 전반기 재만조선인 시를 고찰하면서 얻은 성과 가운데 하나는 그것이 우리 문학의 범위를 확대하고, 나아가 문학사의 범위도 다시 설정할 수 있다는 사실이다. 어느 나라에서든지 자국문학을 자랑스럽게 연구하는 것을 선결과제로 삼는다는 점에서 이런 일은 큰 의미를 지닌다. 우리의 경우, 국권이 침탈되면서 이런 과제가 제대로 이루어질 수 없는 상황에 놓여 있었다. 그러나 조윤제의 『조선시가사강』(1937), 김태준의 『조선소설사』(1933) 같은 문학사와 양주동의 『조선고가연구』(1942) 등이 출판됨으로써 우리 문학의 자존감을 주체소멸의 식민지하에서 발현할 수 있었다.

『조선시가사강』은 문학의 종가인 시가의 체계를 세웠다는 점에서, 『조선소설사』는 우리의 산문문학의 근원을 비록 수입론의 시각에서 기술하는 한계가 있지만 소설의 체계를 세웠다는 점에서, 『조선고가연구』는 우리 문학의 뿌리인 향가연구를 일인학자에게 넘기지 않았다는 점에서 이런 저서가 지닌 가치를 아무리 강조해도 지나치지 않는다. 이런 선학의 문학사관을 이으면서 자국문학을 자랑스럽게 여기고 문학의 범위를 확대시킨 드문 후속 연구가 있다. 조동일의 『한국문학통사』(1982~2005)이다. 조동일은 농민의 노래 민요 연구를 시작으로 자국문학을 샅샅이 뒤진 뒤 방대한 문학사 5권을 4번 고쳐 썼다. 이런 연찬 행위는 조윤제가 『조선시가사강』을 쓰기 위해 일제치하에서 우리 문학 유산을 자랑스럽게 여기고 최초로 혼자 샅샅이 뒤진 그 행위와 흡사하다.

『1940년대 전반기 재만조선인 시 연구』에서 이런 문제를 거론하는 것은 이 저서가 문제 삼는 과제 역시 선학의 자국문학 연구와 성격이 유사하기 때문이다. 1940년대 전반기 재만조선인 시문학은 만주국이라는 괴뢰의 나라에서 생산된 문학이지만 그 가운데는 그런 생산 환경과 무관하게 그 성격이 앞 시대 우리 문학을 이으면서 문학의 보편적 사명을 수행한 작가와 작품이 대세를 형성한다. 그런 작품은 아무리 애를 쓰고 노력해도 극복할 수 없는 비인간적 상황을 헤치고 나오는 문학적 진실, 국권을 상실한 민족의 현실, 박탈당한 인간의 자유, 또 작품이 생산되던 여러 가지 엄혹한 문화적 악조건을 극복하고, 문학의 숭고한 가치인 인문정신으로 형상화되어 있다.

이제 1940년대 전반기 한국문학은 암흑기도, 친일문학기도 아니다. 재만조선인 문학기다.

참고 문헌

Ⅰ. 개별시인 원본 기본자료

李琇馨, 「白卵의 水仙花」, 『만선일보』, 1940.3.13.

_____, 「娼婦의 命令的 海洋圖」, 『만선일보』, 1940.8.27.

_____, 「未明의 노래」, 『만선일보』, 1940.11.6.

_____, 「前衛의 魔笛은, 上·下」, 『만선일보』, 1940.11.15.~11.16.

_____, 「朝鮮詩壇의 裁斷面」, 1941.2.12.~2.22.(10회)

_____, 「風景手術」, 『滿鮮日報』, 1941.12.10.

_____, 「人間 나르시스」, 『在滿朝鮮詩人集』, 藝文堂(延吉), 1942.

_____, 「소리」, 『조광』 제8권 제9호, 1942.9.

_____, 「기쁨」, 『조광』 제9권 제3호, 1943.3.

_____, 「玉伊의 房」, 『조광』 제9권 제10호, 1943.10.

_____ ·申東哲 합작, 「生活의 市街」, 『만선일보』, 1940.8.23.

_____, 「朴憲永先生이 오시어」, 『文化日報』, 1947.6.22.

_____, 「待望의 노래」, 『民聲』, 1948.3.

_____, 「山 사람들」, 『文學』, 1948.7.

_____, 「晉州 손님들」, 『우리문학』, 1948.9.

_____, 「아라사 가까운 고향」, 「行色」, 『詩集』, 漢城圖書株式會社, 1949.

_____, 「朝鮮詩壇의 裁斷面」, 『滿鮮日報』, 1941.2.12.~22.(10회)

_____, 「용악과 용악의 藝術에 對하여」, 『韓國現代詩人全集(1), 李庸岳集』, 同志社, 1949.

_____, 「繪畫藝術에 있어서의 大衆性 問題—最近 展覽會에서의 所感」, 『新天地』, 1949.3.

_____, 「指導者」, "鄭芝溶의 『散文』", 同志社, 1949.

琇馨, 「建蘭有根」, 『新天地』, 1949.2.

수 형, 「風葬前後」, 『新天地』, 1949.7.

이수향, 「薛貞植氏의 詩集 『諸神의 憤怒』에 對하여」, 「세계일보」, 1948.12.8.

咸亨洙, 「오늘 생긴 일」, 『東光』 통권 30호, 1932.2.

_____, 「黃昏의 아리나리곡」, 『삼천리』, 제9권 제1호, 1937.1.

_____, 「서정주라는 靑年」, 『草原』 No.2, 元山大陸公論社, 1939.12.

_____, 「마음」(新春懸賞當選詩), 『동아일보』, 1940.1.5.

_____, 「理想國通信」, 『三千里』, 제12권 제5호. 1940.5.

_____, 「家族」, 『만선일보』, 1940.3.1.

_____, 「正午의 모-랄」, 『만선일보』, 1940.6.30.

_____, 「나의 神은」―'典型詩集'에서, 『만선일보』, 1940.10.21.

_____, 「개아미와가치」―'典型詩集'에서, 『만선일보』, 1940.10.24.

_____, 「歸國」, 「나는 하나의」, 「悲哀」, 『滿洲詩人集』, 1942.

_____, 「化石의 고개」, 「蝴蝶夢」, 『在滿朝鮮詩人集』, 1942.

_____, 「나의 詩論―엇던 詩人에게, 上·下」, 『만선일보』, 1940.12.22.~12.24.

_____, 「滿洲의 鮮系知識人들에게, 唯物主義 思想의 淺薄性과 精神的 覺醒」
          (上·中·下), 『만선일보』, 1941.11.8.~1941.11.20.

_____, 「詩와 東洋精神―哲學的 序言, 上·下」, 『만선일보』, 1942.5.11.~5.18.

柳致環, 「生命의 書」, 『동아일보』, 1938.10.19.

_____, 「山」, 『詩建設』 1집, 1936.11.

_____, 「山·바다」, 『詩建設』 3집, 1936.12.

_____, 「오오랜 太陽―生命의 書 第三章」, 『詩建設』, 제7집, 1939.10.

_____, 「鶴」, 『朝光』 제6권 제7호, 1940.7.

_____, 「兒喪-P누님께」, 『여성』 제5권 제8호, 1940.8.

_____, 「生命의 書 一, 怒한 山」, 『만선일보』, 1942.1.18.

_____, 「生命의 書 二, 陰獸」, 『만선일보』, 1942.1.19.

_____, 「生命의 書 三, 生命의 書」, 『만선일보』, 1942.1.21.

_____, 『靑馬詩抄』, 靑色紙社, 1939.

_____, 『生命의 書』, 行文社, 1947.

_____, 「大東亞戰爭과 文筆家의 覺悟」, 『만선일보』, 1942.2.6.

金朝奎, 「연심」, 『조선일보』, 1931.10.5.

_____, 「붉은 해가나래를펼째―濃霧속에보내는노래」, 『조선중앙일보』, 1931.12.23.

崇實中學四年金朝奎, ‘詩選外’ 「붉은 해가 나래를 펼 때―濃霧 속에 보내는 노래」, 『東光』, 1932.2.

平壤崇實 金朝奎, 「따뜻한 한 그릇밥이나마」, 『東光』(신년특집호), 1932.1.

金朝奎, 「北으로 띠우는 便紙―破波에게」, 『崇實活泉The soongsillwallchun』 no. 15(편집겸 발행인 尹山溫, 平壤崇實學校 學生 YMCA文藝部), 1935.

_____, 「野獸의 一節」, 『貘』 2집, 1938.9.

_____, 「夜獸(第2節)」, 『貘』 3집, 1938.10.

_____, 「壺·1」, 『詩建設』 5집, 1938.8.

_____, 「離別―宋 朴을 보내며」, 『조선중앙일보』, 1934.4.4.

_____, 「리별―떠나는 송, 박에게」, 『김조규시선집』, 조선작가동맹출판사(평양), 1960.

_____, 「기차는 지금 이슬에 젖은 아침 평원을 달린다」, 『동아일보』, 1934.5.12.

_____, 「夜獸―第二節」, 『貘』 第三輯, 1938.

_____, 「午後」, 『斷層』 第三冊, 1938.3.

_____, 「馬」, 『斷層』, 第四冊, 1940.6.

_____, 「林檎園의 午後」, 『斷層』, 第四冊, 1940.6.

_____, 「疲困한 風俗」, 「海岸村의 記憶」, 『新撰詩人集』, 1940.

_____, 「밤·埠頭」, 『斷層』 第二冊, 1938.2.

_____, 「猫」, 「싸나토리움」, 『斷層』 第三冊, 1939.4.

_____, 「벽」, 『斷層』 第四冊, 1940.6.

_____, 「病든 構圖」, 『批判』 제11권 통권 114호, 1940.1.

_____, 신춘집·1, 「獸神」, 「室內」, 『만선일보』, 1942.1.14.

_____, 신춘집·2, 「카페-미쓰 「朝鮮記」, 『만선일보』, 1942.2.15.

_____, 신춘집·3, 「胡弓」, 『만선일보』, 1942.2.16.

_____, 「신춘집·完, 「밤의 倫理」, 「病記의 一節」, 『만선일보』, 1942.2.19.

_____, 「仙人掌」, 『春秋』, 제2권 제10호, 1941.11.

_____, 「南風」, 『每日申報』, 1942.3.7.

_____, 「南方消息」, 『매일신보』, 1942.3.19.

_____, 「貴族」, 『朝光』 제10권 제4호, 1944.4.

_____, 「三等待合室」, 「現代修身」, 「南湖에서」, 「張君入營하든 날」, 『關西詩人集』, 人
　　　民文化社, 1946.1.

_____, 「東方序詞—歷史의 聖山牡丹峯을 노래함」, 『東方』, 『조선신문사』(평양), 1947.

_____, 『김조규 시 선집』, 조선작가동맹출판사(평양), 1960.

_____, 「백묵탑서장」, 『만선일보』, 1940.9.5.

_____, 「어두운 精神—11월 11일 於 朝陽川」, 『만선일보』, 1940.11.19.

참고보조자료: 연변대학조선언어문학연구소편, 『김조규시전집』, 흑룡강조선민족출판
　　　사, 2002.

참고보조자료: 숭실어문학회 편, 『김조규시집』, 숭실대학교출판부, 1996.

한 얼 生, 「孤獨」, 『만선일보』, 1940.7.14.

_____, 「雪衣」, 『만선일보』, 1940.7.24.

_____, 「高麗墓子—쌰우리무-스」, 『만선일보』, 1940.8.7.

_____, 「아싸시야」, 『만선일보』, 1940.11.21.

白　石, 「흰 바람벽이 있어」, 『문장』, 제3권 제4호, 1941.4.

_____, 「귀농」, 『조광』, 제7권 제4호, 1941.4.

_____, 「澡塘에서」, 『문장』, 제3권 제4호, 1941.4.

_____, 「두보나 이백 같이」, 『인문평론』, 제3권 제3호, 1941.4.

_____, 「슬픔과 眞實 上·下」, 『만선일보』, 1940.5.9.~10.

_____, 「朝鮮人과 饒舌, 上·下」,『만선일보』, 1940.5.25~26.

_____, 「당나귀」,『每新寫眞旬報』, 통권 제282호, 1942.4.11.

_____, 「고성가도」,『조선일보』, 1936.3.7.

_____, 「南新義州 柳洞 朴時逢 方」,『학풍』, 창간호, 1948.10.

田中冬二,『青い夜道』第一書房(東京), 1929.

_____,『海の見える石段』第一書房(東京), 1930.

_____,『山鴫』, 第一書房(東京), 1935.

_____,『故園の歌』, アオイ書房(東京), 1940.

참고보조자료: 송준, 「다시 백석을 생각하며」, 백석탄생 100주년 기념판『백석시 전집』, 흰당나귀, 2012.

朴八陽, 「길손」,『조선중앙일보』, 1934.7.30.

_____, 「仁川港」,『朝鮮之光』, 1928.8.

麗水, 「소복님은 손님이 오시다」,『三千里』, 1939.1.

放浪兒, 「季節의 幻想」,『만선일보』, 1941.1.19.

朴八陽, 「사랑함」,『滿洲詩人集』, 1942.

_____,『麗水詩抄』, 博文書館, 1940.

_____, 서정서사시『황해의 노래』, 조선작가동맹출판사(평양), 1957.

_____,『박팔양시전집』, 조선작가동맹출판사(평양), 1959.

_____, 「붓 가는 대로」,『만몽일보』, 1937.7.28.

_____, 「『搖籃』, 시대의 추억」,『중앙』, 1936.7.

_____, 「우리가 힘써 배울 세 가지 일」,『만선일보』, 1941.11.2.3.

靑木一夫,『半島史話와 樂土滿洲』, 「序」, 滿鮮學海社, 1943.

金如水, 「두 性格의 魅力」,『만선일보』, 1940.10.27.

_____, '隨想'「세 絶對의 眞理」상·하,『만선일보』, 1940.10.26.~10.27.

麗水, '送年賦'「歲色이 薄如紗」,『만선일보』, 1940.12.19.

趙鶴來, 「괴로운시인의 서」,『만선일보』, 1939.12.2.

_____, 「園譜」,『만선일보』, 1940.4.27.

_____, 「心紋」,『만선일보』, 1940.10.29.

_____, 「現代·詩人」,『만선일보』, 1941.1.29,

_____, 「流域」,『만선일보』, 1941.2.9.

_____, 「彷徨」,『만선일보』, 1941.2.5.

_____, 「滿洲에서」, (獻詩),『만주시인집』, 1942.

_____, 「역」,『滿洲詩人集』, 1942.

_____, 「憧憬」,『在滿朝鮮詩人集』, 1942.

_____, 「대동아전쟁과 문필가의 각오」,『만선일보』, 1942.2.5.

_____, 「내일은가겠노라 그립던 네 가슴속으로—부산항이 보이는 산마루에서」,
  종합시집『한 깃발 아래서』, 文化戰線社(평양), 1950.3.

_____,『월남방문시초—한줌의 흙』, 조선작가동맹출판사(평양), 1956.

徐廷柱, 「妖術」,『貘』 5집, 1939.4.

_____, 「밤이 깊으면」,『인문평론』, 제2권 제5호, 1940.5.

_____, 「滿洲에서」,『인문평론』, 제3권 제2호, 1941.2.

_____, 「문들레 꽃」,『三千里』, 제13권 제4호, 1941.4.

_____, 「만주일기」,『매일신보』, 1941.1.16.~1.21.

_____, 「여름밤」,『조광』, 제8권 제7호, 1942.7.

_____, 「감꽃」,『조광』, 제8권 제7호, 1942.7.

_____, 「歸蜀途」,『春秋』, 제4권 제10호, 1943.10.

_____, 「조금(干潮)」『춘추』, 제2권 제6호, 1941.7.

_____, 「小曲」,『귀촉도』, 선문사, 1948.

_____, 「天地有情·Ⅳ」,『월간문학』통권4호, 1969.2.

_____, 「스무 살 된 벗에게」,『조광』제9권 제10호, 1943.10.

_____, 「崔遞夫의 軍屬志望」,『조광』제9권 제11호, 1943.11.

黃民, 「鏡」,『貘』 1집, 1938.6.

_____, 「珠簾」, 『詩建設』, 4집, 1938.6.

_____, 「鋪道」, 『詩建設』 5집, 1938.8.

_____, 「村落詩草」, 『貘』 2집, 1938.9.

_____, 「거머리」, 『貘』 3집, 1938.10.

_____, 「遁走의 顚末」, 『貘』 4집, 1938.12.

_____, 「脫出」, 『貘』 5집, 1939.4.

_____, 「잃어진 봐아미뤼온」, 『貘』 6집, 1939.11.

_____, 「返歌」, 『조선일보』, 1940.2.3.

_____, 「禁域의 手帖」 上·中·下, 『만선일보』, 1940.9.3.~9.5.

_____, 「코스모스」, 「불꽃」, 詩人二十二人集 『前哨』, 文化戰線社(평양), 1947.12.

申東哲, 「誕生圖」, 「화가의 안해」, 『貘』 2집, 1938.9.

_____, 「달밤」, 『貘』 3집, 1938.10.

_____, 「想慕—咸亨洙군에게」, 『貘』 4집, 1938.12.

_____, 「偶作」, 『貘』 5집, 1939.4.

_____, 「解體」, 「P女史에의 獻詩」, 『貘』 6집, 1939.11.

_____, 「능금과 飛行機」, 『만선일보』, 1940.8.21.

_____, 李琇馨과 합작, 「生活의 市街」, 『만선일보』, 1940.8.23.

_____, 「詩論 메모-消火器의 海邊, 上·下」, 『조선일보』, 1940.5.24.~5.25.

_____, 土曜詩壇, 「作品」, 『조선일보』, 1940.6.8.

_____, 「논뺌이 푸름푸름」 詩人二十二人集 『前哨』, , 文化戰線社(평양), 1947. 12

II. 1940년대 2차 원본자료

『貘』, 5輯, 貘社, 1939.4.

_____, 6輯, 貘社, 1939.11.

『斷層』, 第四冊, 博文書館, 1940.6.

『三千里』, 제12권 제4호, 1940.4.

_____, 제12권 제6호, 1940.6.

_____, 제13권 제1호, 1941.1

G W, 「슈-르레알리스트」, 『조선일보』, 1930.9.30.

_____, 「屍體의 흘음」, 『조선일보』, 1930.10.11.

金達鎭, 近咏·六 「海蘭江」, 『만선일보』, 1941.11.19.

金枓奉, 「胡家莊戰地吟」, 現代日報, 1946.5.22.

金秋澄, 「얄루 갈 千里길」, 『만선일보』, 1940.10.27.

金學鐵, 「피로 記錄한 抗日史, 아아 胡家莊」, 『新天地』, 제1권 제4호, 1946.5.

金 貴, 「文學擁護의 辯」, 『만선일보』, 1940.6.12.

_____, 「亭子二十樹의 誘惑, 1~3」, 『만선일보』, 1940.7.31.~8.3.

金東里, 「新方針을 公開하기 前에」, 『삼천리』 제13권 제1호. 1941.1

金北原, 「六月 十四日」 詩人二十二人集 『前哨』, 文化戰線社(평양), 1947.12.

金寓石(金永八), 희곡, 「金東漢」 전3막, 『만선일보』, 1940.1.10~1.24.

盧天命, 「짜망나비」, 『每新寫眞旬報』, 통권 제281호, 1942.4.1.

_____, 「作別은 아름다워」 『每新寫眞旬報』, 통권 제283호, 1942.4.21.

_____, 散文詩 「夏日山中」, 『춘추』, 제2권 제6호, 1941.7.

李嵐人·金海剛 詩集, 『靑色馬』, 明星出版社, 1940, 京城.

李庸岳, 「거울 속에서」, 『每新寫眞旬報』, 통권 제283호, 1942.4. 21.

_____, 「다리 우에서」, 『每新寫眞旬報』, 통권 제282호, 1942.4. 11.

_____, 「북으로 간다」, 『每新寫眞旬報』, 통권 제285호, 1942.5. 11.

李春人, 「라디오」, 『每新寫眞旬報』 통권 제287호. 1942.6.1.

李 洽, 「동백」, 『춘추』, 제2권 제5호, 1941.6.

朴木月, 「月夜」, 『춘추』 제5권 제5호, 1944.10.

白 鐵, 「天皇陛下御親閱觀艦式拜觀謹記」, 『삼천리』, 제12권 제10호.1940.12

孫素熙, 「墓標에 드리는 글」, 『만선일보』, 1941.2.16.

_____, 「墜落의 詩集」, 『만선일보』, 1941.1.12.

_____, 「폐허의 옛집」, 『만선일보』, 1941.2.5.

_____, 산문시 「어둠 속에서」, 『만선일보』, 1940.10.26.

宋志泳, 時調「壯行飼」, 祝開拓地慰問團一行出發, 『만선일보』, 1940.8.20.

_____,「寄懷五章」, 『만선일보』, 1941.1.21.

樹州,「四壁頌」, 『춘추』, 제4권 제7호, 1943.7.

辛夕汀,「五月이 돌아오면」, 『춘추』, 제2권 제7호, 1941.8.

安在鴻, 出戰하는 靑年學徒에게 告함「歷史舞臺의 任務를 다하라」, 『삼천리』 제4권 제
    11호. 1943.12.

安亨浚,「啼鳴呪詞」, 『만선일보』, 1940.9.1.

吳章煥,「歸蜀途―廷柱에 주는 詩」, 『춘추』, 제2권 제3호, 1941.4.

_____,「綠洞墓地에서―哭 一均兄」, 『조광』, 제8권 제12호, 1942.12.

_____,「反歌」, 『조광』, 제8권 제12호, 1942.12.

_____,「詩三題」, 咏唱·牟花·歸鄕의노래, 『춘추』 제2권 제9호, 1941.10.

_____,「羊」, 『조광』, 제9권 제11호, 1943.11.

_____,「日暮」, 『춘추』, 제3권 제5호, 1942.5.

_____,「頂上의 노래」, 『춘추』, 제4권 제6호, 1943.6.

月村(李鶴城),「봄꿈」, 『만선일보』, 1940.4.9.

尹君善,「光明의 窓―淑에게 보내는 詩」, 『만선일보』, 1940.3.5.

尹海榮,「낙토만주」, 『半島史話와 樂土滿洲』, 滿鮮學海社, 1943.

_____,「아리랑 만주」, 『만선일보』, 1941.1.1.

_____,「拓土記」, 『만선일보』, 1941.1.15.

李燦, 『茫洋』, 博文書館, 1940.

李鶴城,「東滿과 朝鮮人」, 『朝光』, 제7권 제6호, 1941.6.

李鶴城,「捷報」, 『만선일보』, 1942.8.17.

_____,「五月」, 『在滿朝鮮詩人集』, 1942.

_____,「黎明」, 『만선일보』, 1942.5.11.

_____,「百年夢」, 『만선일보』, 1942.5.25.

林善璋,「朝鮮義勇軍無名戰死者에 바치는 노래」, 『新天地』 제1권 11호, 1946.12.

林學洙, 朝鮮文學全集·10, 『詩集』, 漢城圖書株式會社, 1949.

張萬榮, '草原詩 同人集·4',「離別」, 『만선일보』, 1940.12.22.

張應斗,「苦情—柳致環兄에게」,『만선일보』, 1940.12.31.

_____,「피에로—柳致環兄에게」,『만선일보』, 1940.12.27.

著述責任者 柳龍翰.『關西詩人集』, 人民文化社(평양). 1946.1.

片石村,「詩論」,『조선일보』, 1931.1.16

韓慶錫,『新撰詩人集』, 詩學社(京城), 1940.

韓鳴泉,「記錄」,『만선일보』, 1940.2.21.

_____,「終焉譜」,『만선일보』, 1940.2.1.

_____, 長篇 敍事詩『北間島』, 文化戰線社, 平壤特別市, 1948.

咸允洙,『隱花植物誌』, 獎學社(東京), 1940.

『韓國現代詩人全集(1), 李庸岳集』, 同志社, 1949.

Ⅲ. 단행본 연구서

간호배,『초현실주의 시 연구』, 한국문화사, 2002.

강영훈,『六堂이 이 땅에 오신지 百周年』, 東明社, 1990.

강진호 엮음,『한국문단이면사』, 깊은샘, 1999.

강진호·이상갑·채호석,『증언으로서의 문학사』, 깊은샘, 2003.

고모리 요이치, 송태욱 옮김,『포스트콜로니얼』, 삼인, 2002.

고바야시 히데오, 임성모 옮김,『滿鐵』, 산처럼, 2004.

고병철·최봉룡·차차석·삿사미츠아키 외,『간도와 한인종교』, 한국학 중앙연구원, 2010.

고부응,『초민족 시대의 민족 정체성』, 문학과지성사, 2002.

권성우,「임화, 혹은 세 가지 저항의 방식」, 소명출판, 2008.

김규동,『나는 시인이다』, 바이북스, 2011.

_____,『시인의 빈 손』, 소담출판사, 1994.

김남식,『남로당 연구』, 돌베개, 1984.

김성국,『한국의 아나키스트, 자유와 해방의 전사』, 이학사, 2007.

김영수,『몽상의 시인 윤해영』, 우신출판사, 2005.

김영준, 『한국가요사 이야기』, 아름출판사, 1994.

김용직, 『김태준 평전』, 일지사, 2007.

_____, 『林和文學硏究』, 새미, 1999.

_____, 『한국 현대경향시의 형성/전개』, 국학자료원, 2002.

김윤식, 『설렘과 황홀의 순간』, 솔, 1994.

_____, 『안수길 연구』, 정음사, 1986.

_____, 『일제말기 한국작가의 일본어 글쓰기론』, 서울대출판부, 2003.

_____, 『해방공간 한국작가의 민족문학 글쓰기론』, 서울대출판부, 2006.

김인환, 『비평의 원리』, 나남출판사, 1999.

김재용 외, 『재일본 및 재만주 친일문학의 논리』, 역락, 2004.

_____, 『일제말기 문인들의 만주체험』, 역락, 2007.

김재용, 『협력과 저항』, 소명출판, 2008.

김재용·이해영 엮음, 『만주, 경계에서 읽는 한국문학』, 소명출판, 2014.

김태준 외, 『문학지리·한국인의 심상공간』, 상·중·하, 논형, 2005.

김태진, 『김광균 시와 김조규 시의 비교연구』, 보고사, 1996.

남원진 엮음, 『북조선문학론』, 경진, 2011.

노엄 촘스키, 이정아 옮김, 『촘스키의 아나키즘』, 해토, 2007.

大倧敎倧經倧史 編修委員會 편찬 『大倧敎重光六十年史(稿)』, 大倧敎總本司, 1971(開天4428年).

大村益夫, 「한국문학의 동아시아적 지평」, 소명출판, 2017.

_____, 『식민주의와 문학』, 소명출판, 2017.

_____, 『윤동주와 한국 근대문학』, 소명출판, 2016.

동국대학교 문화학술원 한국문화연구소, 『고향의 창조와 재발견』, 역락, 2007.

레나토 포지올리, 박상진 옮김, 『아방가르드 예술론』, 문예출판사, 1996.

류연산, 『만주 아리랑』, 돌베개, 2003.

李克魯 편, 곡조 『한얼노래(神歌)』, 大倧敎 總本司 滿洲國 牡丹江省寧安縣 東京城 街東區 第十九牌 三號 康德 九年, 1942(開天4399年).

매슈 게일, 오진경 옮김, 『다다와 초현실주의』, 한길아트, 2001.

무정부주의운동사 편찬위원회 편, 『한국아나키즘 운동사』, 형설출판사, 1994.

朴永錫, 『日帝下獨立運動史研究』, 일조각, 1984.

朴仁基, 「한국현대시의 모더니즘 연구」, 단대출판부, 1988.

박주택, 『낙원회복의 꿈과 민족정서의 복원』, 시와시학사, 1999.

박지향 외, 『해방 전후사의 재인식』, 책세상, 2006.

박철석 편저, 한국현대시인 연구·18 『유치환』, 문학세계사, 1999.

발터 벤야민, 최성만 옮김, 『역사의 개념에 대하여, 폭력비판을 위하여, 초현실주의 외』, 길, 2008.

백 철, 『조선신문학사조사, 현대편』, 백양당, 1949.

북경대학조선문화연구소, 중국조선민족문학사대계·2 『문학사』, 민족출판사(북경), 2006.

샤를 피에르 보들레르, 윤영애 옮김, 『파리의 우울』, 민음사, 2008.

成基錫, 「나의 放送時節」, 『新聞과 放送』, 한국신문연구소, 1979. 11.

신범순, 『노래의 상상계―'수사'와 존재상태의 기호학』, 서울대학교출판문화원, 2011.

_____, 『한국현대 시사의 매듭과 혼』, 민지사, 1992.

심지연, 『송남헌 회고록』, 도서출판 한울, 2000.

안삼환, 『토마스만』, 서울대학교 출판문화원, 2011.

안지나, 『만주이민의 국책문학과 이데올로기』, 소명출판, 2018.

알베레스, 鄭明煥 옮김, 『二十世紀의 知的冒險』, 을유문화사, 1961.

알베르 까뮈, 『결혼·여름』, 김화영 옮김, 책세상, 2011.

앙드레 브르통, 송재영 옮김 『다다/쉬르레알리즘선언』, 문학과지성사, 1987.

앙드레 브르통, 황현산 옮김, 『초현실주의 선언』, 미메시스, 2012.

야마무로 신이치, 윤대석 옮김, 『키메라 만주국의 초상』, 소명출판, 2009.

오생근, 『초현실주의시와 문학의 혁명』, 문학과지성사, 2010.

오세영, 『휴머니즘 실존 그리고 허무의지 유치환』, 건국대출판부, 2000.

吳養鎬, 「인천학의 '문학지리학'적 접근(1)」, 『인천학 연구』 17호, 2012.8.

_____, 「문학 속의 인천 심상, 그 문학지리학적 접근(2)」, 『인천학 연구』 19호, 2013.8.

_____, 『「만주시인집」의 문학사 자리와 실체』, 역락, 2013.

_____,『그들의 문학과 생애, 백석』, 한길사, 2008.

_____,『滿洲移民文學硏究』, 文藝出版社, 2007.

_____,『日帝强占期 滿洲朝鮮人文學 硏究』, 文藝出版社, 1996.

_____,『韓國文學과 間島』, 文藝出版社, 1988.

吳養鎬·金烈圭·許世旭·蔡壎 공저,『대륙문학 다시 읽는다』, 대륙연구소, 1992.

원로 기자들의 직필 수기,『언론비화 50편』, 한국신문연구소, 1978.

兪炳殷,『短波放送 連絡運動』, KBS문화사업단, 1991.

윤대석,『식민지 국민문학론』, 역락, 2006.

윤영천 편,『이용악시전집』창작과 비평사, 1988.

윤인진,『코리안 디아스포라』, 고려대학교 출판부, 2004.

李克魯,『苦鬪四十年』, 乙酉文化社, 1947.

이동순,『잃어버린 문학사의 복원과 현장』, 소명출판, 2005.

이수남,『대구문단이야기』, 고문당, 2008.

이숭원,『그들의 문학과 생애, 김기림』, 한길사, 2008.

이승하,『한국의 현대시와 풍자의 미학』, 문예출판사, 1997.

李 仁,『半世紀의 證言』, 명지대출판부, 1974.

_____,『愛山餘滴』, 文善社, 1965.

이재복,『한국문학과 몸의 시학』, 태학사, 2004.

이창재,『니체와 프로이드—계보학과 정신분석학』, 철학과 현실사, 2000.

이-푸 투안, 구동회·심승희 옮김,『공간과 장소』, 도서출판 대윤, 1995.

李惠求,『晩堂 文債錄』, 한국국악학회, 1970.

이호룡,『한국의 아나키즘』, 지식산업사, 2001.

李 活,『鄭芝溶·金起林의 世界』, 明文堂, 1991.

李勳求,『滿洲와 朝鮮人』, 崇實專門學校 經濟學硏究室, 1932.

임종국,『친일문학론』, 평화출판사, 1966.

林學洙, 朝鮮文學全集·10,『詩集』, 漢城圖書株式會社, 1949.

임화문학예술위원회 편,『임화문학예술전집』, 소명출판사, 2009.

장이지,『한국 초현실주의 시의 계보』, 보고사, 2011.

정귀영, 『초현실주의 문학론』, 의식, 1987.

정대위, 『하늘과 바람과 그리고 먼 길』, 종로서적, 1991.

鄭明煥, 『문학을 찾아서』, 민음사, 1994.

_____, 『이성의 언어를 위하여』, 현대문학, 2003.

정명환·이환·송동준·김현, 『20世紀 이데올로기와 文學思想』, 서울대학교출판부, 1979.

정상균, 『다다혁명운동과 이상의 오감도』, 민지사, 2011.

丁英鎭, 『문학사의 길찾기』, 국학자료원, 1993.

정주아, 『서북문학과 로컬리티』, 소명출판, 2014.

정진석, 『전쟁기의 언론과 문학』, 소망출판사, 2012.

정화열, 박현모 옮김 『몸의 정치』, 민음사, 1999.

조동일, 제4판 『한국문학통사, 1~5』, 지식산업사, 2005.

_____, 『대등한 화합, 지식산업사, 2020.

_____, 『문학사는 어디로』, 지식산업사, 2015.

_____, 『서정시 동서고금 모두 하나, 1~6』, 내 마음의 바다, 2016.

_____, 『소설의 사회사 비교론·1~3)』, 지식산업사, 2001.

_____, 『시조의 넓이와 깊이』, 푸른사상, 2017.

_____, 『우리학문의 길』, 지식산업사, 1993.

_____, 『인문학문의 사명』, 서울대학교출판부, 1997.

조르주 세바, 최정아 옮김, 『초현실주의』, 동문선, 2005.

趙容萬, 『六堂 崔南善―그의 生涯·思想·業績』, 三中堂, 1964.

조은주, 『디아스포라 정체성과 탈식민주의 시학』, 국학자료원, 2015.

조진기, 『일제 말기 국책과 체제 순응의 문학』, 소명출판, 2010.

조현아, 『박팔양 시 연구』, 공주대학교대학원(박사), 2016.

채 훈, 일제강점기 『재만한국문학연구』, 깊은샘, 1990.

청마문학회 편, 『다시 읽는 유치환』, 시문학사, 2008.

崔南善 撰, 『古事通』, 三中堂, 1943.

최삼룡 편, 『해방전 현대시선』, 민족출판사(북경), 2016.

최삼룡 편, 『재만조선인 친일작품집』, 보고사, 2008.

최상철,『중국조선족 언론사』, 경남대학교 출판부, 1996.

페터 지마, 서영상 옮김,『소설과 이데올로기』, 문예출판사, 1997.

平山瑩澈(申瑩澈),『半島史話와 樂土滿洲』, 滿鮮學海社, 新京, 1943.

피오나 브래들리, 김근미 옮김,『초현실주의』, 열화당, 2003.

하승우,『아나키즘』, 책세상, 2008.

韓民聲,『추적 김기림, 공산분자냐 기회분자냐』, 甲子文化社, 1987.

한석정,『만주국 건국의 재해석』, 동아대출판부, 1999.

한종훈 편,『영광의 발자취』, 연변인민출판사, 2004.

황유복,『중국조선족 사회와 문화의 연구』, 민족출판사(북경), 1996.

히라노 겐, 고재석·김환기 옮김,『일본쇼와문학사』, 동국대학교 출판부, 2001.

C.W.E.Bigsby, 박희진 옮김,『다다와 초현실주의』, 서울대학교 출판부, 1987.

R.윌리엄스, 이일환 옮김,『이념과 문학』, 문학과지성사, 1982.

Ⅳ. 논문 및 평론

강해수,「'道義國家'로서의 만주국과 건국대학」, 국민대학일본학연구소,『일본공간』제
   20호, 2016.12.

고봉준,「모더니즘의 초극과 동양인식」,『한국시학연구』13, 2005.

_____,「일제후반기 국민시의 성격과 형식」,『한국시학연구』37호, 2013.

구마끼쓰또무·熊木勉,「1937년부터 1945년까지의 김조규 시에 대해서」, 숭실대대학원
   논문집 제17집, 1999.

권택우,「함형수 시 연구—시적 변모과정을 중심으로」,『한국문학논총』제14집, 1993.

金東煥,「대종교 항일운동의 정신적 배경」,『국학연구』6집, 2001.12.

金永奎,「金朝奎 詩 研究」, 한국학중앙연구원(박사), 2010.

金春洙,「戰後 15年의 韓國詩」, 朴寅煥 외 32인,『韓國戰後問題詩集』, 신구문화사,
   1961.

金八峯,「육당의 시」,『현대문학』, 제6권 제10호, 1960.10.

김경복,「한국 아나키즘 시문학 연구」, 부산대학교대학원(박사), 1998.

김기림, 「現代詩의 肉體—感傷性과 明朗性에 대하야」, 『시원』 제2호, 1935.4.

김석근, 「1930년대 한국농촌사회와 공산주의운동」, 한국정신문화연구원 한국학대학원(박사), 1992.

김석순, 「조선총독부의 불교정책과 불교계의 대응」, 고려대학교대학원(박사), 2002.

김영건, 「이상시 연구—주체와 대상의 특성을 중심으로」, 고려대학교대학원(박사), 2019.

김영범, 「한국근대시론의 형성과정연구」, 고려대학교대학원(박사), 2018.

김예림, 「초월과 중력, 한 근대주의자의 초상」, 『한국근대문학』 9호, 2004.

김응교, 「신경에서 지낸 백석」, 『외국문학연구』 제65호, 한국외국어대학교 외국문학연구소, 2017.

김인환, 「정치와 시」, 『상상력과 원근법』 문학과 지성사. 1993.

김재홍, 「청마 모순의 시학, 극복의 시학」, 청마문학회, 『다시 읽는 유치환』, 시문학사, 2008.

김정훈, 「김조규 시 연구」, 『한국시학연구』 제13호, 한국시학회, 2008.

김정훈, 「『단층』시 연구」, 『국제어문』 42집, 국제어문학회, 2008.

金鍾漢, 「一枝의 倫理」, 『國民文學』, 1942.

＿＿＿, 「佐藤春夫先生へ」, 『國民文學』, 1942.4.

김지형, 「김조규 시의 리얼리즘에 대한 일 고찰」, 『한국어문학연구』 23집, 한국외국어대학교, 2006.

김진희, 「『만선일보』에 실린 '시현실동인집'과 동인활동의 문학사적 의의」, 『현대문학의 연구』 65집, 한국문학연구학회, 2018.6.

김택호, 「아나키즘 문예지 '문예광' 연구」, 『한국현대문학연구』 제17집, 2005.6.

김한성, 「김기림문학연구」, 서울대학교대학원(박사), 2014.

김해수, 「최남선의 만몽인식과 제국의 욕망」, 『역사비평』 76호, 2006, 가을.

김현주, 「문화, 문화과학, 문화공동체로서의 민족—최남선의 '단군학'을 중심으로」, 『대동문화연구』 제47집, 성균관대학교 대동문화연구원, 2004.

나민애, 「'맥'지와 함북 경성의 모더니즘」, 『한국시학연구』 41호, 한국시학회, 2014.

노동은, 「만주음악 연구·2, 왕도낙토를 꿈꾼 조선의 음악인들」, 『음악과 민족』 제37호, 2009.4.

동국대한국문학연구소, 제29차학술발표논문집 「근대한국의 지리이동과 장소 표상」, 2010.

마루치 마모루, 한성례 옮김, 「일본의 현대시에 대해」, 『다층』 가을호, 2001.

민족문학사연구소 편, 『민족문학사 강좌·하』, 창작과비평사, 1996.

朴明鎭, 「대종교 독립운동사」, 『국학연구』 8집, 2003.12.

박성준. 「정지용 후기시의 산문성과 무력감」, 『우리어문연구』 64집, 우리어문학회, 2019.5

박주택, 「정지용시집」에 나타난 동경과 낭만적 아이러니 연구」, 『한국언어문화』 38, 한국언어문화학회, 2009.

박진희, 『유치환 시의 아나키즘적 특성 연구』, 대전대학교대학원(박사), 2011.

발터 벤야민, 조형준 옮김, 「아케이드 프로젝트」, 『세계의 문학』 봄, 2002.

방민호, 「이효석과 하얼빈」, 『현대소설연구』 35집, 2008.6.

배학수, 「귀향의 노래―하이데거의 시 철학」, 『대동철학』 제32집, 2003.

사나다 히로코(眞田博子), 「정지용 후기 산문시의 상징성과 사회성에 대한 고찰」, 『어문연구』 110호 제29권 제2호, 2001.

사회과학원 주체문학연구소 근대문학연구실, 「항일무장투쟁의 영웅적현실을 반영한 광복전 김조규의 시」, 『조선문학』, 2004.12.

삿사미츠아키(佐佐充昭), 「한말·일제시대 檀君信仰運動의 전개」, 서울대학교대학원(박사), 2003.

서경석, 「만주국 기행문학 연구」, 『語文學』 제86집, 한국어문학회, 2004.

서영채, 「단군과 만주, 아첨의 영웅주의, 최남선의 「자열서」 읽기」, 『한국현대문학연구』 32집, 2010.

서준섭, 「백석과 만주―1940년대의 백석시 재론」, 『한중인문학연구』 19집, 한중인문학회, 2006.

_____, 「한국근대시인과 탈식민주의적 글쓰기」, 『한국시학연구』 13, 2005.

성찬경, 「'말 예술' 고」, 『예술원논문집』 vol.42, 대한민국예술원, 2003.

_____, 「五官練習」, 朴寅煥 외 32인, 『韓國戰後問題詩集』, 신구문화사, 1961.

孫世一, 「나는 李承晚입니다」, 月刊朝鮮, 28권 7호 통권328호, 2007.7.

송희복, 「경남의 지역문학과 아나키즘의 상관성―아나키즘 시인의 두 유형에 한하여」, 『국제언어문학』 제27호, 국제언어문학회, 2013.

신주철, 「백석의 만주체류기 작품에 드러난 가치지향」, 『국제어문』 45집, 2009, 국제어
　　문학회.

_____, 「김조규의 이중적 시 쓰기의 양상과 의미」, 『우리문학연구』 32집, 경인문화사,
　　2011.

申瑩澈, 만주특집 「在滿朝鮮人教育의 過去와 現在」, 『朝光』 제7권 제6호, 1941.6.

安夕影, 「朝鮮文人印象記, 續」, 『白光』 제6집, 1937.6.

양예선, 「일본의 만주문학 연구」, 『만주연구』 제7집, 2007.10.

楊雲間, 「詩의 附近」, 『斷層』, 第四冊, 1940.6.

오문석, 「1950년대 한국초현실주의 시론연구」, 『작가연구』 제16호, 깊은샘, 2003.

_____, 「민족문학과 친일문학 사이의 내재적 연속성 문제연구」, 『현대문학의 연구』 제
　　30호, 한국문학연구학회, 2006.

오성호, 「해방직후의 전위시인들」, 『민족문학사 강좌(하)』, 창작과비평사, 1995.

오양호, 「『靑馬詩鈔』의 사상적 배경 고찰」, 『인문학』 32집, 인천대학교인문학연구소,
　　2019.12.

와타나베 나오키, 「식민지 조선에서 「만주」담론과 정치적 무의식」, 『진단학보』 제107
　　호, 진단학회, 2009.

王艶麗, 「백석의 '만주'시편 연구」, 인하대학교대학원, 2010.

_____, 「백석의 만주체험 고찰」, 『민족문학사연구』 43집, 민족문학사학회, 2010.

우은진, 「일제말기만주지역 시조연구」, 『심연수논문집』, 심연수기념사업회, 2018.

유성호, 「해방직후 북한문단 형성기의 시적 형상」, 『인문학연구』 제46집, 조선대학교인
　　문학연구원, 2013.

유수정, 「일본낭만에서 만주낭만으로」, 『만주연구』 제21집, 2016.

윤대석, 「1940년을 전후한 조선의 언어상황과 문학자」, 『한국근대문학연구』 4권1호,
　　2003.

_____, 「기술이냐 윤리냐」, 『한국현대문학연구』 50호, 2016.12.

尹善子, 「일제전시하총동원체제와 조선천주교회」, 『역사학보』 157, 역사학회, 1998.3.

윤은경, 「유치환·서정주의 만주체험과 시대의식 비교」, 충남대학교대학원(박사), 2012.

윤호병, 「한국 현대시에 끼친 초현실주의의 영향과 수용」, 『현대시』, 1994.10.

윤휘탁, 「만주국」의 2등국(공)민, 그 실상과 허상」, 『역사학보』 169집, 2001.

_____, 「복합민족국가의 파탄」, 『중국사연구』 78집, 2012.

_____, 「뿌리 뽑힌자들의 방랑지—조선인에게 비쳐진 만주국 사회상」, 『한국민족사운 동연구』 66권, 2011.

이건제, 「공의 명상과 산문시의 정신」, 『1950년대의 시인들』, 나남, 1994.

이경수, 「백석의 기행시편에 나타난 장소의 심상지리」, 『민족문화연구』 53호, 고려대학 교 민족문화연구소, 2010.

_____, 「식민지 말기와 해방기의 이용악의 시적선택」, 『근대서지』 12호, 2015.12.

이경훈, 「하르빈의 푸른 하늘 「벽공무한」과 대동아공영권」, 『문학속의 파시즘』, 삼인, 2001.

이미경, 「유치환과 아나키즘」, 『한국학보』 101집, 일지사, 2000.

李性在, 「在滿朝鮮人의 十年血汗史」, 『半島史話와 樂土滿洲』, 滿鮮學海社(新京), 1943.

이성혁, 「1930년대 한국문학의 초현실주의 수용에 관한 연구」, 『한국어문학연구』 제9 집, 한국외국어대학교 한국어문학연구회, 1998.

_____, 「1940년대 초반 식민지만주의 한국초현실주의시 연구」, 『우리문학연구』 34집, 2011.

李淑花, 「大倧敎의 민족주의운동 연구」, 외국어대학교대학원(박사), 2017.

이순옥, 한국 초현실주의 시의 특성연구, 영남대학교대학원(박사), 1998.6.

이승윤, 「일제하 경성방송의 담론생산과 문학의 대응」, 『우리문학 연구』, 2007.

이은경, 「유치환과 아나키즘」, 『한국학보』 101집 겨울호, 2000.

이은숙, 「문학지리학 서설」, 『문학 역사 지리』 제4호, 1991.

李 仁, 『愛山餘滴』, 文善社, 1965.

이현익, 「大倧敎人과 獨立運動 淵源」, 『대종교보』 가을호, 2000(개천4457년).

李惠求, 「暗黑에서 光明으로」, 『晩堂文債錄』, 한국국악학회, 1970.

이희중, 「백석의 북방시편 연구」, 『우리말글』 32집, 우리말글학회, 2004.

이희환, 「사라진 전위시인들과 그들의 미공개 시(하)」, 『작가들』 제7호, 소명출판사, 2002.

日帝下社會運動史 資料集, 제6권 황해도·강원도편, 제8권 함경북도편, 한울아카데미, 1989.

장경렬, 「상징의 언어 이면의 현실이해를 찾아서-함윤수의 시적상징이 의미하는 것」,

『무지와 예지 사이』, 문학동네, 2017.

장인수, 「한국 초현실주의 시 연구」, 성균관대학교대학원(박사), 2006.

전경선, 「태평양전쟁 말기 만주국의 문예정책」, 『만주연구』 제21집, 2016.

전설영, 「식민지 말기 국민문학론의 국민되기의 논리와 문학적 의미」, 『사이』 제9호, 역락, 2010.

전성곤, 「만주 건국대학창설과 최남선의 건국신화론」, 『일어일문학연구』 56집 2호, 한국일어일문학회, 2006.

全 華, 「韓·中 작가의 滿洲體驗 문학연구」, 영남대학교대학원(박사), 2010.

鄭根埴, 「일제하검열기구와 검열관의 변동」, 『대동문화연구』 제51집, 2005.

정대호, 『유치환시연구—아나키즘과 세계인식의 관련양상을 중심으로』, 경북대학교대학원(박사), 1996.

鄭鎭圭, 「'몸詩'에 대하여—주체는 내가 아니라 내 몸이다」, 『시작』 여름호, 2004.5.

曺南鉉, 「한국근대문학의 아나키즘연구」, 『한국문화』 제7호, 서울대한국문화연구소, 1986.

조동범, 「한국의 아나키즘과 아나키스트 이진언의 시세계」, 『한국문예창작』 통권 27호, 2013.

조성면, 「만주 대중소설 동아시아론—조흔파 『만주국』」, 『만주연구』 14집, 2012.

조성운, 「1930년대초 함북지방 학생운동의 전개양상」, 『한국민족운동사연구』 제36집, 2003.

_____, 『일제하 농촌사회와 농민운동—영동지방을 중심으로』, 혜안, 2002.

조은주, 「디아스포라 전체성과 탈식민주의적 계보학 연구」, 서울대학교대학원(박사), 2010.

조해옥, 「이상시의 근대성 연구, 육체의식을 중심으로」, 고려대학교대학원(박사), 1999.

趙 鄕, 「데뻬이즈망의 미학」, 朴寅煥 외 32인, 『韓國戰後問題詩集』, 신구문화사, 1961.

조현설, 「민족과 제국의 동거」, 『한국문학연구』 제32집, 동국대한국문화연구소, 2007.

차광수, 「현경준의 '유맹' 연구」, 『한국문학이론과 비평』 제27집, 2005.6.

차성연, 「현경준의 유맹 연구」, 『한국문학논총』 제53집, 2009.12.

崔峰龍, 「만주국의 종교정책과 재만조선인의 종교활동」, 『民族과 文化』 제12집, 한양대학교 민족문화연구소, 2003.

최삼용, 「박팔양의 두 얼굴과 표현」, 『해방전 조선족문학연구』, 연변인민출판사, 2014.

崔貞玉, 「'만주 문학'을 통한 한중일 문학(자) 교류—좌담회(1938)와 '대동아문학자대회'(1942)를 중심으로」, 『중국학논총』 제33집, 고려대학교 중국학연구소, 2011.

최현식, 「'청년들의 운명', '동방'(들)의 장소성」, 『한국학연구』 제54집, 2019.

_____, 「만주의 서정, 해방의 감각」, 『민족문학사연구』 제57호, 민족문학사학회민족문학사연구소, 2015.

하기락, 「아나키즘의 일반적 고찰」, 『서강』 16호, 서강대학교, 1986.12.

하현식, 「김구용론—선적 인식과 초현실의식」, 『한국시인론』, 백산출판사, 1990.

한기형, 「문화정치기 검열체제와 식민지미디어」, 『대동문화연구』 51집, 성균관대학교 대동문화연구원, 2005.

韓龍雲, 「支那事變과 佛敎徒」(卷頭言), 『佛敎』, 新第7輯 10월호, 佛敎社, 1937.

許利福, 「滿鮮詩壇의 正月曆」, 『만선일보』, 1942.2.15.

허왕진, 「시인 김조규와 산문시 '전선주'」, 『조선문학』, 2009.9.

홍용희, 「정지용 시 세계의 주체변이와 공간성 연구」, 『한국언어문화』 53, 한국언어문화학회, 2014.

홍웅호, 「1930년대말 소련의 동아시아정책」, 『史林』 제23호, 首善史學會, 2005.

홍정선, 「청마 시에 나타난 생명과 윤리의 의미」, 『국제언어문학』 17호, 2008.6.

_____, 「친일문학에 대한 고착현상을 벗어나기 위하여」, 『인문학으로서의 문학』, 문학과지성사, 2008.

V. 국외논저

康德八年 昭和十六年 版 『滿洲開拓年監』, 滿洲國通信社.

關東軍司令部, 「在滿朝鮮人指導要綱」, 「國內に於ける鮮系國民實態」, 滿洲帝國協和會 中央本部調査部, 1943.

金璟麟, 「シヤボン玉のやうに」, 『新技術』 第33号, 昭和16.8.

_____, 「薔薇の 競技」, 『新技術』 第32号, 昭和16.3.

金晶晶, 「『滿鮮日報』と朝鮮語モダズニズム詩—李琇馨 詩を中心に」, 『九大日文』 25, 2015.

_____,『滿鮮日報』と朝鮮人のモグニスム詩『東アジア研究』16号, 2014. 12.

今村榮治,『滿洲文藝年鑑』, 滿洲文化會, 康德六年.

滿洲國史編纂刊行會編『滿洲國史.(2).各論』, 滿蒙同胞援護會, 昭和46年. 東京.

滿洲國通信社出版部兌, 康德六年版『滿洲國現勢』, 滿洲國通信社, 康德七年.

_____, 康德十年版『滿洲國現勢』, 滿洲國通信社, 康德九年.

滿洲國通信社編,『滿洲開拓年鑑』, 滿洲國通信社, 康德八年. 昭和16年.

滿洲國通信社編纂,『滿洲國現勢』, 昭和十八年, 康德十年.

滿洲浪曼編輯所 編『滿洲文學研究』, 新京特別市 東都書籍 新京出張所, 康德七年.

北園克衡,「ハイラウの 精神」,『ハイラウの噴水』, 昭森社, 1941.

岩城成幸,『ノモンハン事件の虚像と實像―日露の文獻で讀み解くその深層』, 彩流社
　　　(東京), 2013.

尹東燦,『滿洲文學の 研究』, 明石書店(東京), 2010.

作田莊一,「滿洲建國の本意」, 建國大學研究院『研究期報』, 第四輯, 滿洲帝國協和會
　　　建國大學分會出版部(新京), 1942.

洲勞工協會編『滿洲勞動年監』(康德七年版), 嚴松堂書店, 1941.

川村 溱,『異邦の昭和文學』, 岩波書店, 1990.

鶴岡善久,『日本超現實主義詩論』, 思潮社(東京), 1970.

C.K.Ogden and I.A. Richards., *The Meaning of Meaning - A Study of The Influence of Language upon Thought and of The Science of Symbolism*. A Harvest Book. Harcourt, Brace & World, Inc.

Darby, H.c, 1948., *The Regional geography of Thomas Hardy`s Wessex*. Geographical Review. 38

Emil Staiger. *Grundbegriffe der Poetik*. Atlantis verlag. ZÜrich und Freiburg I.Br. Achte Auflage 1968.

Pocock,douglas C.D, 1981., *Introduction, Imaginative Literature and Geographer, in Humanistic Geography and literature: Essay on the Experience of Place*, ed, Pocock, Douglas C.D London Croom Helm.

Prakash,G.(1990)., *Writing Post-Orientalist Histories of the Third Word*: Perspective from Indian Historiography. Comparative Studies in Society and History, Vol.32.

Ralph Freedman, *The Lyrical Novel-Studies in Herman Hesse, Andre` Gide, and Virginia Woolf* .Prinston University Press, 1966.

Shield, R. 1991., *Places on the Margin*; Alternative Geographies of Modernity. London; Routledge.

Stuart D, Goldman, 『NOMONHAN, 1939-*The Red Army`s Victory That Shaped World War* Ⅱ』, 山岡由美 譯, 麻田雅文解說, みすず書房, 2013.

T.S. Eliot. *Hamlet and His Problem*, The Sacred Wood. London, 1969.

Tuan,Yi-Fu, 1976., *Humanistic Geography*, Annals of the association of American Geographers, Vol, 66.

V.Y.Mudimbe & Sabine Engle. *Diaspora and Immigration*. The South Atlantic Quarterly special issue 98(1/2).1999.

Ⅵ. 신문기사·잡지 평론, 기타

開拓半世紀 鮮系文化運動의 첫烽火! 綜合大衆雜誌 『大地』, 六月一日創刊 『만선일보』, 1940.4.2.

鏡城高普 三年生 同盟休學 斷行, 『中外日報』, 1930.3.8.

京鐘警高秘13667호, 昭和7年, 10.18.

共靑勞組等各秘社, 『동아일보』, 1932.10.15.

關北, 滿洲出身作家의 「鄕土文化」를 말하는 座談會」, 『三千里』, 제2권 제9호, 1940.9.

克彦, 「詩現實同人集評」, 『만선일보』, 1940.8.31.~9.5.

金璟麟, 「나의 詩論 上·下」, 『만선일보』, 1941.2.8.~2.9.

金起林氏 懇親會, 『조선일 보』, 1936. 8.14.

金基鎭, 「反資本 非愛國的인 戰後의 佛蘭西文學」, 『개벽』, 1924.2.

金東煥, 「必勝信念下 나의 決戰體制(1)」, 『만선일보』, 1941.12.10.

金秉德, '李琇馨시집 「山脈」, 獻文社에서 近日발간', 「1948년문화총결산」, 『자유신문』, 1948.12.30.

金北原, 「國民詩에의 길—自省斷片」, 『만선일보』, 1942.2.16.~2.23.

金友哲, 「土臺를 現實에—超現實主義 詩人 李琇馨」, 『만선일보』, 1940.12.18.

金日成 內閣成立, 無任所相 李克魯, 『조선중앙일보』, 1948.9.10.

金日成等反國家者에게 勸告文—在滿同浦百五十萬의 總意로」, 『三千里』, 제13권제1

호, 1941.1.

金鎭淳,「滿蒙國境紛糾의 昨今—노몬한은 어떤 곳인가」,『비판』, 1940.1.

金璟麟,「나의 詩論, 上·下」,『만선일보』, 1941.2.8.~2.9.

金管,「하르빈」,『인문평론』 제2권 제2호, 1940.2.

金光現.「내가 본 시인-정지용·이용악 편」,『민성』 제4권 제9·10호. 1948.10

金起林,「間島紀行」,『조선일보』, 1930.6.12~6.26.

김기림,「모더니즘의 歷史的 位置」,『인문평론』, 창간호, 1939.10.

_____,「시인으로서 現實에 積極關心」,『조선일보』, 1936.1.1.

_____, 夏期藝術講座「現代詩의 發展—超現實主義方法論」,『조선일보』,
          1934.7.14.~7.18.

金東煥,「彈丸과 펜의 因緣」,『삼천리』제12권 제7호. 1940. 7

金友哲,「今年度 詩壇의 回顧와 展望」,『만선일보』, 1840.12.14.~12.19.

_____, 滿洲 朝鮮語「詩壇과 詩人」,『만선일보』, 1940.3.27.~4.1.(續 5, 6회)·1940.5.14.~5.16.

南石, '同人詩와 現地詩人', 展望台,『만선일보』, 1940.12.19.

內鮮滿文化座談會,『만선일보』, 1940.4.5.~4.11.

노동은,「만주음악연구·2」,『음악과 민족』 제37호, 2009.4.

檀君子孫在西北,『聯合畵報』, 中華民國 三十二年(1943) 四月 九日.

東南地區 殘匪 年內로 掃蕩키로,『만선일보』 1941.3.7

『東亞日報』, 城津農組後繼로 反帝와 赤化工作, 1935.7.13.

『東亞日報』, 襄陽赤色農組 36名公判開廷, 1934.5.26.

同人詩誌『典型』發刊,『조선일보』, 1939.12.8.

李德星, 문단송년유감,「意識에의 志向」,『만선일보』, 1941.12.30.

李琇馨, 조선섬유산업건설동맹회 위원,『매일신보』, 1945.9.21.

李春人,「라디오」,『每新寫眞旬報』통권 제287호. 1942.6.1.

李孝石,「哈爾濱」,『문장』 제2권 제8집, 1940.10.

『만선일보』,「匪首·金日成의 生長記(一) 中學時代부터 赤化運動의 父를 싸라白頭山麓
          을 轉轉」, 1940.4.16.

_____,「匪首·金日成의 生長記(二) 匪名 金日成을 襲名, 中學을 中退하고 十八世부터
          綠林生活」, 1940.4.18.

_____, 「匪首·金日成의 生長記(三) 一旦은 歸順을 決心, 執拗한 楊靖宇의 特務隊에 一身을 逃避」, 1940.4.21.

_____, 「匪首·金日成의 生長記(四) 楊靖宇의 包圍脅威로 歸順工作은 水泡化, 工作員의 하나인 李宗洛을 射殺!」, 1940.4.23.

_____, 「匪首·金日成의 生長記(五) 하로 速히 마음을 돌려 歸順하기만 苦待! 故鄕에 잇는 家族들의 애타는 心願」, 1940.4.24.

「宋志泳氏와 지팽이」, 『만선일보』, 1940.8.27.

崔 武, 「前田警防隊武勇傳―匪首金日成部下의 紅旗河를 夜襲」 (一) 間島支社, 1940.8.7.

_____, 「前田隊에 쫏긴 金匪, 密林 속에 潛跡」 (二), 間島支社. 1940.8.8.

滿洲帝國協和會中央本部 靑木一夫(朴八陽), 「序」, 『半島史話와 樂土滿洲』 滿鮮學海社, 1943.

朴榮濬, 「'金東漢'讀後感, 上·下」, 『만선일보』, 1940.2. 22.~2.24.

발터 벤야민, 조형준 옮김, 「아케이드 프로젝트」, 『세계의 문학』 봄호, 2002.

白 鯨, 금년도 선계 예문계 회고·1, 「昨年을 凌駕한 創作量」, 1941.12.23.

_____, 금년도 선계 예문계 회고·2, 「評論은 低調」, 『만선일보』, 1941.12.25.

高在驥, 「만주시대복원, 육필원고 발견의 의의와 5년간의 행적」, 『경향신문』, 1998.2.5.

白 石, 「슬픔과 眞實.上·下」, 『만선일보』, 1940.5.9.~5.10.

北國遊子, 「哈爾濱夜話」, 『白光』 제1집, 1937.1.

三千里機密室. 『三千里』 제12권 제6호.1940.6.

三千里機密室及口繪. 『三千里』 제12권제4호. 1940.4.

三千里緊急揭示板. 金日成匪中에 武裝女群 『삼천리』 제12권 제4호. 1940.4.

서정주, 「만주일기」, 『매일신보』, 1941.1.15.~1.21.

徐廷柱, 「天地有情」, 『월간문학』, 1968.11.(창간호)~1969.2.

詩人 李琇馨氏慈母 安養自宅에서 別世, 『聯合新聞』, 1950.4.20.

申百秀, 「歷의 내력」, 『象牙塔』, 1946.6.

申瑩澈, 「개척·눈·나」(一), 『만선일보』, 1940.3.17.

_____, 「南北滿朝鮮開拓民 集團部落 踏査記」, 『만선일보』, 1940.1.1.

安夕影, 「朝鮮文人印象記. 續」, ≪白光≫ 1937.6.

안석주, 「동미전 합평회」, 『조선일보』, 1930.4.23~26.

안수길, 「한글신문에 한글 한자 모르는 일본인국장 앉혀」, 『언론비화 50편』, 1978.

襄陽農組 姜煥植이 中心, 洛山寺서 結成, 『조선일보』, 1935.8.24.

嚴時雨, 「開拓村의 봄을 차져」, '濱綏線·1', 1940.4.28.

_____, 「半島山河 달믄 延壽 分散農戶二千餘」, '濱綏線·完', 『만선일보』, 1940.5.4.

_____, 「힘」, 『만선일보』, 1940.3.30.

염상섭, 「횡보문단회상기」, 『사상계』 통권 114호, 1962.11.

外國語研究會 創立, 幹事長 愼驥範 幹事 李琇馨 외 6인, 『서울신문』, 1946.8.28.

李甲基, 「尋家記」, 『만선일보』, 1940.4.16.~4.23.

_____, 「李孝石의 愚辯을 誅함」, 『批判』, 1932.3.

李若林, 鮮系文藝十年史—建國佳節에 際하여 回顧談, 『만선일보』, 1942.3.2.

李孝石, 「喋喋子를 叱咤함—批判 新年號所載 文壇寸評一部에 나타난 李甲基君의 過
　　　敏을 摘告 함」, 『批判』 2월호, 1932.

李勳求, 「日本資本主義下의 滿蒙」, 『東光』, 1932.10.

林　和, 「어떤 靑年의 懺悔」, 『文章』 제2권 제8집, 1940.10.

장혁주, 「개척지 시찰보고」, 『매일신보』, 1942.6.15.

在滿文人網羅 "大地" 간행, 『조선일보』, 1940.4.16.

在滿文學靑年諸君에게告함!! 『綜合文學全集』, 文章社北滿總支社, 『만선일보』,
　　　1940.1.11.(3단 통단 광고)

在哈朝鮮人文化 向上座談會, 「協和精神體得이 必要」, 『만선일보』, 1940. 12.26.

赤色勞組嫌疑로 五十餘名檢擧取調, 『중앙일보』, 1933.1.8.

정인택, 「만주개척촌 기행」, 『國民文學』, 1943.3.

鄭晉錫, 「일제 말 단파방송수신사건으로 옥사한 신문기자 文錫俊, 洪翼範」, 『월간조
　　　선』 통권 325호, 2007.4.

第二次太平洋勞組今日三十五 名豫審終結/地下室꾸미고 秘密裡活動, 『동아일보』,
　　　1934.6.7.

朝鮮 特設部隊를 차저서(一). 一死報國할 覺悟. 特設部隊 募兵美談. 間島支社長 豐川
　　　武雄. 『만선일보』, 1941. 3.1.

『朝鮮日報』 號外, 「襄陽農組 姜煥植이 中心 洛山寺서 結成」, 1935.8.24.

趙若瑟,「超現實主義文學」,『매일신보』, 1934.3.3.~3.11.

趙宇植,「續超現實主義論」,『매일신보』, 1939.3.19.

趙廷元,「文藝誌發刊의 計劃을 듯고」,『만선일보』, 1940.2.4.

趙豊衍,「『三四文學』의 기억」,『現代文學』, 1957.3.

趙欣坡,「노몬한의 敗戰」,『滿洲國』, 育民社, 1970.

綜合에『大地』發刊,『동아일보』, 1940.4.2.

赤色勞組嫌疑로 五十餘名檢擧取調,『中央日報』, 1933.1.8.

崔載瑞,「文學者と世界觀の問題」,『國民文學』10월호, 1942.

_____,「朝鮮文学の現段階」,『國民文学』, 1942.8.

春島生,「임자업는 무덤차저 풀쏩는 고운 情景」,『만선일보』, 1940.9.21.

學藝안테나, 同人詩誌 "典型" 發刊,『조선일보』, 1939.12.8.

咸北共黨再建事件, 咸亨洙 懲役 1年(집행유예),『조선중앙일보』, 1933.11.7.

許利福,「滿鮮詩壇의 正月曆」,『만선일보』, 1942.2.15.

玄卿駿,「新興滿洲風土記―圖們篇」(三), 情緒貧困의 都市,『만선일보』, 1940.10.5.

胡家莊 戰鬪『신천지』, 제1권 제2호, 1946.3.

洪陽明, 哈市東滿間島瞥見記(六),「圖們, 延吉의 印象」,『만선일보』, 1940.7.20.

_____, 歡樂과 生活「哈市東滿間島瞥見記」,『만선일보』, 1940.7.18.

黃金星(金昌傑),「滿洲 朝鮮文學과 作家의 情熱, 上·下」,『만선일보』, 1940.2.16.~2.17.

興亞協會,『在滿朝鮮人通信』, 興亞協會(봉천), 1937~1944.

인명 찾아보기

작품 찾아보기

오양호 吳養鎬

경북 칠곡 출생.

경북고등학교, 경북대학교 졸업. 영남대학교 문학박사(1981).

대구가톨릭대학교, 인천대학교 교수 역임.

日·韓交流基金을 받아 京都大에서 외국인학자 초빙교수로 연구하고 강의했다. 大山文化財團의 지원으로 정지용 시를 공역하여 『鄭芝溶詩選』(花神社. 東京)을 출판하였고, 京都에서 정지용기념사업회를 결성하여 沃川文化院의 지원을 받아 鄭芝溶詩碑를 同志社大에 건립했다. 정년 뒤에는 北京의 中央民族大學, 長春의 吉林大學에서 재만 조선인문학을 강의했다.

『농민소설론』, 『한국문학과 간도』, 『일제강점기 만주조선인문학연구』, 『만주 이민문학연구』, 『한국근대수필의 행방』 등의 연구서가 있다. <현대문학>을 통해 평론가로 데뷔하여 『문학의 논리와 전환사회』, 『신세대문학과 소설의 현장』, 『낭만적 영혼의 귀환』 등의 평론집과 『한국현대소설의 서사담론』, 『한국현대소설과 인물형상』 등의 저서를 출판했다.

아르코문학상, 청마문학연구상 등을 받았고, 수필집 『백일홍』이 있다.

현재 인천대학교 국문과 명예교수이다.

1940년대 전반기 재만조선인 시 연구

초판1쇄 인쇄 2021년 11월 22일
초판1쇄 발행 2021년 11월 30일

지은이   오양호
펴낸이   이대현
편집   이태곤 권분옥 문선희 임애정 강윤경
디자인   안혜진 최선주 이경진
마케팅   박태훈 안현진

펴낸곳   도서출판 역락
출판등록   1999년 4월 19일 제303-2002-000014호
주소   서울시 서초구 동광로 46길 6-6 문창빌딩 2층 (우06589)
전화   02-3409-2060
팩스   02-3409-2059
홈페이지   www.youkrackbooks.com
이메일   youkrack@hanmail.net

ISBN 979-11-6742-051-0 94810
ISBN 979-11-6742-050-3 94810 (전3권)